KB123485

중국 근대문학이론 비평사

중국 근대문학이론 비평사

1840

1919

민택 지음

유병례·남정희·윤현숙·강선화
노은정·김화진 옮김

한국어판 서문

선진 이래로 그 역사가 유구한 중·한 양국의 문화 교류는 실로 일일이 기술할 수 없을 것이다. 과거 한동안 불행히도 양국 문화 교류가 중단된 적도 있었지만, 중·한 수교 이래로 양국 간의 문화 교류는 역사적으로 그 유래를 찾아보기 힘들 정도로 광범위하게 이루어지고 있다. 최근 몇 년 동안 내가 만난 한국 학자들만 해도 십여 명에 이르며, 그 가운데는 당대의 저명한 노학자도 있고 열심히 학문을 탐구하는 중견 학자들도 있었다. 나는 개인적으로 1994년 초청을 받아 한국에 가서 단기간 강연도 하고 여러 곳을 둘러보기도 했다. 한국에 있는 동안 나는 한국 학자들을 만나 학술에 대해 폭넓은 이야기를 나누었으며, 또 틈을 내어 한국의 역사상 저명한 문헌인 『三國遺事』나 실학파의 중진인 박지원의 문집 등을 읽어보았다. 그 기회를 통해 중국과 한국의 문화와 학술이 얼마나 밀접한 관계를 지니고 있는지 절실하게 체험할 수 있었다. 중국의 학자로서 당연히 기쁨을 느꼈고 아울러 고무되었다. 개인적으로 나를 더욱더 기쁘게 하는 것은 한국의 성신여자대학교 중문과 유병례 교수가 몇몇 한국 학자들과 힘을 합해 나의 졸저인 『中國文學理論批評史』를 8권으로 나누어 한국어로 지속적으로 번역할 것이며, 국가적인 금융위기가 발생한 상황에서 여러 가지 어려움을 극복하고 가까운 시일에 출판한다는 것이다. 이는 중·한 양국의 문화와 문학

교류 역사상 매우 의미있는 쾌거임에 틀림없다.

이 작업에 참여한 유병례 교수 및 한국 학자들에게 진심으로 감사드리는 바이며, 앞으로도 중·한 문화교류가 더욱더 깊이 있게 전개되어 풍성한 열매를 맺기 바란다.

저자 서문

文学评论
WENXUEPINGLUN
北京·建国门内大街5号

序

先秦以还，源远流长的中韩文化交流，实在是难以缕述的。前些年虽曾不幸中断，但自中韩建交以来，新的文化交流却达到了空前广泛的程度，远远超过了历史上的任何时期。近年，仅我个人接待过的韩国学人就达数十位之多。其中既有名重一时的老一辈学人，也有勤勉好学的中青年学子。我个人也曾于1994年应邀赴韩在汉城讲学并参观。在韩期间，与韩国学人进行了广泛的学术交谈，还抽空拜读了韩国历史上的一些重要文献，如《三国遗事》、实学派重镇朴趾源的文集等等。对中韩文化和文学关系之密切更有进一步切身之体会。作为一个中国学人，对于这一切自然是不能不感到欣幸、并为之鼓舞的。

对于我个人而言，更令人感到高兴的是：韩国汉城诚信女子大学校中文科俞炳礼教授，组织几位韩国学人，通力合作，将拙著修订本《中国文学理论批评史》分为八册，陆续译成韩文，并且在其国内发生了严重金融危机的情况下，竟能冲破困难，于近期在韩国开始出版。这在中韩文化和文学交流史上，无疑是一件很有意义之举。在这里，仅向俞炳礼教授及参与这一工作的所有韩国学人表示由衷的感谢，并希望在未来的岁月里，中韩的文化交流能够更加深入地开展，并结出更加丰硕之果实！

敏泽 1998.2.20

역자 서문

『중국 근대문학이론 비평사』는 중국의 근대문학이론 비평과 관련된 이론을 일차 자료를 중심으로 치밀하게 분석하고 탐색하여, 그 발전의 궤적을 상세하게 서술한 민택 필생의 역작인 『중국문학이론비평사』의 마지막 부분입니다.

중국의 근대는 1840년 아편전쟁鴉片戰爭 이후부터 1949년 중화인민공화국 성립 전야까지입니다. 1840년 아편전쟁부터 1919년 5·4 운동까지를 구민주주의 혁명 시기라 하고, 5·4 운동부터 1949년 중화인민공화국 성립 전야까지를 신민주주의 혁명 시기라고 합니다. 민택의 『중국 근대문학이론 비평사』는 아편전쟁 이후부터 5·4 운동 전야까지 약 80년을 대상으로 하였음을 미리 밝혀둡니다.

중국은 근대에 이르러서 역사적으로 큰 변동이 일어났습니다. 대외적으로는 영국·미국·프랑스·러시아 등 서구열강 제국과의 불평등한 조약체결로 반식민지 상태에 놓였고, 대내적으로는 부패하고 무능한 청나라 왕조에 대항하여 봉건주의 타도를 부르짖으며 청 왕조에 반기를 든 태평천국운동이 일어났습니다. 중국은 서구열강의 침입으로 더 이상 세계의 중심이자 문화선진국이 아니라는 사실을 깨닫게 되어, 외국문화를 받아들여 외세에 맞설 힘을 기르자는 변법자강운동이 일어났습니다. 중국 근대의 사상문화 투쟁은 당시 중국 사회의 주요 갈등 즉 제국주의와 중화민족 간의 갈등, 봉건주의와 인민 대중 간의 갈등과 밀접한 관계가 있으며, 이는 문학이론 비평에도 점차 반영되었습니다.

그 당시 문단을 주도하던 복고주의 송시운동과 동성파의 중흥운동은 양계초·하증우·담사동·황준헌을 중심으로 한 혁신파에 의해 개혁의 대상이 되었습니다. 이른바 시계혁명과 소설계혁명 등이 그것입니다. 시계혁명은 외래의 사상과 문화의 영향을 받아들여 정통시를 개혁하고 새로운 시학이론에 따라 시를 창작하자는 운동입니다. 대표적 인물은 황준헌으로 '내 손으로 내 말을 쓴다'는 구호 아래 누구나 알기 시운 통속적인 시를 쓸 것을 주장하였습니다. 소설계 혁명은 양계초를 중심으로 이루어졌는데, 소설이 문학의 최고이며 정치를 개선하려면 반드시 소설로부터 시작해야 한다고 주장하여 소설의 사회적 지위를 대대적으로 격상시켰으니, 참으로 경천동지할 대사건입니다. 여러분은 이 책을 통하여 중국고전 문학의 절대 지존인 시문학이 삼가구류에도 끼지 못했던 소설에게 그 자리를 내주는 궤적을 살펴볼 수 있을 것입니다.

한편 동성파 고문의 중흥자인 증국번 사후, 오여륜吳汝綸·엄복嚴復·임서林紓 등과 같은 사람들은 서양 근대과학사상과 서양문학을 대대적으로 소개하여, 당시 사상문화 발전에 적극적이면서도 중대한 영향을 끼쳐 역사적으로 상당한 공로를 세웠습니다. 오여륜은 서양의 신학문을 어느 정도 받아들였기에, 신구 두 학문은 병존해야만 한다는 엄복嚴復의 주장이 탁월하다고 찬양하였지만, 번역의 언어 선택에 관한 견해에서는 동성파의 규범을 여전히 고수하였습니다. 동성파의 충성스러운 서생書生인 임서는 동성파의 문장으로 서양 소설을 번역하여 서양문학의 문을 열었고, 그의 번역은 필력이 뛰어나 한 시대를 풍미하였습니다. 그러나 근본적으로는 봉건 도통의 수호자를 자처한 동성파의 지위를 흔들어 놓았고, 객관적으로는 문학개량에 중요한 공헌을 하여 신문학운동을 발전시키고 동성파와 구문학의 해체를 촉진하였으니, 이는 임서 자신도 생각하지 못한 결과였습니다.

이외에 근대문학이론 비평에 중요한 영향을 미친 인물로는 유희재劉熙載와 왕국유王國維가 있습니다. 유희재의 저서 『예개藝概』는 예술적 변증법에 있어서 큰 특색과 견해를 지닌 청대 후기를 대표하는 뛰어난 저작일 뿐 아니라, 중국의 수많은 시화와 사화 중에서도 일정한 지위를 지닙니다. 특히 인품과 시품에 대한 깊이 있는 담론과 예술적 허구와 형상화에 대한 논술, 실제와 창조 간의 변증법적 통일 등은 기존의 전통이론을 한층 심화시키고 발전시켰다는 점에서 의의가 큽니다. 왕국유는 국학 대가로 일부 영역에서 탁월한 공헌을 했을 뿐만 아니라, 자각적으로 서양의 근대 문화와 과학을 받아들여 문학이론에서도 탁월한 견해를 내놓았습니다. 특히 그의 경계설은 전통이론을 계승 발전시킨 중국 문학비평 특유의 이론으로, 서양문학을 전공하는 학자들에게도 비평의 안목을 넓혀줄 것입니다. 이밖에 수용미학이론이 서양보다 앞서 제기되었다는 점과 『홍루몽』 평론 방법의 하나인 색은설索隱說은 중국문학이론 비평 고유의 특징을 보여주어 시사하는 바가 큽니다.

전통문학 이론비평은 내부에 속하는 어떤 파벌이든 각자의 견해를 주장하면서 서로 공격하지 말고 피차 존중하고 단결해서 함께 개량주의 문학운동에 대처해야 할 것을 호소하였지만, 결국 새로운 시대의 요구에 부응하지 못해 서산에 걸린 석양처럼 여휘餘輝를 남긴 채 저물어갔습니다.

민택의 『중국문학이론비평사』 번역을 시작한 지 올해로 20여 년이 넘었습니다. 그동안 우리는 『중국문학이론비평사-선진편』을 필두로

『중국문학이론비평사-청대편』까지 총 일곱 권의 역서를 성신여자대학교출판부에서 출간하였고, 이제 마지막으로 『중국 근대문학이론 비평사』의 출간을 눈앞에 두고 있습니다. 앳된 석·박사 과정 학생이었던 우리가 어느새 슬하에 대학생을 둔 학부모가 되었으니, 참으로 유수 같은 세월을 절감합니다. 20여 년의 세월을 한결같이 번역작업에 몰두한 우리 번역팀의 끈끈한 유대가 자랑스럽습니다. 우리 모두 순망치한의 관계처럼 어느 한 사람이라도 없었다면 이 대장정을 마칠 수 없었기에 감회가 큽니다. 이 모임의 중심에 우리의 스승이신 유병례 선생님이 언제나 함께 해주셔서 큰 힘이 되었습니다.

번역을 하면서 느끼는 어려움은 20년 전이나 지금이나 크게 달라진 게 없는 듯합니다. 여러 서적을 뒤적이며 독서백편의자현의 정신으로 최선을 다하였으나, 혹여 오류가 있다면 너그러운 마음으로 양해하고 가르쳐주시기를 부탁드립니다. 아무쪼록 이 책이 중국 근대문학이론 비평사를 공부하고자 하는 분들에게 훌륭한 지침서가 될 수 있으면 좋겠습니다.

마지막으로 성신여자대학교 내부 사정으로 출판부가 폐지되어 출판의 어려움을 겪던 중, 이 책의 가치를 알아보고 선뜻 출판을 허락해주신 보고사에도 고마운 마음을 전합니다.

2022년 7월 삼복더위에 역자를 대표하여
강선화 씀.

차례

한국어판 서문…5

저자 서문…7

역자 서문…9

제1장 서 론 …23

제2장 초기 시문 이론 …30

제1절 공자진龔自珍과 위원魏源 …30

1) 공자진 …30

① 세상을 다스리고 시대를 구제하는 문학의 역할을 강조함 …32

② 위체僞體를 조소하고, 감정을 존중함 …34

③ 평이하고 자연스러운 시풍 및 '출出'과 '입入'을 주장함 …38

2) 위원 …43

① 문文과 세도世道 …45

② 발분하여 창작함 …46

③ 풍계분馮桂芬 …48

3) 태평천국의 혁명문학 이론 …52

①『사응루시화射鷹樓詩話』…55

제2절 변문騈文 이론의 흥기 ······ 59
1) 이조락李兆洛 ······ 59
① 변문의 흥기 ······ 59
② 기奇와 우偶가 번갈아 사용됨 ······ 62
③ 의법義法 등을 논함 ······ 63
④ 고문古文과 시도詩道를 논함 ······ 67
2) 완원阮元 및 문필론파 ······ 68
① 문장은 반드시 운이 있어야 ······ 69
② 대우對偶를 이루는 것은 모두 문文이다 ······ 72
3) 장상남蔣湘南 등 ······ 75
① 장상남 ······ 75
② 이자명李慈銘 등 ······ 79
제3절 포세신包世臣과 유희재劉熙載 등 ······ 81
1) 포세신 ······ 82
① 도를 논함 ······ 82
② 법을 논함 ······ 83
2) 유희재 ······ 85
① 예술의 독창성 ······ 88
② 인품과 시품詩品 ······ 90
③ 의와 법, 문장은 심성에 근본을 둔다 ······ 94
④ 정情과 경景에 관하여 ······ 98
⑤ 허구, 시是와 이異, 일一과 불일不一 등에 대하여 ······ 102
⑥ 작가와 작품 ······ 107

3) 유육숭劉毓崧 ········· 111
① 요언謠諺의 탄생 ········· 112
② 요언의 효능 ········· 113

제3장 동성파桐城派의 중흥과 송시운동·동광체同光體 ··· 116

제1절 동성파의 중흥 ········· 116
1) 매증량梅曾亮·관동管同·방동수方東樹·요영姚瑩 등 ········· 116
① 시문론의 합리적 요소 ········· 117
② 『소매첨언昭昧詹言』 ········· 120
③ 매증량·관동·방동수·요영 등이 도통道統과 문통文統을 고취함 ······ 128
2) 증국번曾國藩과 동성파의 중흥 ········· 132
① 법도法度를 경시하고 이理와 정情을 중시함 ········· 136
② 실용을 중시하고 공소空疎함을 경시함 ········· 138
③ 말세의 재앙 ········· 138
④ 기器와 식識을 논함 ········· 140
3) 증국번 문하의 사제자四弟子 등에 대해 ········· 142
① 동성파와 증국번을 추존함 ········· 144
② 새로운 역사적 특징 ········· 145
③ 임서林紓 ········· 146
제2절 하소기何紹基와 송시운동의 시론 ········· 150
1) 송시운동의 흥기 ········· 150

2) 하소기 등 ··· 153
① 시는 자득을 중시함 ··· 153
② 참 성정과 시 ··· 156
③ 학문과 시 ··· 160
제3절 진연陳衍과 동광체 ··· 164
1) 동광체의 흥기와 송시운동 ··· 164
① 동광체의 흥기 ··· 164
② 동광체와 송시운동 ··· 166
③ 시와 '황량하고 쓸쓸한 길' ··· 169
2) 진연의 주요 문학 견해 ··· 172
① 학자의 시와 시인의 시의 결합 ··· 172
② 자득과 의고 ··· 176
3) 『석유실시화石遺室詩話』 ··· 180
제4절 왕개운王闓運과 담헌譚獻 ··· 184
1) 왕개운 ··· 184
① 모방을 제창함 ··· 185
② 한위육조를 높이 떠받듦 ··· 187
2) 담헌과 상주파常州派 ··· 190
① 후기 상주파의 사론詞論 ··· 191
② 유후설柔厚說 ··· 194
③ 함축을 중시하고 호방을 경시함 ··· 196
3) 진정작 ··· 199
① 기탁을 중시함 ··· 200

② 온정균과 위장의 사풍을 창도함 …… 203
③ 침울설沈鬱說 …… 205
4) 황주이況周頤 …… 211
① 황주이와『혜풍사화蕙風詞話』 …… 211
② 졸拙·중重·대大에 대해 논함 …… 215
③ 장지동張之洞 …… 219
④ 한漢·송宋 조화파調和派 …… 222

제4장 개량주의 문학이론 … 226

제1절 개량주의 문학이론의 흥기 …… 226
1) 강유위 …… 228
① 시가의 혁신을 고취함 …… 228
② 개량주의 소설을 제창하다 …… 231
2) 담사동譚嗣同과 하증우夏曾佑 …… 233
① 담사동 …… 233
② 하증우 …… 237
제2절 황준헌黃遵憲 …… 243
1) 주요 문학관점 …… 244
① '시 안에 사람이 있다'와 '시 밖에 사건이 있다' …… 244
② 도통, 문통에 대한 비평 …… 245
③ 시가에 관한 기타 주장 …… 251

2) 언문합일론 ········ 253
① 소설을 제창하다 ········ 257
제3절 양계초梁啓超 ········ 259
1) 양계초의 사상과 문예관 ········ 259
2) 소설을 제창하다 ········ 264
① 소설개량과 정치개량 ········ 264
② 정치소설을 제창하다 ········ 270
③ 훈熏·자刺·침浸·제提 ········ 271
④ 『소설총화小說叢話』를 창간하다 ········ 273
3) 기타 문학 견해 ········ 275
① 미와 예술 ········ 275
② 같은 것에서 차이를 본다 ········ 277
③ 우아한 정감과 예술 가치 ········ 277
제4절 만청晩淸의 기타 소설이론 ········ 280
1) 소설이론의 사상적 상황 ········ 280
① 사상적 상황 ········ 280
② 소설의 사회적 역할 ········ 284
2) 역사소설 및 나랏일과 관련된 제재를 창도하다 ········ 291
① 역사소설의 제창 ········ 291
② 나랏일과 관련된 제재를 사용할 것을 제창하다 ········ 292
3) 백화소설 창도와 전통소설에 대한 평가 ········ 293
① 백화소설의 제창 ········ 293
② 중국 전통소설에 대한 평가 ········ 296

4) 소설 특징에 관한 연구 ··· 302
① 협인俠人, 욕혈생浴血生 ··· 302
② 서념자徐念慈, 오옥요吳沃堯 ··· 304
③ 성지誠之 ··· 305
④ 기타 ··· 307
5) 임서林紓 ··· 308
제5절 『홍루몽』의 평론에 대하여 ··· 316
1) 영향력 있는 평점 ··· 316
① 제련諸聯 ··· 316
② 왕희렴 ··· 318
③ 도영涂瀛, 합사보哈斯寶 등 ··· 320
2) 『홍루몽』에 대한 비방과 곡해 ··· 322
① 색은파索隱派의 견강부회 ··· 326
3) 왕국유王國維와 왕종기王鍾麒 등의 『홍루몽』 평론 ··· 330
① 협인 ··· 330
② 왕국유 ··· 333
③ 왕종기 ··· 337

제5장 왕국유, 장병린章炳麟, 유아자柳亞子 등 ··· 340

제1절 왕국유 ··· 340
1) 문예사상 ··· 340

① 예술과 해탈 ······ 346
② 예술과 진리 ······ 350
③ 예술의 특징과 정치와의 관계 ······ 352
④ 예술과 천부적 자질 ······ 353
⑤ 예술의 근원은 선천적인 자질에서 나온다 ······ 355
2) 경계설境界說 ······ 358
① 경계설 ······ 358
② 경계설의 내함內涵 ······ 366
3) 형식미와 희곡 ······ 371
제2절 장병린 ······ 376
1) 혁명문학과 문학의 경계 ······ 378
① 문학의 혁명성을 제창 ······ 378
② 바탕을 보존하는 것을 근간으로 삼다 ······ 379
③ 문학의 구분과 정의定義에 대하여 ······ 380
2) 시론 ······ 384
① 시는 성정을 중시한다 ······ 384
② 작가 품평에 드러난 한계성 ······ 388
3) 전북호田北湖와 황소배黃小配 ······ 389
① 전북호, 김일 ······ 389
② 황소배 ······ 391
제3절 유아자와 남사南社 ······ 392
1) 남사의 희극 혁명과 당음唐音 제창 ······ 394

① 희극 혁명 제창 …… 394
② 당음과 '평민의 시' 제창에 관하여 …… 395
2) 왕종기와 황인黃人의 소설이론 …… 400
① 왕종기 …… 401
② 황인 …… 405
3) 남사의 기타 문학견해 …… 413
① 남사의 사론詞論 …… 413
② 남사의 해체 …… 414
4) 원앙호접파鴛鴦蝴蝶派의 문학주장 …… 417

제6장 결론 …421

찾아보기 …429

제1장
서론

아편전쟁鴉片戰爭(1840) 이후 봉건왕조는 몰락하기 시작했다. 아편전쟁에서부터 5·4 운동(1919)에 이르는 80년간은 구민주주의의 혁명과정이다. 이 시기에는 봉건왕조와 민주를 쟁취하려는 대중 간의 갈등도 있었지만, 무엇보다 큰 문제는 제국주의와 중화민족 간의 갈등이었다. 근대사에 나타난 모든 혁명과 투쟁은 이러한 사건들을 중심으로 일어나고 발전하였다. 외국 자본주의가 중국을 침략한 것은 당시의 중국을 완전한 자본주의 체제로 바꾸기 위해서가 아니라, 착취를 진행할 수 있는 식민지나 반식민지로 만들기 위해서였다. 이 때문에 그들은 제국주의 문화를 적극적으로 선전하는 한편, 중국의 봉건문화를 육성·보존하여 중국을 침략하고 억압하는 사상적 도구로 삼았다. 금방이라도 쓰러질 것 같은 위태로운 처지에 놓인 봉건 통치자들은 목숨을 부지하기 위해 사상적으로 더욱 부패한 봉건문화에 의존하였으며, 인민의 반항을 제압하는 정신적 지주로 삼았다.

중국은 근대에 이르러 역사적으로 큰 변화가 일어났다. 극도로 부패한 봉건사회는 인민의 반항과 제국주의 열강의 침입으로 해체되는 한편, 깨어있는 중국인들은 새로운 역사 환경에서 제국주의의 침입에 반대하며 민족의 새로운 출로를 탐색하였다. 사상 영역에서는 전에 없는 발전을 이룩하였다. 우선 보수 진영에 속해 있는 지식인들 사이에 분열이 생기면서, 계급투쟁의 결전 시기가 임박함에 따라 통치계급과 구사회 전체 내부의 와해 과정은 대단히 강렬하고 첨예하였다. 공자진龔自珍이 중심이 되어 제기한 정치개혁, 특히 오랑캐의 장점을 본받아 오랑캐를 제압하자는 위원魏源의 주장은 당시의 역사 상황하에서 나올 수 있는 가장 빛나는 명제였다. 마르크스와 엥겔스의 극찬을 받았던 태평천국혁명은 공상空想적 사회주의(Utopian Socialism)를 이용하여 봉건 통치계급에 대해 사상적·무력적으로 비판을 가하였다. 새로운 민족적 사회적 위기 앞에서 일부 완고한 봉건 통치자들은 조상들의 법과 낡은 규범을 고수하며, 새로운 문물과 사상을 모두 반대하고 거부하였다. 하지만 긴박한 역사 상황은 통치계급 내부의 분열을 더욱 촉진하였고, 일부 진보적인 생각을 지닌 사람들은 양무洋務와 유신維新 운동을 일으켜 외국의 새로운 과학기술을 어느 정도 받아들였다. 태평천국혁명 이후 일어난 양무운동은 그 주관적인 동기가 무엇인지와 관계없이 사상적으로 완고한 수구파들보다 훨씬 진보적이었다. 그들 중 일부는 민족의 권익을 보호하고 경제 발전을 촉진하는 일을 하였지만, 당시 사회 발전의 방향을 주도한 것은 결코 아니었다. 유신파 중의 다수는 양무파를 따르기도 했지만, 역사발전의 추이에 따라 점차 서양의 진화론과 정치사회 학설을 받아들여, 중국의 학문은 체體로 삼고 서양의 학문은 용用으로 삼는다는 양무파의 구호를 비난하면서 정치개혁을 요구하였다. 유신운동은 역사가 짧지만 전통사상을 무너뜨리고 사상의 해방을 제창하였다는 점에서 역사적으로 큰 공로가 있고, 20세기 초까지 영향을 미쳤다. 진보적인 사상과 여론의 압박하에서, 청나라 통치자들은 대세를 거스를 수 없음을 인식하고 사상과 문화정책의 지엽적인 부분에서 양보하지 않을 수 없었다. 예를 들면 학당이나 대학, 동문관同文館 등을 개설하여 양무에 정통한 인재를 양성하였는데, 그 결과 서양의 새로운 사상이 한발 앞서 들어왔고 영향력도 점차 확대되었다. 이는 다른 측면에서 자본주의 혁명이 일어날 수 있는 조건을 준비한 것이므로 결국 자본주의 혁명이 일어났다.

구민주주의 혁명 시기의 반제국주의와 반봉건투쟁은 부르주아 계급의 성격을 지닌다. 정치와 사상문화 영역의 투쟁 역시 그러하다. 중국 근대의 사상문화 투쟁은 당시 중국 사회의 주요 갈등, 즉 제국주의와 중화민족 간의 갈등·봉건주의와 인민 대중 간의 갈등과도 밀접한 관계가 있는데, 이는 문화와 예술 영역에도 아주 잘 반영되어 있다.

문학이론 비평에도 이러한 변화가 점차 반영되었다. 이 시기 문학이론 비평에서 진보적인 요소를 갖춘 초기의 개량주의자로는 공자진과 위원 등이 있다. 이들은 금문경학今文經學의 형식으로 당시의 정치를 규탄하고, 송나라와 명나라의 이학理學을 비판하였다. 봉건 전제제도의 부정적인 면을 폭로하고 새로운 시대를 위해 변혁을 요구하는 거센 바람을 일으켜, 근대 개량주의 사상의 선구가 되었다. 이는 봉건 전제주의의 정치·경제 위기 속에 봉건 지주계층 지식인들이 한층 더 분화되었음을 보여준다. 특히 위원은 공개적으로 서양의 학문을 학습할 것을 처음으로 제기하였는데, 이는 역사적으로 의미가 있다. 그들은 문학이 세상을 다스리고 시대를 바로잡는 정치적 효용을 발휘해야 한다고 강조하면서, 문장은 세도世道와 정치의 흥망성쇠를 반영하여 옛것을 변화시켜야 한다고 하였으며, 성인의 학설을 영원히 변치 않는 가르침으로 삼는 것에 반대했는데, 이는 후세에 큰 영향을 미쳤다. 태평천국혁명은 중국 농민 혁명사에서 그 유래를 찾기 힘들 정도로 강령이 급진적이고, 조직이 엄밀하며 투쟁 규모가 광범하였다. 태평천국혁명은 반제국주의와 반봉건의 깃발을 높이 들고, 봉건제도와 그 사회에서 신성시한 유가 경전과 도통을 맹렬히 공격하였다. 이는 중국 역사에서 위세와 명성이 높았던 반봉건운동으로, 봉건왕조와 그 사상적 지주는 심각한 타격을 받았다. 그러나 전통문화에 대한 그들의 태도에는 피할 수 없는 편협성이 드러난다.

근대문학과 문학이론 비평에서 중요한 것은 개량주의와 혁명 민주주의 문학, 문학이론 비평이 흥기했다는 점이다. 특히 개량주의자인 양계초梁啓超를 대표로 한 문학이론은 일정 기간 큰 영향력을 발휘했다. 그들은 미학과 문학이론을 포함한 서양의 신학문을 흡수하여 중국에 널리 소개하였다. 예컨대 양계초가 「소설과 군중의 관계를 논함論小說與群衆的關係」에서 제기한 '이상파 소설'과 '사실파 소설', 그리고 「정성 두보情聖杜甫」와 『굴원연구』에서 제기한 '사실파의 감정표현법'과 '낭만파의 감정표현법' 등이 그러하다. 또 심리분석과 실증주의의 비평방법도 소개하였다. 이는 중국 근대 문학이론 비평사에서 중요하면서도 역사적인 변화이고, 전통문학 이론비평에 새로운 피를 주입했다. 역사가 발전함에 따라 더 많은 해외의 문학과 문학이론이 중국에 전해졌다.

개량주의가 흥기한 후, 사상 계몽과 해방에 큰 역사적 공헌을 하였을 뿐만 아니라, 문학이론에도 중요한 공헌을 하였다. 1903년 이전, 개량주의 문학을 제창한 이들은 문학은 변법운동을 위해 봉사해야 하고 시대의 요구에 부합해야 한다면서, 소설의 사회적 역할 등을 제창했다. 개량주의는 진보적 작용과 역사적 공헌을 하였을 뿐만 아니라, 커다란 영향력을 발휘했다. 봉건주의 문학과 문학이론에 대해서도 상당한 비판을 가하고 투쟁을 벌여, 봉건사상의 속박으로부터 해방될 수 있도록 긍정적인 영향력을 발휘했다. 그러나 개량주의적 정치관점은 그들의 문학이론에 결함을 가져왔고, 또한 역사가 발전함에 따라 날로 혁명문학의 대척점에 서게 되었다.

혁명적 민주주의자인 장병린章炳麟과 유아자柳亞子 등은 민족 민주혁명을 고취하고 희곡혁명을 제창하였는데, 정도는 다르지만 큰 영향을 끼치고 중대한 역할을 하였다. 서념자徐念慈와 왕종기王鍾麒, 황인黃人 등도 소설이론 방면에서 아주 훌륭하고 치밀한 견해를 내놓았다. 이들은 소설을 개량할 것을 제창하였지만, 질적인 차이가 존재한다. 혁명 민주주의자들은 혁명문학을 제창하고 봉건주의 정통문학을 비판하여 많은 공헌을 하였다. 그러나 봉건문학을 반대하는 사상에는 큰 한계가 있었는데, 심지어 어떤 사람은 신문학을 반대하기도 하였다. 구민주주의 혁명 기간에 봉건 문예 사상을 단호하게 공격한 사람은 청년 노신魯迅이었다. 그의 문예이론은 그 시대의 최고 수준이었다. 그러나 노신이 걸출한 민주주의자였다 할지라도, 역사적 한계로 또 봉건문학과 문화가 조성한 광범위하고 심각한 영향과 완고함으로 인해, 봉건주의 문학과 문학이론에 반대하는 운동을 일으킬 만한 힘이 없었다.

아편전쟁 이후 정통 시문 이론비평의 기본적인 상황은 다음과 같다. 초기에는 신문학과 봉건 문학의 투쟁이 상대적으로 격렬하고 첨예하지 않았으므로, 정통적 봉건 문학의 입장에 서있기는 했지만 낙후성은 그렇게 선명하게 드러나지 않았다. 예컨대 정진鄭珍과 하소기何紹基 등이 제창한 송시운동宋詩運動이 그러하다. 봉건 정통문학 이론비평 진영 안에서도 완원阮元의 '문필론파文筆論派'가 동성파桐城派를 비판한 것처럼 서로 간에 갈등이 있었다. 일부 정통 시문 비평의 입장을 취한 작가들은 비판을 받아들였을 뿐만 아니라, 상당히 정밀한 견해를 내놓기도 하였다. 포세신包世臣과 유희재劉熙載가 바로 그러하다. 유육숭劉毓崧은 민간문학을 중시했는데, 상당히 훌륭하다. 그러나 정치적으로 반제국주의와 반봉건 투쟁이 발전함에 따라, 각종 정통문학 이론비평 즉 '송시운동'(후에 동광체同光體를 형성함)·'문필론파'·왕개운王闓運의 한위육조 의고론·상주사파常州詞派 등의 문예이론 중에는 일부 취할 만한 좋은 견해도 있지만, 사상의 낙후성은 갈수록 선명해졌다.

청대 중엽 이후 문단의 가장 큰 세력은 '동성파'이다. 아편전쟁 이후 요내姚鼐가 죽고, 요문사제자姚門四弟子인 매증량梅曾亮·관동管同·방동수方東樹·요영姚瑩 가운데 어느 정도 특색을 갖춘 산문을 창작할 수 있는 사람은 있었지만, 문학 이론방면에서는 매증량을 제외하면 특별히 칭찬할 만한 성과를 낸 사람은 없다. 동성파는 증국번曾國藩이 가입한 후[1] 한차례 중흥을 맞이하였는데, 비교적 훌륭한 문학 견해로 새로운 내용을 추가했기 때문이기도 하지만, 이보다 더 중요한 것은 정치적 역할에 있었다.

동성파 혹은 동성파의 옹호자로 자처했던 사람들은 사실상 동성파에서 손꼽을 만한 인물이 아니다. 오여륜吳汝綸·엄복嚴復·임서林紓 등과 같은 사람들은 서양 근대 과학사상과 서양문학을 대대적으로 소개하여, 당시 사상문화 발전에 적극적이면서도 중대한 영향을 끼쳐 역사적

1 증국번 가입 이후의 동성파를 '동성-상향파湘鄉派'라고 부르기도 했다.

으로 상당한 공로를 세웠다. 또 그들이 전파한 신문화와 신문학은 객관적으로 신문학 운동을 발전시키고 동성파와 구문학의 해체를 촉진하였다. 이러한 현상은 그들이 예상했던 바는 아니었으나, 객관적인 역사 사실이다.

근대 서양 신문학의 유입은 중국 전통 구문화와 문학발전을 촉진하는 가장 주요한 요소가 되었다. 이는 비록 외재적인 요인이긴 하지만, 당시 사람들은 서양 과학기술이 중국보다 발달했다 해도 모두 중국에서 기원한 것으로 보았다. 하지만 문학과 윤리 도덕은 서양이 중국에 미치지 못하였다고 생각했는데, 이것이 바로 중국의 학문을 체體로 삼고 서양의 학문을 용用으로 삼는다[2]는 장지동張之洞의 저명한 명제를 탄생시킨 역사적 조건이 되었다. 이는 양무파와 장지동의 문학이론 비평에 모두 반영되었다.

근대 문학이론 비평에 중요한 영향을 미친 인물로는 왕국유王國維가 있다. 왕국유는 국학 대가로 일부 영역에서 탁월한 공헌을 하였을 뿐만 아니라, 자각적으로 서양의 근대 문화와 과학을 받아들였다. 문학이론 비평에서는 중국의 문화와 문학 전통을 계승하면서도, 니체·칸트·쇼펜하우어 등의 사상을 흡수하여 자신만의 문학 이론체계를 형성하였다. 그의 문학이론 중에는 부정적인 요소도 많지만, 학술연구에 대한 진지한 태도, 실사구시의 정신, 근대 서양과학을 받아들이는 학문 연구방법 등은 중국 희곡사 연구에 중요한 공헌을 할 수 있게 했을 뿐만 아니라, 문학이론에서도 정밀한 견해를 내놓을 수 있게 했다.

2 中學爲體, 新學爲用. (張之洞, 「設學」, 『勸學篇』)

제2장
초기 시문 이론

제1절 공자진龔自珍과 위원魏源

1) 공자진

공자진(1792~1841)은 일명 공조鞏祚라고도 하며, 자는 슬인瑟人이고, 호는 정암定盦이다. 또 다른 이름으로는 이간易簡이 있고, 자는 백정伯定이라고도 한다. 절강浙江 인화仁和(지금의 항주杭州)에서 태어났다. 말단관료 지주 집안 출신으로 38세에 진사에 합격하여 예부주사禮部主事까지 올랐다. 그는 시종일관 봉건 통치계급의 중시를 받지 못했다. 외조부 단옥재段玉裁는 저명한 한학자이다. 작품으로는 『공자진전집』이 있다.

철저히 부패한 봉건사회에서 살았던 공자진은 당시 모든 사람이 침묵하고 있는 사회 상황을 절감하고 강력하게 변혁을 요구했다. 그는 당시 사회의 근본적인 문제는 빈부의 불균형에 있다고 생각하여, 토지겸병을 제한하고 균등하게 나누어 빈부 양극화 문제를 해결해야 한다고 주장했다.

공자진은 근대 금문학파今文學派의 영향을 받아 유가 경전의 이치를 잘 배워 실제에 활용해야 한다는 '통경치용通經致用'을 주장한 초기의 대표적 인물이다. 금문학파와 고문학파의 논쟁은 본래 유구한 역사를 지니고 있다. 서한西漢 초기, 모든 고대의 경전은 박학한 유학자의 구술을 통해 전해졌고, 이는 당시 통행하던 예서隸書로 기록되었다. 서한 시기에 설립된 오경박사五經博士는 전문적으로 경전을 전수했으며 금문학파라고 불렸다. 후에 『춘추좌씨전春秋左氏傳』·『모시毛詩』·『고문상서古文尙書』·『일례逸禮』 등의 고문 경전이 발견되었는데, 한나라 때 이미 통용되지 않는 고주자古籀字로 적혀있었기 때문에 이를 전수받아 학습한 사람들을 고문학파라고 하였다. 당시 벌인 논쟁에서 금문학파는 패배하여 전해지지 않게 되었다. 이러한 역사적 경험으로 인해 금문학파는 봉건 통치자가 자신의 통치를 위해 부단히 공자와 경전을 신성화하는 상황에서 상대적으로 자유로웠다. 근대에 금문학파가 흥기한 것은 절대 우연이 아니다. 자질구레한 고증을 특징으로 하는 한학漢學과 정주이학程朱理學의 범람은 이미 직면한 사회변혁의 형세에 전혀 부응할 수 없었다. 이에 지주계급 내부에서 세상과 시대를 구제하자는 특징을 지닌 금문학파가 시대적 요구에 부응하여 일어났다. 공자진은 금문학파의 영향을 받았지만 그들의 편파적인 견해는 수용하지 않았다. 그는 『기해잡시己亥雜詩』에서 다음과 같이 밝혔다.

> (나는) 시는 경문經文에 내포된 의미를 깊이 이해하는 것이 중요하다고 하였고, 고문·모시·금문에 대해서는 높이 받들지도 폐기하지도 않았다.[1]

다른 중요한 문제에 관한 견해 역시 금문학파와는 근본적으로 큰 차이가 있다.

청 왕조의 봉건 통치가 심각한 위기에 직면한 상황에서, 공자진은 개혁을 소리 높여 외쳤다.

> 조상의 옛 법은 모두 쇠퇴했고, 수많은 수구세력의 주장들도 도태되지 않을 수 없다. 통치자의 위치를 빼앗으려는 자들에 의해 억지로 개혁이 진행되기보다는 청 왕조 스스로 개혁하는 것이 낫다.[2]

그는 모든 것을 억지로 운명이라고 갖다 붙이는 것과 부패한 정치제도·과거제도·구차하게 살아가는 태도 등에 반대하였다. 그의 시문詩文은 청 중엽 이래 부패하고 경직된 국면을 타파하였다. 개혁을 요구하고 세상사에 관심을 가질 것을 특징으로 하는 그의 시문은 참신한 문풍을 열어 최초의 계몽주의자가 되어, 훗날 지대한 영향을 끼쳤다. 그러나 공자진은 변혁을 요구하면서도 대중을 두려워했다.

문학이론 비평에 관한 공자진의 저술은 많지 않지만, 변혁 시기의 목소리를 잘 반영하였고, 이후의 개량주의자들에게도 중대한 영향을 끼쳤다. 그의 의견을 귀납하면 다음과 같다.

① 세상을 다스리고 시대를 구제하는 문학의 역할을 강조함

시대와 정치에 관한 공자진의 의론과 비판은 대부분 역사 고찰과 경

1 予說詩以涵泳經文爲主, 於古文·毛·今文三家, 無所尊, 無所廢.

2 一祖之法無不敝, 千夫之議無不靡. 與其贈來者以勁改革, 孰若自改革. (「乙丙之際箸議第七」)

전에 대해 논하는 형식을 취하고 있다. 역사를 존중할 것을 적극적으로 제창하였기에, 분개하여 다음과 같이 말한 적이 있다.

> 경전을 연구한다고 하면 도가 높다 하고 역사를 배운다고 하면 도가 낮다 하는데, 이는 실제에 부합하지 않는다.[3]

공자진은 시의 역할에 대해서도 이러한 관점으로 일관하고 있는데, 육경六經은 주나라 역사의 적장자嫡長子이고, 「국풍國風」은 사관이 민간으로부터 채집한 것이며, 「아雅」와 「송頌」은 사관이 사대부에게서 채집한 것이라고 하였다. 이에 그는 역사를 쓰고 시를 가려 뽑는 것은 모두 다른 사람의 시를 취하여 논하고 그 우열을 가리는 것을 즐기는 데 있다고 생각했다. 또 시인이 시를 쓰는 것은 역사를 쓰는 목적과 같으므로 역사비평의 역할을 발휘해야 한다고 하였다.

> 어찌하면 한나라 제도에 맞춰 글을 짓고,
> 역사와 평론 보조할 시를 쓸 수 있을까.[4]

> 귀인들께 의견 구하며 비호를 부탁하는 것은
> 단순히 인물 품평으로 보지 않기 때문이라네.[5]

3 號爲治經則道尊, 號爲學史則道詘, 此失其名也. (「古史鉤沉論二」[편명을 「尊史二」 또는 「尊史」라고도 함], 『龔自珍全集』 제1집)

4 安得上言依漢制, 詩成侍史佐評論. (「夜直」, 『龔自珍全集』 제9집)

5 貴人相訊勞相護, 莫作人間淸議看. (「雜詩, 己卯自春徂夏, 在京師作, 得十有四首」, 『龔自珍全集』 제9집)

이는 모두 그의 생각을 잘 설명해주는 예이다. 당시의 일개 계몽자로서, 또 지주계급 입장에 선 진보적인 지식인으로서, 부패한 청대 사회가 만들어낸 현상에 대해 통쾌하게 폭로하고 비판한 것은 그의 창작 실천과 완전히 일치한다. 공자진은 한 시대의 정치는 학술문화와 통일되어야 한다고 생각하여 한 시대의 정치는 바로 한 시대의 학술이라면서, 성인의 학설을 영원히 변치 않는 가르침으로 삼는 것에 반대하였다. 시문에 대한 이러한 요구는 바로 시대의 필요에서 비롯된 것이다.

② 위체僞體를 조소하고, 감정을 존중함

공자진은 문단의 장기적인 타락에 대해 불만이 컸는데, 이른바 "삼백 년 동안 사물에 대해 느끼는 감정이 공허하였다."[6]라고 한 것이 그러하다.

> 하늘이 위체僞體로 하여금 시단을 이끌게 하여,
> 한 세대의 인재들 갈수록 수준이 떨어졌네.
> 나는 중·만당 문장에만 관대하노니,
> 그들만이 감개를 드러내는 데 명가이기 때문이어라.[7]
>
> 고상한 문장이 아니면 붓을 던지며 오만하게 굴었으니,
> 명성이란 원래 헛된 것임을 알았기 때문이라네.
> 석양이 홀연히 중원에서 저물어 가니,
> 꽃과 바람이나 노래하며 육조六朝 시풍 읊조리는 마지막 사람되었네.[8]

---

6 三百年來文物感, 蒼茫. (「南鄉子」, 『龔自珍全集』 제11집)

7 天敎僞體領風花, 一代人材有歲差. 我論文章恕中晩, 略工感慨是名家. (「歌筵有乞書扇者」, 『龔自珍全集』 제9집)

이 시구들은 진실한 감정이 결핍된 당시의 시문을 위체僞體라고 비웃은 예이다.

공자진은 또 시문은 우선 자신의 독특한 견해와 진실한 감정을 표현해야 한다고 생각했다.

> 시풍을 고치고자 예전에 시를 썼지,
> 경진년 시어가 번잡하였기에.
> 처음으로 말하고자 하는 자들은,
> 예부터 명확하게 말하기 어려웠네.[9]

그러나 봉건전제주의가 문자옥文字獄이라는 고압 정책을 대대적으로 펼치는 상황에서 하고 싶은 말을 다 할 수는 없었다.

> 짐짓 완곡하게 비판하려다가,
> 말하기 전에 다시 삼켜 버렸네.[10]

> 까닭 없이 슬픔과 원망 깊은 게 아니니,
> 단지 생생한 경험을 읊조렸기 때문이라네.[11]

이러한 견해를 가지고 있었기에 공자진은 타인의 말을 가져다가 자

---

8 不是斯文擲筆驕, 牽連姓氏本寥寥. 夕陽忽下中原去, 笑詠風花殿六朝. (「夢中作」, 『龔自珍全集』 제9집)

9 戒詩昔有詩, 庚辰詩語繁. 第一欲言者, 古來難明言. (「自春徂秋, 偶有所觸, 拉雜書之, 漫不詮次, 得十五首」 其十五, 『龔自珍全集』 제9집)

10 姑將譎言之, 未言聲又呑. (「自春徂秋, 偶有所觸, 拉雜書之, 漫不詮次, 得十五首」 其十五, 『龔自珍全集』 제9집)

11 不是無端悲怨深, 直將閱歷寫成吟. (「題紅禪室詩尾」, 『龔自珍全集』 제9집)

신의 말로 삼지 않은 시를 대단히 칭찬했다. 당시의 역사 조건에서 이러한 견해는 진보적일 뿐만 아니라, 일반 사람들이 제창한 봉건 도통과도 큰 차이가 있다. 또 이는 사상과 내용이 결핍되고 형식주의가 범람하는 위체僞體의 폐단을 바로잡는 데도 긍정적인 역할을 하였다. 사실 공자진은 시문으로 세상과 시대를 구제하고, 변혁할 것을 요구했다. 그러나 그의 진보적인 주장은 중시 받지 못했다. 그는 설령 문장으로 천하를 놀라게 할지라도, 종이 위의 백성일 따름이라고 개탄하였다.

이상에서 언급한 주장과 밀접한 연관이 있는 것은 공자진이 제기한 '감정 존중'이다. 이는 시문에 진실한 감정이 들어 있어야 함을 주장한 것인데, 그의 「장단언자서長短言自序」에 다음과 같은 말이 있다.

> 정情이라는 것을 일찍이 의도적으로 없애보려고 했었다. 없애려고 했는데 없앨 수 없어서 도리어 관대하게 대하였다. 관대하게 대하다 보니 도리어 존중하게 되었다. 내가 「장단언長短言」을 지은 것은 무엇을 위해서였는가? 이는 정을 존중하기 위해서인가, 아니면 정을 존중하지 않고자 하기 위함인가? 오직 정을 존중하였기에 「유정宥情」이라는 글을 한 편 지었다. 또 오로지 관대하게 대하였기에 15년 동안 없애보려고 했지만 끝내 없앨 수 없었다.[12]

> 정은 어떻게 막힘없이 드러내는가? 성음으로 드러낸다. 성음의 속성은 위로 향하도록 이끄는 것이 도이고, 아래로 떨어지도록 이끄는 것은 도가 아니다. 광명으로 이끄는 것은 도이고, 암흑으로 이끄는 것은 도

12 情之爲物也, 亦嘗有意乎鋤之矣. 鋤之不能, 而反宥之. 宥之不已, 而反尊之. 龔子之爲「長短言」何爲者耶? 其殆尊情者耶? …… 是非欲尊情者耶? 且惟其尊之, 是以爲「宥情」之書一通. 且惟其宥之, 是以十五年鋤之而卒不克. (『龔自珍全集』 제3집)

가 아니다. 도가 되면 세속의 번뇌를 벗어나는 즐거움이 있고, 도가 아니면 세속의 나락으로 떨어지는 우환이 있다.[13]

공자진은 여기에서 서로 연관이 있는 두 가지 문제를 제기했는데, 하나는 '감정 존중'이고, 다른 하나는 정은 사람을 높고 밝은 곳으로 향하도록 이끌어야지 아래와 암흑으로 이끌어서는 안 된다는 것이다. '감정 존중'은 봉건적 속박에 반대하고 개성과 자아의 해방을 요구한 것으로, 부르주아 계급 사상의 혁명 요구를 객관적으로 반영하였다. 이는 서양의 낭만주의가 흥기했을 때 피히테[14]가 주장한 '자아의식'과 유사한 면이 있다. 공자진의 저명한 산문인 「병매관기病梅館記」에 표현된 미학관점에서 이 점은 더욱더 분명히 드러난다. 이 산문의 요지는 청나라 통치자들이 부패한 사회현실에서 올곧고 바르고 생기 있는 것들을 어떻게 훼손하는지 얼마나 굽고 기울어진 병태를 좋아했는지를 완곡하게 폭로한 것으로, 공자진의 민주주의적 미학 관점이 잘 드러나 있다. 이러한 관점은 피히테가 말한 '자아의식'처럼 결국은 유심주의적일 수밖에 없지만, 당시의 역사 조건에서 상당히 진보적일 뿐만 아니라 사람을 밝은 곳으로 이끄는 감정을 존중하는 것은 지금도 귀감이 된다.

한평생 광명전이 어디 있는지 찾았는데,

---

13 情孰爲暢? 暢於聲音. …… 凡聲音之性, 引而上者爲道, 引而下者非道, 引而之於旦陽者爲道, 引而之於暮夜者非道. 道則有出離之樂, 非道則有沈淪陷溺之患. (『龔自珍全集』 제3집)

14 [역자주] 요한 고틀리프 피히테Johann Gottlieb Fichte(1762~1814) : 독일의 작가이자, 철학가. 칸트의 유심주의 철학에 관심이 많았고, 애국자로서 국민들에게 통일의 필요성을 알리기 위해 노력했다.

이제야 알았네, 수만 개의 붉은 대문이 가로막고 있음을.[15]

광명을 동경하였지만 광명이 어디에 있는지 몰랐던 시인은 감정 존중을 실천하여 훗날 개량주의운동의 서막을 열고 큰 영향력을 발휘하였다.

청나라 말기의 사상 해방은 확실히 공자진의 공로가 크다. 광서光緖 연간의 신학자라는 사람들은 모두 그를 숭배한 때가 있었다. 『정암문집定盦文集』을 처음 읽고 마치 감전이라도 된 듯 깨달음을 얻었다.[16]

한결같이 한평생 남과 부딪치지 않았고
기풍만 열었을 뿐 스승 되려 하지 않았네.[17]

위의 글을 통해 보면, 공자진은 분명 이러한 역할을 담당하였다.

③ 평이하고 자연스러운 시풍 및 '출出'과 '입入'을 주장함

공자진은 평이하고 자연스러운 예술풍격을 제창하였다.

평이한 시 짓고자 하니,
붓만 대면 깊은 정 절로 흘러나오네.[18]

---

15 此生欲問光明殿, 知隔朱扉幾萬重. (「桂殿秋」. 『龔自珍全集』 제11집)

16 晩淸思想之解放, 自珍確與有功焉. 光緖間所謂新學家者, 大率人人皆經過崇拜龔氏之一時期. 初讀『定盦文集』, 若受電然. (梁啓超, 『淸代學術槪論』 22)

17 一事平生無齮齕, 但開風氣不爲師. (「己亥雜詩」, 『龔自珍全集』 제10집)

18 欲爲平易近人詩, 下筆情深不自持. (「雜詩, 己卯自春徂夏, 在京師作, 得十四首」)

만사가 파란만장하니,
문장이 절로 훌륭해지네.[19]

공자진은 고시를 창작할 때 특히 요구拗句[20]와 험운險韻·난자難字를 즐겨 썼기 때문에 시가 비교적 난삽했다. 그러나 율시와 절구 중 대다수의 작품에서도 이러한 특징이 나타난다. 공자진이 「존사尊史」에서 제시한 '출'과 '입'은 문장에만 적용된다. 그는 '출'과 '입'에 대해 다음과 같이 말했다.

무엇을 '선입善入'이라고 하는가? 천하 산천의 형세, 인정과 풍속, 어떤 땅에 무엇을 심어야 하는지, 어떤 성씨가 존중받는지 사관은 모두 알고 있다. 또 국가의 선조 강령부터 하급관리들이 준수해야 될 책무까지 모두 안다. 그런 다음에 마치 집안일을 이야기하듯 예와 군사·정치·형법·전고·문체를 말하고, 누가 어진지를 말할 수 있는 것을 '입'이라 한다.[21]

즉 '입'을 잘한다는 것은 마치 남의 집 보물을 다 헤아릴 수 있는 것처럼 천지간의 만사 만물을 모두 꿰뚫는다는 것이다.

무엇을 '선출善出'이라고 하는가? 천하 산천의 형세, 인정과 풍속, 어떤 땅에 무엇을 심고, 어떤 성씨가 존중받는지, 국가의 선조 강령부터

19 萬事之波瀾, 文章天然好. (「自春徂秋, 偶有所觸, 拉雜書之, 漫不詮次, 得十五首」)
20 [역자주] 拗句 : 평측에 맞지 않는 시 구절을 가리킨다.
21 何者善入? 天下山川形勢, 人心風氣, 土所宜, 姓所貴, 皆知之. 國之祖宗之令, 下逮吏胥之所守, 皆知之. 其於言禮·言兵·言政·言獄·言掌故, 言文體·言人賢否, 如其言家事, 可謂入矣. (「尊史」)

> 하급관리들이 준수해야 할 책무 등은 모두 내재적인 규율로 연관되어 있어 사관이 전적으로 담당할 수 있는 것이 아니다. 예와 군사·정치·형벌·전고·문체를 말하고, 누가 어진지를 말하는 것은 마치 배우가 노래와 춤으로 슬픔과 기쁨을 표현해내면 관객은 조용히 앉아 응시하면서 비평하는 것과 같다. 이것을 '출'이라 한다.[22]

즉 '선출'이란 세간의 온갖 사물에 대한 충분한 이해를 바탕으로 사물에 구애되지 않고 그것을 뛰어넘어 개괄하고 분석해 내는 것을 말한다.

> '선입'을 못한다는 것은 사실을 기록한 것이 아니라 담장 밖에서 들은 말이니, 어떻게 무대의 배우들을 지도할 수 있겠는가? 이렇게 되면 사관의 글은 반드시 잠꼬대로 넘쳐날 것이다. '선출'을 못한다는 것은 진지한 감정과 심오한 평론이 없으므로, 배우가 다양한 희로애락을 연기하려 하지만 손과 입이 혼란스럽게 될 것이니 어찌 스스로 슬픔과 즐거움을 말할 수 있겠는가? 이렇게 되면 사관의 글은 반드시 숨넘어가듯 헐떡이게 될 것이다.[23]

이러한 견해는 매우 정치하고 변증법적이며, 문학에도 응용할 수 있다.

'출'과 '입'에 관한 견해는 중국 문론에서 다양하게 사용되었다. 이에

---

22 何者善出? 天下山川形勢, 人心風氣, 土所宜, 姓所貴, 國之祖宗之令, 下逮吏胥之所守, 皆所聯事焉, 皆非所專官. 其於言禮·言兵·言政·言獄·言掌故, 言文體·言人賢否, 如優人在堂下, 號咷舞歌, 哀樂萬千, 堂上觀者, 肅然踞坐, 眄睞而指點焉, 可謂出矣. (「尊史」)

23 不善入者, 非實錄, 垣外之耳, 烏能治堂中之優也耶? 則史之言, 必有餘囈. 不善出者, 必無高情至論, 優人哀樂萬千, 手口沸羹, 彼豈復能自言其哀樂也耶, 則史之言, 必有餘喘. (「尊史」)

대해 최초로 제기한 사람은 남송의 진선陳善이다. 그는 독서의 '출'과 '입'에 대해 다음과 같이 말했다.

> 독서할 때 출입법을 알아야 한다. 처음에는 '입'을 추구해야 하고 종국에는 '출'을 추구해야 한다. 정확하게 파악하는 것이 입서법入書法이고, 융통성 있게 사용하는 것이 출서법出書法이다.[24]

즉 '입'이란 이해가 깊은 것이고 '출'이란 융통성 있게 활용하는 것으로, 자구를 그대로 모방하지 않는다. 반면 창작에서는 '출'과 '입'에 대해 다양한 견해가 존재한다. 청대 장식張式은 옛것을 배우고 자연을 스승으로 삼는다는 방면에서 '입'과 '출'을 논하였다. 고인으로 들어가서 자연으로 나오는 것이 바로 그것이다. 공자진과 동시대 사람인 주제周濟가 말한 '입'과 '출'은 사詞에서 말한 기탁과 관련이 있다.

> 사는 기탁이 아니면 들어가지 못하고, 기탁만 하면 나오지 못한다.[25]

공자진이 제기한 '입'과 '출'은 전적으로 생활을 관찰하고 표현하는 둘 사이의 관계를 말한다. 훗날 왕국유는 『인간사화』에서 다음과 같이 말했다.

> 시인은 우주와 인생의 안까지 들어갔다가 또 그 바깥으로 나와야 한

24 讀書須知出入法. 始當求所以入, 終當求所以出. 見得親切, 此是入書法. 用得透脫, 止是出書法. (陳善, 『捫虱新話』)

25 夫詞, 非寄託不入, 專寄託不出. (周濟, 『宋四家詞選目錄序論』)

> 다. 우주와 인생 안으로 들어갔기에 쓸 수 있고, 바깥으로 나왔기에 볼 수 있다. 안으로 들어갔기에 생기가 있고, 밖으로 나왔기에 지극한 경지에 도달할 수 있다.[26]

이러한 견해는 공자진이 말한 의미와 완전히 일치한다. 문학창작의 측면에서 말하면 모두 이치에 맞고 공감할 수 있는 담론이다.

이 밖에 공자진은 도잠과 이백처럼 세속의 부조리를 미워하고, 더러운 무리와 어울리지 않는 시인들을 추종하였다. 그의 품격은 그들과 일맥상통한다. 도잠과 이백에 대한 평론은 매우 탁월하다. 「배 안에서 도잠의 시 세 편을 읽고舟中讀陶潛詩三首」에서 도잠에 대해 다음과 같이 평하였다.

> 도잠은 형가를 즐겨 노래했으니,
> 친구가 그리워 「정운停雲」 시를 힘차게 노래했지.
> 은혜와 원망 읊조릴 때 온갖 생각 솟구쳤으리라.
> 강호에는 진정한 협객 많지 않았으니![27]

> 도잠은 제갈량처럼 재능이 뛰어났고,
> 오랜 세월 심양潯陽의 소나무, 국화처럼 고고하게 살았네.
> 시인이 끝까지 담박한 마음 지녔다고 믿지 마라,
> 2할은 「양보음」이고 1할은 「이소」라오.[28]

26 詩人對宇宙人生, 須入乎其內, 又須出乎其外. 入乎其內, 故能寫之. 出乎其外, 故能觀之. 入乎其內, 故有生氣, 出乎其外, 故有高致. (王國維, 『人間詞話』)

27 陶潛詩喜說荊軻, 想見停雲發浩歌. 吟到恩仇心事湧, 江湖俠骨恐無多.
[역자주] ※「停雲」: 도잠陶潛의 「정운시停雲詩」 4장을 지칭한 것으로, 형가와 같은 친구가 보고 싶어 큰 소리로 시를 읊조렸다는 뜻이다.

이렇듯 공자진은 인품과 시품이 일치하는 도잠에 대해 정확하게 이해하였다. 도잠이 세상과 멀리하며 자신의 목소리를 내지 않았다고 평가한 5·4이후 일부 부르주아 계급 문인들의 견해와 비교하면 훨씬 탁월하고 정확하다. 동시에 이러한 평에서 공자진이 도잠을 왜 찬미했는지 알 수 있으며 공자진의 처세술과 시 창작 태도도 엿볼 수 있다. 『최록 이백집最錄李白集』에서 공자진은 풍부한 환상을 지닌 장자莊子와 악을 원수처럼 싫어하는 굴원, 유儒·선仙·협俠[29] 삼자합일의 견해에 입각하여, 이백의 시품과 인품을 비유하고 평론하였는데, 식견이 매우 탁월하고 낭만주의 시인 이백의 기질과 특징을 비교적 형상적으로 설명하였다.

2) 위원

위원魏源(1794~1857)은 자가 묵심黙深이고, 호남성 소양금담邵陽金潭(지금의 융회현隆回縣) 출신이다. 도광道光 24년에 진사가 되었고, 관직은

28 陶潛酷似臥龍豪, 萬古潯陽松菊高. 莫信詩人竟平淡, 二分梁甫一分騷.
[역자주] ◦「梁甫吟」: 회재불우懷才不遇로 인한 자신의 좌절과 불만을 노래하면서, 자신을 알아주는 임금을 만나길 바라는 마음을 노래한 악부시.
◦「離騷」: 중국의 서정적 장편 서사시로, 전국시대 초나라 굴원의 작품이다. 「이소」란 근심을 만난다는 뜻이며, 초나라 회왕懷王과 충돌하여 물러나야 했던 실망과 우국의 정을 노래하였다.

29 [역자주] ◦ 권세와 부귀에 굴하지 않는 유가적 면모: "安能摧眉折腰事權貴, 使我不得開心顏." (李白, 「夢遊天姥吟留別」)
◦ 세속과 멀리하는 도가적 면모: "且放白鹿青崖間, 須行卽騎訪名山." (李白, 「夢遊天姥吟留別」)
◦ 자유분방한 협객의 면모: "停杯投箸不能食, 拔劍四顧心茫然." (李白, 「行路難·其一」)

고우高郵의 지주知州까지 올랐다. 태평천국혁명을 진압하는 데 참여한 적이 있다. 저서에는 『고미당시문집古微堂詩文集』과 『해국도지海國圖志』 등이 있고, 공자진과 이름을 나란히 하는 금문학가今文學家[30]이다.

위원은 변법에 관련된 주장을 한층 더 명확하게 제기하여, 오랜 세월 동안 세상에는 폐단이 없는 법도 없고, 영원히 변치 않는 법도 없다고 하였다. 또 시대에 따라 변할 것을 요구하면서 개혁을 철저히 할수록 백성들은 더욱 편안해진다는 사상을 내세우며, 옛것을 가지고 현재의 준칙으로 삼는 것은 현재를 무시하는 것이고, 현재의 것으로 옛것의 규칙으로 삼는 것은 옛것을 멸시하는 것이라고 하였다. 그러나 위원이 주장한 '개혁'은 한계가 있기는 하다. 변하지 않는 것은 오직 도뿐이라는 그의 말은 역사와 계급에 대한 한계를 충분히 드러낸다.

또 그는 서양을 배워야 할 것을 가장 먼저 주장한 사상가 중 한 명으로, 오랑캐의 장점을 배워서 오랑캐를 제압해야지,[31] 관문을 걸어 잠그고 나라를 지키는 것에 반대하였다. 민족 간의 갈등이 주요 갈등이 되고 중국에 대한 제국주의의 침략이 강화되는 상황에서, 열강의 장점을 배워 열강의 침략에 저항할 것을 요구하였다. 위원은 금문경학가와 신학·서학의 결합을 촉진시켜, 훗날 개량주의 사상의 선구자가 되었다. 그는 공자진처럼 위기가 도래할 것을 예감했지만, 문제를 해결할 수 있는 출구는 찾지 못했다.

30 [역자주] 금문경今文經은 한나라 초기 유생들에 의해 입으로 전해지고 당시 유행했던 예서로 기록된 경전을 가리킨다. 고문경古文經은 선진先秦시기의 고주문자古籒文字로 쓰였는데, 전한시대에 민간에서 모으고 공자 고택의 벽 사이에서 발견된 경전을 가리킨다.

31 師夷長技以制夷. (『海國圖志·序』)

① 문文과 세도世道

초기 개량주의자였던 위원은 글이 세상의 흥망성쇠와 함께한다고 인식하였다. 그래서 남송의 글은 북송만 못하고, 만당의 글은 중당만 못하며, 양진兩晉(서진, 동진) 육조의 글은 양한兩漢(서한, 동한)만 못하다고 여겼다.[32] 이러한 명제에는 합리적인 요소가 포함되어 있고, 세상은 말세가 되어도 인재는 다 사라지지 않는다는 유협의 관점과 완전히 일치한다. 물론 청 왕조를 떠받들어 위대한 청왕조 200년은 치평을 지나 승평을 거쳐 태평으로 접어들었다고 한 것은 일리가 전혀 없다. 그는 또 문이관도文以貫道를 주장하였다.

> 수많은 물줄기는 바다로 흘러들어가고, 수많은 사상가는 도를 주관한다. 허虛로 기울면 말에 내용이 없고, 실實로 치우치면 마음에 자득하는 바가 없다. 이것은 모두 도가 존재하지 않는 것이니 문이라고 할 수 없다.[33]

그가 말한 도는 임금이 명령하면 신하는 반드시 받들고, 아버지가 명령하면 자식은 반드시 존중하고, 남편이 말하면 부인은 반드시 따라야 한다는 봉건시대의 유가 윤리관념을 끝내 넘어서지 못하였다. 아울러 만물은 반드시 마음을 근본으로 하고, 마음의 근원을 깨달으면 만물은 반드시 나에게 갖추어져 있다는 명확한 유심주의 요소도 지니고 있

---

32 南宋之文必不如北宋, 晚唐之文必不如中唐, 兩晉·六季之文, 必不如兩漢. (「國朝古文類鈔序」)

33 百川止於海, 百家莞乎道. 畸於虛而言之無物, 畸於實而言無心得, 是皆道所不存, 不可以爲文. (「國朝古文類鈔序」)

다. 그러나 그가 말한 '도'는 동성파 혹은 다른 문론가들이 말한 '도'와는 다른 점이 있다. 위원이 말한 '도'는 유물주의 경향을 내포하고 있으므로, 직접 접해 봐야 알 수 있고, 직접 해 봐야 실천의 어려움을 안다면서, 어찌 해보지 않고 알 수 있는 자가 있겠냐고 인식에 대한 경험의 중요성을 강조하였다. 그뿐만 아니라 변증법적 견해도 갖추고 있다.

> 더위가 극에 달하면 더는 덥지 않고 추워진다. 추위가 극에 달하면 더는 춥지 않고 더워진다. 소멸과 생장은 같은 문으로 모이고, 화와 복은 뿌리가 같다.[34]

> 천하 만물은 홀로 존재하지 않고 반드시 쌍을 이루어 존재한다. 쌍을 이루는 가운데, 반드시 하나는 주가 되고 다른 하나는 부차적인 것이 된다. 그런즉 쌍을 이루면서 독립성을 잃지 않아야, 상반상성이 가능해진다.[35]

대립적인 사물의 모순과 통일, 그리고 통일 가운데에는 주主와 부副가 존재한다는 것을 인식하였다.

② 발분하여 창작함

위원은 정치를 개량한다는 관점에서 출발하여 '문이관도文以貫道', '비흥', '발분저서'를 요구하고, 빈 수레를 꾸미기만 하는 것에 반대하

34 暑極不生暑而生寒, 寒極不生寒而生暑. …… 消與長聚門, 禍與福同根. (「默觚·學篇五」, 『古微堂內集』 卷1)

35 天下無獨必有對. …… 有對之中, 必一主一輔, 則對而不失爲獨. …… 相反適以相成也. (「默觚·學篇十」, 『古微堂內集』 卷1)

였다.

송옥과 경차·매승·사마상여 이후에는 육경의 뜻을 요약하여 문장을 짓는 것을 몰랐기에, 문장이 도로 관통되지 못하였다. 소통과 서릉 이후에는 문장을 가려 뽑는 자들이 『시경』과 『서경』을 문헌으로 떠받들어야 함을 알지 못하여 나누고 쪼개는 바람에, 위로는 치적을 고증하지 못하고 아래로는 학문을 분석해 내지 못하여, 총집은 경전을 준칙으로 삼지 못하게 되었다.[36]

소명태자가 『문선文選』에서 아름다운 글만 모으고, 이선이 『문선주文選注』에서 명칭과 물상에 대해서만 고증한 이래, 시인들의 뜻이 무엇인지 묻지 않게 되어, 시교가 한 번 피폐해졌다. 종영과 사공도·엄우가 「시품」과 『이십사시품』·『창랑시화』에서 전적으로 음절과 풍격만 헤아린 이래, 시인의 뜻이 무엇인지 묻지 않게 되어, 시교가 또 한 번 피폐해졌다. 흥취가 처량하거나 고준高峻하여 고시의 뜻을 얻으려 한들 어찌 가능하였겠는가? 「이소」는 시의 형식을 빌려 흥을 취하고 사물을 통해 비유하였는데 직설적으로 표현해서는 안 되기 때문에, 완곡하게 표현하였다. 감정은 과격해서는 안 되기 때문에 비유를 사용했다. 시를 읊어 세상을 논하고, 깊숙이 감추어진 은미한 뜻을 밝혀 그 사람을 알고, 자기의 뜻으로 시인의 뜻을 헤아려 『시경』이 모두 성인과 현인들이 세상을 향해 분노를 토해낸 작품임을 비로소 알게 되었다. 어찌 단지 빈 수레를 꾸민 것에 불과하겠는가?[37]

36 宋·景·枚·馬以後, 不知約六經之旨成文, 而文始不貫於道. 蕭統·徐陵以後, 選文者不知祖『詩』·『書』文獻之誼, 瓜分豆剖, 上不足考治, 下不足辨學, 而總集始不秉乎經. (「國朝古文類鈔序」, 『古微堂外集』 卷3)

37 自昭明『文選』專取藻翰, 李善『選』注專詁名象, 不問詩人所言何志, 而詩教一敝. 自鍾嶸·司空圖·嚴滄浪有詩品·詩話之學, 專揣於音節風調, 不問詩人所言何志, 而詩教再敝. 而欲其興會蕭瑟嵯峨, 有古詩之意, 其可得哉! 「離騷」之文, 依詩取興, 引

소명의 『문선』과 종영의 「시품」, 엄우의 『창랑시화』에 대한 위원의 인식이 단편적이고 낙후성을 띠긴 했지만, 그의 주장의 핵심임은 분명하다. 즉 시란 뜻을 말해야 하고, 감정이 차오를 때 써야 하고, 비흥이 있어야 하며, 화려한 형식주의에 반대한 것이다. 이것은 그 당시 시문을 겨냥한 것으로 긍정적인 의미가 있다.

③ 풍계분馮桂芬

이 밖에 양무파에 참가한 사람들의 관점 역시 간단하게 언급할 만하다. 양무파의 출현은 봉건주의 계급이 새로운 역사 상황에서 사실상 분열되었음을 나타낸다. 군사와 기술방면에서 서양을 학습하자는 양무운동의 일부 조치는 생산력을 증대시키고, 사회의 발전을 촉진시켰다. 이것은 당시의 역사 조건하에서 적극적인 의미를 지니지만, 이로 인해 완고파 봉건주의자들의 반대에 부딪혔다. 예를 들면 증국번曾國藩에 의해 동성파로 분류된 곽숭도郭嵩燾는 양무를 주창했다는 이유로 완고파 봉건주의자들의 강한 반대에 부딪혀 해외 사신으로 파견되는 징계를 받았고, 돌아오자마자 또 세상의 무거운 비난을 견뎌야 했다.

초기 양무파와 개량주의자의 중간에 서있던 풍계분馮桂芬(1800~1874)은 당시 상황에서 유의미한 관점을 주장했다. 풍계분은 「장위생에게 다시 답함復莊衛生書」에서 문이란 도를 담아내는 것이라고 주장하면서 다음과 같은 인식을 드러냈다.

類譬喩, 詞不可以徑也, 故有曲而達焉. 情不可以激也, 故有譬而喻焉. …… 誦詩論世, 知人闡幽, 以意逆志, 始知『三百篇』皆仁聖賢人發憤之所作焉, 豈第藻繪虛車已哉? (「詩比興箋序」, 『古微堂外集』 卷3)

> 도가 반드시 천명天命이나 천성天性을 말하는 것은 아니다. 모든 전장典章과 제도制度, 명물名物과 상수象數에 도가 기탁되지 않은 것이 없으니, 문장으로 드러내지 못하는 것이 없다. 분석하여 바로잡고, 드러내어 밝히고, 오묘한 이치를 탐구하고, 정수를 밝혀낼 수 있으면, 뛰어난 문장이다.[38]

도를 심신성명心身性命으로만 간주한 이학가와 동성파에 비하면 훨씬 탁월하다. 이는 실제적인 것에 힘쓰고 공허한 내용에 반대한 그의 학풍과 일치한다. 아울러 풍계분은 법도를 고수하자는 동성파의 의법설義法說에 강력하게 반대하며 다음과 같이 말했다.

> 오직 나만 의법설을 믿지 않는다. 글은 평기농담平奇濃淡·단장고하短長高下를 따르기만 하면 훌륭하지 않은 것이 없다. 저절로 절주가 생기고 단계가 생기고, 정반正反이 서로 상응하고, 논지가 모두 합당하니, 번거롭게 규칙에 맞춰 더하거나 잘라내지 않아도 저절로 어우러진다. 마음에 딱 들어맞게 말하니, 반드시 의법이 있어서 그런 게 아니다. 글이 이루어지면 법이 세워지니, 반드시 의법이 없는 것도 아니다. 글을 쓰는 사람들이 의법으로 고문을 지었는데도 글이 저속하여, 선진과 양한의 고문과는 완전히 다르다.[39]

38 道非必'天命'·'率性'之謂, 擧凡典章制度·名物象數, 無一非道之所寄, 卽無不可著之於文. 有能理而董之, 闡而明之, 探其奧賾, 發其精英, 斯謂之佳文.
[역자주] 명물名物은 사물에 이름을 붙이는 것이고, 상수象數는 『주역』에서 상과 수로 세상의 이치를 설명하는 이론이다.

39 顧獨不信義法之說. …… 文之佳者, 隨其平奇濃淡, 短長高下, 而無不佳. 自然有節奏, 有步驟, 反正相得, 左右咸宜, 不煩繩削而自合, 稱心而言, 不必有義法也. 文成法立, 不必無義法也. …… 操觚者以義法爲古文, 而古文卑, 必非先秦·兩漢之作也. (「復莊衛生書」, 『顯志堂集』 卷5)

풍계분은 지주계급 가운데 비교적 깨어있는 진보적인 지식인으로, 동성파의 도통이나 문통에 대해 강력하게 비판하였다. 풍계분은 시에 대해 다음과 같이 인식하였다.

> 시란 민심의 좋고 나쁨을 저울질하는 잣대이고, 정치의 득실을 살피는 근원이다.[40]

시에서 민풍의 흥성과 쇠퇴를 보면, 정치인들은 민중과 소통할 수 있다고 여겼다.

> 은미하지만 분명하게 드러내고 완곡하지만 풍자할 수 있는 것으로는 시가 최고인데, 후세에 실제와 맞지 않다고 생각해 폐지해버렸다. 그러니 윗사람과 아랫사람의 정이 통하지 않는 것은 당연하지 않겠는가![41]

이것은 개량주의 입장에서 시가의 정치적 역할을 중시해야 함을 요구한 것이다. 풍계분은 서양 자본주의를 학습할 때 중국의 윤리강상과 명교를 근본으로 삼아야 한다는 관점을 제기하였다. 이를 통해 초기 양무파와 중국 봉건주의가 사상적으로 깊게 연계되어 있음을 알 수 있다. 여기에서 제기한 것은 중학中學을 체體로 삼고, 서학西學을 용用으로 삼아야 한다는 것이다. 한 시대의 완벽한 사람이자 한 시대의 걸출한 인재로 증국번을 찬미한 왕도王韜(1825~1897)[42] 역시 변법을 주장하

40 詩者, 民風升降之龜鑒, 政治張弛之本原也.(「復陳詩議」, 『校邠廬抗議』)

41 微而顯, 婉而諷, 莫善於詩. 後世以爲迂闊而廢之, 宜乎上下之情之積不能通也.(「籌國用議」, 『校邠廬抗議』)

여 시대조류에 순응하였지만, 그가 주장한 '변變'은 단지 병사를 훈련하는 법, 학교에서 배우는 공허한 글, 인재를 뽑는 방법 같은 것에 국한되어, 봉건 윤리 관념인 '도'에 대한 생각을 변화시킬 수 없었다. 그는 문예창작은 진지함을 숭상하고 진위를 구별해야 한다고 하였으며, 시대의 혼란만 읊조려야지 태평성세를 수식해서는 안 된다고 하였다. 또 옛것과 달라야 한다면서, 구차하게 같게 하느니 차라리 다른 것이 낫다고 했다. 또 창작이란 자신의 마음속 이야기를 토로해야 한다면서, 옛 문장을 따다 쓰는 것을 학식이 풍부하다고 하고, 아로새기고 꾸미는 것을 훌륭하다고 여기며, 당나라를 종주로 삼고 송나라를 계승하는 것을 높이 여기고, 두보를 모방하고 한유를 본받는 것을 능력 있다고 여기는 당시의 풍조에 반대하였다. 이러한 주장들은 청대 정통문단의 복고주의와 모방 풍조를 겨냥한 것으로 긍정적인 의미가 있다. 그러나 그의 문론 가운데에는 수준이 떨어지는 내용도 적지 않다. 예를 들면 그는 유만춘俞萬春의 『결수호전結水滸傳』[43]을 칭송하면서, 김성탄의 평점을 전전前傳으로 삼고 『결수호전』 즉 『탕구지蕩寇志』를 후전後傳으로 삼을 것을 주장하였다. 이렇게 해야 독자들은 두려워서 불의를 행하지 않고, 흉포한 자들은 제명에 죽지 못한다는 것을 알게 될 것이라고 했다. 이러한 견해는 인민을 대하는 초기 양무파의 정치적 태도를 잘

42 [역자주] 王韜 : 중국 청대말기 개량파改良派의 사상가, 평론가, 학자이다.

43 [역자주] 『結水滸傳』 : 청나라 유만춘이 창작한 장편소설로, 도광 6년(1826)에 쓰기 시작해서 도광 27년(1847)에 완성했는데, 중간에 세 차례나 내용을 완전히 바꾸어 소설 완성에 22년이 걸렸다. 유만춘은 송강을 중심으로 한 양산박 기의를 적대시하는 김성탄의 사상과 궤를 같이하여, 김성탄의 70회 요참본에 이어 71회부터 썼다. 유만춘은 이 소설을 『탕구지蕩寇志』라고 이름했는데, 초각본은 『후수호전』이라고 하였다.

설명해 준다.

3) 태평천국의 혁명문학 이론

제1차 아편전쟁이 실패한 후 제국주의의 정치적 침략과 경제적 침탈이 강화됨에 따라, 민족갈등과 계급갈등이 심화되고 극렬해졌다. 1851년 광서廣西 금전金田에서는 중국과 아시아 근대사에서 가장 위대한 1차 농민혁명이 발발하였다. 이로 인해 중국 역사상 크고 작은 무수한 농민운동 이론이 새롭게 제기되었고, 나아가 공상적 사회주의를 실현할 것을 주장하였다. 게다가 선명하고 급진적인 정치 강령, 조직의 엄밀한 규칙, 방대한 규모, 광범위한 인원 동원 등은 농민혁명 역사상 유래가 없었다. 썩어 문드러진 청 왕조에 타격을 가하였고, 동시에 2000년 동안 내려온 봉건전통 관념에 강력한 충격을 가하고 이를 말끔히 소탕하여 민주혁명의 서막을 열었다. 또 반제국주의와 반봉건주의에 대한 중국 인민들의 혁명투쟁을 크게 고무시켜 아시아의 수많은 민족민주혁명운동에 영향을 끼쳤으며, 마르크스와 엥겔스의 뜨거운 찬사와 높은 평가를 받았다. 그러나 태평천국혁명에 반대했던 국내외 세력에 의해 토벌당하고 내부분쟁과 봉건사상이 점차 확대됨에 따라, 결국 장렬한 종말을 맞이하였다.

태평천국이 혁명투쟁에서 제기한 문화 혹은 문예에 대한 주요 주장은 다음과 같다.

첫째, 태평천국은 남경을 수도로 삼은 후에, 다음과 같은 강령을 명확하게 제시하였다.

> 공자·맹자·제자백가의 요사스럽고 사악한 말들은 모두 태워 없애버리고, 이를 사고팔고 숨겨놓고 읽는 것도 금지한다.[44]

아울러 산서아刪書衙를 설치하여 사서四書 오경五經 중에 귀신이야기와 요사스러운 이야기를 전적으로 제거하였다. 동시에 과거시험의 내용을 개조하였는데, 수당隋唐 이래 특히 원명元明 이래 경서의 뜻으로 시험을 보아 관리를 발탁하고, 주희의 주석을 해석의 근간과 입론의 근거로 삼는 엄격한 규정을 제거하였다. 시험문제는 사서오경에서 내지 않고, 팔고문과 배율시 형식에 반대하였다. 이러한 운동은 사상문화와 문학예술에서 봉건주의의 전통에 반대한 긍정적인 의미가 있지만, 모든 문화유산을 부정하는 편협성을 드러내었다.

둘째, 문학은 혁명적 정치투쟁의 역할을 담당해야 한다고 강조하였다.

> 임금께 알리는 상소와 백성에게 알리는 글은 특히 정치와 관련이 있어야 한다.[45]

> 문예가 비록 함축을 중시할지라도 실제로는 인품과 학문에 관련된 것이니, 한 글자 한 구절이라도 요사스럽고 사악한 말들을 반드시 제거하여 하늘의 진리에 부합하고 새로운 세상의 위대한 모습을 드러내야 한다.[46]

44 凡一切孔孟諸子百家妖書邪說者盡行焚除, 皆不准買賣藏讀也. (「詔書蓋璽頒行論」)

45 一應奏章文諭, 尤屬政治所關. (「戒浮文巧言諭」)

46 文藝雖微, 實關品學, 一字一句之末, 要必絕乎邪說淫詞, 而確切於天教眞理, 以闡發乎新天新地之大觀. (「欽定士階條例」)

이렇듯 문예는 농민혁명 정치와 새로운 세상의 위대한 모습을 밝히는 데 특수하고도 홀시할 수 없는 역할을 해야 한다고 명확하게 주장하였다. 아울러 시는 뜻을 일으키고 논설은 시비와 득실을 엄격하게 분별할 수 있다고 하여, 시와 문은 혁명투쟁을 위해 봉사해야 한다고 했다.

셋째, 혁명 정치를 위해 제대로 봉사하기 위하여, 소박한 문풍을 강조하고 지나치게 화려한 문장에 반대하였다. 부염한 글은 내용에 도움이 되지 않을 뿐만 아니라, 오히려 해가 된다고 하였다. 태평천국혁명의 지도자들은 인심이 현혹되고 진리를 교란시킬 것을 염려하여, 거짓을 버리고 진실을 따르며, 부염함을 버리고 사실을 따라야 한다고 하였다. 또 공허한 문장은 받들지 말고 진리는 각자 마음속에 존재하는 것임을 절박한 심정으로 사람들에게 알렸다. 또 내용의 진위 문제뿐만 아니라, 문풍의 부염함과 충실함의 문제도 언급하였다. 문장은 사실을 기록하고 말은 마음의 소리를 중시해야 하며, 질박하고 알기 쉬운 형식으로 써서 혁명투쟁에 도움이 되어야 한다면서, 문풍을 철저하게 개혁해야 한다고 주장하였다. 즉 내용을 사실적으로 서술하고, 한 단어라도 화려하게 꾸며서도 안 되며 한 글자라도 허황된 것을 쓰지 말라고 하였다. 또 경건한 뜻은 있어야 하지만 고전적인 말투로 할 필요는 없고, 상소문이나 공문서는 반드시 사실에 맞게 명확하게 써서 사람들이 일목요연하게 알 수 있도록 해야만 하늘의 뜻과 진리에도 부합된다고 하였다. 그러면서 '공허한 글'은 버리고 '겉치레 말'은 금지할 것을 요구했으며, 심지어 봉건 계급적 성향이 뚜렷하다고 낙인찍힌 특정한 어휘인 용덕龍德·용안龍顏·백령승운百靈承運·사직社稷·종묘宗廟 등과 같은 괴상망측한 글자들과 학산鶴算·귀년龜年·악강嶽降 등 허황된 어휘들은 모두 엄격하게 금지해야 한다고 하였다. 그리고 태평천국 지도자는 종전의 퇴폐적이고 낡은 세습들을 모두 쓸어내야 한다고 강력하게 요구하였고, 꽃과 나무를 노래하는 육조六朝의 옛 습관과 공허한 말로 현실에 보탬이 되지 않는 작품에 대해서는 단호하게 반대하였다.[47]

> 그러한 글을 읽어서 수사와 뜻에 얽매이게 하느니, 읽지 않게 하는 것이 좋은 방법이다.[48]

이는 사실상 농민혁명의 입장에서 내용이 공허하고 형식만 늘어놓는 육조 이래 문풍을 청산한 것이다. 또 다른 사람의 책을 모방하는 것에 반대하고 천지의 이치를 관찰할 것을 요구하였지만, 상제上帝에게 충성하는 것을 모든 언행의 궁극적인 근거로 삼을 것을 요구하기도 하였다.

① 『사응루시화射鷹樓詩話』

아편전쟁 이후 나온 임창이林昌彝의 『사응루시화』는 당시에 영향력이 크지 않았지만, 강렬한 애국주의 사상과 진보사상을 담고 있는 시화이다.

임창이(1803~?)는 자가 혜상惠常이고, 복건성福建省 후관侯官(지금의 민후閩侯) 사람이다. 초년기는 생활이 궁핍하였다. 방준이方濬頤는 임창이가 쓴 『해천금사록海天琴思錄』에서 다음과 같이 말했다.

47 『欽定軍次實錄·諭天下讀書士子』.

48 與其讀之而令人拘文牽義, 不如不讀又有善法焉. (洪仁玕, 「戒浮文巧言諭」)

> 임창이는 경전에 심오하고 예와 음악에 정통하며 천부적으로 시를 잘 썼다.[49]

임창이는 아편전쟁 때 『평이십육책平夷十六策』과 『파역지破逆志』 등의 저서를 남겼고, 임측서林則徐의 인정을 받았다. 그는 시로 사회의 빈부대립을 폭로하고 침략에 반대하는 투쟁을 해야 한다고 했는데, 모두 긍정적인 의미를 지닌다.

그는 시화집의 이름을 '사응射鷹'이라 했는데, 이는 당시의 침략자인 제국주의 영국을 사격한다는 뜻이다. 아편전쟁 시기 위원과 임측서·장유병張維屏·손정신孫鼎臣·주기朱琦 등과 같은 애국주의 작가와 작품 들을 추앙하여, 두 권으로 엮어 대대적으로 선전하였다. 이 책은 당시 제국주의 침략에 반대하는 중요한 작품을 수록하였을 뿐만 아니라, 강렬한 애국주의 시대정신이 녹아 있는 평론을 하였다. 예를 들면 패청교貝青喬 등과 같은 애국지사의 시를 추앙하여 다음과 같이 평하였다.

> 시경詩境이 달빛 아래 슬픈 피리 소리 들려오고, 서리 내린 하늘에 기러기 구슬피 우는 듯하다. 또 백전의 용사들 가는 곳마다 대적할 사람 없는 듯하다.[50]

또 다른 사람들의 시를 평한 적지 않은 평론에서 당시의 부패한 정치를 날카롭게 비판하였다. 그러나 그는 시를 논할 때 고증을 지나치

49 邃於經, 精於禮, 通於樂而性於詩.

50 詩境如悲笳吹月, 哀雁呼霜. 又如百戰健兒, 所向無敵. (『射鷹樓詩話』 卷1)
[역자주] 장홍기張鴻基가 지은 「유감有感」·「독사讀史」·「음사吟史」에 대한 평이다.

게 좋아하였는데, 이는 옹방강의 기리설肌理說과 당시 고증학풍의 영향을 받은 게 틀림없다. 이 점은 그의 『해천금사록』에 분명하게 나타난다.

『사응루시화』에서 임창이는 내우외환이 심각해지는 상황에서 시가의 창작은 경제에 도움이 되고 시대를 반영하는 역할을 해야 한다고 하면서, 위원의 『고미당시초古微堂詩抄』 같은 것이 모범적인 작품이라 했다. 그러나 세상에서 장구만 아로새기는 자들을 보면 이와는 거리가 멀다고 했다. 긍정적인 의미를 갖춘 작품을 써내기 위해서 육유陸遊 같은 애국주의 시인을 예로 들어, 시인은 사회에 대해 이상과 포부를 가져야 한다면서 포부를 소중히 여겨야 대가가 될 수 있다고 하였다. 그는 시를 논할 때 진실을 추구할 것을 주장하고, 성정을 떠나 격률만 따지는 것에 반대하였다.

구체적인 창작문제에서 시가가 경제에 도움이 되고 시대를 반영하는 역할을 발휘하기 위해서는 목적을 가지고 글을 쓰고 취지를 담아내야 한다고 강조하였다.

> 시 창작은 주제가 있어야 하고 그런 후에 성정과 풍격을 논해야지, 손이 가는 대로 쓰고, 아무런 내용없이 써서는 안 된다. 즉 시는 써도 그만 안 써도 그만인 것이 아니다.[51]

그는 창작의 독창성을 주장하고 만청晩淸 이후의 의고주의에 반대하였다.

---

51 作詩需有命意以後講性情風格，不可隨手成章，空空寫去，則於詩便不是可作可不作者矣.（『射鷹樓詩話』卷14）

> 시 작가는 앞으로는 고인도 없어야 하고 뒤로는 후생도 없어야 대가가 될 수 있다. 편법篇法·구법句法·자법字法이 반드시 고인과 같아야 한다면, 단지 고인의 하수인이 될 뿐이다.[52]

또 창작의 다양화를 제창하고 풍격의 단일화에 반대하였다.

> 반사농潘四農은 시를 논할 때 '질실質實' 두 자만 취했는데, 이 역시 편견이다. 시의 풍격은 다양하다. 어찌 '질실' 두 글자로 시를 개괄하고, 그 밖의 것은 물을 필요가 없겠는가? '질실'이 여러 풍격 가운데 하나라고 하면 되겠지만, '질실'이 모든 풍격을 개괄한다고 하면 안 될 것이다. '질실'이 여러 풍격 가운데 하나라면 폐단이 안 되겠지만, '질실'만 말한다면 융통성이 없고 진부하고 졸렬해질 것이니 그 폐단은 이루 다 말할 수가 없다.[53]

시가는 목적을 가지고 써야 하고, 당시 사회에 도움이 되어야 하며, 그와 상응하는 예술표현 및 풍격의 다양화가 이루어져 한다는 것이다. 이러한 견해는 긍정적인 의미를 지니며 비교적 합리적이다. 『사응루시화』는 사상적으로 근대 첫 번째 애국주의 문학총집인 『보천충분집普天忠憤集』 편찬에 직접적인 영향을 주었다. 급변하는 시대적 요구에 부응하기 위해, 임창이는 시가가 소위 '이理' 즉 이취理趣를 표현해야 한다고 주장하였다. 동시에 큰 이치만 중시하는 것은 반대하였는데, 바로

52 作詩者須前無古人, 後無來者, 方爲大家. 若篇法·句法·字法必求肖古人, 徒爲古人執掃帚耳. (『射鷹樓詩話』 卷4)

53 潘四農論詩專取質實二字, 亦有偏見. 蓋詩之品格多門, …… 豈得以質實二字遂足以概乎詩, 而其餘概不必問也. …… 蓋質實爲諸品之一品則無流弊, 若專言質實, 流於枯, 流於腐, 流於拙,則其弊有不可勝言者. (『射鷹樓詩話』 卷16)

'이장理障'이라 말한 것이 그렇다. 이 역시 비교적 합리적이다. 그의 『사응루시화』에는 봉건 잔재도 적지 않은데, 특히 유가의 전통관념 및 온유돈후溫柔敦厚라는 시교의 영향과 왕사정王士禎의 '신운설神韻說'의 영향을 벗어나지 못하였다.

제2절 변문騈文 이론의 흥기

1) 이조락李兆洛

이조락(1769~1841)은 자가 신기申耆이며, 만년의 호는 양일노인養一老人이다. 일찍이 안휘성 봉대현鳳臺縣의 지현知縣을 역임하였고, 만년에 강음江陰 기양서원暨陽書院에서 20년 동안 강의를 담당했다. 저서로 『이씨합간오종李氏合刊五種』과 『양일재문집養一齋文集』 등이 있다. 그는 청대 중엽에 흥기한 변문과 산문 간의 패권 다툼에서 이론 방면의 중요 대변인 중 한 사람이었고, 아편전쟁이 발발한 다음 해에 사망했다.

① 변문의 흥기

당나라 중엽 고문 운동이 흥기한 이후, 고문(산문)은 변체문과 대립적인 문체가 되었고, 아울러 변체문을 제치고 당나라와 그 이후 각 조대의 문단을 이끈 중심 문체가 되었다. 당송시기에 고문이 크게 발전하여, 금나라와 원나라부터 청대에 이르기까지, 당송 팔대가를 학습하여 고문을 짓는 사람들이 갈수록 증가하였다. 그러나 영향력이 비교적 컸던 동성파를 포함해서 새로운 진전을 이루지는 못하였다. 더욱이 변문은 항상 겉치레에 치중해서 내용은 공허하고 실용적이지 못했다. 변체문은 송·원·명으로 이어지는 역사 속에서 4·6으로 정형화되고 격조도 갈수록 낮아져, 영향력 있는 작품과 작가가 더욱 적어졌다. 그러나 청대 고증학의 흥기로 학술사상에 새로운 변화가 발생하면서, 오히려 변문은 점차 발전하게 되었다. 고증학의 흥기가 변문의 발전을 촉진한 이유는, 첫째 한漢나라 학술을 숭배하는 고증학이 실용적인 학문을 숭상하고, 송학을 숭배하는 고문가들이 겉치레를 중시하는 것에 반대하였기 때문이다. 다른 하나는 대부분 학문적 연원이 있는 고증학자들이 수사와 전고활용을 자유자재로 구사했기 때문이다. 변문 작가들은 일반적으로 모두 한학가들 중에서 나왔는데, 왕중汪中·손성연孫星衍·홍량길洪亮吉 등이 그러하다. 청대 초기에 변문 작가가 계속 출현했는데, 진유숭陳維崧·오기吳綺 등이 이에 속한다. 진유숭은 『여체문집儷體文集』이 있다. 청대 중엽에는 변문 작가가 무리 지어 출현했는데, 주문한朱文翰의 『국조변체정종國朝駢體正宗』 등이 출간되어, 이른바 변체 중흥의 국면이 형성되었다.

이러한 상황이 전개되자 대표적 성격을 띤 이론을 가장 먼저 제기한 사람은 원매袁枚였다. 그가 변문을 숭상한다고 해서 산문을 억제하지는 않았지만, 변체는 수사가 특히 정교하고 육경이 기원이 되어, 한·위시대로 그 계통이 이어지고, 육조시대에 그 흐름이 막힘없이 펼쳐졌다면서, 산문과 변문·기수奇數(홀수)와 우수偶數(짝수)는 모두 자연현상으로 병존해야지 어느 하나를 버릴 수 없다며 다음과 같이 말하였다.

> 그대가 면장綿莊(程廷祚)에게 "산문은 적용할 수 있는 것이 많고 변체는 쓸모없는 것이 많기에 『문선』은 배울 만하지 못하다"라고 답하였는

데, 이는 잘못된 것입니다. 옛날에는 산문과 변문을 알지 못했습니다. 『상서』에서 "欽明文思安安(사방을 환히 통찰하고 나라의 장래를 멀리 내다보고 계획하는 요임금의 모습은 늘 온화하고 너그러우셨다)"이라고 한 것은 산문이고, "賓於四門(네 개의 문에서 손님을 맞이하게 하시니)"·"納於大麓(큰 산기슭에 들어가게 하시니)"이라고 한 것은 변문이 아니겠는지요?[54]

변문이 발전함에 따라, 당시 문단의 주도권을 쥐고 있던 동성파의 자리를 빼앗기 위해 이조락은 변체를 대량으로 창작할 것을 주장하였고, 이러한 문학사조의 주요 대변인 중 한 사람이 되었다.

이조락은 요내의 『고문사류찬』에 맞서 『변체문초騈體文鈔』를 편찬했는데, 진나라의 「봉산각석峰山刻石」과 「태산각석泰山刻石」 등에서 시작해서, 진나라부터 육조시기까지의 변문을 몇 가지 종류로 나누어 선별하여, 모두 71권을 편찬하였다. 몇몇 변문의 첫머리에 설명과 서문 등을 첨부하여 동성파 『고문사류찬』의 지위를 빼앗고자 하였고, 아울러 이론을 통해 변문운동을 제창하였다.

당시에는 귀유광과 방포를 극진하게 추앙하여 산문을 숭상하고 변문을 경시하였는데 이조락 그대는 당송시대에 전해지는 작품들은 모두 진나라와 한나라에서 비롯되었고, 진나라와 한나라의 변려문은 실제 당나라 송나라 산문의 조상이라 하였으니, 이는 나의 논지와 잘 맞습니다.[55]

54 足下之答綿莊曰: "散文多適用, 騈體多無用, 『文選』不足學." 此又誤矣. …… 古之文, 不知所謂散與騈也, 『尙書』曰: "欽明文思安安", 此散也. 而"賓於四門"·"納於大麓", 非其騈焉者乎? (「答友人論文第二書」, 『小倉山房文集』 卷19)

55 時論盛推歸·方, 崇散行而薄騈偶, 君則謂, 唐·宋傳作, 皆導源秦·漢, 秦·漢之騈偶, 實唐·宋散行之祖, 與予持論若笙磬. (包世臣, 「李鳳臺傳」, 『養一齋文集』 卷首)

② 기奇와 우偶가 번갈아 사용됨

이조락의 『변체문초·서문』은 변문 제창의 강령이라 할 수 있다.

천지의 도는 음과 양일 따름이다. 기奇와 우偶, 방方과 원圓이 모두 그러하다. 음과 양이 서로 아울러 생겨나기 때문에, 기와 우는 떨어질 수 없고 방과 원은 반드시 서로 사용되는 것이다. 도는 기이고 사물은 우이며, 기氣는 기이고 형形은 우이며, 신神은 기이고 식識은 우이다. 공자는 "도는 변동이 있기 때문에 효爻라 하고, 효에는 등급이 있어 물物이라 하고, 물이 서로 섞여 있어 문文이라 한다"라고 했다. 또 "음과 양으로 나뉘고, 부드러움과 강함을 번갈아 쓴다"라고 했다. 그렇기 때문에 『역』이 여섯 자리로 한 괘의 장을 이루고, 서로 섞여 번갈아 사용된다. 문장의 쓰임이 여기에서 다했겠는가! 육경의 문장은 분명 기와 우를 갖추고 있으니, 진나라부터 수나라까지 그 문체는 번갈아 바뀌었지만 다른 이름으로 불리지 않았다. 당나라 이래로 비로소 고문의 항목이 생겨서, 육조의 문장을 변려문이라고 하였다. 이를 배우는 이는 스스로 고문과는 다른 길이라고 여겼다. 이미 기와 우는 갈라져 둘이 되었고, 우에서 또 육조와 당나라·송나라로 갈라져 셋이 되었다. 단지 자구字句만 고찰해봐도 그 영향을 찾을 수 있을 터이니 어찌 두엇뿐이겠는가, 만 가지가 있다고 해도 될 것이다. 사람의 기질에 후덕함과 각박이 있는 것은 하늘이 그렇게 한 것이고, 학문에 순정淳精과 잡박雜駁이 있는 것은 사람이 그렇게 만든 것이다. 체體와 격格이 변하는 것은 사람이 하늘과 함께한 것이고, 의義와 리理가 다르지 않은 것은 하늘과 사람이 융합해서이다. 후와 박, 순과 잡의 연유를 알면 체와 격의 변화를 통해 세상을 알 수 있고, 의와 리는 변하지 않기에 문장을 알 수 있는 것이다. 문장의 체재는 육조에 이르러 그 변화가 다하였으니, 그 흐름을 따라 거슬러 올라가 근원에 이르면, 거기에서 나온 것은 모두 하나이다. 나는 기와 우를 둘로 갈라 음양이 손상된 것을 아주 안타깝게 생각한다. 양이 손상되면 조급하고 강팍해지고, 음이 손상되면 무겁게 가라앉는

> 것은 당연한 이치이니, '서로 섞여'·'번갈아 사용한다'는 뜻에 모두 들어맞지 않는다.[56]

이조락은 서문에서 중국 고대의 전통적인 음양강유陰陽剛柔의 사상을 운용하여, 『주역』의 근본을 밝혀 천지의 도는 음양일 따름이라고 했다. 문장의 기와 우는 바로 천지의 도가 자연스럽게 구현된 것이니, 기와 우·변려문과 산문 두 가지로 나누어 이것을 숭상하고 저것을 배척할 수 없다는 것이다. 이러한 견해는 총체적으로 사물과 산문의 실제와 부합한다.

③ 의법義法 등을 논함

이조락은 문파門派에 대한 견해가 동성파처럼 선명하고 강렬하지는 않았지만, 겉으로는 동성파를 찬양하기도 하였다.[57] 그러나 동성파 고문의 이론적 기초에 대해서는 거듭 반박했다. 『변체문초·서문』에서는

---

56 天地之道, 陰陽而已. 奇偶也, 方圓也, 皆是也. 陰陽相並俱生, 故奇偶不能相離, 方圓必相爲用. 道奇而物偶, 氣奇而形偶, 神奇而識偶. 孔子曰: "道有變動, 故曰爻. 爻有等, 故曰物. 物相雜, 故曰文." 又曰: "分陰分陽, 迭用柔剛." 故『易』六位而成章, '相雜'而'迭用'. 文章之用, 其盡於此乎! 六經之文, 班班具存. 自秦迄隋, 其體遞變, 而文無異名. 自唐以來, 始有古文之目, 而目六朝之文爲駢儷. 而爲其學者, 亦自以爲與古文殊路. 既歧奇與偶爲二, 而於偶之中, 又歧六朝與唐與宋爲三. 夫苟第較其字句, 獵其影響而已, 則豈徒二焉·三焉而已, 以爲萬有不同可也. 夫氣有厚薄, 天爲之也. 學有純駁, 人爲之也. 體格有遷變, 人與天參焉者也. 義理無殊途, 天與人合焉者也. 得其厚薄純雜之故, 則於其體格之變, 可以知世焉. 於其義理之無殊, 可以知文焉. 文之體, 至六代而其變盡矣. 沿其流, 極而溯之, 以至乎其源, 則其所出者一也. 吾甚惜夫歧奇偶而二之者之毗於陰陽也. 毗陽則躁剽, 毗陰則沉膇, 理所必至也, 於'相雜'·'迭用'之旨, 均無當也.

57 『양일재문집養一齋文集』 卷4의 「석포헌서록서惜抱軒書錄序」와 「요석보문집姚石甫文集序」 등 참조.

변문을 반대하고 산문을 숭상하는 동성파의 고문 기초 이론을 반박하였고, 다른 글에서는 동성파 고문이론의 또 다른 주요 이론을 반박하였다. 동성파는 '의법'을 강조하였는데, 이에 대해 그는 다음과 같이 말했다.

> 의법설은 방포가 처음으로 제창하였다. 나는 의義가 충족되면 법은 절로 갖추어지기에, 의와 법 둘로 나누는 것은 이치에 맞지 않는다고 생각한다. 문장을 지을 때 법을 따지는 것은 한유에서부터 시작되었는데, 응답酬應하고 투증投贈하는 류의 문장은 법도를 세울 만한 의가 없기에 법을 빌려 규범을 세웠다. 그렇게 하면 문장은 저절로 운용되기 때문이다. 고문을 익히는 자들은 마침내 법에 의지해 문장을 썼으므로 문장은 거의 유희가 되어 버렸다. 송나라의 유학자들은 의로 이를 바로잡았으나 경전 강의록과 어록 같은 문장이 나오게 되어 이 또한 잘못되었다. 순자는 "많은 말을 하면서도 원리와 법칙에 합당하다"라고 하였는데, 이는(어록) 원리와 법칙에 안 맞는 게 아니겠는가? 팔고문은 의는 어록에서 취하였고 법은 고문의 유폐인데, 지금 한갓 법만 남아있으니 원리와 법칙에 합당하지 않음이 더욱 심해졌다.[58]

아울러 변문은 전고를 인용해야만 하고, 폭넓은 지식을 필요로 함을 근거로, 동성파의 의법론을 겨냥해서 참신한 명제를 제기하였다. 즉 이理(이치)·전典(전고)·사事(사건)로 의법을 대체할 것을 주장하였다.

---

58 古文義法之說, 自望溪張之. 私謂義充則法自具, 不當歧而二之. 文之有法, 始自昌黎, 蓋以投贈酬應之義無可立, 假於法以立之, 便文自營而已. 習之者遂藉法爲文, 幾於以文爲戲矣. 宋之諸儒, 矯之以義, 而講章語錄之文出焉, 則又非也. 荀子曰: "多言而類", 玆毋乃不類矣乎? 八股義取語錄, 法卽古文之流弊, 今又徒存其法, 則不類之尤者也. (「答高甫農書」, 『養一齋文集』 卷5)

> 내 친구인 오강 출신 오육吳育[59]이 "문장을 쓰는 데는 세 가지 요소가 있는데, 이理·전典·사事다"라고 하였다. '이理'는 하늘과 사람의 오묘함을 탐구하기에 족하고, '전典'은 고금의 도리를 통달하기에 족하며, '사事'는 만물의 실상을 두루두루 알기에 족하다. 이 세 가지가 갖추어진 후에야 문장이 전해질 수 있다. 이 몇 마디 말을 한유·유종원이 문장을 논한 것과 비교하면 어떠한지는 모르겠으나, 나는 서영徐潁(서계아)의 문장이 이 말들과 비슷한 것을 기쁘게 생각한다. 그의 문장은 절로 확립되어 반드시 후세에 전해질 것이라 확신한다. 유직경劉直卿이 바야흐로 관직(명성)이 높아, 시대에 힘써야 할 것을 살피고 헤아려, 계획을 잘 짜서 당론으로 삼았다. 이를 후세에 전하면 자만하여 문장을 위해 문장을 쓰지는 않을 것이다. 나는 천하를 환히 빛내는 훌륭한 문장을 본 지 오래되었다. 계아의 문장을 통해 세상에 알려지기를 바란다.[60]

이조락은 또 모곤茅坤과 방포方苞 등이 사실 모두 '제예制藝' 즉 팔고문으로 우위를 점하였다고 하였다. 이러한 의견 중에는 합리적 요소가 포함되어 있기도 하다. 변체문騈體文은 지금의 관점에서 보면 시대에 뒤떨어져 없어져야겠지만, 대구對句로 이루어진 단어와 구절은 영원히 없어질 수 없다. 개량주의 운동이 일어났을 때 개량주의자들이 전통문

59 [역자주] 吳育 : 청나라 강소성江蘇省 오강吳江 출신으로 자는 산자山子이다. 포세신包世臣·이조락李兆洛과 교류했다. 문장과 서예에 뛰어난 재능을 가졌으며, 서법이론으로 세상에 이름을 알렸다. 전서篆書를 특히 잘 썼다고 한다. 저서에 『사애재문집私艾齋文集』이 있다.

60 吾友吳江吳育曰: 爲文之事有三, 曰理, 曰典, 曰事. '理'足以究天人之微, '典'通古今之故, '事'周萬物之情. 三者備而後文可傳也. 此數言者, 未知方之昌黎·柳州之論文何如. 而竊喜季雅之文之能與此數言者, 相仿佛也. 則其文之能自樹立以致必傳於後, 無疑矣. 直卿方置身通顯, 揆時度務, 一經一緯, 發爲黨論. 垂之後世, 尤當有不沾沾, 爲文而文, 自彪炳天壤者, 不得見久矣. 亦願因季雅而問焉. (「徐季雅文稿·序」, 『養一齋文集』 卷4)

학을 강력하게 비판했음에도, 양계초는 이 점을 인식하여 공정한 평가를 할 수 있었다. 그는 다음과 같이 말했다.

> 대구를 사용한 변려문을 근래 청년 문학가들이 상당히 배척하는데, 나도 상당 부분 동의한다. 그러나 중국 문자의 구조 때문에 결과적으로 이런 종류의 문학이 출현할 수밖에 없고, 이런 문학은 본래 특수한 아름다움을 지니고 있기에 사라질 수 없다. 나는 아름다움을 사랑하는 사람이라면 선입견을 가지고 붉은 색은 좋고 흰색은 싫다며, 자신이 좋아하는 대상의 범위를 부질없이 줄일 필요는 없다고 생각한다. 기둥에 써서 붙이는 대련은 송나라에서부터 시작되었는데, 변려문에서도 가장 말단에 불과하지만, 그중 뛰어난 것은 무한한 미감을 불러일으킨다.[61]

이렇듯 양계초는 변체문을 배척하는 것을 자신이 좋아하는 대상의 범위를 줄이는 것으로 여겼다. 아울러 변체문은 특수함과 사라지지 않는 심미적 가치가 있다고 인식했는데, 모두 실제와 부합한다. 장태염章太炎은 이 문제에 대해 비교적 정통한 견해를 내놓았다.

> 변문과 산문의 논쟁은 그 나름대로 일리가 있기에 오랫동안 결론을 낼 수 없었다. 요컨대 간단하게 있는 사실을 적고자 한다면 산문을 이용하고, 변화를 주면서 무엇을 논하고자 한다면 변문을 사용하면 된다. 강요할 필요도 없고 배척할 필요도 없으며, 다만 적합한 것을 따르

61 駢儷對偶之文, 近來頗爲青年文學家所排斥, 我也表相當的同意. 但以我國文字的構造, 結果當然要產生這種文學, 而這種文學, 固自有其特殊之美, 不可磨滅. 我以爲愛美的人, 殊不必先橫一成見, 一定是丹非素, 徒削減自己娛樂的領土. 楹聯起自宋後, 在駢儷文中, 原不過附庸之附庸, 然其佳者, 也能令人起無限美感. (「苦痛中的小玩意兒」, 『飲冰室文集』 卷45)

면 된다.[62]

④ 고문古文과 시도詩道를 논함

이외에 동성파는 정주이학을 숭상하였지만, 이조락은 어려서 글을 익히고 나서부터는 한나라와 위나라의 문장들과 겨루고자 하여, 송나라 유학자인 정이와 주희의 여러 책들에 대해서는 관심을 두지 않았다.[63] 동성파는 당송팔대가의 고문을 최고의 본보기로 여겼지만, 이조락은 다음과 같이 인식했다.

> 옛날에는 고문이라는 명칭이 없었는데 한유가 처음으로 사용하였고, 육조의 문풍이 쇠퇴한 후 한유에 의해 진작되었다. 진작된 것은 겉모습일 뿐 문장의 풍격은 바뀌지 않았다. 훗날 한유와 같은 글을 짓는 이들이 점점 적어지자 문장의 풍격도 바뀌었다. 창작의 뜻만 왕성한 자는 거칠거나 절제가 없고, 감정에 따라 서술한 자는 천박하거나 도리에 어긋났다.[64]

이조락은 이외에도 또 비교적 훌륭한 문학 견해를 내놓았다. 예를 들면 시의 도는 성정일 따름이라고 한 것이 그러하다. 작가의 입장에서

---

62 自來騈體, 散體之訟案, 各按一理, 百世而不能解決, …… 約言之, 敘事簡單, 利用散文. 論事繁變, 可用騈體, 不必強, 亦無庸排擊, 惟其所適可矣. (「章太炎講學第三日記」, 『申報』 1922年 4月 16日)

63 稍涉文字, 便欲頡頏漢·魏, 於宋儒洛·閩諸書, 泊如也. (「靜寄軒詩文目序」, 『養一齋文集』 卷3)

64 古無古文之名, 昌黎始發之, 六代衰颯, 昌黎振之也, 其振之者, 變其容貌·顏色耳, 辭氣未嘗有所易. 後之爲昌黎者日益衰, 并辭氣而易之, 作意奮迅者, 非暴則慢. 率情舒寫者, 非鄙則倍. (「屈侃甫享帚集鈔序」, 『養一齋文集』 卷3)

보면 성정이 깊을수록 시는 더욱 훌륭해지고 더 멀리 전해질 것이고, 독자의 입장에서 말하면 사람마다 감상이 달라질 것이다.

> 시의 독자는 각자 그 성정에 따라 좋아하고 배울 것이다. 시는 나이와 지역과 처지에 따라 감상이 달라지는데, 시를 짓는 이도 그러하고, 읽는 사람도 그러하다.[65]

아울러 고시와 금시今詩는 차이점 가운데 공통점이 있고, 공통점 가운데 차이점이 있다고 하였다. 이는 의심할 바 없이 좋은 의견이다.

이조락이 변문과 산문 문제에 대해 기奇와 우偶를 조화시켜 변문의 합법적인 지위를 쟁취하고 변문으로 산문을 대체해야 한다고 주장한 것이라면, 이조락 이후 완원阮元 등은 변문이 정통문학에 속해야 하며 산문의 지위를 빼앗아야 한다고 한층 더 공개적으로 주장하였다.

2) 완원阮元 및 문필론파

아편전쟁 이후 문필론의 주요 제창자는 완원이다. 문필론파의 출현은 변문의 발전에 이론적 근거를 제공해주기 위해서였다. 대장對仗과 변문을 제창하고 산문체에 반대하며 동성파의 문통에 공개적으로 도전하여, 산문의 지위를 빼앗으려 했다.

완원(1764~1849)은 자는 백원伯元, 호는 운대芸臺로, 강소성 의징儀徵 사람이다. 건륭시기에 진사가 되어, 호광湖廣·양광兩廣·운귀雲貴의 총

---

65 讀詩又各如其性情之所至, 而嗜之, 而學之. 老與壯不同候, 南與北不同地, 憂與樂不同遇, 作之者然, 讀之者亦然.

독과 체인각대학사體仁閣大學士를 역임하였다. 여러 종의 경문과 저작 이외에도, 시문집으로 『연경실揅經室』 4집과 『연경실시집揅經室詩集』·『연경실속집揅經室續集』·『연경실외집揅經室外集』 등이 있다.

완원은 그의 「문언설文言說」[66] 등의 문장에서 변문을 떠받들기 위해 다음의 몇 가지 견해를 피력하였다.

① 문장은 반드시 운이 있어야

완원은 다음과 같이 말하였다.

> 옛사람들은 붓과 먹·종이·벼루 같은 편리한 도구가 없었기에, 늘 청동기와 돌에 글자를 새겨넣어야 문장이 오래도록 전해질 수 있었다. 간책簡策에 글을 써넣는 것도 옻칠로 쓰거나 칼로 새겨넣는 수고로움이 있었으니 지금 사람들이 붓을 들어 수많은 말을 쉽게 써내는 것과는 달랐다. 『좌전』에서 "말에 수식이 없으면 멀리 전해지지 못한다"라고 했는데, 왜 그럴까? 옛사람들은 사건을 죽간에 새겨 전한 것은 적고, 입으로 전한 것은 많다. 반드시 글자 수를 적게 하고 음률을 조화롭게 하고 말을 수식하여, 사람들이 쉽게 암송할 수 있도록 보태거나 고칠 수 없게 하였다. 게다가 방언과 속어가 섞여있지 않아 그 의미를 충분히 전달할 수 있었고, 멀리까지 전해질 수 있었다. 이는 공자가 『역경』에서 『문언전』을 지은 까닭이기도 하다. 옛사람의 가歌·시詩·잠箴·명銘·속담 등 운이 있는 글들은 모두 이러한 종류이다.[67]

---

66 『揅經室三集』 卷2.

67 古人無筆硯紙墨之便, 往往鑄金刻石, 始傳久遠. 其著之簡策者, 亦有漆書刀削之勞. 非如今人下筆千言, 言事甚易也. ……『左傳』曰: "言之無文, 行之不遠." 此何也? 古人以簡策傳事者少, 以口舌傳事者多, …… 是必寡其詞, 協其音, 以文其言, 使人易於記誦, 無能增改, 且無方言俗語雜於其間, 始能達意, 始能行遠. 此孔子於『易』所以

여기에서 완원은 초기에는 문장이 운문으로 이루어져 있었는데, 글자 수를 줄이고 음률을 조화롭게 하여 암송하기 쉽고 멀리 전해질 수 있게 하였다고 보았다. 이러한 논점은 기본적으로 문학발전의 규율에 부합하고 사실에도 부합한다. 그러나 사회생활, 시대 및 문학이 발전함에 따라 글자 수를 줄이고 음률을 조화롭게 하는 것은 모든 문학 양식이 반드시 준수해야 할 규율은 아니다. 운이 있는 각종 문학 형식은 음률을 조화롭게 해야 하지만, 글자 수를 줄여야 하는 것은 아니다. 그러나 완원은 문학이 발생할 당시 언어의 기본 규율과 특징을 문학발전이라는 큰 강물에서 영원히 바꿀 수 없는 규율로 여겼다. 아울러 짝을 이루지 않는 산문으로 거침없이 자유롭게 수천수만 자를 늘어놓은 모든 작품을 두루뭉술하게 질책하면서, 옛사람이 직언하고 논쟁한 언어이지 문채가 있는 말이 아니며 또 공자가 말한 문文도 아니라고 하였다. 다시 말해 그러한 작품들은 모두 '문文' 혹은 문학작품이라고 할 수 없다는 것이다. 이러한 논점은 편파적일 뿐만 아니라, 복고적인 색채도 지닌다. 그래서 완원은 다음과 같이 말했다.

> 양한의 문장은 반고와 범엽范曄에게서 탁월해졌으니, 체제가 온화하고 바르고, 풍격이 깊이 있고 전아하며, 소리가 격양되지도 않고 기세가 과장되지도 않는다. 후대의 문장 가운데 양한을 능가할 만한 것이 있다고 말한다면, 어리석은 자라도 그럴 수 없음을 알 것이다.[68]

著『文言』之篇也. 古人歌·詩·箴·銘·諺語, 凡有韻之文, 皆此道也. (「文言說」)

68 兩漢文章, 著於班·范, 體制和正, 氣息淵雅, 不爲激音, 不爲客氣, 若云後代之文, 有能盛於兩漢者, 雖愚者亦知其不能矣. (「與友人論古文書」, 『揅經室三集』 卷2)

이러한 논점은 편파적이고 실제에 부합하지 않는다.

완원은 자신의 논점을 증명하기 위해, 유협의 『문심조룡·총술總術』에 나오는 "지금 사람들은 문文과 필筆이 있다고 하는데, 운이 없는 것을 필이라고 하고, 운이 있는 것을 문이라고 생각한다"[69]는 내용을 근거로 삼아, 문은 반드시 운이 있어야 함을 증명하였다.

> 양 나라 시기에 흔히 말하던 운이라는 것은 압운을 지칭하고, 또한 장구의 음운을 조화롭게 해준다. 즉 옛사람들이 말한 궁우宮羽이고 지금 사람들이 말하는 평측이다.
>
> 압운하지 않은 팔대의 문장은 기와 우가 상생하여, 멈추고 변화하고 높고 낮은 소리로 인해 조화로운 리듬이 생기며, 소리를 길게 읊조리고 감정을 드러내 모두 음운과 평측에 부합했다. 『시경』과 「이소」 이후에 모두 그렇지 않은 것이 없었다. 그러므로 성운이 변해서 사륙문이 되었으며, 단지 장구의 평측만 따졌을 뿐 더는 각운을 달지 않게 되었다. 사륙문은 운문의 극치이니, 이것을 운이 없는 문장이라고 할 수 없다.
>
> 운이라는 것은 바로 성음이고 성음은 바로 문이다. 그렇기 때문에 지금 사람들이 편안하게 생각하는 산문체는 심오하고 곡절을 이루며 호방한 기세가 극치에 이른 것으로, 이는 옛날 사람들이 생각하는 필이지 문이 아니다.[70]

---

69 今之常言, 有文有筆. 以爲無韻者筆也, 有韻者文也. (『文心雕龍·總術』)

70 梁時恒言所謂韻者, 固指押脚韻, 亦兼調章句中之音韻, 卽古人所言之宮羽, 今人所言之平仄也. …… 八代不押韻之文, 其中奇偶相生, 頓挫抑揚, 詠嘆聲情, 皆有合乎音韻宮羽者. 『詩』·『騷』而後, 莫不皆然. …… 是以聲韻流變, 而成四六, 亦只論章句中之平仄, 不復有押腳韻也. 四六乃有韻文之極致, 不得謂之爲無韻之文也. …… 韻者, 卽聲音也. 聲音, 卽文也. …… 然則今人所便單行之文, 極其奧折奔放者, 乃古之筆, 非古之文. (「文韻說」, 『揅經室續集』 卷3)

여기에서 연관된 몇 가지 문제를 살펴보자. 첫째, 운이 있는 것은 문이고, 운이 없는 것은 필이라는 양 나라 때의 견해는 당시에 비교적 유행했던 것이지만, 설령 그 당시였더라도 운이 있고 없고에 따라 '문'과 '필' 즉 문학작품과 기타 작품으로 구분한 것은 아니었다. 완원은 평생 『문선』을 소중하게 여겼고, 그것은 심오한 구상과 화려한 문사를 중시했다고 생각했다. 그러나 『문선』은 여전히 운이 없는 문장을 많이 수록하였다. 소역蕭繹은 『금루자金樓子·입언立言』에서 '문'과 '필'의 구분에 대해, 주로 문학 성질상의 특징에 착안했지, 운이 있고 없고에 얽매이지 않았다. 따라서 『문선』에 근거하여 문은 반드시 운이 있어야 한다고 주장하는 것은 근본적으로 설득력이 없다. 둘째, 압운하지 않은 팔대의 문장은 기와 우가 상생하여, 모두 음운과 평측에 부합했다고 하였는데, 결코 다 그런 것은 아니다. 그렇기 때문에 문은 반드시 운이 있어야 한다는 주장의 근거가 될 수 없다. 셋째, 변문의 평측과 음률은 발전과정에서 암송하기 쉽게 하려고 운을 달았다는 고대의 협음協音과는 이미 큰 차이가 생겼다. 심약이 당시에 제기했던 음운설은 율시의 형성에 대해 일정한 역할을 하였지만, 지금 다시 이러한 관점을 모든 양식 즉 희곡과 소설·산문 등에 요구하는 것은 황당무계하다.

② 대우對偶를 이루는 것은 모두 문文이다

완원이 변문을 부추기기 위해 제기한 두 번째 이론의 근거는 "문필상우文必尙偶" 즉 "문장은 반드시 대우를 숭상해야만 한다"는 것이다. 대우를 폐기해서는 안 된다는 것은 합리적이지만, "문필상우"를 제기한 것은 의심할 바 없이 편파적이다. 그가 대우를 이루는 것은 모두 문이라고 말한 것은, 대우로 문장을 지어야만 문학작품이고, 그렇지 않으면 문학작품이 아니라는 것이다. 이 역시 편파적인 것으로, 대우 혹은 산문체는 각각 일정한 조건이 있는데, 대우로 산문체를 배척하고 대체하고자 하는 것은 문학발전의 역사적 실제에 위반되는 것이기에 설득력이 없다. 그러나 이것이 바로 완원이 변문을 부추기기 위해 내세운 이론의 근거이다.

> 제량 이후부터 성률에 빠지기 시작하였고 유협의 『문심조룡』에서부터 점차 사륙변려문체의 길이 열렸는데, 당 나라에 이르러서 사륙변려문체 수준이 더욱 낮아졌다. 그러니 문체의 수준이 낮아지지 않았다고 말해서도 안 되고, 문통이 바르지 않다고 말해서도 안 된다.[71]

이른바 문체의 수준이 낮아졌다는 것은 문장이 성률에 빠져, 심오한 구상과 아름다운 문장을 써야 한다는 요구에서 벗어났다는 것이다. 문통이 바르다는 것은 문장의 형식에서 대우를 숭상하고 대우를 이루지 않는 것을 숭상하지 않는다는 것이다. 그렇기 때문에 완원은 당송 고문운동의 산문 개혁에 찬성하지 않았다.

> 당송의 한유·소식 등 여러 대가는 기奇와 우偶가 상생하는 문장으로 팔대의 쇠락한 문장을 바로잡으려 했다. 그리하여 소명태자가 수록하지 않은 것을 대가들은 오히려 취하였다. 그들이 취하여 드러낸 것은 경서가 아니면 제자서이고, 제자서가 아니면 역사서였으니, 소명태자가 「문선서」에서 말한 '문'의 개념에 부합한 것은 드물고, 반고가 「양도부서」에서 '문장'이라고 한 개념에 부합한 것은 더욱 드물었다.[72]

71 自齊·梁以後, 溺於聲律, 彥和『雕龍』, 漸開四六之體, 至唐而四六更卑. 然文體不可謂之不卑, 而文統不可謂之不正. (「書梁昭明太子「文選序」後」)

즉 한유나 소식 등이 중시한 경서나 제자서, 역사서 등은 근본적으로 문이 아닌데, 하물며 고문이라고 해서야 되겠냐는 것이다. 한유와 소식 이하 명대의 당송파에 이르기까지 모든 작가는 문장의 정통이 아니고, 다만 사륙변려문으로 이루어진 사서四書(팔고문)만이 위로는 당송의 사륙변려문의 맥을 이어 문의 정통이 되었다는 것이다. 이는 아주 황당한 논리이지만, 나름대로 논리를 지니고 발전되었다.

한편 공자가 「문언」을 지었다는 설을 받들어 다음과 같이 말했다.

> 천고의 문장 중 공자가 『역』을 설명한 것보다 대단한 것은 없다.[73]

> 공자가 건괘와 곤괘에 대해 설명하고 '문'이라고 이름했는데, 이것이 천고 문장의 시조이다.[74]

> 공자가 직접 『역』을 설명한 것을 '문'이라고 이름하였는데, 이것이 천고 문장의 시조이다.[75]

> 공자의 「문언」은 실로 만세 문장의 시조이다.[76]

위와 같은 견해는 공자에 의존하여 자신을 높이고 이론적 근거가 있

---

72 自唐·宋韓·蘇諸大家, 以奇偶相生之文爲八代之衰而矯之, 於是昭明所不選者, 反皆爲諸家所取, 故其所著者, 非經卽子, 非子卽史, 求其合於昭明「序」所謂文者鮮矣, 合於班孟堅「兩都賦序」所謂文章者更鮮矣. (「書梁昭明太子「文選序」後」)

73 千古之文, 莫大於孔子言『易』. (「文言說」)

74 孔子於「乾」·「坤」之言, 自名曰文, 此千古文章之祖也. (「文言說」)

75 孔子自名其言『易』者曰文, 此千古文章之祖. (「文韻說」)

76 孔子『文言』, 實爲萬世文章之祖. (「書梁昭明太子「文選序」後」)

음을 드러낸 데 불과하다. 이 역시 이치에 맞지 않으며, 「문언」 또한 공자가 지은 것이 아니다. 장병린章炳麟은 『국고논형國故論衡·문학총략文學總略』에서 일찍이 이에 대해 강력하게 반박하였다.

완원의 '문필론文筆論'은 산문을 억제하고 변문을 숭상하여, 동성파의 문통설을 뒤흔들었다는 점에서 몇 가지 긍정적 의의를 지닌다. 그러나 하나의 이론으로 볼 때, 비록 대우의 아름다움을 일괄적으로 부정하는 것을 시정하였다는 점에서 합리적이긴 하지만, 과학성이 결여되고 매우 편파적이다. 이러한 이론은 청대 변문의 발전이 얼마나 편파적이었는지를 개괄적으로 잘 보여준다. 훗날 유사배劉師培 등이 산문을 억제하고 변문을 숭상하자고 한 주장도 완원의 견해를 뛰어넘지 못했다.

3) 장상남蔣湘南 등

① 장상남

문과 필의 구분을 주장한 장상남은 완원의 문필론파에 완전히 속하지는 않았다. 그의 사상은 완원에 비하여 훨씬 과격해 초기 개량주의자에 가깝다. 그는 공자진龔自珍과 위원을 대단히 칭송하여, 공자진의 문장은 사마천·반고와 같고, 위원의 문장은 관중·손무와 같으니 절로 참된 고문을 천하에 보여주었다고 하였다. 장상남은 또 동성파가 표방한 도통에 대해 첨예하게 비판하며 회의적인 견해를 드러내기도 하였다.

> 어찌 존중하고 믿지 않았을 뿐이었겠는가. 비판하고 배척까지 하며 그 문장에 대해서는 팔가八家가 아니라고 하였고, 그 학문에 대해서는 이학理學이 아니라 하였다. 무릇 이학의 유가들이 성인의 도를 얻었다

고 일컬은 지 오래되었으니, 성인의 도가 반드시 이학이 아닌 데 있다고 어찌 감히 말할 수 있으며, 또 성인의 도가 반드시 이학에 있다고 어찌 감히 말할 수 있겠는가?"[77]

그러므로 장상남은 동성파를 배척하여 도가 밝지 않은데, 어찌 쓸 것이 있겠으며, 문장이 옳지 않은데 어찌 법이 있겠냐고 하였다. 그는 동성파 및 그들이 본받는 귀유광歸有光 등 당송을 따르는 사람들을 위팔가僞八家라고 칭하였고, 진짜 고문은 대진戴震·공자진·위원 등 진보적 사상가의 문장이라고 하였는데, 이는 매우 탁월한 견해이다. 장상남이 도통과 문통 두 방면에서 동성파에 대하여 첨예하게 비판하고 동성파의 세력을 흔든 것은 모두 긍정적 의의를 지니는데, 이러한 비평으로부터 그의 민주적이고 진보적인 사상의 경향을 볼 수 있다.

장상남 역시 문과 필의 구분을 주장하였다.

고인은 힘써 공부하며 문과 필을 아주 엄하게 구분하였는데, 성운聲韻이 조화로우면 문이라 하고 성운이 조화롭지 않으면 필이라고 하였다.[78]

그는 문과 필이 합쳐져 각각 그 극치를 이룬 사람은 오직 자운子雲뿐이라며, 양웅揚雄을 문필을 겸비한 모범이라 했다. 한漢 나라 이후 문과 필은 더욱 분명하게 구분되기 시작하여 늘 한쪽으로 치우쳤다. 그러

77 豈惟不尊信之而已, 且譏之排之, 論其文則曰非八家, 論其學則曰非理學. 蓋理學之儒之自稱得聖人之道也久矣. 吾不敢謂聖人之道必在於非理學, 吾又何敢謂聖人之道必在於理學乎. (「與田叔子論古文第三書」, 『七經樓文鈔』 卷4)

78 古人用功, 最嚴文筆之分, 協聲韻者謂之文, 不協聲韻者謂之筆. (「與田叔子論古文第二書」, 『七經樓文鈔』 卷4)

나 장상남은 상대적으로 문을 더욱 중시하였다.

> 고인은 먼저 문을 중시하고 필은 그 다음으로 힘썼다. 자고로 문은 잘하면서 필은 못하는 자는 있어도, 문을 못하면서 필을 잘하는 자가 어찌 있었겠는가?[79]

장상남은 당대唐代의 고문운동은 문에 병폐가 생겨 변체騈體가 생기자 필을 변화시켜 문을 바로잡고자 한 결과라면서, 한유가 비록 필을 중시하였으나 그 발단은 반드시 문을 섬기는 데에서 비롯되었는데, 천박한 유생들은 한유가 팔대八代의 쇠약한 문장을 일으키려는 것만 알았지 육조六朝의 정수를 흡수한 것은 몰랐다고 하였다. 이러한 의견 중에는 합리적인 것도 있는데, 예컨대 한유가 육조의 폐단을 바로잡으려고 실제로 육조의 유산 일부를 계승했다고 본 견해이다. 또 근거가 충분하지 않아 타당성이 없는 견해도 있는데, 문에서 필로 들어갔다는 설이 그러하다. 그러나 그는 완원처럼 운을 맞추고 대우를 이루는 것으로써 모든 것을 배척하는 편협함은 없었다. 장상남은 명나라 이후 팔고문의 법칙에 맞게 고문을 지으면서 고문팔대가古文八大家를 배웠다고 자랑하는 사람들이야말로 폐팔가弊八家로 여겼다. 왜냐하면 고문의 작법과 구법이 팔고문과 서로 맞지 않기 때문이다. 그렇기에 그 고문이야말로 가장 고문답지 못하다고 하였다. 그는 이러한 관점에 근거하여 동성파가 표방한 문통에 대해 아주 통쾌하게 비판한 적이 있다. 비록 대놓고 동성파라고 지적하지는 않았지만, 실제로 곳곳에서 다음과 같

79 古人用功先文而後筆也. 自古有工於文而不工於筆者, 豈有不工文而能工於筆者哉?

이 동성파를 겨냥하였다.

한유와 구양수를 추종하는 자들은 스스로 대단하다고 여겨 우쭐대면서 의미 없는 말을 별처럼 많이 늘어놓고 한유와 구양수가 하는 대로 따라 하니, 그 폐단은 시키는 대로 하는 노예가 되어버린 것이다. 『춘추』를 알지 못하면서 먼저 좌구명을 욕하여, 그 졸개를 놀라게 해서 경직되어 절뚝거리게 하니, 그 폐단은 야만스러움이다. 누런 띠풀과 흰 갈대가 우거진 강가를 비틀비틀 걸으면서, 주린 창자에서 꼬르륵 소리가 나도 감추고, 먹을 것이 없어도 웃음을 머금으니, 그 폐단은 거지와 같다. 규칙을 세우는 데 그대로 모방만 하여, 소하蕭何와 조참曹參이 만든 간단한 법령만도 못하니, 그 폐단은 하급관리처럼 융통성이 없다. 보통 사람이 바람을 타고 신선이 되겠다고 하면서, 말도 죽이고 수레도 부수어 버리고 공중에 날아올라 길을 찾으려 하니, 그 폐단은 망상이다. 우물 안에서 하늘을 보아도 어찌 북두칠성이 없겠냐면서 태산 꼭대기를 비웃고 우두커니 머리를 긁적이며 생각에 몰두하니, 그 폐단은 도취이다. 정이와 주희 학설을 도청도설하면서 허신許愼과 정현鄭玄을 길에서 욕해대고, 과거에 합격도 못했으면서 이미 어사대부 병에 걸렸으니, 그 폐단은 몽상이다. 은어나 헐후어 등이 끊어졌다 이어졌다 하면서 거친 소리만 내어 신음과 다를 바 없으니, 그 폐단은 헐떡거림이다. 그러나 고문 짓는 비법이 완성되자 문단에서의 지위가 높아져 천하가 무리 지어 좇으니, 그 법칙에 맞으면 정종正宗이 되고 그 방법에 맞지 않으면 사도邪道가 되어, 공소空疏하여 갖춘 것도 없는 무리가 모두 맨손을 펴서 팔가八家의 기치를 세웠다.[80]

80 韓皀歐臺, 霑霑自喜, 語助星羅, 呑吐否唯, 其弊也奴. 未識麟經, 先罵盲左, 嚇彼走卒, 立僵而跛, 其弊也蠻. 黃茅白葦, 彳亍河乾, 飢腸雷隱, 忍俊無餐, 其弊也丐. 觚規植矩, 比葫畵瓢, 皇蘇律令, 不如蕭·曹, 其弊也吏; 凡胎御風, 自標仙度, 殺馬毁車, 騰空覓路, 其弊也魔; 井底看天, 豈無珠斗, 轉笑岱頂, 空立搔首, 其弊也醉; 道聽程·朱, 塗詈許·鄭, 龍門未登, 蘭臺已病, 其弊也夢; 庾語歇後, 或續或斷, 有聲無音,

장상남은 '노奴'·'만蠻'·'개丐'·'리吏'·'마魔'·'취醉'·'몽夢'·'천喘'으로 동성파를 배척하여, 그 폐단을 적나라하게 폭로하였다. 그는 동성파의 역사적 공과를 전면적으로 평가할 수 없었지만, 그 당시에 이러한 비판을 제기한 것만으로도 긍정적인 평가를 받을 만하다.

이 외에 장상남은 하늘이 준 것이 재능이고, 재능의 크고 작음은 하늘이 정해준다고 하여 재능의 천부성을 강조하였지만, 후천적 학습과 시대적 영향에도 주목하여 학문에 순정淳精과 잡박雜駁이 있는 것은 사람이 만드는 것이요, 사람의 기질에 후덕함과 각박함이 있는 것은 시대가 만드는 것이라고 하였다. 결론적으로 이러한 견해는 비교적 합리적이다. 그의 모방론은 새로운 정신을 취하고 새로운 격식을 열어야 한다고 주장한 것이지만, 고인들이 힘써 배운 모든 법을 모방해야 한다고 여긴 것은 미의 형식적 경향에 치우쳤음을 드러낸다.

② 이자명李慈銘 등

'당음唐音'을 제창한 이자명(1830~1895)은 실제로는 복고주의자이다. 한편 문필론의 고취자이기도 한 그는 문체는 반드시 대우와 성운을 근

呻吟莫辨, 其弊也喘. 然而門徑旣成, 壇坫相高, 天下群然追逐, 合其轍者爲正宗, 異其途者爲左道, 空疏無具之徒, 皆得張空拳以樹八家之幟. (「與田叔子論古文書」)

[역자주] ◉ 麟經 : 공자가 『춘추春秋』를 저술할 때, "叀公十四年春, 西狩獲麟"의 글귀로 끝난 데서 나왔다.

◉ 盲左 : 『좌씨춘추左氏春秋』의 작자 좌구명左丘明. 두 눈을 다 실명하여 '맹좌盲左'라 불렀다.

◉ 歇後語: 숙어熟語의 일종으로 대부분이 해학적이고 형상적인 어구로 되어 있다. 원칙상 앞뒤 두 부분으로 나뉘어져 있는데, 앞부분은 수수께끼 문제처럼 비유하고 뒷부분은 수수께끼 답안처럼 그 비유를 설명한다.

본으로 해야 한다는 능정감凌廷堪의 식견이 전대의 선배를 뛰어넘을 정도로 탁월하다고 하였으며, 아울러 동시대 의정儀征 출신 완원과 더불어 그 뜻을 펼쳐, 후학들에게 방법을 보여주고 고인들의 비결을 전해주었다. 그는 동성파에 대하여 완곡하게 비판한 적도 있지만, 다른 한편으로는 요내姚鼐를 스스로 일가의 학문을 이루었다고 칭송하기도 하였다. 아울러 『속고문사류찬續古文辭類纂』 가운데 요내와 운경惲敬, 매증량梅曾亮에서부터 증국번曾國藩에 이르기까지 그들의 문장을 수록하여 칭송을 덧붙였는데, 이를 다행스러운 일로 여기면서 그렇게 하지 않았다면 실로 『고문사류찬』을 망칠 뻔했다고 하였다. 그러나 이자명은 공자진과 위원의 문장을 좋아하여 탁월한 명가라 하였다. 이자명은 제자 번증상樊增祥(1846~1931)과 달리 예로부터 문장은 대우를 이루는 것을 귀하게 여긴다는 견해를 제창할 때, 개량주의적 시계혁명詩界革命에 대하여 공격하지 않고 다음과 같은 시를 장난삼아 지었다.

> 근래들어 복건과 광동에 시종詩鍾 놀이 유행하는데,
> 후배들의 모방 솜씨 훌륭하다고 인정하지 않네.
> 묵죽墨竹을 가지고 시와 바꾸고 시를 가지고 게와 바꾸니,
> 소나무 그림은 전서와 같고 전서는 용과 같네.[81]

81 近來閩粵競詩鍾, 未許兒曹學步工, 墨竹換詩詩換蟹, 畵松如篆篆如龍. (「兒輩初學屬對, 余出云: "墨竹換詩詩換蟹." 皆不能屬, 戲賦一詩」, 『樊山詩集·鰈舫集』)
※ 시 제목 해석 : 아이들이 처음 대구를 배울 때, 번증상이 먼저 "묵죽환시시환해"라고 출구出句를 읊었는데, 누구 하나 대구를 짓지 못해, 재미삼아 시 한 수를 지었다.
[역자주] ※ 詩鍾 : 중국 고대 문인들이 시간을 제한해놓고 시를 읊조리는 문자 유희이다. 가경嘉慶·도광道光연간에 복건과 광동 지역에서 출현하였다. 시종은 향 한 개를 태울 동안 한 연聯 또는 여러 개의 연聯을 짓는 것인데, 향이 다 타면 종이 울렸기 때문에 '시종'이라고 했다. 시종을 끝내면, 다시 중요한 연구聯句를 이어 율시 한 수를

문필론파 중 청말 최후의 대표 인물은 유사배劉師培(1884~1919)이다. 그의 『중국중고문학사中國中古文學史』는 이 방면 최초의 저작일 뿐만 아니라, 자료가 풍부하고 논증도 뛰어나 학술적 가치가 있다. 그는 일찍이 「광완씨문언설廣阮氏文言說」[82]을 썼고, 운이 있으면 문이고, 운이 없으면 필이라는 논점을 계속 제창하여, 변문체는 실로 문체의 정종이자 문장의 정규正規라고 하였다. 「변문독본서駢文讀本序」[83]에서도 동일한 관점을 제창하였다. 그러나 그가 제기한 논거는 완원을 넘어서지 못하였다. 그는 동성파에 대하여 일부 비판하였지만, 요내의 작품은 운치가 풍부하고, 증국번의 작품은 연박하고 웅장하고 기특奇特하다고 칭송하였다. 동시에 위원과 공자진의 문장에 대해서는 자만하여 이설異說을 표방하고 부화뇌동하였다고 함부로 비방하였다. 그는 고문자에 대해 연구를 많이 하였는데, 비판적으로 수용할 만하다. 하지만 민중의 창작에 대한 이해가 부족하여, 우화는 증거가 없어 믿을 수 없다고 하였다.

제3절 포세신包世臣과 유희재劉熙載 등

아편전쟁과 태평천국혁명을 전후하여 언급할 만한 가치가 있는 이론

완성하면 놀이가 끝나게 된다.

※ 번증상이 대우를 숭상하였다는 근거로 내세운 시이다. 끝에 두 구는 절묘한 대구의 예시이다. "墨竹換詩詩換蟹"는 소식의 시 "且將墨竹換新詩"와 「丁公默送蝤蛑詩」 "可笑吳興饞太守, 一詩換取兩尖團."과 관련된 전고이다.

82 『劉申叔先生遺書·左盦集』 卷8.

83 『文說』.

은 포세신과 유희재, 유육숭劉毓嵩의 시문詩文에 관한 견해이다.

1) 포세신

포세신(1775~1855)은 자가 신백愼伯, 안휘성安徽省 경현涇縣 사람이다. 가경嘉慶 연간에 향시에 합격하여 거인擧人이 되었고, 신유현新喩縣 지사를 지냈다. 『안오사종安吳四種』 36권이 있다.

포세신은 도는 사물에 붙어있으면서 예禮의 통제를 받는다는 이론을 주장했다. 다시 말해서 도는 근본적으로 유가의 예법과 윤리 관념의 통제와 지배를 받지 않을 수 없다는 것이다. 맹자는 왕도를 밝히면서, 백성의 일을 늦추지 않고 기르고 교육시켜야 한다고 했는데, 백성을 기르는 제도와 백성을 가르치는 법은 예에 근본을 두지 않음이 없다는 것이다. 즉 봉건적 강상綱常과 예교禮敎를 일체의 근본으로 본 것이다. 그러나 사물을 떠나서 도를 말하고 예를 떠나서 도를 말하는 것에 반대한 의견과 일부 구체적 논술 가운데는 진보적 요소와 합리적 견해도 드러나 있다. 동성파가 강조한 도통과 문통에 대해서는 비판적인 태도를 보이기도 하였다.

① 도를 논함

포세신은 도는 사물에 붙어있어야 한다는 명제를 제기하였다. 즉 도는 추상적 존재가 아니라, 일체의 구체적 사물 가운데 존재한다는 것이다. 따라서 사물을 말하고 기록하는 작업은 모두 도를 밝히는 것이기에 결코 유가 경전만 그런 것이 아니라고 했다. 이는 의심할 바 없이 긍정적 의의를 지니며, 정주程朱 이학理學의 공담空談과 신심성명身心性命의 도통과는 근본적으로 다르다. 그는 도에 대한 이러한 인식에 근거하여, 사물을 떠나 허장성세하는 것은 한유 이래 고문가들의 폐단이라고 하였다. 그 결과 도에 대한 겉치레가 다 제거되지 못하여 고문을 짓는 자들은 도를 말하지 않으면 자신의 문장을 높일 수 없는 것처럼 생각했다고 하였다. 심지어 평범한 짧은 글도 억지로 대의를 끼워 넣었다고 하였다. 포세신이 보기에 큰일이든 작은 일이든 진실로 처음과 끝을 밝히고, 그 상징하는 뜻과 내포된 뜻을 연구해내면 충분히 훌륭한 문장이 될 수 있으니, 굳이 충효를 근본으로 하고 국가와 관계있을 필요가 없다는 것이다. 도는 어디에든 다 있으므로 사물을 떠나 겉치레로 도를 떠벌리는 것은 황당무계하다고 본 것이다. 이는 동성파만 겨냥한 것은 아니지만, 동성파가 표방한 도통을 강력하게 반박한 것이다.

② 법을 논함

포세신은 천하의 일은 법이 있지 않은 것이 없으며 그중에서도 문장은 더욱 정밀하고 엄격하다고 하였다. 이로 볼 때 그는 결코 법도를 배척하지 않았다. 그러나 그는 일일이 법도를 지정하는 융통성 없는 법에 반대하였고, 이런 법은 아예 존재하지 않는다고 하였다. 또 문장의 전형典型은 모두 갖추어져 있으나 그 자취는 각각 다르다고 하였다. 한유의 상이설尙異說은 표절과 부화뇌동 현상만을 겨냥한 말로, 문장이 같은지의 여부는 근본적으로 사의事義에 들어맞는지 이치에 부합하는지에 달려 있다면서 다음과 같이 예를 들어 설명하였다.

> 오관이 단정하고 사지가 균형을 이룬 사람을 예로 들어 보자. 수천수만 사람을 둘러봐도 그와 똑같은 사람이 없다면 진정 이인異人이라 하지 않을 수 있겠는가. 그러나 문장을 법도에 어긋나게 쓰는 사람이 이치

> 를 전도시키고 허사는 모두 빼버리고 어려운 글자만을 취하여 독자의 눈을 현혹하려 한다면, 자신의 모습이 다른 사람들보다 뛰어나지 못한 것을 유감으로 생각하여, 눈을 파내고 귀를 잘라내며 근육을 끊고 겨드랑이를 도려내어 저잣거리에서 비틀비틀 걸으면서 남과 다르다고 자랑하는 것과 무엇이 다르겠는가?[84]

포세신은 한유 상이설의 취지가 물론 맞는 말이기는 하지만, 사마천은 『사기』를 쓸 때 『좌씨춘추전』과 『국어』·『전국책』의 자구字句를 고쳐 썼어도 사마천 본인이 쓴 것 같았고, 반고는 이전의 문장을 답습하여 조금도 가감하지 않았으나, 두 사람 모두 확실히 문장의 대가가 되었다고 하였다. 여기에는 불변의 규칙이 없으니, 관건은 약을 만들고 쇠를 정련할 때 거푸집을 따르지만, 형태는 손에 의해 변하고 성질은 사물을 따르는 데 있다고 하였다. '신기神奇'에 가까운 변화를 이룩하려면 기존의 법식에 의존하는 것만으로는 근본적으로 불가능하다는 것이다. 그러니까 위에서 말한 것처럼 이치를 전도시키고 허사는 모두 빼버리고 어려운 글자만 취하여 독자의 눈을 현혹시키는 결과만 얻게 될 뿐이라는 것이다. 이러한 관점에 입각하여 포세신은 귀유광歸有光과 당순지唐順之가 이렇듯 나쁜 관습으로 법식을 삼았다며 정말로 황당하기 짝이 없다고 하였다. 동시에 귀유광과 당순지 등이 모든 힘을 팔고문에 쏟고, 모든 공부를 과거를 보기 위한 도구로 삼았다며 질책하였다. 그들은 고문 팔가에서 단지 수준 낮은 작품만 취하여 기초로 삼

84 比如有人焉, 五官端正, 四體調均, 遍視數千萬人, 而莫有能同之者, 得不謂之眞異人乎哉? 而戾者乃欲顚倒條理, 刪節助字, 務取詰屈, 以眩讀者, 是何以自憾狀貌之無以過人, 而抉目截耳, 折筋刲脇, 蹣行於市, 而矜詡其有異於人也耶? (「與楊季子論文書」, 『藝舟雙楫』 卷1)

았다면서 허공에 걸려 있는 것 같은 견해와 대충 윤곽만 그려낸 작품을 준칙으로 삼았다고 하였다. 이렇듯 명대 전후칠자 및 귀유광, 당순지 등의 편파적 견해에 일침을 가하였을 뿐만 아니라, 귀유광이 권점圈點한 『사기』를 비법으로 떠받든 것과 동성파가 계승한 문통文統에 대해서도 강력하게 비판하였다.

2) 유희재

유희재(1813~1881)는 자가 융재融齋, 자호自號는 오애자寤崖子이다. 강소성江蘇省 흥화興化 사람이다. 도광道光 24년(1844)에 진사에 합격하고, 벼슬이 국자사업國子司業·광동제학사廣東提學使 등에 이르렀고, 만년에 상해 용문서원龍門書院의 주강主講을 지냈다. 저서로는 『사음정절四音定切』·『작비집昨非集』·『예개藝概』 등을 포함하여 『유씨육종劉氏六種』과 『고동서옥속각삼종古桐書屋續刻三種』이 있다. 그는 한학漢學과 송학宋學 어느 한 파에 얽매이지 않고 경학을 연구하였고, 고증을 좋아하지 않았으며, 천문과 산법에 두루 능통하였다. 『청사고淸史稿』 권486 『유림儒林』에 그의 전기가 실려 있다.

유희재는 중국 근대 역사의 대변혁기에 살았다. 그가 진사에 합격하기 4년 전에 아편전쟁이 발발하였고, 진사에 합격한 지 7년 후 태평천국혁명이 발발했다. 그의 저작은 상당한 영향을 끼쳤으며, 『예개』에는 탁월한 견해가 많다.

『예개』는 「문개文概」, 「시개詩概」, 「부개賦概」, 「사곡개詞曲概」, 「서개書概」, 「경의개經義概」 여섯 부분으로 구성되어 있다. 그중에 경학을 연구하고 팔고문 작법을 전문적으로 논술한 「경의개」는 문예와 거리가 멀어 긍정적이라 할 만한 게 없지만, 그 외에는 모두 문예 방면의 각종 문제를 논한 것이다. 「서개」는 서법書法을 논한 것이지만, 서법은 줄곧 예술의 일종으로 간주되어 시화詩畫의 창작과 긴밀한 관계가 있으며 창작원칙도 완전히 상통한다. 그리하여 그의 예술적 견해의 일부분을 형성하고 있다.

『예개』는 정치사회 사상방면에서 봉건 잔재의 낙후성을 면할 수 없다. 이는 주로 다음과 같은 방면에 드러나 있다.

1. 봉건적 윤리강상, 명교名教, 시교詩教 등을 선전하였다.

> 충신이 임금을 섬기는 것은 효자가 어버이를 섬기는 것과 마찬가지이다.[85]

> 충신과 효자, 의부義夫와 절부節婦는 모두 지극히 정이 많은 사람들이다.[86]

> 사詞 작가들이 명교에 맞게 노래를 지으니 절로 즐거움이 넘쳐나고, 유가의 전아한 범주 안에서 활동하니 절로 풍류가 넘친다.[87]

> 시는 정에서 나오고, 예의에서 그쳐야 한다.[88]

이러한 의견은 시가 온유돈후溫柔敦厚해야 하고, 곧으면서도 따스하

85 夫忠臣之事君, 孝子之事親, 一也. (『藝概·文概』)
86 忠臣孝子·義夫節婦, 皆世間極有情之人. (『藝概·詞曲概』)
87 詞家彀到名教之中, 自有樂地. 儒雅之內, 自有風流. (『藝概·詞曲概』)
88 詩要 …… 發乎情, 止乎禮義. (『藝概·詩概』)

고 너그러우면서도 근엄해야 할 것을 근본으로 삼아야 한다고 선전하는 데에 이르렀다. 이는 『예개』 전체를 관통하는 중심 사상을 이루어, 그의 문론에 커다란 한계를 초래하였다.

2. 『예개』의 적지 않은 논술이 예술형식과 특징·수법·형식 등에 치우쳐 있고, 작가와 작품의 사상 내용 및 그 의의를 분석한 것은 지극히 적다. 예컨대 『사기』의 장점을 논할 때, 정신기혈精神氣血·문장의 소밀疏密·감정의 농후함 등에만 치중하였지, 사상의 특이점은 거의 언급하지 않았다. 백거이를 논할 때에도 예술적 조예의 분석에만 치중하였지 백성들의 고통을 노래한 사상적 특징에 대해서는 아예 언급조차 않았다.[89]

3. 『예개』는 비교적 풍부하고도 소박한 변증 사상을 갖추고 있지만, 팔고문의 영향을 받아 터무니없이 명목을 세웠다. 예컨대 도과법跳過法, 회포법回抱法, 독벽법獨辟法, 양기법兩寄法,[90] 초사회선법草蛇灰線法[91] 등이 그러하다.

그러나 유희재는 문학예술의 특색과 규율에 매우 정통한 사람이므로 구체적 예술창작에 대한 담론은 취할 만한 것이 적지 않고, 탁월한

89 惟歌生民病. (『藝槪·詩槪』)

90 『藝槪·文槪』 [역자주] 유희재는 『莊子』는 도과법跳過法으로, 「離騷」는 회포법回抱法으로, 『戰國策』은 독벽법獨辟法으로, 『史記』는 양기법兩寄法으로 쓰였다고 하였다.

91 『藝槪·詩槪』. [역자주] 草蛇灰線 : 사물이 남긴 은미한 실마리와 흔적이라는 뜻으로, 뱀이 풀 속을 지나갈 때 선이 없어지듯이 글을 짓는 기법이 뛰어남을 말한다.

견해도 지니고 있다. 그는 경학을 연구할 때도 경학가의 고지식한 기질이 매우 적었으며, 『예개』는 그만의 특색을 지닌 저서이다.

『예개』는 통상적인 시화나 사화와 마찬가지로 간단한 몇 마디 말로 작가와 작품, 혹은 창작 문제를 논하여 체계적이지 못하다. 그의 주요한 예술적 견해를 개괄하면 다음과 같다.

① 예술의 독창성

유희재는 예술창작의 독창성을 매우 강조하여, 인습적인 모방을 반대하였다. 그는 위희魏禧와 마찬가지로 예술적 독창성에 대해 예전 사람이 이미 드러낸 것을 상세히 밝히고, 아직 드러내지 않은 것을 확대하는 것이라고 개괄하여, 예술창작은 개인의 독특한 특색이 있어야 한다고 강조하였다.

> 주나라와 진秦나라 시대 여러 학술사상서의 문장은 어떤 것은 순수하고 어떤 것은 잡박하지만 모두 독창성을 지니고 있다. 훗날 문장을 쓰는 자는 좌고우면하면서 대중의 뜻에 영합하고자 하였으니, 이는 선진시대 사상가들이 매우 부끄러워했던 바이다![92]

> 즉흥적으로 서예의 비결을 말하노라. "고인의 서예는 배우지 않아도 된다. 그러나 글씨 속에는 내가 있어야 하는데, 소질이 높지 않으면 평범함을 다 벗어나야 성취를 이룰 수 있으니", 서예만 그런 것이 아니다.[93]

92 周·秦諸子文, 雖純駁不同, 皆有個自家在內. 後世爲文者, 於彼於此, 左顧右盼, 以求當衆人之意, 亦宜諸子所深耻歟! (『藝概·文概』)

93 偶爲書訣云: "古人之書不學可, 但要書中有個我, 我之本色若不高, 脫盡凡胎方證果." 不惟書也. (『遊藝約言』)

> 사詞는 반드시 나에게서 나와야 하고, 글씨와 그림 역시 그러하다.[94]

우리가 여기서 특별히 거론할 만한 것은 유희재가 고대 작가를 평가할 때 진부한 유학자의 편견이 극히 드물었다는 점이다. 예컨대 공자와 맹자에 대하여 날카롭게 질책한 왕충王充의 『논형論衡』에 실린 「문공問孔」과 「자맹刺孟」에 대하여 대체로 공평하게 평가하면서, 그만의 견해를 펼쳐 사고력이 남보다 뛰어나다고 극찬하였다. 또 왕충에 대해 때로는 과격하고 편파적인 자라고 평하기도 했지만, 이러한 흠이 결코 그의 뛰어난 견해를 가릴 수 없다고 인정하였다. 『주역』을 모방해서 지은 양웅의 『태현太玄』 등에 대해서도 그의 병폐는 바로 성인과 비슷한 데 있다고 적절하게 지적하였다.

예술의 독창성 문제는 유희재가 처음 거론한 것이 아니고, 그 이전의 많은 사람들이(예컨대 섭섭葉燮) 거론한 적이 있다. 그러나 당시의 동성파, 송시파宋詩派, 절사파浙詞派 등 각종 의고주의 사조가 범람하던 상황에서 재차 이 문제를 강조하였으니, 의심할 바 없이 긍정적 의의가 있고 일부 견해는 매우 탁월하다. 예컨대 이전 사람들에게는 주옥처럼 훌륭했던 구절이라 해도 답습으로 인해 먼지로 변해 버렸다고 한 것이 그러하다.

> 사詞는 청신해야 하니 다른 사람의 말이나 글 또는 주장을 그대로 모방하는 것은 모두 피해야 한다. 고인에게는 청신하던 것이 답습하면 진부해진다. 옥을 주워 먼지로 만들어 버렸으니 참으로 웃기는 일이 아닌가?[95]

94 詞必己出, 書·畵亦當然. (『遊藝約言』)

95 詞要淸新, 切忌拾人牙慧. 蓋在古人爲淸新者, 襲之卽腐爛也. 拾得珠玉, 化爲灰塵,

② 인품과 시품詩品

유희재는 시품은 인품에서 나온다고 여겼기 때문에 작가의 인품과 수양의 중요성을 매우 강조하였다.

> 글씨는 그 사람의 학식과 같고 재주와 같고 뜻과 같으니, 결론적으로 말하면 그 사람과 같을 따름이다. 필묵의 성정은 그 사람의 성정을 근본으로 삼으니, 성정을 다스리는 것이 글씨에서 가장 중요하다.[96]

유희재는 영웅의 말에는 영웅의 면모가 다 드러난다고 보았다. 예컨대 신기질辛棄疾의 작품은 탁월한 그의 품격과 불가분의 관계가 있다고 했고, 지사志士의 부賦는 남을 따라 웃고 떠드는 말이 한마디도 없으며, 품격이 저열한 사람만이 시를 쓸 때 남을 기쁘게 하고 남에게 과시하는 것에 신경을 쓴다고 하였다. 작가의 주관적 도덕과 수양의 중요성을 중시하는 것은 중국 고전 시문론에서 매우 장구한 전통을 지니고 있는데, 인품의 수양을 제창한 것은 근본적으로 봉건주의적이지 않을 수 없다. 그러나 이러한 원칙을 운용하여 작가를 평론한 것 가운데는 탁월한 의견도 있다. 예컨대 굴원屈原의 작품에 대하여 유희재는 예술 성취와 특색 및 영향을 중시하였다.

豈不重可鄙笑."(『藝概·詞曲概』)
[역자주] 拾人牙慧 : 다른 사람의 말이나 글 또는 주장을 그대로 모방하거나 답습하는 것을 비유하는 고사성어. 『세설신어世說新語』에 실린 은호殷浩와 한강백韓康伯의 고사에서 유래되었다.

96 書, 如也. 如其學, 如其才, 如其志, 總之曰, 如其人而已矣. 筆性墨情, 皆以其人之性情爲本, 是則理性情者, 書之首務也. (『藝概·書概』)

「이소」는 동서상하 모든 구절이 개합과 음양의 변화를 다하였으나 그중에는 변화하지 않는 것도 있다.[97]

「이소」는 부賦의 시조이다. 유협은 「변소辨騷」에서 "명유名儒의 사부辭賦는 「이소」를 법식으로 삼지 않은 것이 없다."라고 했다. 또 "아송雅頌보다는 못하지만 사부 중에서는 가장 훌륭하다."라고 했다.[98]

그뿐만 아니라 「이소」 등에 표현된 사상을 굴원의 인품으로 간주하여, 깊은 울분과 세상을 구제하려는 정감과 떼려야 뗄 수 없다고 하였다.

굴원의 뜻은 대개 "저 옛 고향을 굽어보며 그리워하는 데" 있지, 청운을 밟고 이리저리 노니는 데 있지 않다.[99]

굴원의 「이소」에는 한결같이 세속에 물들지 않은 고결한 뜻이 있다.[100]

반고는 굴원이 "재주를 드러내어 자기를 널리 알렸다."라고 평하였는데, 이는 지사志士의 기상을 훼손하는 말이다.[101]

특별히 지적할 만한 것은 유희재가 비교적 복잡한 현상을 꿰뚫고 사물의 실질을 보았다는 점이다. 예컨대 이백에 대하여 젊어서는 종횡가

97 「離騷」 東一句, 西一句, 天上一句, 地下一句, 極開闔陰陽之變, 而其中自有不變者存. (『藝概·賦概』)

98 「騷」爲賦之祖, …… 劉勰 「辨騷」曰, "名儒辭賦, 莫不擬其儀表." 又曰, "雅頌之博徒, 而辭賦之英傑也." (『藝概·賦概』)

99 屈之旨蓋在"臨睨夫舊鄉", 不在涉青雲以泛濫遊. (『藝概·賦概』)

100 屈子「離騷」, 一往皆獨立特行之意. (『藝概·賦概』)

101 班固以屈原"露才揚己", 此論殊損志士之氣. (『藝概·賦概』)

縱橫家를 좋아하고 늙어서는 황제黃帝와 노자를 공부하였기 때문에, 이러한 뜻을 시에 기탁하고 즐겼다고 하였다. 그러나 동시에 세상을 구제하려는 이백의 마음도 깊이 간파하여 이백과 두보는 모두 세상을 경륜하는 데 뜻을 두었다고 했고, "날마다 백성을 위하여 근심하였다"는 이백의 말은 "평생 백성을 근심하였다"는 두보의 뜻과 같다고 하였다. 이백에게 세속을 초월한 시어가 조금 있다 해서 간단히 그를 세상을 멀리한 시인으로 간주해서는 안 된다고 하였다. 또 굴원이 "슬프도다! 세상이 나를 몰아세우니, 멀리 떠나 신선 세계에서 노닐고 싶네."라고 하였는데, 만약 태백을 정말 속세를 피한 사람으로 의심한다면 굴원도 가볍게 속세를 떠난 사람으로 의심할 수 있다고 하였다. 이는 송나라 사람 나대경羅大經이 이백을 용감한 협객처럼 제멋대로 행동하고, 꽃과 달에 빠져 사직과 백성을 마음속에 둔 적이 없다고 평한 것보다 훨씬 뛰어나다. 게다가 훗날 이백을 탈속한 도사로 간주한 호적胡適과 비교해도 뛰어나다. 혜강嵇康 등 여러 작가의 작품과 그 인격 사이의 관계에 대한 인식 또한 상당히 깊이가 있다.

인품 외에도 유희재는 작가의 식견을 중시했다. 문장은 식견이 주가 되어 주제를 설정하고 구상하는데, 식견이 탁월하고 빈틈이 없어야 핵심을 찌를 수 있다고 하였다. 재주·학식·식견 세 가지 중에 식견이 제일 중요한데, 어찌 역사를 쓰는 데만 그러하겠냐고 하였다. 이러한 말은 일리가 있다. 인품이 아무리 고결하더라도 탁월하고 정밀한 식견이 없다면, 결국 불후의 작품을 써낼 수 없을 것이다.

유희재는 탁월하고 정밀한 식견을 얻으려면 시만 가지고 시를 논해서는 안 된다며 "시 외에 다른 것이 또 있다"고 한 소동파의 두보 평을 예로 들었다. 그러니까 소동파는 시 외에 다른 것이 없는 것은 시 짓는 기술자라고 했다면서, 시에 기법만 있다면 어찌 좋은 시가 되겠냐고 했다는 것이다. 세상의 온갖 사물을 떠나 시만 가지고 시를 논하면, 아무리 솜씨가 정교해도 결국엔 시 짓는 기술자일 뿐이다. 이런 시는 사실상 시라고 칭할 수 없다. 진정으로 좋은 시를 쓰고자 한다면 시 밖에 있는 온갖 사물에 공력을 쏟아야 한다. 먼저 사물에 내재한 이치가 있고 난 후에, 사물을 대하는 뜻이 있기 때문이다. 시를 짓는 것도 그러하고, 문장을 쓰는 것도 그러하다. 그러므로 탁월하고 정밀한 식견은 결국 사물에 존재하는 이치를 연구하는 데서부터 시작한다. 유희재는 또 어떤 일을 말하려면 반드시 그 일을 깊이 알아야 하고, 사리를 곡진하게 다 알면 그 문장은 틀림없이 사라지지 않을 것이니, 『고공기考工記』 같은 것이 그러하다고 하였다. 여기에서 유희재는 식견을 선험적이거나 옛 서적을 연구해서 얻은 것으로 간주하지 않았음을 알 수 있는데, 이는 의심할 여지없이 소박한 유물주의 인식론과 미학사상으로, 왕부지王夫之와 섭섭葉燮 등과 일치한다.

식견의 중요성을 제창할 때, 유희재는 또 민간 속으로 깊이 들어가 백성의 질고疾苦를 이해해야 한다고 하였다.

> 필부필부를 대신해서 말하는 게 가장 어렵다. 대개 굶주리고 추위에 떠는 고통은 남에게 말해줘도 잘 알지 못한다. 알게 하려면 나와 남과의 간극을 없애야 한다. 두소릉(두보), 원차산(원결), 백향산(백거이)은 몸소 민간 속으로 들어가, 그런 일을 목격하였을 뿐 아니라 그러한 병통이 자기 몸에 있는 것과 다름없이 하였다. 그러한 시를 읊으면서 그런 사람을 모르면 되겠는가?[102]

102 代匹夫匹婦語最難, 蓋飢寒勞困之苦, 雖告人, 人且不知, 知之, 必物我無間者也.

필부필부를 대신해서 말하는 게 가장 어렵다는 뜻은, 작가와 평론가 모두 봉건계급의 한가한 문인이기 때문에 인민의 고통을 아무리 동정하여도 결국 피할 수 없는 거리가 있기 마련이라는 것이다. 그러나 여기에서 유희재는 두보, 원결元結, 백거이가 그랬듯이 민간 속으로 들어가 그 일을 목격하고, 직접 자신의 몸에 질병이 있는 것처럼 인민의 고통을 깊이 체득하기를 바랐다. 이러한 견해는 의심할 바 없이 소중하다. 그의 이러한 견해는 청대 후기 시단과 문단의 의고 풍조, 즉 한漢과 위魏를 모방하고, 소식蘇軾과 황정견黃庭堅을 본받고, 강기姜夔와 장염張炎을 종주로 떠받들고, 한유와 구양수를 추존하는 것에 대하여 적극적으로 교정하는 의미를 지닌다.

③ 의와 법, 문장은 심성에 근본을 둔다

유희재는 예술창작의 여러 가지 특징과 문제에 대하여 취할 만한 견해와 정치한 이론을 제기하였다.

우선 그는 예술 작품은 외물을 반영한 것이기에 아무런 관심 없이 기계적으로 모방하여 작가 자신의 느낌이 전혀 없어서는 안 된다고 하였다. 그는 외부에 있는 것은 물색物色이요, 나에게 있는 것은 생동하는 뜻이라며, 양자가 접촉하여 부대끼면서 부賦가 나온다고 하였다. 자신의 뜻이 들어갈 곳이 없다면 물색은 단지 자신과 상관없는 일이 되니, 어찌 지사志士를 언급할 수 있겠냐고 하였다. 이렇듯 그는 외물에서 느낌을 받고 글을 쓸 것을 강조하였다. 그러므로 심성에 근본을

杜少陵·元次山·白香山, 不但身與閭閻, 目擊其事, 直與疾病之在身者無異. 頌其詩, 顧可不知其人乎? (『藝概·詩概』)

두지 않은 글은 차라리 쓰지 않는 것보다 더 부끄럽다고 하였다. 문학은 작자의 사상과 감정을 표현하는 것이니, 이른바 문은 심학心學인 것이다. 따라서 마음이 글보다 넘쳐나야지, 글이 마음보다 넘쳐나게 해서는 안 된다는 것이다. 여기서 말하는 마음 혹은 심성은 모두 작자의 주관적인 사상과 감정이다. 작자 자신의 주관적 감정을 다 표현하지 못할지언정 무병신음해서는 안 된다는 것이다. 그러므로 그는 시를 몇 년 동안 짓지 못할지언정, 한 작품이라도 진정성이 부족해서는 안 된다고 하였다.

유희재는 『예개』에서 진정성에 대해 매우 자주 언급하였고, 그 함의도 비교적 많은데, 그 가운데 가장 중요한 것은 진실한 감정이다. 대가는 진眞을 중시하고 명가는 정精(정미함)을 중시하는데, 문장과 서화 모두 이것에 근본을 두고 판단해야 한다는 말이 이를 증명한다면서 다음과 같이 말했다.

> 부賦는 감정의 진위로 가치를 논해야지, 정正과 변變으로 논해서는 안 된다. 정통성을 지녔으나 감정이 거짓된 작품은 정통성을 벗어났지만 진정성이 있는 작품만 못하다. 이것이 굴원의 부가 존중받는 까닭이다.[103]

여기에서 말한 진眞은 모두 이러한 뜻이다. 이렇듯 진실한 느낌을 중시하였기에 유희재는 무병신음에 반대하였다. 예를 들면 다음과 같은 말들이 그러하다.

103 賦當以眞僞論, 不當以正變論, 正而僞, 不如變而眞. 屈子之賦, 所由尙已. (『藝概·賦概』)

> 아름다운 말은 미덥지 못하니, 사물만 읊조리느라 뜻을 잃으면 그걸 부라 할 수 있겠는가![104]

> 자신의 회포를 기탁할 수 없다면, 이 또한 무병신음을 면치 못할 것이다.[105]

모든 글은 언지言志와 명도明道를 중시하기 때문에, 질質과 문文·형식과 내용의 관계에서 질의 미적 중요성을 강조하였다.

> 필筆로써 질質을 삼고 묵墨으로써 문채를 삼으니, 사물의 문채가 바깥으로 드러나는 것은 바탕이 그 안에 내재되어 있기 때문이다.[106]

> 시의 질은 구리로 된 담장과 철로 된 벽과 같아야 하고, 기세는 하늘까지 치솟는 파도와 같아야 한다.[107]

진실이 아름다움보다 뛰어나야지 아름다움이 진실보다 뛰어나서는 안 된다면서, 온축된 내용을 떠나 기계적으로 모방만 하면 저속한 사詞가 되고 말 것이라 하였다. 질은 아름다움을 온축하고 아름다움은 질을 덮고 있기 때문에, 절대로 질을 떠나서 아름다움을 구할 수 없다. 그러나 유희재가 질의 미적 중요성을 강조했다 하더라도, 결코 형식미를 배척하거나 경시해서가 아니다. 질만 있어도 문장이 아니요, 부염하기

---

104 若美言不信, 玩物喪志, 其賦亦不可已乎.(『藝概·賦概』)
105 然使不能自寓懷抱, 又未免爲無病呻吟.(『藝概·詩概』)
106 以筆爲質, 以墨爲文, 凡物之文見乎外者, 無不以質有其內也.(『藝概·書概』)
107 詩質要如銅墻鐵壁, 氣要如海風天濤.(『藝概·詩概』)

만 해도 문장이 아니라고 한 것이 이를 입증한다. 사채詞彩와 같은 형식미는 정도에 딱 맞게 해야지 지나쳐도 안 되고 모자라서도 안 된다고 하였다.

의와 법의 관계에 대해서도 유희재는 매우 탁월한 견해를 지니고 있다. 그는 이렇게 말했다.

> 문장과 시와 서예는 모두 의와 법을 겸비해야 한다. 뜻에만 맡기고 법을 폐기하거나, 법에만 맡기고 뜻을 폐기하면, 모두 옳지 않다.[108]

그가 우선 중시한 것은 의義와 이理이므로, 내용을 떠나 형식미만 추구하는 것에 반대하였다.

> 사물을 논하든 사건을 기술하든 모두 사리를 궁구하는 것을 중시한다. 사리를 다한 후에야 필법에 대해 논할 수 있다. 사리를 떠나 장법만 구한다면, 어찌 세상에서 사용되어 불후의 문장이 될 수 있겠는가?[109]

> 옛사람들은 붓을 대기 전에 생각이 쏟아져 나왔기에, 느긋하게 글을 쓸 수 있었다. 후인은 붓을 대고 난 후에도 뜻이 흘러나오지 않았기에, 글을 쓸 때 쩔쩔매었다.
> 「문부」에 "(문사文辭는 재능에 의거해서 기량이 드러나지만) 뜻과 합치해야만 훌륭하다 할 수 있다"는 말이 있는데, 여기에서 문장은 뜻을 숭상해야 한다는 것을 분명히 알 수 있다.[110]

---

108 作文·作詩·作書, 皆須兼意與法, 任意廢法, 任法廢意, 均無是處. (『遊藝約言』)

109 論事敍事, 皆以窮盡事理爲先. 事理盡後, 斯可再講筆法, 不然離有物以求有章, 曾足以適用而不朽乎? (『藝概·文概』)

110 古人意在筆先, 故得擧止閑暇. 後人意在筆後, 故至手忙脚亂. 「文賦」曰: "意司契

유희재는 이와 의를 중시하였으나, 상대적으로 법도 중요하다는 것을 부인하지 않았다. 예컨대 의와 법은 문장의 중요한 핵심을 차지한다느니, 의법 두 글자는 역사가들이 중시하는 바라느니, 이치에 뛰어나면 내용이 풍부하고 법칙에 뛰어나면 조리가 있기 때문에 양자는 어느 것이 더 중요하냐의 문제이므로 다른 하나를 버려서는 안 된다고 한 것 등이 그러하다.

> 서사敍事를 하려면 법이 있어야 하지만, 식견이 없으면 법도 무용지물이 된다. 사리를 논하려면 식견이 있어야 하지만, 법이 없으면 식견도 드러내지 못한다.[111]

위의 글은 의와 법의 관계를 아주 잘 설명하였다. 법을 떠나 문장을 지으면 식견이 잘 드러나지 않을 것이고, 법을 종주로 삼으면 형식주의로 흐른다는 것이다. 법은 폐단을 제거하기도 하고 폐단을 낳기도 하니, 입론을 마땅히 살펴야 하듯 입법도 마찬가지라는 것이다.

④ 정情과 경景에 관하여

유희재는 정과 경에 관한 시문론을 한층 더 발전시켰다. 그는 진지한 감정이 예술창작에서 차지하는 비중이 얼마나 중요한지를 잘 알았다. 작가는 감정으로 글을 써야만 독자들의 감정을 이끌어낼 수 있다면서 다음과 같이 말했다.

而爲匠", 文之意尙意明矣. (『藝概·文概』)

111 敍事要有法, 然無識則法亦虛, 論事要有識, 然無法則識亦晦.

사 작가가 되려면 우선 '정情'자를 잘 다루어야 한다. 「시서詩序」에서도 정을 드러낸다고 하였고, 「문부」에서도 정을 드러낸다고 하였다.[112]

그러나 정은 직접 드러내서는 안 되고, 경치를 빌려 정을 기탁하고 정을 빌려 뜻을 기탁해야만 독자를 잘 감동시킬 수 있다고 하면서, 다음과 같이 말했다.

순경의 부는 직접적으로 묘사하였고, 굴원의 부는 하나의 사물을 통해 유사한 사물의 규칙을 추론할 수 있게 하였다. 경에다 정을 기탁하고 문文으로 질質을 대신하였으니, 유사한 사물의 규칙을 추론하는 데 훌륭한 방법이다.[113]

사는 경치를 먼저 서술하고 감정을 뒤에 서술하기도 하고, 정을 앞에 묘사하고 경치를 뒤에 묘사하기도 한다. 혹은 감정과 경치가 함께 오고 번갈아 사용되기도 하여, 각각 운용의 묘를 다한다.[114]

정에 뜻을 기탁하여 뜻이 더욱 지극해지기도 하고, 감정을 경에 기탁하여 정이 더욱 깊어지기도 한다. 이 또한 『시경』이 후세에 물려준 정신이다.[115]

위에서 거론한 예들은 모두 정과 경은 각각 따로 나누어서는 안 되며, 상생하여 서로를 더욱 빛내줘야 한다는 것을 설명해준다. 감정을

112 詞家先要辨得情字, 「詩序」言發乎情, 「文賦」言發乎情. (『藝概·詞曲概』)
113 荀卿之賦直指, 屈子之賦旁通. 景以寄情, 文以代質, 旁通之妙用也. (『藝概·賦概』)
114 詞或前景後情, 或前情後景, 或情景齊到, 相間相隔, 各有其妙. (『藝概·詞曲概』)
115 或寓義於情而義愈至, 或寓情於景而情愈深, 此亦三百五篇之遺意也. (『藝概·詩概』)

경치에 기탁하면, 경치가 더욱 살아 움직일 뿐만 아니라 감정도 더욱 심화된다는 것이다. 시인의 경치 묘사는 경치를 빌려 감정을 묘사하는 데 있다. 그렇지 않으면 계절이 흘러가는 것을 객관적으로 묘사한 것처럼 아무런 의미가 없게 될 것이다.

유희재는 청나라 상주사파常州詞派와 마찬가지로 기탁과 언외言外의 무궁무진한 뜻을 중시하였으며, 사공도와 엄우가 중시하였던 미외미味外味를 중시하였다.

> 사詞라는 것은 말은 다하였으나 뜻은 무궁하다.
>
> 사의 아름다움은 말하지 않고 말하는 것보다 훌륭한 게 없으니, 말하지 않는 게 아니라 말을 기탁하는 것이다.
>
> 사공도가 말했다. "매실은 신맛에 그치고, 소금은 짠맛에 그친다. 그러나 진정한 맛은 시고 짠 맛 바깥에 존재한다." 엄우가 말했다. "훌륭한 곳은 투철하고 영롱하여 억지로 끌어다 붙일 수 없으니, 물속의 달과 같고 거울 속의 상象과 같다." 이것은 모두 시를 논한 것이지만, 사도 이러한 경계를 최고로 삼는다.[116]

이러한 경계에 도달하기 위해서는, 정과 경의 관계를 적절히 처리하여 정을 읊은 구절 가운데 경치를 묘사한 글자가 있고, 경치를 묘사한 구절 가운데 감정을 묘사한 글자가 있어, 정과 경이 융합되어야 한다는 것이다. 시 가운데 크고 작은 경치들은 섞여도 안 되지만, 떨어져서도

116 詞也者, 言有盡而意無窮也.
詞之妙, 莫妙以不言言之, 非不言也, 寄言也.
司空表聖云, 梅止於酸, 鹽止於鹹, 而美在酸鹹之外. 嚴滄浪云, 妙處透澈玲瓏, 不可湊泊. 如水中之月, 鏡中之象. 此皆論詩也, 詞以得此境爲超詣. (『藝概·詞曲概』)

안 된다는 것이다. 이러한 견해는 교연과 사공도·왕부지 등의 정경에 관한 견해를 계승하였을 뿐 아니라, 훗날 왕국유의 경계설에도 직접적인 영향을 주었다.

유희재는 상주파의 사론을 확장시켰지만, 많은 문제에 있어서 상주파와 견해를 달리한다. 이는 그가 절파의 사론을 취했지만 절파와는 다른 것과 같다. 예컨대 상주파인 장혜언과 주제는 모두 온정균과 위장·풍연사 등을 떠받들었지만, 그는 온정균의 사는 아름답기 짝이 없으나 아름다운 여인의 원망을 벗어나지 못했다면서 그다지 찬미하지 않았다. 주제는 온정균을 정격正格으로 삼고, 소식과 신기질 등을 변격變格으로 삼았다. 그러나 그는 다음과 같이 말했다.

> 만당과 오대의 사는 오로지 함축적이고 아름다움만을 추구하였으나, 소동파에 이르러 비로소 옛날로 돌아갈 수 있었다. 후세에 사를 논하는 자들은 소동파로부터 변조로 바뀌었다고 하는데, 이는 만당과 오대가 변조라는 것을 몰라서 하는 말이다.[117]

이 점에서 유희재의 사론은 상주파보다 훨씬 훌륭하고 실제에 부합한다.

유희재는 미외미와 억지로 끌어다 결합하지 않는 예술적 경계를 중시하였지만, 사공도나 특히 엄우처럼 이취理趣나 이어理語를 배척하지는 않았다.

117 晩唐五代, 惟趨婉麗, 至東坡始能復古. 後世論詞者, 或轉以東坡爲變調, 不知晩唐五代乃變調也.

> 도연명과 사령운은 이어를 사용했지만, 각기 뛰어난 경계가 있다. 종영이 『시품』에서 “손작孫綽·허순許詢·환온桓溫·유량庾亮 등은 모두 『도덕경』처럼 딱딱하다”고 하였는데, 이는 이취가 결핍되어 그런 것이지 어찌 이치를 숭상해서 그랬겠는가.[118]

⑤ 허구, 시是와 이異, 일一과 불일不一 등에 대하여

여기에서는 유희재의 예술적 허구와 형상화에 대한 견해와 예술에 대한 변증론적 견해에 대해 언급하고자 한다. 그는 다음과 같이 말했다.

> 부는 사물의 모습을 모방하는데, 실제 모습에 따라 상을 본뜨기는 쉬워도 허상에 의거해서 상을 만들어내기는 어렵다. 상을 만드는 데 능통하면, 상이 끝없이 생성된다.[119]

위에서 말하는 것은 두 가지 의미가 있다. 첫째, 문학작품은 외물을 표현하는 것(상물象物)이지만, 반드시 형상화의 특징을 지녀야 한다(구상構象)는 것이다. 둘째, 상을 만들 때에는 실상에 따라 모습을 그려내고, 이러한 기초 위에서 허구에 의거하여 상을 만들어야 한다는 것이다. 전자는 비교적 용이하지만 제한이 크고, 후자는 비교적 어렵지만 개괄성이 강하다. 실상을 떠나 허상을 얻어야만, 사람들이 무궁한 경계에 접할 수 있다. 이른바 상이 끝없이 생성된다고 한 것이 바로 그러하다. 여기에서 논하는 것은 사실상 신사神似와 예술형상의 전형화에 대

118 陶·謝用理語, 各有勝境. 鍾嶸『詩品』云, 孫綽·許詢·桓·庾諸公, 皆平典似『道德論』. 此由乏理趣耳. 夫豈尙理之過哉. (『藝槪·詩槪』)

119 賦以象物, 按實肖象易, 憑虛構象難. 能構象, 象乃生生不窮矣. (『藝槪·賦槪』)

한 문제로서, 실에 기초하면서도 또 실을 떠나 허를 얻어야 신사를 창조할 수 있고, 개괄성이 비교적 강한 예술형상을 창조할 수 있다는 것이다. 이러한 관점은 그의 다른 말과 연계시켜 보면 더욱 분명해진다.

> 소동파는 「수룡음」에서 "꽃인 듯 꽃이 아닌 듯하여라(看花還似非花)" 라고 하였다. 이 구절은 「수룡음」을 평하는 말로 삼을 수 있는데, 떨어져 있지도 않고 붙어있지도 않다(不離不卽)는 뜻이다.[120]

여기서 떨어져 있지도 않다는 것은 객관적인 실상과 떨어져 있지 않은 것을 의미하고, 붙어있지 않다는 것은 물상 자체에 구애되지 않은 것으로, 사似와 불사不似의 사이에 있다는 의미이다. 형상을 떠나 신사를 얻어야지 형사形似만 모방하는 것에 반대한다는 의미이다. 이것이 바로 그가 말한 꽃인 듯 꽃이 아닌 듯하여라의 본뜻이다. 이러한 견해는 매우 독창적이며 탁월하다.

이와 유사한 견해는 유희재의 산문 창작에 관한 의견에도 나타나 있다. 예컨대 그는 산문의 '시是'와 '진眞'을 매우 중시했다.

> 한유는 "문에 대해 논할 때 오로지 시是가 있을 따름이다"라고 하였는데, '시是'자를 주해하자면, '정正'과 '진眞'이다.[121]

그러나 유희재는 이와 동시에 '시是'와 '이異' 즉 상태常態(실제 모습)

---

120 東坡「水龍吟」云："看花還似非花", 此句可作全詞評語, 蓋不離不卽也. (『藝概·詞曲概』)

121 昌黎論文曰, 惟其是爾. 余謂是字注脚有二, 曰正曰眞. (『藝概·文概』)

와 변화, 실제와 창조 간의 변증법적 통일에 주목하였다.

> 한유는 '시是'와 '이異' 두 글자로 문장을 논하였다. 그러나 이 두 가지는 합일을 이루어야 한다. 변화[異]가 없는 상태[是]라면 평범할 따름이고, 상태[是]가 없는 변화[異]라면 허망할 따름이다.[122]

다시 말해서 이異, 즉 창조와 변화 등은 시是를 기초로 해야지, 그렇지 않은 변화는 허망하다는 것이다. 반대로 시是는 반드시 이異 즉 창조가 있어야지, 그렇지 않은 상태는 평범할 뿐이라는 것이다. 이렇듯 변증법적인 예술 견해는 『예개』 가운데 매우 많다. 유희재는 예술에 대해 실제에 부합하는 인식을 지니고 있었으며, 또 철학적인 수준에서 이를 개괄하였다. 예컨대 유희재는 『예개·문개』에서 다음과 같이 말했다.

> 『역·계사』에서 "사물은 서로 섞여있기 때문에, 문채를 이룬다"고 하였다. 주자는 『주자어록』에서 "두 사물이 대립을 이루기 때문에 문채가 생긴다. 만약 어느 하나가 떨어지면 문채를 이루지 못할 것이다"라고 했다. 문장을 짓는 자는 어찌하여 문채가 생긴 유래를 생각하지 않는가?[123]

> 『국어』에서 "사물이 일一이면 문채가 없다"고 하였는데, 후대 사람들

122 昌黎以'是''異'二字論文, 然二字仍須合一, 若不異之是, 則庸而已, 不是之異, 則妄而已. (『藝概·文概』)

123 『易·繫辭』: "物相雜, 故曰文." 朱子『語錄』: "兩物相對待, 故有文, 若相離去, 便不成文矣." 爲文者盍思文之所生乎? (『藝概·文概』)

은 사물에 일一이 없으면 문채가 없다는 것을 알게 되었다. 일一은 문채를 주관하는 것이니, 일一이 그 가운데 있어야 불일不一을 운용할 수 있다.[124]

'잡雜'이란 많거나 '불일不一'을 의미한다. 유희재는 사물이 다양하게 섞여 있어야 문채와 아름다움이 생긴다는 것을 간파하였으며, 또 '일'은 문채를 주관하는 것으로서, 반드시 그 가운데 '일'이 있어야 '불일'을 운용할 수 있음을 간파하였다. 이러한 미학 사상은 변증법적 사상이 풍부하다.

유희재는 '일'과 '불일'이 서로 도와 문채를 이룬다고 하였는데, 논리가 지극히 탁월하다. '일'이면 섞여도 혼란스럽지 않고, 섞이면 '일'이면서도 여럿일 수가 있다. 희랍사람들은 예술에 대해 논할 때, 하나가 만가지를 꿰뚫고 있는 것을 지고무상의 진리라고 여겼는데, 훗날 독일의 미학가 리프스는 이를 금과옥조로 삼았다. 이것이 바로 유희재가 말한 '일'이 그 가운데 있으므로, '불일'을 사용한다는 뜻이다. 플로티노스는 시인은 재능이 높을수록 "'일' 가운데 많은 것을 포함하고 있다"고 하였는데, 이 또한 입증자료로 삼을 만하다.[125]

---

124 『國語』言 "物一無文", 後人更當知物無一則無文. 蓋一乃文之眞宰. 必有一在其中, 斯能用夫不一者也. (『藝概·文概』)

125 劉氏標一與不一相補成文, 其理殊精: 一則雜而不亂, 雜則一而能多. 古希臘人談藝, 擧"一貫寓於萬殊", 爲第一義諦. 後之論者(指里普斯-引者), 至定爲金科玉律, 正劉氏之言 "一在其中, 用夫不一"也. 枯立治論詩家才力愈高, 則"多多而益一", 亦資印證. (『管錐編』 第1册, 52쪽)

[역자주] ◈ 리프스 Theodor Lipps(1851~1914): 독일의 심리학자. 미학이론, 특히 감정이입 개념으로 가장 유명하다. 그는 감정이입을 자기 자신을 인지의 대상에 투영하는 행위로 보았다.

◈ 플로티노스(205~270): 고대 그리스 후기 철학자. 북아프리카 리코폴리스Likopolis에

'일'은 반드시 '잡'이 있어야 문채를 이루며, 이렇게 해야만 단조롭고 부화뇌동하지 않을 수 있다는 것이다. 그러나 '불일'과 '잡'은 또 반드시 '일'이 주재자가 되어야 다양하면서도 문채가 있고, 많아도 혼란스럽지 않으며, 오음이 모두 조화를 이루어 상반상성相反相成 할 수 있다. 여기에는 유희재의 정밀하고 정확한 미학 견해가 드러나 있다.

유희재는 사의 청공淸空과 질실質實에 대한 역대의 쟁론에 대해 다음과 같이 개괄하였다.

> 사의 요지는 후厚하면서 청淸한 범주를 벗어나지 않는다. 후厚는 모든 것을 포함하고, 청淸은 모든 것을 비운다.[126]

> 매끄러운 가운데 특이함이 있고, 텅 빈 가운데 심후함이 있다.[127]

사는 '청공'해야 하니 모든 것을 비워야 하고, 또 '심후'해야 하니 모든 것을 포함해야 한다는 것이다. 이것은 청공을 중시했던 장염과 청대 절사파보다 더 주도면밀할 뿐만 아니라, 허와 실을 아우른 주제周濟보다 훨씬 더 변증법적이다. 이로써 '청공'에 대한 쟁론에 과학적인 결론을 내려, 사 가운데의 공과 실은 대립 통일하고 상반상성하는 관계라는 것을 지적해냈다. 허실호장虛實互藏에 관한 견해 역시 이와 같다. 결론

서 태어났고, 비교적 늦은 나이(28살)에 본격적으로 철학에 몰두했다고 전한다. 처음 암모니우스 삭카스에게서 플라톤의 가르침을 전해듣다가 플라톤의 사상에 크게 감동하였고, 이후 '플라톤 철학의 해석자'로서의 길을 걸었다. 플라톤 사상에 몰두해서 가르쳤기에 사람들은 그를 '신플라톤주의의 창시자'라고 평한다.

126 詞之大要, 不外厚而淸. 厚, 包諸所有. 淸, 空諸所有也. (『藝槪·詞曲槪』)

127 妥溜中有奇創, 淸空中有沉厚. (『藝槪·詞曲槪』)

적으로 말하면, 변증법적 요소가 풍부한 유희재의 예술창작에 관한 견해는 매우 탁월하고 소중하다.

⑥ 작가와 작품

위에서 언급한 것 외에도 『예개』에는 작가와 작품 및 창작과 관련된 훌륭한 견해가 많다. 우선 작가와 작품에 대해 언급한 것을 보면 아래와 같다.

그는 『장자』와 일반 문장의 차이점에 대해 이렇게 말했다.

> 『장자』의 문장은 공중에 있는 새를 잡는 것과 같아서, 잡지 못하면 날아가 버린다. 일반 문장은 죽은 새를 잡는 것과 같아서, 이미 새가 죽었으니 잡을 일이 있겠는가! 문장의 신묘함은 날아갈 수 있는 것이 최고이다. 『장자』에는 붕새를 묘사하여 힘차게 날아올라 하늘을 뒤덮을 기세라고 하였다. 지금 그 문장을 보면 종횡무진하는 붕새의 비동飛動의 기제機制를 거의 터득하였으니 붕새가 장자를 배운 건 아닐까?[128]

> 아무렇게나 말한 것 같지만, 뼛속에는 모두 법칙이 들어있다.[129]

> 뜻은 세상 밖으로 나가고, 이채로움은 붓끝에서 생긴다.[130]

이러한 비유와 분석은 형상적이고 생동적일 뿐 아니라, 매우 핵심을

128 『莊子』之文, 如空中捉鳥, 捉不住則飛去. 俗文如捉死鳥, 夫鳥旣死矣, 猶待捉哉! 文之神妙, 莫過於能飛. 莊子之言鵬曰: 怒而飛. 今觀其文, 無端而來, 無端而去, 殆得飛動之機者, 烏知非鵬之學爲周耶. (『藝概·文概』)

129 看似胡說亂說, 骨裏却盡有分數. (『藝概·文概』)

130 意出塵外, 怪生筆端. (『藝概·文概』)

찌른다. 여기서 특히 거론할 만한 것은 『장자』 우언의 낭만주의 특색에 대한 유희재의 논평이다. 『장자』에 나오는 우언은 진실을 황당한 말 속에 기탁하고 사실을 사실과 동떨어진 세계에 기탁하였다고 호평하였고, 황당한 것처럼 보이는 끝없는 말 속에 세상을 미워하고 분노하는 가장 진실된 사상과 감정을 기탁하였다고도 했다. 이러한 논평은 핵심을 찌를 뿐만 아니라, 매우 치밀하다.

유희재는 「이소」를 배운 사마천과 사마상여에 대해 다음과 같이 논평하였다.

> 「이소」를 배워 정을 얻은 자는 태사공(사마천)이고, 사조詞藻를 얻은 자는 사마장경(사마상여)이다. 사마장경도 정에서 얻은 게 없지 않지만, 만약 사조 방면에 공력을 많이 들여 형상을 떠나 신사神似를 얻은 자를 꼽으라면, 마땅히 태사공일 것이다.[131]

이러한 논평은 매우 핵심을 찌른다. 『사기』에 대한 유희재의 논평은 노신이 『사기』를 사학자가 쓴 가장 뛰어난 작품이요, 운을 달지 않은 「이소」라고 논평한 것과 일치한다.

유희재는 한유를 매우 존중하였지만, 유종원을 폄하하고 한유를 떠받드는 기존의 낡은 견해에 반대하였다. 그는 유종원의 산수 기록과 인물 형용은 『시경』과 「이소離騷」의 성취를 본받았다고 높이 평가하였다. 오랜 시간 동안 내려왔던 유가의 편향된 의견의 영향을 받지 않았던 점 역시 매우 소중하다. 그는 또 한유가 팔대 문장의 쇠미함을

131 學「離騷」得其情者爲太史公, 得其辭者爲司馬長卿. 長卿非無得於情, 要是辭一邊居多, 離形得似, 當以太史公爲尙.

일으키고 그 성취를 집대성하였다면서, 옛것을 잘 사용할 줄 아는 자만이 옛것을 변화시킬 수 있으며, 모든 것을 포함하고 있기에 모든 것을 쓸어버릴 수 있다고 하였다. 이렇듯 한유의 창신創新은 광범위하면서도 비판적인 계승과 밀접한 관계가 있다는 것을 지적하였으니, 실제와 부합한다.

이외에도 백거이에 대해 다음과 같이 논평하였다.

> 일상어는 쓰기 쉽고 신기한 말은 쓰기 어려운 것이 작시의 첫 관문이다. 신기한 말은 쓰기 쉽고 일상어는 쓰기 어려운 것이 작시의 어려운 관문이다. 향산은 일상어를 써서 신기함을 얻었으니, 이러한 경계는 진실로 쉽게 이룰 수 있는 게 아니다.[132]

또 주미성周美成(주방언)과 신가헌辛稼軒(신기질)에 관해서는 이렇게 평하였다.

> 주미성은 성률에 가장 뛰어나고 사방경史邦卿(사달조)은 구절이 가장 정련되었다. 그러나 군자의 사는 될 수 없다. 주방언 사의 요지는 방탕하고, 사달조 사의 뜻은 탐욕스럽다. 가헌의 사는 용과 호랑이처럼 기세가 드높으니 고서 가운데에 나오는 이어理語와 구어口語를 마음대로 운용하여도 풍류를 얻었으니, 천연스러운 아름다움과 무엇이 다르겠는가?[133]

132 常語易, 奇語難, 此詩之初關也, 奇語易, 常語難, 此詩之重關也. 香山用常得奇, 此境良非易到. (『藝概·詩概』)

133 周美成律最精審, 史邦卿句最精煉, 然未得爲君子之詞者, 周旨蕩而史意貪也. 稼軒詞, 龍騰虎擲, 任古書中理語瘦語, 一經運用, 便得風流, 天姿是何敻異. (『藝概·詞曲概』)

이렇듯 간단하고 핵심적인 짧은 몇 마디 말로 작가의 특징을 그려낸 예는 상당히 많다.

『예개』에는 창작의 문제에 대해 논한 좋은 견해도 많다. 예컨대 사에 관해 논한 것으로 다음과 같은 것이 있다.

> 고악부 가운데 훌륭한 말은 원래 일상어인데, 고악부에서 한 번 사용하고 난 후 독특함을 얻었다. 사에서 이 뜻을 사용하면 지극히 정련한 것도 정련하지 않은 것처럼 보이고, 출중하면서도 본래의 모습을 지니게 되니, 인간이 만들어 낸 소리[人籟]가 모두 자연이 만들어낸 소리[天籟]로 돌아가게 된다.[134]

또 유희재는 사안詞眼을 단지 어느 구절 하나가 훌륭하고 놀라운 데 지나지 않는다는 종전의 견해에 반대하여, 전체를 관통하는 훌륭한 구절과 몇 개의 구절을 관통하는 놀라운 구절이 있다면서 장법章法을 버리고 단지 자구만을 구하는 데 반대하였다. 사는 꾸미기도 하고 수식하기도 하는데, 수식할 때는 딱 맞아야 한다고 하였다. 이러한 견해는 매우 치밀하고 탁월하다.

시에 관해 논한 것으로는 다음과 같은 견해가 있다.

> 단편시에서 중시하는 것은 무엇인가? "지척은 만리로 논해야 하네." 장편시에서 중시하는 것은 무엇인가? "많은 짐을 실은 배가 바람처럼 달리네." 이 두 구절은 모두 두보의 시구인데, 두보 시의 장편과 단편은

134 古樂府至語本是常語, 一經道出, 便成獨得. 詞得此意, 則極煉如不煉, 出色而本色, 人籟悉歸天籟矣.

이와 같다.[135]

> 시에 정경을 빌리기만 하고 참된 정경이 없다면 비록 색채가 아름답더라도 실은 회색일 뿐이다.[136]

> 율시는 소리가 조화를 이루고 말이 짝을 이룬다. 그러므로 정교하게 하기는 쉬워도 변화를 주기는 힘들다.[137]

> 산의 정신은 묘사할 수 없기에 안개와 노을로 묘사한다. 봄의 정신은 묘사할 수 없기에 초목으로 묘사한다. 그러므로 시에 경상景象이 없으면 정신 또한 기탁할 곳이 없다.[138]

대체적으로 말하면 『예개』는 사상적으로 피할 수 없는 한계가 있지만, 예술적 변증법에 있어서 큰 특색과 견해를 지닌 저서이다. 청대 후기를 대표하는 뛰어난 저작일 뿐 아니라, 중국의 수많은 시화와 사화 중에서 일정한 지위를 지닌다.

3) 유육숭劉毓嵩

이 시기에 유육숭은 청나라 두문란杜文瀾이 편집한 『고요언古謠諺』[139]

---

135 問短篇所尙? 曰: “咫尺應須論萬里.” 問長篇所尙? 曰: “萬斛之舟行若風.” 二句皆杜詩, 而杜之長短卽如之. (『藝概·詩概』)

136 詩有借色而無眞色, 雖藻績而實死灰耳. (『藝概·詩概』)

137 律詩聲諧語儷, 故往往易工而難化. (『藝概·詩概』)

138 山之精神寫不出, 以煙霞寫之, 春之精神寫不出, 以草樹寫之. 故詩無氣象, 則精神亦無所寓矣. (『藝概·詩概』)

139 현존하는 옛 가요와 속담을 수집한 책 가운데 가장 완비된 저작으로, 모두 백 권으로

의 서문을 썼는데, 언급할 만한 가치가 있다.

유육숭(1818~1867)은 자가 백산伯山, 혹은 송애松崖, 강소성 의정儀征 사람이며, 금릉서국金陵書局을 설립한 적이 있다. 『청사고淸史稿』 권 488 『유림儒林』에 전傳이 있다.

『고요언』 서문에서 유육숭이 제기한 중요한 문제는 아래와 같다.

① 요언謠諺의 탄생

유육숭은 간단명료하게 요언(가요와 속담)의 탄생 및 그 역할에 대해 서술하였다. 그는 『고요언』은 『시경』의 풍아風雅와 같은 것으로, 우선 언지言志와 사상을 표현하는 수단으로 사용하였다고 하였다. 그리하여 언지의 도를 알고자 하면 멀리서 구할 필요가 없다면서, 풍아는 진실로 언지의 대종大宗이며 요언은 더더욱 그러하니, 풍아의 오묘함을 탐구하고자 하면 먼저 요언에 대해 살펴보는 것이 무방하다고 하였다.

요언은 또 풍아 이전에 생겼을 뿐만 아니라, 문자 이전에 생겼다면서 아래와 같이 말했다.

> 풍아는 뜻을 서술하여 글로 드러낸 것이고, 요언은 뜻을 서술하여 말로 나타낸 것이다. 말은 글 이전에 생겼다. 그러므로 글자의 획은 소리보다 뒤에 생겼고, 서찰은 말보다 뒤에 생겼다. 그렇다면 풍아를 논하는 자는 요언도 함께 언급해야 하니, 언어와 문학은 실로 서로 상관되어 있으며 도와주는 관계가 아니겠는가?[140]

이루어져 있다.

140 蓋風雅之述志, 著於文字, 而謠言之述志, 發於語言. 語言在文字之先, 故點劃不先於聲音, 簡札不先於應對, 然則談風雅者, 兼誦謠言之詞, 豈非言語文學之科, 實有

이러한 견해는 역사적 사실과 부합할 뿐 아니라, 매우 탁월하다. 중국의 민간 구비문학은 유구한 역사를 지녔으며 특히 민간 가요가 발달하여, 역대 봉건 문인들은 민가의 형식으로부터 사상에 이르기까지 풍부한 영양을 흡수하였다. 그러나 문자로 기록된 저작 중 선진제자와 『좌전』에만 일부 귀중한 구비문학 자료가 보존되어 있고, 『시경』 및 한위 육조시기에도 극소수의 가요만 보존되었을 뿐, 민간문학은 늘 봉건 문인들의 경시와 배척을 받아왔다. 반고의 『한서·오행지五行志』에 기재된 일부 요언 역시 재앙과 특이한 현상을 인증하기 위해서 인용되었지 민간문학으로 간주하여 수록된 것이 아니다. 그 이후 극히 드문 상황 하에서만(예컨대 명나라 중엽) 소수 봉건 문인의 관심을 끌어내었을 뿐이다. 그러나 유육숭은 요언이 언지의 역할을 지니고 있고 풍아보다 더 유구한 역사적 전통을 지녔다는 관점에서 그 역사적 원류를 논하였으니, 민간문학의 지위를 제고시키는 데 큰 역할을 하였다.

② 요언의 효능

요언은 언지의 역할을 하므로 유육숭은 요언도 시가와 마찬가지로 백성의 삶을 인식하는 역할을 구비하였다면서 다음과 같이 말했다.

> 요언의 흥기는 대중들의 여론에서 비롯되었다. 위정자는 백성들의 말을 참작해서 그들과 호오好惡를 함께한다. 그런즉 꼴 베는 목동이나 나물 캐는 여인들의 말도 모두 민정을 시찰하러 나온 사신들에게 채집되었다. 그러므로 옛날에 민간의 풍속을 관찰하는 자는 시도 바쳤고 요

相因而相濟者乎.

언도 바쳤다.[141]

즉 채시采詩는 초기에 풍속의 득실을 관찰하기 위한 방법이었으며, 채시와 채요采謠를 모두 포괄하였기에 요언을 중시하지 않는 것은 잘못일 뿐 아니라, 고금으로 시비와 우열을 가려서도 안 된다는 것이다. 왜냐하면 요언은 현재의 시점에서 보면 옛날이고 과거의 시점에서 보면 현재가 되기 때문이다. 이른바 훗날 현재를 보는 것은 현재에서 옛날을 보는 것과 같은 것이다. 이러한 견해는 의심할 여지가 없다.

요언은 모두 노동자들이 느낀 바가 있어서 토해낸 것이며, 무병신음한 것이 결코 아니다. 자연스럽게 저절로 우러나온 것이어서 수식할 필요도 없다. 그러므로 그 언어는 자기만의 독특함을 지녀, 봉건 문인들의 창작과는 다른 특색을 지녔다며 다음과 같이 말했다.

> 참으로 말로써 마음의 소리로 삼았으니, 요언은 모두 자연의 소리가 절로 울려 나와 자신의 뜻을 직접 서술하여, 바람이 수면 위를 스치면 절로 파문이 생기듯, 말은 다 하였으나 뜻은 무궁하며 풍아風雅와 표리表裏를 이룬다.[142]

이러한 견해 역시 사실과 부합한다. 여기에서 출발하여 언어와 문학은 서로 상관되어 있으면서 도와주는 관계라는 견해를 제기하였으니, 오늘날 보아도 여전히 긍정적인 의의를 지닌다. 중국의 사회주의 문학

141 謠諺之興由於輿誦, 爲政者酌民言而同其好惡, 則芻蕘葑菲, 均可備詢訪於輶軒, 故昔之觀民風者, 旣陳詩亦陳謠諺.

142 誠以言爲心聲, 而謠諺皆天籟自鳴, 直抒己志, 如風行水上, 自然成文, 言有盡而意無窮, 與風雅表裏相符.

은 민간 구비문학으로부터 영양을 흡수하였다.

물론 유육승의『고요언』서문도 역사적 한계가 없다고 할 수 없다. 예컨대 풍화설風化說(교화설)과 봉건 시교詩教에 대한 선전이 바로 그러하다. 그러나 종합적으로 보아 이 서언은『고요언』과 마찬가지로 중국 민간문학 이론사를 탐구하는 데 아주 귀중한 글이다.

제3장

동성파桐城派의 중흥과 송시운동 · 동광체同光體

제1절 동성파의 중흥

1) 매증량梅曾亮 · 관동管同 · 방동수方東樹 · 요영姚瑩 등

동성파는 청대 건륭乾隆 · 가경嘉慶 연간에 진보적 사상가, 고증학자, 변문가들의 억압과 배척으로 인해 주로 사제지간에서만 전해져 별다른 영향을 끼치진 못했다. 동성파의 대가인 요내 사후 이른바 요문사제자姚門四弟子인 매증량(1786~1856) · 관동(1780~1831) · 방동수(1772~1851) · 요영(1785~1852) 등이 대대적으로 제창한데다, 매증량 · 관동이 당시 산문 창작에서 비교적 성취가 있었기에, 가경 · 도광道光 연간 동성파를 본보기로 삼은 산문 작가들이 나날이 증가했고 그 영향력도 점차 확대되었다.

당시 매증량 · 관동 · 방동수 · 요영 등을 비롯한 대표적인 인물들은 적지 않은 시문 이론을 썼다.

① 시문론의 합리적 요소

그 당시 '동성파'는 시문이론 방면에서 그다지 새로운 문제를 제기하지는 않았지만, 그중에서도 일부 합리적이고 탁월한 견해가 있다. 예컨대 매증량은 시문은 작가의 참 감정을 표현해야 한다고 재차 강조했다.

> 사람을 보고 그 마음을 알 수 있다면 진실한 사람이요, 문장을 보고 그 사람을 알 수 있으면 진실한 문장이다. 사람에게는 완급강유緩急剛柔의 성품이 있고, 문장에는 음양동정陰陽動靜의 차이가 있다. 비유하자면 산사나무 열매, 배, 귤, 유자는 맛에 따라 각각 그 이름에 부합하며, 그 사물을 닮았다. 겨울의 갖옷과 여름의 갈포 옷, 얼음과 숯은 각각 그 장점을 부각시키면 오히려 그 단점이 드러나게 된다. 하나의 사물이 여러 맛과 여러 사물의 장점을 지닌다면 이름이 맛과 어그러지고, 그 단점을 수식하면 장점이 다시는 드러날 수 없으니 모두 참됨을 잃은 것이다.[1]

문학에서 참됨을 잃는 것에 반대하면서, 훌륭한 작품은 참됨을 표현해야 한다고 강조하였다. 이러한 논점은 그의 다른 문장에서도 여러 차례 보인다. 예컨대 「주상재시집서朱尚齋詩集敘」에서는 감정과 사물의 참됨을 닮아야 할 것을 요구하였으며, 「황향철시서黃香鐵詩序」에서는 천하에서 가장 좋은 사물은 참된 것만 한 것이 없다고 하였고, 환경도 다르고 사람도 다른데 시가 같은 것에 반대하면서 이러한 시는 위시

1 見其人而知其心, 人之眞者也. 見其文而知其人, 文之眞者也. 人有緩急剛柔之性, 而其文有陰陽動靜之殊, 譬之查梨橘柚, 味不同而各符其名, 肖其物. 猶裘葛冰炭也, 極其所長, 而皆見其所短. 使一物而兼衆味, 與衆物之長, 則名與味乖, 而飾其短, 則長不可以復見, 皆失其眞者也. (「太乙舟山房文集序」, 『柏梘山房文集』)

僞詩일 따름이라고 하였다. 「이지영선생시집후발李芝靈先生詩集後跋」에서는 중국 전통 문론 가운데 참에 대한 두 가지 내용을 매우 강조하였는데, 성정의 진실함을 닮고, 사물의 참된 상태에 꼭 들어맞아야만 좋은 시가 나올 수 있다고 하였다. 사물이 있음을 알면서 내가 있음을 모르는 것에 반대하였을 뿐만 아니라, 내가 있음을 알면서 사물이 있음을 모르는 것도 반대하였다. 이러한 견해는 비교적 탁월하다. 매증량은 학문을 매우 중시하였으나 학문 때문에 누가 되는 것도 반대하였으니 죽타竹垞(주이존朱彝尊)의 시를 다음과 같이 평한데서 알 수 있다. 즉 죽타는 시를 짓는 데 정교함을 추구하고, 폭넓은 학문에도 힘썼는데, 시문의 성취는 많으나 자득한 것은 적으니, 학문이 누가 된 것이 분명하다고 하였다. 매증량의 창작이 비교적 청신한 것은 이론 방면의 탁월한 견해와 무관하다고 할 수 없다. 「답주단목서答朱丹木書」에서 그는 또 문학은 반드시 시대에 따라 변해야 한다고 주장하였다.

> 문장을 짓는 일은 시대를 따르는 것이 가장 중요하다고 생각합니다. 글을 쓸 때 비록 지극히 미미하고 작은 사건과 사물이라 할지라도, 한 시대의 조정과 민간의 풍속이 모두 내 문장을 통해 드러납니다. 가령 당나라 정원貞元·원화元和 시기에 지은 문장을 보고 작가가 정원·원화 사람이라는 것을 모르면 안 됩니다. 송나라 가우嘉祐·원우元祐 시기에 지은 문장을 보고 작가가 가우·원우사람인 것을 모르면 안 됩니다. 한유가 "진부한 말을 제거하는 데 힘쓴다"고 했는데, 어찌 유독 그 말만 따르지 않습니까?[2]

2 惟竊以爲文章之事, 莫大乎因時. 立吾言於此, 雖其事之至微, 物之甚小, 而一時朝野之風俗好尙, 皆可因吾言而見之. 使爲文於唐貞元·元和時, 讀者不知爲貞元·元和人, 不可也. 爲文於宋嘉祐·元祐時, 讀者不知爲嘉祐·元祐人, 不可也. 韓子曰:

이러한 논점은 참신한 내용은 아니지만, '동성파'의 문론에서는 새로운 발전이다. 그러나 그들은 시대에 이미 질적인 변화가 생겼다는 것을 인식하지도 못했고, 작품도 시대적 요구에 훨씬 못 미쳤으므로 '동성파'의 산문 창작에 중대한 변화도 가져오지 못했다. 한편 시문 이론이 가장 많고 비교적 많은 영향을 끼쳤던 방동수는 문장이 자신만의 독특한 특색을 지녀야 할 것을 요구하였다. 문장은 자기 자신과 같다고 하면서, 계승과 혁신에 능하고 정正과 기奇를 알아 외형만 모방하지 말 것을 요구했다. 또 닮지 않으면 시가 되는 까닭을 잃고, 닮으면 내가 되는 까닭을 잃는다고 하였고, 아울러 시와 고문은 같다고 하였다. 본령에 힘을 쏟아야 하고, 글에는 기골이 있어야 한다고 하면서, 지엽적인 것만 수식하는 것에 반대했다. 생각이 쌓여 가득 차면 색다른 표현을 하게 되고, 넘쳐나면 기이하게 된다고 하면서, 억지로 찾아서 하는 것에 반대했다. 시가 창작은 자연스럽게 드러나야 한다고 하면서, 늘어놓고 과시하는 것에 반대했다. 말은 반드시 자신에게서 나오고, 작가는 재능과 학식을 갖추어야 하며, 시는 자신의 가슴과 본성에서 진정으로 흘러나와야 한다고 하였다. 시문은 본령本領과 의리義理를 중시하지만, 정교함은 또 다른 수완이 필요하다고 하였으며, 굴원의 작품과 육경을 아울러 논하면서 모두 뛰어난 문장이라고 하였다. 정경을 서술할 때는 반드시 그림처럼 아름답게 묘사해야 한다고 하였고, 시 바깥에는 여운이 있어야 하며, 용의用意와 흥상興象·문법文法은 고묘高妙해야 한다고 주장했다. 또 묘사에 뛰어나고 사물을 체현하는 데 뛰어나야 한다고 하였다. 앞에서 언급한 이러한 견해들은 간단

"惟陳言之務去", 豈獨其詞之不可襲哉? (「答朱丹木書」, 『柏梘山房文集』 卷2)

한 한두 마디로, 체계적이거나 새로운 견해는 아니지만 대체로 합리적이다. 구체적인 작가와 작품의 품평, 분석에서도 좋은 견해가 없지 않다. 예컨대 두보杜甫의 「자경부봉선현영회오백자自京赴奉先縣詠懷五百字」와 같은 시의 예술적 특징을 논하면서, 이러한 시 속에 나타나는 '도어道語'·'경제어經濟語' 등은 측면에서 드러나고 갑자기 나타나 묘미가 있으니, 만약 사실적으로 정면에서 묘사하였다면 주석이나 어록처럼 진부하였을 것이라고 하였다. 사물을 가리킬 때 명확하지 않을수록 헤아릴 수 없는 오묘함이 드러나고, 아울러 비장하고 처량하며 침통해야 사람의 마음을 감동시키는 특징을 지닌다고 하였다.

매증량은 비교적 강한 애국주의 사상을 가지고 있고, 아편금지를 지지하는 글을 써 영국 제국주의의 침입에 맞서 싸워야 한다고 주장하였으나, 사회사상은 비교적 낙후되었다. 이는 그의 시문론에 드러나지 않을 수 없었다.

② 『소매첨언昭昧詹言』

방동수의 『소매첨언』과 『의위헌문집儀衛軒文集』 등은 취할 만한 점이 있지만, 시문 이론은 쓸데없는 내용도 적지 않다. 정리해보면 다음과 같다.

첫째, 『소매첨언』은 편폭이 매우 길지만 지리멸렬하여 체계도 없고, 시문 창작이론에 대한 심도 있는 검토도 부족하다. 따라서 방동수를 추앙하는 동성파의 또 다른 골간인 방종성조차도 설명이 너무 시시콜콜하여 조잡하게 느껴진다고 실토하였다. 또 방동수는 동성파의 도통과 문통을 적극 제창하였다. 도통에 대한 견해를 살펴보면 다음과 같다.

> 선생(방포)은 정·주 도학을 계승하여 깨친 후에, 그 지식을 채우고 두루 방어하는 데 힘썼다.[3]

> 방포·유대괴·요내가 유학자로서 밝힌 내용은 노자·장자의 잘못을 절충하기에 충분하다.[4]

동성파의 문통을 제창한 것은 다음과 같다.

> 방포·유대괴·요내의 문장은 법식을 취하는 데 있어 굴원·송옥의 기이함을 포괄하기에 충분하다. 한 고을의 선비도 아니고 천하의 선비도 아닌, 바로 백세百世의 선비이다.[5]

> 방포의 문장은 차분하고 장중하며 광대하고도 심후하여, 천하 사물의 심오함을 모두 받아들이지 않음이 없다. 유대괴는 문장을 논할 때 품평을 중시했으며, 방포는 문장을 논할 때 의법義法을 중시했다. 이것이 바로 방포·유대괴·요내를 삼가로 삼은 이유이니, 세 발 달린 정鼎처럼 어느 하나 없어서는 안 된다.[6]

방동수가 『소매첨언』에서 말한 본령과 의리를 중시한다는 것은 근

3 先生(方苞)則襲於程朱道學已明之後, 力求充其知而務周防焉. (「書望溪先生集後」, 『儀衛軒文集』 卷6)

4 方·劉·姚之爲儒, 其所發明, 足以衷老·莊之失. (「劉悌堂詩集序」, 『儀衛軒文集』 卷6)

5 方·劉·姚 …… 其文所取法, 足以包屈·宋之奇, 蓋非特一邑之士, 亦非特天下之士, 而百世之士也. (「劉悌堂詩集序」, 『儀衛軒文集』 卷6)

6 侍郎之文, 靜重博厚, 極天下之物賾而無不持載 …… 學博論文主品藻, 侍郎論文主義法 …… 此所以配爲三家, 如鼎足之不可廢一. (「書惜抱軒先生墓志後」, 『儀衛軒文集』 卷6)

본적으로 동성파의 도통과 문통의 본령과 의리를 지칭한다. 그는 시문은 가슴속에서 흘러나와야 한다고 재차 강조했지만, 그 근본은 육경과 정·주이학의 수양임을 거듭 강조했다. 그의 『소매첨언』은 완전히 동성파의 관점으로 시를 논평한 것으로, 지나치게 동성파를 찬미하고 있다. 예를 들면 아래와 같다.

> 선배 유해봉劉海峰(유대괴劉大櫆)·요강오姚薑塢(요범姚範)·석포惜抱(요내姚鼐) 세 선생은 근대에 진정으로 시문을 아는 자이다.[7]

> 강오(요범)가 논한 것은 지극히 현묘하고 심오하여 요령과 진리를 얻었다고 할 수 있다. 석옹(요내)은 정취가 깊으면서도 문장의 법식과 조화를 이루어 가식이나 허상이 없고, 옛사람들의 경지에 이르러 청신한 운율과 참된 뜻을 얻어낼 수 있었다. 해봉(유대괴)은 옛사람들의 특출함과 아름다움을 얻어낼 수 있었다.[8]

> 해봉(유대괴)의 재능은 특히 높아 기세가 종횡으로 광대하고, 의意와 경境을 취하는 데 전아하지 않음이 없다. 참으로 탁월한 인재이다.[9]

동성파가 출현한 후 당시 각종 비난과 비판을 받았다. 따라서 동성파 작가들은 문통을 제창할 때, 종파적 정서를 뚜렷이 나타냈다. 예컨대 방동수는 다음과 같이 말했다.

7 先輩劉海峰·姚薑塢·惜抱三先生 …… 近代眞知詩文者.

8 薑塢所論, 極超詣深微, 可謂得三昧眞詮, …… 惜翁 …… 情深諧則, 無客氣假象, 能造古人之室, 而得其潔韻眞意 …… . 海峰能得古人超妙.

9 海峰才自高, 筆勢縱横闊大, 取意取境無不雅, …… 誠不世之才.

> 예전에 요희전 선생(요내)이 『고문사류찬』을 편찬하였는데, 당송팔대가 뒤에 명대의 귀희보歸熙甫(귀유광)를 수록하고, 청대에는 망계望溪(방포)·해봉海峰(유대괴)을 수록하면서 고문전통이 여기에 있다고 하였다. 그러나 그 외 사람들은 비방하며 받아들이지 않으면서, 그저 동향인들끼리 파벌을 조성한 것이라고 여겼다. (요내) 선생은 만년에 분쟁의 발단이 될 것을 염려하여 후회하며 그(방포와 유대괴) 부분을 삭제하려고 하였다. 나(방동수)는 다음과 같이 진언하였다. "이는 당연히 문통의 진실 여부만 논해야지, 파벌인지 아닌지를 묻는 것은 부당합니다. 만약 두 선생(방포와 유대괴)께서 전한 문통이 진짜가 아니라면 같은 파벌일지라도 후세에 믿지 않을 것이며 진짜라면 오늘날 파벌을 짓지 않아도 후세 사람들이 그를 계승할 것입니다."[10]

방동수의 입장에서 보면, 동성파의 문통과 도통이야말로 진짜이니 당파를 지어 마땅하고, 당파의 혐의에 신경 쓸 필요가 없다는 것이다. 그러나 그들은 동성파 이외의 문장에 대해서는 공자진龔自珍으로 대표되는 경세치용과 변혁을 요구하는 문장은 말할 것도 없고, 심지어 정·주와 같은 진영에 속해 있으면서도 그들의 학설에 전적으로 동의하지 않았던 왕양명王陽明에 대해서도 통렬하게 비판하였다.[11] 동성파의 종파적 정서가 얼마나 강했는지 가늠할 수 있다.

둘째, 『의위헌문집』과 『소매첨언』은 모두 동성파가 창도한 의리義

10 往者姚姬傳先生纂輯『古文辭』, 八家後於明錄歸熙甫, 於國朝錄望溪·海峰, 以爲古文傳統在是也. 而外人謗議不許, 以爲黨同鄕. 先生晩年嫌起爭端, 悔欲去之. 樹進曰: 此只當論其統之眞不眞, 不當問其黨不黨也. 使二先生所傳非眞耶, 雖黨焉, 不能信後世如眞也. 使所傳眞也, 今雖不黨, 後人其祧諸? (「答葉溥求論古文書」, 『儀衛軒文集』 卷7)

11 「切問齋文鈔書後」, 『儀衛軒文集』 卷6.

理와 법식法式을 적극 제창하였다. 예컨대 의리에 관해 다음과 같이 말했다.

> 이理란 의리義理이다.
> 문文·이理·의義를 중시하는 것이 시를 배우는 정도正道이다.[12]

> 의리가 풍부하고 사물에 따라 이치를 얻어 작자의 뜻을 명확하게 드러내지 않는다면, 시가 어찌 흥·관·군·원에 부합할 수 있겠는가?[13]

법식에 관해서는 다음과 같이 말했다.

> 옛사람들은 법첩(서첩) 몇 행을 구해 전념하여 학습하면 충분히 명가가 되었다. 구양수는 구판본 한유의 문장을 구해 평생 학습했다. 옛사람들이 덕을 쌓고 학문을 닦는 데 이와 같지 않은 자가 없었다.
> 시인이 장법의 변화와 내용과 형식이 조화를 이루는 묘리를 이해하지 못하면, 뜻도 전달하지 못할 뿐 아니라 어록처럼 진부한 말이 될 것이니, 이것을 일러 문채도 조리도 없다고 하는 것이다.
> 옛사람들은 문장을 짓는 법식이 정밀하고 엄격하며 심오하다.
> 문文이란 사辭이며, 그 법식은 천변만화한다. 옛사람들은 오직 문장을 짓는 법식이 고묘하다.
> 자구와 문장을 짓는 법식은 옛사람들이 대외적으로 공개하지 않는 비법이다.
> 강오 선생(요범)이 "자구와 장법은 글쓰기에서 쉬운 부분이지만, 문장

12 理者 …… 義理也. / 講求文·理·義, 此學詩之正軌也. (『昭昧詹言』 卷1)

13 非義理豐富, 隨事得理, 灼然見作詩之意, 何以合於興·觀·群·怨? (『昭昧詹言』 卷14)

의 체세와 기세는 모두 이것으로 인해 조화를 이룬다. 이는 모두 탁월한 논지이다."라고 했다.

반드시 각고의 노력을 하고, 옛사람 문장의 운필법·장법·음률의 변화와 차이를 자세히 생각하고 고찰하여야 진정으로 알 수 있다. 제대로 된 작품을 이루고자 한다면 자구와 음절에 전념하여야 한다.[14]

문장을 짓는 법식은 허실虛實, 순역順逆, 이합離合, 신축伸縮에 불과하다.[15]

구양수(문장)의 묘미는 역전逆轉과 순리적 안배[順布]에 있다.[16]

요컨대 품평할 줄 모르면 의법義法만 따져 순박하고 성실하다. 의법을 이해하지 못하면 문사의 겉만 따져 매끄럽게 빛나지만 경박하다.[17]

이러한 견해들은 어느 정도 합리적인 요소를 지니지만, 이미 동성파의 시조인 방포가 재차 강조했던 것으로, 방동수가 무슨 새로운 문제를 제기한 것은 아니다. 그가 법식의 역할을 한층 더 과도하게 강조한 것

14 古人得法帖數行, 專精學之, 便足名家. 歐公得舊本韓文, 終身學之. …… 古人之進德修業, 未有不如此者也. / 若又不解文法變化精神措注之妙, 非不達意, 即成語錄腐談, 是謂言之無文無序. / 古人 …… 文法精嚴密邃. / 文者辭也, 其法萬變, …… 古人只是文法高妙. / 字句文法, …… 此古人不傳之秘. / 薑塢先生曰: "字句章法, 文之淺者, 然神氣體勢, 皆因之而偕." …… 此皆精識造微之論. / 須實下深苦功夫, 精思深辨古人行文用筆·章法·音響之變化同異, 而眞知之. 欲成面目, 全在字句音節. (모두 『昭昧詹言』 卷1에 보인다.)

15 文法不過虛實順逆, 離合伸縮. (『昭昧詹言』 卷8)

16 歐公之妙, 全在逆轉順布. (『昭昧詹言』 卷12)

17 要之, 不知品藻, 則其講於義法也慤. 不解義法, 則其貌乎品藻也滑耀而浮. (「書惜抱軒先生墓志後」)

은 당시 팔고문의 영향을 받은 것이 분명하다.

법식과 격조를 강조하였기 때문에, 방동수는 심덕잠沈德潛의 격조설格調說을 추종했다. 예컨대 『소매첨언』 권21에 수록한 각 문인들의 시화 227조 가운데, 심덕잠의 『설시수어說詩晬語』에서 취한 것이 60여 조로 전체의 1/3을 차지한다. 이를 통해 그가 시를 평가한 취지를 잘 알 수 있다.

셋째, 『소매첨언』에는 모순되고 혼란한 내용이 많다. 예컨대 방동수는 한때 사조謝朓의 시가가 제齊·양梁에서 독보적일뿐만 아니라, 천고에 독보적이라고 칭송하였으나, 다음과 같이 비판하기도 했다.

> 사조는 구법만 청신할 뿐, 근본과 의리가 깊지 않고 장법도 그다지 고묘하지 못하다.[18]

> 경물을 묘사하는 것 말고는 감동을 주는 말이 한마디도 없다.[19]

> 소사小謝(사조)의 시는 절로 법도와 문채가 있으니, 일괄적으로 배척할 수 없다.[20]

방동수는 또 한때 흥상興象을 대대적으로 강조하면서 흥상의 고묘함을 요구하였다. 동시에 법식과 격조 등의 역할에 대해서도 과도하게 강조하였는데, 이러한 예는 헤아릴 수 없이 많다. 그러나 사람이 싫다

18 不過句法清新, 非但本領義理未深, 卽文法亦無甚高妙. (『昭昧詹言』 卷4)
19 除寫景之外, 無一語動人. (『昭昧詹言』 卷1)
20 小謝猶自有章, 未可概斥. (『昭昧詹言』 卷7)

해서 말까지 버리는 우를 범하지 않은 것은 취할 만하다. 예컨대 방동수는 『소매첨언』 권2에서 조조曹操에 대해 불만을 드러내면서 그의 악행이 천지를 가득 메운다고 하였지만, 천고 시인의 비조로 인정하기도 하였다.

넷째, 방동수는 시문은 생동하는 기운이 넘쳐야 한다면서, 색종이를 오려 붙이고 조각해 놓은 듯 전혀 생기가 없다면 과거시험에서 사용하는 관각체館閣體일 뿐이니, 작가로서 역량이 없다고 하여 예술창조를 중시하는 견해를 주장했다. 하지만 시를 논평할 때는 오히려 팔고문이나 시첩시試帖詩와 같은 법식法式과 명목을 대량으로 사용하여 논지를 세웠다. 예컨대 '초사회선법草蛇灰線法', '장법일선내위통章法一線乃爲通', '장법신축지묘章法伸縮之妙', '요접遙接', '도접倒接', '향공중접向空中接' 등 그 명칭이 60여 가지가 넘는다. '제법題法'만 해도 점제點題, 고제顧題, 서제序題, 핍입제逼入題, 환제면還題面 등 20여 종에 이른다. 따라서 『소매첨언』은 과거제도가 성행할 때 매우 유행했는데, 이는 결코 우연이 아니라 당시의 수요에 부응한 것이다.

위의 여러 예시를 종합해볼 때 『소매첨언』에는 취할 만한 견해가 있지만, 사상적으로 봉건주의 영향이 비교적 깊고, 방법적으로는 형식주의 잔재도 적지 않다.

『소매첨언』을 통해 방동수 본인의 문학사상뿐만 아니라, 동성파 시문이론의 특징도 살펴볼 수 있다. 방동수는 『소매첨언』 권1 일칙一則에서 다음과 같이 말하였다.

> 군신, 부자, 부부, 형제, 친구, 천시天時, 물리物理, 인사人事에 대해 지니는 감정은 고금을 막론하고 동일하다.[21]

이는 동성파의 공통된 강령으로 간주할 수 있으나 새롭지는 않다. 그러나 부르주아 혁명이 점차 흥기하고 있는 새로운 시대적 상황에서, 시대가 다른데도 정·주이학과 군신 간의 대의를 문학창작의 종지로 제창한 것은 정치적으로 낙후한 것이 아닐 수 없다.

③ 매증량·관동·방동수·요영 등이 도통道統과 문통文統을 고취함

매증량·관동·방동수·요영과 방종성方宗誠 등이 가경嘉慶·도광道光 연간에 동성파를 제창하여 그 영향을 한층 더 확대하였지만, 긍정적으로 공헌한 바가 거의 없었다. 방동수의 이론은 그중 수량이 많을 뿐 아니라 대표성을 띠고 있어서, 그의 문학이론 비평을 통해 당시 동성파의 기본적인 상황을 살펴볼 수 있다. 그 외의 동성파 문인들의 문론은 기본적으로 이 범주를 벗어난 적이 없다. 예컨대 그들은 정·주 도통을 다음과 같이 제창하였다.

> 식지(방동수)의 학문은 정·주에서 나왔고, 「변도론辯道論」을 보면 정도를 밝히고 샛길을 피했다. 그의 식견은 탁월하여 범인을 뛰어넘었으니 그의 문장은 당연히 우리 중에서 최고이다.[22]

> 문이재도文以載道설은 한유에서 시작되어 구양수가 계승하고, 주희에 이르러 그 도가 더욱 빛났다.[23]

21 臣子之與君父·夫婦·兄弟·朋友·天時·物理·人事之感, 無古今一也. (『昭昧詹言』 卷1 首則)

22 蓋植之(方東樹)之學出於程·朱, 觀其「辯道」一論, 明正軌, 辟歧途, 其識力卓有過人者, 宜其文之冠於吾輩也. (管同, 「方植之文集序」, 『因寄軒文二集』 卷4)

23 夫文以載道之說, 始於韓子, 而歐陽子承之, 至朱子而其道益光. (姚椿, 「南宋文範

망계 방포 선생이 등장하여 도통의 가르침을 보필하였으니, 선생은 정주의 학문을 신봉하여 도의 완벽함을 얻었다.[24]

이렇듯 도학을 찬양하는 견해는 동성파 저서에 셀 수 없이 많다. 방종성은 또 주돈이周敦頤·정이程頤·정호程顥·장재張載·주희朱熹 이래의 대유학가들의 문장 십여 편을 취하여, 육경과 짝할 만한 것들을 책으로 엮어 『사문정맥斯文正脈』이라 하였다. 그들도 모두 요내·방포·방동수 등과 마찬가지로 정·주 이학을 비판하는 사람들을 매섭게 공격하였다.[25]

또 매증량·관동·요영 등은 방동수와 마찬가지로 문학이 봉건 예교 통치에 이바지할 것을 적극적으로 제창하였다. 매증량은 문장이 이학의 도道를 북돋아 주어야 한다는 요내의 주장을 재차 고취하였다. 요영은 공자진龔自珍·위원魏源 등과 밀접하게 왕래하면서 제국주의의 침략에 분노하였고, 대만도台灣道[26] 재임 당시 발발한 아편전쟁 때에는 영국 함대를 대파하기도 했지만, 봉건 정통 사상이 농후한 편이다. 그리하여 도의를 명확하게 드러내고 아정雅正을 지키는 문장의 역할을 고취했고, 예법을 버리고 멸시하는 것에 반대하였으며, 봉건적 충의와 인효를 선양하였다. 방종성 역시 문장은 반드시 충신·의사義士·

序」, 『晚學齋文集』 卷3)

24 望溪方先生出, …… 羽翼道教, …… 先生服膺程·朱, 其得於道者備. (戴鈞衡, 「重刻方望溪先生全集序」)

25 예컨대 요영姚瑩의 「朝議大夫刑部郎中加四品銜從祖惜抱先生行狀」, 『東溟文集』 卷6이 그러하다.

26 [역자주] 도道 : 중국 역사상 행정 구역의 명칭. (당대唐代에는 지금의 '성省'에 해당했으며, 청대淸代와 민국民國 초년에는 각 '성省'을 몇 개의 '도道'로 나누었다.)

효자·정부貞婦의 굳은 절개와 지조, 군신·부자·부부의 정 등을 표현해야 한다고 주장하였다.

마찬가지로 그들은 동성파의 문통도 힘껏 선양하였다.

> 방망계方望溪(방포)는 이 일에 가장 뛰어났으며, 문장의 의법을 중시하였다. 문장은 비록 최고의 경지에 이르지는 않았지만, 문통으로 가는 길이 이보다 바른 것이 없다.[27]

> 청대에서 고문의 정종을 거론하자면 방포·유대괴·요내이다.[28]

> 세 선생이 차례로 출중함을 드러내었으니, 논자들은 방포는 학문이 뛰어나고, 유대괴는 재능이 빼어나며, 요내는 견식이 탁월하다고 하였다. 마치 화산華山의 세 봉우리처럼 구름 밖으로 우뚝 솟았으니, 성취는 각자 다르지만 모두 당송팔대가의 정통을 계승하기에 충분하며, 명나라 귀유광과 쌍벽을 이룬다. 아, 위대하도다![29]

이렇듯 동성파의 문통을 찬양하고 고취한 문장은 매우 많으며, 매증량에서 육계로陸繼輅에 이르기까지 모두 적극적으로 동성파의 문통을 찬양하였다.

---

27 近代方望溪最善此事, 其言以義法爲主, 雖非文章之極詣, 然塗軌莫正於此. (姚瑩, 「復陸次山論文書」, 『東溟文後集』 卷8)

28 國朝論古文正宗者, 曰望溪方氏, 海峰劉氏, 惜抱姚氏. (方宗誠, 「記張皋文「茗柯文」後」, 『柏堂集』 前編 卷三)

29 三先生相繼挺出, 論者以爲侍郎以學勝, 學博以才盛, 郎中以識勝, 如大華三峰, 矗立雲表, 雖造就面目, 各自不同, 而皆足繼唐·宋八家文章之正軌, 與明歸熙甫相伯仲. 嗚呼盛哉! (方宗誠, 「桐城文錄序」, 『柏堂集』 次編 卷一)
[역자주] 三峰 : 화산華山의 연화蓮花·모녀毛女·송회松檜 세 봉우리를 말한다.

이외 요영과 같은 인물은 언어의 아순함과 고결함을 제창했을 뿐 아니라, 문장은 주周·진秦에서 흥성하여 건안建安 시기에 쇠퇴하였다면서 건안시기 이후는 더욱 논할 가치가 없다고 하였다. 아울러 문장이 당송팔대가에서 최고조에 달했다는 것도 인정하지 않았다. 동성파 시조(방포)의 지론과 완전히 일치하지는 않지만, 더욱 복고적이고 퇴행적인 사상을 드러냈다. 또 왕사정王士禎의 시론을 매우 추종하여 논지의 공평함이 진실로 고금 시인의 총체라고 극찬하였다. 이외에 그는 시를 논하면서 격률의 치밀함, 음향의 웅장함, 필력의 굳건함, 수식의 아름다움 등은 배워서 할 수 있으나, 의취意趣의 충담沖淡, 흥상興象의 고결, 신경神境의 기이한 변화, 정운情韻의 끝없는 아득함 등은 깨달아야만 한다고 하였다. 작가의 천부적인 능력에 속하는 천취天趣와 천뢰天籟는 깨우쳐서 얻을 수 없는 것이라고 한 견해는 비교적 합리적이다. 방종성은 이理의 객관성을 부인하여, 이理는 원래 사람의 마음속에 갖추어져 있으며, 각각의 사물에 흩어져 드러난다고 하면서 다음과 같이 말했다.

> 무릇 글을 짓는 일은 본本도 있고 법도 있다. 본은 마음에 갖춰져 있고 법은 옛것에 갖춰져 있으니, 근본을 잊어서는 안 된다. 자기 의견만 고집하여 옛것을 본받을 줄 모르면, 마음으로 이理를 밝히고 사물을 이해하여 마음의 성정을 도탑게 하지 못할 것이다. 그러면서도 천하 후세의 법이 될 만하다고 한다.[30]

30 蓋文之事, 有本有法. 本具於心, 而法備於古, 忘本者不可矣. 師心自用, 不知法古, 則又無以明理於心, 曉事於心, 厚其心之性情, 而言之可爲天下後世法. (「古文簡要序」, 『柏堂集』 次編 卷1)

그는 단지 마음에서 구하는 것에 반대했지만, 사실은 창작의 근본적인 문제를 마음을 따르고 옛것을 본받는 것으로 돌려 유심주의와 복고주의의 관점을 뚜렷이 드러냈다. 문학과 시대의 관계에서 방종성은 원인과 결과를 뒤집어 생각하여, 문장이 피폐해지면 세상의 운세도 피폐해지고, 위·진·육조의 문장은 부미함이 극심하였기 때문에 세상의 운세 역시 쇠미해져 진작할 수 없었다고 하여, 유심주의 역사관을 강하게 드러내었다. 물론 의식형태로서의 문학이 사회의 발전에 반작용을 일으키지 않을 수는 없지만, 문학의 발전을 세상의 흥망성쇠의 결정적인 요소로 간주하는 것은 편협한 견해가 아닐 수 없다.

2) 증국번曾國藩과 동성파의 중흥

증국번(1811~1872)은 자는 백함伯涵, 호는 척생滌生, 호남湖南 상향湘鄉 사람으로 도광道光 18년(1838)에 진사가 되었다. 그는 정·주程朱의 유심주의 이학理學을 계승 발전시켰으며, 동시에 식민지 노예 사상을 지니고 있다는 낙인이 깊게 찍혔다. 태평천국혁명이 일어나 그 세력이 장강 유역까지 확대되고, 북진한 혁명군의 공격으로 청 왕조가 곧 멸망할 위급한 상황에 이르자, 증국번은 상군湘軍을 조직하고 제국주의와 결탁하여 잔혹하게 혁명을 진압하였다. 그리하여 양강총독兩江總督·직예총독直隸總督·무영전대학사武英殿大學士라는 최고의 자리까지 올랐고, 사후에는 청 왕조로부터 표창과 찬양을 받았다.

증국번은 정치적 지위가 있을 뿐만 아니라, 지식이 해박하고 문학적 소양이 높았기에 동성파에 가입하였다. 그는 동성파의 기치를 내걸고 도처의 인재를 불러 모아 겨우 명맥만 유지하던 동성파의 영향력을 점차 확대하여 중흥시켰다. 그러나 개량주의 문학운동이 날로 흥기하는 상황에서 증국번마저도 고문의 도는 모든 곳에 적용되지만, 다만 이치를 말하는 곳에는 적합하지 않다고 인정할 정도로, 동성파의 고문은 지탱해나갈 힘이 없었다. 또한 증국번이 동성파를 중시한 것은 사실 당파를 결성하여 사적인 이익을 취하기 위해서였다. 동성파에 종속되려고 하지는 않았지만, 실제로 그 문학이론의 영향 아래서 학문에 정진했던 오민수吳敏樹는 이와 같은 사설 집단에 반대하며 다음과 같이 말했다.

> 문장과 예술에는 유파가 있는데, 이러한 기풍은 대략 말한 것뿐이기에 반드시 본받을 필요는 없다. 그 이름을 빌려 사적으로 문호를 세워 세상을 떠들썩하게 만들었지만, 도리어 세상 사람들에게 지탄받고 종주를 원망하게 되었다.[31]

또 증국번이 동성파를 표방한 것은 사실상 본심에서 나왔다고는 할 수 없다. 결국 요내를 종주로 삼아 그 일파가 되었지만, 그의 마음은 반드시 그런 것은 아니었다.[32] 증국번은 오민수의 폭로를 인정하면서 다음과 같이 말했다.

> 이는 사실상 가려운 곳을 긁어준 것이라 할 수 있으니, 옛날 경사京師에 있을 때, 진짜인 척하며 매증량梅曾亮 뒤에 끼어들고 싶지는 않았다.

31 文章藝術之有流派, 此風氣大略之云爾, 其間實不必皆相師效, …… 假是名以私立門戶, 震動流俗, 反爲世所詬厲, 而以病其所宗主之人. (「與篠岑論文派書」, 『柈湖文集』 卷6)

32 而果以姚氏爲宗, 侍郎爲派, 則侍郎之心, 殊未必然.

평생 웅장하고 기이하면서도 아름다운 문장을 좋아하였다.[33]

증국번의 문학이론은 동성파와 완전히 일맥상통한다. 그는 동성파와 마찬가지로 공孔·맹孟·정程·주朱의 도통도 적극적으로 고취하였다.

예藝는 한나라 사람이 제일 많이 언급했고, 도道는 송나라 사람이 가장 훌륭하다.[34]

주희朱熹가 주자周子(주돈이周敦頤)·이정자二程子(정호·정이)·장자張子(장재張載)를 위로 공자와 맹자의 도를 이은 사람이라고 찬양한 이래 후세 사람들은 모두 유가를 본받고 그 학설을 준수하며, 혹시라도 바꾸지 않았다.[35]

증국번은 「초주자소학서후鈔朱子小學書後」·「구양생문집서歐陽生文集序」·「주신보유서서朱愼甫遺書序」·「중각명가문편서重刻茗柯文編序」[36] 등과 같은 문장에서도 반복적으로 이 점을 고취하였다. 태평천국혁명 기간에 대대적으로 공맹 봉건 우상 타도 투쟁이 전개된 후, 증국번은 적극적으로 이에 반대하였다.

증국번은 자신이 표면적으로나마 문장을 이해하게 된 것은 요내姚鼐 선생이 길을 열어 준 덕분이라면서 동성파의 문통과 문예이론을 고취

33 斯實搔着痒處, 往在京師, 雅不欲溷入梅郎中之後塵. / 平生好雄奇瑰瑋之文. (「致吳南屛書」)

34 言藝則漢師爲勤, 言道則宋師爲大. (「送唐先生南歸序」, 『曾文正公全集·文集』 卷1)

35 自朱子表章周子·二程子·張子, 以爲上接孔孟之傳, 後世均相師儒, 篤守其說, 莫之或易. (「聖哲畵像記」, 『曾文正公全集·文集』 卷2)

36 『曾文正公全集·文集』 卷1.

하는 데도 온 힘을 다하였다. 이는 다음과 같은 말에 잘 나타나 있다.

> 건륭 말년, 동성의 요내는 고문을 잘 지었는데, 동향 선배인 방포方苞의 문장을 숭앙하여 모방하였고, 유대괴劉大櫆와 백부 요범姚範으로부터 문장 짓는 법을 전수 받았다. 동성파의 영향을 받은 사람이 점차 많아지고 그 정취를 좋아하는 사람이 많아지자, 천하의 어떤 아름다운 문장도 동성파 요내의 문장과 바꿀 수 없게 되었다. 건륭 중엽, 천하의 대유大儒와 뛰어난 선비들은 연박淵博한 풍조를 숭상하여 근거 없는 허황된 말로 방증하고, 한 글자를 고증하기 위해 수천 마디 늘어놓기를 마다하지 않았고, 별도로 기치를 세운 후 이를 '한학漢學'이라 부르며, 송나라 사람들의 의리설義理說을 배척하여 더는 남겨둘 만한 가치가 없다고 생각하였다. 그들이 지은 문장은 두서가 없고 핵심이 없었다. 요내 선생만이 사람들의 의견을 받아들이지 않고, 의리義理 · 고거考據 · 사장詞章 세 가지는 어느 한쪽도 버려서는 안 되고, 반드시 의리를 바탕으로 삼은 후에야 사장이 기탁하는 바가 있고 고거도 귀의하는 바가 있게 되니, 문장을 지을 때는 특별히 이 점만 조심하면 된다고 하였다.[37]

> 요내는 학문의 길은 세 가지가 있으니, 바로 의리義理 · 사장詞章 · 고거考據라고 하였다.[38]

증국번은 정치적 필요에 의해 훗날 '경제經濟'가 '의리義理' 안에 꽉

37 乾隆之末, 桐城姚姬傳先生鼐, 善爲古文辭, 慕效其鄕先輩方望溪侍郎之所爲, 而受法於劉君大櫆及其世父編修君範.……其染者漸多, 其志趨嗜好, 擧天下之美, 無以易乎桐城姚氏者也. 當乾隆中葉, 海內魁儒畸士, 崇尙鴻博, 繁稱旁證, 考核一字, 累數千言不能休, 別立幟志, 名曰漢學, 深擯有宋諸子義理之說, 以爲不足復存. 其爲文尤蕪雜寡要. 姚先生獨排衆議, 以爲義理·考據·詞章, 三者不可偏廢, 必義理爲質, 而後文有所附, 考據有所歸, 一編之內, 唯此尤兢兢. (「歐陽生文集序」)

38 姚姬傳氏言, 學問之途有三, 曰義理, 曰詞章, 曰考據. (「聖哲畵像記」)

채워져 있어야 한다고 하였는데, 이른바 의리의 학문에 정통하려면, 경제가 그 안에 있어야 한다는 말이 바로 그것이다. '경제'라는 말은 본래 유대괴의 「논문우기論文偶記」에서 나왔다. 그러나 유대괴가 제기한 의리義理·서권書卷·경제經濟는 사실 '의義' 이 한 글자에 대해 말하려 한 것이고, 증국번이 '경제'라는 말을 강조한 것은 동성파가 '의리義理'를 논하며 공허한 경향으로 흐르는 것을 구제하기 위해서였다.

증국번의 문학이론은 전체적으로는 동성파와 동일하지만, 부분적으로 방포·유대괴·요내의 견해와 다른 부분이 있다.

① 법도法度를 경시하고 이理와 정情을 중시함

증국번은 동성파가 반복적으로 제창한 문장의 법도를 중시하지 않고, 이와 정을 강조하였다.

> 옛날의 문장을 살펴보면, 처음에는 법식이란 게 없었다. 『역』·『서』·『시』·『의례』·『춘추』 등의 경전은 그 체재와 문사가 한 글자도 답습한 것이 없다. 즉 주나라와 진秦나라 사람들은 각자의 체재가 있다. 이것을 가지고 저것을 고려하면, 금옥과 초목처럼 분명히 이질적일 것이니, 여기에 법식이란 게 어찌 있을 수 있겠는가? 후세 사람들이 본래 문장을 잘 짓지 못하여 억지로 옛사람들이 지은 것을 모방하였는데, 그럴듯한 것도 있고, 그렇지 못한 것도 있었다. 그럴듯하게 모방한 것은 법식에 맞는다고 하고, 그렇지 못한 것은 법식에 맞지 않는다고 하였다. 만약 모방을 기다리지 않는다고 하여도, 사람의 마음에는 자연스럽게 흘러나오는 것을 두 가지 지니고 있으니, 이와 정이다. 이 두 가지는 본래 사람마다 모두 가지고 있다. 내가 아는 '이'를 취하여 책에다 써서 세상에 전하고, 내가 좋아하고 미워하고 슬퍼하고 즐거워하는 '정'을 딱 맞는 문사로 표현하여 폐부를 드러내어 책이나 죽간에 서술하면 모두 자

연스러운 문장이 될 것이다.[39]

이는 문장을 지을 때 자신이 인식하고 있는 '이'와 느낀 '정'을 토로하고 폐부를 드러내어 진정을 표현해야지, 옛것을 모방하거나 거짓으로 꾸미지 말라는 것이다. 증국번의 이러한 견해는 옛 법식의 모방에 집착하는 동성파의 편향을 바로 잡는 데 긍정적인 의미가 있을 뿐만 아니라, 산문의 실제에도 부합한다. 그는 기이함이 훌륭하다고 하는 것에 반대하였을 뿐만 아니라, 복고가 뛰어나다고 하는 것도 반대하였다.

문장의 변화는 다양하다. 재주가 뛰어난 자는 기이한 것만 좋아하여 종종 진기하고 아름다운 문장을 지었는데, 한나라 사람들의 부賦와 송頌을 모방하여 부미浮靡한 음률과 편벽된 글자를 사용하는 것을 복고라고 하였다. 재주와 기세가 부족한 자들이 이러한 문장을 구사하면, 이는 혹이나 사마귀가 몸에 붙은 것 같고 위아래가 하나로 연결된 심의深衣 위에 아교와 칠을 덧붙인 것처럼 군더더기에 지나지 않아, 같은 부류의 문장이 아니라고 느껴질 뿐이다. 친구와의 교유를 표현한 글을 보면, 걸핏하면 예로부터 전해오는 덕행을 모두 한 몸에 갖추고 있는 듯 탁월하다고 칭송하였다. 예컨대 화가가 그린 초상화에 비유하자면, 아름다움을 모두 갖추어 정말 잘 그리긴 했지만, 전혀 실물과 닮지 않은 것과 같은 이치이다.[40]

39 竊聞古之文, 初無所謂法也. 『易』·『書』·『詩』·『儀禮』·『春秋』諸經, 其體勢聲色, 曾無一字相襲. 卽周·秦諸子, 亦各自成體. 持此衡彼, 畫然若金玉與卉木之不同類, 是烏有所謂法者? 後人本不能文, 強取古人所造而摹擬之, 於是有合有離, 而法不法名焉. 若其不俟摹擬, 人心各具自然之文. 約有二端, 曰理曰情, 二者人人之所固有. 就吾所知之理, 以筆諸書, 而傳諸世. 稱吾愛惡悲愉之情, 而綴辭以達之, 若剖肺肝而陳諸簡策, 斯皆自然之文. (「湖南文徵序」, 『文集』 卷1)

40 蓋文章之變多矣. 高才者好異不已, 往往造爲瑰瑋奇麗之辭, 仿效漢人賦頌, 繁聲僻

② 실용을 중시하고 공소空疎함을 경시함

요내가 편찬하여 유명해진 『고문사류찬古文辭類纂』은 경서와 제자서·육조六朝의 문장을 수록하지 않았으나, 증국번이 편찬한 『경사백가잡초經史百家雜鈔』는 반대로 경서의 내용을 선별하여 수록하고 사서史書 및 문인들의 작품과 함께 놓았다. 경서에 대한 이러한 태도는 증국번이 요내에 비해 진보적이고 시야가 넓으며, 동성파의 원칙을 고수하는 데 그렇게 엄격하지 않았음을 설명해준다. 증국번의 이와 같은 선별 안목은 경제와 실용을 중시하고 공론空論을 숭상하지 않았던 그의 관점과 일치한다. 동성파의 공소空疎한 문학 경향은 당시 많은 질책을 받았다. 요내와 증국번의 작품을 근세의 걸작이라고 높이 평가한 유사배劉師培마저도 문장만으로 사실을 증명하는 것이 가장 어려운 법이기에, 학문이 얕은 자들은 대부분 동성파에 의탁하여 공소한 문장을 짓는 데 빠졌다고 하였다. 증국번의 『경사백가잡초』가 한때 높이 평가되고, 동성파의 문풍文風을 변화시키는 데 어느 정도 영향을 발휘한 것은 다소 후에 활동하였던 오여륜吳汝綸·엄복嚴復·임서林紓 등을 통해 분명히 볼 수 있다.

③ 말세의 재앙

증국번은 동성파의 시조처럼 그렇게 평점評點을 중시하지는 않았고, 도리어 평점으로 인해 생긴 폐단을 크게 비난하였다.

字, 號爲復古, 曾無才力氣勢以驅使之, 有若附贅懸疣, 施胶漆於深衣之上, 但覺其不類耳. 敍述朋舊, 狀其事迹, 動稱卓絕, 若合古來名德至行備於一身. 譬之畫師寫眞, 衆美畢具, 偉則偉矣, 而於其所圖之人固不肖也. (「重刻茗柯文編序」)

> 명나라는 사서四書의 경의經義로 인재를 선발하고, 청나라 역시 이를 답습하여 과거 시험장에서 삼각형으로 구두점을 찍는 사례가 있었다. 시험관은 답안지를 평가하여 갑과 을을 정하고 붉은 먹으로 글자 옆에 표시하였는데, 이를 권점圈點이라고 불렀다. 후세 사람들이 자세히 살펴보지도 않고, 번번이 이를 모방하여 책에 마구 표시하는 바람에 큰 원과 작은 점들이 행간에 낭자하였다. 장구章句는 옛사람들이 경서를 연구하여 이루어놓은 위대한 업적인데, 지금은 팔고문에만 이를 적용하고 있다. 권점이란 과거 시험장에서 행해졌던 팔고문의 누습인데, 지금 도리어 책에다 이를 표시하고 있으니, 말류末流의 변천을 어찌 이루다 말할 수 있겠는가?[41]

「사자상문집서謝子湘文集序」에서는 시예試藝[42]와 평점을 천하의 공통된 근심거리라고 질책하며 이렇게 말하였다.

> 명나라 이래 팔고문을 짓는 사람들은 항상 좌구명·사마천·반고·한유의 책을 과거시험을 위한 법칙으로 삼아, 점을 찍고 원을 그려 넣어 특이함을 찬미하고 을과 세모로 표시하여 식별하고 평어와 주석을 달아 드러내었다. 독자들은 이에 구애되어 점과 원과 평어와 을乙 이외에 달리 문장을 짓는 법이 있음을 알지 못했으니, 비록 평생 열심히 노력한다 해도 이 굴레로부터 빠져나올 방법이 없었다. 그러므로 옛것을 학습하는 말세 사람들의 첫 번째 재앙은 과거시험 답안의 문자가 번다해진 것이고, 두 번째 재앙은 세상에서 통용되는 정교하지 않은 평점서이니 이

41 前明以四書經義取士, 我朝因之, 科場有勾股點句之例, …… 試官評定甲乙, 用硃墨旌別其旁, 名日圈點. 後人不察, 輒仿其法以涂抹古書, 大圈密點, 狼藉行間. 章句者, 古人治經之盛業也, 而今專以施之時文. 圈點者, 科場時文之陋習也, 而今反以施之古書, 末流之變遷, 何可勝道?(「經史百家簡編序」, 『文集』 卷1)

42 [역자주] 試藝 : 시험에 응시할 때 사용하는 문자를 가리킨다.

> 는 천하의 공통된 근심거리라고 생각한다.[43]

이러한 비판은 전혀 편파적이지 않다고는 할 수 없다. 평점학의 말류가 자질구레해진 폐단으로 흘렀지만, 그 나름대로 공헌한 바도 있다. 그러나 당시 문단의 폐단을 겨냥한 이러한 비평은 분명 문제의 핵심을 정확하게 찔렀고, 실제와 부합하는 일면이 있다.

④ 기器와 식識을 논함

증국번은 문장을 논할 때 작가의 기器와 식識을 매우 중시하였다. 당나라 사람들은 육조의 부화浮華한 문풍에 반대하기 위해 기와 식이 먼저이고 문예文藝는 그다음이라는 명제를 내세우면서, 작가의 인품과 수양의 중요성을 강조하였다. 증국번은 기와 식을 구분하여 새로운 발전을 이룩하였다. 그는 이렇게 말하였다.

> 부귀와 빈천에 처하여도 기쁨과 슬픔을 드러내지 않고, 큰 걱정과 수모를 당해도 평상심을 바꾸지 않는 것을 '기'라고 한다. 천하의 작은 부분까지 분석할 수 있는 지혜와 한쪽에만 집착하는 완고함을 타파할 수 있는 명철함을 '식'이라고 한다.[44]

---

43 自有明以來, 制義家之治古文, 往往取左氏·司馬遷·班固·韓愈之書, 繩以擧業之法, 爲之點, 爲之圓圈以賞異之, 爲之乙, 爲之鐵圈以識別之, 爲之評注以顯之. 讀者囿於其中, 不復知點·圓·評·乙之外, 別有所謂屬文之法也者. 雖勤劇一世, 猶不能以自拔. 故僕嘗謂末世學古之士, 一厄於試藝之繁多, 再厄於俗本評點之書, 此天下之公患也.

44 試之以富貴貧賤, 而漫焉不加喜戚, 臨之以大優大辱而不易其常, 器之謂也. 智足以析天下之微芒, 明足以破一隅之固, 識之謂也. (「黃仙橋前輩詩序」, 『文集』 卷2)

또 기와 식을 사업과 연관지어 다음과 같이 말했다.

기와 식이 높은 수준에 도달하면 성과가 좀 부족해도 군자는 심하게 비난하지 않는다.[45]

기와 식이 모자라면서 작은 성취를 이루고자 한다면 말류가 될 것이다. 성취를 이루지 못하면서 좋은 글로 명성을 얻고자 한다면, 이 또한 말류가 될 것이다. 그러므로 글쓰기의 경우 옛날의 군자들은 우연히 한 때 성취를 이루었다 해서 그것을 입에 올리지 않았다. 지금의 군자는 아주 미미한 성공에도 기뻐하고, 아주 작은 좌절에도 화를 내며, 하나를 드러내려다 둘을 빠트리고, 한 마디 길이는 알아도 한 척 길이는 모른다. 기와 식은 따지지 않고, 능력은 묻지도 않으면서, 홀로 만족해하며 시를 짓는데, 아침부터 부지런히 한 글자씩 엮어 나가지만 저녁이 되어도 불안해하고, 유치乳齒가 빠지면서부터 성률을 깊이 연구하지만 나이 들어 머리카락이 빠져도 그치지 않는다. 괴상하고 천박한 말을 청동기에 새길만한 위대한 사업으로 여기니, 그 미혹됨이 어떠한지 알 수 있다.[46]

요컨대 기와 식이라는 근본을 경시하고 문학의 말류를 중시하는 데 반대한 것이다. 증국번의 이러한 말은 물론 봉건사상을 옹호하는 입장

45 器與識及之矣, 而施諸事業有不逮, 君子不深譏焉. (「黃仙橋前輩詩序」, 『文集』 卷2)

46 器識之不及, 而求小成於事業, 末矣. 事業之不及, 而求有當於語言文字, 抑又末矣. 故語言文字者, 古之君子所偶一涉焉, 而不齒諸有亡者也. …… 今之君子, 秋毫之榮華而以爲喜, 秋毫之摧挫而以爲慍. 據一而遺二, 見寸而昧尺. 器識之不講, 事業之不問, 獨沾沾以從事於所謂詩者, 興旦而綴一字, 抵暮而不安 ; 毁齒而鉤研聲病, 頭童而不息. 以咿嘎蹇淺之語, 而視爲鍾彝不朽之盛業, 亦見其惑已. (「黃仙橋前輩詩序」, 『文集』 卷2)

에서 한 것이지만, 구체적인 역사 내용을 비판한 관점은 역시 합리적인 면이 있다. 이는 증국번이 평생 '기식'과 능력을 중시하고, 또한 '언어문자'가 봉건통치를 위해 봉사할 것을 중시하였음을 설명해준다. 이것이 바로 그 문하생들이 거듭 극찬하던 공功·덕德·언言 방면에 드러난 업적이다.

문학이론 방면에서 증국번은 인정할 수밖에 없는 공로가 있고, 쇠퇴해 가는 동성파 이론에 새로운 내용을 주입했지만, 동성파에 가져다 준 중흥 국면은 주로 정치적인 것에서 비롯되었지 문학적인 측면에서 기인한 것이 아니다. 양계초梁啓超가 말했듯이 증국번의 업적은 당시 이미 빛을 발하였고, 동성파 역시 이로 인해 더욱 중시되었다.

3) 증국번 문하의 사제자四弟子 등에 대해

증국번이 사망한 후, '말대종사末代宗師'라고 일컫는 오여륜吳汝綸(1840~1903)을 중심으로 증문사제자曾門四弟子, 즉 장유소張裕釗(1823~1894)·설복성薛福成(1838~1894)·여서창黎庶昌(1837~1897) 등은 동성파의 몰락을 만회하기 위해 노력하였지만, 창작에서도 제대로 성취를 이루지 못하였고 문학이론에서도 옛것을 그대로 답습하였을 뿐 새로운 견해를 내놓지 못했다. 예컨대 오여륜은 서양의 신학문을 어느 정도 받아들였기에, 신구 두 학문은 병존해야만 한다는 엄복嚴復의 주장이 탁월하다고 찬양하였지만, 번역의 언어 선택에 관한 견해에서는 동성파의 규범을 여전히 고수하였다.

서신을 보내와 말씀하시기를, 문장을 지을 때 고아함을 추구하려면

> 집어넣을 수 없는 글자가 있는데, 고치면 진실함을 잃고 그대로 쓰면 원어의 순수함이 손상되니, 이는 실로 어려운 일이라고 하셨습니다. 저는 순수함이 손상되는 것보다 진실함을 잃는 것이 낫다고 생각합니다. 비속하고 천박한 문장은 고귀한 선비들이 입에 올리지 않았으니, 옛날에 문장을 잘 아는 자들은 이를 계율로 삼았습니다. 증국번이 "기세 있는 문장을 지으려면 비천한 말을 멀리해야 한다"고 한 것은 바로 이를 일컫는 것입니다.[47]

문장의 언어는 순수함이 손상되는 것보다 진실함을 잃는 것이 낫다라고 한 것은, 그가 「초월루고문서론初月樓古文緖論」에서 언어는 '고아古雅'해야 한다고 한 주장과도 완전히 일치한다.

> 고문의 체재는 소설을 기피하고, 어록을 기피하고, 시화를 기피하고, 팔고문을 기피하고, 서간을 기피하니, 이 다섯 가지를 버리지 않으면 고문이 아니다.[48]

이러한 견해가 전혀 일리가 없는 것은 아니지만, 이처럼 언어의 '아결雅潔'을 강조한 것은 방포方苞 등의 주장을 발전시킨 것이다. 그러나 시대가 달라지자 동성파 말류에서도 시대의 발전과 변화에 따라 차이점이 나타났으니, 주로 다음과 같은 방면에서 드러났다.

47 來示謂行文欲求爾雅, 有不可闌入之字, 改竄則失眞, 因仍則傷潔, 此誠難事. 鄙意與其傷潔, 毋寧失眞. …… 若名之爲文, 而俚俗鄙淺, 荐紳所不道, 此則昔之知言者無不懸爲戒律, 曾氏所謂"辭氣遠鄙"也. (「答嚴幾道」, 『桐城吳先生全書』)

48 古文之體, 忌小說, 忌語錄, 忌詩話, 忌時文, 忌尺牘, 此五者不去, 非古文也.

① 동성파와 증국번을 추존함

증문사제자는 동성파의 시조 특히 요내를 추존한 것 이외에도, 증국번을 적극적으로 추앙하였다. 증국번이 요내를 계승하여, 동성파의 쇠퇴 국면을 만회하고 잘못을 바로잡았기 때문이다. 심지어 증국번이 동성파의 시조를 건너뛰어, 직접 한유와 구양수를 계승하였다고 했다.

> 동성파 원로의 문장은 기세가 맑고 체재가 고결하여 천하가 숭상하였는데, 다만 웅장하고 기이하면서도 아름다운 경지는 부족한 상태였다. 증국번이 나와서 이를 바로잡고, 한나라 부賦의 기세를 운용하여 문체를 변화시켜, 한 시대의 대가로 우뚝 섰다.[49]

> 청나라 강희·옹정 연간에 고문을 말하는 자들은 반드시 동성을 종주로 삼고 동성파를 외쳤다. 그 연원에서 점차 멀어지고 더 넓게 전파되면서 폐단이 없을 수 없게 되었는데, 증국번이 나와서 이를 바로잡고 진작시켰다.[50]

> 상향湘鄉의 증국번이 나와 요내를 계승하여 이를 확대시켰다. 아울러 공功·덕德·언言을 겸하고 여러 장점을 망라하여 귀유광과 방포를 누르고 많은 사람을 뛰어넘어, 마침내 양한兩漢을 계승하여 삼대三代로 돌아가 사마천·반고·한유·구양수 문장을 다시 이었으니, 어찌 뛰어난 인재가 아니겠는가? 뭇 사람과는 다른 고매한 인격을 가진 사람이다! 아마도 구양수 이후 오직 이 한 사람뿐이리라.[51]

49 桐城諸老, 氣清體潔, 海內所宗, 獨雄奇瑰偉之境尚少. …… 曾文正公出而矯之, 以漢賦之氣運之, 而文體一變, 故卓然爲一代大家. (吳汝綸, 「與姚仲實」)

50 國朝康·雍之間 …… 言古文者, 必宗桐城, 號桐城派. 其淵源所漸遠矣, 厥後流衍益廣, 不能無窳弱之病. 曾文正公出而振之. (薛福成, 「寄龕文存序」, 『庸庵卷文外編』 卷2)

증국번과 그의 '공功· 덕德· 언言'에 대한 칭송은 증문사제자의 사상이 얼마나 낙후되었는지 잘 설명해준다.

② 새로운 역사적 특징

중국이 식민지 또는 반식민지화가 되면서, 동성파가 서양을 학습하고 봉건적인 완고파에 반대하여, 낙후된 중국을 개혁할 것을 주장했다는 점에서 긍정적인 일면이 있다는 것은 부정할 수 없다. 그러나 이와 동시에 일괄적으로 전통을 배척하는 민족적 허무주의를 드러내기도 했다. 이는 오여륜의 일부 견해에 가장 명확하게 드러난다. 그는 「답엄기도答嚴幾道」에서 중국의 서적은 잡다하여 대부분 오래 전할 만한 것이 못되기에 없애버려도 된다고 하였고, 요내가 선별한 고문만 남겨두어 서학西學과 함께 배우면 된다고도 하였다. 그는 또 다음과 같이 말하였다.

> 『고문사류찬』에서 후인들을 계발시켜줄 수 있는 것은 바로 권점圈點이다. 문장에는 권점을 연달아 찍었지만 제목 아래는 한두 개만 찍은 것이 있고, 문장에는 연달아 찍은 곳이 전혀 없지만 제목 아래는 세 개나 찍은 것도 있으니, 반드시 이것으로부터 그 뛰어난 묘처를 이해하여야 한다.[52]

51 至湘鄕曾文正公出, 擴姚氏而大之, 並功·德·言爲一塗, 挈攬衆長, 轢歸掩方, 跨越百氏, 逡將席兩漢而還之三代, 使司馬遷·班固·韓愈·歐陽脩之文絕而復續, 豈非豪傑之士, 大雅不群者哉! 蓋自歐陽氏以來, 一人而已. (黎庶昌, 「續古文辭類纂序」, 『拙尊園叢稿』 卷2)

52 『古文辭類纂』其啓發後人, 全在圈點. 有連圈多, 而題下只一圈兩圈者, 有全無連圈, 而題下乃三圈者, 正須從此領其妙處. (「初月樓古文緖論」)

이러한 견해는 참으로 황당하다고 하지 않을 수 없다.

③ 임서林紓

신해혁명 이후, 정세가 급박하게 돌아가던 당시에 동성파를 대표하는 마지막 인물은 번역가로 유명한 임서이다. 임서(1852~1924)의 원래 이름은 군옥群玉이고, 자는 금남琴南, 호는 외려畏廬·냉홍생冷紅生이다. 복건福建 민현閩縣(지금의 민후閩侯) 사람이다. 청말 유신변법운동維新變法運動이 날로 격화될 때, 변법을 주장하고 강렬한 애국사상을 지녔던 그는 외국소설 번역에 상당한 공로가 있지만, 동시에 비교적 농후한 봉건사상을 지녔다. 임서는 동성파 제창자들과 마찬가지로 산문의 기교를 매우 중시하여, 간결하면서도 법칙이 있고 표현이 적절해야 한다고 주장하였다. 이 방면에서 그는 비판받을 부분도 있지만 인정할 만한 예술적 경험이 있고, 시와 문장에 대한 이론에서도 비교적 합리적인 견해를 제기하였다. 예를 들어 굴원屈原의 「섭강涉江」은 구절구절 슬픔으로 목이 메기에 족하다고 높이 평가하였고, 또 사마천이 세태와 정감을 묘사한 것은 참으로 진지하다고 칭송하였다. 그는 문장에는 반드시 의경이 있어야 하고, '경境'을 창조해낼 수 있어야 한다면서 다음과 같이 말했다.

> 요컨대 의경은 문장의 어머니이고, 모든 기奇와 정正의 격식은 전부 여기에서 나온다. 의경을 중시하지 않으면 스스로 그 길을 막는 것이니, 평생 문장의 도道로 나아갈 날이 없을 것이다.[53]

53 綜言之, 意境者, 文之母也, 一切奇正之格, 皆出於是間. 不講意境, 是自塞其途, 終

이러한 견해는 비교적 훌륭하다. 그러나 그의 시문론은 다음과 같이 일관되게 공맹孔孟의 도학道學과 정주程朱의 이학理學을 제창하였다.

> 무엇을 정언正言이라고 하는가? 성인의 말에 근본을 두면, 수만 가지 말에 대항할 수 있다. 무엇을 체요體要라고 하는가? 성인의 말에 충실하면 훌륭한 문장을 지을 수 있다. 한편 어록은 오랜 세월에 걸쳐 정언의 목표가 되었다.[54]

> 이理가 많이 축적되면 글이 구절마다 경전과 성인에 부합된다.[55]

임서는 이를 이용하여 죽어가는 봉건 문학을 구제해보려고 했다.

> 풍아風雅가 사라진 후, 우리 같은 가난뱅이 서생들은 국가에 아무런 도움이 되지 못하였다. 그러나 국가 전통문화의 정수를 보존하여 사문斯文의 명맥을 잇는다면, 세상에 막힐 것이 없을 것이다.[56]

그는 또 강렬한 반도통反道統 사상을 지닌 명대의 이지李贄를 요망하다고 공격하며 그의 문장은 흉악한 역도의 말로 이루어져 있으니 황당한 것이지 탁월한 게 아니라고 하였다. 임서의 필봉은 이지뿐만 아니라, 당시 부르주아 계급의 '신학新學'도 겨냥하였다. 결국 그는 5·4 신

身無進道之日矣. (『應知八則·意境』)

54 何謂正言? 本聖人之言, 所以抗萬辯也. 何謂體要? 衷聖人之言, 所以鑄偉辭也. …… 至於語錄, 成萬古正言之鵠. (「述旨」, 『春覺齋論文』)

55 積理厚, 凡所吐屬, 皆節節依經而埘聖. (「述旨」, 『春覺齋論文』)

56 當此風雅銷沉之後, 吾輩措大, 無益於國, 然能存此國粹, 爲斯文一線之脈, …… 於世亦無所梗. (「述旨」, 『春覺齋論文』)

문학운동을 전후하여 신문학에 반대하게 되었다. 「신의헌문집서愼宜軒文集序」·「여요숙절서與姚叔節書」[57] 등에서는 동성파의 도통과 문통文統을 비판하는 것에 반대하며, 동성파를 성원하였다. 그의 말을 빌리면 동성파의 불꽃이 이로부터 사그라질까 걱정만 하였던 것이다.[58] 따라서 그는 가시가 목에 걸려 내뱉지 않으면 안 될 것 같은 불편함을 느꼈다. 아울러 당시 흥기했던 백화문白話文 운동에도 반대하였고, 고문 일파의 명맥이 쇠퇴하여 사라지지 않도록 힘써 이어갈 것을 요구했다.

임서는 고문 창작에 상당한 성취가 있으며, 고문의 창작 기교에 대한 연구도 비판할 점과 받아들인 만한 요소가 있다. 그러나 그 역시 동성파의 다른 작가들처럼 번잡하면서도 불필요한 미사여구를 늘어놓는 경향이 농후했다. 예를 들면 귀유광이 『사기』를 권점圈點한 것을 추앙하며 그 '묘미'를 설명한 것이 그러하다.

> 장학성章學誠은 『문사통의』에서 귀유광이 다섯 가지 색으로 『사기』를 품평한 것을 비난하였는데, 이는 정도가 지나치다. 장학성이 "어떤 것은 전체 구성에 대한 것이고, 어떤 것은 단락의 정교한 부분에 대한 것이고, 어떤 것은 생각의 기복에 대한 것이고, 어떤 것은 정신과 기백에 대한 것이다"라고 하였는데, 옳지 않다고 생각한다. 나는 귀유광이 『사기』를 평하며 권점을 연이어 단 것에서 그 묘미가 쉽게 드러난다고 생각한다. 예를 들어 구절마다 옆에 삼각형이 표시되어 있는데, 이는 처음 귀유광이 신경써서 본 부분으로, 『사기』의 장법을 연구하기 위해서는 봐야 할 부분이다. 삼각형을 연이어 사용한 것은 문장의 맥락을 일깨워주거나, 문장의 줄거리를 명확하게 하기 위해서이다. 단구單句

57 『畏廬三集』과 『畏廬續集』에 수록되어 있다.

58 唯恐桐城光焰, 自是而熸.

> 위에 삼각형 하나를 표시한 것은 귀유광만이 얻은 비결이다. 내가 「진천사기평점발명震川史記評點發明」을 지은 이유는 대체로 문장의 훌륭한 부분을 명시하기 위해서거나, 문장의 복선을 밝히기 위해서이다.[59]

물론 귀유광의 『사기』 평점을 일률적으로 부정할 수는 없다. 그러나 전체적으로 볼 때, 지나치게 자질구레한 것을 법칙으로 삼았으므로 후세 사람들로부터 많은 비난을 받았다. 임서가 귀유광을 이처럼 추앙한 것도 편파적이라 하지 않을 수 없다.

동성파는 줄곧 언어의 아결雅潔을 표방하여 소설체를 문장에 끼워 넣는 것에 반대하였는데, 임서 또한 예외가 아니다. 동성파의 충성스러운 이 서생書生은 동성파의 문장으로 서양 소설을 번역하여 서양 문학의 문을 열었고, 그의 번역은 필력이 뛰어나 한 시대를 풍미하였다. 그러나 근본적으로는 봉건 도통의 수호자를 자처한 동성파의 지위를 흔들어놓았고 객관적으로는 당시의 문학 개량에 중요한 공헌을 하였으니, 이는 임서 자신도 생각하지 못한 결과였다. 훗날 양계초梁啓超와 호적胡適 등은 모두 엄복嚴復의 영향을 받았다.

59 章實齋著『文史通義』…… 其譏歸震川用五色筆評『史記』也甚. 其辭曰"若者爲全篇結構, 若者爲逐段精彩, 若者爲意度波瀾, 若者爲精神氣魄 ……"云云, 意實不以爲可. 愚則謂震川之評『史記』, 用連圈處, 其妙尙易見. 若每句於三角形加於其旁者, 始爲震川之用心處, 亦爲『史記』文法之宜研究處. 且其連用三角形者, 或提醒文之命脈, 或點淸文之筋節. 至於單句之上用單三角形者, 尤震川獨得之秘訣. 余著「震川『史記』評點發明」, 大要卽標擧文中之頂筆, 或遙醒文中之伏線耳. (「述旨」, 『春覺齋論文』)

제2절 하소기何紹基와 송시운동의 시론

하소기·정진鄭珍·막우지莫友芝는 모두 도광道光 이후 송시파를 창도한 사람들이다.

1) 송시운동의 흥기

명대에는 반드시 성당盛唐과 한위漢魏를 본받아야 한다는 전후칠자의 복고주의 영향으로 송시는 줄곧 사람들의 주목을 받지 못했고, 그 결과 시가를 잘못된 길로 인도하였다. 청대 초기 일부 시인들은 사상이나 예술 방면을 개척하려 한 것이 아니라, 모방의 대상을 변화시켜 형식주의 경향을 해결하려고 하였다. 이로 인해 송시를 주장하고 배우는 사람들이 점점 많아졌지만, 큰 반향을 불러일으키지 못했다. 청대 중엽 옹방강翁方綱이 송시를 제창하고 영향력을 더욱 확장시켰다. 옹방강의 '학문시'와 시가이론은 복고주의 경향이 뚜렷하다. 청대에는 학술적인 분위기가 농후하고 학식이 풍부한 대가 중 작시에서 학문의 중요성을 강조한 이들이 적지 않았는데, 주이존朱彝尊·모기령毛奇令·심덕잠沈德潛 등도 예외가 아니었다. 심덕잠의 다음과 같은 주장을 그 예로 들 수 있다.

> 옛 시인의 시구를 인용하여 시를 쓰는 '이시입시以詩入詩'가 가장 평범한 경지이니, 경서와 역사서·제자서들을 고증하고 인용해서 시를 읊으면 근거를 알 수 없는 학문과 구별이 된다.[60]

60 以詩入詩, 最是凡境. 經史諸子, 一經徵引, 都入詠歌, 方別於潢潦無源之學. (沈德

학문을 극단적으로 강조한 사람으로 옹방강을 들 수 있다. 후에 반덕여潘德輿 역시 학문을 중시하였지만, 원매袁枚의 성령설과 옹방강의 학문 중시 이론을 절충하여 조화를 이루려는 태도를 취하였다.

> 성정을 숭상하는 사람은 현실성이 부족하고, 학문을 숭상하는 사람은 심령이 부족하다. 어느 한쪽만 지나치게 좋아하면 시교詩教는 갈수록 힘을 잃는다. 반드시 두 가지가 조화를 이루어 하나의 맛을 내야 둘 다 손상을 받지 않는다.[61]

청대 초기 왕사정王士禎 역시 이와 유사한 의견을 갖고, 성정과 학문은 반드시 두 가지가 상생하며 운행되어야지 한쪽이라도 버려서는 안 된다고 하였다. 옹방강 이후 송시운동을 이끌며 성정과 학문이 조화를 이루어 하나의 맛을 내야 한다고 강조한 사람은 도광道光 함풍咸豐 연간의 정은택程恩澤(1785~1837)과 기휴조祁寯藻(1793~1866)인데, 그들은 모두 고증학자였다.

고증학자인 정은택은 '의리義理'에 통달하려면 반드시 훈고학부터 해야 한다고 주장하였는데, 실제로 그는 옹방강의 기리설肌理說을 계승하면서 동성파의 시론을 융합하였다. 정은택은 청대 후기, 학자의 시와 시인의 시가 합쳐지는 과도기에 대표적인 인물 중 하나로 위로는 기리설을 계승하고 아래로는 동광체同光體를 열었다. 그는 일찍이 한유韓愈와 황정견黃庭堅의 시를 배웠다. 이른바 정은택의 시는 한유와

潛, 『說詩晬語』)

61 尙性情者無實腹, 崇學問者乏靈心, 論甘忌辛, 詩教彌以不振. 必當和爲一味, 乃非離之兩傷, (潘德輿, 『養一齋詩話』 卷2)

황정견의 장점을 모두 겸하고 있다고 한 것이 그러하다. 하지만 그의 시를 찬미하는 사람은 낭랑하니 아름다운 난새와 봉황이 하늘에서 우는 것과 같다고 하였는데, 이는 현실과 동떨어진 그의 시 특징을 잘 설명해준다. 진연陳衍은 『석유실시화石遺室詩話』에서 정은택 시의 변화는 각 구의 음률에서 많이 드러나는데, 이는 그가 '이문위시以文爲詩' 즉 문장으로 시를 쓰는 이론을 더욱 발전시켰기 때문이라고 했다. 한·송학파의 조화를 도모하기 위해 훈고에 통달하고 의리에 밝아야 한다고 주장한 기휴조도 이와 마찬가지였다. 진연은 『석유실시화』에서 정은택의 시는 시인의 시에 속할 뿐만 아니라 학자의 시라고도 하면서, 자신이 편찬한 『근대시초近代詩鈔』에서 정은택의 시를 첫 편에 두기도 하였다. 이러한 유파를 계승한 하소기와 정진, 막우지는 모두 고증학자 겸 시인이다. 이들은 모두 정은택의 문하생이며, 그의 시풍과 학풍에 깊은 영향을 받았다. 막우지는 다음과 같이 정진을 칭찬하였다.

> 성운과 훈고에 한결같이 뜻을 두고, 청나라 대가들의 법을 지켜 경전을 연구했다.[62]

> 재주와 능력이 넘쳐나서 시가 되었다.[63]

사실 여기에서 말하는 것은 결코 정진 한 사람만이 아니라, 그들의 공통된 특징이다. 그들의 작품은 서민들의 고통을 반영하는 내용도 있지만, 대부분 관료 사회의 연회와 산수경물, 그리고 봉건 사대부들의

62 一意文字聲詁, 守本朝大師家法以治經. (「巢經巢詩鈔序」, 『巢經巢全集』 附錄)
63 才力贍餘, 溢而爲詩. (「巢經巢詩鈔序」, 『巢經巢全集』 附錄)

개인적인 감정을 담고 있어 현실과는 동떨어져 있다. 송시운동을 주장하고 이끈 사람들은 모두 소식과 황정견을 배우고, 더 나아가 두보와 한유를 배울 것을 주장하며 성정과 학문을 강조하였다. 그들은 송시의 복고를 주장하고 이끌면서 오랫동안 송시를 폄하했던 보편적이고 부적절한 사회 풍조를 바꿨다는 측면에서 어느 정도 긍정적인 의의를 지닌다. 그러나 역사가 증명하듯이, 송시 학습을 통해 새로운 역사의 대변혁 앞에 놓인 봉건 정통 시문의 심각한 위기와 당면한 어려움을 해결하려고 한 것은 근본적으로 불가능한 일이었다.

2) 하소기 등

하소기는 송시운동을 창도한 주요 인물 중 한 사람이다. 하소기(1799~1873)는 자는 자정子貞, 호는 동주東洲, 만년의 호는 원수蝯叟이다. 호남성湖南省 도주道州(지금의 도현道縣) 사람이다. 도광道光 연간에 진사가 되어, 관직이 사천학정四川學政에 이르렀다. 저서로는 『동주초당시문집東洲草堂詩文集』이 있다.

① 시는 자득을 중시함

하소기의 문론은 유가 사상이 농후하고, 이를 거듭 부추겨 일으켰다.

> 온유돈후는 시교詩敎이다. 이 말은 『시경』의 근본을 설명하고, 천고의 시인들이 힘써야 할 규칙을 다 말하였다.[64]

64 溫柔敦厚, 詩敎也. 此語將『三百篇』根氐說明, 將千古做詩人用心之法道盡. (「題馮魯川小像册論詩」, 『東洲草堂文鈔』 卷5)

시를 쓸 때뿐만 아니라, 독서하고 기氣를 기를 때에도 온유돈후한 태도를 지녀야 한다고 했다.

> 제자백가들은 모두가 온유돈후로써 지식을 넓히고 기를 길렀다. 그러나 고인을 논할 때 넓은 아량으로 대해야지 꼬투리를 잡으면 안 된다. 일부러 인자하게 대하는 것이 아니라, 가슴속에 봄기운을 길러야 음양의 큰 조화를 품을 수 있다. '이理'를 쌓든 '기'를 기르든 모두 이것에 근거해야 한다.[65]

> 온유돈후가 바로 종지宗旨이다.[66]

『동주초당시집』 자서自序에서 하소기는 자신의 작시 태도는 유가의 시교를 엄격히 준수하는 것이라면서 다음과 같이 말했다.

> 허황된 말, 불평하는 말, 요염한 말, 트집 잡고 비하하는 말을 모두 좋아하지 않았고 쓰려고 하지도 않았다.[67]

이렇듯 하소기는 '온유돈후'라는 시교에 저촉될까 노심초사하였다. 「여왕국사논시與汪菊士論詩」에서 유가의 이러한 시교를 재차 부추겼을 뿐만 아니라, 시란 강상綱常을 고수하고 명리를 담아야 한다고 주장하

65 子史百家皆以博其識而養其氣, 但論古人宜寬厚, 不宜苛責, 非故爲仁慈也, 養此胸中春氣, 方能含孕太和. …… 積理養氣, 皆從此爲依據. (「題符南樵半畝圓訂詩圖」, 『東洲草堂詩鈔』 卷18)

66 溫柔敦厚乃宗旨. (「題符南樵半畝圓訂詩圖」, 『東洲草堂詩鈔』 卷18)

67 一切豪誕語, 牢騷語, 綺艷語, 疵貶語, 皆所不喜, 亦不敢也. (「題符南樵半畝圓訂詩圖」, 『東洲草堂詩鈔』 卷18)

였다. 아울러 『시경』 전체의 역할은 성인이 사람을 가르치는 최후의 방법이라면서 다음과 같이 말했다.

> 성인은 사람을 가르칠 때 선량한 백성과 현명한 신하를 만들기 위해 힘을 쏟는다. 『춘추』처럼 상벌하는 것은 원래 원하던 바가 아니다. 오래전부터 백성의 마음이 위선으로 흐르는 것을 방지하는 법은 다 갖추어져 있었는데, 사실 시교가 가장 큰 비중을 차지했다. 다만 사람들이 깨닫지 못했을 뿐이다.[68]

즉 『시경』의 가르침은 통치자에게 순종하고 백성의 마음이 위선으로 흐르는 것을 방지한다는 말이다. 이는 『시경』의 「아」·「송」에는 대체로 부합하지만, 「풍」과 일부 「아」에는 부합하지 않는다. 이러한 견해에 입각하여 그는 사회적 교화와 관련된 충신과 효자, 열녀를 그린 작품을 써야 한다고 주장하였다. 여기에서도 하소기의 정치적 낙후성이 드러난다.

문학이나 시가 이론에서 하소기가 강조한 것은 시는 자득을 중시해야 한다는 것이다.

> 시는 마음의 소리이니, 우연히 아름다운 구절을 얻어도 내 마음에서 나온 것이 아니라 다른 사람에게서 듣고 본 것이라면, 나와는 아무런 관계가 없다.[69]

---

68 聖人敎人務在爲良民, 爲賢士臣. 『春秋』誅賞, 非所願筆之於書也. 千萬世來, 所以防民情僞者, 法無不具, 其實惟詩敎爲多, 但人不覺耳. (「與汪菊士論詩」)

69 詩爲心聲, 偶遇佳句, 不是余心所欲出, 或從它人處聽來看來的, 便與我無涉. (「題馮魯川小像册論詩」)

> 시란 자기가 쓰는 것이니 자신의 말로 해야 한다. 모두에게 다 통용되는 말이라면 자신과 무관하다.[70]

사실 하소기만 이것을 강조한 것은 아니다. 송시파 사람들은 대부분 이 점을 강조하였는데, 송시파의 주요 작가 중 한 사람으로 성취가 비교적 높았던 정진도 다음과 같이 말했다.

> 나는 시를 잘 짓지 못하지만,
> 시의 뜻은 잘 안다.
> 말은 내 말이고,
> 글자는 고인의 글자이기 때문이다.[71]

시는 자득을 중시하여 자신의 느낌을 표현해야 한다고 한 것은 맞는 말이다. 그들의 일부 시들은 비교적 특색이 있는데, 이러한 인식과 무관하다고 할 수 없다. 진정으로 가치 있는 문학작품이라면 모두 이러한 특징을 가지고 있다. 문제는 어떻게 독특한 인식과 느낌을 얻을 수 있는지, 그 내용이 무엇인지에 달려있다.

② 참 성정과 시

하소기는 먼저 사람과 글은 하나라는 명제를 제기하였다. 즉 시가에 자신의 특징을 담아내려면 시품과 인품이 일치되어야 한다는 것이다.

---

70 詩是自家做的, 便要說自家的話, 凡可以彼此公共通融的話頭, 都與自己無涉. (「與汪菊士論詩」, 『東洲草堂文集』 卷5)

71 我誠不能詩, 而頗知詩意. 言必是我言, 字是古人字. (「論詩示諸生時代者將至」, 『巢經巢詩鈔』 卷7)

이와 관련하여 그는 시문에서 일가를 이루지 못한다면 그만두는 것이 더 낫다면서, 일가를 이룰 수 있는 것은 시 때문이 아니라 먼저 사람이 되는 것을 배웠기 때문이라 하였다. 주안점은 결국 사람의 품격 즉 작가의 개인 수양이라는 것이다.

> 내 성정에 다가가서 옛 서적으로 채우고 다양한 일들을 경험하면, 참 자아가 세워진다. 모방을 끊어버리고 크든 작든 치우치든 바르든 그 재능을 헛되이 쓰지 않으면 진정한 자아가 이루어질 수 있다.[72]

다시 말해 '성정'·'학문'·'경험'은 진정한 자아 성립의 근본적인 조건이라는 것이다. 이것은 일반적으로 맞는 말이다. 문제는 하소기와 송시파 작가들이 '경험'에 대해 언급을 많이 하지 않았다는 것이다. 사실 그들이 중시한 것은 '성정'과 '학문'이었다. 하소기는 다음과 같이 말했다.

> 시문을 쓸 때는 반드시 가슴에 생각이 축적되어야만 기질과 풍도가 비로소 심후해질 수 있다. 그러나 독서도 필요하다. 책을 볼 때는 반드시 성정으로부터 체득해야 하고, 고금의 사리事理로부터 헤아려야 한다.[73]

> 시를 배우는 사람 가운데 참 성정이 있어야 한다는 것을 모르는 사람은 없지만, 참 성정을 모르는 사람은 시를 지을 때가 되어서야 이를 떠

72 就吾性情, 充以古籍, 閱歷事物, 眞我自立, 絕去模擬, 大小偏正, 不枉厥才, 人可成矣. (「使黔草自序」, 『巢經巢詩鈔』卷3)

73 作詩文必須胸有積軸, 氣味始能深厚, 然亦須讀書. 看書時須從性情上體會, 從古今事理上打算. (「題馮魯川小像册論詩」)

> 올리게 된다. 만약 평소에 참 성정을 지키고 기르는 것을 모르다가 시를 지을 때가 되어서야 참 성정을 요구한다면, 어찌 사람을 감동시키는 구절을 얻을 수 있겠는가? 이러한 성정이란 잠깐 겉으로 드러나는 것이거나 다른 사람에게서 빌려온 것이기에, 자신의 참 성정이라고 할 수 없다.[74]

정진도 역시 성정과 학문을 강조한 바 있다.

> 확실히 독서도 많이 해야 하지만, 무엇보다 기를 기르는 것이 중요하다. 기가 바르면 자아가 있게 되고, 학문이 해박하면 작시에 도움이 된다.[75]

이것이 바로 송시파가 강조한 시인이 되는 데 절대 없어서는 안 되는 두 가지 조건이다. 그러나 송시파의 성정과 원매의 성령설은 근본적으로 다르다.

송시파는 특히 주공과 공자, 정이와 주자의 도학으로 성정을 수양하고 학문에 힘쓸 것을 강조하였는데, 원매는 달랐다. 원매의 성령설은 명대의 진보적 문학이론을 어느 정도 계승하여 유가 도통에 반하는 부분이 있지만, 송시파가 강조한 성정은 봉건 정통사상이 비교적 농후하다. 예컨대 하소기는 참 성정을 함양하는 것에 대해 다음과 같이 말하

---

74 凡學詩者, 無不知要有眞性情, 卻不知眞性情者, 非到做詩時方去打算也. …… 若平日不知持養, 臨提筆時要它有眞性情, 何嘗沒得幾句警心動魄的, 可知道這性情不是暫時支撐門面的, 就是從人借來的, 算不得自己眞性情也. (「題馮魯川小像册論詩」)

75 固宜多讀書, 尤貴養其氣, 氣正斯有我, 學贍乃相濟. (鄭珍, 「論詩示諸生時代者將至」, 『巢經巢詩鈔』 卷7)

였다.

> 평소에 '이理'를 밝히고 '기氣'를 길러, 효孝·제弟·충忠·신信 이 네 가지의 큰 덕목을 일상생활에서부터 외부의 응대에 이르기까지 자연스럽게 행하면, 스스로 참 성정을 얻었음을 깨닫게 된다. 이를 항상 기르고 지키면서 글을 쓸 때마다 고수하여 외물에 흔들려 빼앗기지 않은 상태가 오랫동안 지속되면, 참 성정이 비로소 심신에 단단하게 굳어진다.[76]

하소기가 강조한 진아眞我·참 성정은 바로 효孝·제弟·충忠·신信이라는 봉건 강상이다. 그는 심지어 일거수일투족까지 유가의 도덕 수양을 실천하고 드러내야 한다고 했다. 이는 일괄적으로 부정할 수 없지만 기본적으로 낙후성을 면치 못한다.

> 나는 항상 제자들에게 한결같은 성심으로 세상을 대하라고 가르친다. 진실한 마음에서 우러나온 것이 아니라면, 집에 들어가면 효도하고 밖에 나오면 공손하게 대하는 것이 단지 형식적 응대에 불과할 뿐이다. 진심에서 우러나온 것이라면 인사를 하고 안부를 묻는 것 역시 자신이 행하는 실제적인 일이 된다. 성심성의껏 공경하는 군자들을 보라! 그들이 인사하고 안부를 묻는 모습은 일반 사람과 다르다.[77]

76 平日明理養氣, 於孝弟忠信大節, 從日用起居及外間應務, 平平實實, 自己體貼得眞性情. 時時培護, 字字持守, 不爲外物搖奪, 久之, 則眞性情方才固結到身心上. (「與汪菊士論詩」)

77 我常教子弟以不誠無物, 若不是自家實心做出來, 卽入孝出悌, 只算應酬. 若是實心做出來, 卽作揖問候, 亦是自家的實事. 試看誠心恭敬的君子, 其作揖問候, 氣象亦與人不同. (「與汪菊士論詩」)

이렇듯 하소기가 성정을 운운한 것은 새로운 역사적 변혁기에 봉건 예교를 지키기 위함이었다.

③ 학문과 시

좋은 시를 쓰려면 독서를 통해 얻은 해박한 지식이 당연히 중요한 조건 가운데 하나다. 하소기도 옛것을 배우기를 주장하였는데, 성인처럼 자신의 능력으로 고대의 도를 꿰뚫으면, 답습하는 것처럼 보이지만 모두 창의적인 것이 될 것이라고 하였다. 옛것을 배우는 것을 시작으로 삼지만 그 목적은 독창적인 안목을 드러내는 것이라고 했는데, 이러한 견해는 당연히 취할 만하다. 그는 독서와 경험은 서로 표리를 이루어야 한다고 하였지만, 착실하게 공부하기 위해서는 단지 두문불출하고 전념하는 방법만 있을 뿐이라며, 가만히 있거나 움직일 때도 이 마음을 지니고 천지와 통하는 것이 더욱 중요하다고 하였다. 그가 중요하게 생각하는 것은 심성과 인품의 수양이고, 그것이 좋은 시를 쓰는 관건이라는 것이다. 그리하여 송시파의 시론에 치명적인 결함을 가져왔다. 그들의 창작은 현실과 멀리 떨어졌거나, 단지 개인적인 슬픔과 기쁨만 써냈을 뿐인데, 이것은 결코 우연이 아니라 창작 실천에서 드러나고 비롯된 필연적인 결과였다. 그들은 실제로 경서의 '의리義理'를 제대로 배우는 것이 좋은 시를 쓰는 근본이라 간주하였다. 예를 들면 하소기는 다음과 같이 말했다.

> 육경의 뜻은 하늘처럼 높고 땅처럼 광활하니, 마음을 가라앉혀 음미하고 탐색하며, 생각을 다하여 관찰하고 연구해야 한다. 인성과 도학이 있는 곳에서 진실로 성령이 계발되니, 모든 예와 문물이 어느 하나 이

큰 근본에서 나오지 않음이 없다.[78]

좋은 시를 쓰는 것도 예외가 아니라는 것이다. 그러나 이것은 일종의 편견이며, 아울러 대단한 이치도 없다. 그것은 학문을 쌓아 뽐내는 진부한 풍조를 일으킨 것 외에는 어떤 긍정적인 역할도 하지 못했다. 정진과 병칭되는 막우지는 심지어 다음과 같이 말했다.

> 고금에 시의 성인이나 대종이라고 일컫는 사람치고, 유가적 실천이 특출나고 책을 만권이나 독파하여 만물의 이치를 연구하지 않은 사람이 있는가?[79]

이어서 하소기는 정진이 송대의 정주程朱 이학을 종합하고 경서와 문자학을 연구하여 경서와 훈고학에 일인자가 되었기에, 그의 시는 대도에 저촉되는 바가 없다고 칭송하였다. 정진은 한대와 송대의 유학에 통달하고 대가들의 법칙을 엄격하게 지켜, 조금이라도 원칙을 어기지 말아야 한다고 하였다. 송시파가 강조한 학문은 공맹의 도통과 정주 이학, 그리고 평범함을 초월한 유가적 실천이다. 그들은 이것을 처세와 학문, 시 창작의 큰 원칙과 근본으로 간주하였다. 이는 그들이 주장한 학문의 내용이 사상적으로 낙후되었음을 드러낸다.

송시파의 주창자들은 품성을 수양하고 학문을 연마하는 데 속되지

78 六經之義, 高大如天, 方廣如地, 潛心玩索, 極意考究, 性道處固啓發性靈, 卽器數文物, 那一件不從大本原出來. (「與汪菊士論詩」)

79 古今所稱聖於詩, 大宗於詩, 有不儒行絕特, 破萬卷, 理萬物而能者乎? (「巢經巢詩鈔序」)

않아야 함을 특별히 강조하였다.

> '사람과 글은 하나다'라는 명제를 살필 때 힘 쏟아야 하는 핵심은 어디에 있는가? 속되지 않아야 한다는 불속不俗 두 글자에 힘을 다 써야 한다. 속이라는 것은 반드시 용렬하고 비루함이 심한 것만을 가리키는 것은 아니다. 무리 지어 함께 어울리며 못된 짓을 일삼고, 마음속에 옳고 그름이 없으며, 유행을 따르기도 하고 옛사람을 모방하기도 하는 것을 '속'이라 한다. 무슨 일을 하든 곧게 하고, 옳다고 생각하면 홀로 행하면서, 감정이 일어나면 소통하고 의義를 보면 달려가는 것을 '불속'이라 한다. 전현前賢 가운데 속된 것을 경계하는 말을 한 사람이 많은데, 그중에서도 "죽음도 그 사람의 기개를 빼앗을 수 없는 것이 불속이다."라고 말한 황정견이 제일 뛰어나다. 사람됨을 배우고 시문을 짓는 것을 배우고자 한다면 모두 이 이치에서 벗어나지 말아야 한다. 우리 모두 힘써야 하지 않겠는가! 힘써야 하지 않겠는가![80]

> 예로부터 글을 쓰는 사람은 절대 세속을 따르는 선비가 아니었다.[81]

불속不俗을 주장한 것은 유행을 좇고 고인을 모방하는 것에 반대한다는 측면에서 보면 합리적인 요소를 포함하고 있을 뿐만 아니라, 시문 가운데 참된 나와 성정이 있어야 한다는 측면에서 보아도 긍정적이다. 하소기는 어떻게 '불속'을 이루는가에 대해 다음과 같이 설명했다.

---

80 顧其(人與文一)用力之要何在乎? 日: 不俗二字盡之矣. 所謂俗字, 非必庸惡陋劣之甚也. 同流合汚, 胸無是非, 或逐時好, 或傍古人, 是之謂俗. 直起直落, 獨來獨往, 有感則通, 見義則赴, 是謂不俗. …… 前哲戒俗之言多矣, 莫善於涪翁(黃庭堅)之言日: "臨大節而不可奪, 謂之不俗." 欲學爲人, 學爲詩文, 擧不外斯恉. 吾與小子可不勉哉, 可不勉哉. (何紹基, 「使黔草自序」)

81 從來立言人, 絕非隨俗士. (鄭珍, 「論詩示諸生時代者將至」)

다른 사람과 공통된 것을 버리면 점점 자기가 얻은 것이 확장되고, 아름다운 뜻을 가진 글자를 버리고 내가 다른 사람을 닮지 않으면, 처음에는 '불속'에 조금 도달하고, 지속하면 반 정도 이르고, 끝까지 하면 완전히 도달하게 된다. 이렇게 하면 사람과 글은 하나가 된다. 사람과 글이 하나가 되면 진정한 사람이 되고, 시문의 일가를 이루게 된다.[82]

참된 성정을 표현하기 위해 경박한 언어를 잘라낼 것을 요구했을 뿐만 아니라, 재기를 뽐내고 억지로 꾸며 애매하게 표현하는 것에 반대하였고, 마지막으로 글이 그 사람과 같아야 함을 요구하였다. 이러한 주장은 당연히 합리적인 요소가 포함되어 있다. 그러나 사실상 송시파가 '불속'을 주장한 것은 늘 현실과 동떨어진 그들의 자아를 드러낸 것이다.

그들보다 다소 뒤에 활동하였던 증국번은 동성파의 산문을 주창하는 동시에 송시운동을 추종하고 제창하였다. 증국번 역시 두보·한유·소식·황정견, 특히 황정견을 배워야 할 것을 표방하였다.

두보·한유가 떠난 지 천년이 되었으니,
영락한 나는 어디에 뜻을 두어야 할까?
황정견은 배울 만하니,
『시경』과 「이소」의 전통이 면면히 이어졌네.
내가 황정견을 종주로 삼은 뒤,
세상 사람들 대단히 좋아하였네.

82 去其與人共者, 漸擴其所獨得者, 又刊其詞義之美而與吾之爲人不相肖者, 始則少移焉, 繼則半至哉, 終則全赴焉, 是則人與文一. 人與文一, 是爲人成, 是爲詩文之家成. (何紹基, 「使黔草自序」)

그대들이 다시 그 물결 일으켜,
영역을 넓히시게.[83]

또한 시를 지을 때 무엇보다 먼저 성조를 중시해야 한다며 미에 치우친 형식적 관점을 제창하고, 유한계급의 한적한 정서를 나타내는 시문을 써야 한다고 하였다. 증국번이 참여한 이후 그의 특수한 사회적 지위로 말미암아 송시운동의 영향이 더 확대되었다.

제3절 진연陳衍과 동광체

1) 동광체의 흥기와 송시운동

① 동광체의 흥기

송시운동이 더욱 발전하면서 동광제同光體가 형성되었다. 동광체는 청말 광서光緖·선통宣統 시기 송시운동에 참여했던 진연·정효서鄭孝胥 등이 활동했던 유파를 통칭한다.

> 동광체는 정효서와 여희余戲가 '동치同治와 광서' 이래로 시인들이 성당을 고수하지 않았다고 칭한 데서 비롯되었다.[84]

83 杜·韓去千年, 搖落吾安放. 涪叟差可人, 風騷通肸蠁 …… 自僕宗涪公, 時流頗忻嚮. 女復揚其波, 拓茲疆域廣. (「題彭旭詩集居卽送其南歸二首」其二, 『曾文正公詩集』 卷1)

84 同光體者, 蘇堪(鄭孝胥)與余戲稱同·光以來詩人不墨守盛唐者. (陳衍, 「沈乙盦詩序」)

동광체는 동치와 광서를 표방했지만, 이 시기에 정식으로 형성된 것은 아니다. 다만 도광道光과 함풍咸豐 이래의 송시파와 일맥상통함을 나타내고자 했을 뿐이다. 사실상 광서 9년에서 12년 사이(1883~1886)에 진연과 정효서가 처음으로 동광체를 표방하기 시작했다. 동광체의 최고 전성기는 청말 광서·선통 시기였지만, 민국초民國初에도 상당한 영향력을 지녔다. 동광체의 주요 인물은 진삼립陳三立·진연·심증식沈曾植·정효서 등이다. 진연은 그들의 시문 평론 즉 동광 문학이론의 대변인이다. 동광체의 대다수 시인은 초기에 진보적이고 애국적인 내용을 담은 작품을 썼다. 임욱林旭·심증식·진연·진삼립은 변법운동에 참가했다. 진삼립은 이부고공사주사吏部考功司主事를 역임했고, 그의 부친 호남순무湖南巡撫 진보잠陳寶箴과 함께 무술정변으로 인해 관직에서 쫓겨났다. 임욱도 무술변법이 실패한 후 죽임을 당한 '육군자六君子'[85] 중 하나이다.

진연(1856~1937)은 자가 숙이叔伊이고, 호는 석유石遺이며, 복건성福建省 후관侯官(지금의 민후閩侯) 사람이다. 광서 시기의 거인擧人으로 학부주사學部主事를 맡은 적이 있고, 장지동張之洞의 막객이 되었으며, 엄복嚴復 등과 가깝게 지내며 현대과학의 영향을 받았다. 아울러 황준헌黃遵憲과 강유위康有爲 및 무술정변으로 인해 수난을 당한 '육군자'를 찬양한 적이 있다.

85 [역자주] 청말 변법 유신시기의 지사志士였던 담사동譚嗣同·강광인康廣仁·임욱·양심수楊深秀·양예楊銳·유광제劉光第 여섯 사람이 1898년 9월 28일 북경에서 참살당했다. 이들을 일러 '무술육군자戊戌六君子'라고 칭한다.

> 중국이 유럽이나 미국과 교류한 이래 외교관으로 파견된 자들이 끊이지 않았다. 그중에서도 시로 이름을 알린 자는 황공도黃公度(황준헌)뿐이었는데, 외국 명승을 묘사한 작품들이 꽤 많다. 남해南海 강유위 선생은 해외로 도망가 십여 년을 떠돌았는데, 전할 만한 작품을 많이 남겼다.[86]

> 황준헌의 『인경려시초人境廬詩草』는 놀라운 재능과 뛰어난 아름다움이 돋보인다.[87]

그의 저서에는 『석유실시문집石遺室詩文集』, 『석유실시화石遺室詩話』 등이 있고, 선집으로는 『근대시초近代詩鈔』가 있다. 만년에 무석국학전문학교無錫國學專門學校에서 가르쳤다. 1931년 12월 8일 일본군이 상해를 공격했을 때, 자신의 생일축하 자금으로 19로군路軍을 위로하여 강렬한 애국주의 정신을 드러냈다.

② 동광체와 송시운동

진연은 송시운동이 청대 정통 시단에서 마땅히 중요한 위치를 차지해야 한다면서 다음과 같이 말했다.

> 청대 이백 년 동안 시교詩教를 담당했던 고위 관리로는 강희 연간의 왕문간(사정), 건륭 연간의 심문곡(덕잠), 도광과 함풍 연간의 기문단(휴

86 中國與歐·美諸洲交通以來, 持英簜與郭槃者不絕於道, 而能以詩鳴者惟黃公度, 其關於外邦名迹之作, 頗爲伙頤. 而南海康長素(有爲)先生, 以逋臣流寓海外十餘年, 多可傳之作. (『石遺室詩話』 卷9)

87 『人境廬詩草』, 警才絕艷. (『石遺室詩話』 卷8)

조)와 증문정(국번)이 있다.[88]

그러나 진연은 왕사정과 심덕잠의 시론에는 결점이 있다고 생각했다.

> 단지 기휴조의 학문만이 뿌리가 있으니, 정은택과 함께 두보·한유·소식·황정견을 주로 배우고, 증국번·하소기·정진·막우지 등을 그다음으로 중시했다. 그런 후 학자들의 말과 시인들의 말을 합하여 쓰고자 하는 뜻을 자유롭게 펼쳤다.[89]

진연은 또 다음과 같이 말했다.

> 문간文簡(왕사정)과 문각文慤(심덕잠)은 태평시대에 태어나 그들의 시는 정풍正風이 되기에는 충분하지만, 정아正雅가 되기에는 부족하다.[90]

> 그러나 문단文端(기휴조)과 문정文正(증국번)의 시대는 전쟁이 끊이지 않고, 오늘날에도 변고가 이어져, 소아小雅가 없어지고 시가 사라질 날이 멀지 않았다.[91]

> 변아變雅와 변풍變風의 시대에 처하여 장차 그조차도 사라지게 될 것

88 有淸二百載, 以高位主持詩教者, 在康熙日王門簡(士禎), 在乾隆日沈文慤(德潛), 在道光咸豐日祁文端(寯藻)·曾文正也. (『近代詩鈔·序』 第1卷)

89 文端學有根底, 與程海春侍郎(恩澤)爲杜·爲韓·爲蘇·黃, 輔以曾文正·何子貞(紹基)·鄭子尹(珍)·莫之偲(友芝)之倫, 而後學人之言與詩人之言合, 而恣其所詣. (『近代詩鈔·序』 第1卷)

90 文簡·文慤, 生際承平. / 爲正風則有餘, 爲正雅則不足. (『近代詩鈔·序』 第1卷)

91 文端(祁寯藻)·文正時, 喪亂雲膴, 迄於今, 變故相尋而未有届, 其去小雅廢而詩亡也不遠矣. (『近代詩鈔·序』 第1卷)

이니, 근대 이전과 이후 수십 년 동안 전통시단은 역사적 교훈을 본받았어야 했다.[92]

여기서 진연은 사실상 근대를 전후한 수십 년간 봉건 정통 시단의 흥망이 송시운동에 달려있고, 이 운동을 시단의 종주로 삼아야 한다고 하였다.

진연은 또 강서파 시인들을 찬양하였고, 특히 증국번을 찬양하였다.

시구를 찾고 찾으며 몇 번이나 퇴고하면서,
요내姚鼐와 포세신包世臣은 병폐를 고치려 했지.
오로지 증국번의 유집이 전해져,
별도로 시법과 정진의 시를 전해 주었네.[93]

---

92 身丁變雅變風以迨於將廢將亡, 上下數十年間, 亦近代文獻得失之林乎. (『近代詩鈔·序』 第1卷)

93 勉行索句幾推敲, 惜抱安吳痒欲搔. 獨有侍郎遺集在, 別傳詩法與經巢. (「論詩絕句三十首」, 『石遺室詩集』 卷3)

[역자주] ◉ 姚鼐(1732~1815) : 청대의 산문가. 자는 희전姬傳·몽곡夢穀. 당호가 석포헌惜抱軒이라 석포선생이라고 불리기도 했다. 안휘성安徽省 동성桐城 사람이다. 일찍이 유대괴劉大櫆로부터 학문을 익혀 '동성파'의 주요 작가가 되었다. 그는 문장은 반드시 '고증', '사장詞章'을 수단으로 삼아서 유가의 '의리'를 밝혀야 한다고 주장했다. 이와 더불어 양강陽剛과 음유陰柔로써 문장의 풍격을 구별했다. 동시에 유대괴의 '신기음절神氣音節' 주장을 발전시켜, 문장의 내용과 정신을 뜻하는 '신리기미神理氣味'와 문장의 수사와 형식을 뜻하는 '격률성색格律聲色'을 제창했다.

[역자주] ◉ 包世臣(1775~1855) : 안오安吳(지금의 안휘성 경현涇縣)출신. 청대 학자이자 서예가이다. 포세신은 평생 동성파와 깊은 관계를 맺으며, 동성파와 대립되었던 변문파 문단의 기수 완원阮元을 배척하였다.

[역자주] ◉ 經巢 : 정진의 시집 『소경소시집巢經巢詩集』을 지칭하는데, 도광에서 동치 시기 약 40년간의 시가 수록되어 있다. 『소경소시집』은 동광체시파同光體詩派에 의해 종조宗祖로 받들어졌다.

동광체가 사상과 예술에서 증국번과 관계가 있음을 알 수 있다. 사실 진연은 자신을 송시운동가, 특히 증국번 시법의 계승자로 간주하였다. 시가뿐만 아니라 산문창작에서도 증국번처럼 동성파를 고취하여, 사람은 동성 출신일 필요가 없지만, 문장은 동성파에서 벗어나면 안 된다고 하였다. 송시운동이 동광체로 발전되면서 동성파의 낙후성은 더욱 명확해졌다.

③ 시와 '황량하고 쓸쓸한 길'

송시운동은 '성정'과 '학문'·'속기俗氣를 피함' 등을 제창하였는데, 이것은 모두 진연이 제기한 것이다. 예컨대 시는 모두 자신의 성정에서 나온 말로 써야 하며, 늘 철리哲理를 드러내고 밝혀야 한다고 하였다. 또 먼저 시인의 시를 쓸 게 아니라, 곧장 학자의 시를 써 늘 학자로 마쳐야 한다면서, 성정을 토로하는 참된 시인의 기초 위에서 '시인의 시'와 '학인의 시'를 결합할 것을 요구했다. 그 예로 막우지의 시를 다음과 같이 칭송한 것을 들 수 있다.

> (막우지의 시는) 학자의 시로 고증에 뛰어나다. 고증이 정확하고 비유가 적절하니 학자의 시이다. 시 가운데 경물을 묘사하거나 정을 토로한 것이 담겨 있으니 또한 시인의 시다.[94]

그러나 동광체는 송시운동과 달리 성정을 묘사할 때 황량하고 쓸쓸

94 學人之詩, 長於考證, …… . 考證精確, 比例切當, 所謂學人之詩也. 而詩中帶着寫景言情, 則又詩人之詩矣. (『石遺室詩話』 卷28)

한 길로 가야 한다고 명확하게 주장하였다. 예컨대 진연은 시는 황량하고 쓸쓸한 길로 가야지, 이익과 관록을 탐해서는 안 된다고 하였다. 시를 짓는 것을 이익과 관록을 도모하는 수단으로 삼아서는 안 된다고 한 것은 당연히 비난할 여지가 없으며, 당시 역사적 조건하에서 보면 진취적인 의의를 지닌다. 시가 황량하고 쓸쓸한 길로 가야 한다고 거듭 강조하였는데, 이는 사실상 전쟁이 끊이지 않았던 상황에서 시가가 복잡하고 어지러운 현실에서 멀어질 것을 요구한 것이다. 그는 스스로 다음과 같이 고백하였다.

> 나는 두보처럼 천보 연간에 살지도 않았고,
> 직위도 습유가 아니어서,
> 세상사에 느낀 바가 적어,
> 단지 유람시만 지었을 뿐이라네.[95]
>
> 경치에 빠져 돌아갈 줄 모르니,
> 이 또한 절로 유쾌하여라.[96]
>
> 가도와 임포의 유파에 머물고,
> 백련세계에 누운 김농金農이 되었노라.[97]

---

95 旣非天寶時, 位復非拾遺, 所以少感事, 但作遊覽詩. (「雜感十七首」之四, 『石遺室詩集』 卷2)

96 流連愛光景, 亦自是一適. (「雜感十七首」之一, 『石遺室詩集』 卷2)

97 賈島林逋留派別, 白蓮世界臥金農. (「論詩絶句三十首」之十六)
[역자주] ◉ 賈島(779~843) : 당나라 시인으로 자는 낭선閬仙이고 범양范陽 사람이다. 젊어 여러 번 과거에 실패하여 빈곤을 겪자 머리를 깎고 승려가 되어 법명을 '무본無本'이라 하였다. 뒤에 한유韓愈의 권고로 환속하여 시문을 배우게 되었다. 그의 시는 적막한 경지를 잘 묘사하였으며 오언율시에 뛰어났다. 그와 교류한 맹교孟郊와 함께

이 점은 명대 경릉파竟陵派의 종성鍾惺이 제창한 "그윽하고 외로운 마음, 시끄러운 세상에서 조용히 홀로 살아가네. 마음을 비우고 번뇌와 망상을 없애는 참선의 힘으로 광활한 세상 밖에서 홀로 외로이 오간다"[98]는 주장과 실질적으로 같다. 설령 그가 종성·담원춘譚元春의 시론에 많은 불만을 가졌다 하더라도,[99] 그것은 단지 시대가 달랐기 때문이다. 이러한 시론은 반드시 많은 사람들의 비난과 반대를 받게 되기 때문에, 진연은 이러한 주장을 하는 동시에, 하심여何心與 같은 동광체 작가처럼 적막하고 곤궁해지는 것을 두려워하지 말라고 하면서 계속해서 자신만의 황량하고 쓸쓸한 길을 걸어가기를 요구하였다.

> 내가 배운 것은 심여도 알고 있으니, 내가 이렇게 보는데 심여가 그렇게 보지 않은 것은 거의 없다. 반면 내가 시인에 대해서 이렇게 말하는

고음시인苦吟詩人으로 알려졌다.

[역자주] ◈ 林逋(967~1028) : 북송 때 저명한 은둔 시인으로 자는 군복君復이고 봉화奉化 대리大里 황현촌黃賢村 사람이다. 부귀를 추구하지 않고 서호西湖 고산孤山의 초막에서 매화와 학鶴을 벗 삼아 독신으로 생애를 마쳤다. 풍화설월風花雪月을 평담平淡한 표현으로 읊은 시들을 지었지만, 지은 시를 남겨두려 하지 않았다. 청신담백한 시풍은 송시宋詩의 선구라 할 수 있고, 매화시인으로 불릴 만큼 매화를 노래한 작품에 걸작이 많다.

[역자주] ◈ 金農(1687~1763) : 청나라 건륭제 때의 화가이자 문인으로, 자는 수문壽門, 호는 동심冬心이다. 항주에서 문인들 사이에서 성장하여 시로 이름을 날렸으며, 고미술을 감식하는 안목도 뛰어났다. 30세가 지나서 각지를 두루 돌아다니며 시와 서書에 정진했고, 60세경부터는 양주楊州에 머물면서 양주8괴의 대표적 존재가 되었다. 본격적으로 화필을 든 것은 60세 전후부터인데, 남종화의 형식주의로부터 벗어나서 개성적인 화풍을 이루었다. 매화와 말 등을 잘 그렸으며, 만년에는 불화를 잘 그렸다. 서체는 수집한 금석탁본을 근거로 하여 독자적인 서풍을 확립했다.

98 幽情單緒, 孤行靜寄於喧雜之中. 而乃以其虛懷定力, 獨往冥遊於寥廓之外.(『詩歸·序』)

99 『石遺室詩話』卷23 등에 보인다.

> 데 심여가 그렇게 말한 것은 거의 없다. 유종원·매요신·진사도에서 영가사령永嘉四靈에 이르기까지, 세상에서는 그들의 시를 적막하다고 하고, 그 처지를 곤궁하다고 했다. 그러나 나는 시가 있는 한 참으로 적막하지 않고, 시를 짓는 한 참으로 곤궁하지 않다고 생각한다. 심여도 적막하고 곤궁해지는 것을 두려워하지 않기를 바란다.[100]

이는 당시의 역사적 조건에서 보면 긍정적인 면이 거의 없다. 그가 제기한 이러한 이론은 또 그가 적극적으로 반대했던 왕사정의 '신운설'과 표현은 다르나 의미는 같다.

2) 진연의 주요 문학 견해

① 학자의 시와 시인의 시의 결합

진연은 『근대시초近代詩鈔·서序』와 『석유실시화石遺室詩話』에서 학자의 시와 시인의 시를 하나로 결합하는 문제를 거듭 제기하였다. 이는 위로 막우지와 하소기, 정진의 송시운동을 계승한 동광체의 유명한 견해이다. 막우지와 하소기 등은 성정과 학문을 하나로 결합할 것을 제기하였고, '동광체'는 그것을 시인의 시와 학자의 시의 문제로 개괄하였다. 또 그것을 창작과 비평의 기본 원칙으로 삼을 것을 제기하였다. 이

100 吾所學者, 心與覺之, 吾如是觀, 心與不如是觀者, 或寡也. 則其於詩人如是言, 心與亦如是言者, 殆寡矣. 柳州 …… 宛陵·後山以至於四靈, 其詩世所謂寂, 其境世所謂困也. 然吾以爲有詩焉, 固已不寂, 有爲詩之我焉, 固已不困. 願與心與勿寂與困之畏也. (「何心與詩序」)
[역자주] 永嘉四靈 : 남송 중기의 시가 유파로, 서조徐照(자 영휘靈暉)·서기徐璣(자 영연靈淵)·옹권翁卷(자 영서靈舒)·조사수趙師秀(자 영수靈秀) 네 사람의 시인을 지칭한다. 모두 절강浙江 영가永嘉 출신으로, 자字에 '영靈'자가 들어있어 사령이라 하였다. 이들은 당율唐律에 뛰어났고, 만당의 가도賈島와 요합姚合을 계승하였다.

문제에 대한 논의는 청나라 초까지 거슬러 올라간다. 황종희黃宗羲는 『후위벽헌시後葦碧軒詩』 서문에서 다음과 같이 제기한 적이 있다.

> 예부터 시를 논하는 데는 두 가지가 있는데, 문인의 시와 시인의 시다. 문인은 학식으로 시를 쓰고, 시인은 자구字句의 단련을 통해 시를 얻는다.[101]

그러나 이 두 가지를 하나로 합쳐서 창작과 비평의 기본 원칙으로 제기한 것이 바로 '동광체'이다. 기타 송시 제창자들처럼, 진연 또한 좋은 시를 쓰려면 학문이 중요하다는 것을 주장하였는데, 이른바 "나 역시 고증에 탐닉하였으니, 어찌 한가할 때 이를 시도해보지 않겠는가! 학문은 모두 시의 재료이다."[102]라고 하였다. 시를 짓는 데 학문이 얼마나 중요한지 증명하기 위해, 진연은 「영암시서瘿唵詩序」[103]에서 엄우의 '시유별재詩有別材'설을 반박할 때, 황당무계하게도 『시경』의 작가들이 모두 심오하고 폭넓은 학문을 지니고 있었기에, 비로소 "『상서尙書』·『일주서逸周書』·『주관周官』·『의례儀禮』·『국어國語』·『춘추공양전春秋公羊傳』·『춘추곡량전春秋穀梁傳』·『좌씨춘추전左氏春秋傳』·『대대예기大戴禮記』에 없었던 "[104] 시편들을 쓸 수 있었다고 했다. 학문도 없으면서 함부로 '나는 특별한 재능이 있다'고 말하는[105] 사람은 좋은 시를

101 古來論詩有二. 有文人之詩, 有詩人之詩. 文人由學力所成, 詩人從鍛煉而得.
102 吾亦耽考據, …… 及此暇日, 盍姑試此! 他學問皆詩料也. (『沈乙庵魔詩·序』)
103 『石遺室文集』 卷9.
104 足以備『尙書』·『逸周書』·『周官』·『儀禮』·『國語』·『公』·『穀』·『左氏傳』·『戴記』所未有.
105 未嘗學問, 猥日吾有別材也.

쓸 수 없다며 학문을 시가 창작에서 중요한 위치에 두었으며, 단지 황정견과 송시파들처럼 학문이 해박한 사람만이 시를 잘 쓸 수 있다고 하였다. 물론 그의 시집 중에 진정 이렇게 지은 시는 많지 않다.

진연은 시가 삼원三元 시대보다 성행했던 때가 없었다고 하였다. 상원은 당 개원 연간이고, 중원은 중당 원화 연간, 하원은 송 원우 연간이라면서, 요즘 사람들이 억지로 당시와 송시를 나누는 것에 반대하였다. 그러나 또 송나라 사람들은 모두 당나라 사람들의 시법만 숭상하여 근본으로 삼고 나머지는 모두 없애버렸다고 하면서, 송시에는 새로운 창조와 변화가 있으므로 당 이후의 책을 읽지 않는 것에 반대하였다. 이러한 견해는 의심할 바 없이 합리적이다. 그러나 그와 '동광체' 시인들은 기타 송시운동 제창자들처럼 속되지 않을 것을 제창하였다.

> 신기하지만 생경하고 난삽한 데로 들어가지 않고, 유창하지만 천하고 속된 데로 빠지지 않는다.[106]

> 진삼립陳三立은 시를 논하는 데 속되고 진부함을 가장 싫어했다. 어떤 사람에 대하여는 관원의 티가 난다고 평하고, 어떤 사람에 대하여는 고관대작의 티가 난다고 평했다.[107]

> 격조 높은 시에는 속된 정취가 들어가지 않아야 한다.[108]

진연은 『석유실시화』에서 동광체가 「급취장急就章」과 「고취사鼓吹

106 盤硬而不入於生澀, 流宕而不落於淺俗. (「知稼軒詩序」. 『石遺室文集』 卷9)
107 伯嚴(三立)論詩, 最惡俗·惡熟, 嘗評某也紗帽氣, 某也館閣氣. (『石遺室詩話』 卷1)
108 高調要不入俗調. (「海藏樓詩序」, 『石遺室文集』 卷9)

詞」·「요가십팔곡鐃歌十八曲」부터 한유·맹교·번종사樊宗師·노동盧同에 이르기까지 이른바 생경하고 난삽하고 심오한 일파를 계승하여, 말은 반드시 사람을 놀래야 하고 글자는 익숙한 것을 꺼려야 한다고 했다. 그러나 진삼립은 기이한 글자를 사용하고, 심증식沈曾植은 흔히 쓰지 않는 전고를 더욱 좋아하여 두 사람의 풍격은 조금 다르다고 하였다.[109]

> 내가 예전에 진삼립의 시는 속되거나 익숙한 것을 피하고 생경하고 난삽함을 추구하였으나, 뛰어난 부분은 여전히 글이 매끄러운 데에 있다고 평한 적이 있다.[110]

익숙하고 속된 것을 피해야 한다고 요구한 것은 결코 합리적인 측면이 없다고는 할 수 없다. 그러나 진연 등이 속된 것을 피해야 한다는 송시운동의 이론을 이러한 경지까지 발전시킨 것은 황당무계하지 않을 수가 없다. 게다가 진연은 어떤 젊은 시인의 시는 들으면 즐거움이 느껴지지 않는다면서 전도유망하다고 칭찬하였다. 이것은 아마 사람마다 좋아하는 말을 피해야 한다는 진연의 말의 주석이 될 것이다. 그는 또 기이하고 심오한 것을 매우 숭상하여, 난삽하고 난해하고 때때로 세속을 벗어난 가운데 풍골을 드러내는 시풍을 매우 칭찬하였다. 그는 간혹 난해함에 빠지는 것에 반대하기도 했지만, 실제로는 기이하고 편벽된 시풍의 제창자였다. 동광체의 기타 작가들도 이와 같았다. 진삼

109 語必驚人, 字忌習見, …… 而散原奇字, 乙庵益以僻典, 又少異矣. (『石遺室詩話』 卷3)
110 余舊論伯嚴詩. 避俗·避熟, 力求生澀, 而佳處仍在文從字順處. (『石遺室詩話』 卷14)

립은 홀로 이불을 뒤집어쓴 채 자나 깨나 생경한 말을 추구하고,[111] 정효서鄭孝胥는 평생 시에 난삽한 말을 많이 써 『상서尙書』를 보고 자신이 정말 그렇다는 것을 알 수 있었다고 하였다. 그 결과 그들의 작품에는 다른 데서는 볼 수 없는 기이함과 심오함, 난삽함이 조성되어, 장지동張之洞조차 '기괴한 시'라며 차마 볼 수 없다고 질책하는 지경에 이르렀다. 진연은 장지동과 개인적으로 친분이 두텁지만 그의 견해에 동의하지 않는다고 하면서, 광박함을 좋아하고 어렵고 심오한 것은 싫어한다고 하였다.

② 자득과 의고

진연은 시란 '자득'을 통해 얻어야 하고, 시인은 진실한 생각과 도리와 기량을 지녀야 한다고 하였다. 아울러 이 점을 반복적으로 강조하여 자기의 생각과 말로 시를 지어야 한다고 하였다. 예컨대 자기가 얻고자 하는 것을 남의 도움으로 얻을 수 있겠냐면서, 옛사람의 시 역시 그러하니 사람마다 자기의 창작 의도가 있어야 한다고 하였다. 이는 충분히 긍정할 만한 견해이다. 그러나 그는 동시에 의고론자로서 다음과 같이 말하였다.

> 나의 벗 심증식은 자신의 근체시를 북송의 시인 왕령王令이 엮은 『광릉집廣陵集』에 섞어 놓았는데, 간혹 구별할 수 없다고 했다. 그 말을 나는 믿는다.[112]

111 自發孤衾寤寐思. (「樊山示疊韻論詩二律聊綴所觸以報」)

112 吾友沈子子培謂其近體雜之『廣陵集』(宋王令著)中或未能辨者, 可信也. (「重刻晚翠軒詩序」)

그리고 또 다른 동광체 작가인 심경유沈慶瑜는 심지어 모방한 곳에 이르면 옛사람들을 바로 만날 수 있다고 하였고, 정효서는 진삼립 같은 사람은 옛사람 가운데에서 시를 구했다고 하였다. 이를 통해 동광체 사람들은 대개 모두 의고주의자였다는 것을 알 수 있다. 진삼립은 자신이 소식과 황정견의 옛 기풍을 되살릴 힘이 없다는 것을 느끼고, 그들과 같은 시절에 태어나지 못한 것을 아주 한스러워했다.

> 나는 천년 늦게 태어나,
> 소식, 황정견 등과 함께 노닐 수 없음이 한스럽네.
> 이런 사람들을 얻어 복고에 힘쓴다면,
> 거침없이 읊는 기세, 가을 하늘 뒤덮으리라.[113]

기이하고 심오한 시풍을 제창하고, 시를 황량하고 쓸쓸한 길로 끌어들인 것은 진연과 동광체 문학이론의 근본적 실체였다. 동광체 작가들이 초기에는 대부분 진보적 경향을 띠고, 창작과 이론 방면에서도 차이가 있었으며 비교적 예술을 중시하였으나, 후기에는 근본적으로 별 차이가 없게 되었다. 바로 진연의 이러한 문학이론으로 인해, 동광체는 만청의 주요 예술 유파의 하나가 되었다. 이 시파 중 영향력을 발휘한 마지막 작가는 진삼립(1852~1936)이다. 그는 변법에 참가했다가 실패한 이후 현실을 도피해 시 창작에 전심전력하였다. 시대의 대변동 앞에서 그는 오히려 "꿈속에서 들었네 그윽한 음악소리 음성수音聲樹[114] 맴도

113 吾生恨晩生千歲, 不與蘇·黃數子遊, 得有斯人力復古, 公然高咏氣橫秋. (「肯堂爲我錄其甲午客天津中秋玩月之作, 誦之歎絕, 蘇·黃而下, 無此奇矣, 用前韻奉報」, 『散原精舍詩』 卷上)

는 것을. 봉황이 내려오고 난새가 깃들어 만고의 봄이로세"[115]라고 읊어, 평안한 경지와 태평한 세상에 대한 환상을 가졌다. 1910년 신해혁명 전야에 그와 조희趙熙 등은 북경에서 시사詩社를 결성하였다.

> 그들은 인일人日과 화조花朝·한식寒食·상사上已 같은 세간에서 길일이라고 하는 절기를 만나면, 당시의 명승지 중 하나를 선택해 차와 과일·과자·떡 등을 들고 모인다. 밤에는 주루와 같은 곳에서 술을 마시며 종이를 나누어 즉흥시를 쓰는데, 5·7언 근체시를 써서 들려준다. 다음 모임은 반드시 장소를 바꾸어, 이전 모임의 시들을 모아 서로 품평하며 웃으며 즐겼는데, 모임의 주최자는 돌아가며 맡았다.[116]

114 [역자주] 음성수 : 전설 중의 나무. 당나라 상서성 동남쪽에 거대한 회나무가 있었는데 전하는 바에 의하면 깊은 밤 이 나무에서 음악 소리가 울리면 그다음 날 재상이 부임했다고 한다.

115 婆娑夢繞音聲樹, 鳳下鸞棲萬古春. (「樊山示疊韻論詩二律聊輟所觸以報」, 『散原精舍詩』 卷下)

116 他們遇人日·花社·寒食·上巳之類, 世所號爲良辰者, 擇一目前名勝之地, 挈茶果餅餌集焉. 晚則飲於寓齋若酒樓, 分紙爲卽事詩, 五七言近體聽之. 次集則必易一地, 彙繳前集之詩, 互相品評爲笑樂, 其主人輪流爲一. (『石遺室詩話』 卷12)
[역자주] ※ 人日 : 음력 1월 7일로 사람을 소중히 여기는 관습을 행하는 날이며, 이날 문인들은 시를 주고받았다고 한다. 동방삭의 『점서占書』에 "정월 초하루를 닭[鷄]의 날, 이틀을 개[狗]의 날, 사흘을 돼지[豕]의 날, 나흘을 양[羊]의 날, 닷새를 소[牛]의 날, 엿새를 말[馬]의 날, 이레를 사람[人]의 날, 여드레를 곡식[穀]의 날이라 하는데, 그 날이 맑으면 성장이 좋아지고 흐리면 재앙이 든다"고 하였다.
※ 花朝 : 꽃의 생일로 중국의 전통 절기인 화조절花朝節이다. 화조는 약칭이다. 화신절花神節, 백화百花생일, 화신花神생일, 도채절挑採節이라고도 한다. 중국 동북 지역과 화북, 화동, 중남中南 등지에서 음력 2월 2일, 2월 12일, 또는 2월 15일, 2월 25일에 절기 행사를 한다. 화조절에 답청踏青이라는 꽃구경을 교외에서 하고, 상홍賞紅이라는 오색지를 오려서 꽃가지에 붙인다.
※ 上巳 : 음력 3월 초3일, 즉 삼짇날을 말한다. 한나라 이전에는 3월 상순上旬의 사일巳日을 상사上巳라고 했다. 은나라와 주나라·한나라에 이르기까지 이날에 관리들이 백성들과 함께 동쪽으로 흐르는 물가에 나가 묵은 때를 씻어 재앙을 예방하고

당시의 군기대신軍機大臣, 매판관료買辦官僚, 그리고 송시파를 '마귀파魔派'라느니 읊조릴 수 없다느니라며 매도한 장지동張之洞조차 그들과 아주 밀접하게 교류하였으니, 이 시 모임의 낙후성을 보여준다. 1911년 신해혁명 후, 진보침陳寶琛과 정효서, 동광체를 대대적으로 비난했던 임서[117] 등도 연달아 가입했다. 1912년 진연은 양계초가 편집장으로 있는 잡지 『용언庸言』에 「시화詩話」를 발표하여, 계속 동광체를 고취했다. 1913년 음력 3월 3일에, 번증상樊增祥과 심증식沈曾植 등 열 사람이 상해 번원樊園에서 수계修禊를 지내고, 두보의 「여인행麗人行」의 운을 사용해 시를 지었다. 같은 날 양계초와 역순정易順鼎 등 30여 명이 북경 서쪽 교외의 만생원萬生園에서 수계를 지내고 "군群, 현賢, 필畢, 지至" 네 글자를 제시하고 각각 한 글자씩 뽑아 운을 삼아 시를 지어 주고받았다.[118] 이 모임에서 양계초는 다음과 같이 마음속의 번민을 드러냈다.

축복을 기원하는 무속적 행사인 수계修禊라는 풍습이 있었다. 동진시대부터 수계의 풍습이 변하여, 목욕재계 후에 깨끗한 마음으로 시를 짓는 유상곡수연流觴曲水宴을 열었다. 목제穆帝 영화永和 9년(353) 3월 3일 회계산會稽山 북쪽 난정蘭亭에서 왕희지의 주재 하에 각지의 명사 41명이 모인 것이 최초의 유상곡수연이다.

117 『여행술이旅行述異 · 화징畵徵』에서 임서는 동광체가 송시를 공공연히 말하는 것에 대해 불만스러워하였다. 임서는 또 진연의 고문에 대해 크게 비난하면서 그가 "고문에 완전히 문외한"이었다고 생각했다. (「陳衍石遺說」)

118 修禊於上海之樊園. / 賦詩皆用少陵「麗人行」韻. / 修禊於京師西郊之萬生園. / 以"群賢畢至" …… 分韻. (「京師萬生園修禊詩序」, 『石遺室文集』 卷9)
[역자주] 修禊 : 옛날, 음력 3월 상순 사일巳日 즉 삼짓날에 물가에서 지낸 액막이를 위한 제사이다.

우리는 지난날 하늘에 죄를 지어,
지금 슬픈 세월 코앞에 임박했네.

하물며 강호엔 풍파 아직 그치지 않으니,
전쟁하는 세상 언제 끝날까.

뭇 현자 제각기 속세 벗어날 생각하니,
나도 경쾌하게 신발끈 묶고 모임에 참가했노라.[119]

다른 사람들도 모두 그에게 호응하여 함께 어울렸는데, 이는 그들의 모임이 선명한 정치적 색채를 띠고 있음을 말해준다.

3) 『석유실시화石遺室詩話』

규모가 방대한 진연의 『석유실시화』[120]에는 독창적인 견해는 많지 않지만, 사상과 예술 방면에서 훌륭한 견해가 보이기도 한다. 일부 문제에서는 자신만의 견해가 있고, 아울러 예리한 예술적 안목도 있다. 예를 들면 『석유실시화』 권9에서 청나라 유신遺臣들이 지은 작품을 조소한 것이 그러하다.

119 吾黨夙昔天所囚, 今日不樂景旣迫. / 江湖風波況未已, 龍蛇玄黃知何極. / 群賢各有出塵想, 好我翩然履綦集. (「癸丑三日邀群賢修禊萬生園拈蘭亭序分韻得激字」)

120 최초로 1912년부터 1913년까지 양계초가 편찬한 『용언』에 총 13권을 발표했고, 1915년부터 『동방잡지東方雜志』에 이어서 18권을 발표했다. 1929년 5월 상무인서관에서 32권본을 출판하였고, 1935년 무석국학전문학교無錫國學專門學校에서 『속편』 6권을 간행했다.

> 신해혁명 이후 복지부동하던 옛 관료들은 갑자기 시의 제재가 증가되자 나라의 멸망을 한탄하는 맥수지탄麥秀之嘆과 형자동타荊棘銅駝와 같은 시, 정권의 합법성을 인정하지 않는 불만을 드러낸 의희義熙 갑자甲子 같은 시를 붓을 들어 종이 가득 써댔다. 그러나 사실 이러한 시국은 전례가 없기에, 딱 들어맞는 전고를 인용하기 어렵다.[121]

그러고 나서 그는 일일이 예를 들어 반박하였는데, 정곡을 찌르며 현실감을 충분히 드러냈다. 진연 같은 사람이 무병신음하던 유신들의 작품에 대해 예리하고도 핵심을 찌르는 비판을 한 것은 가치가 있다. 그는 화엄누각華嚴樓閣이 손가락 튕기는 소리에 열리는[122] 직관적인 방법으로 시를 논한 왕사정에 대해 예리한 비판을 하였는데,[123] 이 또한 식견이 뛰어나다. 그는 예술에 충실하였으므로, 십 년 동안 사귄 벗과

121 自前清革命, 而舊日之官僚伏處不出者, 頓添許多詩料, 黍離麥秀·荊棘銅駝, 義熙·甲子之類, 搖筆即來, 滿紙皆是. 其實此事局羌無故實, 用典難於恰切.
[역자주] ※ 黍離麥秀 : 나라가 멸망하여 옛 궁궐터에 기장만 무성한 것을 탄식한다는 서리지탄黍離之嘆과 기자箕子가 은나라가 망한 뒤에도 보리만은 잘 자라는 것을 보고 탄식했다는 맥수지탄麥秀之嘆을 말한다. 세상의 영고성쇠가 무상함을 탄식하며 이르는 말이다.
※ 荊棘銅駝 : 낙타 동상이 가시덤불 속에 묻혀 있다. 궁전이나 후원이 황폐함을 형용하는 말로, 나라가 망했다는 것을 한탄하는 것이다.
※ 義熙·甲子 : 『송서宋書·도잠전陶潛傳』에 의하면 도연명은 자신이 쓴 문장에 모두 연월을 표시했는데, 의희義熙(동진東晉 안제安帝 때의 연호, 405~418) 이전에는 즉 진나라의 연호를 사용했고, 영초永初(송무제宋武帝 유유劉裕의 연호, 420~422)이후로는 갑자로만 날짜를 표기했다고 한다.

122 華嚴樓閣, 彈指即現.
[역자주] 華嚴樓閣, 彈指即現 : 청나라 문학가인 시윤장施潤章(1619~1683)이 왕사정의 시와 시론이 선가의 돈오頓悟와 점오漸悟를 아우르고 있다고 칭찬한 말로, 『화엄경華嚴經』의 "미륵보살이 누각에 이르러 손가락을 튕기며 소리를 내자 문이 열렸다(彌勒菩薩前詣樓閣, 彈指出聲, 其門即開)"는 구절에서 인용했다.

123 『石遺室詩話』 卷10.

하루아침에 절교할지라도 따라하지 않겠다고 했다. 그는 '학고學古'를 강조하였지만, 때로는 변화를 강조하면서 옛사람을 닮는 것에 반대하였다.

그는 예술에 정통하여 탁월한 시론을 내놓기도 하였다. 예컨대 시의 짜임새를 논하면서 다음과 같이 말했다.

> 시는 구절구절 의미가 담겨야 하고 구절구절 짜임새가 있어야 한다는 말은 당연하다. 그러나 고심해서 나온 의미도 있고, 의도하지 않고 마음 가는 대로 나온 의미도 있다. 짜임새 있는 결구結構도 있고, 짜임새 없는 결구도 있다. 비유하면 정원에 정자를 세울 때, 정亭·대臺·누樓·각閣은 완전히 인공적인 구조물이지만, 소疏와 밀密이 서로 번갈아 쓰이는 가운데, 그 빈 곳은 다 결구가 있는 것은 아니다. 이곳은 왜 성기게 해야 하고 왜 비워야 하는가 하는 것이 바로 결구를 만들지 않은 결구이다. 시를 짓는 것 역시 그러하다. 한 편의 시 속에 어떤 곳은 고심해서 나온 의미로 채우고, 그 나머지는 손 가는 대로 마음 가는 대로 해도 무방하다.[124]

이 의견은 의심할 바 없이 뛰어나다. 구체적인 시를 분석하거나 창작과 이론 문제에 대해 논한 것 중에도 탁월하고 타당한 의견이 적지 않

---

124 詩要處處有意, 處處有結構, 固矣. 然有刻意之意, 有隨意之意, 有結構之結構, 有不結構之結構. 譬如造一園亭然, 亭臺樓閣, 全要人工結構矣, 而疏密相間中, 其空處不盡有結構也. 然此處何以要疏, 何以要空, 卽是不結構之結構. 作詩亦然, 一篇中某處要刻意經營, 其餘有只要隨手抒寫者, 有不妨隨意所向者. (『石遺室詩話』 卷17)
[역자주] 亭臺樓閣 : '亭'은 지붕이 있고 사방이 뚫린 건축물로 정자이며, '臺'는 흙이나 돌을 쌓아 높고 평평한 곳을 말한다. '樓'는 사람이 거주할 수 있는 다층 건물로 다락집을 말하며, '閣'은 지면에서 띄워 올려 경치를 감상하거나 물건을 보관하는 곳을 일컫는다.

다. 예컨대 진연이 경릉시파竟陵詩派에 대해 현실과 동떨어진 괴팍한 면도 있다고 평한 것이 그러하다. 그러나 전겸익錢謙益과 주이존朱彝尊이 경릉파를 모두 배척한 것에는 동의하지 않으면서, 경릉파의 시가 현실생활을 반영하는 폭은 좁으나 의미심장하여 볼 만하니 모방주의자들과 비교할 바가 아니라고 하였다. 한편 그는 대량의 논거를 사용해 전겸익과 주이존이 시를 논하면서 이처럼 아무것도 참고하지 않고 억지로 내용을 해석하였다고 지적하고, 또 종성鍾惺 · 담원춘譚元春이 시를 평한 것 가운데는 지극히 타당한 부분도 있다고 하였는데 이는 분명 공평하다.

이외에 진연은 시는 광대해야 하고 또 정미한 곳으로부터 시작해야 한다고 강조하였으며, 세밀하지 않으면 어떻게 광대함을 이루겠냐고 하였다. 이러한 의견은 모두 묵살할 수 없는 것으로, 명말청초 유로遺老들과 비교해보면 그렇게 경직되지도 또 그렇게 진부하지도 않다. 그는 만년에 진삼립과 정효서의 시풍에 대해 다음과 같이 비판하기도 하였다.

> 파별에 편향된 이는 대략 두 사람이 있는데, 바로 진삼립과 정효서이다. 무릇 누군가의 시에 명편과 명구가 있으면 사람들에게 입에서 입으로 전해질 터인데, 진삼립의 시는 전할 만한 것이 많지 않다.[125]

진연은 심지어 진삼립의 시가 아주 편벽되고 난삽하여 그의 성정과도 같다고 했다.

125 派別之偏者略有二, 卽陳三立·鄭孝胥是也. 夫一人之詩, 有名篇名句, 傳誦於人, 陳之詩則可傳誦者不多矣! (「近代詩學論略」, 『無錫國專季刊』 1933年 5月)

동광체가 청말 민국 초기 한때 풍미한 데는 다양한 이유가 있다. 혁명을 주장하며 이끌던 남사南社는 시적 성취가 비교적 적었던 반면, 동광체는 사우師友 간에 적극적으로 서로를 추켜세웠다. 그러나 동광체의 실제 공헌은 많지 않다. 일찍이 동광체를 추종한 임경백林庚白은 다음과 같이 말했다.

> 민국 이래 시인들은 만청의 옛 전통에 따라 동광체 선배들을 찬양의 대상으로 삼고, 아버지가 아들에게 알려주고 스승이 제자를 지도해주었다. 그러나 동광체 시파는 송나라 '영가사령永嘉四靈'과 명나라 '칠자七子'가 당시를 배울 때 겉만 모방하였던 것처럼 송시의 모습과 소리만 모방하고 정신을 빠뜨린 사실을 몰랐다. 민국 이래 동광체 시인들은 단지 조탁에만 충실하여 아무런 결실을 얻지 못하였다.[126]

제4절 왕개운王闓運과 담헌譚獻

1) 왕개운

청말 민국 초기의 사회 대변혁 앞에서 개량적인 사조와 진보적인 사조의 흥기로 깨어있는 일부 진보적 지식인들은 서양을 배워 중국의 낙후한 상황을 변화시키자고 하였다. 이러한 진보 사조의 영향으로 봉건 정통사상이 완전히 무너져버리게 되자, 봉건주의자들은 날로 흥기하

126 民國以來作者, 沿晚清之舊, 於同光老輩, 資爲標榜, 幾欲父詔其子, 師勖其弟, …… 不知'同光'詩人之祖宋, 與宋'四靈'·明'七子'之學唐, 無以異, 蓋皆貌其面目·聲音, 而遺其精神也. …… 而'同光'迄於民國以來詩人, 但雕琢以求充實, 空矣. (『麗白樓自選詩』, 開明書店 1946年版 108쪽)

는 개량적이고 진보적인 사조를 제압하기 위하여, 복고주의를 적극 고취하고 부단히 발전하는 역사 조류에 대항하였다. 왕개운(1832~1916)의 복고이론은 이러한 역사 배경의 산물이다.

왕개운은 완원阮元 '문필론文筆論'파의 일부 이론을 계승하여, 동성파가 본질에서 벗어났다고 비난했다. 하지만 당시 여러 복고주의 유파 가운데서, 그는 한위육조를 모방하자고 하여 복고파의 추앙을 받았다.

① 모방을 제창함

왕개운의 이러한 주장은 그의 시문론에 선명하게 반영되어 있다. 「상기루논문湘綺樓論文」[127]에서 그는 다음과 같이 말했다.

> 옛것을 배우기 위해서는 옛것에 차츰차츰 물들어야 한다는 것을 알 수 있다. 먼저 사리를 논한 단편을 지어 조리 있게 문장을 쓰는 데 힘쓰고, 옛사람들의 오래된 작품을 취하여 모두 모방해야 하니, 마치 서체를 모방하는 것처럼 한 글자 한 구절 반드시 똑같게 해야 한다. 이렇게 하면 집에서 온 편지나 장부 기록도 모두 의고擬古의 대상이 될 수 있다. 그런 후에 점차 일을 기록해야 하니, 먼저 옛일과 비슷한 요즘 일을 취하여 그대로 따라서 짓고, 그다음 옛일과 동떨어진 요즘 일들을 취하여 모방하고, 마지막에는 옛날에 결코 없었던 요즘 일들을 취하여 고치고 수식한다.[128]

127 『國粹學報』第22期.

128 故知學古當漸漬於古. 先作論事理短篇, 務使成章, 取古人陳作, 處處臨摹, 如仿書然, 一字一句, 必求其似, 如此者, 家信帳記, 皆可摹古. 然後稍記事, 先取今事與古事類者, 比而作之, 再取今事與古事遠者, 比而附之, 終取今事爲古所絕無者, 改而文之.

> 시는 모방하기는 쉽지만 변화를 주는 것은 어렵다. 전편을 모방하다 보면 스스로 한두 구절을 운용할 수 있게 되는데, 이것이 오래되면 한두 연聯을 운용하는 것이 가능해지고, 또 이것이 더 오래되면 한두 수首를 운영하는 것이 가능해져 절로 일가를 이루게 된다.[129]

이렇듯 창작은 반드시 모방을 해야 한다는 것이다. 모방하는 대상은 옛것으로, 이른바 "옛 어휘를 따르지 않으면 뜻은 반드시 현재를 따르게 될 것이고, 뜻에 따라 말을 하게 되면 옛 문장으로부터 더욱 멀어지게 된다"[130]라고 하였다. 옛것은 한위육조이다.

> 당나라 이후에는 옛 문장 같은 것이 하나도 없다.[131]

> 당나라 이전의 시는 거짓으로 모방할 수 없지만, 송나라 이후 시는 대부분 모방하기 쉽다.[132]

> 팔대[133]를 모방한 것은 당나라 수준에 미칠 수 있다. 당나라를 모방한 것은 대부분 세속에서 감상하기는 좋지만 고음古音은 잃게 되었다.[134]

---

129 詩 …… 易模擬, 其難在於變化. 於全篇模擬中, 能自運一兩句, 久之可一兩聯, 久之可一兩行, 則自成家數矣.

130 詞不追古, 則意必循今, 率意以言, 違經益遠. (「八代文粹序」, 『湘綺樓文集』 卷3)

131 自唐以來, 絕無一似古之文. (「湘綺樓論文」)

132 唐以前詩, 不能僞爲, 宋以後詩, 大都易似. (「論詩示黃繆」, 『湘綺樓說詩』 卷6)

133 [역자주] 팔대 : 동한東漢, 위魏, 진晉, 송宋(유송劉宋), 제齊, 양梁, 진陳, 수隋를 지칭한다.

134 從八代入手者, 可以及唐. 從唐入手者, 多宜俗賞, 而失古音. (「湘綺樓論唐詩」, 『國粹學報』 第18期)

위의 예문을 통해 당 이전의 시문을 모두 높이 받들었음을 알 수 있다. 모방의 방법은 마치 서체를 모방하는 것처럼 한 글자 한 구절 반드시 똑같게 해야 한다는 것이다. 이러한 주장은 명대 칠자의 복고주의 모방론과 완전히 일치한다. 특히 이몽양李夢陽이 옛 서첩을 모방해야 한다면서 사소한 것 하나까지 모두 옛사람을 모방해야 한다고 한 견해와 완전히 일치한다. 차이가 있다면 이몽양은 반드시 진秦·한漢으로 돌아가야 한다고 하였고, 왕개운은 모방의 범위를 조금 확대하여 육조 시대까지 내려갔다. 이러한 모방론이 창작에 어떠한 결과를 초래했는지 분명히 알 수 있다.

② 한위육조를 높이 떠받듦

복고주의의 모방론에서 출발한 왕개운은 중국 시와 산문의 발전에 대해서도 상당 부분 곡해하였다. 예를 들면 육조문학은 성률 및 사경寫景과 서정抒情 방면에 적지 않은 예술적 경험을 쌓아 당시唐詩 발전의 조건을 마련하였으므로 일률적으로 부정할 수 없다. 그러나 전반적으로 풍아비흥風雅比興이 결여되고 풍광에 탐닉하였기 때문에 역대로 사람들에게 비난 받았다. 그러나 왕개운은 이에 대해 "근래 유생들이 화려한 문사를 매우 꺼리고 산문과 변려문을 구분해서 육조를 멸시하였으며, 언정言情의 언어를 이해하지 못하여 음란한 노래라고 의심하였다."[135]라고 변명해주었고, 또 다음과 같이 말했다.

주周나라 이후 5·7언으로 나뉘어졌는데, 뜻을 이루지 못한 현인군자

135 近代儒生, 深諱綺靡, 乃區分奇偶, 輕詆六朝, 不解言情之言, 疑爲淫哇之語.

> 들이 지은 것이다. 송나라와 제나라에서는 연회를 즐기며 산천을 아름답게 묘사하였고, 양나라와 진陳나라는 교묘한 구상으로 규방에 빗대어 말을 했다. 감정을 마음대로 발산해서도 안 되고 말도 멋대로 해서는 안 된다는 것을 알기에, 완곡하고도 사려 깊게 감정을 시문에 기탁하였다. 비록 이치는 주도면밀하지 않지만 읊조릴 만하였다. 당나라 사람들은 변화를 좋아해서, 「이소離騷」로 「아雅」를 삼아, 직접 시사時事를 지적하였는데, 대부분 가행체歌行體에서 그러했다. 내용이 평담하여 한 번 보면 여운은 없지만 문사는 오히려 아름다웠다. 한유와 백거이는 회재불우하여 마음껏 시문을 지었다. 송나라에 이르러서 마침내 희문戱文이 형성되었다.[136]

육조의 예술을 긍정적으로 평가한 측면에서 합리적인 요인이 있지만, 당시 및 송시를 폄하한 것은 결론적으로 말해 일리가 없다.

또 산문에 관해 그는 다음과 같이 말했다.

> 문장에 시대는 있지만 유파는 없다. 지금이 옛날에 미치지 못하는 이유는 습관과 풍속이 그렇게 만들었기 때문이다. 한유는 마침내 "삼대와 양한의 책이 아니면 감히 보려 하지 않았다"고 했지만 겨우 고문을 모방하는 글만 지었을 뿐이다. 또 세상일에 대한 대처, 사적과 인명 지명 등이 모두 옛날에 있던 게 아니면 원래의 모습을 잃게 되기에 오히려 그 당시의 대가가 능숙하게 지은 글만 못하다. 명나라 사람들이 복고를 외쳤지만 옛 모습은 전혀 없다. 한유의 문장 역시 어디 한 문장이라도

136 自周以降, 分爲五七言, 皆賢人君子不得志之所作. …… 宋·齊遊宴, 藻繪山川. 梁·陳巧思, 寓言閨闥, 皆知情不可放, 言不可肆, 婉而多思, 寓情於文, 雖理不充周, 猶可諷誦. 唐人好變, 以「騷」爲「雅」, 直指時事, 多在歌行. 覽之無餘, 文猶足艶. 韓, 白不達, 放馳其詞. 下逮宋人, 遂成俳曲 …… . (「湘綺樓論詩文體法」, 『國粹學報』 第23期)

사마천이나 양웅을 닮은 것이 있는가? 그러므로 옛것을 배우기 위해서는 옛것에 차츰차츰 물들어야 한다는 것을 알 수 있다. 먼저 사리를 논한 단편을 지어 조리 있게 문장을 잘 쓰는 데 힘쓰고, 옛사람들의 오래된 작품을 모두 모방한다. 집에서 온 편지나 장부 기록도 모두 의고擬古의 대상이 될 수 있다. 그런 후에 점차 일을 기록해야 하니, 먼저 옛일과 비슷한 요즘 일을 취하여 그대로 따라서 짓고, 그다음 옛일과 동떨어진 요즘 일들을 취하여 모방하고, 마지막에는 옛날에 결코 없었던 요즘 일들을 취하여 고치고 수식한다. 이렇게 하려면 십여 년 동안 열심히 하지 않으면 도달할 수 없다. 당나라 이래 옛 문장을 닮은 것이 하나도 없는데, 오직 당송팔가唐宋八家만이 비슷하다.[137]

여기에서 왕개운은 서로 다른 고금의 습관과 풍속이 작품의 언어에 변화를 가져온다고 인식하였는데, 이것은 사실이다. 그러나 시대의 변화에 따라 문학 언어 또한 새로운 창조와 변화가 있어야만 한다고 주장한 것은 아니다. 이와 반대로 곳곳에서 옛것을 모방할 것을 요구하고, 오랜 시간 모방하면 마침내 순수한 고어古語만으로도 지금의 일을 표현할 수 있게 된다고 하였다. 바로 이러한 관점에서 출발하여 그는 한유의 고문이 높은 수준에 도달하지 못하였다면서 옛날에 있던 것이 아니라고 비판하였다. 그뿐만 아니라 당나라 이후에는 옛 문장과 같은

137 文有時代而無家數, 今所以不及古者, 習俗使之然也. 韓退之遂云"非三代·兩漢之書不敢觀", 如是僅得爲擬古之文, 及其應世, 事跡人地, 全非古有, 則失其故步, 而反不如時手駕輕就熟也. 明人號爲復古, 全無古色. 卽退之之文, 亦豈有一句似子長·揚雄耶? 故知學古當漸漬於古. 先作論事理短篇, 務使成章, 取古人陳作, 處處臨摹, …… 家信帳記, 皆可摹古, …… 先取今事與古事類者, 比而作之. 再取今事與古事遠者, 比而附之. 終取今事爲古所絕無者, 改而文之. 如是, 非十餘年之專功不能到也. …… 故自唐以來, 絕無一似古之文, 唯八家爲易似耳. (「湘綺樓論文」, 『國粹學報』 第22期)

것이 전혀 없다고 했는데 이는 아주 낙후된 관점이다.

「논문체論文體」[138]에서 왕개운은 또 이와 유사한 관점을 발표하여, 한유가 죽을 때까지 고문을 지었지만 고문을 제대로 모방한 고문 같은 작품이 하나도 없다고 질책하였는데, 여기서 '같다(似)'는 것은 양웅·사마천과 같다는 것을 가리킨다. 명대칠자에 대해서는 그들의 모방론을 질책한 게 아니라, 모방이 높은 수준에 도달하지 못해 옛 모습이 전혀 없다고 질책한 것이다. 양웅의 문장은 원래 이해하기 어려워 지금껏 사람들의 비난을 받아왔지만, 왕개운은 단지 한유의 문장이 양웅과 같지 않다고 질책하였는데 이는 사실 한유의 장점이다.

복고주의 모방론을 제창하는 동시에 왕개운은 또 전아한 언어를 선택하여, 순수하고 고아한 것으로 돌아가고, 천박하고 도리에 어긋난 문사를 사용하지 말며, 청정한 경지를 침범하지 않음으로써 육경을 보좌하는 목적에 도달해야 한다고 주장하였다. 이는 동성파와 송시파 및 장지동 등이 주장한 '아순雅馴'과 동일하다. 게다가 장지동의 복고주의 모방론의 핵심과도 호응한다.

2) 담헌과 상주파常州派

만청晩清 문단에는 송시운동, 문필론파, 동성파 및 왕개운 외에도 여러 유파가 있었다. 상주파는 그중에서도 매우 영향력 있는 유파 중의 하나이다.

138 『國粹學報』第38期.

① 후기 상주파의 사론詞論

상주파의 사론은 본래 아편전쟁 전후에 나타난 첨예한 민족갈등과 계급갈등을 봉건 정통 시문에 반영하였다. 당시 장혜언張惠言[139] · 주제周濟[140] 등의 사 작품과 사론은 불가피한 역사적 한계가 있었지만, 기탁寄託이나 언내의외言內意外[141]가 있어야 하고 국가의 흥망성쇠를 표현해야 할 것을 요구하였다. 이는 사상 면에서 어느 정도 긍정적 의의가 있다. 그 이후 출현한 담헌과 청 말 4대가로 불린 왕붕운王鵬運, 주조모朱祖謀(효장孝臧), 정문작鄭文焯, 황주이況周頤 등은 상황이 달랐다. 이 시기는 제국주의 침입이 더욱 격화되고, 태평천국혁명과 의화단운동이 발생하여 민족갈등과 계급갈등이 더욱 첨예해졌다. 그뿐만 아니라 새로운 역사의 대변혁이 숙성되고 있었다. "오랑캐들이 쳐들어와 전쟁이 이어져 천하가 솥 안의 물처럼 끓어오르고 백성의 목숨이 끊기려 하니, 임금을 시해하고 나라를 멸망시킨다는 『춘추』의 기록보다 더욱 심하였다."[142]라고 한 담헌의 말이 이를 입증한다. 당시의 형세는 춘추

139 [역자주] 張惠言(1761~1802) : 청나라 사인詞人이며 산문가. 원명은 일명一鳴, 자는 고문皐文인데, 고문皐聞이라고도 쓴다. 호는 명가茗柯, 무진武進(지금의 강소성 상주常州) 사람이다. 건륭 51년(1986)에 거인擧人이 되었고, 가경 4년에 진사進士가 되어 편수編修에 제수되었다. 어려서 사와 부를 짓고, 역학易學에 깊어 혜동惠棟, 초순焦循과 함께 후세에 '건가역학삼대가乾嘉易學三大家'로 칭해졌다. 또 『사선詞選』을 엮고, 상주사파常州詞派의 개조開祖가 되었다. 저서로는 『명가문편茗柯文編』이 있다.

140 [역자주] 周濟(1781~1839) : 청나라의 사詞 작가 및 사론가詞論家. 자는 보서保緖, 혹은 개존介存, 호는 미재未齋, 만년의 호는 지암止庵. 강소성 형계荊溪(지금의 강소성 의흥宜興) 사람이다. 가경 10년(1805)에 진사가 되었고, 회안부학淮安府學 교수敎授를 지냈다. 저서로는 『보략普略』, 『미준재사味雋齋詞』, 『지암사止庵詞』, 『사변詞辨』, 『개존재논사잡저介存齋論詞雜著』가 있고, 『송사가사선宋四家詞選』을 편집하였다.

141 [역자주] 담론에서 문자의 표면적 의미는 의미라고 불리며, 그 외에도 언외의 다양한 의미를 전달하는데, 이것이 진정한 의미이다.

말기와 마찬가지로 역사적 대 교체기로 나아가고 있었으며, 구제도는 사라지고 신제도는 탄생을 준비하고 있었다. 그러나 담헌과 상주파는 도리어 시대착오적으로 동치同治 시대에 중흥을 이루어,[143] 난이 바로 잡혀 천하가 태평 시대로 나아갈 것이라 예상하였다. 사실 동치중흥은 기껏해야 소멸 직전 잠시 빛나는 석양빛에 불과할 뿐이었으니, 예전에 경험해보지 못한 거대한 폭풍을 배태하고 있었다. 담헌은 이렇게 역사 형세를 잘못 예측하여, 봉건 대도에 전심전력하고 통치자를 위하여 태평시대를 구가하면 된다고 여겼다.[144] 담헌이 제기한 사詞의 근본적인 정치효용은 바로 왕정에 뿌리를 두고, 인심에 단서를 두고 있다.

그들은 이러한 기본 형세를 고려하여 봉건 정통관념과 유가 시교詩教를 힘껏 제창하였는데, 이는 그들의 사론 곳곳에 나타난다. 예컨대 담헌은 작가가 마땅히 다음과 같아야 한다고 적극적으로 선전하였다.

> 예와 의를 절충하여 전문적으로 사를 쓰고, 어려움과 환란의 시기에는 온후화평溫厚和平의 가르침을 기탁해야 한다.[145]

> 문인은 정미한 부분까지 탐구하여 요점을 뽑아내는 데 심혈을 기울여야 하고, 유가는 풍아를 높이 받들어 가르침을 세워야 한다.[146]

---

142 島夷索虜, 兵革相尋, 天下因之鼎沸, 民命幾欲剿絕, 雖『春秋』紀載弒君滅國, 有其過之. (「古詩錄序」, 『復堂類稿』文一)

143 [역자주] 동치同治 : 청나라 목종의 연호(1862~1874).

144 「明詩」, 『復堂類稿』文一.

145 折衷禮義, 爲專門之著述, 於憂生念亂之時, 寓溫厚和平之教. (「明詩」, 『復堂類稿』文一)

146 鉤玄提要, 文人用心, 揚風扢雅, 儒者立教. (「唐詩錄序」, 『復堂類稿』文一)

인과 의에 의거하여 중화中和를 실행하면, 육의六義에 부합한다.[147]

담헌뿐만 아니라, 상주사파 작가 거의 다 예외가 아니었다. 담헌과 동시대인인 진정작陳廷焯도 온유화평을 제창하고, 사는 충후忠厚를 귀하게 여기고 온유를 체體로 삼아야 한다고 했다. 왕붕운(1849~1904)과 정문작(1856~1918) 등도 표현은 달라도 내용은 사실상 완전히 같다. 민족갈등과 계급갈등이 전에 없이 첨예한 상황에서, 이러한 이론의 사회적 효과는 매우 분명하였다.

그러나 그들의 예술이론 중에는 취할 만한 것도 있고, 심지어 아주 정치한 부분도 있다. 또 사학詞學의 유산을 모아 정리하고 보존하는 데도 일정한 공헌을 하였다.

상주사파 후기 이론의 대표적 작가로는 담헌과 진정작, 황주이가 있다.

담헌(1832~1901)의 원래 이름은 정헌廷獻, 자는 중수仲修, 호는 복당復堂, 절강성 인화仁和(지금의 항주杭州) 사람이다. 동치 연간에 거인擧人이 되고, 안휘성 섭현歙縣 등지에서 지현知縣을 지냈고, 저서로는 『복당유고復堂類稿』가 있다. 사론으로는 그의 제자인 서가徐珂가 편찬한 『복당사화復堂詞話』가 있는데, 이는 일기와 『협중사篋中詞』 및 주제周濟의 『사변詞辨』에 대한 평론 등에 흩어져 있는 사론을 합쳐 출간한 것이다. 그러나 그의 사론은 체계도 없고, 새로운 견해도 없다. 그는 장혜언과 주제 이래로 주창되었던 비흥과 의내언외意內言外를 지속적으로 제기하였다. 예컨대 상주파가 흥하니 비흥이 점차 흥성해졌다고

147 依仁據義, 履中蹈和, 則上合六義. (「明詩」, 『復堂類稿』文一)

하였고, 주제는 "기탁으로 들어가서, 무기탁으로 나온다"라고 하였는데, 그렇게 해야만 사의 체재가 더욱 존귀해지고, 이론은 더욱 훌륭해진다고 한 것 등이 그러하다. 아울러 그는 주제의 이 두 마디 말이 사를 잘 짓는 방법을 천고에 모두 드러내었다고 찬미하였고, "금빛, 푸른빛 산수 온통 아련하구나." 이 구절은 주제가 말한 기탁으로 들어가서 무기탁으로 나온 경지라고 찬미하였다. 비흥과 기탁 등을 강조하여 청나라 초기 이래 청공淸空한 사풍詞風을 교정하려 한 것은 긍정적 의의가 전혀 없다고 할 수 없다. 하지만 그들의 기본 정치사상과 문예사상을 보면, 그들이 말한 비흥과 기탁 등은 긍정적인 내용이 많지 않다. 따라서 담헌이 주제 등이 주창한 비흥에 대하여 천박한 지식이나 식견으로 견강부회하고, 불필요한 미사여구를 두서없이 늘어놓는 잘못을 저질러 고리타분한 경향으로 흘렀다고 비판한 것은 문호의 견해를 타파하였음을 드러낸다. 하지만 담헌 및 그 후의 상주파 작가들은 창작에 새로운 돌파구도 없었고, 새로운 돌파구를 찾지도 못했다.

② 유후설柔厚說

담헌이 제기한 새로운 문제는 사는 반드시 유후해야 한다는 것이다. 유후란 온유돈후의 줄임말이다. 앞에서 서술한 대로 후기 상주파는 모두 온유돈후의 시교詩敎에 충실하였다. 이러한 시교에 합리적 요소가 전혀 없는 것은 아니지만, 역사의 대전환기에 이를 제기하여 정치사상의 낙후성을 드러내었다. 구세우邱世友는 온유돈후를 시가의 예술원칙과 윤리원칙으로 삼는 것은 본질적으로 구별해야 한다고 하였는데, 치밀하지 못하지만 주목할 만한 창조적 견해이다. 담헌은 장혜언과 주제가 말한 함축을 더욱 발전시켜 윤리원칙에 종속된 온유돈후에서 유후라는 예술원칙을 제기하였는데, 이는 확실히 담헌 사론의 특징이다. 담헌은 사를 논할 때 정正과 변變의 문제에서는 주제와 다르지만, 유후를 절충한 것은 같다고 하였다. 또 처음에 사를 일삼아 지을 때는 곽린郭麐 같은 뛰어난 작가의 사를 즐겨 읊조렸는데 유후의 뜻을 조금 알고 난 후에는 곽린의 천박함을 깨달았다고 하였다. 또 그는 『협중사篋中詞』를 편찬하면서 장역莊棫을 마지막에 수록하였고, 그와 이름을 나란히 날리면서 한목소리로 화답하였을 뿐만 아니라, 비흥과 유후의 뜻을 함께 추구한 지 이십 년이 되었다고 하여 비흥과 유후를 명확하게 연계 지었다. 즉 사의 비흥과 기탁이 유후로 표현되어야 함을 요구하였는데, 여기에서 논한 것은 예술표현의 원칙이지 온유돈후 시교 자체가 아님이 분명하다. 이것은 그의 사평詞評 중에도 나타나는데, 예컨대 안기도安幾道의 "흩날려 떨어지는 꽃 앞에 홀로 서 있노라니, 가랑비 속에 다정한 제비 날아가네"[148] 이 구절을 천고에 다시 있을 수 없는 명구라고 평했고, 결박結拍[149] "당시에 밝은 달님은 아름다운 그녀 돌아가는 것을 비추었지"를 제시하며 유후가 여기에 있다고 평했다. 교수경喬守敬[150]의 「점강순點絳脣」을 평하여 온후하여 여운이 있다고 하였다. 이른바

---

148 [역자주] 「臨江仙」 : 夢後樓臺高鎖, 酒醒簾幕低垂. 去年春恨却來時. 落花人獨立, 微雨燕雙飛. 記得小苹初見, 兩重心字羅衣. 琵琶弦上說相思. 當時明月在, 曾照彩雲歸.

149 [역자주] 結拍 : 사 한 수의 마지막 단락을 지칭하며, 헐박歇拍이라고도 한다.

150 [역자주] 喬守敬 : 청대 문학가. 자는 정경靖卿·취생醉笙·자생蔗生이고, 보응寶應 사람이다. 사가 뛰어나다. 인생에서 느낀 것을 많이 썼는데, 언어가 세련되고 함축적이며, 풍격이 소담疏淡하고, 뜻이 심완深婉하다. 또한 시문도 아름답다. 저서로는 『홍등관사紅藤館詞』, 『심화사초心畫詞鈔』, 『이당문록羡塘文錄』, 『금릉유초金陵遊草』, 『환유초皖遊草』, 『동도어창東淘漁唱』, 『녹음산관음고綠陰山館吟稿』 등이 있다.

예술표현의 유후는 당시 기미綺靡에 빠지거나 말단에 힘쓰는 사단詞壇의 유폐流弊를 겨냥하여 제기한 것으로, 사는 에둘러 표현하고, 내용은 풍부하고 언사는 간결해야 할 것을 요구하였다. 유후를 예술 원칙으로 볼 때, 사에 대한 일반적인 요구도 이에 포함된다고 해야 할 것이다. 그러나 이러한 예술원칙은 온유돈후의 시가와 긴밀하게 연계되어 있다. 담헌은 유후가 시교에 충실하다고 하였는데, 이는 진례陳澧[151]의 사詞 「감주甘州」를 평한 말로, 「감주」는 온유돈후의 도덕 설교와 무관하다. 그러나 이러한 견해에는 유후의 예술원칙이 충분히 설명되어 있고, 때로 온후溫厚, 충후忠厚, 독후篤厚, 심후深厚 등으로 일컬어졌지만, 온유돈후가 도덕 윤리원칙에 종속된 점에서 보면 담헌이 제기한 유후와 진정작이 『백우재사화白雨齋詞話』에서 제기한 침울沈鬱은 기본 함의가 매우 비슷하다.

③ 함축을 중시하고 호방을 경시함

담헌은 유후를 창도하였기 때문에, 통쾌하고 호방하게 시대 변혁을 표현하는 사 작품에 대해서는 기타 상주파 작가들처럼 경시하는 태도를 취하였다. 역대 호방한 작품에 대해서도 불만을 드러냈는데, 이 또

151 [역자주] 陳澧(1810~1882) : 청대의 저명한 학자. 자는 난보蘭甫·난포蘭浦, 호는 동숙東塾, 광주廣州 목배두木排頭에서 출생하였다. 동숙선생東塾先生으로 불렸고, 광동성廣東省 광주부廣州府 반우현番禺縣 사람이다. 도광 12년(1832)에 거인擧人이 되었고, 그 후 동숙학파東塾學派를 형성하였다. 천문, 지리, 악률樂律, 산술算術, 고문, 병문, 전사塡詞, 서법 등을 연구하고 익혀서 저술이 120여 종에 달한다. 저서로는 『동숙독서기東塾讀書記』, 『한유통의漢儒通義』, 『성률통고聲律通考』 등이 있다. 전목錢穆은 진례를 "만청晩淸의 증국번曾國藩에 버금가는 인물이며, 학술사상 한漢과 송宋을 아우르기를 주장하였고, 신식학풍을 힘껏 주장하였다"고 평했다.

한 우연이 아니다. 상주파 작가들은 현실과 멀리 떨어져 있을 뿐 아니라, 주방언周邦彦[152] 사詞를 최고의 모범으로 여겼기 때문이다. 예컨대 주조모朱祖謀[153]가 왕붕운王鵬運[154]을 숭상하여 "그대의 사는 왕기손王沂孫에 근원을 두고 신기질辛棄疾과 오문영吳文英을 거쳐 주방언의 혼후渾厚한 풍격으로 돌아왔다."[155]라고 하였는데, 이는 주제의 견해를

152 [역자주] 周邦彦(1057~1121) : 자는 미성美成, 호는 청진거사淸眞居士, 전당錢塘(지금의 절강성 항주杭州) 사람이다. 북송北宋의 저명한 사인이다. 음률에 정통하여 적지 않은 새로운 사조詞調를 창작하였다. 규정閨情, 기려羈旅의 작품이 많고, 영물咏物의 작품도 있다. 격률이 근엄하고, 언어가 곡려曲麗하고 정아精雅하다. 장조長調는 구성을 더욱 잘하였다. 훗날 격률사파 사인의 존경받는 사종詞宗이 되었다. 완약婉約 사인 중에 오랫동안 존경받는 "정종正宗"이 되었다. 옛 사론詞論은 그를 "사가지관詞家之冠" 혹은 "사중노두詞中老杜"라 칭하였다. 송대 사 작가 중에 영향이 심대하였다. 『청진거사집淸眞居士集』이 있는데, 이미 일실되었고, 지금은 『편옥집片玉集』이 있다.

153 [역자주] 朱祖謀(1857~1931) : 원명은 주효장朱孝臧, 자는 곽생藿生, 고미古微 또는 고미古薇, 호는 구윤漚尹, 강촌彊村이고, 절강성 오흥吳興 사람이다. 광서光緖 9년(1883) 진사에 급제하여 벼슬이 예부우시랑禮部右侍郎에 이르렀다. 사 작가 중 "청말사대가淸末四大家"의 한 사람이고, 저작이 많다. 저서로 『강촌사彊村詞』가 있다.

154 [역자주] 王鵬運(1849~1904) : 만청晩淸 관원이고, 사인이다. 자는 우하佑遐, 유하幼霞이고, 중년에 자호自號가 반당노인半塘老人, 호는 목옹鶩翁, 만년의 호는 반당승목半塘僧鶩이다. 광서성 임계臨桂(지금의 계림桂林) 사람이다. 원적은 산음山陰(지금의 절강성 소흥紹興)이다. 동치同治 9년에 거인擧人이 되었다. 사를 잘 지었고, 황주이況周頤, 주효장朱孝臧, 정문작鄭文焯과 함께 "청말사대가淸末四大家"이다. 저서로 『반당정고半塘定稿』가 있다.

155 君詞導源碧山, 復歷稼軒·夢窓, 以還淸眞之渾化. (「半塘定稿序」)
[역자주] ※ 吳文英(약 1200~1260) : 자는 군특君特, 호는 몽창夢窓, 만년의 호는 각옹覺翁, 사명四明(지금의 절강성 녕파寧波) 사람이다. 남송南宋의 사 작가이다. 『몽창사집夢窓詞集』의 일부가 남아있는데, 340여 수의 사가 남아 있다. 풍격이 아름다우며, 수창한 작품이 많다. "사詞의 이상은李商隱"으로 불렸다.
※ 王沂孫(약 1230~1291) : 자는 성여聖與, 또는 영도咏道, 호는 벽산碧山, 또는 중선中仙, 집이 옥사산玉笥山에 있어서 옥사산인으로도 불렸다. 남송의 회계會稽(지금의 절강성 소흥紹興) 사람이다. 사를 잘 지었고, 풍격이 주방언에 접근하여 함축적이고 완곡하다. 「화범花犯·태매苔梅」의 류가 그렇다. 청초淸峭한 곳은 강기姜夔와 흡사한

완전히 답습하였다. 따라서 그들은 서로의 작품을 추켜세웠다. 예컨대 정문작은 장혜언의 사를 매우 높이 평가하여 송나라에서부터 지금까지 천년 동안 정성正聲이 끊겼으나, 장혜언만이 사의 그윽함을 잘 펼쳐내어 도가 날로 창성하고 체재가 날로 존귀해졌다고 하였다. 그러나 그는 진정으로 '의내언외'의 정밀한 뜻에 맞는 장혜언의 작품은 열 개 중에 두어 개도 없다고 하였다. 기타 상주파 사인의 사는 이보다 더욱 낮게 평가하였다.

상주파 작가들의 창작이론 중에는 취할 만한 것도 약간 있다. 예컨대 담헌은 절파浙派[156]와 상주파 사의 폐단에 대하여 어느 정도 인식하고 있었다. 그는 장혜언을 추존하였지만, 반덕여潘德輿가 「여섭생서與葉生書」에서 장혜언의 사론 가운데는 부당한 것도 있다고 비평한 것에 대하여 기꺼이 받아들였고, 잘못을 지적해 주는 친구로 삼았다.[157] 서

데, 장염張炎은 그를 "말을 조탁함이 초발峭拔하여 강기의 뜻이 있다."라고 하였다. 더욱이 영물咏物을 잘하여 「제천락齊天樂·선蟬」, 「수룡음水龍吟·백련白蓮」 등은 물상을 잘 이해하여 감개를 기탁하였다. 장법章法이 치밀하여 송말宋末의 격률파 사작가 중 가장 개성적 작가로 꼽힌다. 주밀周密, 장염張炎, 장첩蔣捷과 "송말사단사대가宋末詞壇四大家"로 병칭되었다. 사집 『벽산악부碧山樂府』에 사 60여 수가 수록되어 있다.

156 [역자주] 절파浙派 : 청대의 강희康熙, 건륭乾隆 시기의 5대 사파 중의 하나이다. 창시인은 주이존朱彝尊이다. 절파의 사詞는 명나라 사의 말류를 교정하는 데 힘을 쏟아 완만하고 지나치게 부드러운 약점이 있다. 청령淸靈을 숭상하여 남송南宋 강기姜夔, 장염張炎의 사를 학습하고, 북송北宋 사인에 접근하는 것을 원치 않아 진관秦觀, 황정견黃庭堅을 배우지 않았다. 음률과 문사文詞가 더욱 아름답게 단련되었다. 여행을 기록하거나 사경寫景과 영물咏物 사가 주류를 이룬다. 산빛과 물빛을 뛰어나게 그려내고, 깊고 아름답고 맑고 서늘한 미를 표현하였다. 달밤에 부춘강富春江의 놀이를 그려낸 「백자령百字令」과 가을 소리를 그려낸 「제천락齊天樂」이 대표작이다. 폐단은 청공淸空을 주로 하여 부박浮薄으로 흐르고, 유완柔婉을 주로 하여 섬교纖巧로 흐른 데 있다.

리지비黍離之悲에 착안하여 명 말의 지사 진자룡陳子龍을 오대 남당의 군주 이욱李煜이 환생한 것으로 추앙하였다.[158] 공자진龔自珍의 사는 아름답고 곱고 가라앉았다가 높이 날아, 주방언과 신기질을 하나로 합쳐놓은 듯 뛰어나다고 하였다. 주제는 사를 논하면서 독자에 따라 작품의 의의가 달라지는 것을 강조하였는데, 예컨대 기탁으로 들어가 무기탁으로 나오면 사물의 이치를 서술하여 감정을 비유하므로, 독자마다 감상이 다르다고 한 것이 그러하다. 담헌도 마찬가지로 이 점을 강조하였는데, 작자의 의도는 반드시 그런 게 아니나, 독자의 마음은 반드시 그러하다고 하였다. 이렇듯 문학작품은 감상자에 따라 달라진다는 것을 강조하였는데, 서방에서 당시에 유행하던 수용미학과 취지가 동일하다. 그러나 지나치게 이 점을 강조하여 작품에 객관적 표준이 없고, 흔히 말하듯 시에는 정해진 뜻이 없다고 여긴다면 분명히 편파적이다. 이는 왕부지王夫之가 『강재시화姜齋詩話』에서 독자는 각기 그 정에 따라 자득한다고 강조한 것과 똑같은 실수를 범하였다. 담헌의 사론 중에는 쓸모도 없고 견강부회한 것도 적지 않다.

3) 진정작

청나라 말에 비교적 큰 영향을 준 상주사파의 저작으로는 진정작의 『백우재사화白雨齋詞話』와 황주이況周頤의 『혜풍사화蕙風詞話』가 있다.

진정작(1853~1892)의 『백우재사화』는 모두 8권 6, 7백 조條가 있는데, 역대 사화 중 편폭이 가장 큰 편이다. 그 밖에 『사칙詞則』이 몇 권

157 『篋中詞』.
158 『復堂日記』 壬申.

있다.

① 기탁을 중시함

진정작의 사론도 상주파의 기타 사론처럼 청대의 청공淸空한 사풍을 겨냥하여, 좋은 사를 쓰는 데 기탁과 감흥 등이 매우 중요함을 강조하였다. 그중 취할 만한 견해로는 다음과 같은 것이 있다.

> 사람의 마음은 느끼는 바가 없을 수 없고, 느낌이 있으면 기탁하는 바가 없을 수 없다. 기탁이 깊지 못하면 남을 깊이 감동시키지 못한다.[159]

> 정에 느끼는 바가 있으면 기탁이 없을 수 없고, 뜻이 무성하면 발산하지 않을 수 없다.[160]

진정작은 비흥과 기탁을 제창하였을 뿐만 아니라, 동시에 함축과 진정眞情, 미외미味外味, 경계境界 등을 강조하였다.

> 비흥체를 사용하면 비흥 속에 함축하여 드러내지 않아야 하니, 그것이 침울이 되고 충후가 된다.[161]

> 정과 맛의 여운이 길면 말도 구슬프니, 깊고 은근하게 감동시킨다.[162]

159 夫人心不能無所感, 有感不能無所寄, 寄託不厚, 感人不深. (『白雨齋詞話·自序』)
160 情有所感, 不能無所寄, 意有所鬱, 不能無所泄. (『白雨齋詞話』 卷8)
161 用比興體, 卽比興中亦須含蓄不露, 斯爲沈鬱, 斯爲忠厚. (『白雨齋詞話』 卷2)
162 其情長, 其味永, 其爲言也哀以思, 其感人也深以婉. (『白雨齋詞話·自序』)

「완사계浣沙溪」 결구는 정이 언외에 남아도는 것을 귀하게 여겨 함축이 끝나지 않는다.[163]

정이 지극한 사람은 사 또한 지극하다.[164]

황공도黃公度의 『지가옹사知稼翁詞』는 기세가 조화롭고 음이 우아하여 미외지미를 얻었다.[165]

강기姜夔의 「양주만揚州慢」은 전란으로 타버린 정경을 몇 마디로 핍진하게 그렸는데, "전쟁을 말하기 싫어하는 듯" 이 구절은 전란을 무한히 슬퍼하는 뜻을 내포한다. 타인의 수천 마디 구절도 이러한 맛은 없다.[166]

시 바깥에 시가 있어야 좋은 시이고, 사 바깥에 사가 있어야 좋은 사이다.[167]

이렇듯 사는 정이 말 바깥에 남아돌고 함축하여 드러나지 않으며, 맛 바깥에 맛을 귀하게 여기고, 진정眞情을 강조하였는데, 이러한 의견은 비교적 훌륭하다. 역대 작가의 작품에 대한 평론도 취할 만한 의견

163 「浣沙溪」結句貴情餘言外，含蓄不盡.（『白雨齋詞話』 卷1）

164 情之至者詞亦至.（『白雨齋詞話』 卷1）

165 黃師憲『知稼翁詞』，氣和音雅，得味外味.（『白雨齋詞話』 卷1）
[역자주] 黃公度(1109~1156) : 자는 사헌師憲, 호는 지가옹知稼翁이고, 보전莆田(지금의 복건성) 사람이다. 저서로는 『지가옹집知稼翁集』과 『지가옹사知稼翁詞』가 있다.

166 白石「揚州慢」…… 數語寫兵燹後情景逼眞，"猶厭言兵"四字，包括無限傷亂語. 他人累千百言，亦無此韻味.（『白雨齋詞話』 卷2）
[역자주] 姜夔(1154~1221) : 자는 효장堯章, 호는 백석도인白石道人이고, 요주饒州 파양鄱陽(지금의 江西省 鄱陽縣) 사람이다.

167 詩外有詩，方是好詩，詞外有詞，方是好詞.（『白雨齋詞話』 卷8）

이 적지 않은데, 다음과 같다.

> 범중엄范仲淹의 「어가행御街行」에 "근심으로 창자가 끊어져 취할 수도 없으니, 술이 창자에 들어가기도 전에, 먼저 눈물 되어 흐르네."라는 구절이 있는데 감정이 풍부하고 힘찬 기운이 느껴진다. 『서상西廂·장정長亭』이 이를 답습하였으나, 골력이 매우 떨어질 뿐만 아니라 맛 바깥에 감도는 맛도 결여되었으니, 이것이 북송 사가 훌륭한 까닭이다.[168]

> 사람들은 소동파의 고시와 고문이 세상에서 가장 뛰어난 것은 알아도, 사가 시문보다 더 뛰어남은 알지 못한다. 구품九品으로 작품이나 인물, 서예를 평판한 사례를 모방해 평가하자면, 동파의 시문은 상품에 열거되더라도 상의 중하에 불과하지만 사는 상의 상이 될 것이다. 소동파 일생을 통해 최고로 뛰어난 조예를 보이는 사는 애석하게도 전해지는 작품이 많지 않다.[169]

> 신기질은 사 작가 중의 용龍이다. 기백은 매우 웅대하나, 의경意境은

168 范文正「御街行」云："愁腸已斷無由醉, 酒未到, 先成淚. …… " 淋漓沈著『西廂·長亭』襲之, 骨力遠遜, 且少味外味, 此北宋所以爲高. (『白雨齋詞話』 卷7)
[역자주] 范仲淹(989~1052)：자는 희문希文이다. 본적은 빈주邠州인데, 후에 소주蘇州 오현吳縣으로 이주하여 살았다. 북송北宋의 걸출한 사상가, 정치가, 문학가, 군사가, 교육가이다. 유년에 부친이 죽고, 모친이 장산長山 주씨朱氏에게 개가하여 주설朱說로 개명하였다. 1015년 고학으로 급제하였다. 시호諡號가 문정文正이어서 세칭 범문정공이라 불렸다. 관리 재직 기간 중의 치적은 탁월하고, 문학 성취도 두드러졌다. 그는 "천하의 근심을 먼저 근심하고, 천하의 즐거움을 나중에 즐거워한다"는 사상과 어진 사람의 지사와 절조를 창도하였고, 후세에 영향이 심원하였다. 『범문정공문집』이 세상에 전하였다.

169 人知東坡古詩古文, 卓絕百代, 不知東坡之詞, 尤出詩文之右. 蓋仿九品論字之例, 東坡詩文縱列上品, 亦不過爲上之中下. …… 若詞則幾爲上之上矣. 此老生平第一絕詣, 惜所傳不多也. (『白雨齋詞話』 卷7)

오히려 지극히 침울하다.[170]

상주파는 절파의 사론에 반대하였다. 진정작은 거듭 장혜언張惠言의 『사선詞選』을 떠받들었다. 예컨대 장혜언의 『사선』은 정확하다 할 수 있으니, 식견이 주이존朱彝尊보다 열 배나 뛰어나며 고금의 선본 중에 최고라고 한 것이라든가, 장혜언의 『사선』은 주이존보다 열 배 정밀하니 고금의 선본 중에 최고라고 한 것 등이 그러하다. 그러나 진정작은 주이존의 사학詞學 방면의 성취에 대하여 비교적 높이 평가하였는데, 예컨대 주이존의 『정지거금취靜志居琴趣』는 생생한 향기와 핍진한 모습으로 일찍이 없던 것을 얻었다고 한 것이라든가, 주이존의 「모어자摸魚子」는 감정과 어휘가 모두 절정에 이르렀다고 한 것 등이 그러하다. 기타 사의 특색과 문채 등에 관한 견해도 비판적으로 받아들일 만한 것이 적지 않다.

그러나 이러한 것들은 진정작 사론의 핵심이 아니다. 핵심은 상주파가 강조한 기탁 외에, 경박하고 들뜬 청대 사풍을 겨냥하여 제기한 '심미완약深微婉約'과 '침울沈鬱'이다.

② 온정균과 위장의 사풍을 창도함

장혜언은 『사선』에서 온정균溫庭筠[171]을 가장 중시하였고, 주제周濟

170 辛稼軒, 詞中之龍也, 氣魄極雄大, 意境却極沈鬱. (『白雨齋詞話』 卷1)

171 [역자주] 温庭筠 : 원래 이름은 기岐, 자는 비경飛卿, 태원太原 기현祁縣(지금 산서성) 사람이다. 당나라의 시인이고, 사인이다. 몰락한 귀족 가정에서 태어났고, 당나라 초기 재상 온언박溫彦博의 후예이다. 음률에 정통하여 시와 사가 모두 아름다웠다. 시는 이상은李商隱과 이름을 나란히 하여, 때로 "온이溫李"로 불렸다. 시의 사조

는 사詞를 논하면서 주방언을 가장 높이 쳤다. 진정작은 심미완약深微婉約을 중시하고, 온정균과 위장韋庄의 사풍을 준칙으로 삼아야 한다고 하였다. 그는 온정균과 위장이 먼저 그 단서를 열고, 주방언, 진관秦觀, 강기姜夔, 사달조史達祖, 장염張炎, 왕기손王沂孫이 마무리 지었다면서 모두 사의 정통으로 여겼다. 그는 또 이렇게 육백여 년을 이어 그 유파를 따르다가 종지를 잃었다고도 하였다. 소동파와 신기질의 사에 대해서는 때로 높이 평가하기도 하였지만 정통사의 반열에서 완전히 배제하였는데, 이는 그가 중시한 기탁과 비흥이 결코 충실하고 적극적인 사회 내용과 웅장하고 호방한 풍격을 요구한 것이 아니었음을 설명해준다. 이러한 사상은『백우재사화』전체를 관통하고 있다. 예컨대 진정작은 장혜언의『사선』을 언급할 때, 작은 흠은 있지만 지울 수 없는 공적도 있으니 온정균과 위장의 사풍을 종주로 삼아 그 등불이 꺼지지 않게 하였다고 평하였다. 온정균의 사는 홀로 천고에 빼어나니, 훗날 이을 자가 없다면서, 이미 뛰어난 노래가 되고, 절로 절창이 되고, 고금 최고의 모범이 되었다고 하였다. 위장의 사는 사 중에 가장 빼어난 경지라고 하였다. 온정균과 위장은 사의 창시자이고, 안수晏殊와 구양수歐陽脩가 그 뒤를 이었는데 면목은 그대로이고 정신은 완전히 딴판이라고도 하였다. 그리고 온정균과 위장의 사를 숙독하면 의경意境

辭藻가 화려하고 농염한 정치精致가 있고, 규정閨情을 그린 시가 많다. 사는 문채文采와 성정聲情을 중시하였다. 만당晩唐에 "화간파花間派"의 비조가 되었다. 사의 발전에 영향이 컸고, 위장과 이름을 나란히 하여 "온위溫韋"로 병칭된다. 문장은 이상은, 단성식段成式과 이름을 나란히한다. 시는 300여 수가 있는데, 청나라 고사립顧嗣立이 교주한『온비경집전주溫飛卿集箋注』가 있고, 사는 지금 70여 수가『화간집』,『금전사金荃詞』등에 들어 있다.

이 절로 깊어진다고도 하였다. 결론적으로 말하면 온정균의 사를 전무후무한 최고의 작품으로 간주한 것은 지나친 감이 있고, 실제와 부합하지도 않는다.

온정균과 위장의 사는 조예가 매우 높은 경지에 도달한 적이 있지만, 대부분 적극적인 사회내용이 결여된 제재를 읊는 데 뛰어났다. 격렬한 역사의 대변혁기에 이렇듯 그들의 사를 추앙하였으니, 진정작이 중시한 기탁과 감흥의 구체적 내용이 결국 무엇이었는지 잘 설명해 준다.

③ 침울설沈鬱說

『백우재사화』의 또 하나의 중심 내용은 침울을 제창한 것이다. 진정작은 청나라 사의 유폐流弊를 다음과 같은 원인에 있다고 보았다.

> 심후하지 못한 것은, 남송을 배웠으나 근원을 얻지 못한 데 있다. 근원은 어디에 있는가? 침울이라 할 수 있다. 『시경』의 국풍과 굴원의 「이소」에 근본을 두지 않으면 어찌 침울을 얻을 수 있겠는가?[172]

> 사를 짓는 법은 침울을 가장 귀하게 여기니, 가라앉으면 뜨지 않고, 쌓이면 얄팍하지 않다. 충후忠厚가 지극하면 침울도 지극해진다. 사는 침울을 버리면 더는 사가 아니다.[173]

> 시의 높은 경지는 침울에 있고, 그다음은 직설로 통쾌하게 표현하는

172 只是不能深厚, 蓋所學南宋而不得其本原. 本原在何? 沈鬱之謂也. 不本之風騷, 焉得沈鬱. (『白雨齋詞話』 卷4)

173 作詞之法, 首貴沈鬱. 沈則不浮, 鬱則不薄. …… 忠厚之至, 亦沈鬱之至. 詞則捨沈鬱之外, 更無以爲詞. (『白雨齋詞話』 卷1)

> 것으로 이 또한 차선은 된다. 사는 침울을 버리면 김응규金應圭가 말한 이사俚詞·비사鄙詞·유사遊詞가 되어 차선도 못 된다.[174]

침울은 갈립방葛立方[175]의 『운어양추韻語陽秋』 따르면, 두보杜甫가 「상명황서上明皇書」에서 자기 작품의 특색을 침울과 돈좌頓挫로 개괄한 데에서 나온 말이다. 훗날 엄우가 『창랑시화滄浪詩話·시평』에서 침울을 사용하여 두보 시의 특색을 설명한 적이 있다. 진정작이 제기한 침울 혹은 침울돈좌는 분명히 여기서 왔다. 그는 침울의 구체적인 뜻을 다음과 같이 설명하였다.

> 침울이란 붓을 대기 전에 뜻이 충만하고, 정신은 언어 바깥에 남아도는 것을 일컫는다. 원망하는 남자나 그리워하는 여자의 마음을 사랑받지 못한 서자와 중용되지 못한 외로운 신하의 감정에 기탁하여 표현하고, 식어버린 정이나 영락한 신세를 모두 풀 한 포기 나무 한 그루에 기탁하여 드러내는데, 표현할 때에는 반드시 보일 듯 말 듯, 드러낼 듯 말 듯, 반복적으로 맴돌게 하여 끝내 한마디로 드러내는 것을 허락하지 않는다.[176]

174 詩之高境在沈鬱, 其次卽直截痛快, 亦不失爲次乘. 詞則捨沈鬱之外, 卽金氏所謂俚詞·鄙詞·遊詞, 更無次乘也. (『白雨齋詞話』 卷8)
[역자주] 김씨는 김응규金應圭(자는 낭보朗甫)이다. 왕국유王國維가 그의 『인간사화人間詞話』에서 "김랑보金朗甫가 지은 「사선후서詞選後序」에서 사를 음사淫詞, 비사鄙詞, 유사遊詞 3종류로 나누었다."라고 하였다.

175 [역자주] 葛立方(?~1164) : 남송南宋의 시론가, 사인. 자는 상지常之, 자호는 라진자懶眞子. 단양丹陽(지금의 강소성) 사람이다. 후에는 호주湖州 오흥吳興(지금의 절강성 호주)에서 살았다. "갈립방은 많은 책을 두루 읽어 문장으로 당대에 이름을 날렸다."라고 심순沈洵이 「운어양추서韻語陽秋序」에서 말했다. 현존하는 저서로는 『귀우집歸愚集』, 『운어양추』 등이 있는데, 『운어양추』의 주요 평론은 한위시대부터 송대에 이르는 여러 시인들의 시와 창작 취지의 시비를 가려 놓았다.

> 사는 온유와 화평을 근본으로 삼아야 하고, 어휘를 배치할 때에는 침울과 돈좌로 정칙을 삼아야 한다.[177]

> 입문할 때에는 먼저 고상함과 속됨을 구분한다. 고상함과 속됨이 나누어지면 충후忠厚로 돌아간다. 충후를 얻고 나면 침울을 구한다. 침울한 가운데 돈좌로 운용해야 사 중에 최고가 된다.[178]

> 흥이란, 뜻은 붓을 대기 전에 충만하고, 정신은 언어 바깥에 남아돌아 텅 비어 있으면서도 생동하고 착 가라앉아 있으면서도 충만하여, 먼 듯 가까운 듯, 알 듯 말 듯, 반복적으로 맴돌아 모두 충후로 귀결되는 것을 일컫는다.[179]

위의 글에서 진정작이 말한 침울은 함축적인 예술표현임을 알 수 있다. "풀 한 포기 나무한 그루로 드러낸다"는 말은 사론에서 항상 이야기하는 은미한 말로 감흥을 일으킨다는 뜻이다. "정신은 언어 바깥에 남아돈다"는 말은 운외지치韻外之致와 미외지미味外之味 혹은 말은 다하여도 뜻은 무궁하다는 뜻이다. "반복적으로 맴돌게 하여 끝내 한마디로 드러내는 것을 허락하지 않는다"는 말 역시 이와 같은 뜻으로, 함축을 다른 각도에서 설명한 것이다. "보일 듯 말 듯, 드러날 듯 말 듯"과

176 所謂沈鬱者, 意在筆先, 神餘言外. 寫怨夫思婦之懷, 寓孽子孤臣之感. 凡交情之冷淡, 身世之飄零, 皆可於一草一木發之. 而發之又必若隱若見, 欲露不露, 反復纏綿, 終不許一語道破. (『白雨齋詞話』 卷1)

177 詞則以溫柔和平爲本, 而措語卽以沈鬱頓挫爲正. (『白雨齋詞話』 卷8)

178 入門之始, 先辨雅俗. 雅俗既分, 歸諸忠厚. 既得忠厚, 再求沉鬱. 沉鬱之中, 運以頓挫, 方是詞中最上乘. (『白雨齋詞話』 卷7)

179 所謂興者, 意在筆先, 神餘言外, 極虛極活, 極沈極鬱, 若遠若近, 可喻不可喻, 反復纏綿, 都歸忠厚. (『白雨齋詞話』 卷7)

"먼 듯 가까운 듯, 알 듯 모를 듯"은 대숙륜戴叔倫이 말한 "햇살이 따뜻할 때 남전현의 옥돌에서 피어오르는 아지랑이"와 엄우가 말한 "거울에 비친 꽃과 물속의 달"의 특색을 지닌다. 그러니까 그는 "정신은 언어 바깥에 남아돌아 텅 비어 있으면서도 생동하고 착 가라앉아 있으면서도 충만하다"고 한 것이다. 요컨대 그가 말한 침울은 바로 사란 허虛할 것, 청공淸空할 것을 요구한다. 동시에 허하고 청공한 가운데 가급적 함축적으로 표현하고, "정신이 언어 바깥에 남아돌아야 한다"는 것이다. 그가 말한 침울은 『백우재사화』 자서自序에서 말한 6가지 실책과 대조해 보면, 사풍의 폐단을 겨냥하여 나온 것임을 알 수 있다. 즉 남아도는 여운이 전혀 없고, 사물을 아로새기기만 하고, 아로새길수록 아름답기만 하여 풍아에서 더욱 멀어지고, 기탁한 감정이 적절하지 못하여 부질없이 걱정하고 탄식하고, 맹교와 한유의 말을 따다 기량을 다투는 등 당시 부박浮薄한 사풍을 겨냥하였다. 서정성이 강한 예술 양식인 사에 대해 위와 같은 의견을 제기한 것은 매우 합리적이며, 당시 부박한 사풍을 권계하는 의미를 지닌다. 완곡과 은미를 강조한 담헌의 유후柔厚설과 함축을 강조한 진정작의 침울설은 말하는 방식은 달라도 의미는 같다. 게다가 진정작은 과도하게 '완곡과 은미'를 강조하여, 호방한 작품을 경시하였던 담헌과 마찬가지로 직설적으로 통쾌하게 읊어낸 작품을 하류로 여겼다. 진실로 충후에 근본을 두고 침울로 표현해낸다면 호방도 좋고 완약도 좋다고 말한 적이 있던 그였지만 말이다. 진정작은 사를 평할 때 호방사에 대하여 지적한 바가 많은데, 심지어 직설적으로 명료하게 하는 것을 허락하지 않는다고까지 하였다. 예컨대 조이부趙以夫[180]의 「용산회龍山會」에 "마음은 서북쪽에 가 있으면서, 아스라이 동남쪽의 서徐 땅과 초楚 땅을 가리키네"라는 구절을 비사鄙詞

라 배척하였고, 『용천사龍川詞』 30수 가운데에는 침울에 합당한 것이 드물다고 지적하였다. 이는 하나의 편견이며, 기탁을 중시해야 한다는 요구와 사실상 서로 모순을 이룬다.

진정작의 침울설은 담헌의 유후설과 마찬가지로 예술원칙의 하나이지만, 이는 또 온유돈후라는 도덕윤리 원칙에 종속되어 있다. 소위 사는 온유와 화평을 근본으로 삼아야 하고, 말을 배치할 때에는 침울과 돈좌로 정칙을 삼아야 한다는 것은 바로 침울과 돈좌가 온유돈후에 종속되어 있음을 설명해 준다. 충후를 얻고 나서 침울을 구해야 한다는 말도 이와 마찬가지다. 이것이 바로 그가 거듭 창도한 사는 굽이굽이 맴도는 여운을 중시하고, 충애忠愛를 중시하고, 침울을 중시한다는 뜻이다. 『백우재사화』의 사론은 전부 이것으로 표준을 삼았는데, 그는 스스로 이를 사론의 비결이라 자부하면서 외람되게 능력도 헤아리지 못하고 이 책을 편찬하였지만, 진부한 말을 다 없애고 참뜻만 드러내었다고 하였다. 예술원칙에서는 물론, 도덕윤리 원칙에서 보더라도 옳지 않다. 그러나 이처럼 충애, 온유화평 및 함축적 표현을 강조한 것은 진정작 이전의 사론에는 확실히 보기 드물다.

그러나 『백우재사화』에 나오는 온정균과 위장의 풍격을 종주로 삼는 것과 침울 두 방면의 중심 내용은 서로 무관한 게 아니라 보완 관계이다. 진정작이 보기에 사는 응당 온정균과 위장의 풍격을 정종으로 삼아야 하며, 그들 사의 가장 근본적 특색은 바로 침울이고, 역대 사

180 [역자주] 趙以夫(1189~1256) : 남송의 정치가. 자는 용보用父, 호는 허재虛齋, 복건성 복주부福州府 장락현長樂縣(지금의 복건성 복주시 장락구) 사람이다. 저서로 『허재악부』가 있다.

중에서 침울의 최고 전범은 온정균과 위장이라는 것이다. 이러한 견해는 그의 사론 전반에 드러난다.

> 손광헌孫光憲의 사는 기세와 골격이 매우 강건하고, 말의 배치 또한 정련되고, 함축적인 구절이 많다. 그러나 온정균과 위장에게 미치지 못하는 곳 또한 여기(침울)에 있으니, 그윽하고 완곡한 맛이 적기 때문이다.
> 풍연사馮延巳의 사는 침울한 맛이 대단하고, 음률의 아름다움이 끝없고, 충후한 감정이 절절하여, 온정균·위장과 엇비슷하다.
> 진관秦觀은 원래 사 전문가이니, 가까이로는 주방언을 계도하여 길을 열어 주었고 멀리는 온정균과 위장을 종주로 삼되, 그 정신은 취하고 외관은 답습하지 않았다. 그의 사는 가장 심후하고, 함축적이다.[181]

위의 말을 통해 진정작이 기탁을 표방하면서 가장 중시한 작가는 현실과 멀리 유리된 온정균과 위장이었으며, 그들에 대한 추앙을 사 창작의 최고 원칙으로 삼아, 충후·온유화평·충애 등을 주창하였음을 알 수 있다. 자산계급의 민주혁명이 날로 흥기하면서 봉건주의는 필연적으

---

181 孫孟文詞, 氣骨甚遒, 措語亦多警煉. 然不及溫·韋處亦在此, 坐少閒婉之致. …… 馮正中詞, 極沉鬱之致, 窮頓挫之妙, 纏綿忠厚, 與溫·韋相伯仲也. …… 秦少遊自是作手, 近開美成, 導其先路, 遠祖溫·韋, 取其神不襲其貌, …… 少遊詞最深厚, 最沈著.
[역자주] ※ 孫光憲(901~968) : 북송北宋 시인, 자는 맹문孟文, 자호는 보광자葆光子. 능주陵州 귀평貴平(지금의 사천성 인수현仁壽縣 동북쪽)에서 출생하였다. 저서로는 『북몽쇄언北夢瑣言』, 『형태집荊台集』, 『귤재집橘齋集』 등이 있는데, 『북몽쇄언』만 전한다. 사는 84수가 전하는데, 풍격이 화간파의 부염과 기려綺麗와는 다르다.
※ 馮延巳(903~960) : 연사延嗣로도 적는다. 자는 정중正中, 오대五代 강도부江都府(지금의 강소성 양주시揚州市) 사람이다. 오대 십국 시기 남당南唐의 저명한 사인이다. 그의 사는 한정의 편안함을 그린 것이 많고, 문인의 숨결이 농후하고, 북송 초기의 사인들에게 영향이 컸다. 사집으로 『양춘집陽春集』이 전한다.

로 멸망의 시기로 진입하였으니, 이러한 이론이 구현한 객관적 역사 내용이 무엇인지는 매우 분명하다.

4) 황주이況周頤

① 황주이와 『혜풍사화蕙風詞話』

황주이(1859~1926)는 많은 창작활동을 하였기에, 만청 사대가 중의 한 사람으로 일컬어진다. 따라서 그의 『혜풍사화』는 『백우재사화白雨齋詞話』보다 창작의 구체적인 문제에 대해 한층 더 취할 만한 곳이 많다.[182]

황주이도 상주사파가 주장한 의내언외意內言外를 주창한 사람으로, 이른바 "의내가 먼저이고 언외가 그다음"이라고 하였고, 의내언외는 사 작가들이 늘 주장하는 말이라고 하였다.

황주이는 '사심詞心'을 중시하였다. '사심'이란 객관 사물에 대한 작가의 주관적인 느낌을 오랜 시간 동안 푹 숙성시키는 것을 말하는데, 이는 좋은 사를 쓰는 데 독서보다 훨씬 중요하다고 하였다.

> 나는 비바람 소리를 듣기도 하고 강산을 유람하기도 하는데, 비바람 소리와 강산의 경치 이외에 어찌할 수 없는 무엇이 있음을 느낀다. 어찌할 수 없는 무엇이 바로 사심詞心이다. 나의 말로 내 마음을 쓴 것이 내 작품이다. 어찌할 수 없는 무엇이 내 마음에서 푹 숙성되어 준비된 것이니, 참된 나의 사이다. 억지로 해서 되는 것도 아니고, 또 억지로 구할 필요도 없다. 내 마음에서 푹 숙성되어 나온 것이 어떠한 것인가를

182 『혜풍사화』는 모두 5권이고, 별도로 『혜풍사화속편』 2권이 있다. 황주이의 여러 저서 중에서 뽑아 엮은 것으로, 황주이가 죽은 후 1936년 『예문월간藝文月刊』에 몇 달에 걸쳐 실렸다.

> 살필 따름이다. 내 마음이 주가 되고, 책은 보조일 뿐이다.[183]

이는 매우 탁월한 견해로 독서가 좋은 사를 쓰는 데 가장 중요하다고 여긴 것보다 훨씬 창작의 실제에 부합한다.

그러나 황주이의 이론 가운데는 숙명론적인 관점도 있다. 예컨대 개인의 운명과 처지는 타고나는 것으로, 인간의 힘으로 어찌할 수 없다고 한 것이 그러하다. 또 독서를 좋은 사를 짓는 첫 번째 위치에 두었다. 예컨대 사 가운데서 사를 구하느니 사 바깥에서 사를 구하는 것이 나은데 사 바깥에서 사를 구하는 방법은 첫째가 다독이요, 둘째가 속俗을 피하는 것이라고 한 것이 그러하다. 또 사를 짓는 데는 천부적인 자질과 학력이 필요하며, 평소의 지식과 경험, 현재의 수양과 각성도 필요하다고 보았다.

실제적인 경험이 좋은 사를 짓는 것과 관계가 있음을 제기한 것은 합리적이다. 그러나 경험을 강조하지 않고, 다독을 첫 번째 위치에 둔 것은 편파성을 드러낸다.

황주이는 또 외물의 진실성과 감정의 진실성을 매우 중시하였는데, 경景과 정情은 분리할 수 없다면서 이렇게 말했다.

> '진眞', 이 글자는 사의 핵심이다. 감정이 진실하고 경치가 진실하면 작품은 반드시 훌륭하기 마련이며 탈고하기 쉽다.[184]

---

183 吾聽風雨, 吾覽江山, 常覺風雨江山外, 有萬不得已者在. 此萬不得已者, 則詞心也. 而能以吾言寫吾心, 卽吾詞也. 此萬不得已者, 由吾心醞釀而出, 卽吾詞之眞也. 非可强爲, 亦無庸强求. 視吾心之醞釀如何耳. 吾心爲主, 而書卷其輔也. (『蕙風詞話』 卷1)

> 경을 묘사하고 정을 말하는 것은 두 가지 일이 아니다. 정을 잘 말하는 자는 경치를 묘사하였을 뿐이나, 정이 그 가운데에 있다.[185]

> 당회영黨懷英의 「월상해당용전인운月上海棠用前人韻」 후단에 "노을 조각 맑은 강물 속에 비치고, 두어 마리 기러기 아스라이 하늘 끝으로 날아간다. 성긴 숲에는 우수수 가을 소리 일어나네, 나그네 지쳐서 흥미가 없다는 걸 아는 듯. 고향은 어디에 있는가? 석양은 비취빛 서산을 붉게 물들였네."라고 하였다. 이 사는 경 가운데 정을 융합하여 뜻이 담박하고 고원하다. 원대의 화가 예찬倪瓚의 화필과 거의 비슷하다.[186]

여기에서는 진정眞情과 진경眞景의 중요성을 강조하였을 뿐 아니라, 정을 경에 융합하고 경치를 묘사하면서 정이 그 가운데 있는 것을 강조하였다. 이는 왕국유가 『인간사화』에서 일체의 경어景語가 모두 정어情語라고 말한 견해와 완전히 일치한다.

이러한 견해와 직접 연관된 것으로는 황주이가 강조한 운미韻味·경계境界·성령性靈 등이 있는데, 아름답고 자연스럽게 표현할 것을 강조하였다. 예컨대 다음과 같은 견해가 그러하다.

> 성령으로 사물을 읊조리고 장중한 필치로 그려낸 작품이 최고 중에 최고이다.[187]

---

184 眞字是詞骨. 情眞·景眞, 所作必佳, 此易脫稿. (『蕙風詞話』 卷1)

185 蓋寫景與言情, 非二事也. 善言情者, 但寫景而情在其中. (『蕙風詞話』 卷2)

186 (劉無黨)「月上海棠用前人韻」後段云: "斷霞魚尾明秋水. 三兩飛鴻點烟際. 疏林颯秋聲, 似知人·倦遊無味. 家何處? 落日西山紫翠." 融情景中, 旨淡而遠. 迂倪畵筆, 庶幾似之. (『蕙風詞話』 卷3)

187 以性靈咏物, 以沈著之筆達出, 斯爲無上上乘. (『蕙風詞話』 卷5)

사물을 읊조린 것은 성령으로부터 나온 것이 훌륭하다.[188]

사에는 맛이 있어야 하고, 여운이 있어야 하고, 경계가 있어야 한다.[189]

사는 기탁을 중시하는데, 자기도 모르게 흘러나오고 자신도 어찌할 수 없이 촉발되는 것을 중시한다. 신세 한탄은 성령과 통한다. 성령과 기탁, 이 두 가지는 억지로 끌어다 붙이는 것이 아니다.[190]

(진유숭陳維崧 등의 사는) 신운이 매우 뛰어나다.[191]

『직여쇄술織餘瑣述』에는 다음과 같은 구절이 있다. 『화암사선花庵詞選』에는 사무謝懋의 「행화천杏花天」 헐박歇拍[192]을 수록하였다. "숙취 깨이지 않아 고꾸라져 있는데, 병풍 속 소수瀟水와 상수湘水는 꿈처럼 아득하다." 옛사람들은 이 구절을 높이 기렸지만, 이 작품의 과박過拍에 나오는 "다정한 제비 뒤늦게 돌아오니, 팔랑이며 떨어지는 붉은 꽃잎 그 향기 이미 반은 사라졌도다"보다 못하다고 하였다. 이 두 구절은 억지로 꾸민 흔적이 없어 아름답고 자연스럽다. 혜풍사론의 요지는 이와 같다.[193]

188 咏物 …… 自性靈出佳. (『蕙風詞話』 卷5)

189 詞須有味, 有韻, 有境界. (『蕙風詞話』 卷5)

190 詞貴有寄托. 所貴者流露於不自知, 觸發於弗克自已. 身世之感, 通於性靈. 卽性靈, 卽寄托, 非二物相比附也. (『蕙風詞話』 卷5)

191 (陳維嵩等人詞)神韻絕佳. (『蕙風詞話』 卷5)

192 [역자주] 歇拍 : 사 한 수의 마지막 부분을 말한다.

193 『織餘瑣述』: 『花庵詞選』謝懋 「杏花天」歇拍云 "余酲未解扶頭懶, 屏裏瀟湘夢遠." 昔人盛稱之. 不如其過拍云 "雙雙燕子歸來晚, 零落紅香過半." 此二語不曾作態, 恰妙造自然. 蕙風論詞之旨如此. (『蕙風詞話』 卷2)
[역자주] 과박過拍 : 사詞 한 수는 두 단락 혹은 세 단락으로 이루어졌는데, 매 단락을 결闋 혹은 편片이라고 하며, 아래 단락의 첫머리를 과박過拍 혹은 과편過片이라고

이러한 의견은 모두 취할 만하다.

② 졸拙·중重·대大에 대해 논함

황주이는 졸·중·대를 강조했는데, 이는 역대 사론에서 매우 중요하다. 중重이란 장중함을 일컫는데, 장중함은 의경과 풍격에 있지 자구字句에 있지 않다. 대大란 체재가 큰 것을 일컬으며, 졸拙이란 겉으로 보기에는 졸박하지만 실은 매우 아름다운 것으로, 아름답지만 지나치게 새로워서는 안 됨을 말한다. 예컨대 다음과 같은 글이 그러하다.

> 졸拙은 이루기 어려우니 중重이 대大와 졸拙 사이에서 융합을 이루어, 마음속에 오래도록 쌓여있어 멈출 수 없는 것이다. 마음에서 나와도 느끼지 못하고 심지어 알 수 없으면, 거의 졸拙의 경지에 이르렀다고 할 수 있다. 이는 지극히 쉬운 것 같지만 실은 매우 어렵다.[194]

이러한 견해는 전아함과 장중함을 중시하였던 이청조李淸照의 전중설典重說을 한층 더 발전시켜 충실하게 만든 것이다. 이는 사의 의경과 풍격은 장중해야 하고, 체재는 홍대弘大해야 하며, 예술 표현은 지나치게 신기함을 추구하지 말아야 함을 강조한 것이다. 장중함은 대와 졸 사이에서 융합되어 자연스럽게 나와, 조탁한 흔적을 드러내지 말아야 함을 요구한 것이다. 이는 담헌譚獻이 주장한 유후柔厚와 진정작陳廷焯이 주장한 침울沉鬱보다 한층 더 깊이가 있으며, 그들에 의해 제

한다.

194 拙不可及, 融重於大於拙之中, 鬱勃久之, 有不已者出乎其中, 而不自知, 乃至不可解, 其殆庶幾乎? …… 看似至易, 而實至難者也. (『蕙風詞話』 卷5)

기되었던 완곡 혹은 함축과는 착안점도 다르고, 체현한 미학 원칙도 같지 않다. 중重·졸拙·대大는 사실 맹자가 말했던 '충실지위미充實之爲美(충실함이 아름답다)'와 더 근접해 있다. 이것은 사의 풍격을 말한 것이자 작자의 수양을 말한 것이기도 하다. 이른바 마음속에 오래도록 쌓여있어 멈출 수 없는 것으로, 마음에서 나와도 느끼지 못 한다는 것이다. 이는 전통 사학이론의 중요한 발전임에 틀림없다. 그러나 황주이는 사는 문아文雅하고 온아溫雅해야 한다고 하였을 뿐 아니라, 진정작이 주장한 온유화평溫柔和平과 충애忠愛 등의 견해와 궤를 같이 하였다. 그뿐만 아니라 현실과 동떨어지고 인간 세상의 일상이 드러나지 않은 경계를 최고로 삼는다. 이는 또 그의 중重·졸拙·대大의 이론에 커다란 제약을 가하였다. 이러한 견해는 그의 사론 가운데 헤아릴 수 없을 정도로 많다.

예를 들면 다음과 같다.

> 인적 고요한 밤 주렴은 드리워져 있고, 방안에는 희미한 등잔불 아래 향불이 타고 있다. 창밖에는 바싹 마른 연잎이 서걱거리며 섬돌 아래 벌레와 화답한다. 오동나무 책상에 고요히 기대어 앉아 있노라면, 마음은 맑아져 욕망이 사라진다. 딴생각이 들 때마다 방법을 강구하여 쫓아낸다. 이에 일체의 인연이 모두 사라져 내 마음은 홀연히 밝은 달처럼 환해지고 뼛속까지 맑아져, 이곳이 어느 세상인지 알지 못한다. 그때 모든 경상이 다 사라지고 오직 작은 창가 빈 휘장, 붓걸이, 벼루함이 하나하나 눈에 들어오니, 이것이 바로 사경詞境이다. 삼십 년 전에는 한 달에 한 번 정도 이런 경지에 들었는데, 이제 다시는 그런 경지를 체험하지 못한다.[195]

사람이 없는 곳에서 아득히 홀로 서 있노라면, 홀연히 평소 생각할

> 수도 없었던 생각이 깊고 그윽한 곳으로부터 나오는데, 이때 사가 내게로 다가온다.[196]

> 사에는 목穆의 경지가 있는데, 고요한 가운데 두꺼움과 무거움, 홍대함을 겸한다.[197]

정목靜穆한 경지는 두꺼움과 무거움, 홍대함을 당연히 겸할 수 있다. 개별적인 항목만 떼어놓고 본다면 취할 만한 곳이 있지만, 총체적으로 보면 가장 훌륭한 사는 현실로부터 멀리 떨어진 극단적인 정목한 경지에서 나온다는 것이다. 온갖 인연이 다 사라지고 속세를 완전히 초탈해야만 비로소 좋은 사경詞境이 나타난다는 것이다. 반제국주의와 봉건주의 투쟁이 격렬하게 진행되고 있는 가운데 이러한 사론이 나왔으니, 그 낙후성을 분명히 알 수 있다.

상주파 사론에 대한 이상의 분석을 통해 그들의 구체적인 예술적 견해는 여전히 취할 만한 점이 있고, 심지어 정교하고 치밀한 견해도 있음을 알 수 있다.(예컨대 황주이가 제기한 중重·졸拙·대大와 같은 이론) 또 제국주의의 침입에 대항하여 그들은 모두 애국심을 드러냈는데, 예컨대 청말 상주파의 대가 왕붕운王鵬運(1849~1904)이 북경에 침입한 팔국 연합군에 대하여 분개한 마음을 드러낸 「낭도사浪淘沙·자제경자추사후

---

195 人靜簾垂, 鐙昏香直. 窓外芙蓉殘葉颯颯作秋聲, 與砌蟲相和答. 據梧冥坐, 湛懷息機. 每一念起, 輒設理想排遣之. 乃至萬緣俱寂, 吾心忽瑩然開朗如滿月, 肌骨淸凉, 不知斯世何世也. 斯時 …… 一切境象全失, 唯有小窓虛幌·筆床硯匣, 一一在吾目前, 此詞境也. 三十年前, 或月一至焉, 今不可復得矣. (『蕙風詞話』 卷1)

196 吾蒼茫獨立於無人之區, 忽有匪夷所思之一念, 自沈冥杳靄中來. 吾於乎有詞. (『蕙風詞話』 卷1)

197 詞有穆之一境, 靜而兼厚·重·大也. (『蕙風詞話』 卷2)

自題庚子秋詞後」와 또 다른 대가였던 주조모朱祖謀의 작품이 그러하다. 그러나 그들은 국가가 환란을 당했을 때는 온후하고 화평한 가르침을 시가 속에 기탁해야 한다는 담헌의 예술원칙을 받아들임으로써 그들의 항쟁은 종종 나약하고 무기력한 것이 되고 말았다. 예를 들면 다음과 같은 작품이 그러하다.

> 애끊는 슬픈 마음 그 누가 알리오?
> 기러기 울음소리 소리마다 애달프구나.
> 마음속 근심 희미한 등잔과 함께하니,
> 노랫소리 끊어지면 그 누가 들을까?
> 먹물 자국 눈물 자국 한데 엉겨 얼음 되었네.[198]

주조모朱祖謀가 편집한 당·송·금·원의 사 모음집 『강촌총서彊村叢書』는 사학詞學에 지대한 공헌을 하였고, 예술적으로도 비교적 깊은 조예가 있다. 그러나 격렬한 변혁기에 처하였던 당시의 사회문제에 대해 적극적인 역할은 거의 하지 못했다. 그들이 주창하였던 비흥比興과 의내언외意內言外 등도 역시 이와 같았다.

상주파 사는 예술방면에서 비교적 높은 성취를 이루었기 때문에, 청말 사단에 무시할 수 없는 영향을 끼쳤다. 상주파의 일원인 용목훈龍沐勛이 1941년 『동성월간同聲月刊』에 발표한 「논상주사파論常州詞派」에는 다음과 같이 말이 있다.

198 斷盡愁腸誰會得, 哀雁聲聲. 心事共疏檠, 歌斷誰聽? 墨痕和淚漬淸冰. (「浪淘詞·自題庚子秋詞後」)

> 상주파는 절파의 뒤를 이어 흥성하였다. 무진武進 출신 장고문張皐文(장혜언) · 한풍翰風(한기) 형제에 의해 주창되었고, 형계荊溪 출신 주지암周止庵(주제)이 발전시켰으며, 청나라 말 임계臨桂 출신 왕반당王半塘(왕붕운)과 귀안歸安 출신 주강촌朱疆村(주조모)에 이르러 극성하였는데, 그 유풍과 여파가 아직 사라지지 않았다.[199]

상주사파가 근대 사단에 끼친 큰 영향과 그 대표적 인물에 대해 말하자면 모두 실제와 부합한다.

③ 장지동張之洞

자산계급의 개량주의 운동이 철저하지 못하였다 할지라도, 여전히 봉건 완고파와 양무파의 두려움과 불만을 초래하였다. 장지동은 이 방면의 대표적 인물이다. 당시의 역사적 조건하에서 그는 중국 학문을 체體로삼고, 서양 학문을 용用으로 삼아야 한다는 유명한 구호를 제기한 적이 있다. 중국 학문을 체로 삼는다는 것은 봉건예교의 사상체계를 고수해야 한다는 것으로, 예컨대 삼강三綱은 제왕이 전한 지극히 신성한 가르침으로, 예교의 근본이며 사람과 짐승을 구분하는 대원칙이라 하였다. 군주는 신하의 벼리이고 아버지는 아들의 벼리이고 지아비는 아내의 벼리라는 말은 『백호통의白虎通義』에서 『예위禮緯』[200]의 말을 인용한 것으로, 동중서는 도의 근원이 하늘에서 나왔고, 하늘이 불변하듯 도 역시 불변한다고 하였다. 즉 봉건도통은 영원히 바꿀 수 없다

---

199 常州派繼浙派而興, 倡導於武進張皐文(惠言)·翰風(琦)兄弟, 發揚於荊溪周止庵(濟), 而極其致於淸季臨桂王半塘(鵬雲)·歸安朱疆村(祖謀), 流風餘沫, 今尙未全歇.

200 [역자주] 『禮緯』 : 한나라 때 무명씨가 지은 길흉화복을 예언한 서적이다.

고 했지만, 외래문화가 전통문화를 완전히 부정하고 대체하려는 것을 방지하는 합리적인 요소를 포함하고 있다. 이른바 '서학위용西學爲用'은 서양의 군사기술을 배워야 한다는 것으로 객관적으로 더욱 적극적인 의의를 지닌다. '용用'은 변화에 적응할 수는 있으나, '체體'를 손상시켜서는 안 된다는 것이다. 장지동의 몇 안 되는 시문론도 주로 개량주의운동을 겨냥해서 쓴 것이다. 그의 논점은 아래 몇 개의 방면에 집중되어 있다.

첫째, 봉건도통을 널리 선전한다. 예컨대 그는 「애육조哀六朝」에서 봉건도통의 강상綱常이 영원할 것이라며 다음과 같은 환상을 지녔다.

> 조화로운 소리는 구촌九寸 황종黃鍾에서 나와 귀하니,
> 사통팔달 아득히 울려 퍼지리라.
> 황제가 요임금께 전해준 도록은 억만 년을 이어오고,
> 우리의 도는 푸른 하늘에 해처럼 걸려 있으리라.[201]

동시에 그는 진보적 의미를 지닌 학술문화를 비판하였는데, 예컨대 1903년에 쓴 시 「학술學術」에 다음과 같은 내용이 있다.

> 어지러움 다스리고 근원 찾는 학술 어그러졌으니,
> 아버지의 원수 자식이 갚듯 우리가 어그러진 학술 바로잡아야 하리.
> 유우석은 무성한 아욱과 보리 탄식하지 않고,

---

201 中聲九寸黃鍾貴, 康莊六達經途遙. 寶籙綿綿億萬紀, 吾道白日懸靑霄. (「哀六朝」, 『廣雅堂詩集』)
[역자주] 黃鍾 : 12율 가운데 하나로 가장 조화롭고 우렁찬 소리를 낸다. 길이가 9촌인데, 황종의 길이에 의거하여 12율을 계산해낸다.

가시덤불 개암나무 가득 자란 것만 한스러워했지.[202]

이 시에서 이른바 가시덤불 개암나무란 공자진으로부터 시작된 개량주의 신문학을 말한다. 장지동은 이 시의 자주自註에서 매우 명확하게 밝혔으며, 아울러 공자진 이래의 개량주의 문학이론을 '요妖'니 '귀굴鬼窟'이니 망국적인 슬픈 생각이니 하면서, 심지어 법률을 반포하여 개량주의자들에게 정치적인 박해를 주어야 한다고 주장하기도 하였다.

둘째, 장지동은 동성파를 적극적으로 선전한 방포·요내로부터 증국번에 이르기까지 모두 문통을 이은 대표적인 인물로 생각하였는데 이는 사상적 경향이 일치함을 보여준다.

셋째, 동성파와 마찬가지로 그는 '아정雅正'함을 제창하여, 정치는 대소를 막론하고 모두 '아雅'가 있으니 모든 사물은 아雅하지 않으면 '요妖'하다고 하였다. 여기서 '아雅'란 봉건정통의 표준을 말하는데, 이것에 반하면 모두 '요妖'가 된다는 것이다.

그러나 장지동도 송시파宋詩派를 강력하게 비판하여, 골수 강서시파의 시는 읊조릴 수 없으니, 북송의 청기淸奇한 시가 아음雅音이라고 하

202 理亂尋源學術乖, 父仇子劫有由來. 劉郎不嘆多葵麥, 只恨荊榛滿路栽!
[역자주] 劉郎 : 당나라 시인 유우석劉禹錫을 지칭한다. 이 시는 송나라 여정서黎廷瑞의 「낙화시落花詩」 중 "春風葵麥玄都館, 可是劉郎見事遲."와 유우석의 「재유현도관再遊玄都觀」 중 "百畝庭中半是苔, 桃花淨盡菜花開. 種桃道士歸何處? 前度劉郎今又來"를 암암리에 사용하고 있다. 유우석은 왕숙문이 주도하였던 영정 개혁에 참여했다가 개혁의 실패로 장강 이남의 낭주자사로 좌천당하였는데, 10년 만에 장안으로 돌아와 현도관에 핀 복사꽃을 보고 신진수구파들을 풍자하는 시를 썼다가 다시 좌천당하였다. 「재유현도관」은 4년이 지난 후 다시 현도관을 찾아갔을 때의 풍경과 감회를 읊은 시다. 예전에 화려한 꽃을 피웠던 복숭아나무는 한 그루도 남지 않고 무성한 보리와 아욱만이 자란 것을 보고 수구 권신들의 몰락을 암암리에 읊었다.

였다. 이는 당시 정통문학을 지지하는 자들 사이에서 분쟁이 그치지 않았음을 보여준다.

④ 한漢·송宋 조화파調和派

청대 봉건주의 문학 진영에는 한·송 조화파라고 일컬어지는 문학파가 있었는데, 장리張履·진례陳澧·황식삼黃式三·주차기朱次琦 등이 대표적인 인물로, 원래 고증가와 이학가를 조정하려고 노력한 학자들이다. 그들은 두 학파 간의 조정을 통해 봉건주의 진영 내부의 분쟁을 불식시키고, 개량주의 문학에 대항하려고 하였다. 그들도 봉건예교를 선전하기 위해 온 힘을 기울였다. 예컨대 장리는 시의 효용을 안으로는 인륜의 도리를 서술하고 밖으로는 백성과 만물의 도를 밝히는 것이라고 하였다.[203] 그는 수말 당초 유가의 도를 옹호하였던 왕통의 견해를 인용하여 아래와 같이 말했다.

> 위로는 삼강을 밝히고, 아래로는 오상을 명확하게 밝힌다. 이에 국가의 존망을 증명하고 득실을 분석한다. 백성들은 노래 불러 민간의 풍속을 조정에 바치고, 군자들은 시로 읊어 그 뜻을 드러내고, 성인은 채집하여 그 변화를 살핀다.[204]

장리는 문중자(왕통)의 말을 보면 시도의 위대함을 알 수 있다고 하였다. 『정관재시초집靜觀齋詩初集』 자서自序에서[205] 시가의 정치적 역

203 內以敦序彝倫, 外以彌綸民物. (「意苕山館詩序」, 『積石文稿』 卷6)

204 上明三綱, 下達五常. 於是徵存亡, 辨得失. 小人歌之, 以貢其俗. 君子賦之, 以見其志. 聖人採之, 以觀其變.

할에 대해 왕의 정치를 합리적인 도리로 권계하면 정치가 잘되고, 백성들의 마음을 말하게 하면 교화가 잘 된다는 견해를 또 한 차례 표명하였다.

좋은 시를 쓰는 근본적인 방법은 열심히 경전을 배우는 것이라고 하였다. 이러한 견해는 한·송 조화파에 속하는 다른 사람들의 공통된 관점이기도 하다. 그러나 경서를 배울 것을 제창한 그들은 한학가들처럼 옛것에 얽매이지도 않았고, 또 이학가들처럼 현재에 구애되지도 않았다. 그들은 처음부터 끝까지 읽고 생각하고 정리하고 꿰뚫고 드러내어 밝히는 것을 소중하게 여겨, 박문약례博文約禮를 요구하고 한 모퉁이에 구애되는 것에 반대하였다. 이것이 바로 한·송 조화파가 경학 방면에서 이루어낸 조정과 조화의 역할이다. 문학에 있어서도 그들은 육조문과 당송문을 숭상하도록 하였고, 당시와 송시 간의 분쟁을 조정하였다. 주차기朱次琦의 「답담태학자찬견이사십오운答談太學子粲見詒四十五韻」은 이 방면의 전형적인 대표작이다.

> 당시는 개국 초기에 고취되었고,
> 송시파는 도중에 도약했다.
> 고인에게서 취하고자 한다면,
> 당시도 송시도 계승해야 하리.
> 관수술觀水術에 비유하자면,
> 어찌 배 한 척에만 의지하는가!
> 푸른 바다에도 배를 띄워 봐야 하고,
> 소수, 상수에도 배를 띄워 봐야 하리.

205 『積石文稿』卷6.

종수서種樹書를 읽는 것에 비유한다면,
풀과 꽃은 자세히 연구해야 하리.
돌을 가져다 보호하기도 하니,
어찌 병에 꽂은 꽃을 버리겠는가.
어찌하여 문호에 친근하게 한다면서,
갑자기 좌우로 나누어 편을 드는가!
피아로 나뉘어 서로 시비하니,
논쟁이 갈수록 어지럽게 일어나는구나.[206]

정통문학 내부에 속하는 어떤 파벌이든 각자의 견해를 주장하면서 서로 공격하지 말고, 피차 존중하고 단결해서 함께 개량주의 문학운동에 대처해야 한다는 것이다. 이러한 논조는 그의 동일한 시 가운데도 아래와 같이 기술되어 있다.

세속은 천박한 학자들이 활개를 쳐,
잘못된 흐름이 이미 왕성해졌다.
놀랍게도 부뚜막 앞 부엌데기가,
이리저리 찍어 바르고 예쁜 척하는구나.
탁한 기운 부채질하여 맑은 기운이라곤 안 남았으니,
미세한 것이 쌓여 올바른 전통 사라질까 두렵구나.[207]

206 唐聲開國吹, 宋派中流籔, 求取於古人, 均聲析薪荷. 譬彼觀水術, 豈必寄一舸, 固揚滄海帆. 亦鼓瀟湘柁. 譬讀種樹書, 菁英歸揣摩, 旣護拿雲根, 詎棄簪瓶朶. 云何昵門戶, 遽分袒右左, 彼我相是非, 議論益叢脞?
[역자주] 析薪 : 『시경詩經』「제풍齊風·남산南山」의 “땔나무를 베려면 어떻게 해야 하는가, 도끼가 아니면 벨 수가 없네. 아내를 얻으려면 어떻게 해야 하는가, 중매가 아니면 얻지 못하네. (析薪如之何? 匪斧不克. 取妻如之何? 匪媒不得.)”에서 나온 말로 부업父業을 계승함을 일컫는 말이다.

여기서 잘못된 흐름이 이미 왕성해졌다는 말은 공자진 및 그 후의 개량주의 문학이 날로 발전함을 지적한 것이다. 그들은 이것이야말로 그들이 고수해왔던 봉건문학에 커다란 위협이 됨을 느낀 것이다. 즉 이른바 "미세한 것이 쌓여 올바른 전통 사라질까 두렵구나"가 바로 그것이다. 따라서 전통문학 내부의 분쟁을 불식시켜야 한다고 주장하였다.

---

207 世俗是末師, 謬種流已伙, 竟然竈下婭, 塗抹詑嬌婧, 扇濁無餘淸, 積微恐將墜.

제4장
개량주의 문학이론

제1절 개량주의 문학이론의 흥기

19세기 중엽 이후 중국의 자본주의는 반식민지 반봉건적 사회에서 초보적인 발전을 이룩하였다. 동시에 제국주의 단계로 진입한 세계 자본주의 강국들은 중국에 대한 침략을 전면적으로 강화하여, 민족 위기는 날로 심화되고 계급 간의 갈등은 날로 첨예화되었다.

이러한 새로운 경제, 정치, 정세 아래 중국 자산계급 개량주의 운동이 차츰 형성되었다. 문학 개량 운동은 바로 이러한 정치 운동의 일부이다. 당시의 역사적 조건 아래 중국의 자산계급은 진보 세력으로서 전투적이고 진보적인 역할을 담당하였다. 그러나 자산계급의 태생적인 한계와 반식민지적 역사의 특징으로 인해 개량주의 운동은 매우 연약한 특성을 지니게 되었고, 역사가 발전함에 따라 점차 부정적인 방향으로 흘러갔다. 문학 개량 운동은 자산계급의 정치 운동의 일환으로, 변혁을 제창하고 사상해방을 제창하는 데 중요한 역할을 하였다.

아울러 새로운 혁명이 흥기하고 발전함에 따라 점차 엉뚱한 방향으로 흘러갔다.

문학 개량 운동에서 가장 강력하게 선전하고, 이론과 실천 두 방면에서 뛰어난 성취를 이룬 것은 이른바 '시계혁명詩界革命'이다. 이 구호가 정식으로 제기된 것은 갑오전쟁 이후 1896년에서 1897년 사이의 일이다. 공자진 이래의 진보문학 사상이 당시의 역사적 조건 아래서 참신한 발전을 이룩한 것이다. 강유위康有爲·황준헌黃遵憲·담사동譚嗣同·양계초梁啓超·하증우夏曾佑 등이 모두 적극적으로 선전하고 제창하여, 비교적 영향력 있는 운동을 형성하였다. 심지어 당시 시계혁명에 참가하지도 않았지만 양계초에 의해 '천하에서 가장 강력한 힘을 가진 자'로 추대되었던 애국시인 구봉갑丘逢甲(1864~1912)조차도, '시단에서 혁명을 노래'하던 당시의 상황을 찬양하며 이렇게 말했다.

> 시단에 큰 무대 새로 만드니
> 난쟁이 후손들 매우 슬퍼하네.
> 이제 막을 열고 빼어난 재주 추대하여
> 이 세상에 둘도 없는 솜씨 뽑으려 하네.[1]

그러나 진정으로 이론과 창작 두 방면에서 기수 노릇을 한 사람은 시인 황준헌이었다.

그다음으로 개량주의 소설을 고취한 사람으로는 양계초가 대표적이다. 강유위, 하증우, 엄복嚴復 등도 매우 적극적으로 개량주의 소설을

1 新築詩中大舞臺, 侏儒幾輩劇堪哀. 卽今開幕推神手, 要選人天絕代才. (「論詩次鐵廬韻」, 『嶺雲海日樓詩抄』 卷8)

창도하였다.

1) 강유위

강유위(1858~1927)는 광동廣東 남해南海사람이다. 변법운동의 주요 영수이자 저명한 금문 경학가이다. 강유위는 담사동과 마찬가지로 공자의 기치을 내걸고 옛 제도에 의탁해서 현 제도를 개혁하려는 이른바 '탁고개제託古改制'라는 간판 아래 변법을 진행하였는데, 개량주의의 연약성과 철두철미하지 못한 성향이 그대로 드러났다.

개량주의를 고수한 결과 변법운동이 실패하고 자산계급혁명이 흥기하였는데, 그 후 강유위는 결국 반대파가 되었다. 문학이론 방면에서 강유위의 주요한 주장은 아래와 같다.

① 시가의 혁신을 고취함

강유위는 「숙원(귀위헌)과 시를 논하고 아울러 임공(양계초)·유박(맥맹화)·만선(맥중화)에게 부치다與菽園論詩兼寄任公·孺博·曼宣」[2]에서 신시는 기이하고 색다른 의경을 만들어야 하니, 유라시아를 뒤져서라도 새로운 시를 만들어야 한다고 주장하였다. 이는 시대도 변하고 상황도 변하였으니 서양을 학습해서 시를 지어야 한다는 뜻으로, 사실상 개량주의자가 내건 '시계혁명'의 구호였다. 동시에 강유위는 전통시가에 대

---

2 [역자주] ◈ 孺博 : 맥맹화麥孟華(1875~1915). 청말의 유신파로, 자가 유박孺博이다. 강유위의 제자로, 양계초와 더불어 '양맥梁麥'으로 불렸다.
◈ 曼宣 : 맥중화麥仲華(1876~1956). 청나라의 희곡작가로, 자가 만선曼宣이며, 맥맹화의 동생이다. 강유위의 제자이며, 사위이다.

해 아래와 같이 비판하였다.

> 이 시대의 뛰어난 시인 가운데 그 누가 존경받을까?
> 천만 명의 작가들 천억 수의 시를 짓노라.
> 음풍농월하며 모두 의기양양하지만,
> 간장 항아리 덮개나 불쏘시개로 쓰이니 슬프도다.[3]

음풍농월하는 작가가 헤아릴 수 없이 많고 창작한 시가 수없이 많이 쌓여 득의양양해도, 사실상 슬픈 결말을 맞이할 수밖에 없다는 뜻이다. 강유위는 동일한 시에서 신시 창작에 대한 포부를 아래와 같이 진술하였다.

> 이백과 두보의 의경을 뛰어넘고자 하니,
> 원나라 명나라의 시가 눈에 들어오기나 할까?
> 날아오를 듯한 기세에 풍운이 일어나니,
> 기이한 변화에 귀신도 놀라네.
> 근대의 신시를 쓸어 없애버리면,
> 황홀하여라, 천상에서 들리는 음악소리여![4]

위의 시에는 낡은 제도를 새롭게 고치기 위해 유신주의維新主義 신시를 써서, 개량주의 정치운동을 펼쳐야 한다는 강유위의 정치적 요구가 잘 드러나 있는데, 보황당保皇黨(전제군주 황제를 옹호하는 당)으로 타락하

3 一代才人孰繡絲, 千萬作者億千詩. 吟風弄月各自得, 覆醬燒薪空爾悲.

4 意境幾欲勝李杜, 目中何處着元明. 飛騰作勢風雲起, 奇變見猶鬼神驚. 掃除近代新詩話, 惝恍諸天聞樂聲.

기 이전 그의 진보적 견해가 잘 드러나 있다. 그러나 무술변법 이전에 쓴 일부 시문은 그의 정치적 관점과 일치하였으니, 온유돈후의 유가 시교를 끊임없이 선전하였던 것이 그러하다. 예컨대 광서 21년, 즉 1895년 그가 쓴 『미리집味梨集』 서序에서 이러한 관점을 선전한 적이 있다. 이는 그들이 전개하였던 이른바 시단혁명 즉 개량주의의 실제 내용을 잘 설명해준다.

무술변법 운동이 실패한 이후 강유위는 개량주의 시인 황준헌의 시작품에 대해 높이 평가한 적이 있다. 강유위는 『인경려시초人境廬詩草』 서序와 『일본잡사시日本雜事詩』 서序 등의 문장에서, 우선 황준헌이 일본유신日本維新과 해외정변학예海外政變學藝 등을 학습함으로써 새로운 시적 경계를 지니게 되었다고 강조하였다. 시가 깊이 있고 아름다워져 날로 새로운 의경을 개척하였다고 한 평이 바로 그러하다. 또 강유위는 황준헌의 시를 아래와 같이 평가하였다.

> 위로는 나라의 변고에 충격을 받고, 다음으로 종족의 처지를 슬퍼하고, 그다음으로 백성들의 고통을 애달파하였다. 시문의 기세가 끝없이 호방하고 호탕하다.[5]

황준헌은 단지 개량주의 시인이 아니라, 사실상 개량주의 정치가라는 것이다. 개량주의 시인 황준헌의 시에 대한 강유위의 평가는 기본적으로 실제와 부합한다.

5 上感國變, 中傷種族, 下哀生民. …… 浩渺肆恣, 感激豪宕.

② 개량주의 소설을 제창하다

양계초는 처음으로 소설을 논한 문장인 「번역본 정치소설 서문譯印政治小說序」(1898년)에서 소설의 사회적 역할을 중시한 강유위를 칭송한 적이 있다.

> 훌륭하도다, 남해선생(강유위)의 말씀이여! "글자를 아는 사람 가운데 경서를 읽지 않은 자는 있어도 소설을 읽지 않은 자는 없다. 그러므로 육경으로 가르칠 수 없다면, 소설로 가르쳐야 한다. 정사正史로 들어갈 수 없다면, 소설로 들어가야 한다. 어록으로 깨우칠 수 없다면, 소설로 깨우쳐야 한다. 법률로 다스릴 수 없다면, 소설로 다스려야 한다"라고 하셨다.[6]

이후 구위훤邱煒萲이 무술정변을 소재로 한 소설을 쓰려 하자, 강유위는 정치적 필요에 의해 빠른 시일 내에 소설을 완성할 것을 재촉하는 시 한 수를 지었다. 이 시[7]에서 강유위는 당시 소설이 사회에서 보편적으로 유행했던 상황을 아래와 같이 서술했다.

---

6 善夫南海先生之言也! 日:儘識字者之人, 有不讀經, 無有不讀小說者, 故六經不能教, 當以小說教之. 正史不能入, 當以小說入之. 語錄不能諭, 當以小說諭之. 律例不能治, 當以小說治之. (『淸議報』 第1冊)

7 「문숙원거사욕위정변설부, 시이속지聞菽園居士欲爲政變說部, 詩以速之」.
[역자주] 『강유위시문선康有爲詩文選』 편집자는 이 시가 광서光緖 26년(1900년)에 쓰였다고 여기며, 「전언前言」에서 이 시는 "바로 양계초의 저명한 논문 「소설과 사회통치의 관계小說與群治之關係」(1902년)의 이론적 기초"라고 했다. 그러나 아영의 『만청문학초晩淸文學鈔 · 소설희곡연구권小說戲曲硏究卷』에 따르면 1911년에 쓰인 것으로 보인다. 인민문학출판사가 펴낸 『근대시선近代詩選』은 1909년(선통원년宣統元年)에 페낭(말레이섬 중 하나)에서 지었다고 여긴다.

내가 상해의 서점을 돌아보니,
수많은 책 중 어떤 것이 가장 잘 팔리는가?
경서와 역사서는 팔고문만큼 인기가 없고,
팔고문은 소설만큼 팔리지 않는 것은 무엇 때문인가.
유행가는 지루하지 않고 고상한 노래는 졸리니,
대중들이 좋아하는 바를 성인은 꾸짖지 않으리.[8]

이어서 '중화 몰락'의 감회를 토해낸 후, 다시 다음과 같이 말했다.

사회를 변화시키고 구제하고 싶지만 방법이 없어 한스럽네.
근심스럽고 초조하여 마음은 비 오듯 흐리네.
그대(구위훤)가 동호직필董狐直筆로 소설을 쓴다니,
팔고문을 대적하는 데 가장 공이 크리라.
사대부며 시정잡부며 모두 즐겨 보아,
위아래로 통하니 진정 묘음이로구나.
바야흐로 오늘날 온 천지에 소설이 흥행하니,
육예六藝와 다투어 일곱 번째 봉우리가 되려하네.
작년에 양계초가 저술하려 했으나,
세월만 보내며 완성하지 못하여 효과를 보지 못했네.
악부나 소설에 의탁하거나,
전대의 성인이나 후대의 현인들을 기술하여,
정치가 잘되고 못된 것을 드러낸다면,
세상 사람들이 과연 어떤 것을 더 좋아할까.
4억의 국민들이
자나 깨나 늘 해학으로 즐기길 바라네.[9]

---

8 我遊上海考書肆, 群書何者銷流多? 經史不如八股盛, 八股無如小說何. 鄭聲不倦雅樂睡, 人情所好聖不呵. (「聞菽園居士欲爲政變說部, 詩以速之」, 『康有爲詩文選』)

여기에서 강유위는 통속적이고 알기 쉬운 소설의 특징을 찬양하고, 소설과 육경을 동일시하며 그것의 중요한 사회적 역할을 강조하였는데, 이는 소설의 사회적 위상을 높이는 데 이바지하였다. 그러나 그가 소설의 사회적 역할을 강조한 것은 지나칠 뿐만 아니라,[10] 개량주의자들의 병폐를 보여준다. 또 그 당시 그는 이미 타락하여 보황당保皇黨이 되었고, 그가 강조한 소설은 입헌군주제만 부각시켰을 뿐 어떠한 역할도 하지 못했다.

2) 담사동譚嗣同과 하증우夏曾佑

① 담사동

담사동(1865~1898년)의 자는 복생復生, 호는 장비壯飛이며, 『담사동전집』이 있다. 그는 유신개량운동의 가장 급진적인 인물로 그물처럼 옭아매는 봉건주의 강상을 공격하였는데, 특히 봉건 군주 전제제도에 대한 날카로운 비판은 강유위와 양계초를 훨씬 능가한다. 군주는 백성들에게 악행을 저지르는 잔악한 존재이고, 백성이야말로 나라의 근본이라고 여겼다. 또 백성 이외에 나라에 과연 무엇이 있는지 모르겠다면

---

9 頗欲移挽恨無術, 皺眉搔首天雨陰. 聞君董狐說小說, 以敵八股功最深. 衿纓市井皆快睹, 上達下達真妙音. 方今大地此學盛, 欲爭六藝爲七岑. 去年卓如欲述作, 荏苒不成失靈藥. 或托樂府或稗官, 或述前聖或後覺, 擬出一治更一亂, 普問人心果何樂? 庶俾四萬萬國民, 茶餘睡醒用戲謔. (「聞菽園居士欲爲政變說部, 詩以速之」, 『康有爲詩文選』)
[역자주] 七岑 : 시詩·서書·예禮·악樂·역易·춘추春秋 즉 육예六藝에 소설을 더하여 일곱 개의 봉우리로 비유한 말이다.

10 예컨대 소설을 중화가 무너지는 것을 되살리고 난세를 치세로 바꾸는 만병통치약으로 여긴 것이 그러하다.

서, 온 세상을 피로 물들여 만민의 한을 풀어줄 것을 요구하였다. 그러나 개량주의자들은 인민을 멀리하고 피를 흘리지 않는 개량운동을 시작했지만, 담사동은 피살되어 피를 흘리며 생을 마감하였다.

담사동도 개량주의 시가운동의 고취자였다. 예컨대 1896년 그가 『망창창재시莽蒼蒼齋詩』를 인쇄할 때, '삼십년이전구학제이종三十年以前舊學第二種'(제1종은 구문舊文)이라고 부제를 달아, 훗날 열심히 제창한 신학新學과 구별하였다. 그는 자서에서 다음과 같이 말하였다.

> 하늘이 벌을 주려 하니 용과 뱀이 육지로 올라와 재난이 닥치려 하는데도, 스스로 반성하지 않고 쓸데없이 신음만 해서야 되겠는가? 서른 전에는 논증과 고증에 매달리느라 거의 기력이 다했다. 세상을 위해 힘썼으나 하나도 이룬 것이 없어 화가 나서 상자 속의 책을 모두 버렸다.[11]

요컨대, 서른 전에 쓴 그의 '쓸데없이 신음'한 논증과 고증이 유신변법운동에 전혀 도움이 안 된다고 생각하여, 모두 버리고 신체시를 창작하였다는 것이다. 이것은 그가 「삼십자기三十自紀」[12]에서 젊은 시절 동성파에 매료되어 수년간 본받아 행동하고 창작한 것을 후회한다고 말한 것과 기본적으로 일치한다. 「삼십자기」에서 담사동은 또 조충전각과 같은 일은 대장부는 하지 않는다는 자운子雲(양웅揚雄)의 말을 인용하면서, 외세와 싸우고 글이 소용없는 이 시기에 그리고 국가의 흥망성쇠가 달려있고 바야흐로 혈기 왕성한 이때, 후회할 일을 한 것을

11 天發殺機, 龍蛇起陸, 猶不自懲, 而爲此無用之呻吟, 抑何靡歟? 三十前之精力, 敝於所謂論據詞章, 垂垂盡矣. 勉於世, 無一當焉. 憤而發篋, 畢棄之.

12 『譚嗣同全集』.

후회한다고 하였다. 다시 말해 민족적 위기가 전에 없이 심각한 상황에서 행동부터 작품까지 큰 전환이 있어야 하고, 옛것을 버리고 새것을 따라 정치적 역할을 발휘할 작품을 써야 한다면서 강렬한 공리주의 관점을 드러내었다. 당시 상황에 비추어 볼 때 이러한 의견은 매우 진보적이고 긍정적 의미를 지닌다.

담사동은 당시 '시계혁명詩界革命'의 선구자로서 '구학舊學'을 대대적으로 비판하는 동시에 신체시를 적극적으로 창작하였으나, 순국할 때에 겨우 서른두 살이었으니, 이른바 신체시는 극히 적다.[13] 그뿐만 아니라 일반인들이 이해할 수 없는 새로운 명사를 늘어놓고 배치하는 것을 '새롭다'고 생각했기 때문에, 실제 성취는 더욱 적다. 양계초는 그의 시를 다음과 같이 논평했다.

> 복생(담사동)은 신시를 좋아하였다. 그러나 나는 복생의 30년 이후의 신시에 대한 학문이 30년 이전보다 훨씬 뛰어나고, 30년 이후의 신시가 30년 이전의 신시를 반드시 능가할 거라고는 생각하지 않는다. 무릇 당시의 신시라는 것은 새로운 명사를 끌어다가 스스로 남과 다르다는 것을 드러내었을 뿐이다. 병신丙申·정유丁酉 연간, 우리 문파의 여러 사람이 모두 신시 짓는 것을 좋아하였다. 주창자는 하수경夏穗卿(하증우)이며, 복생 또한 매우 좋아하였다. 복생의 「유별상중동지留別湘中同志」 8편에서는 새로운 명사를 끌어다 쓰는 경향이 드물게 보이지만, "온 나라가 비스마르크에게만 경도되어 있었다."는 구절은 그러한 류에 속한다. 「금릉청설법金陵聽說法」에서 "삼강오륜은 카스트제도보다 비참하고, 법회法會는 영국의회보다 흥성하다"고 하였다. 객사덕喀私德은 Caste를 음역한 것으로, 인도에서 신분을 나누는 등급제도이다. 바력문

13 殉國時, 年僅三十二, 故所謂新學之詩, 寥寥極希. (梁啓超, 『飮冰室詩話』 2)

巴力門은 Parliment를 음역한 것으로, 영국 의회를 말한다. 또 담사동이 나에게 보내준 네 수의 시(「증양탁여시贈梁卓如詩」四首) 가운데 "세 번 예수를 모른다고 말하니 닭이 울었네. 용·개구리와 함께 작은 땅을 다투지 말라" 등의 구절이 있는데, 만약 그 당시에 함께 배운 이가 아니라면 절대로 이해할 수 없다. 여기에서 사용한 것은 바로 『신약전서新約全書』에 나오는 고사이다. 그때 하수경은 특히 이렇게 쓰는 것을 좋아하였다. 당시 우리들은 종교에 심취해 있었는데, 몇몇 교주가 우리와 같은 부류가 아니어서 미신을 숭배하는 것이 극에 달했다고 여겨, 시를 지을 때 경전어가 아니면 사용하지 않기로 약속했다. 이른바 경전이라는 것은 일반적으로 불교·공자·예수 세 종교의 경전이다. 그러므로 『신약新約』의 내용이 끊임없이 붓끝에서 나왔다. 담사동·하증우 두 사람 다 '용와龍蛙'라는 단어를 사용했는데, 그 당시 함께 「요한묵시록」을 읽었기 때문에 그랬을 것이다. 「요한묵시록」 중에는 황당무계한 말들이 많았는데, 우리는 그것을 견강부회하여 용은 공자를 가리키고 개구리는 공자의 제자를 가리킨다고 하면서, 이 존호를 사용하여 서로 기대를 드러내었다. 지금 생각해보니 참으로 가소롭다. 그러나 이 또한 그때 「요한묵시록」을 함께 읽었던 인연 때문이다.[14]

14 復生自熹其新學之詩. 然吾謂復生三十年以後之學, 固遠勝於三十年以前之學. 其三十年以後之詩, 未必能勝三十年以前之詩也. 蓋當時所謂新詩者, 頗喜撏撦新名詞以自表異. 丙申·丁酉間, 吾黨數子皆好作此體. 提倡之者爲夏穗卿, 而復生亦綦嗜之. 此八篇中尚少見, 然"寶海惟傾畢士馬", 已其類矣. 其『金陵聽說法』云: "綱倫慘以喀私德, 法會盛於巴力門. 喀私德卽Caste之譯音, 蓋指印度分人爲等級之制也. 巴力門卽Parliment之譯音, 英國議院之名也. 又贈余四章中, 有"三言不識乃雞鳴, 莫共龍蛙爭寸土"等語, 苟非當時同學者, 斷無從索解. 蓋所用者乃『新約全書』中故實也. 其時夏穗卿(卽夏曾佑-引者)尤好爲此. …… 當時吾輩方沉醉於宗教, 視數教主非與我輩同類者, 崇拜迷信之極, 乃至相約以作詩非經典語不用. 所謂經典者, 普指佛·孔·耶三教之經. 故『新約』字面, 絡繹筆端焉. 譚·夏皆用"龍蛙"語, 蓋時共讀約翰「默示錄」, 錄中語荒誕曼衍, 吾輩附會之, 謂其言龍者指孔子, 言蛙者指孔子教徒云, 故以此徽號互相期許, 至今思之, 誠發可笑, 然亦彼時一段姻緣也. (『飮冰室詩話』 60)

담사동의 신시新詩는 수량이 적을 뿐만 아니라, 새로운 명사를 가지고 와서 창작하는 것을 좋아했기 때문에 어떤 성과도 있을 수 없다.

담사동의 시문 이론에는 봉건사상의 영향이 드러나지 않을 수 없었다. 예컨대 「치유송부서致劉淞芙書」에서는 도연명 시에 드러난 관료사회에 대한 반항을 높이 평가하면서, 그의 작품을 충담沖淡으로 간주하는 것에 반대하였다. 그러나 도연명의 시 대부분이 중정中正하고 평화롭고 함양이 깊고 순수하여 유가 경전의 영향을 받았다고 잘못 인식하였으니, 이러한 논평은 실제와 부합하지 않는다. 또 시를 배우려면 반드시 경서를 연구해야만 한갓 작가의 경지에 머무르지 않게 된다고 하면서, 자신의 창작이 성공하지 못한 것은 경서연구를 하지 않은 탓이라 여겼다. 이렇듯 경서를 학습하는 것이 좋은 시를 창작하는 근본이라고 여긴 것은 개량주의자 담사동의 사상적 후진성을 보여준다.

② 하증우

하증우(1863~1924)는 자가 수생穗生, 호는 수경穗卿 혹은 수경遂卿, 별호는 쇄불碎佛, 필명은 별사別士이며, 절강浙江 항주杭州사람이다. 광서 연간에 진사進士가 되었으며 사주泗州의 지주知州를 지냈다. 유신운동에 참가한 후 엄복 등과 『국문보國聞報』를 발간했으며, 양계초와는 『시무보時務報』를 발간하였다. 신해혁명 이후에는 교육부 보통교육사普通教育司 사장司長을 지냈다.

하증우는 1896~1897년간 담사동 등과 함께 '시계혁명'을 주창했으며, 황준헌·장지유蔣智由와 함께 양계초로부터 근세시계삼걸近世詩界三傑이라는 칭송을 받았다. 그러나 '시계혁명'에 대해서 중요한 견해를 남기지는 않았다. 그의 공헌은 주로 소설 개량에 관한 주장에 있다.

양계초가 「번역본 정치소설 서문譯印政治小說序」을 발표하기 1년 전인 1897년에 엄복·하증우는 「본 신문에 소설을 부록으로 싣는 이유에 대해本館附印說部緣起」[15]를 함께 쓴 적이 있다. 양계초는 『소설총화小說叢話』에서 "『국문보國聞報』가 천진天津에서 처음 출간되었을 때 힘 있고 기개가 뛰어난 글 한 편이 있었다. 바로 「본 신문에 소설을 부록으로 싣는 이유에 대해」로 거의 만여 자로 이루어졌으며, 사실은 기도幾道와 별사別士 두 사람의 손에서 이루어졌다."[16]라고 하였다. 기도는 엄복으로 근대의 주요 계몽주의자이며, 별사는 하증우이다. 글 속에 "어릴 적 부모 여의고 일찍부터 굶주림에 시달렸네. 장강을 거슬러 올라가 육대六代의 옛 도읍을 보았노라" 등의 표현이 있는 것으로 보아 실제로는 주로 하증우의 손에서 이루어졌을 것으로 보인다.

「본 신문에 소설을 부록으로 싣는 이유에 대해」는 소설에 관한 근대 개량주의의 첫 장편 논문이자 소설이론이 나온 이래 편폭이 가장 긴 문장으로, 그 당시에 중요한 영향을 끼쳤다. 하증우는 본래 강유위, 양계초 사상의 영향을 받아 글을 썼으나, 후에는 오히려 양계초의 소설개량을 촉진하는 역할을 하였다.

이 글에서 하증우는 소설이 경사經史보다 훨씬 광범위하게 전해지고 영향력이 크다고 했다.

> 조조·유비·제갈량의 이야기는 나관중羅貫中의 『삼국지연의』에는 전하지만, 진수陳壽의 『삼국지』에는 전하지 않는다. 송강宋江·오용吳用·

15 光緒23年 10월 16일에서 11월 18일 天津 『國聞報』에 실려 있다.

16 天津『國聞報』初出時有一雄文，日「本館附印小說緣起」，殆萬餘言，實成於幾道與別士二人之手.

> 양지楊志·무송武松의 이야기는 시내암施耐庵의 『수호전』에는 전하지만 『송사宋史』에는 전하지 않는다. 현종玄宗·양귀비楊貴妃의 이야기는 홍방사洪昉思(홍승洪昇)의 『장생전전기長生殿傳奇』에는 전하지만 『신당서』와 『구당서』에는 전하지 않는다.[17]

> 소설이 흥기하여 사람들 마음속 깊은 곳까지 들어가고 세상에 널리 퍼지니, 거의 경사經史를 뛰어넘어 천하의 인심과 풍속이 마침내 소설의 영향을 받지 않을 수 없게 되었다.[18]

이어서 『삼국연의』와 『수호전』 등에 대해 천하에 끼친 해로움은 많고 이로움은 말하기 어렵다면서, 소설을 개량할 것을 주장하였다.

> 본관의 동지 여러분은 소설의 해로움이 이와 같은 것을 알고 있지만, 유럽·미국·일본은 개화할 때 왕왕 소설의 도움을 받았다고 들었습니다. 그러므로 수고로움을 마다하지 않고 널리 수집하여 책으로 엮었으니 그 취지는 바로 백성들을 개화하는 데 있습니다.[19]

소설을 자산계급의 개량주의를 선전하고 백성을 개화시키는 중요한 수단으로 간주한 것은 소설의 사회적 위상을 높이는 데 긍정적 의미가 있다. 이 글에서 하증우는 많은 역사적 사실로 영웅과 남녀라는 양대

17 曹·劉·諸葛傳於羅貫中之『演義』, 而不傳於陳壽之『志』. 宋(江)·吳(用)·楊(志)·武(松)傳於施耐庵之『水滸傳』, 而不傳於『宋史』. 玄宗·楊妃傳於洪昉思之『長生殿傳奇』, 而不傳於新舊兩『書』.

18 夫說部之興, 其入人之深·行世之遠, 幾幾出於經史上, 而天下之人心風俗, 遂不免爲說部之所持.

19 本館同志, 知其若此, 且聞歐·美·東瀛, 其開化之時, 往往得小說之助, 是以不憚辛勤, 廣爲採輯 …… 宗旨所存, 則在乎使民開化. (『國聞報』, 「本館附印小說緣起」)

부류의 보편적 감정을 묘사해야만 비로소 사람들의 마음을 움직여 세상에 전할 수 있다는 것을 설명하였다. 하증우는 또 영웅의 성정이 없으면 생존을 다툴 수 없고 남녀의 성정이 없으면 종족을 번식할 수 없다면서, 이런 이치를 알면 이 두 부류의 유형을 가지고 놀랍고 칭송할 만한 이야기를 만들어 한 시대를 뒤흔들고 후세에 전할 사람이 있게 될 것이니, 이는 지극히 당연한 이치로 그리 놀랄 일도 아니라고 하였다. 생존을 다투기 위해 영웅을 제창하고 묘사하는 것은 당시 역사적 조건에서 긍정적 의미를 지니며, 남녀의 애정을 제창하는 것 역시 객관적으로 반봉건적 의미를 지닌다. 그러나 이 관점은 인성론의 토대 위에 세워지긴 했지만, 영웅과 남녀로 모든 소설의 제재를 개괄할 수는 없다.

이 글에서 하증우는 소설의 형식적인 특징에 입각하여, 똑같이 언어 문자로 쓰인 경사經史 저작과 소설 중 어느 것이 전하는 데 더 쉬운지 다섯 가지로 원인을 분석했다.

첫째, 책에 쓰는 언어 문자가 사람들에게 사용되는 것이면 그 글은 전해지기 쉽고, 그 언어 문자가 사람들에게 사용되지 않는 것이면 그 책은 전해지지 않는다. 둘째, 만약 그 책에 쓰인 언어 문자가 구어와 비슷하다면 전해지기 쉽고, 구어와 거리가 멀면 전해지지 않는다. 셋째, 구체적이고 생동적으로 묘사한 언어는 전해지기 쉽고, 추상적인 언어는 전해지기 어렵다. 넷째, 일상적인 일을 말한 것은 전해지기 쉽고, 그렇지 않은 것은 전해지기 어렵다. 다섯째, 책의 내용을 사실로만 하면 전하기 쉽지 않으나, 허구적이면 전하기 쉽다. 이상의 다섯 가지 분석은 정확하지는 않지만, 소설 언어의 구어화, 구체적이고 생생한 묘사, 예술적 허구 등을 언급했다는 점에서 의미가 있다.

양계초가 「소설과 사회통치의 관계論小說與群治之關係」(1902년)를 발표한 후, 1903년 하증우는 별사別士라는 필명으로 「소설원리小說原理」[20]를 썼다. 이 글에서 소설은 사회생활에서 중요한 역할을 하며, 음식·남녀만큼 중요한 위치에 설 수 있다고 과장되게 선전하는 한편, 구소설의 말류인 재자가인의 상투적인 방식에 대해 비난하면서, 서학이 유입되는 상황에서 사대부들은 더는 소설에 시력을 소모할 필요가 없다고 하였다. 또 단지 부녀자와 무식한 자들이 읽을 수 있는 책이 없으니 문화를 받아들이고자 하면 소설 외에는 다른 방법이 없다면서, 단호하게 소설 개량을 제기하였다. 이 글은 소설 개량에 관한 양계초의 관점을 진일보 발전시켜 다음 두 가지를 서술하였을 뿐이다.

우선, 소설의 미학적 특성에 대해 초보적인 검토를 하였다. 사람들이 즐기는 것은 육체에 관한 사실적인 이야기이지 추상적인 공담이 아니며,[21] 이른바 육체의 사실적인 일이란 구체적이고 감각적인 사실이지 어렴풋한 공담 즉 추상적인 의론이 아니라는 것이다. 이것은 사실상 문학의 구체적인 형상의 특징을 언급한 것이다. 따라서 사람들은 그림을 보는 것이 가장 즐겁고, 소설을 보는 것이 그다음으로 즐겁다는 것이다. 그러나 세상에는 그릴 수 없는 일은 있지만 말로 표현 못할 일은 없기에, 소설이 그림보다 구체적이지 못하지만 전파력은 그림을 훨씬 능가한다는 것이다. 하증우는 역사책을 소설과 비교하며 다음과 같이 지적하기도 했다.

역사책도 소설과 같은 체제지만 소설만큼 좋아하지 않는 까닭은 실

20 『수상소설繡像小說』 제3기에 실려 있다.

21 人所樂者, 肉身之實事, 而非樂此縹緲之空談也.

> 제로 있는 일은 평담하고 꾸며낸 일은 항상 농염하기 때문이다. 사람의 마음은 평담함을 버리고 농염함을 취하기 마련이니, 이것이 역사가 소설을 이기지 못하는 이유이다.[22]

이러한 구별은 완전히 실제에 부합하는 것으로, 그가 「본 신문에 소설을 부록으로 싣는 이유에 대해」에서 말한 "경사와 소설 중 어느 것이 전하는 데 더 쉬운지"에 관한 분석에 비하면 더욱 깊이가 있다.

다음으로 소설 창작에서 다섯 가지의 쉽거나 어려운 문제를 제기하였다. 첫째, 소인을 묘사하기는 쉽고, 군자를 묘사하기는 어렵다. 둘째, 작은 일은 묘사하기 쉽고, 큰일은 묘사하기 어렵다. 셋째, 빈천은 묘사하기 쉽고, 부귀는 묘사하기 어렵다. 넷째, 사실은 묘사하기 쉽고, 허구적인 일은 묘사하기 어렵다. 다섯째, 실제 일은 서술하기 쉽고, 관념적인 일은 서술하기 어렵다.[23] 이러한 견해는 어느 정도 합리적인 요소를 내포하고 있다. 특히 개량주의 소설은 전적으로 '제일류 군자'를 묘사하고, 반드시 국가의 중대사와 연관시켜 의론을 끊임없이 펼쳐야 한다는 견해를 겨냥하여 이러한 문제를 제기하였으니, 더욱더 적극적인 권계의 의미를 지닌다.

소설이 개량주의적인 정치운동에 봉사해야 한다고 강력히 요구한 것은 자산계급 개량파의 공통된 견해이다. 그러나 이 이론은 아직 체계적이지 못했으며 영향력도 크지 않았다. 체계적으로 개량주의 소설이론

---

22 史亦與小說同體, 所以覺其不若小說可愛者, 因實有之事常平淡, 誑設之事常穠豔, 人心去平淡而卽穠豔, 此史之處於不能不負者也.

23 一. 寫小人易, 寫君子難. / 二. 寫小事易, 寫大事難. / 三. 寫貧賤易, 寫富貴難. / 四. 寫實事易, 寫假事難. / 五. 敘實事易, 敘議論難.

을 제시하고 중대한 영향을 끼친 사람은 개량주의 운동의 중추적 인물인 양계초이다.

제2절 황준헌黃遵憲

황준헌(1848~1905년)은 자가 공도公度, 광동廣東 가응주嘉應州(지금의 매현梅縣) 사람이다. 광서光緖 연간에 거인擧人이 되었으며, 영국·미국·일본 등의 외교관 및 호남장보염법도湖南長寶鹽法道·서안찰사署按察使 등을 지냈다. 무술변법에 적극적으로 가담했던 자산계급의 정치가이자 외교가이다. 근대 문학사상 가장 걸출한 시인으로 진보적 경향과 강렬한 애국 사상을 지녔다. 세상 물정을 잘 알고 현재의 시대적 흐름을 알며, 시대의 병폐를 구제할 수 있는 지식인을 키워야 한다며, 서양에서 배울 것을 주장하였다. 이른바 인재를 양성하려면 사방의 오랑캐를 스승으로 삼아야 한다고 한 것이 그러하다. 저서에는 『인경려시초人境廬詩草』·『일본잡사시日本雜事詩』 등이 있다.

황준헌은 새로운 풍격의 시계혁명詩界革命을 최초로 주창한 인물이다. 그는 젊은 시절 시계詩界 이론을 창조하였는데, 자신을 북아메리카 개척 시기의 눈보라 속에 홀로 서 있는 청교도의 한 사람일 뿐이라고 비유하였다. 그러면서 다른 사람들이 나와서 문학계의 워싱턴·제퍼슨·프랭클린 같은 인물이 되어 위대한 역할을 해 주기를 바랐다.[24] 『수증

24 有別創詩界之論. / 譬之西半球新國. / 獨立風雪中清教徒之一人耳. / 華盛頓·哲非遜·富蘭克林. (「與邱菽園書」, 『人境廬詩草』 卷首)

중백편수酬贈重伯編修』 권8에서 "그대 한 달 동안 공문서에 힘쓰지 말고, 나의 연작 신파시를 읽으시오"[25]라고 하였는데, 이를 통해 그가 줄곧 새로운 풍격을 지닌 시계 이론의 창조, 즉 새로운 풍격의 신시新詩 창작을 목표로 삼고 있었음을 알 수 있다.

1) 주요 문학관점

① '시 안에 사람이 있다'와 '시 밖에 사건이 있다'

황준헌은 시의 현실적인 역할을 중시한 사람이다. 이른바 "나는 시를 논할 때 언지言志를 체體로 삼고, 사람을 감동시키는 것을 용用으로 삼는다. 공자의 '흥어시興於詩'와 백아伯牙의 '이정移情'은 매우 흡입력 있는 말이다"[26]라고 한 것이라든가, "시는 비록 소도小道이지만, 유럽의 시인들은 문명을 고취하는 시를 내놓아서 마침내 세상을 움직이는 힘을 발휘하였다"[27]라고 한 것이 그러하다. 황준헌은 중국 사회에 현저한 변화가 일어난 시대에 살았으며, 진보적 사상을 지닌 작가로서 시는 마땅히 자기의 시대를 표현해야 한다고 적극적으로 주장하였다.

> 나는 일찍이 시의 밖에는 사건이 있고, 시의 안에는 사람이 있다고 여겼다. 오늘날은 옛날과 다른데, 오늘날 사람이 어찌 반드시 옛사람과 같겠는가? 사건의 기록이란 오늘날의 공문서와 회전會典, 방언과 속언,

---

25 廢君一月官書力, 讀我連篇新派詩. (『酬贈重伯編修』 卷八)

26 吾論詩以言志爲體, 以感人爲用. 孔子所謂'興於詩', 伯牙所謂移情, 卽吸力之說也. (「與梁啓超」, 『人境廬詩草』 卷首)

27 詩雖小道, 然歐洲詩人出其鼓吹文明之筆, 竟有左右世界之力. (「與邱煒萲」, 『人境廬詩草』 卷首)

> 고인에게 없던 사물, 개척되지 않은 경계境界, 눈으로 보고 귀로 들은 것을 모두 쓰는 것을 의미한다.[28]

> 문장가가 모든 진부한 말을 없애고자 한다면, 지금 사람이 본 이치, 사용하는 기물, 경험한 형세를 모두 시속에 기탁해야 한다. 시 안에 사람이 있고 시 밖에 사건이 있게 하려면, 다른 시기에 기탁해서 써도 안 되고, 다른 사람에게 적용해서도 안 된다.[29]

이른바 '시 안에 사람이 있다'에서의 '사람'은 바로 자신의 독특한 감성과 창조성이므로, 다른 사람에게 적용시킬 수 없다는 의미이다. '시 밖에 사건이 있다'에서의 사건은 바로 자신이 지금 친히 경험한 형세로 옛것과 다르므로, 다른 시기에 써서는 안 된다는 것이다. 간단히 말해서 시인의 독특한 감수성을 통해 자기 시대를 표현해야 한다는 것으로, 이는 황준헌이 제창한 시계혁명의 핵심적 이론이다.

② 도통, 문통에 대한 비평

황준헌은 자신의 시대를 제대로 표현하기 위해 전통적인 도통·문통에 대하여, 예컨대 송시파와 그 밖의 각종 의고주의 문학에 이르기까지 대담하고 통쾌하게 비판했다.

28 仆嘗以爲詩之外有事, 詩之中有人, 今之世異於古, 今之人亦何必與古人同. ……其述事也. 擧今日之官書會典, 方言俗諺以及古人未有之物, 未辟之境, 耳目所歷, 皆筆而書之. (「人境廬詩草自序」)
[역자주] 會典 : 한 왕조의 법령과 정치 제도를 기록한 책을 말한다.

29 意欲掃去詞章家一切陳陳相因之語, 用今人所見之理. 所用之器, 所遭之時勢, 一寓之於詩. 務使詩中有人, 詩外有事, 不能施之於他日, 移之與他人. (「與梁啓超」, 『人境廬詩草』卷首)

도통에 관해 다음과 같이 비판했다.

> 최근 신문에 실린 글을 보니, 공자의 가르침에 대해 완곡한 비평을 하셨더군요. 그 핵심은 위는 하늘이요 아래는 못이라는 상천하택上天下澤과 양을 돕고 음을 억제해야 한다는 부양억음扶陽抑陰을 전제주의 제왕들이 공자를 빌리거나 공자에 의탁하여 백성을 억압하기 위한 구실로 삼았다는 내용이더군요. 이는 실로 공정한 이론으로, 나는 그것을 아끼고 중시하며 존경하고 따릅니다. 유교는 구류九流[30] 가운데 하나에 불과하니, 토론할 만한 것이 많습니다. 그대가 언급한 것을 보면 정당한 말로 배격하였으니 해로울 것이 없습니다. 맹자 역시 의심할 만한 것이 있습니다.[31]

이러한 견해는 강유위가 공자를 세계의 교주로 받들고자 기독교 등에 맞섰던(황준헌의 비판을 받은 적이 있다) 것보다 훨씬 수준이 높다. 근대에 태평천국혁명을 기점으로 공자를 우상화하는 봉건사회에 반대하는 투쟁이 시작되었으니, 이는 근대문화사상사·문예사상사에서 대사건으로 봉건통치의 사상적 지주를 파괴하고 동요시켜 사상을 해방하는 데 크게 기여하였다.

또 황준헌은 당시 정세를 알지 못하고 낡아빠지고 무능하여, 통곡하고 눈물만 흘리는 이른바 세유世儒를 생동적으로 비판하였다. 아울러

30 [역자주] 구류九流 : 유가儒家·도가道家·음양가陰陽家·법가法家·명가名家·묵가墨家·종횡가縱橫家·잡가雜家·농가農家를 가리킨다.

31 報中近作, 時於孔教有微辭. 其精要之語, 謂上天下澤之言, 扶陽抑陰之義, 乃爲專制帝王假借孔子, 依托孔子者, 藉口以行其壓制之術. 此實協於公理, 吾愛之重之, 敬之服之. 儒教不過九流之一, 可議者尚多. 公見之所及, 昌言排擊之, 無害也. 孟子亦尚有可疑者. (「與梁啓超」, 『人境廬詩草』 卷首)

원·명 이래 봉건통치의 추앙을 받아온 송대 이학에 대해 낱낱이 폭로하였다.

> 세속의 유학자들은 시서를 암송하며,
> 언제나 잘난 체하네.
> 고개 쳐들고 상고시대를 말하며,
> 신명나게 태평성세를 논하네.
> 위로는 삼대의 융성함을 말하고,
> 아래로는 성현을 기다림을 말하네.
> 지금은 오늘날의 어지러움을 말하고,
> 눈물 흘리며 통곡하네.
> 차전도車戰圖(차전법의 도면)를 모사하느라,
> 굳은살 박혀가며 백장 넘게 그리고,
> 정전보井田譜(정전법)를 입수하여,
> 땅에 획을 그으며 시행해보기를 바라네.
> 고인이 어찌 나를 속이겠는가,
> 고금의 형세가 다른 것을 어찌하리오.
> 세상 물정 모르는 유생들이여,
> 세상사를 논하지 마시라.
> 시국을 알려면 현재를 알아야 하고,
> 세상 물정을 알려면 세월을 겪어야 한다네.
> ……
> 천년 후 송대 유학자들,
> 넘치는 재기로 이치를 탐구하였네.
> 잘난 체하며 최고의 학문이라고 추켜세웠으나,
> 자사子思·맹가孟軻의 설을 표절한 것이라네.
> 이치를 말하였으나 편벽되고,
> 세상사를 논하였으나 현실에 맞지 않았네.

수많은 사람이 공명을 좇으며,
오로지 타인의 환심만 사려하는구나.
……
유가는 구류九流에서 단지 하나의 유파일 따름이다.[32]

황준헌은 정이·주자가 자신들의 학문을 최고라고 치켜세웠지만 자사子思·맹가孟軻의 보잘 것 없는 의견을 표절한 것에 불과하고, 도를 말할 때는 편벽하고 세상사를 논할 때는 현실에 맞지 않았음에도, 송대 이후 그렇게 많은 봉건 지주계급 지식인들이 영합한 것은 단지 공명과 관록을 위해서라고 지적하였다. 또 유가의 시교와 케케묵고 고지식한 시풍을 고수한 것에 대해서도, 다음과 같이 날카롭게 비판하였다.

이 세상이 열리기 전에는,
혼돈상태에 있었네.
숫자의 개념을 창시한 예수隸首도,
몇만 년 전이라는 것만 아네.
희헌(복희와 헌원)이 서계(문자)를 만든 이래로,
이제 비로소 5천년이 되었네.
후세 사람들이 나를 보기를,
마치 우리가 하·은·주 삼대를 보듯 하리.
세속의 유학자들은 옛것을 존중하고 좋아하여,

32 世儒誦詩書, 往往矜爪嘴. 昂頭道皇古, 抵掌說平治. 上言三代隆, 下言百世俟. 中言今日亂, 痛哭繼流涕. 摹寫車戰圖, 胼胝過百紙. 手持井田譜, 畫地期一試. 古人豈我欺, 今昔奈勢異. 儒生不出門, 勿論當世事. 識時貴知今, 通情貴閱世. …… 宋儒千載後, 勃窣探理窟. 自詡不傳學, 乃剽思·孟說. 講道稍僻違, 論事頗迂闊. 萬頭趨科名, 一意相媚悅. …… 儒於九流中, 亦只一竿揭. (「感懷」, 卷一)

날마다 고적을 연구하네.
육경에 없는 내용은 감히 시에 넣지도 못하고.
옛사람들이 버린 찌꺼기를 보면서,
군침을 흘리네.
베껴 쓰고 표절하며,
마구잡이로 만들어 수많은 죄를 지었네.
똑같이 황토로 만들어진 사람인데,
어찌하여 옛사람은 현명하고,
지금 사람은 우매하단 말인가?
오늘날도 홀연히 옛날이 되리니,
어느 시대부터 옛날이란 말인가?[33]

황준헌은 한 걸음 더 나아가, 이러한 상황을 조성한 원인은 시대에 역행하는 청 왕조의 문화정책 및 팔고문으로 인재를 뽑는 과거 제도와 불가분의 관계에 있다고 지적하였다.

명경과明經科를 열어,
고지식한 서생만 얻었을 뿐이요.
제책과制策科를 열어,
모사꾼만 얻었을 뿐이라네.
사부과詞賦科를 열어,
부박하고 수치심 모르는 자들만 양산하였을 뿐이라네.[34]

33 大塊鑿混沌, 渾渾旋大圜. 隸首不能算, 知有幾萬年. 羲軒造書契, 今始歲五千. 以我視後人, 若居三代先. 俗儒好尊古, 日日故紙研. 六經字所無, 不敢入詩篇. 古人棄糟粕, 見之口流涎. 沿習甘剽盜, 妄造叢罪愆. 黃土同摶人, 今古何愚賢? 卽今忽已古, 斷自何代前. (「雜感」, 卷一)

34 謂開明經科, 所得學究耳. 謂開制策科, 亦只策士氣. 謂開詞賦科, 浮華益無恥. (「雜

이렇듯 봉건문화에 대한 황준헌의 비판은 강유위에 비해 훨씬 급진적이고 날카롭다.

시단 혁신의 일대 거장으로서 황준헌은 발전이라고는 조금도 없는 모방과 의고를 단호히 반대하며, 당시의 각종 의고주의와 형식주의에 대해서도 다음과 같이 날카롭게 비판하였다.

> 대각체臺閣體를 지은 수많은 사람들,
> 그중에 세상을 구제할 만한 인재가 있었던가?[35]

> 창힐이 글자를 만들 때 귀신이 밤새워 운 까닭은,
> 슬픔과 연민을 보이기 위해서였네.
> 중생들이 문자에 목숨을 거니,
> 이 얼마나 어리석은가?
> 가련하구나! 옛 문인들이여.
> 밤낮으로 고심하는구나.
> 짝을 이룬 말은 꽃과 잎으로 짝지어 놓고,
> 짝을 이루지 않은 말은 지렁이처럼 구불구불.
> 고체시와 근체시를 구분하고,
> 들쑥날쑥 장단구는 악곡을 이루었네.
> 팔고문이 흥성한 이후,
> 서적이 수레에 가득해졌으니,
> 후인들의 시체에,
> 변태가 사라지지 않을까 두렵구나.[36]

感」, 卷一)

35 多少文章臺閣體, 此中可有濟世才?(「將至京師應廷試感懷四首」)

36 造字鬼夜哭, 所以示悲憫. 衆生殉文字, 蚩蚩一何蠢! 可憐古文人, 日夕雕肝腎, 儷語

③ 시가에 관한 기타 주장

황준헌은 옛것을 모범으로 삼고, 옛것을 본받고, 옛사람과 같아지는 것에 적극적으로 반대하였으나, 일률적으로 전통을 배척하지는 않았다. 그는 전통적인 시문이 이미 시대의 요구에 부응하지 못하기 때문에 반드시 바뀌어야 한다고 생각하여, 이 법칙이 변하지 않으면 끝내 걸출한 인재가 나오기 힘들 것이라고 하였을 뿐이다. 이는 정치적인 면에서만 그런 것이 아니라, 문학적인 면에서도 마찬가지였다. 황준헌은 사실 자산계급의 입장에서 그들의 이익과 요구를 위해 이전 시대의 유산 즉 전통을 비판적으로 계승하였다. 예를 들어 그는 『인경려시초人境廬詩草』 자서自序에서 다음과 같이 말한 적이 있다.

> 일찍이 다음과 같은 시경詩境을 생각해 본 적이 있다. 하나는 옛사람의 시에 사용된 비흥比興의 법칙을 회복하는 것이요, 하나는 산문의 신운으로 대우의 형식을 운용하는 것이요, 하나는 「이소離騷」와 악부樂府의 정신은 취하되 그 형식은 답습하지 않는 것이요, 하나는 옛 문장가들의 신축적이면서 변화 있는 법칙을 시에 넣는 것이다. 제재는 여러 경서經書와 『춘추春秋』·『좌전左傳』·『사기史記』에서부터 주周와 진秦 나라 사람들의 책, 허신許愼과 정현鄭玄 등의 주석에 이르기까지, 사물의 명칭이 지금과 같은 것은 모두 취하여 빌려 쓴다. 일을 서술할 때는 지금

配華葉, 單詞畫蚯蚓, 古近辨詩體, 長短成曲引. 洎乎制義興, 卷軸車連軫, 常恐後人體, 變態猶未盡. (「雜感」其三)

※ [역자주] 『회남자淮南子·본경훈本經訓』에 의하면 창힐이 글자 발명에 성공한 날 괴이한 일이 발생해, 대낮에 갑자기 기장과 조가 하늘에서 떨어지고, 밤에는 귀신의 곡소리가 들렸다고 한다. 고유高誘는 이 구절에 창힐이 처음에 새의 족적을 보고 글자를 만들어 거짓이 생겨나, 본말이 전도되어 농사를 버리고 조그만 이익을 좇았기에, 하늘이 기아가 생길 것을 알고 기장과 조를 내려주었다고 주를 달았다.

> 관부官府와 회전會典에서 사용하는 말과 방언, 옛사람들에게는 없었던 일과 그들이 생각해내지 못한 경계境界, 직접 눈으로 보고 귀로 들은 것을 모두 글로 써서 기록한다. 풍격을 단련하기 위해 조식·포조·도연명·사령운·이백·두보·한유·소식으로부터 근래의 뛰어난 작가들에 이르기까지 하나의 격格과 체體에 국한되지 않고, 나 자신의 특징을 잃지 않는 시를 짓는다.[37]

옛사람의 시에 사용된 비흥의 법칙을 회복하고, 「이소」와 악부의 정신은 취하되 그 형식은 답습하지 않겠다는 것은 중국 고대 시가 창작의 미자美刺와 풍유諷諭의 원칙, 즉 현실주의 문학전통과 표현방법을 계승하겠다는 것이지, 형식을 모방하고 답습하겠다는 것이 아니다. 구절마다 대우對偶의 형식을 사용하고, 옛 문장가들의 신축적이면서 변화있는 법칙을 시에 넣는다는 것은, 당대 한유로부터 시작된 산문으로 시를 짓는 방법을 취하고, 시가의 표현기법과 예술적 효능을 확대하여 새롭고 복잡한 현실 생활을 더욱 잘 반영할 것을 요구한 것이다. 여러 경서와 『춘추』·『좌전』·『사기』 등에서 제재를 취한다는 것은 낡고 진부한 것은 신기하게 변화시키고, 쓸모없는 것은 버리고 좋은 것은 찾아내어 발전시켜 현실에 맞게 이용할 것을 요구한 것이다. 동시에 봉건문인들의 아속雅俗에 대한 뿌리 깊은 편견에서 과감하게 벗어나 방언과 속어를 시에 사용하고, 직접 경험한 일이면 설령 옛사람들이 경험하

---

37 嘗於胸中設一詩境: 一曰復古人比興之體, 一曰以單行之神, 運排偶之體, 一曰取「離騷」樂府之神理而不襲其貌, 一曰用古文家伸縮離合之法以入詩. 其取材也: 自群經三史, 逮於周·秦諸子之書, 許·鄭諸家之注. 凡事名物名同於今者, 皆採取而假借之. 其述事也, 擧今日之官書會典·方言俗諺, 以及古人未有之物, 未辟之境, 耳目所歷, 皆筆而書之. 其煉格也: 自曹·鮑·陶·謝·李·杜·韓·蘇訖於晩近小家, 不名一格, 不專一體, 要不失乎爲我之詩.

지 못하고 생각해내지 못한 예술적 경지일지라도 과감하게 창조하고 글로 표현할 것을 요구하였다. 풍격 단련에 관해서는 옛사람들의 예술 경험을 널리 참고하여 자신만의 독특한 풍격을 지닌 시가를 창조해야 한다고 하였다. 그리고 이 모든 것의 근본은 계승을 통한 창조이므로, 옛사람들의 찌꺼기는 버리고, 옛사람들에게 속박되지 말고 그 정화만 흡수하여, 나 자신의 특징을 잃지 않는 시, 즉 자신이 직접 눈으로 보고 귀로 듣고, 옛사람들에게는 없었던 일과 그들이 생각해내지 못한 경지를 담은 시를 지어 시대의 요구에 부응해야 한다는 것이다. 황준헌은 자신의 이러한 이론에 부합하는 시를 창작하여 시가 창작의 새로운 길을 열었다.

2) 언문합일론

황준헌은 시가가 그 시대를 반영하려면 언어와 문자가 합일되어야 한다는 탁월한 견해를 제기하고, 문자의 형식을 바꾸어 새로운 시대의 요구에 부응할 것을 요구하였다. 그는 중국의 언어와 문자는 서로 합치되지 않는다면서, 언어는 지역에 따라 다르고 시대에 따라 다르며, 언어는 수만 번 변하였는데 문자는 오직 한 가지이기에, 언어와 문자가 달라져 학습에 어려움이 따른다고 하였다. 언어와 문자가 분리되면 문장에 정통한 자가 적고, 언어와 문자가 합치되면 문장에 정통한 자가 많은 것은 당연한 현상이므로, 농, 공, 상 및 부녀자와 어린아이들 모두 문자를 잘 사용할 수 있게 하려면, 반드시 문체를 바꿔 지금 시대에 적용될 수 있고 세상에 통용될 수 있게 해야 한다고 하였다.[38] 이러한

38 欲令天下之農工商賈, 婦女幼稚, 皆能通文字之用. / 更變文體, 爲適用於今, 通行

문체는 의미를 명확하게 하여 뜻이 잘 전해질 수 있도록 힘써야 하고, 소설가의 말이나 방언 같은 것도 그대로 문장에 넣어야만 언어와 문자의 합일이 촉진될 수 있다고 하였다. 황준헌은 「매수시전서梅水詩傳序」[39]에서 자신의 이러한 관점을 다시 한번 명확히 밝혔다. 그는 21살에 지은 시 「잡감雜感」에서 다음과 같이 말했다.

> 내 손으로 내 말을 적는 것인데,
> 어찌 옛것에 구애될 필요 있을까?
> 지금 유행하는 속어라도,
> 내가 책에 잘 쓴다면,
> 오천년 후의 사람들은,
> 고색창연한 옛 문물이라며 놀라리라.[40]

이는 언어와 문자가 합일되어야 한다는 자신의 이론을 문학에 운용한 것이다. 위의 시에서 그는 또한 자신이 체득한 것에 근거하여 언어와 문자의 분리로 인해 야기된 폐해를 정확하게 꼬집어 이렇게 말하였다.

> 어릴 적 『시경』과 『서경』을 읽다보면
> 오늘날의 뜻과 맞지 않은 부분이 많았다.
> 옛 문자와 지금의 말은
> 아득히 떨어져 있는 변방처럼 멀어,
> 결국 통역관을 둘 수밖에 없는데

於俗. (『日本國志·學術志二·文學』)

39 『인경려미간고人境廬未刊稿』에 수록되어 있다.

40 我手寫我口, 古豈能拘牽? 卽今流俗語, 我若登簡編, 五千年後人, 驚爲古爛斑.

통역관도 남쪽 오랑캐 말을 한다.
스승은 예로부터 전해진 바를 가르쳐주었지만
습관처럼 옛것을 잊어버렸다네.
나는 천년 후에 태어나
나의 말에는 초나라 말이 섞여 있네.
오늘날 전해지는 육경六經은
공자가 기록하고 수정한 것이네.
옛사람의 책을 읽으려면
반드시 옛것을 알고 말해야 한다네.
당·송의 대학자들은
잇달아 이에 주석을 달았고,
매번 후인들은
그 일부분만을 이해했다네.
옛날에는 성性이니 천天이니 하는 것이 없었고
기물器物도 실제 눈으로 보지 못했으면서,
함부로 말하여 사람을 속이기에 족하니
과거의 일을 말하다 자기 근본을 잊어버리는 꼴이 되었다네.
연나라 재상이 초나라 책을 말하고
월越나라 사람이 상나라 관모를 쓴 격이니,
갈림길이 많으면 길을 잃기 더욱 쉽고
곡해하여 잘못 쓰게 된다네.[41]

이처럼 언어와 문자가 서로 완전히 분리된 것에 반대하며, 문체를

41 少小誦詩書, 開卷動齟齬, 古文與今言, 曠若設疆圉, 竟如置重譯, 象胥通蠻語. 父師遞流轉, 慣習忘其故. 我生千載後, 語音雜傖楚. 今日六經在, 筆削出鄒魯, 欲讀古人書, 須識古語古. 唐宋諸大儒, 粉粉作箋注, 每將後人心, 探索到三五. 性天古所無, 器物目未睹, 妄言足欺人, 數典旣忘祖. 燕相說郢書, 越人戴章甫, 多歧道益亡, 擧燭乃筆誤.

해방하여 내 손으로 내가 말한 것을 쓰고 어렵기만 한 문언문을 쓰지 말자고 한 것은 당시의 역사 상황에서 볼 때 매우 대담하면서도 진보적인 주장이다. 봉건사회에서 통치계급이 수천 년간 독점해 온 문언문은 하층 노동계급이 문화를 운용하고 점유하지 못하게 하는 수단이었다. 문학의 발전과정을 보면, 진보적인 작가들은 여러 차례 언문일치를 제기했다. 예컨대 사부辭賦에서 많은 고어古語를 사용하여 의미 파악이 힘든 것을 보고, 한나라 때 왕충王充은 『논형論衡·자기自紀』편에서 언문일치를 제기하였고, 유지기劉知幾는 『사통史通·언어言語』에서 변려문이 범람하는 상황을 보고 현재의 언어를 숭상할 것을 주장했다. 전후칠자의 복고주의 역류가 범람할 때, 공안파의 원종도袁宗道 역시 한 차례 언문일치를 제기한 적이 있다. 청나라 말기 중국이 반식민지와 반봉건사회로 접어들자, 자산계급의 개량주의 운동은 문자를 정치 주장을 선전하는 도구로 삼아 더 많은 독자가 받아들이도록 할 필요가 있었고, 시대에 뒤떨어진 문언문은 더 이상 이러한 시대적 요구에 부응할 수 없었다. 황준헌의 문언합일 주장이야말로 새로운 시대적 요구에 부합하였다. 그러나 그것은 과거에 있었던 문언합일의 주장과는 근본적으로 큰 차이가 있었다. 황준헌이 이 문제를 제기했을 때 담사동과 양계초 역시 문체 해방을 적극적으로 제창했다. 담사동은 다음과 같이 말했다.

> 문자는 바로 언어의 소리이니 이 두 가지는 서로 다른 것이 아니다.[42]

42 文字卽語言聲音, 非有二物. (「管音表自敍」)

> 문자가 언어의 소리에 부합하게 하려면, 반드시 상형자를 형성자로 바꾸고 국가의 문서를 통속적인 말로 바꾸어야 한다.[43]

양계초는 「신민설新民說」 등에서 문어와 구어가 합일되어야 한다고 주장했을 뿐 아니라, 그의 신체新體 산문은 당시 커다란 영향력을 발휘했다. 황준헌이 이 문제를 제기한 후 12년, 즉 광서光緖 24년(1898)에 『백화총서白話叢書』의 편찬자 구정량裘廷梁은 「백화는 유신의 근본이 됨을 논하다論白話爲維新之本」이라는 글을 발표했다. 구정량은 이 글에서 문언문의 폐해에 대해 문자와 말이 확연히 다른 것은 중국인의 몸에 이국인의 손과 입이 달린 것과 같으니, 실로 이천 년 이래 문자가 가져온 대재앙이라고 통렬히 비판하였다. 그리고 이는 국가의 흥망과도 관련되는 중요한 문제이기에, 백화문을 채택하여 유신의 근본으로 삼아야 한다고 밝혔다. 이로부터 백화운동은 날로 고조되고 발전해 나갈 수 있었다. 이러한 주장은 모두 황준헌의 언문합일과 내 손으로 내 말을 적는다는 견해를 한층 더 발전시킨 것이다.

① 소설을 제창하다

소설을 중시할 것을 주장한 사람은 강유위·양계초·황준헌·하증우 등 대부분 개량주의자이다. 예를 들어 황준헌은 광서 28년(1902)에 「양계초에게與梁啓超」[44]라는 글에서 소설을 제창하며 다음과 같이 말했다.

43 求文字還合乎語言聲音, 必改象形字體爲諧聲, 易高文典册爲通俗. (「管音表自敍」)
44 『人境廬詩草箋注』卷首.

> 소설을 쓰기 어려운 것은 지금 사회의 모든 상황을 하나하나 다 경험하여 환히 꿰뚫어 표현해내고, 또 방언과 속어를 하나하나 구사하여 뜻한 바를 잘 표현해내지 않으면, 절묘한 문장이라고 칭할 수 없기 때문이다. 전자는 경험을 풍부히 쌓아야만 하고, 후자는 자료를 수집해야만 한다. 경험은 다른 사람의 것을 답습해서 취할 수 없고, 자료는 수집한 사람에게 속하는 것이기에, 『수호전』·『석두기石頭記』·『성세인연醒世姻緣』·서양소설에서부터 속어, 비유어·형용어·우스갯소리까지 모두 베껴 소설을 지을 때 사용하는 것도 하나의 방법이다.[45]

여기에서는 소설의 주요 역할을 제창하였을 뿐 아니라, 작가는 풍부한 경험이 있어야 하고, 여러 사회상황을 많이 접해 잘 알아야 하며, 개성화된 언어의 수집과 축적에도 주의를 기울여야 한다고 했다. 이는 개량주의 소설이론 중에서도 중시할 만하다.

그러나 황준헌의 이론에도 한계가 있다. 만년에 그는 실사구시 교육의 영향으로 봉건제도의 상황이 이미 절망적인 상태까지 이르렀음을 인지하였지만, 봉건 통치자에 대해서는 여전히 죽어가는 것을 보고 구하지 않을 수 없다는 태도를 보였다. 그들이 일련의 개량주의 방법을 제기한 것은 몰락 위기에 놓인 봉건주의를 구제하기 위해서인데, 중국 자산계급의 정치적인 나약함과 철저하지 못함을 그대로 다 드러냈다. 문학적인 면에서도 마찬가지이다. 그의 시가 이론과 창작은 주요 방면에서 진보적 성향을 보였다. 「출군가出軍歌」·「유치원상학가幼稚園上學

45 小說所以難作者, 非擧今日社會中所有情態一一飽嘗爛熟, 出於紙上, 而又將方言諺語, 一一驅遣, 無不如意, 未足以稱絕妙之文. 先者須富閱歷, 後者須集材料. 閱歷不能襲而取之, 若材料則分屬一人, 將『水滸』·『石頭記』·『醒世姻緣』, 以及泰西小說, 至於通行俗諺, 所有譬喻語·形容語·解頤語, 分別抄出, 以供驅使, 亦一法也.

歌」 등과 같은 비교적 통속적인 시가도 지었지만, 기본적으로는 여전히 '옛 술병에 새 술을 담는' 방식의 개량이고, 전통시의 내적 변화에 불과했다. 이는 양계초의 말처럼 옛 풍격에 새로운 의경을 담은 것이지, 사상에서 형식에 이르기까지 철저한 개혁은 아니었다. 문단에 혁명은 없으나 유신은 있다고 말한 황준헌도 이 점을 아주 적절히 잘 설명하였다. 이른바 문단의 유신이란 바로 문단의 개량운동이다. 양계초 등은 시계혁명이 황준헌에 이르러 최고조에 달했다고 높이 떠받들었지만, 여기에서 말한 혁명은 개량주의자의 눈에 비친 혁명, 즉 개량을 의미한다.

요컨대 당시의 역사 상황에서, 유신파의 깃발을 내건 황준헌의 시가 창작과 이론은 근대 문학사와 이론비평에서 중요한 위치를 차지한다.

제3절 양계초梁啓超

양계초(1873~1929)는 자가 탁여卓如, 호는 임공任公, 별명은 음빙실주인飮冰室主人이고, 광동廣東 신회新會 사람이다. 강유위康有爲를 적극적으로 지지하며 함께 변법운동을 주도한 자산계급 개량주의자이자 정론가요 걸출한 계몽주의자이다. 세상에서 강유위와 더불어 강량康梁이라고 병칭한다.

1) 양계초의 사상과 문예관

무술 변법운동이 일어났을 때 양계초는 「시무보時務報」와 「청의보淸議報」 등의 발간을 주관하며 개량주의를 고취하였다. 「변법통의變法通議」에서 변혁을 요구하는 이론을 집중적으로 제기하였는데, 천지간에 있는 것 가운데 변하지 않는 것은 없고 인류 또한 예외가 아니기에 변화는 고금의 당연한 이치라고 하였다. 그는 청나라의 쇄국정책이 국가를 빈곤하게 하고 낙후시켰을 뿐 아니라 지식인을 무지몽매하게 만들어, 배우는 자들은 과거시험을 치르는 데 필요한 문장 이외에는 아는 것이 하나 없고, 우수한 자들은 고증과 문장의 수식에만 힘써 예로부터 숭상되어온 것들이 모두 산산조각 나고 말았다고 하였다. 한없이 넓은 바다를 예로 들어 다른 것을 받아들일 것을 말하였지만, 눈만 크게 뜨고 믿지를 않아, 결국 제국주의의 침략을 당한 것이라고 지적하였다. 그는 당시 상황에서 중국은 변해야만 한다며, 변하려고 해도 변할 것이고 변하지 않으려고 해도 변하게 될 것이라고 하였다. 변하려고 하여 변하게 되는 것은 변화의 권한이 자기에게 있는 것이고, 변하지 않으려고 해도 변하게 되는 것은 변화의 권한이 다른 사람에게 있는 것이라고 하였다. 이는 제국주의의 침략이 변하지 않을 수 없도록 중국을 압박하고 있음을 말한 것이다. 이처럼 변혁을 요구한 그의 이론은 분명 시대적 요구에도 부합할 뿐 아니라, 사상해방의 의의도 지닌다. 그는 적극적으로 사상해방과 민족주의, 자산계급의 자유·평등·박애·인권 등을 제창하고, 봉건주의 사상의 속박과 도덕 관념에 반대하였다.

무술정변이 실패한 후 강유위와 양계초는 외국으로 도망가 보황당保皇黨을 조직하고 혁명에 반대하였지만, 강렬한 애국주의 사상을 지니고 있었다. 후에 원세개, 북양군벌北洋軍閥 여원홍黎元洪과 단기서段祺瑞 밑에서 사법부장과 재정부장 등을 역임하였다. 만년에는 교육과 학술연구에 종사하였고, 저서로는 『음빙실합집飮冰室合集』이 있다.

초기의 양계초는 뛰어난 자산계급 개량주의자였다. 산문과 시가, 정론政論과 문학이론 방면에 두드러진 성취가 있었는데, 당시는 물론 이후에도 커다란 영향을 미쳤다.

양계초는 문학이론에서 다방면의 문제에 대해 언급했다. 산문에서는 동성파를 강력히 반대하고 신문체新文體를 주장하였으며, 창작을 통해 이를 실천했다. 매끄럽고 명쾌하며, 통속적이어서 이해하기 쉬운 신문체는 당시 큰 영향을 미쳤다. 그는 이렇게 말하였다.

> 그러나 동성파는 문장으로 말하자면 답습하여 꾸밀 뿐 사회에서 제재를 취한 바가 없고, 학술로 말하자면 공소한 내용을 장려하여 창조를 방해하였으니 사회에 무익할 뿐이다.[46]

> 나는 평소 동성파의 고문을 좋아하지 않았다. 젊어서는 동한·위·진의 문장을 본받고, 엄격하면서도 정련된 것을 대단히 숭상했다. 문체해방을 주장한 이후부터는 평이하면서도 뜻이 잘 통하는 문장을 짓는 데 힘쓰고, 때로는 속어와 압운한 말, 외국어 등을 섞어서 거리낌 없이 글을 지었다. 학자들이 다투어 이를 본받으며 신문체라고 불렀다. 선배들은 나를 미워하여 사이비라고 비난하였지만, 문장은 조리 있고 뜻이 명확하며 내용에 정감이 담겨 있어, 독자에게 또 다른 매력을 주었다.[47]

양계초의 산문 창작과 그 이론은 모두 자산계급 개량주의의 정치적 필요에 부응한 것으로, 중국 전통산문이 새로운 역사 상황에서 새로운

---

46 然此派者, 以文而論, 因襲矯揉, 無所取材. 以學而論, 則獎空疏, 閼創獲, 無益於社會. (『清代學術概論』 19)

47 啓超夙不喜'桐城派'古文, 幼年爲文, 學晚漢魏晉, 頗尚矜煉. 至是自解放, 務爲平易暢達, 時雜以俚語·韻語, 及外國語法, 縱筆所至不檢束. 學者競效之, 號'新文體'. 老輩則痛恨, 詆爲野狐. 然其文條理明晰, 筆鋒常帶感情, 對於讀者, 別有一種魔力焉.

형식으로 변화하는 데 큰 영향을 끼쳤다. 아울러 그는 신사상계의 진섭陳涉[48]이라고 자부하였는데, 그의 중대한 역사적 역할은 완전히 부정할 수 없다. 하지만 그의 견해는 이론적 체계가 결여되어 있으며, 시가이론 역시 그러하다. 그는 당시 신파시新派詩의 훌륭한 작가였을 뿐만 아니라, 『음빙실시화飮冰室詩話』를 지어 신시파에 대단히 고무적인 영향을 미쳤다.

개량주의자들 중에서도 양계초는 누구보다 적극적으로 시계혁명詩界革命을 장려하여 다음과 같이 말했다.

> 과도기에는 반드시 혁명이 필요하다. 그러나 혁명이란 그 정신을 개혁하는 것이지, 그 형식을 개혁하는 것이 아니다. 우리 동지들은 근자에 시계혁명을 말하기를 좋아하는데, 그렇다고 할지라도 만약 온통 새로운 용어로 종이를 채우는 것을 혁명이라 여긴다면, 이는 또 변법이니 유신이니 하는 것과 마찬가지가 될 것이다. 옛 풍격에 새로운 의경意境을 담을 수 있어야만 혁명의 실질이라고 할 수 있다.[49]

양계초는 황준헌의 시를 높이 평가하면서, 정치와 외교 방면에서의 경험과 견문이 그의 시를 음양陰陽과 개합開闔의 변화가 무궁하게 만

48 新思想界之陳涉. (『清代學術概論』 26)
[역자주] 진섭陳涉(?~B.C.208) : 진나라 말기 농민운동을 이끌었던 진승陳勝을 말한다. 섭涉은 그의 자字이고, 지금의 하남성河南城 양성陽城 사람이다. 그가 오광吳廣과 연합하여 대택향大澤鄉에서 일으킨 농민운동은 진에 항거하여 일어난 첫 번째 기의起義이다. 진승은 진군陳郡을 점거하고 왕이라 칭했으나, 진나라 장수 장감章邯에게 패하여 죽임을 당하였다. 후일 유방이 왕이 된 후 진승을 진은왕陳隱王이라고 추존하였다.

49 過渡時代, 必有革命. 然革命者, 當革其精神, 非革其形式. 吾黨近好言詩界革命. 雖然, 若以堆積滿紙新名詞爲革命, 是又滿洲政府變法維新之類也. 能以舊風格含新意境, 斯可以擧革命之實矣. (『飮冰室詩話』)

들어 그 단서를 찾을 수 없게 하고, 옛사람의 시 가운데 독보적으로 의경을 갖추게 했다고 하였다. 그의 『음빙실시화』는 주로 강유위·담사동·하증우·장지유 등의 시를 선전하였는데, 특히 개량주의자의 기수旗手인 황준헌의 시가 신체시新體詩를 선전하고 보급하는 데 매우 중요한 역할을 하였음을 강조하였다. 『음빙실시화』에는 시계혁명에 대한 중요한 사료도 많이 보존되어 있다. 예를 들면 다음과 같다.

> 내가 일찍이 황준헌·하증우·장지유를 근세의 시가삼걸詩歌三傑이라고 추앙한 것은, 그들의 이상이 심오하고 원대하기 때문이다. 예전에 황준헌의 「출군가」를 읽고 미친 듯이 기뻐했는데, "웃음을 지으며 보검을 바라보네"라는 두보의 시를 읽는 것 같은 즐거움이 느껴져, 이를 『소설보』 제1호에 실었다. 정신이 웅장하고 활발하며, 웅혼하고 심원한 것은 말할 것도 없고, 문장 또한 이천년 이래 보지 못했을 정도로 훌륭하니, 시계혁명은 그에 이르러 최고조에 달했다.[50]

양계초의 『음빙실시화』는 개량주의자들의 시를 보급하고, 시계혁명의 자료를 보존하는 데 중요한 역할을 하였지만, 이론적인 면에서 새롭고 중요한 문제를 제기하지는 못했다. 문학이론 방면에서 비교적 체계적이면서도 큰 영향을 발휘한 것은 소설에 관한 개량주의 이론이다.

---

50 吾嘗推公度·穗卿·觀雲爲近世詩歌三傑, 此言其理想之深邃宏遠也. …… 往見黃公度「出軍歌」四章, 讀之狂喜, 大有"含笑看吳鉤"之樂, 嘗以錄入『小說報』第一號. …… 其精神之雄壯活潑, 沈渾深遠不必論, 卽文藻亦二千年所未有也, 詩界革命之能事至斯而極矣. [역자주] "含笑看吳鉤"는 두보의 시 「후출새後出塞」 5수에 나오는 구절이다. 오구吳鉤는 춘추 시기 오왕吳王 합려闔閭가 만든 칼로, 후에는 보검을 가리키는 말로 쓰였다.

2) 소설을 제창하다

양계초는 소설 개량을 일찍 제창한 사람 중의 하나이고, 평생 소설에 관한 글을 많이 발표하였다. 그중 가장 유명한 것은 광서 28년(1902) 『중화소설계中華小說界』 2권 1기에 발표한 「소설과 사회통치의 관계論小說與群治之關係」이다. 이 글은 당시 문단에 큰 영향을 미쳤다.

이 글과 양계초의 소설에 관한 모든 견해에는 한 가지 기본적인 중심사상이 있는데, 소설이 개량주의 정치운동을 위해 봉사해야 한다는 것이다. 만청晩淸 자산계급 개량주의 정치운동은 1898년에 일어난 무술정변을 분계선으로 삼을 수 있다. 정변 이전의 개량파는 아직 진보적인 면을 지니고 있었다. 정변 이후 그들은 군주입헌을 선전하고, 당시 나날이 거세지는 자산계급 민주주의 운동에 반대하면서 점차 진보를 방해하는 세력으로 변했다. 그러나 당시의 투쟁은 주로 정치적인 것에 집중되어 있고 사상 영역의 투쟁 역시 복잡하게 얽혀있기에, 정변 이후 1902년에 발표된 양계초의 「소설과 사회통치의 관계」는 당시의 역사적 배경을 바탕으로 고찰하고 구체적으로 분석해야지, 일괄적으로 부정해서는 안 된다.

① 소설개량과 정치개량

「소설과 사회통치의 관계」에서 양계초는 기존의 관념을 완전히 뒤집어, 소설이 국가를 새롭게 하고 일으킬 수 있는 근본적이면서도 유일한 것이라면서 소설의 지위를 제고하였다. 소설은 공기와 같고 양식과 같아 피하려 해도 피할 수 없고 막으려 해도 막을 수 없는, 감동을 주는 힘이 가장 큰 보편적인 예술이라고 하였다. 그러나 그 공기에는 더러운 물질이 함유되어 있고 그 양식에는 독성이 함유되어 있어, 그것을 들이마시고 먹는 사이에 몸이 초췌해지고 오그라들어 처참히 죽어가고 추락하게 되는 것은 정해진 일이라고 하였다. 그러므로 지금 공기를 정화하지 않고 양식을 골라내지 않으면, 매일 인삼과 복령을 먹고 약으로 치료한다 해도 늙고 병들어 죽는 고통에 빠지는 것을 구할 방법이 없을 것이라고 하였다. 역사적으로 새로운 사상이 제기되면 언제나 자세한 분석을 거치지도 않고 전통을 배척하기 마련인데, 양계초 또한 예외가 아니었다. 소설의 효용에 대한 이와 같은 인식에서 출발하여, 양계초는 자산계급 개량주의의 입장에 서서 중국 고대소설의 사상을 다음과 같이 평가하였다.

> 중국에서 장원급제와 재상이 최고라는 사상은 어디에서 왔는가? 소설이다. 중국인의 재자가인 사상은 어디에서 왔는가? 소설이다. 중국인의 강호 협객과 도적 사상은 어디에서 왔는가? 소설이다. 중국인의 귀신과 요물 사상은 어디에서 왔는가? 소설이다. 이와 같은 것을 어찌 귀를 당겨 열심히 가르쳐주었겠으며, 의발을 전수 받았겠는가? 아래로는 백정·계집종·상인·병졸·노파·갓난아기·어린이로부터, 위로는 대인군자·뛰어난 재주를 가진 자·석학에 이르기까지, 반드시 위의 여러 사상 가운데 하나는 가지고 있다. 그렇게 하라고 지시한 사람은 없지만, 마치 누군가의 지시를 받은 것처럼 말이다. 백 수십 종에 달하는 소설의 힘은 직접 간접으로 사람에게 해를 미치는 것이 이처럼 대단하다.(즉 소설을 읽는 것을 좋아하지 않는 사람이 있다 할지라도 이런 종류의 소설이 이미 점차 사회에 스며들어 풍조를 형성하게 되면, 태어나기도 전에 이미 그 유전자를 받고, 세상에 태어난 후에도 또 그 영향을 받게 된다. 비록 현명하고 지혜로운 사람이라 할지라도 스스로 빠져나올 수 없기에 간접적이라고 하는 것이다.)[51]

이에 양계초는 중국이 모든 방면에서 낙후되고 부패한 것을 모두 중국 고대소설의 탓으로 돌리며, "오호라! 소설이 군중을 위험에 빠지게 함이 이 지경에 이르렀구나, 이 지경까지 이르렀어!"라고 개탄하였다. 「번역본 정치소설 서문譯印政治小說序」에서는 중국 소설에 대해 그 본질을 보면 음란과 도적질을 가르치는 두 종류에서 벗어나지 않는다고 하였고, 심지어 현실주의의 명저인 『수호전』과 『홍루몽』도 모두 이러한 작품에 속하는 것으로 간주하였다. 「소설가에게 고함告小說家」[52]에서는 단도직입적으로 십 년 전의 구사회는 대부분 구소설 세력이 만든 것이라고 말하였다. 「소설과 사회통치의 관계」에서도 당시 소설이 음란과 도적질을 가르치는 데서 벗어나지 못하는 현상에 대해 날카롭게 비판하면서 다음과 같은 결론을 내렸다.

> 지금 여러 사회문제를 개량하고자 하면 반드시 소설계의 혁명으로부터 시작해야 하고, 백성을 새롭게 하려면 반드시 소설을 새롭게 하는 것으로부터 시작해야 한다.[53]

> 한 나라의 국민을 새롭게 하려면 먼저 그 나라의 소설을 새롭게 해야

---

51 吾中國人狀元宰相之思想何自來乎? 小說也, 吾中國人佳人才子之思想何自來乎? 小說也. 吾中國人江湖盜賊之思想何自來乎? 小說也. 吾中國人妖巫狐鬼之思想何自來乎? 小說也. 若是者, 豈嘗有人焉提其耳而誨之, 傳諸鉢而受之也? 而下自屠爨販卒, 嫗娃童稚, 上至大人先生·高才碩學, 凡此諸思想, 必居一於是. 莫或使之, 若或使之, 蓋百數十種小說之力, 直接間接以毒人, 如此其甚也.(卽有不好讀小說者, 而此種小說旣已漸漬社會, 成爲風氣, 其未出胎也, 固已承此遺傳焉. 其旣入世也, 又復受此感染焉. 雖有賢智, 亦不能自拔, 故謂之間接.)

52 『中華小說界』 2권 1기, 1915년.

53 故今日欲改良群治, 必自小說界革命始, 欲新民, 必自新小說始.

> 한다. 그러므로 도덕을 새롭게 하려면 반드시 소설을 새롭게 해야 하고, 종교를 새롭게 하려면 반드시 소설을 새롭게 해야 한다. 정치를 새롭게 하려면 반드시 소설을 새롭게 해야 하고, 풍속을 새롭게 하려면 반드시 소설을 새롭게 해야 한다. 학예를 새롭게 하려면 반드시 소설을 새롭게 해야 하고, 인심과 인격을 새롭게 하려면, 반드시 소설을 새롭게 해야 한다.[54]

「소설가에게 고함」에서는 앞으로의 사회 명맥은 거의 소설가의 손에 달려있다고 하였다. 양계초의 이러한 견해들을 개괄해보면, 당시 중국의 극단적인 부패는 중국 소설의 영향 때문이며 소설은 모든 악의 근원이고, 장차 중국이 부강해지는 것 또한 오직 소설에 달려있으므로 개량주의 소설을 이용해 진흥振興을 도모해야 한다는 것이다. 여기서 양계초가 소설의 정치와 사회 기능을 강조한 것은 소설의 사회적 지위를 제고시키는 데 당연히 긍정적인 역할을 하였다. 개량주의의 요구에 근거하여 새로운 소설 창작에 노력해야 한다는 주장 또한 긍정적인 의의가 있다. 그러나 중국 고전소설의 모든 것을 부정하는 그의 허무주의적인 태도에 대해서는 잠시 논하지 않더라도, 사회의 경제기초와 물질생산 등이 역사발전을 결정하는 기본적인 원인으로 간주하지 않고, 의식형태 영역에 속하는 소설을 사회와 역사발전의 근본적인 요소로 간주한 것은 결국 황당무계할 뿐이다. 문화와 문예는 사회경제의 상층구조로 경제기초에 반작용을 일으킬 수는 있지만, 결코 경제 발전을

54 欲新一國之民, 不可不先新一國之小說. 故欲新道德, 必新小說. 欲新宗教, 必新小說. 欲新政治, 必新小說. 欲新風俗, 必新小說. 欲新學藝, 必新小說. 乃至欲新人心, 欲新人格, 必新小說.

결정할 수는 없다. 당시의 중국을 여러 방면에서 부패시킨 것이 모두 봉건사회의 소설 때문이라고 간주한 것은 통치를 잘못한 청 왕조에게 사실상 면죄부를 준 것이다. 이는 단지 일반적인 논리나 추리라고 할 수 없는데, 양계초 자신이 여러 부분에서 인정했다. 예를 들어 그의 미완성 소설 『신중국미래기新中國未來記』에서 세상은 원래부터 불평등하여 통치하는 사람은 소수이고 통치를 받는 사람은 다수인 것은 피할 수 없는 일이라느니, 전제정치는 수천 년 이어져 온 중국의 고질병이지만 그 원망을 한 성씨 한 사람에게 돌릴 수는 없다느니, 지금의 황제는 이렇게 인자하고 현명한데 어떻게 전혀 가망이 없다는 말이냐고 한 것이 그러하다. 양계초의 이러한 견해는 사실 당시 사회의 기본적인 모순을 인정하지 않고 반제국반봉건 투쟁으로 목표를 바꾼 것이기에, 정치적으로 유해하다. 같은 해에 발표한 「신민설新民說」·「삼가 우리 문인들에게 고함敬告我同業諸君」에서도 중국이 부패하고 낙후된 원인을 모두 국민이 미개하고 타락한 탓으로 돌렸다. 그는 일본 명치明治 시기 사람인 후쿠자와 유키치[55]의 영향을 받아 적극적으로 계몽교육을 진행해, 백성을 새롭게 하고 현대적 의식을 갖춘 국민을 양성해야 한다고 주장했다. 이는 당시의 역사 상황에서 볼 때 대단히 의미 있는 일이다. 그러나 그가 제기한 '신민新民'의 목표는 동시에 혁명을 두려워하게 하기 위해서였다. 즉 당시 흥기한 자산계급 민주혁명을 저지하기 위한 것이다.[56] 그가 말하는 소설혁명 역시 마찬가지이다. 그는 『신중국미래

---

55 [역자주] 후쿠자와 유키치(1835~1901) : 일본의 작가이자 교육가, 계몽사상가이다. 서양문물을 받아들여 봉건 시대를 타파할 것을 주장했다. 특히 자연과학과 국민계몽의 중요성을 강조하여 일본이 근대로 나아가는 데 큰 역할을 하였다.

56 이는 자신의 미완성 소설 『신중국미래기新中國未來記』에서 선전한 "혁명이 일어나면

기』 제1회 설자楔子에서 이전 황제를 현명한 사람이라고 칭송하며, 황제 보호 운동을 적극 미화하였다.

양계초는 소설혁명을 제창할 때 중국 구소설에 흩어져 있는 재자가인·장원급제·재상 사상을 비판하여 진보적인 요소를 드러냈고, 후에 일어난 반봉건투쟁 사상에 긍정적인 영향을 끼쳤다. 그러나 이는 양계초가 철저하게 반봉건이라는 것을 의미하는 것은 아니다. 그는 봉건통치자를 찬양했을 뿐 아니라, 소설평론에서 여러 차례 봉건사상을 선전하였다. 예를 들면 충을 말하거나, 효를 말하거나, 절의를 말한 일부 만청 소설을 찬양한 것이 그러하다. 그가 어느 정도 진보적인 요소를 드러낸 것은 충분히 긍정할 만하지만, 봉건사상을 선전한 것마저 무시해버릴 수는 없다.

이렇게 볼 때 양계초와 강유위 등이 소설의 사회적 지위를 적극적으로 높여 문학 가운데 가장 뛰어나다고 한 것은 봉건사회 정통 문인들이 하찮게 여겼던 소설의 사회적 지위를 변화시켰다는 점에서 일정 정도 긍정적인 의의를 지닌다. 아울러 만청 소설 발전에 직접적이면서도 중대한 영향을 끼쳤다. 그는 자신이 창간한 『신소설新小說』에도 애국주의 사상을 지닌 적지 않은 작품을 발표했는데, 이 또한 충분히 인정받을 만하다. 그러나 그들의 이러한 이론은 당시의 역사 상황에서 볼 때 낙후된 일면을 지니고 있다는 것도 홀시할 수 없다.

반드시 옥석을 가리지 않고 모두 태워버리게 된다(革命起來, 一定玉石俱焚)"라는 관점과 완전히 일치한다.

② 정치소설을 제창하다

개량주의 정치운동의 필요에 의해 양계초는 개량주의 정치소설을 특별히 제창하고, 다음과 같이 적극적으로 고취하였다.

> 옛날 유럽 각국에서 변혁을 처음 시작할 때, 대학자들과 의롭고 큰 뜻을 품은 사람들이 자신이 경험하고 마음에 품었던 정치적 주장을 모두 소설에 기탁하였다. 그리하여 옛 학문 연구에 종사하는 사람들도 한가한 시간에 손으로 쓰고 입으로 낭독하였다. 아래로 병사·상인·농민·공인工人·마부·부녀자·어린이들까지 베껴 쓰고 낭독하지 않는 자가 없었으니, 책이 출판될 때마다 그 소설에 대한 전국적 논쟁으로 큰 변화가 일어났다. 미국·영국·독일·프랑스·오스트리아·이탈리아·일본 등의 정치계가 날로 발전한 데는 정치소설의 공이 가장 컸다. 영국의 어떤 명사는 "소설은 국민의 혼이다."라고 하였는데, 어찌 그렇지 않겠는가! 어찌 그렇지 않겠는가![57]

양계초는 서양의 자산계급을 모범으로 삼아 개량주의를 위해 봉사하는 정치소설을 중시해주기를 희망하였다. 여기에는 개량주의자 문학관의 정치적 편향성이 선명하게 드러난다. 혹자는 그들이 소설을 중시하고 제창한 것은 사실 당시 정치투쟁의 필요에서 기인한 것이라고 하였다.

---

57 在昔歐洲各國變革之始, 其魁儒碩學, 仁人志士, 往往以其身之所經歷, 及胸所懷政治之議論, 一寄之於小說. 於是彼中綴學之子, 黌塾之暇, 手之口之, 下而兵丁·而市儈·而農氓·而工匠·而車夫馬卒·而婦女·而童孺, 靡不手之口之. 往往每一書出, 而全國之議論爲之一變. 彼美·英·德·法·奧·意·日本各國政界之日進, 則政治小說爲功最高焉. 英名士某君曰: "小說爲國民之魂" 豈不然哉! 豈不然哉! (「譯印政治小說序」)

③ 훈熏·자刺·침浸·제提

소설의 특징에 대해 양계초는 치밀하고 탁월한 견해를 가지고 있다. 그는 사람들이 유독 소설을 좋아하는 원인이 두 가지가 있다고 하였다. 첫째, 사람들의 본성이 현재의 상황에 스스로 만족할 수 없기 때문이라고 했다. 다시 말해 사람들이 소설 읽기를 좋아하는 이유는 소설이 사람들에게 새로운 이상을 줄 수 있기 때문이라는 것이다. 둘째, 사람들은 스스로 경험한 경지에 대하여 무의식적이고 습관적으로 행하기 때문에, 즐거워하든 슬퍼하든 원망하든 노여워하든 그리워하든 놀라든 근심하든 부끄러워하든 모두 그렇게 된 것을 아는 듯하지만, 사실 그 까닭을 알지 못한다는 것이다. 자신의 마음의 상태를 묘사하고 싶지만, 마음으로도 깨달을 수 없고 입으로도 말할 수 없고 붓으로도 전할 수 없는데, 어떤 사람이 낱낱이 다 드러내면, 책상을 치며 "멋져, 멋져! 바로 이거야 이거!"라고 연발하면서 당신의 마음이 내 마음을 감동시켰다고 한다는 것이다. 다시 말해 소설은 생활을 인식하고 재현하는 역할과 특징이 있기 때문에 사람들이 좋아한다는 것이다. 양계초의 이러한 견해는 분명 식견이 돋보이는데, 특히 언급할 만한 것은 전자는 이상파 소설이 숭상하였고, 후자는 사실파 소설이 숭상하였음을 지적한 점이다.

양계초가 소설은 낭만주의와 현실주의로 구분된다고 주장했는데, 이것은 참신한 명제로 서방 문화의 영향을 받았음이 분명하다. 그리고 소설의 특징을 훈熏[58]·침浸[59]·자刺[60]·제提[61] 4개 특징으로 구분했는

58 熏染의 뜻으로, 물드는 것을 말한다.

59 浸染의 뜻으로, 熏은 공간적으로 물드는 것을 말하고, 浸은 시간적으로 스며드는 것을

데, 완전히 합리적인 것은 아니지만, 대체적으로 소설의 사회적 역할 및 사람과 사회를 조용히 감화시키는 기본 특징을 잘 파악하였다. 특히 '제'의 특징에서는 소설 속 주인공이 학습과 모방의 대상이 될 수 있다고 주장하였다.

> 책 속에 빠져 책 속의 주인공이 된다.[62]

> 책 속의 주인공이 워싱턴이면 독자는 워싱턴이 되고, 주인공이 나폴레옹이면 독자는 나폴레옹이 된다. 주인공이 석가모니고 공자면 독자는 석가모니가 되고 공자가 된다고 했는데, 분명 그렇다.[63]

여기에서 양계초가 사람들에게 제시한 모방과 학습의 본보기는 당연히 개량주의자들의 눈에 비친 영웅과 위인이다. 그러나 소설 속 주인공이 학습과 모방의 대상이 될 수 있음을 지적한 것은 사실과 부합한다. 협인俠人도 이 점을 강조하여 내가 어떤 이상을 가지고 있으면 그러한 인물을 만들어 세상에 드러낸다고 하였고, 소설을 쓰는 이유는 사회가 매우 필요로 하지만 아직까지 존재하지 않던 인물을 보여 주기 위해서이며, 과거에 이러한 사상을 마음속에 품고도 감히 확신할 수 없었던

말한다.

60 자극을 받아 감정이 변하는 것이다.

61 자신의 수준을 높이는 것이다.

62 入於書中, 而爲其書中之主人翁. (「論小說與郡治之關係」)

63 吾書中主人翁而華盛頓, 則讀者將化身爲華盛頓. 主人翁而拿破侖, 則讀者將化身爲拿破侖. 主人翁而釋迦孔子, 則讀者將化身而爲釋迦孔子, 有斷然也. (「論小說與郡治之關係」)

자는 이것으로써 하루아침에 자신감을 갖게 된다고 하였다. 이상적인 인물 창조를 강조한 것은 당시 일부 개량주의자들의 공통된 요구였다. 이것은 근본적으로 그들의 정치투쟁의 필요에 따라 제기된 이상적인 인물관이다. 그러나 협인은 소설에서 창조된 어떤 인물도 당시 사회사상의 제약을 받지 않을 수 없다고 하였다. 즉 소설은 현 사회의 견본이기에 어떤 소설을 막론하고 소설 속에 담긴 사상은 당시 사회의 범위를 벗어날 수 없는데, 이는 마치 거푸집과 형태의 관계와 같고 사물과 그림자의 관계와 같다고 하였다.[64] 당시와 같은 역사 조건에서 이처럼 소박한 유물주의 문학관을 제기한 것은 분명 가치가 있다. 이러한 주장은 사실 소설이 사회를 만든다는 양계초 자신의 관점을 비판한 것이다. 그는 소설이 사람을 끌어들이는 역량을 가지고 있는 이유를 분석하면서 편면적인 관점을 드러내기도 했다. 그는 예술이란 경악하게 하고 슬프게 하고 감동시키는 힘을 가져서, 그것을 읽고 엄청나게 무서운 악몽에 시달리고 흐르는 눈물을 끊임없이 닦게 한다는 점을 중시하였다. 그리고 이것은 결코 즐겁고 재미있다는 말로 해석되는 것이 아니라고 여겼다. 이 말은 어느 정도 일리가 있지만, 경악하고 슬프고 감동적인 작품도 독자들이 거대한 미감을 느끼게 하고 그 가운데에서 심미적 기쁨을 얻게 된다는 것을 이해하지는 못했다.

④『소설총화小說叢話』를 창간하다

양계초를 대표로 하는 일군의 작가들은 '소설총화'라는 비평양식을

64 小說者, '今社會'之見本也. 無論何種小說, 其思想總不能出當時社會之範圍, 此殆如形之於模, 影之於物矣. (『小說叢話』)

창조하였다. 이전의 사화詞話나 시화詩話처럼 짧기도 하고 길기도 하여 형식에 구애받지 않고, 소설계의 일화를 기록하고 소설에 대한 자신들의 다양한 견해를 발표하였다. 이는 문학비평에 새로운 형식을 개척한 것으로, 그 가운데는 비교적 훌륭한 견해들도 보인다. 예를 들면 다음과 같다.

> 문학의 진화에는 중요한 것이 하나 있는데, 바로 고어古語의 문학이 속어의 문학으로 변했다는 점이다. 각 시대 문학사의 전개는 이 궤도를 따르지 않은 적이 없다. 선진先秦시대의 글은 대부분 속어를 사용하였다. 그리하여 선진시대 문학계의 찬란한 발전이 수천 년의 역사 가운데 최고라고 칭해진다. 일반 논자들은 대부분 송원宋元시대 이후를 중국문학의 쇠퇴기라고 한다. 그러나 나는 그렇지 않다고 생각한다. 대체로 육조六朝시대의 글은 언급할 만한 것이 거의 없다. 당대唐代의 한유와 유종원 같은 현자들이 스스로 팔대八代의 쇠퇴함을 일으켰다고 말했는데, 그렇다면 그들의 문장 가운데 문학사에서 가치 있는 것은 몇 개나 될까? 한유는 삼대三代와 양한兩漢의 글이 아니면 보려고 하지 않았다고 했는데, 이것이 문장을 병폐에 빠지게 하는 근원이 되었다고 생각한다. 송宋 이후부터 중국 문학이 정말로 크게 발전하였다. 왜 그랬을까? 속문학이 크게 발전했기 때문이다. 송 이후 속문학은 크게 두 파가 존재한다. 하나는 유가와 선가禪家의 어록이고, 다른 하나는 소설이다. 소설은 고어의 문체로는 절대 잘 쓸 수 있는 글이 아니다. 진실로 사상을 널리 알리려면, 이 속문학의 문체를 소설가만 써서는 안 될 것이다. 모든 문장이 그렇게 되지 않으면 안 된다. 언어와 문자가 점점 멀어진 지금, 이것을 하는 것은 정말로 쉬운 일이 아니다. 내가 직접 경험했기에 그 점에 대해서는 내가 가장 잘 안다.[65]

65 文學之進化有一大關鍵, 卽由古語之文學變爲俗語之文學是也. 各國文學史之開展,

'속문학'을 주장한 것 역시 개량주의 문학을 주장한 것으로, 이것은 사실 황준헌이 내 손으로 내가 말한 것을 쓴다고 한 언문일치의 주장과 같다. 그 목적은 문단을 오랫동안 지배해왔던 문언문을 타파하고 통속적이며 이해하기 쉬운 새로운 형식의 문학을 획득하여, '사상의 보급'이라는 개량주의 정치를 위해 복무하도록 만드는 데 있다. 그러나 객관적으로 개량주의 소설은 '속문학'의 발전에 긍정적인 의미를 가져다주었다.

3) 기타 문학 견해

① 미와 예술

양계초는 중국 근대 미학의 선구자 가운데 한 명이다. 그는 '미'란 인류 생활 가운데 중요한 요소 중 하나이거나 모든 요소 가운데 가장 중요한 것으로, 만약에 모든 생활에서 미의 요소를 빼버린다면 자유롭게 살지 못하고 심지어는 살 수 없을 것이라고 확신했다.[66] 아울러 그는 예술 속의 슬픔과 기쁨이 모두 '미'가 될 수 있다면서 다음과 같이

靡不循此軌道. 中國先秦之文, 殆皆用俗語. …… 故先秦文界之光明, 數千年稱最焉. 尋常論者, 多謂宋元以降, 爲中國文學退化時代, 余曰: 不然. 夫六朝之文, 靡靡不足道矣. 卽如唐代韓柳諸賢, 自謂起八代之衰, 要其文能在文學史上有價値者幾何? 昌黎謂: '非三代兩漢之書不敢觀', 余以爲此卽其受病之源也. 自宋以後, 實爲祖國文學之大進化. 何以故? 俗文學大發達故. 宋後俗文學有兩大派. 其一則儒家·禪家之語錄. 其二則小說也. 小說者, 決非以古語之文體而能工者也. …… 苟欲思想之普及, 則此體非徒小說家當採用而已, 凡百文章, 莫不有然. 雖然, 自語言文字相去愈遠, 今欲爲此, 誠非易事, 吾曾試驗, 吾最知之. (『小說叢話』)

66 我確信'美'是人類生活中一要素, 或者還是各種要素中之最要者, 倘若在生活全內容中把'美'的成分抽出, 恐怕便活得不自在, 甚至活不成. (「美術與生活」, 『飮冰室文集』卷39)

말했다.

> 시는 노래하고 웃게 하는 것이 좋은가, 아니면 울게 하고 절규하게 하는 것이 좋은가? 다시 말해 시의 임무는 자연의 아름다움을 찬미하는 데 있는가, 아니면 인생의 고통을 호소하는 데 있는가? 바꿔 말하면 우리는 시를 짓기 위하여 시를 지어야 하는가, 아니면 인생의 문제 중에 어떤 목적을 위해 시를 지어야 하는가? 이 두 가지 주장은 모두 매우 분명한 이유가 있을 것이니, 우리는 극단적으로 어느 쪽에 치우칠 수도 없고 또 그렇게 되는 것을 원하지도 않는다. 내가 보기에 인생의 목적도 단순하지 않고, 미도 단순하지 않다. 미를 사랑하기 위해 미를 사랑하는 것도 인생의 목적이라고 할 수 있다. 왜냐하면 미를 사랑하는 것도 본래 인생의 목적 가운데 일부분이니까. 인생의 고통을 호소하고 어두운 면을 쓰는 것도 미라고 하지 않을 수 없다. 왜냐하면 미의 작용은 자신 혹은 타인에게 쾌감을 일으키는 것에서 벗어나지 않으니까. 아픔의 자극도 쾌감의 하나다. 감정이 매우 격렬했던 두보의 경우 작품 역시 매우 격정적이어서 울고 절규하는 그의 인생길에 가깝다. 그러나 그의 울음소리는 나지막이 가라앉고 꺽꺽 흐느끼는 것이기에, 구절구절 아름다움을 내포하고 있다는 것을 알아야 한다.[67]

67 詩是歌的笑的好呀? 還是哭的叫的好? 換一句話說, 詩的任務在贊美自然之美呀? 抑在呼訴人生之苦? 再換一句話說, 我們應該爲做詩而做詩呀? 抑或應該爲人生問題中某項目的而做詩? 這兩種主張, 各有極強的理由. 我們不能作極端的左右袒, 也不願作極端的左右袒. 依我所見, 人生目的不是單調的, 美也不是單調的. 爲愛美而愛美, 也可以說爲的是人生目的. 因爲愛美本來是人生目的的一部分. 訴人生苦痛, 寫人生黑暗, 也不能不說是美, 因爲美的作用, 不外令自己或別人起快感. 痛楚的刺激, 也是快感之一. …… 像情感恁麽熱烈的杜工部, 他的作品, 自然是刺激性極強, 近於哭叫人生目的那一路. …… 但還要知道, 他的哭聲, 是三板一眼的哭出來, 節節含着眞美. (「情聖杜甫」 8, 『飮冰室文集』 卷38)

위에서 "시를 짓기 위해서 시를 짓는다"는 말은 당연히 공리성을 초월한 예술관이다. 심미적인 관점에서 두보 시를 평가한 것은 근대 중국 미학사와 문학이론 비평사에서 매우 의의를 지닌 선구적인 일로, 이를 통해 서양 근대미학이 중국에 끼친 영향을 알 수 있다. 예술적으로 표현된 슬픔과 기쁨이 모두 '미'라고 여긴 것 역시 실제에 부합한다.

② 같은 것에서 차이를 본다

양계초는 또한 예술 작품 속에 묘사된 '사물 특성'의 중요성을 충분히 인식하였다. 양계초는 예술 작품에서 가장 중요한 것은 사물의 특성을 묘사하는 것이며 사물의 특성은 서로 다르므로 분석적으로 관찰하지 않으면 안 된다고 하였다. 또 모파상을 예로 들어 어떻게 서로 다른 인물 형상을 잘 묘사할 수 있는지에 대해 설명할 때, 이러한 능력은 모두 같은 것 가운데 차이점을 발견하는 데 있다면서 일반 사람들이 주목할 줄 모르는 부분에서 감정의 특색을 찾아내야 한다고 하였다. 이렇듯 형상 창조에 관한 의견은 분명 훌륭하다. 그러나 "같은 것에서 차이점을 발견한다"는 것은 보편성에서 개성의 독특성을 발견할 수 있어야 한다는 것으로, 우연히 발생한 이 견해는 소설이론 중심까지 관통하지는 못했다.

③ 우아한 정감과 예술 가치

이 밖에 양계초는 작가의 진지한 정감을 매우 중시하였다. 심지어 두보를 감정 표현의 고수라고 추앙하면서 다음과 같이 말했다.

> 두보는 후인들에게 '시성詩聖'이라 불렸다. 시를 어떻게 써야 '성'이라

> 고 불릴 수 있을까? 기준을 확정하기는 어렵다. 나는 두보가 적어도 '정성情聖'이라는 휘호를 받을 만하다고 생각한다. 왜냐하면 그가 써낸 감정은 매우 풍부하고 진실하고 깊이가 있기 때문이다. 감정을 표현하는 방식 역시 매우 노련하여 가장 깊은 곳까지 건드릴 수 있고, 전체를 반영하면서도 원래의 모습을 잃지 않고 전기처럼 찌르르 다른 사람의 마음을 울릴 수 있다. 중국 문학계에서 감정 표현의 고수 가운데 그와 견줄 사람은 없다. 그러므로 나는 그를 '정성'이라고 부르겠다.[68]

이것은 두보를 새로운 각도에서 평가한 것으로 비교적 합당하다. 더욱 중시할 만한 것은 우아한 정감의 중요성까지 양계초가 인식했다는 점이다. 그는 예술이란 '미美'의 문학으로, 정감을 교육하는 데 가장 이로운 도구라고 하였다. 따라서 예술가에게 가장 중요한 공부는 자신의 감정을 수양하여, 고결함과 순수함의 경지로 끌어올려 내적 체험을 하는 것이라고 하였다. 마음속에서 이러한 우아한 감정을 충분히 기르고 난 후 빼어난 기술로 표현해야 비로소 예술적 가치가 없다는 모욕을 당하지 않을 것이라고 하였다. 이러한 견해는 분명 식견이 돋보인다.

이러한 견해에 입각하여 양계초는 진실한 감정으로 지은 작품들을 높이 찬양하였다. 예컨대 중국 고대의 가요는 비록 시를 잘 지을 줄 모르는 사람이 쓴 것일지라도 진실한 감정을 묘사한 것이기에 몇천 년 동안 사라지지 않고 전해질 수 있었고, 때로 전문 시인들의 시보다 감

68 杜工部被後人上他徽號叫做'詩聖'. 詩怎麼樣才算'聖', 標準很難確定. 我以爲工部最少可以當得起'情聖'的徽號. 因爲他的情感的內容是極豐富的, 極眞實的, 極深刻的. 他表情的方法又極熟練, 能鞭辟到最深處, 能將他全部完全反映不走樣子, 能像電氣一般一振一盪的打到別人的心弦上, 中國文學界寫情聖手, 沒有人比得上他, 所以我叫他做'情聖'. (「情聖杜甫」 2, 『飮冰室文集』 卷38)

동력이 뛰어나다고[69] 찬양하였다.

양계초는 한대 악부시의 가장 큰 특징은 억제할 수 없을 정도로 깊은 감정이라면서, 이는 후대에도 존재하지 않는다고 하였다. 또 악부시의 의경意境·격조格調·구법句法·자법字法은 모두 뛰어나지 않은 것이 없는데, 이와 달리 조정에서 공덕을 찬미한 작품들은 진정성이 결여되어 애초부터 훌륭한 작품이 되기 어려웠다고 하였다. 더욱이 제사용 노래들은 점점 장엄해지고 제약이 많아져 어떤 시대 어떤 사람도 좋은 작품을 가질 수 없게 되었다고 하였다.[70] 그는 이러한 인식에 근거하여 유명한 결론을 내렸는데, 바로 '참된 것이 아름답다'는 것이다. 여기서 말하는 '참됨'은 감정의 참됨이자 외물의 참됨을 반영한 것으로, 예컨대 한나라 악부 「고아행孤兒行」을 중국 첫 사실주의 시라고 찬양한 것이 그러하다. 그가 주장한 이러한 견해는 당시 봉건예교를 반대하는 의미가 있을 뿐 아니라, 창작의 실제에도 부합한다.

문학창작에서 양계초는 또한 '실제 감정'과 '상상력'의 중요성을 특별히 강조하여, 상상력 속에서 실제 감정이 살아 움직여야 글을 잘 쓸 수 있다고 하였다.[71] 이러한 의견 역시 탁월하다. 여기에서도 우리는 다시 한번 양계초의 문학이론이 서양 문론의 영향을 받았음을 알 수 있다.

---

69 能令人傳誦幾千年不廢. 其感人之深, 有時還駕專門詩家的詩而之上. (「中國之美文及其歷史」, 『飮冰室合集』 專集74)

70 朝廷歌頌之作, 無眞性情可以發攄, 本極難工. 況郊廟諸歌, 越發莊嚴, 亦越發束縛. 無論何時何人, 當不能有很好的作品. (「中國之美文及其歷史」, 『飮冰室合集』 專集74)

71 從想像力中活跳出實感來, 才算極文學之能事. (「屈原研究」, 『梁任公學術講演集』 제3집)

제4절 만청晚淸의 기타 소설이론

개량주의 정치 운동이 흥기하고 발전함에 따라 청말 민국民國 초기에 대량의 해외소설과 국내소설을 등재한 수많은 문학 간행물이 출판되었다. 양계초를 비롯한 개량주의자들의 제창하에 소설이론 역시 크게 발전하였고, 소설에 관한 많은 이론과 비평들이 발표되었다.

이러한 글에는 개량주의 관점이 많이 표현되었는데, 일부는 자산계급 민주주의 입장에 서 있었다.[72] 그들은 모두 소설의 개량을 주장했지만, 정치적 견해는 같지 않았다.

1) 소설이론의 사상적 상황

① 사상적 상황

만청의 기타 소설이론은 정치 사회사상이 서로 아주 달랐다. 어떤 사람은 사상이 비교적 급진적이어서 혁명적 민주주의자에 근접하였지만, 대부분은 개량주의나 '보황주의保皇主義'에 치우쳤다. 표현의 형태는 천차만별이었지만, 기본적으로 개량 혹은 혁명 두 파가 있었다. 예

72 서염자徐念慈를 비롯한 자산계급 민주주의자들은 남사南社의 왕종기王鍾麒와 황인黃人의 소설이론에 참가했다가 이후 자산계급 민주주의와 관련된 글을 실었다.
[역자주] 南社 : 중국 근현대사에서 중요한 영향을 끼친 자산계급혁명 문화단체이다. 1909년 소주에서 창립하였고, 발기인은 유아자柳亞子 · 고욱高旭 · 진거병陳去病 등이다. 남사는 손중산孫中山이 이끈 동맹회의 영향을 받아, "남음을 지키고 근본을 잊지 않는다/操南音, 不忘本也"는 뜻을 가지고, 자산계급 민주혁명을 지지하고, 민족의 기상을 제창하고, 만청왕조의 부패정치를 반대하고, 신해혁명을 위해 여론을 조성하는 매우 중요한 준비를 하였다. 南音은 현관弦管, 천주남음泉州南音이라고도 불린다. 복건성福建省 민남閩南 지역의 전통 음악으로, 세계비물질문화유산 가운데 하나다.

컨대 무명씨의 「중국소설 대가 시내암전中國小說大家施耐庵傳」에서는 송명이학宋明理學에 대해 아래와 같이 날카롭게 비판한 적이 있다.

> 서방 국가의 민심은 로마 이후 종교인들에게 완전히 빠져 존교주의尊教主義를 사수하느라 목숨과 재산을 로마의 교황에게 바쳤고, 중국의 민심은 남송 이후 이학가들에게 완전히 빠져 '존황주의尊皇主義'를 사수하느라 목숨과 돈을 전제 군주에게 바쳤다[73]

이렇듯 이학이 끼친 폐해에 맹렬히 반대하는 한편, 이러한 관점에 입각하여 고전소설 『수호전』을 높이 찬양하여, 봉건 전제에 반대하는 정신을 드러내었다. 또 「희곡과 탄사가 지방 자치와 연관이 있음을 논하다論戲劇彈詞之有關於地方自治」에서는 공자·묵자·예수·석가모니를 숭배하지 않는다고 공개적으로 주장하여, 진보적인 관점을 드러내었다. 그러나 또 희극 개량의 목적은 지방자치를 시행하기 위한 것이지 결코 봉건 통치를 전복시키려는 것이 아니라고 하였다. 이것은 광서 32년(1906) 윤사월 병술丙戌일에 황제의 허락을 구하는 어사 교수단喬樹枏의 "희곡을 개량하여 세상을 교화하는 근본으로 세우고, 순경부巡警部[74]에 하달하여 주관하게 하십시오"[75]라는 상주서上奏書의 정치사상과 기본적으로 일치한다. 「과학발달이 구소설의 황당하고 잘못된 사

73 西國之人心, 一死於羅馬以後之宗教家, 死守尊教主義, 日奉其性命財產, 以獻於羅馬之教皇. 中國之人心, 一死於南宋以後之理學家, 死守尊皇主義, 日奉其性命財產, 以獻於胡元之君主. (「中國小說大家施耐庵傳」, 『新世界小說社報』 제8기)

74 [역자주] 巡警部 : 청나라 국가기관. 북경 지역을 관리하는 경찰과 전국 경정警政 부서를 관할하던 최고 국가 기관이다.

75 請改良戲曲, 以立化俗之本, 下巡警部知之. (『淸實錄』, 118帙 599卷 11頁)

상을 제거할 수 있음을 논함論科學之發達可以辟舊小說之荒謬思想」에서 작가는 주나라 말기 제자백가의 글을 높이 평가하여, 오늘날 과학과 암암리에 일치되는 것들이 많다고 하였다. 한무제가 제자백가를 배척하고 지식인을 억압한 것은 과학의 발전에 악영향을 주었고, 미망迷妄한 지식과 터무니없는 거짓 담론이 세상에 해를 끼쳤다고 했다. 이러한 견해는 분명 역사적 사실과 부합한다.

그러나 동시에 봉건 관념을 널리 선전한 부분도 적지 않다. 더 많은 개량주의자들이 봉건 정통 사상과 정주이학程朱理學 사상을 공개적으로 선전하였다. 예컨대 도증우陶曾佑가 비록 「중국문학개관中國文學之概觀」에서 당시 개량주의자들처럼 옛것을 빌려 현재를 풍자하고, 진시황이 전제군주의 막대한 권위를 휘두른 것은 문학계의 일대 재앙이었다면서, 청 왕조의 봉건 전제주의를 공격하여 소중한 민주정신을 드러내었다. 하지만 동시에 송나라의 정주이학程朱理學을 추앙하여 송나라에 이르러 훌륭한 유학자들이 많이 배출되었다면서, 주돈이周敦頤·정호程顥·정이程頤·주희·장재張載의 이理와 성性에 대해 다룬 글들은 온전한 유가의 말로, 정신세계에 미치는 영향이 적지 않았다고 하였다. 또 도증우는 나라를 어찌 동과 서로 나누냐면서 시대는 오늘과 과거로 나누지 않는다면서 충효의 내용을 담은 걸출한 학자들의 글들은 모두 소설로 써서 보급해도 된다고 하였다. 또 문학의 근본적인 역할은 바로 도를 담고 덕을 밝히고 정치의 기강을 세우고 백성을 살피는 것이라고 하였다. 이러한 명제에서 우리는 그와 봉건 정통사상과의 관계도 충분히 알 수 있다.

또한 구양거원歐陽巨源(석추생惜秋生)은 1903년에 쓴 『관장현형기官場現形記』 서문에서 청나라 정부의 부패에 대해 날카롭게 지적하였는데,

그들의 황당하고 괴이한 이야기들은 종이와 먹을 아무리 써도 다 써낼 수 없다고 하였다. 그리고 당시의 상황이 나라는 약해도 관료는 강하고 나라는 가난해도 관료는 부자라고 지적하였지만, 오히려 효제충신의 구습과 예의염치의 유산이 파괴됨을 매우 안타까워하며 봉건제도를 옹호하는 정치적 입장을 선명하게 드러내었다.

또 다른 일부 개량주의자는 봉건 유학을 변호하면서 어떤 사람은 유학을 배우는 데 원칙만 고집하는 추태를 보이는데, 이는 유가의 서적을 제대로 읽지 않았기 때문이라고 하였다. 또 어떤 개량주의자는 소설을 봉건 정통 역사서의 보조 서적이라 여겼고, 또 어떤 사람은 개량주의 소설을 제창하는 목적은 바로 존왕에 있다고 공공연히 선전하였다.

군중을 대하는 태도에서 개량파의 공통된 특징은 양계초와 마찬가지로 군중을 무시하는 것이었다. 그들은 자신을 '최고의 지식인'과 구세주로 간주하고, 군중은 매우 어리석고 무지한 백성으로 보았다. 예컨대 「소설의 교육 작용을 논함論小說之教育」의 작자는 군중을 '하류사회'에 속하는 사람으로 배척하였고, 「문학의 힘과 그 관계論文學之勢力及其關係」에서 도증우는 문호文豪를 민중을 부리는 상제上帝로 간주하였다. 이른바 문장으로 명성을 떨쳐 민중을 부리고, 선도하고, 영향을 미치며, 전지전능한 신이 된다는 것이다.[76] 이러한 내용은 개량주의 소설이론 도처에 나타나는데, 인민을 배제하는 개량주의의 역사적 한계를 잘 드러낸다. 많은 개량주의자들이 『수호전』을 비난한 것은 도적들이 조정에 투항하여 귀순하는 걸 칭송하였기 때문이 아니라, 농민봉

76 從而馳騁, 憑爾驅使, 資爾誘掖, 荷爾陶鎔, 挾爾作無量化身. (「論文學之勢力及其關係」, 『著作林』 第14期)

기를 표현했기 때문이다. 이로 인해 『수호전』은 도적의 이야기로 배척당했는데, 이는 음란함과 도적질을 교사한다는 양계초의 논점을 되풀이한 것이다.

이러한 정황들은 다음과 같은 사실을 충분히 설명해준다. 즉 봉건제도와 그 중심사상에 대한 이들의 태도는 서로 매우 다르지만, 봉건주의 정통사상과 어느 정도 연관되어 있다. 그들은 개량주의를 주장했을 뿐만 아니라, 공개적으로 입헌군주제와 보황주의를 선전하였다.

이 시기에 발표된 소설이론과 평론에서 적지 않은 문제들을 제기하였는데, 다음 몇 가지로 개괄할 수 있다.

② 소설의 사회적 역할

개량주의자는 양계초의 관점을 계승하여 지속적으로 소설의 정치 사회적 효용을 적극 고취하였다. 그뿐만 아니라 양계초처럼 소설의 효용을 지나치게 과장하였는데, 이러한 예는 매우 많다.

> 중국의 모든 부패현상을 혁신하고자 하면서 어찌 소설계는 서막을 알리지 않는가? 정치와 법률을 발전시키려면 먼저 소설을 발전시켜야 한다. 교육을 제창하려면 먼저 소설을 제창해야 한다. 산업을 진흥시키려면 먼저 소설을 진흥시켜야 한다. 군사를 조직하려면 먼저 소설을 조직해야 한다. 풍속을 개량하려면 먼저 소설을 개량해야 한다.[77]

77 欲革新支那一切腐敗之現象, 盍開小說界之幕乎? 欲擴張政法, 必先擴張小說. 欲提倡教育, 必先提倡小說. 欲振興實業, 必先振興小說. 欲組織軍事, 必先組織小說. 欲改良風俗, 必先改良小說. (陶曾佑, 「論小說之勢力及其影響」, 『遊戲世界』 第10期, 1907)

> 문장은 고상함과 통속을 겸하고, 옛 사물의 찌꺼기는 버리고 정화만 흡수하여 새로운 모습으로 드러내며, 황당하고 근거 없는 말을 빌려 백성들을 깨우친다.[78]

'소설로 나라를 구한다'는 것은 당시의 매우 보편적인 관점을 대표한다. 개량파뿐만 아니라 당시 자산계급 혁명사상을 가진 사람들도 이와 같았다. 예컨대 왕종기王鍾麒는 다음과 같이 말했다.

> 지금 나라를 구하려면 소설에서 시작하지 않으면 안 되고, 개량소설에서 시작하지 않으면 안 된다.[79]

「소설과 사회개량의 관계論小說與改良社會之關係」에서 왕종기는 영국의 굴기는 영국 여왕이 소설을 제창한 것에서 비롯되었다고 하였다. 심지어 초기 걸출한 혁명 민주주의자인 노신도 중국인민의 발전을 이끌려면 반드시 과학소설에서 시작해야 한다고 하였다.

소설이 나라를 구하고 사회를 개량한다고 강조한 것은 개량주의자들의 공통된 주장이지만, 그들이 요구한 사상의 구체적인 내용은 차이가 컸다. 강렬한 애국주의 사상에서 출발한 사람들은 「소설의 교육작용을 논함論小說之教育」에서 소설의 애국주의 역할을 강조하여, 나라를 사랑하고 동포를 사랑하는 비장한 연극을 연출해야 한다고 하였다. 왜냐하면 비극이 사람을 감동시키는 힘이 가장 크기 때문이다. 이른바 러시아가 폴란드를 침공한 비극을 목도하고 눈물을 흘리지 않은 사람은 분

78 文兼雅俗·推陳出新·借齊東語, 醒亞東民. (報癖(陶曾佑), 『揚子江小說報』發刊詞)
79 今日誠欲救國, 不可不自小說始, 不可不自改良小說始. (「論小說與改良社會之關系」)

명 마음이 돌덩이일 것이라고 말한 게 그러하다. 그리고 프랑스가 스당sedan에서 패하자 참패한 모습을 유화로 그려내 나라의 수치심을 불러일으켰던 것처럼,[80] 그림을 첨부할 것을 요구하였다. 어떤 작가는 침략자가 침략할 때 언제나 문학을 수단으로 삼는 것을 매우 중시한다고 지적하였다. 또한 러시아가 폴란드를 침공하고 영국이 인도를 폐허로 만들 때, 모두 침략 전에 문학을 먼저 말살시키고 그 후 영토를 장악했다고 하였다. 백가白葭는 『십오소호걸十五小豪傑』[81] 서문에서 중국인들에게 "잠자는 사자여, 벌떡 일어나라"라고 외쳤고, 나약한 나라가 될 것인지 강한 나라가 될 것인지, 살아남을 것인지 사라질 것인지는 옛것을 지키는 데 있는 것이 아니라, 우리의 사랑스러운 청년들에 달려있다고 하면서 희망을 미래에 기탁하였다. 제국주의 열강들이 중국을 분열시키려는 음모가 도사리고 있는 상황에서 이러한 애국주의 정신은 중국 인민들의 요구를 어느 정도 반영하였고, 아울러 인민의 각성을 촉진하였다.

또 나라를 구하기 위해 많은 사람이 서양을 배워야 한다고 제창하였다.

> 저 서방의 영혼을 흡수하여 우리 국민의 마음을 담금질하라![82]

> 서방의 문화를 받아들여 저속한 풍속을 진작시키자![83]

---

80 如法人之敗於師丹, 以油繪敗狀, 激發國恥之類. (「論小說之教育」, 『新世界小說社報』 第4期)

81 [역자주] 『十五小豪傑』: 프랑스의 모험소설가인 쥘 베른Jules Verne(1828~1905)의 소설 『십오소년 표류기』이다.

82 吸彼歐美之靈魂, 淬我國民之心志. (白葭, 「十五小豪傑序」)

83 輸進歐風, 而振勵末俗. (「新小說叢序」, 1907年 第1期)

위의 내용은 당시 크게 유행하던 서양을 학습하자는 견해를 대표하는 것으로, 분명 긍정적인 역사적 의미를 지니고 있으며 진보적인 시대의 요구를 구현하였다. 그러나 서양을 배우자고 제창했던 개량주의자들의 견해는 늘 입헌 운동의 주장과 결합하여 있었다.

> 바야흐로 입헌에 대한 조서가 내려왔다. 소설은 지식을 깨우치는 데 일조하고 나아가 국민에게 입헌 자격을 갖도록 할 것이다.[84]

1906년 청나라 조정이 선포한 예비 입헌은 혁명투쟁을 완화하고자 하는 정치적 속임수에 불과했다. 만청 4대 소설잡지 중 하나였던 『월월소설月月小說』은 소설이 당시의 입헌운동을 위해 이바지해야 한다고 공개적으로 선전했는데, 낙후성이 아주 분명하다. 민권 확대를 표방한 『소설월보小說月報』는 국가 전통문화의 정수를 보존하는 것을 최우선으로 삼았다.

> 지구의 여러 나라가 중국보다 개화는 일렀으나, 성현의 배출과 도덕의 발명은 중국이 가장 발전하였다. 수천 년 동안 줄곧 도덕을 나라의 근본으로 삼았기에, 도덕이 전통문화의 정수를 독점하게 된 것은 진실로 분명하다. 만일 전통문화의 정수를 버린다면, 눈 깜짝할 사이에 나라는 망가질 것이다. 그러므로 본사는 전통문화 정수의 보존을 종지로 삼는다.[85]

84 方今立憲之詔下矣. …… 小說 …… 亦開通智識之一助, 而進國民於立憲資格. (延陵公子, 『月月小說』 1卷 第1期, 出版祝辭)

85 地球各邦, 開化之早, 莫如中國. 而聖賢之輩出, 道德之發明, 亦惟我中國爲最盛. 數千年來, 一以道德爲立國之本, 則道德爲吾國獨占優勝之國粹, 固彰彰矣. 苟放棄其

이른바 수천 년 동안 확고한 자리를 지켰던 도덕은 당연히 봉건 강상이다. 국수國粹를 보호하자는 것은 근대 사람들에게 익숙한 봉건주의를 사용하여 혁명문화에 대항하고자 한 구호이다. 개량주의자가 이처럼 국수 보호를 강조한 것은 봉건주의 모체에서 새롭게 태어난 자산계급 개량운동이 봉건주의와 밀접한 관련이 있다는 것을 충분히 설명해 준다.

그러나 개량주의자들이 이론적으로 개량소설을 적극적으로 고취했음에도 불구하고, 실제로 성취를 이룬 작품은 많지 않다. 노신 선생이 만청 4대 견책소설譴責小說로 칭한 이백원李伯元의 『관장현형기官場現形記』 등을 제외하면 실제로 성취를 이룬 소설은 매우 적다. 오견인吳趼人은 『월월소설月月小說』의 서문에서 다음과 같이 말했다.

> 지금 새로 창작되고 번역된 어마어마하게 많은 소설 중에서 군치群治의 뜻(각종 사회 문제를 처리하고 통치하고자 하는 뜻)을 구현한 것이 전혀 없다고는 말할 수 없지만, 터무니없고 조리가 없는 작품과 난해하고 매끄럽지 않은 번역본을 적지 않게 보았다. 이와 같은 것은 다른 사람이 읽어도 무슨 말인지 모르고, 내가 봐도 아무런 감정을 느낄 수 없다. 그래서 군치와는 아무런 상관이 없다. 그런데도 저들은 우쭐대면서 "나는 사회를 개량하고, 군치의 진화를 돕고자 한다"라고 말하고, 부화뇌동하며 그 본질을 잊고 있으니, 얼마나 가소로운가![86]

國粹, 卽轉瞬而不國. …… 故本社之宗旨, 首以保存國粹爲第一級競立之手段. (1907年 竹泉生, 「競立社刊行『小說月報』宗旨說」)

86 今夫汗萬牛充萬棟之新著新譯之小說, 其能(體)關係群治之意者, 吾不敢謂必無, 然而怪誕支離之著作, 詰曲聱牙之譯本, 吾蓋數見不鮮矣. 凡如是者, 他人讀之, 不知謂之何, 以吾觀之, 殊未足以動吾之感情也. 於所謂群治之關係, 杳乎其不相涉也. 然而彼囂囂然自鳴曰: "吾將改良社會也, 吾將佐群治之進化也", 隨聲附和而自忘其

위의 주장은 사실과 완전히 부합한다. 개량주의자들이 이처럼 소설을 중시한 까닭은 소설이 사람을 가장 크게 감동시키는 도구라는 것을 알았기 때문인데, 여전히 양계초의 논점을 뛰어넘지 못한다.

> 소설은 진실로 문학계에서 최상의 위치를 차지한다. 소설은 사람을 감동시키기 쉽고, 깊은 감동을 주며, 감화시키는 것도 뛰어나고, 파급력도 아주 광범위하다. 그래서 열강들은 대부분 소설에 의지해서 진화했고, 대륙 간의 경쟁 역시 소설에서 비롯되었다.[87]

이러한 관점은 물론 모두 본말이 전도된 것이기에, 당시 몇몇 사람들의 비난을 받았다. 예를 들면 서념자徐念慈는 소설의 신속한 발전이 역사적 추세라는 것을 인정하고 오늘날 동아시아 진화의 흐름은 응당 신소설을 제일로 삼는다면서, 멍청한 사람들이 늘 소설을 독이나 곰팡이로 간주하여, 공부하는 사람들이 조금이라도 보는 것을 용납하지 않는 것에 반대하였다. 한편 그는 소설의 사회 효용을 지나치게 과장하는 것도 반대하였다. 특히 언급할 만한 것은 소설은 진실로 사회를 만들어 낼 수는 없지만, 사회는 소설을 만들어 낼 수 있다고 한 견해이다. 물론 그의 사회발전에 대한 이해는 여전히 깊이가 없다.[88] 그러나 소설의 사회적 효용을 한없이 과장한 의견에 반대한 것은 본말이 전도된 도증우

眞, 抑何可笑也.

87 小說, 小說, 誠文學界中之占最上乘者也. 其感人也易, 其入人也深, 其化人也神, 其及人也廣. 是以列強進化, 多賴稗官, 大陸競爭, 亦由說部. (陶曾佑, 「論小說之勢力及其影響」)

88 그는 사회역사의 발전은 결국 두 종류의 추상적 힘이 지배하는 것이라 여겼는데, 하나는 이른바 "세력의 발전"이고, 하나는 이른바 "욕망의 팽창"이라고 하였다.

의 관점보다 한 수 위다. 이는 협인俠人이 『소설총화小說叢話』에서 다음과 같이 말한 것과 일치한다.

> 지금 조국과 사회의 부패를 통탄하는 이들은 매번 우리나라에 좋은 소설이 없는 탓으로 돌리는데, 저급한 소설이 오늘날의 나쁜 사회를 만들었는가, 아니면 저열한 사회가 나쁜 소설을 만들었는가?[89]

유아자柳亞子가 조직한 남사南社에 참여한 황인黃人[90]도 이러한 경향에 대해 비판을 제기했는데, 이러한 종류의 의견은 적절하지 않을 뿐만 아니라, 본말이 전도되었다. 자세한 것은 남사 관련 장에서 서술하겠다.

게다가 개량주의자들이 소설을 중시한 것은 정치투쟁의 필요에 착안한 것이므로, 총체적으로나 실제적으로나 소설의 예술성을 그다지 중시하지 않았다. 그러므로 당시 개량주의 소설은 보편적으로 예술적 소양을 중시하지 않았을 뿐만 아니라, 수준이 비교적 낮다. 혁명파 입장에 서서 욕혈생浴血生[91]이 지적한 것처럼, 당시 소설의 보편적 결점은 지나치게 노골적이고, 흡인력이 결핍되어 있다는 것이다.

---

89 今之痛祖國社會之腐敗者, 每歸罪於吾國無佳小說, 其果今之惡社會爲劣小說之果乎, 抑劣社會爲惡小說之因乎?

90 [역자주] 黃人(1866~1931) : 중국 근대 작가이며 비평가. 원명은 진원振元 또는 진원震元이었는데, 중년에 황인이라고 이름을 바꾸고 자를 마서摩西라 하였다. 강소성江蘇省 상숙常熟 허포滸浦 출신으로, 당시 소주蘇州의 이사신李思愼, 심수沈修, 주석량朱錫梁과 함께 '소주사기인蘇州四奇人'으로 불렸다.

91 [역자주] 浴血生 : 『소설총화』의 열두 작가 중 한 사람.

> 사회소설은 함축적일수록 재미가 있다. 『유림외사』를 읽으면, 글 운용의 묘미에 감탄하지 않을 수 없다. 예컨대 우임금이 솥을 만들자 온갖 잡귀신들이 그 모습을 숨길 수 없었는데, 작가는 포폄하는 말을 한 글자도 쓴 적이 없다. 오늘날 사회소설의 한결같은 병폐는 노골적으로 다 드러내는 데 있다.[92]

이렇듯 작품의 예술 특징에서 벗어나 정치적 요구를 일방적으로 강조하여 문학작품을 이념의 산물로 만들었으니, 후세에 끼친 부정적인 영향은 홀시할 수 없다.

2) 역사소설 및 나랏일과 관련된 제재를 창도하다

① 역사소설의 제창

개량주의 소설이 흥기하면서 개량주의자들 중에서 역사소설을 쓰는 작가들이 출현하였다. 그러나 그들이 쓴 소설은 모두 봉건정통의 역사를 선전하는 것을 목적으로 삼았고, 뛰어난 작품도 비교적 적다. "임금을 높이는 데 의미를 두고, 괴이하고 과격한 것은 취하지 않았다"[93]는 말은 그들이 제창한 역사소설의 정치적 목적을 대표한다. 오옥요吳沃堯(오견인吳趼人)의 『이십년목도지괴현상二十年目睹之怪現狀』은 진실하고 생동감 넘치게 청말 사회의 부패와 암흑을 폭로하였다. 그러나 그가 역사소설을 써야겠다고 맹세한 이유는 바로 봉건정통 역사서에서 선전

92 社會小說, 愈含蓄愈有味. 讀『儒林外史』者, 蓋無不歎其用筆之妙, 如神禹鑄鼎, 魑魅魍魎, 莫遁其形. 然而作者固未嘗落一字褒貶也. 今之社會小說伙矣, 有同病焉, 病在於盡. (『小說叢話』, 1904년 『新小說』에 실린 것으로 중점은 인용하는 사람이 덧붙인 것이다)

93 義在尊王, 無取乎詭激. (沈惟賢, 『萬國演義·序』)

한 성현의 말과 행동이 광범위하게 알려지지 않았던 것을 안타깝게 여겼기 때문이다. 다음의 글에서 이를 알 수 있다.

> 선현들의 덕행을 기록한 책들이 단지 좀 벌레의 배만 채워주고, 고대의 정화를 기록한 책들이 장항아리나 덮는 하찮은 것과 동일시되니, 참으로 슬프도다.[94]

따라서 오옥요는 소설은 정사正史에 의지해 전파하고, 정사는 소설을 앞에서 이끌어줘야 한다고 하였다. 이러한 역사소설도 모두 개량주의의 깃발을 들었다. 예를 들면 강렬한 애국주의 사상을 지닌 오옥요가 일찍이 근래 상하 계층 모두가 앞 다투어 변법과 유신을 말한다고 한 것이 그러하다. 그의 역사소설은 공교롭게도 또 다른 방면에서 당시 개량주의 문학의 낙후성을 드러내었다.

② 나랏일과 관련된 제재를 사용할 것을 제창하다

개량주의자들은 일반적으로 나라를 구하고 사회를 개량하는 소설의 효용을 강조했을 뿐만 아니라, 제재에서도 이러한 내용을 표현할 것을 요구했다. 게다가 당시에 연이어 출현한 견책소설은 사실상 이러한 사상적 분위기에서 나왔다. 예를 들면 무명씨가 쓴 『관장현형기官場現形記·서序』[95]에서 "무술·경자 연간에 세상은 암흑과 같고, 청나라는 망하지만 않았지 거의 전쟁터의 최전선과 같았다"[96]고 말한 것이 그러하

94 坐令前賢往行, 徒飽蠹腹, 古代精華, 視等覆瓿, 良可哀也! (『通史·敍』)
95 光緒29年 繁華報館刊本 卷首.
96 戊戌·庚子之間, 天地晦黑, 覺羅不亡, 殆如一線.

다. 이러한 역사 속에서 작가는 권세가도 두려워하지 않고, 중형도 피하지 않고, 서면과 구두로 죄상을 낱낱이 드러내고 성토하여, 부끄러움을 상실한 당시 중국의 관리사회를 폭로하였다. 그리하여 지옥과 같은 관리사회의 온갖 추태를 다 드러내어, 마침내 대의를 천하에 펼치고자 하였다. 홍도백련생鴻都百煉生이라고 서명된 『노잔유기초편老殘遊記初編·자서自序』에서 유악劉鶚이 신세 한탄과 국가에 대한 한탄, 사회에 대한 한탄, 민족과 종교에 대한 한탄을 품고 『노잔유기』를 쓴 것은 청나라 관료의 악행을 폭로하여, 당시 관료사회의 부패를 알리기 위한 것이라고 설명했다. 이는 『노잔유기』가 지닌 긍정적 의의이다. 물론 그의 소설에는 봉건통치를 옹호하고 자산계급 혁명에 반대하는 사회정치적 입장이 선명하게 드러나 있다.

그러나 당시 여작거사蠡勺居士와 같은 사람은 「청석한담소서聽夕閑談小序」에서 소설은 마음과 정신을 즐겁게 해주는 것을 중시해야 한다고 주장하였는데, 이는 비난받을 만한 것은 아니지만, 시대정신과는 상당히 거리가 있다. 이러한 이론이 반영된 것이 바로 인반생寅半生이 창간한 『유희세계遊戲世界』인데, 이는 유희를 위해 문장을 쓰는 것을 특징으로 삼는다.

3) 백화소설 창도와 전통소설에 대한 평가

① 백화소설의 제창

몇몇 소설이론가들은 소설 언어는 구어와 백화문을 운용해야만 한다고 계속 주장했다. 이 문제로 개량주의자 내부에서도 진보와 보수 간에 사상적 투쟁이 있었다. 양계초를 대표로 하는 개량주의는 대체로 속문학과 백화문을 제창하였다. 양계초는 「소설과 사회통치의 관계」에서 다음과 같이 말했다.

> 문자는 말보다 못하다. 하지만 말의 힘은 넓지도 오래가지도 못해서 어쩔 수 없이 문자의 도움을 받지 않을 수 없다. 글 가운데 문언문은 속어에 미치지 못하고, 장엄한 의론은 우언에 미치지 못한다.[97]

이후 많은 사람들이 계속해서 이 점을 주창하였다.

> 문언문으로 책을 번역하면 백 명이 읽지만, 백화로 소설 하나를 번역하면 천 명이 읽는다. 그러므로 문언 소설은 백화소설만큼 널리 보급되지 못한다.[98]

그러나 여러 가지 원인으로 인해 소설의 언어로 문언문을 운용할 것을 주장한 사람도 있었다. 예를 들면 서념자는 「나의 소설관余之小說觀」에서 문장이 명쾌해서 이해하기 쉬운 특징을 지니고 있다는 것을 인정하여, 백화소설을 반대하지 않았다. 하지만 문언소설이 백화소설보다 더 많이 판매되는 현상을 근거로, 당시 소설 독자가 주로 지식인들이고 이러한 사람들은 90%가 구학문을 하는 사람들이기에, 소설은 문언을 운용해야 한다고 주장하였다. 아울러 문언문으로 소설을 번역한 임서林紓를 아주 높이 평가하여 다음과 같이 말하였다.

---

97 文字不如語言. 然語言力所被, 不能廣不能久也, 於是不得不乞靈於文字. 在文字中, 則文言不如其俗語, 莊論不如其寓言. (延陵公子, 「『月月小說』出版祝詞」)

98 譯文言之書, 讀者百人. 譯一粗俗小說, 讀者千人矣. 故文言不如(俗語)小說之普及也. (延陵公子, 「『月月小說』出版祝詞」)

> 임금남(임서) 선생은 현재 세계소설계의 태두이다. 숭배자가 어찌 이렇게 많은가? 이는 『사기』와 『한서』에서 언어를 고르고 문장 쓰는 것을 배워, 문장이 고풍스럽고 아름답기에, 문학계의 한 자리를 차지하는 데 손색이 없기 때문이다. 그러나 구소설을 좋아하는 사람들에게 한번 묻고 싶다. 고등소학당을 졸업한 사람들을 탓할 수 있겠는가? 하물며 초등소학당을 졸업하거나 신학을 배운 사람들은 더 말할 필요가 없을 것이다.[99]

임서가 번역한 소설의 문학적 가치를 인식한 것은 사실에 부합하며, 당시 독자들의 수준에 근거하여 문언을 사용할 것을 주장하였다. 동성파에 가까운 엄복은 더욱 그러하였다.

> 옛 문사文辭는 지금까지 사라진 적이 없다. 지금까지 사라진 적이 없으니, 훗날에도 반드시 존재할 것이다.[100]

이는 전적으로 소설을 가리켜 말한 것은 아니지만, 소설에도 똑같이 적용할 수 있다. 이외에도 문언과 속어의 병행을 주장한 도증우 같은

---

99 所以林琴南先生, 今世界小說之泰斗也. 問何以崇拜之者衆? 則以遣詞綴句, 胎息『史』·『漢』, 其筆墨古樸頑豔, 足占文學界一席而無愧色. 然試問此等知音, 可責諸高等小學卒業諸君乎? 遑論初等? …… 遑論新學?
[역자주] 高等小學 : 고등소학당高等小學堂. 청나라 광서 29년(1904) 11월에 선포한 「주정고등소학당장정奏定高等小學堂章程」에 의해 설립된 교육기관이다. 초등소학당을 5년 이수하고 졸업한 후 입학해 4년간 다니며, 수신·독경강경讀經講經·중국문학·산술算術·중국역사·지리·격치·미술·체육을 배웠다. 수공업과 농업·상업은 선택과목이었다. 1912년에 고등소학교로 명칭이 바뀌었고, 이수기간도 3년으로 바뀌었다.

100 彼古文辭, 未嘗亡也. 以向之未嘗亡, 則後之必有存, 固可決也. (『嚴復詩文選·古今文鈔序』)

사람도 있다. 하지만 육소명陸紹明은 소설의 발전에는 문언소설의 시대와 백화소설의 시대가 있다면서, 문언에서 백화소설로 변한 후 볼만한 것이 많지 않은 이유는 백화소설의 체재가 볼 만하지 않아서가 아니라 볼 만한 내용이 극히 드물기 때문이라며, 사실상 문언소설을 더 중시하였다.

② 중국 전통소설에 대한 평가

만청시대에 이르러 사람들은 현실주의 경향의 고전소설에 대하여 진일보한 인식을 갖기 시작했다.

청말 민국 초 개량주의자들이 소설을 제창함에 따라 소설 번역과 창작이 크게 발전하였다. 그러나 서양을 학습할 것을 제창한 개량주의자들은 오히려 우수한 전통소설의 유산을 무분별하고 단순하게 배척하였다. 앞서 언급했듯이 양계초가 중국 고대소설을 일률적으로 말살하려 한 태도는 대표성을 띤 견해이지, 결코 개인만의 생각이 아니다. 그러나 당시에도 이러한 견해에 반대한 사람들이 있었다. 그들은 중국 고대소설 유산에 대해 정확하게 인식하지도 평가하지도 못했고, 수많은 견강부회와 황당하고 잘못된 견해를 지니기도 했지만, 맹목적으로 유산을 멸시하는 것에 반대하였으니 상당한 의의가 있다. 예를 들면 연남상생燕南尙生이 「신평 수호전 삼제新評水滸傳三題」에서 말한 것이 그러하다.

> 소설이 문명을 수입하는 이기利器 중 하나라는 것은 세계 모든 나라가 인정하므로, 왈가왈부할 필요가 없다. 번역본 소설이 간행되자 조국의 소설을 멸시하는 것도 더욱 심해졌다. 갑이 중국에는 좋은 소설이 없다고 말하면, 을도 중국에는 좋은 소설이 없다고 하면서, 『홍루몽』은

음탕함을 가르치고 『수호전』은 도적질을 가르친다고 진상도 모르는 채 천편일률적으로 비판한다. 아! 조국을 멸시하는 것이 어찌 이리 심한가? 아! 『수호전』에서 과연 취할 만한 것이 없는가? 평등과 자유는 유럽에서 막 피어난 꽃으로, 세계가 다투어 취하려고 했던 것이 아닌가? 루소와 몽테스키외·나폴레옹·워싱턴·황종희·사사정查嗣庭은 국내외 정치가이자 사상가가 아닌가? 시내암은 스승에게서 전수받지도 않고 어떤 것에 의존하지도 않고서, 혼자의 능력으로 여러 현인과 호걸보다 앞서 절묘한 정치학을 펼쳤다. 사람들이 쉽게 알지 못할까 통속소설을 쓴 것인데, 과연 취할 만한 것이 없다고 할 수 있을까? 만약에 『수호전』에 나오는 살인과 방화를 도적질을 가르치는 것이라 하고, 관청에 저항하고 체포에 저항하는 것을 임금을 인정하지 않는 것이라 한다면, 아마도 루소와 몽테스키외·나폴레옹·워싱턴·황종희처럼 명성이 자자한 사람들도 모두 백번 죽어 마땅하다. 그러므로 나는 다음과 같이 말한다. "『수호전』은 중국 최고의 소설이고, 시내암은 세계 소설계의 비조다. 그가 서술한 일들을 보지 않았는가? 정계의 탐욕, 하급관리들의 악행, 예측하기 어려운 인심, 험난한 세상살이를 묘사했으니 사회소설이다. 평등을 묘사했지만 정도를 넘어서지 않았고, 자유를 주장했지만 범위를 넘어서지 않았으니 정치소설이다."[101]

---

101 小說爲輸入文明利器之一, 此五洲萬國所公認, 無庸喋喋者也. 乃自譯本小說行, 而人之蔑視祖國小說也益甚. 甲曰: "中國無好小說." 乙曰: "中國無好小說." 曰: "如『紅樓夢』之誨淫, 『水滸傳』之誨盜, 吠影吠聲, 千篇一律." 嗚呼! 何其蔑視祖國之甚也? …… 噫! 『水滸傳』果無可取乎? 平權·自由, 非歐洲方綻之花, 世界競相採取者乎? 盧梭·孟德斯鳩·拿破侖·華盛頓…… 黃宗羲·查嗣庭, 非海內外之大政治家·思想家乎? 而施耐庵者, 無師承·無依賴, 獨能發絕妙政治學於諸賢聖豪傑之先. 恐人之不易知也, 撰爲通俗之小說, 而謂果無可取乎? 若以『水滸傳』之殺人放火爲誨盜, 抗官拒捕爲無君, 吾恐盧梭·孟德斯鳩·華盛頓·黃梨洲諸大名鼎鼎者, 皆應死有餘辜矣. 吾故曰: 『水滸傳』者, 祖國之第一小說也. 施耐庵者, 世界小說之鼻祖也. 不觀其所敘之事乎? 述政界之貪酷, 差役之惡橫, 人心之叵測, 世途之險阻, 則社會小說也. 平等而不失泛溢, 自由而各守範圍, 則政治小說也. (1908年, 「新評水滸傳三題」 卷首)

연남상생은 양계초처럼 중국의 유산을 멸시하여 중국 것은 다 나쁘고 외국 것은 다 좋다면서 『홍루몽』 같은 현실주의 대작까지도 배척하고 폄하하는 것에 반대하였다. 중국의 유산을 멸시하는 것은 양계초가 서양문물만을 심각하게 숭배한 결과이다. 이러한 상황에 대한 비평은 의심할 바 없이 긍정적 의미를 지닌다. 그는 『수호전』이 정치소설일 뿐만 아니라 윤리소설이요 모험소설이며, 심지어 공공도덕의 시작을 말하고 헌정憲政의 시작을 담론한 것이니, 비록 공자와 맹자·묵자·예수·석가·벤담·아리스토텔레스 등의 학설이라 할지라도 『수호전』을 뛰어넘을 수 있겠냐고 하였다. 이는 정일定一·협인俠人 및 이후 남사에 참가한 왕종기王鍾麒·황인黃人 등의 관점과 완전히 일치하는 것으로, 고인의 작품을 현대화하고 자신의 관점으로 고인을 견강부회하였다. 이 문제에 대해 명확하고 실질적인 견해를 지닌 사람은 저명한 소설가 오옥요(오견인)이다. 그는 오늘날의 이상적인 기준으로 걸핏하면 고인들을 지적하고 비판하는 것에 반대하여 다음과 같이 말했다.

> 나는 세계가 서로 소통하는 오늘날 태어나서, 보고 듣는 것이 옛사람들보다 아주 광범위하다. 나는 요즘 사람들이 걸핏하면 옛사람을 천박하고 고루하다고 질책하는 것을 볼 때마다, 이것은 옛사람들의 입장에서 생각해 본 적이 없기 때문이라고 생각한다. 유행의 변화는 시대를 따라 발전하기에, 젊은이들의 식견이 혹 노인들보다 나을 수도 있다. 이는 젊은이들이 특별히 총명해서가 아니라, 노인들이 불행히도 이 시대에 태어나지 못했기 때문이다. 지금 걸핏하면 고인들을 비난하는 이들이 강보에 쌓여있었을 때의 무지함을 스스로 비난한 것을 들어본 적이 없다. 어째서인가?[102]

오옥요는 걸핏하면 옛사람들을 지적하는 당시의 경향을 정확하게 비판하는 동시에, 또 이것과는 상반되게 고인을 현대화하는 경향, 예를 들면 『수호전』이 평등과 민권을 제창한 작품이라고 여기는 것도 비판하였다.

> 옛사람들이 잘못되었다고 함부로 논하면서도, 걸핏하면 옛사람들의 이상을 끌어와 요즘 사람들의 이상에 끼워 넣으니, 이것 역시 잘못되었다. 나는 요즘 소설을 논한 글이 나올 때마다 모두 살펴보았다. 예를 들면 『수호전』은 도적들에 대한 이야기인데, 요즘 사람들은 누구나 이 소설이 평등주의를 제창한 것이라고 한다. 나는 시내암이 그 당시 이러한 이상을 절대로 가질 수 없었을 것이라 생각한다. 108명의 사람이 양산박에서 정의를 위하여 일으킨 거사를 서술한 것에 불과한데, 이를 평등사회처럼 보았을 뿐이다. 나는 이 소설을 반복해서 읽어본 적이 있는데, 세상에 분노를 느껴 지은 작품이라고 생각한다. 우리나라는 본래 언론자유가 없었고, 문장을 썼다 하면 화를 불러오기 쉬웠다. 그래서 시국을 걱정하고 세상에 분개하는 마음을 소설에 기탁하지 않을 수 없었다. 이러한 소설 역시 감히 그 사건을 명확하게 서술하지 못하고, 반드시 에두르고 비유하여 우언으로 나타내었으니, 옛사람들이 책을 쓸 때의 고충이었다. 『수호전』은 탐관오리를 다른 방법으로 묘사한 작품이다. 양산박의 108명 중 과반수는 하급관리이다. 예를 들면 도두都頭·교수教授·이정里正·서리書吏 등인데, 한 사람 한 사람 모두 도적이 되었다. 그러므로 작가가 하급관리를 어떻게 보았는지 알 수 있을 것이다.

---

102 吾人生於今日, 當世界交通之會, 所見所聞, 自較前人爲廣. 吾每見今人動輒指摘前人爲譾陋者, 是未嘗設身處地, 爲前人一設想耳. 風會轉移, 與時俱進, 後生小子, 其見識或較老人爲多, 此非後生者之具有特別聰明也, 老人不幸未生於此時也. …… 今之動輒訾議古人者, 吾未聞其自訾襁褓時之無用, 抑又何也? (『說小說·雜說』, 『月月小說』 第1卷)

> 이들이 모두 도적이 된 것은 관아官衙의 핍박으로 그렇게 된 것이었으니, 또 관아에 대한 작가의 인식이 이와 같았음을 알 수 있다. 나는 평소 고인의 이상을 취해서 오늘의 이상에 끼워 넣으려 하지 않는다. 그러나 이러한 의도를 가지고 『수호전』을 읽는다면, 오늘날 관리들의 귀감이 되는 책이라고 하는 것 역시 타당하다.[103]

당시 전통소설을 대하는 오옥요의 태도는 의심할 바 없이 실질적이며 아주 소중하다. 그가 비평한 두 가지의 경향은 당시에 보편적으로 존재했다.

당시의 소설평론 중에는 김성탄에 대해 비판을 제기한 사람도 있다. 예를 들면 연남상생은 김성탄이 재주는 좀 있지만 노예근성이 심한 소

103 輕議古人固非是, 動輒引古人之理想以闌入今人之理想, 亦非是也. 吾於今人之論小說, 每一見之. 如『水滸傳』, 志盜之書也, 而今人每每稱其提倡平等主義. 吾恐施耐庵當日, 斷斷不能作此理想, 不過彼敍此一百八人聚義梁山泊, 恰似一平等之現狀耳. 吾曾反復讀之, 意其爲憤世之作. 吾國素無言論自由之說, 文字每易賈禍, 故憂時憤世之心, 不得不托之小說. 且托之小說, 亦不敢明寫其事也, 必委曲譬喻以爲寓言, 此古人著書之苦況也. 『水滸傳』者, 一部貪官汚吏之別裁也. 梁山泊一百八人, 强半爲在官人役, 如都頭也, 敎授也, 里正也, 書吏也, 而一一都歸於爲盜, 則著者之視在官人役之爲何如可知矣. 而如此等等之人之所以都歸於爲盜者, 無非官逼之使然, 則著之視官如此亦可知矣. 吾雖雅不欲援古人之理想, 以闌入今日之理想, 然持此意以讀『水滸傳』, 則謂『水滸傳』爲今日官吏之龜鑒也亦宜. (『說小說·雜說』, 『月月小說』 第1卷)

[역자주] 都頭 : 군관. 당나라 중기, 송대에 설치된 군직으로 『수호전』의 무송武松이 도두였다.

敎授 : 학관學官. 송대에는 종학宗學(황족의 학교)·율학律學·의학醫學·무학武學뿐만 아니라 주州와 현縣에도 교수를 배치하여 강의와 시험 등의 업무를 담당하게 하였다. 오용吳用과 문환장聞煥章·루민중婁敏中이 교수였다.

里正 : 춘추전국 시대에 한 마을을 다스리는 장으로, 명대에 이장里長으로 명칭이 바뀌었다. 사진史進이 이정이었다.

書吏 : 문서를 담당하는 관리. 압사押司라고 하며, 송강宋江이 서리였다.

인배로, 문장의 기승전결 및 이로움과 폐단만 가지고 효용을 따져 제멋대로 평점하여 『수호전』의 참된 정신을 매몰시켜 시내암에게 죄를 지었다고 날을 세웠다. 연남상생은 『수호전』과 관련된 평론에서 관리를 죽이고 체포에 저항하며 살인 방화하는 행위는 얼핏 보면 난신적자亂臣賊子지만, 사실은 대역무도한 것도 아니요, 사설邪說로 혹세무민한 것도 아니며, 본래 유가에서 말하는 대의大義라고 하였다. 『수호전』이 유가의 대의를 밝힌 것으로 본 견해는 봉건왕조에 투항한 것을 찬양한 것으로, 연남상생처럼 비교적 진보적인 작가일지라도 정치사상적으로 근본적인 한계가 있음을 설명해 준다. 그러나 당시에도 김성탄 소설평점의 역사적 역할을 비교적 정확하게 인식하고 긍정적으로 평가한 사람도 있다. 구위훤邱煒萱은 그를 소설평점의 집대성자라고 하면서, 다음과 같이 높이 평가하였다.

> 김성탄보다 앞서 태어난 사람 중에서 그의 재주를 압도할 만한 사람이 없고, 뒤에 태어난 사람 중에서도 그보다 훌륭한 사람이 없다. 소설의 문장을 비평하는 것이 그에서부터 시작되지는 않았지만, 소설의 유파를 비평하는 것은 그에서부터 시작되었다.[104]

또 구위훤은 장지동이 김성탄을 폄하한 것을 비판하여, "김성탄이 어찌 자신의 재능을 저버렸겠으며, 또 어찌 대중을 저버렸겠는가. 그러나 장지동은 도리어 그를 소설비평의 한 유파일 뿐이라고 경시하였다!"[105]

104 前乎聖歎者, 不能壓其才. 後乎聖歎者, 不能掩其美. 批小說之文原不自聖歎創, 批小說之派卻又自聖歎開也. (「菽園贅談」[1897년 발표], 『晚淸文學叢鈔·小說戲曲研究卷』 391~392쪽)

라고 하였다. 김성탄의 평점에 대해 이렇게 사실에 부합하고 또 높게 평가한 것은 매우 탁월하다.

당시 소설을 일괄적으로 배척하는 잘못된 경향 속에서 도증우陶曾佑는 근본을 잊고 서양 것만 중시해서는 안 된다고 했지만,[106] 실제로는 중국문화의 정수를 보존하기를 요구하였다. 또 일부 평론가들은 위대한 현실주의 거작 『홍루몽』을 비교적 높게 평가하여 거대하고 심오한 사상을 지니고 있다고 하였는데, 연남상생과 협인·왕종기 등이 그러하다. 이에 대해서는 『홍루몽』 평론을 다룬 장에서 서술하겠다.

4) 소설 특징에 관한 연구

당시 소설 연구는 주로 소설의 사회적 효용에 치중하였다. 소설의 예술 특징에 대한 분석은 상대적으로 적고 전반적으로 체계적이지 못하지만, 몇몇 관점은 눈여겨볼 만하다.

① 협인俠人, 욕혈생浴血生

협인은 전형적인 인물 형상화 문제를 제기하였다.

> 무릇 사람은 보고 느낀 바가 없으면 감흥이 일어나기 어렵다. 하나의 인물과 사건을 앞에 세우고 그 형상에 맞게 초점을 맞추면, 감정이 순식간에 일어난다. 소설은 실로 이러한 신기한 능력을 가지고 인류를 조정한다. 조금이라도 사상이 있는 사람이라면, 천하를 움직이고자 할 것이

105 聖歎顧何負其才, 聖歎復何負於衆, 而張氏反以小說批評一派小之耶!

106 愼勿數典忘祖. / 舍己芸人. (『中國文學之概觀』)

> 다. 하지만 이치로 말하면 이해하는 사람이 적고, 사물로 묘사하면 이해하는 사람이 많다. 지금 명확하게 드러난 한 가지 일을 전형으로 삼고, 명확하게 세워진 한 사람을 법식으로 삼으면, 작가의 사상은 가장 아래 계층에까지 순식간에 보급될 수 있고, 실로 사회를 개량하는 가장 최고의 묘법이 될 것이다.[107]

여기에서 언급한 것은 두 가지 문제로, 상호 관련되어 있다. 첫째, 소설은 구체적 감성 특징을 가지고 있기에, 이치로 말하는 것보다 더 많은 독자를 끌어들일 수 있다. 둘째, 전형적인 인물을 형상화하는 문제로, 이른바 한 사람을 명확하게 세워서 전형으로 삼는다는 것이 바로 그것이다. 전형적인 인물은 강렬한 감화력을 지니고 있어 중시 받을 만하다는 의견은 취할 만하다.

욕혈생은 『소설총화』에서 인물 묘사는 반드시 작가가 직접 그 상황에서 상상해야 한다는 문제를 제기하였다. 그는 소설은 다른 경계에서 노닐 수 있도록 이끌어준다고 한 양계초의 말이 일리가 있다고 했다.

> 나는 (소설이) 다른 경계에서 노닐 수 있도록 이끌어 주려면, 반드시 작가가 먼저 다른 경계에서 노닐어야 한다고 생각한다. 옛날 조맹부는 말을 그릴 때, 항상 문을 걸어 잠그고 다른 사람들에게 보여주지 않았다

---

107 凡人之性質, 無所觀感, 則興起也難. 苟有一人焉, 一事焉, 立其前而樹之鵠, 則望風而趨之. 小說者, 實具有此種神力以操縱人類者也. 凡有人之稍有所思想者, 莫不欲以其移天下, 顧談理則明者少, 而指事則能解者多. 今明著一事焉以爲之型, 明立一人焉以爲之式, 則吾之思想可瞬夕而普及於最下等, 實改良社會之一最妙法門也. (『新小說·小說叢話』)
※ 1903~1904년에 발간된 『신소설新小說』 一·二卷에 발표되었고, 1906년 신소설사新小說社에서 단행본으로 출간되었다.

> 고 한다. 하루는 부인이 몰래 엿보니, 두 손으로 땅을 짚고 머리를 쳐들고 뒤를 돌아보는데, 흡사 한 마리 말과 같았다고 한다. 그렇기에 말 그림으로 세상에 유명해질 수 있었다. 소설을 쓰는 것도 이와 같다. 깊이 생각하고 그 상황으로 들어가 그 몸동작을 상상하고 그 말투를 묘사하여, 남김없이 다 드러내어 똑같이 닮게 할 수 있는 사람이 있다면, 소설로 세상에 유명해질 것이라고 단언하겠다.[108]

인물을 창조하기 위해서 반드시 그 상황에 들어가 상상해야 한다는 것은 의심할 바 없이 좋은 의견으로, 김성탄의 견해보다 더 구체적이고 상세하다.

② 서념자徐念慈, 오옥요吳沃堯

서념자는 「소설림연기小說林緣起」[109]에서 헤겔의 미학 이론에 근거하여 전형의 창조와 형상의 개성화 문제를 언급하였는데, 사물은 개성이 풍부하게 드러날수록 이상도 완전하게 드러나므로 미의 궁극적 목적은 이상을 구체화하는 데 있지 추상화하는 데 있지 않다고 하였다. 또 형상이란 실체의 모방이라고 하였다. 다시 말해 예술의 이상은 구

---

108 然我以爲能導人遊於他境界者, 必著者自先遊於他境界者也. 昔趙松雪(卽趙孟頫, 引者)畫馬, 常閉戶不令人見. 一日, 其夫人竊窺之, 則松雪兩手距地, 昂頭回頭, 儼然一馬矣, 故能以畫馬名於世. 作小說者亦猶是. 有人焉, 悄思冥索, 設身處地, 想象其身段, 描摹其口吻, 淋漓盡致, 務使畢肖, 則吾敢斷言曰: "若而人者, 亦必以小說鳴於世."

109 [역자주] 『소설림小說林』은 중국 만청시기의 소설잡지로, 중국 근현대 번역소설과 소설이론에 매우 큰 영향을 주었다. 1907년 1월 상해에서 창간되었고, 1908년 정간되어 모두 12회 발간되었다. 창간호에 발간사가 있고, 서념자가 쓴 「소설림연기」가 있다.

체적 형상을 통해 표현하는 것이지 추상적 존재가 아니라는 것인데, 이는 서양 미학사상을 받아들여 소설 미학 특징에 관한 연구가 날로 심화되었음을 설명해준다. 이외에도 그는 프로이센의 철학가 키르히만Kirchmann[110]의 미학사상을 도입하여 소설의 기본 미학 특색이 감정 미학임을 강조하고, 소설은 반드시 예술적으로 형상화해야 한다고 주장하였는데, 이런 의견 또한 취할 만하다.

저명한 소설가 오옥요[111]는 역사소설의 특색을 탐구하였다. 그는 「양진연의서兩晉演義序」에서 지금까지의 역사소설의 두 가지 창작경향을 비판하였다. 하나는 역사적 사실에 근거하지 않고 억지로 끌어다 붙이는 것이 지나쳐 진실성을 잃어버려 허다한 역사적 사실의 혼란을 조성하였고, 다른 하나는 간략하고 재미가 없어 예술적 감동력이 결여되었다며, 양자의 결합을 요구하였다. 이는 사실상 명대 이래 역사소설의 특징에 관한 담론을 계승한 것으로, 견해가 한층 더 심화되었다.

③ 성지誠之

성지[112]가 1914년 『중화소설계中華小說界』에 연재한 『소설총화小說

110 [역자주] 키르히만(1802~1884) : 독일의 법철학자로 라이프찌히와 할레에서 교육받았다. 1846년에 베를린 법정의 국가 변호사, 2년 뒤 프로이센 국회의원이 되었다. 1871년부터 1876년까지 독일 의회의 의원이었다. 그의 철학은 리얼리즘과 아이디얼리즘을 중재하려는 것이었다. 『미학의 실제적 기초』(1868) 등의 저서가 있다.

111 [역자주] 오옥요吳沃堯(1866~1910) : 원래 이름은 보진寶震, 청대 소설가. 자는 소윤小允, 또 견인繭人, 후에 개명하여 견인趼人. 광동성 남해南海(불산佛山)인, 호는 옥요沃堯, 북경에서 출생하여 불산진佛山鎭에서 청소년기를 보내 자칭 아불산인我佛山人이라 하였다. 많은 소설과 우언, 잡문 등으로 명성을 떨쳐 근대 견책譴責소설의 거두가 되었다. 대표작으로는 『이십년목도지괴현상二十年目睹之怪現象』, 『통사痛史』, 『구명기원九命奇冤』 등이 있다.

叢話』는 3만 6천여 자에 달하며, 소설의 예술적 특징을 전문적으로 탐구한 매우 특색 있는 글이다. 이 글의 가장 중요한 예술 견해는 아래의 몇 가지로 개괄할 수 있다. 먼저 소설의 미학 특색에 관한 논술에서 다음과 같이 말했다.

> 소설의 특징은 과연 무엇인가? 어떤 사람은 소설이 사회현상의 반영이라 하고, 인간 생활 상태의 묘사라고도 한다. 이는 진실로 일리가 있다. 그러나 여러 문학의 특징을 고찰해 보면, 설명이 완전하지 못함을 알 수 있다. 미술은 인류의 미적 특질을 실제로 드러낸 것이다. 미적 특징을 실제로 드러낸 것을 미의 창작이라 한다.[113]

이 말은 소설이 단지 사회현상을 묘사하고 반영만 하는 게 아니라, 무엇보다 '미의 창작' 즉 심미적 창조물이거나, 인간의 재창조라는 것이다. 이를 일반 인식과 비교하면 의심할 바 없이 깊이가 있고, 근대 이래 소설 미학을 총결한 의의가 있으므로 중시할 만하다.

다음으로 성지는 소설 창작과정을 모방, 선택, 상상, 창조 네 단계로 보았으며, 아울러 네 단계 간의 관계를 분석하였다. 이 또한 당시 사람들의 견해를 뛰어넘은 것으로, 매우 주도면밀하다. 예컨대 그는 예술

112 [역자주] 성지誠之(1884~1957) : 이름은 여사면呂思勉. 자는 성지誠之, 필명 노우駑牛, 정운程芸, 운芸 등. 강소성 상주인常州人. 중국 근대역사학가, 국학대사國學大師. 전목錢穆, 진원陳垣, 진인각陳寅恪과 현대중국 사대사학가로 병칭된다. 평생 역사 연구와 교육에 힘썼다.

113 小說之性質, 果如何邪? 爲之說者日: "小說者社會現象之反映也", 日: "人間生活狀態之描寫也", 此其說固未嘗不含一面之眞理, 然一考諸文學之性質, 而有以知其說之不完也. …… 夫美術者, 人類之美的性質之表現於實際者也. 美的性質之表現於實際者, 謂之美的制作.

'선택'의 근본적 특징은 사물의 아름답지 못한 점을 제거하고 아름다운 점을 보존하는 것이라 하였는데, 말은 간단하나 정곡을 찔렀다. 또 '상상'의 특징을 설명하면서 실물에서 벗어나야 상상이 된다고 하였고, 실물을 뒤섞어 더하거나 빼야 상상이 된다고 하였다.

셋째, 소설이 묘사한 사회는 실제 사회와 비교해서 두 가지 차이점이 있는데, 하나는 축소하는 것이고 다른 하나는 깊게 하는 것이라고 하였다. 축소한다는 것은 작은 것으로 큰 것을 나타내 보이고, 일부를 통하여 전체를 반영한다는 뜻이고, 깊게 한다는 것은 말을 강화하고 심하게 해서 깊어지는 게 아니라,[114] 작자의 상상과 선택을 통하여 생활 자체보다 더욱 깊이 있게 표현한다는 것이다.

이 외에도 성지는 소설의 인물은 구체적이고 개별성을 지닐 뿐만 아니라 보편성을 지닌다고 하였고, 이를 '대표주의'라 칭하였다. 이 또한 의의 있는 새로운 견해이다.

④ 기타

이 시기에는 중국과 서양의 소설 특징을 비교한 소설 이론이 나타나기 시작했는데, 협인과 지신주인知新主人 등이 대표적이다. 그러나 황인黃人의 견해를 제외하고는 비교적 평범하여 특별히 언급할 만한 점이 많지 않다.

이 시기 일부 작가들은 소설이 현실을 반영해야 한다고 하였다. 예를 들면 적평자狄平子[115]는 「문학에서 소설의 위치를 논함論文學上小說之位

114 并非固甚其詞.

115 [역자주] 적평자狄平子(1873~1941) : 민국시기의 서화가, 출판가. 대표작품으로는 『소

置」에서 사람의 마음이란 가까이 있는 것을 좋아하고, 보통 사람은 모두 현재를 살고 현재를 받아들이며, 현재를 느끼고 현재를 알고 현재를 생각하며 현재를 즐기는 자이므로, 과거나 미래로 이끄는 사람은 현재로 이끄는 사람만 못하다고 하였다. 소설이란 오로지 눈앞의 사람이 모두 함께 아는 이치를 취하고 사람마다 익숙히 아는 일을 취하여, 잘못을 지적하고 깨우쳐 준다는 것이다. 오로지 익숙하게 듣는 일이기 때문에 쉽게 기억하고, 함께 이해하는 이치이기 때문에 쉽게 깨닫는다고 하였다. 그러므로 소설은 사회의 엑스레이라는 결론을 내렸다. 이는 만수曼殊[116]가 1903년 『소설총화』에서 소설은 그 민족의 가장 자세하고 정확하며 공평한 조사 기록이라고 한 말과 근본적으로 일치하니, 소설은 사회현실을 제대로 반영해야 한다는 것이다. 이는 시대적 요구를 반영한 것임에 틀림없다.

5) 임서林紓

임서(1852~1924), 원래의 이름은 군옥群玉, 자는 금남琴南, 호는 외려畏廬, 필명은 냉홍생冷紅生, 복건성 민현閩縣 사람이다. 광서光緖 연간에 거인擧人이 되었고, 경사대학당京師大學堂에서 교편을 잡았다. 비록 외국어를 알지 못하였지만, 왕수창王壽昌·위이魏易 등과 협력하여 구미 각국의 소설 180여 종을 번역하였다. 영국·프랑스·그리스·스위스·

설시보小說時報』, 『부녀시보婦女時報』, 『불학총보佛學總報』가 있다. 초명은 보현葆賢인데, 평등각주平等閣主, 자석慈石, 초경楚卿, 적평狄平, 아雅, 고평자高平子, 육근청정인六根淸靜人 등의 필명을 사용하였다. 강소성 율양溧陽 사람이다.

116 소만수蘇曼殊가 아니라, 맥중화麥仲華 혹은 양계훈梁啓勛일 것이다.

벨기에·스페인·노르웨이·일본 등의 책을 번역하였는데, 그중 세계적인 명저가 적지 않다. 번역문이 아름답고 생동하며 자기만의 특징을 지녀 커다란 영향을 끼쳤으며, 동시에 혁명문학의 발전을 촉진시켰다. 젊은 시절 개량주의 운동에 참가하였다. 청말 민국 초기에 수많은 번역소설의 서문과 발문을 썼는데, 같은 시기 어느 역자보다 그 수가 많았다. 그의 문장에는 반제국주의와 애국 사상이 들어있고 이를 선전하였는데, 초기에는 사회개량을 요구하는 사상도 들어 있다. 예컨대 1901년 그는 『흑노유천록黑奴籲天錄』[117]의 서문과 발문에서 중국 노동자를 학대하는 미 제국주의를 배척하였고, 1903년에는 『이솝우화伊索寓話』의 「단편지어單篇識語」에서 뜻이 있는 선비는 나라의 원수를 잊지 않으며, 남에게 국방을 부탁하는 것은 스스로를 해치는 것이니, 밖에서 오는 수모보다 더욱 심하다면서 자강自强을 주장하였다. 그가 외국소설을 번역한 것은 나라와 백성을 구제하고 사회를 개량하기 위해서라며 다음과 같이 말했다.

> 오늘의 중국은 쇠약해졌다. 나는 공부하지 못하였기에 책을 써서 우리나라 사람들을 분발하도록 할 수 없음이 한탄스럽다. 그러나 서양의 영웅 이야기를 많이 번역하여, 우리 종족이 나태하고 낡은 습관을 버리고 악랄한 적의 뒤를 추격하도록 하겠다.[118]

워털루 전쟁 후 연합군이 오랫동안 프랑스 파리에 머물면서 여기저

117 [역자주] 우리나라에서는 『톰 아저씨의 오두막』으로 번역 소개되었다.

118 今日之中國, 衰耗之中國也. 恨余無學, 不能著書以勉我國人, 但有多譯西産英雄之外傳, 俾吾種亦去其倦敝之習, 追躡於猛敵之後. (「劍底鴛鴦序」, 1907.)

기 군대를 배치하였는데, 이치로 보면 나라꼴이 아니었다. 하지만 프랑스가 지금 독립국으로 남아 있는 것은 사람마다 모두 학문에 힘쓰고 나라의 수치를 알아, 마침내 연합군을 국경 바깥으로 힘껏 물리쳤기 때문이라고 생각한다. 이 책을 읽는 사람은 모름지기 내가 끝없이 흐르는 눈물을 그 안에 기탁하였음을 알아야 할 것이다.[119]

위의 글에서 임서는 강렬한 반제국주의적 격정을 표현하고 있다. 이러한 반제국주의 사상은 수많은 서문과 발문에 관철되어 있는데, 예컨대 『아이반호撒克遜劫後英雄略』의 서문(1905),[120] 『무중인霧中人』의 서문(1906),[121] 『흑태자남정록黑太子南征錄』의 서문(1909)[122] 등이 그러하다.

임서는 서방문학을 참고하여 중국 학술문화를 발전시킬 것을 요구하였다.

나는 서양말을 몰라 친구의 구술에 의존하기에 서양 문장의 묘처를 곡진하게 그려내지 못해 한스럽다. 그러므로 학교에서 학생들을 독려하여 서학을 마음껏 공부하게 하고, 저들의 새로운 이론으로 문장을 짓는

119 余觀滑鐵廬戰後, 聯軍久居法京, 隨地置戍, 在理可云不國, 而法獨能至今存者, 正以人人咸勵學問, 人人咸知國恥, 終乃力屏聯軍, 出之域外, 讀是書者, 當知畏廬居士正有無窮眼淚寓乎其中也. (「滑鐵廬戰血餘腥記」, 1904.)

120 [역자주] 『철극손겁후영웅략撒克遜劫後英雄略』 : 스코틀랜드의 대표 작가 월터 스코트Walter Scott의 『Ivanhoe(아이반호)』 중국 번역본 제목. 아이반호는 앵글로 색슨족으로, 撒克遜은 Saxon의 음역이며, 劫後에서 劫은 재난의 뜻인데, 재난을 겪고 나서 행복이 오는 사람이라는 뜻이다.

121 [역자주] 『霧中人』 : 영국의 모험소설가인 라이더 해거드H. Rider Haggard(1856~1925)의 소설로, 원제는 『People of the Mist』이다. 라이더 해거드는 중국명이 哈格德이며, 『솔로몬 왕의 광산』, 『그녀』 등이 대표작이다.

122 [역자주] 『흑태자남정록黑太子南征錄』 : 영국의 유명한 추리소설 작가 아서 코난 도일 Arthur Conan Doyle(1859~1930)의 소설로 원제는 『The White Company(백색군단)』이다.

> 데 도움을 받으면, 장래 학계에 반드시 광명한 날이 있게 될 것이다.[123]

아울러 서양소설은 사회를 적극적으로 포폄하는 효용이 있다면서 다음과 같이 말했다.

> 서양소설은 진기하고 황당무계하나 그 가운데에 철리를 기탁하거나 경험을 집어넣었으니, 아무렇게나 지은 작품이 없다. 서양소설의 황당무계함은 『걸리버 여행기』에서 절정을 이룬다. 그러나 소인국과 대인국의 풍토를 말하는 대목에서는 정치의 좋은 점과 나쁜 점을 함께 말하여 자기 나라를 풍자하였다. 이러니 포폄과 관계없는 책이라 말할 수 있겠는가?[124]

이러한 견해는 모두 의심할 바 없이 긍정적 의의가 있다. 그러나 사회개량을 요구하는 사상은 상당히 미약하다. 혁명이 깊어 감에 따라 그의 낙후한 봉건사상도 점차 더 많이 표현되었다. 개량의 요구가 입헌으로 바뀌었을 뿐만 아니라, 봉건윤리 관념을 크게 선전한 결과 반혁명적 관점에 이르게 되었다. 예컨대 1905년에 『영효자화산보구록英孝子火山報仇錄』의 서문에서 봉건효도를 적극 선전하여, 효자가 복수한 것

123 予頗自恨不知西文, 恃朋友口述, 而於西人文章妙處, 尤不能曲繪其狀. 故於講舍中敦喻諸生, 極力策勉其恣肆於西學, 以彼新理, 助我行文, 則異日學界中定更有光明之一日. (「洪罕女郎傳跋」)
[역자주] 『홍한여랑전洪罕女郎傳』은 영국 모험소설가 라이더 해거드의 작품으로, 원제는 『Colonel Quaritch V.C.』이며, 1913년 번역되었다.

124 故西人小說, 卽奇恣荒眇, 其中非寓以哲理, 卽參以閱歷, 無苟然之作. 西小說之荒眇無稽, 至『噶利佛』極矣, 然其言小人國·大人國之風土, 亦必兼言其政治之得失, 用諷其祖國. 此得謂之無關係之書乎? (「譯餘剩語」)

은 백번 죽어도 거리낄 것이 없으며, 그 뜻은 슬퍼할 만하고 그 일은 전할 만하며, 그 행실이 더욱 젊은이들의 귀감이 될 수 있다고 한 것이라든가, 역사서에 효와 의를 실천한 인물의 이야기를 더 넣어야 한다고 한 것이 그러하다. 1907년 『효녀내아전孝女耐兒傳』[125] 서문과 1906년 『홍초화장록紅礁畵槳錄』[126] 서문에서 봉건강상 예교를 제창하여, 여권女權의 창도는 마땅히 예로써 규율해야 한다고 하였다. 1918년 『효우경孝友鏡』[127] 서문에서 그는 당시 반봉건 투쟁을 잘 이해하지 못하여, 가정혁명 때문에 불효와 형제 배반이 연이어 일어난다고 하였고, 아울러 봉건주의적 효도를 선전하여, 여자는 효도로 이름이 전해져야 인륜의 귀감이 될 만하다고 하였다. 1912년 『잔선예성록殘蟬曳聲錄』[128] 서문에서 그는 또 당시 자산계급민주혁명을 반대하며, "어찌 인민이 혁명하는 것을 즐거워하겠는가? 여러 당파에 의해 행해지는 공화정치를 한다면서 겉으로는 평등의 힘에 의탁하고 몰래 불평등의 권력을 행사하면, 다수당은 불평등한 권력을 행사해도 이길 것이고, 소수당은 평등한 권력을 행사해도 패할 것이다. 이렇게 되면 전제주의보다 불평등의 폐해가 더욱 심할 것"[129]이라고 하였다. 임서는 『촉견제전기蜀鵑啼傳奇』[130]

---

125 [역자주] 『효녀내아전孝女耐兒傳』 : 영국 소설가 찰스 디킨스 작품으로 원제는 『The Old Curiosity Shop』이다. 우리나라에서는 『오래된 골동품 상점』으로 번역되었다.

126 [역자주] 『홍초화장록紅礁畵槳錄』 : 영국의 모험소설가 라이더 해거드의 작품으로 원제는 『Beatrice』이다.

127 [역자주] 『효우경孝友鏡』 : 벨기에의 작가 헨드릭 컨사이언스Hendrick Conscience (1812~1883)의 작품으로 원제는 『De arme edelman』이다.

128 [역자주] 『잔선예성록殘蟬曳聲錄』 : 영국의 수상을 지냈던 윈스턴 처칠Winston Churchill의 소설 『사브롤라Savrola』를 번역한 것이다. 유럽의 가상 국가인 로라니아 Laurania의 수도를 배경으로, 독재 정부에 대한 불안이 폭력적인 혁명으로 변모하는 모습을 묘사하였다.

에서 의화단운동에 대한 정확한 이해가 결여되었음을 더욱 선명하게 드러내었다. 임서의 소설이론에도 일부 좋은 견해가 있다. 중국 고대 소설에 대한 그의 일부 분석과 하등사회만 그린 디킨스[131]의 작품을 높이 평가한 것은 모두 취할 만하다. 예컨대 다음과 같은 글이 그러하다.

> 시내암의 저서 『수호전』은 사진史進에서부터 시작하여 수십 인을 묘사하였는데, 모두 변화가 풍부하고 독특한 개성이 있다. 뒤에 가서는 인물묘사가 한결 같아서 더 이상 구분이 어려워졌는데, 뜻과 재주가 다하고 정신 또한 오래 지탱할 수 없었기 때문이다. 그러나 의협義俠과 악인을 서술하여 사람들의 간담을 서늘하게 하였다. 만약 지극히 자질구레하고 신기할 게 특별히 없는 가정의 일상사를 서술하고, 재주가 없는 자가 붓을 잡았다면 사람들을 꾸벅꾸벅 졸게 하였을 것이다. 그러나 찰스 디킨스는 진부한 것을 신기하게 바꾸고 흩어진 것을 긁어모아 정리하고, 오충만괴五蟲萬怪를 수집하여 정신을 불어넣었으니, 참으로 독특한 필법이다. 사마천과 반고는 부인들의 자질구레한 일을 섬세하고 감칠맛 나게 서술하였다. 소설 가운데에는 되풀이하여 음미할 만한 작품이 없지만, 『석두기』는 유일하게 음미할 만하다. 부귀를 현란하게 표현하고, 권문세가를 남녀의 연정에 엮어 서술하여 시선을 끌기 쉽다. 디킨스의 『데이비드 커퍼필드』 같은 책은 하류사회의 다양한 면모를

129 豈人民樂於革命耶? …… 言共和而政出多門, 托平等之力, 陰施其不平等之權, 與之爭, 黨多者雖不平, 勝也, 黨寡者雖平, 敗也. 則較之專制之不平, 且更甚矣.

130 [역자주] 임서의 희곡으로 만청과 민국 시기 제왕장상에 초점을 맞추어 옛 왕조에 대한 그리움을 주선율로 삼아 관료집단의 슬픔을 기탁하였다.

131 [역자주] 디킨스 : 영국의 소설가 찰스 디킨스Charles Dickens(1812~1870). 영국이 낳은 가장 위대한 소설가 중 한 명이다. 그의 작품들은 소박한 평민이나 교양 있는 사람들, 빈민이나 여왕을 막론하고 호소력을 가졌고, 당시 과학기술의 진보는 그의 명성을 빠른 속도로 널리 알리는 데 기여했다. 대표작으로 『데이비드 코퍼필드』, 『크리스마스 캐럴』 등이 있다.

묘사하였는데, 비록 더럽고 비참한 일일지라도 아름다운 필치로 그려내었기에 웃음을 참지 못하게 하였고, 영국의 반개화 시기에 민간의 비루한 습속 또한 눈앞에 분명하게 드러내었다.[132]

중국 소설에서 가장 높은 경지에 이른 것으로는 『석두기』만 한 것이 없다. 인간의 부귀와 인정의 성쇠를 서술하였는데, 문장이 치밀하고 묘사가 화려하며 구성이 엄밀하여 최고의 걸작이다. 그 사이에 문객을 등장시켜 소설의 내용을 부각시키고, 촌부도 끼어넣고 소인도 끌어들이고 패륜아로 대미를 장식하였으니, 인물묘사에 뛰어나다고 할 수 있다. 결국 고상한지 저속한지 사람들은 신경 쓰지 않는다. 디킨스 같은 사람은 명사나 미인의 판은 쓸어버리고 오로지 하류사회만 그려내었는데, 기묘하고 냉소적이었다. 한편 사람들이 생각할 수 없는 상황에 이르러서는 공중누각처럼 환상적으로 그려내어, 보는 사람을 웃고 성내게 하고, 일시에 포복절도를 그칠 수 없게 하니, 글의 깊고 곡진함을 어찌 따라잡을 수 있겠는가? 나는 고문으로 일상사를 서술하는 것이 가장 어렵다고 말한 적이 있다. 지금 디킨스가 오로지 일상어로 또 하류사회의 일상사를 그려내었으니, 글의 구상과 쓰기가 매우 어려웠을 것이다. 디

132 施耐庵著『水滸』, 從史進入手, 點染數十人, 咸歷落有致. 至於後來, 則如一群之貉, 不復分疏其人, 意索才盡, 亦精神不能持久而周遍之故. 然猶敍盜俠之事, 神奸魁蠹, 令人聳慴. 若是書, 特敍家常至瑣至屑無奇之事蹟, 自不善操筆者爲之, 且憪憪生人睡魔. 而迭更司乃能化腐爲奇, 撮散作整, 收五蟲萬怪, 融滙之以精神, 眞特筆也. 史·班敍婦人瑣事, 已緜細可味矣. 顧無長篇可以尋繹, 其長篇可以尋繹者, 惟一『石頭記』, 然炫語富貴, 敍述故家, 緯之以男女之艷情, 而易動目. 若迭更司此書, 種種描摹下等社會, 雖可噦可鄙之事, 一運以佳妙之筆, 皆足供人噴飯. 英倫半開化時民間弊俗, 亦皎然揭諸眉睫之下. (『块肉餘生』前篇序)

[역자주] 오충五蟲 : 라충裸蟲(털이나 비늘이 없는 벌레, 인간), 모충毛蟲(털이 있는 벌레), 우충羽蟲(날개 있는 조류), 린충鱗蟲(비늘이 있는 동물), 갑충甲蟲(딱딱한 갑옷을 입은 곤충)을 가리킨다.

※『괴육여생块肉餘生』: 영국 소설가 찰스 디킨스의 소설 『데이비드 커퍼필드David Copperfield』이다.

> 킨스라는 사람은 지극히 맑은 영혼으로 탁한 사회를 그려내어, 나에게 무수한 경험을 선사하고 무궁한 감탄을 자아내게 한다.[133]

임서의 『수호전』과 『홍루몽(석두기)』 평론이 완전히 정확한 것은 아니지만, 총체적으로 탁월한 견해가 적지 않다. 즉 『홍루몽』을 최고의 작품이라 하고, 『수호전』 앞부분의 인물 형상화는 성취가 매우 높고 아울러 지극히 자잘하여 신기할 게 없는 일을 잘 묘사하였다고 한 것 등이 그렇다. 또 디킨스 작품에 대한 예술적 분석도 핵심을 찔렀는데, 이를 통해 임서의 예술 소양을 간파할 수 있다. 물론 이러한 작품의 사상에 대하여 임서가 제대로 평가할 수 없었던 것은 이상할 게 없다. 그는 『홍루몽』 등에 내포된 심각하고 거대한 사회사상을 인식할 수 없었지만, 디킨스 소설이 명사나 미인의 판은 쓸어버리고 오로지 하류사회를 형상화하고 오로지 하류사회의 다양한 모습을 묘사하였다고 강조하였다. 아울러 하류사회의 갖가지를 묘사하였기 때문에 당시 영국의 저속한 민간 풍속의 폐단에 대하여 중요한 인식을 지니게 되었다면서, 『홍루몽』에 비해 또 다른 특색이 있다고 한 것 등은 의심할 바 없이 탁견이다. 이러한 미학 평가에는 임서의 민주주의 사상이 드러나 있으니, 충분히 긍정적인 의미가 있다.

133 中國說部, 登峰造極者, 無若『石頭記』. 敍人間富貴, 感人情盛衰, 用筆縝密, 著色繁麗, 製局精嚴, 觀止矣. 其間點染以清客, 間雜以村嫗, 牽綴以小人, 收束以敗子, 亦可謂善於體物. 終竟雅多俗寡, 人意不專屬於是. 若迭更司者, 則掃蕩名士美人之局, 專爲下等社會寫照, 奸獪駔酷, 至於人意所未嘗置想之局, 幻爲空中樓閣, 使觀者或笑或怒, 一時顚倒, 至於不能自已, 則文心之邃曲, 寧可及耶? 余嘗謂古文中敍事, 惟敍家常平淡之事爲最難著筆. …… 今迭更司則專意爲家常之言, 而又專寫下等社會家常之事, 用意著筆爲尤難. …… 迭更司者蓋以至淸之靈府, 敍至濁之社會, 令我增無數閱歷, 生無窮感喟矣. (「孝女耐兒傳序」)

제5절 『홍루몽』의 평론에 대하여

중국 봉건사회 말기인 18세기 상반기에, 현실주의 거작 『홍루몽』 필사본이 출현한 후 날개 돋친 듯 팔렸다. 거리마다 공연장마다 다투어 언급하고, 문인이나 선비들이 앞 다투어 구비하였다. 일시에 천하에 유행하여 각종 속편·평점·평론이 연이어 세상에 나왔다.

1) 영향력 있는 평점

『홍루몽』의 평점은 지연재脂硏齋 이후에 신속하게 발전하였다. 도광道光 연간(1821~1850)에만 『홍루몽』을 평점한 사람이 수십 명이 넘었을 것으로 추정되지만, 대부분 『홍루몽』의 진정한 정신을 근본적으로 이해하지 못하였다. 그중 비교적 영향력이 있는 사람으로는 왕희렴王希廉(호화주인護花主人), 합사보哈斯寶(탐묵자耽墨子), 장신지張新之(태평한인太平閑人), 요섭姚燮(대모산민大某山民) 등이 있다. 이들의 평론과 평점 중에는 좋은 견해도 있고, 중시할 만한 새로운 견해도 있다.

① 제련諸聯

왕희렴 이전 도광 원년(1821)에 제련(명재주인明齋主人)은 『홍루평몽紅樓評夢』을 간행하였는데, 일찍이 요섭의 칭송을 받은 적이 있다. 그러나 소설이론사의 발전이라는 관점에서 본다면 그가 제기한 것 중 주목할 만한 주요 논점은 두 가지이다. 첫째, 그는 동일 작품이라 할지라도 감상자에 따라 다를 수 있다면서, 견해가 얕거나 깊은 것은 사람에 따라 다르다고 하였다.

> 『석두기』는 인구에 회자하여 독자마다 얻는 바가 있는데, 어떤 사람은 번화하고 아름다운 것을 사랑하고, 어떤 사람은 몹시 슬프고 괴로운 것을 사랑하고, 어떤 사람은 묘사와 말투가 핍진한 것을 사랑하고, 어떤 사람은 때와 장소에 따라 각기 다른 경치를 사랑한다. 어떤 사람은 마음 가득한 불평을 말했다고 하고, 어떤 사람은 그 성쇠의 순환이 눈과 귀를 일깨워 주었다고 하고, 어떤 사람은 색色으로 인하여 공空을 깨달아 도를 보게 하였다 하고, 어떤 사람은 장법章法과 구법句法이 본래 좌구명의 『좌전』과 사마천의 『사기』에 근본을 두었다고 하였으니, 견해가 얕거나 깊은 것은 읽는 사람에 따라 다르다.[134]

이는 동일한 대상이라 할지라도 사람이 다르면 미적 감수성의 차이가 있음을 말한 것이다. '견해가 얕거나 깊은 것'의 차이는 심미 대상 즉 작품의 풍부함을 설명할 뿐만 아니라, 심미 주체 즉 감상자의 생활 경험·문화예술 소양·사회적 지위 등의 요소가 심미 활동에 영향을 준다는 것을 설명한다. 이러한 문제에 대해 이전 사람이 이미 언급한 적이 있다 할지라도 간단한 몇 마디에 지나지 않았고, 이렇게 명확하게 논술한 적이 없다. 따라서 제련이 제기한 이 견해는 의심할 바 없이 의의가 있다. 지금 서양에서 흥기하고 있는 수용미학은 이러한 이론 기초 위에서 성립되었다.

둘째, 제련은 『홍루몽』 사상예술의 특색에 대하여 120회 전체를 진眞·신新·문文 세 글자로 개괄한다고 하였다. 진은 진실성이고, 신은

134 『石頭記』一書, 膾炙人口, 而閱者各有所得, 或愛其繁華富麗, 或愛其纏綿悲惻, 或愛其描寫口吻一一逼肖, 或愛隨時隨地各有景象, 或謂其一肚牢騷, 或謂其盛衰循環提醒覺聵, 或謂因色悟空回頭見道, 或謂章法·句法, 本謂盲左腐遷, 亦見淺見深, 隨人所近耳.

참신한 면모이고, 문은 문채이다. 그는 이에 대해 구체적으로 논술한 적은 없지만, 이러한 개괄은 비교적 정확하고 탁월하다.

② 왕희렴

왕희렴은 도광 12년(1832)에 간행된 『신평수상홍루몽전서新評繡像紅樓夢全書』의 평점에서 우선 소설이 일부를 통하여 일반적 문제를 반영한다는 새로운 문제를 제기하였다.

> 대롱으로 하늘을 보면 대롱 안의 하늘이 곧 대롱 밖의 하늘이요, 표주박으로 바다를 헤아리면 표주박 안의 바다가 곧 표주박 밖의 바다이니, 본 것이 없다고 말해서야 되겠는가? 본 것이 하늘과 바다가 아니라고 해서야 되겠는가? 아울러 대롱 안의 하늘과 표주박 안의 바다는 또 다른 작은 하늘과 바다라 하고, 대롱 바깥의 하늘과 표주박 바깥의 바다는 또 하나의 큰 하늘과 바다라고 해서도 안 된다. 도란 하나일 뿐이니, 작은 것을 말하여 설파하지 못하면, 큰 것을 말해도 다 담아내지 못한다. 말에 대소가 있는 것이지, 도에 대소가 있는 것이 아니다.[135]

이는 어떤 사람들이 소설은 작은 것을 말한다고 여기는, 즉 사회 현상의 일부를 반영한다는 것에 대한 답변이다. 왕희렴은 소설에서 반영하는 개별이나 일부는 사실상 사회의 일반과 전체로서 한 가지 일이지 두 가지가 아닌데, 혹자는 두 개의 하늘과 바다라고 한다고 하였다. 이

135 以管窺天, 管內之天, 卽管外之天. 以蠡測海, 蠡中之海, 卽蠡外之海也. 謂之無所見, 可乎? 謂之所見非天·海, 可乎? 并不得謂管·蠡內之天·海. 別一小天·海, 而管·蠡外之天·海, 又一大天·海也. 道一而已, 語小莫破, 卽語大莫載. 語有大小, 非道有大小也. (「『紅樓夢』批序」)

러한 인식은 소설이론비평사상 하나의 새로운 발전과 명제이다.

다음으로 『홍루몽』 속 인물 관계에 대한 분석이다. 『홍루몽』이 비록 가賈씨 집안의 흥망성쇠와 사랑을 이야기했지만, 사실은 오로지 보옥과 대옥·보채 세 사람을 위하여 지었다는 것이다. 보옥과 대옥·보채 세 사람을 논하자면, 보옥은 주인공이고, 보채와 대옥은 조연이다. 보채와 대옥 두 사람을 논하자면, 대옥은 주인공 중의 주인공이고, 보채는 주인공 중의 조연이라고 하였다. 이러한 인식은 의심할 바 없이 실제에 부합한다. 동시에 그는 『홍루몽』이 사실상 당시 사회생활을 표현한 백과사전이라고 했다.

> 문장으로는 시·사詞·가歌·부賦·팔고문八股文·편지·대련對聯과 편액扁額, 벌주놀이와 등미燈謎, 설서說書와 소화笑話에 이르기까지 뛰어나지 않은 것이 없다. 기예로는 금琴·바둑·서화, 의술·점술·점성술, 공예기술자·건축 설계 등 큰 것에서부터 세세한 것에 이르기까지 빠뜨린 것이 없다. 인물로는 방정하거나 음험한 사람, 절개가 있거나 음란하거나 완고하거나 착한 사람, 장렬한 협객, 외국인·여성 시인·신선·부처·귀신·비구니·여도사女道師·창기·배우 등 별별 인물이 다 있다. 사적事跡으로는 화려한 연회, 사치와 방종한 놀이, 노골적이고 음란한 행위 등 가지가지 다 있다. 심지어 천수를 다하거나 요절하거나, 갑작스런 병사 등 무엇이든지 다 있다. 만상을 포괄하여 빠트린 것이 없으니, 어찌 다른 소설이 따라갈 수 있겠는가![136]

136 翰墨則詩詞歌賦, 制藝尺牘, 以及對聯扁額, 酒令燈謎, 說書笑話, 無不精善. 技藝則琴棋書畫·醫卜星相, 及匠作營構, …… 巨細無遺. 人物則方正陰邪·貞淫頑善·節烈豪俠 …… 外洋詩女·仙佛鬼怪·尼僧女道·娼妓優伶 …… 色色俱有. 事迹則繁華筵宴·奢縱宣淫 …… 事事皆全, 甚至壽終夭折·暴病亡故 …… 亦件件俱有. 可謂包羅萬象, 囊括無遺, 豈別部小說可以望見項背! (『『紅樓夢』總評』)

『홍루몽』에 대한 이러한 평론은 완전히 실제와 부합한다. 이외에도 그는 『홍루몽총평』에서 풍부한 어휘를 사용하여 『홍루몽』의 '결구結構'를 심도있게 논술하고 분석하였는데, 매우 합리적이다. 이는 소설이론비평사상사에서 처음으로 시도된 일이다.

③ 도영涂瀛, 합사보哈斯寶 등

왕희렴 이후 도광 22년(1842)에 도영이 간행한 『홍루몽 논찬紅樓夢論贊』이 있는데, 그중에 「홍루몽찬紅樓夢贊」은 매우 짧아, 일이백 자 혹은 삼사백 자로 각 인물의 특징을 기술하고 개괄하였다. 완곡한 말로 정곡을 찔러 언급할 만한데, 임대옥을 평한 부분이 그러하다.

> 사람이 되어서 동시대 사람들에게 추대 받지 못한다면 그 사람이 어찌 될지 알 수 있다. 임대옥의 인품과 재주는 『홍루몽』에서 최고이고 외모도 출중하나 자매도 알아주지 않고, 외숙모도 알아주지 않고, 외할머니도 알아주지 않는다. 인물이 탁월하고 고고한 사람 곁에는 따르는 사람이 적다고 하였으니, 그렇지 않은가? "숲에서 빼어난 나무는 바람이 불면 가장 먼저 꺾인다."라는 말이 있으니, 대옥은 그래서 죽었다.[137]

또 가모賈母를 다음과 같이 평하였다.

[역자주] 등미燈謎 : 음력 정월 보름이나 중추절 밤, 초롱에 수수께끼의 문답을 써넣는 놀이이다.

137 人而不爲時輩所推, 其人可知矣. 林黛玉人品才情, 爲『石頭記』最, 物色有在矣. 乃不得於姊妹, 不得於舅母, 并不得於外祖母, 所謂曲高和寡者, 是耶非耶? 語云: "木秀於林, 風必摧之" …… 於是乎黛玉死矣.
[역자주] 木秀於林, 風必摧之 : 재능이나 품행이 출중한 사람이 질투나 지적당하기 쉽다는 비유이다.

> 보옥과 대옥의 죽고 못 사는 사랑이 여러 번 드러났다. 가모는 대옥을 위하여 꾀를 낸 게 아니라, 오직 보옥을 위하여 꾀를 낸 게 아닐까? 가모는 자기 자신을 기만하고 구차하게 눈앞의 편안을 도모하였다. 대옥을 죽인 자는 가모이지 습인이 아니다. 보옥이 출가하도록 재촉한 자는 가모이지 대옥이 아니다.[138]

몽골 작가 합사보는 보옥과 대옥의 사랑 이야기를 중심으로 120회 『홍루몽』을 편집하여 1847년부터 1854년까지 몽골어로 번역하였는데, 『신역 홍루몽』이 바로 그것이다. 아울러 김성탄이 평점한 『수호전』·『서상기』의 관점과 방법을 운용하여 『홍루몽』을 평점하였다. 그중에는 새로운 견해는 없지만, 인물·언어·줄거리 등의 분석이 매우 섬세하니 참으로 훌륭하다.

요섭의 『홍루몽』 평점의 뚜렷한 특색은 가씨 집안의 중대한 사실, 예컨대 사람들이 모두 어떻게 죽었는지를 썼고, 봉저鳳姐가 고리대를 놓아 이익을 얻은 것, 가씨 집안에서 부리는 노복 및 돈의 출납 등도 비교적 상세하게 통계를 내고 개괄하였다. 그리고 마지막에는 한두 구절의 논평으로 결말을 지었다. 이러한 사회비평은 『홍루몽』의 사회 역사적 의의를 인식하는 데 도움을 주므로 긍정적 의의가 있다.

장신지의 『홍루몽』 평점도 취할 만한 점이 있으나, 새로운 의견이라고 할 만한 것은 없다. 언급할 만한 것은 『요재지이』와 『홍루몽』이 중국 단편과 장편소설 중에 가장 높은 성취를 이루었다고 다음과 같이

138 寶玉與黛玉, 其生生死死之情見數矣. 賈母卽不爲黛玉計, 獨不爲寶玉計乎? 而乃掩耳盜鈴, 爲目前苟且之安. 是殺黛玉者賈母, 非襲人也. 促寶玉出家者賈母, 非黛玉也.
[역자주] 掩耳盜鈴 : 자기가 자기를 속인다는 뜻이다.

인식한 점이다.

> 『요재지이』는 단편이기 때문에 많이 배우면 그중 하나는 닮을 수 있지만, 『석두기』는 장편이므로 따라 배울 수 없다. 오랜 세월이 지난 후 그것을 배운 사람이 있다 해도 이미 오랜 세월 뒤의 사람의 책이지, 지금의 『석두기』가 아니다. 이 책은 천고에 길이 남을 것이다."[139]

이는 매우 탁월한 견해이다. 이외에 그는 또 『홍루몽』 출현 후의 각종 후속작품에 대하여 당시 사람들과 마찬가지로 그 밖에 후속작품들 및 다양한 모방작들은 모두 배울 것이 없다고 평하였다. 이상에서 거론한 내용은 당시 어느 정도 영향력이 있던 평점들이다. 물론 이런 평론과 평점 중에도 봉건 잔재가 적지 않은데, 이는 역사적으로 그럴 수밖에 없었다.

2) 『홍루몽』에 대한 비방과 곡해

『홍루몽』은 세상에 나온 이래로 상당히 오랫동안 곡해와 비방을 받았다. 노신 선생이 말한 것처럼 주제 하나만 해도 독자의 안목에 따라 달랐다. 경학가는 『주역』의 사상을 보고, 도학가는 음탕함을 보고, 문인들은 절절한 사랑을 보고, 혁명가는 만주족을 배척하는 것을 보고, 유언비어를 퍼트리는 자들은 궁중의 비사를 보았다.[140]

---

139 『聊齋』是散段, 百學之或可肖其一, 『石頭記』是整段, 則無從學步. 千百年後, 人或有能學之者, 然已爲千百年後人之書. 非今日之『石頭記』矣. …… 此書, 自足千古.

140 單是命意, 就因讀者的眼光而有種種. 經學家看見『易』, 道學家看見淫, 才子看見纏綿, 革命家看見排滿, 流言家看見宮闈秘事. (『集外集拾遺』, 「絳花洞主」小引)

『홍루몽』은 우선 봉건 도학자와 정통문인들로부터 각종 저주와 공격을 받았는데, '음서淫書'라고 비방한 것이 가장 많다. 치정에 빠진 남녀의 성정을 곳곳에 묘사하면서도 음란할 '음淫'자를 절대로 드러내지 않아 상상의 나래를 펴고 빠져들게 하여 마음을 움직이니, 이른바 큰 도둑은 칼을 들지 않는다는 말과 같은 이치라고 하였고,[141] 『홍루몽』에 묘사된 '음淫'은 고의인 듯 아닌 듯한 데 묘미가 있다고도 했으며[142] 『홍루몽』은 교화를 해쳤으니 그 죄를 어찌 면할 수 있겠는가[143]라고도 하였다. 또 만주족을 공격한 책이라며, 조금이라도 지식이 있는 자는 『홍루몽』으로 우리 만주족을 경멸하였으니 부끄럽고 한탄스럽다면서, 만약 허물이 있는데도 본받았다면 책속에서 말한 사치와 음란만으로도 제명에 죽지 못했을 것이라고 하였다. 나역당那繹堂 선생도 『홍루몽』이 사악한 말과 잘못된 행동으로 만주족을 짓밟아버려 실로 통한스럽다고 했다.[144] 심지어 많은 유언비어를 날조하여 위대한 예술가에 대해 다음과 같이 인신공격을 가하기도 했다.

---

141 淫書以『紅樓夢』爲最, 處處描摩痴男女性情, 其字面絕不露一淫字, 令人目想神遊,而意爲之移, 所謂大盜不操干戈也. (陳其元, 『庸閑齋筆記』)

142 妙在有意無意. (鄒弢, 『三借廬筆談』)

143 罪安逃哉. (毛慶臻, 『一亭考古雜記』)

144 稍有識者, 無不以此書爲誣蔑我滿人, 可恥可恨. 若果尤而效之, 豈但書所云驕奢淫佚, 將由惡終者哉? …… 那繹堂先生亦極言『紅樓夢』一書爲邪說跛行之尤, 無非糟蹋旗人, 實堪痛恨. (梁恭辰, 「勸戒四錄」)
[역자주] 나역당那繹堂 : 나언성那彦成(1763~1833). 청나라의 대신으로 자는 역당繹堂, 호는 소구韶九·동보東甫이다. 건륭乾隆 54년(1789)에 진사에 합격하여 한림원서길사翰林院庶吉士, 한림원편수翰林院編修, 내각학內閣學, 공부시랑工部侍郎, 호부시랑戶部侍郎, 한림원장원학사翰林院掌院學士 등을 역임하였다.

> 음계陰界에 들어간 자가 조설근이 지옥에서 매우 고통스럽게 죗값을 치르고 있다는 말을 매번 전해도, 아무도 동정하는 사람이 없다. 이는 아마도 심신과 생명을 유혹한 업보가 너무 커서 그런 것이니, 『홍루몽』을 불경처럼 높이 떠받드는 견해와는 완전히 정반대이다.[145]

또 조설근의 처지가 비참해진 것은 음서를 쓴 인과응보라는 등 그에 대한 인신공격이 한두 가지가 아니다. 아울러 봉건 통치자들로부터 아래와 같이 금지를 당하였다.

> 내가 안휘학정安徽學政으로 있을 때 『홍루몽』을 엄금하라는 지시를 내린 적이 있는데, 황제께 상서를 올려 유통을 엄격히 금지해 줄 것을 청하려 한다.[146]

> 풍윤豐潤 출신 정우생丁雨生 중승中丞이 강소성의 순무를 지낼 때, 『홍루몽』을 엄격하게 금지하였다.[147]

> 책을 사들여 없애고 영원히 금지할 것을 상급기관에 청하였으니, 공덕이 작지 않다.[148]

145 入陰界者, 每傳地獄治雪芹甚苦, 人亦不恤, 蓋其誘惑身心性命者, 業力甚大, 與佛經之升天堂, 正作反對. (『一亭考古雜記』)

146 我做安徽學政時, 曾經出示嚴禁, 我擬奏請通行禁絕. (「勸戒四錄」)
[역자주] 학정學政은 청나라의 교육행정관을 말한다.

147 豐潤丁雨生中丞, 巡撫江蘇時, 嚴行禁止. (『庸閑齋筆記』)
[역자주] 우생雨生 : 정일창丁日昌(1823~1882)의 아명兒名이다. 그는 자가 지정持靜이고, 광동廣東 조주부潮州府 풍순현豐順縣 사람이며, 광동 경주부유학훈도瓊州府儒學訓導, 강서만안江西萬安, 여릉현령廬陵縣令, 소송태도蘇松太道, 강소포정사江蘇布政使, 강소순무江蘇巡撫, 복건순무福建巡撫 등을 역임하였다. 중국 양무운동洋務運動의 주요 인물이자 근대 사대장서가四大藏書家 중의 한 사람이다.

그러나 그들은 이상의 조치들이 실패하였음을 인정하였다. 그리하여 어떤 사람은 『홍루몽』을 한군데 모아 해외로 보내어 아편전쟁으로 입은 해독에 대해 앙갚음을 하자[149]는 황당한 상상력을 발휘하기도 하였다. 어떤 봉건 문인은 사상이 낙후된 그들의 문예 작품을 가지고 『홍루몽』에 대항하자는 허황된 시도를 하기도 하였다. 예컨대 도광道光 연간 이후에 출현한 『아녀영웅전평화兒女英雄傳評話』(『금옥연金玉緣』으로 칭하기도 함)는 조설근과 『홍루몽』에 대해 적극적인 공세를 퍼부으며, 조설근이 이 책을 지은 건 무슨 풀 수 없는 깊은 원한이 있어서인지도 모르겠다고 했다. 봉건 전통문인은 이렇듯 『홍루몽』을 완전히 이단으로 지목하여 배척하였다.

『홍루몽』을 공격한 것은 봉건 전통문인만이 아니었다. 심지어 개량주의자였던 양계초조차 『홍루몽』이 음란함을 가르친다고 배척하였다.

현실주의 거작 『홍루몽』이 세상에 나온 후, 어떤 사람들은 그것의 아름다운 예술적 마력에 끌려 최고로 훌륭한 책이라고 감탄하기도 하였다. 하지만 그들은 『홍루몽』에 묘사된 내용을 단지 절절한 고통과 슬픔, 가슴 아프고 애간장 끊어지는 남녀 간의 슬픈 사랑으로만 여겨, 『홍루몽』의 의의를 제대로 파악하지 못했다. 예컨대 『홍루몽』에 관한 현존하는 최초의 평론이 수록된 『수원시화隨園詩話』에서 원매는 이 위대한 책을 '염서艶書'로 간주하였으며, 남녀 간의 아름다운 풍정風情과 번화한 경상景象이 모두 기록되어 있어 자신처럼 사리에 밝은 사람이 목욕재계하고 읽어도 선망하게 된다고 하였다.[150] 이것은 당시에 상당

148 損貲收毁, 請示永禁, 功德不小. (『一亭考古雜記』)
149 聚此淫書, 移往海外, 以答其鴉片流毒之意. (『一亭考古雜記』)

히 유행하던 견해를 대표한다.

① 색은파索隱派의 견강부회

『홍루몽』이 출간된 후 일부 평론자는 건륭·가경 시대를 풍미하였던 고증의 풍조하에, 형이상학적인 색은索隱과 고증으로 『홍루몽』의 역사적 내용을 곡해하였다. 이것은 한 시대를 풍미하는 풍조가 되었다.

> 소설 『홍루몽』은 옛 재상 납란명주納蘭明珠의 가정사를 기록한 것으로, '금채십이金釵十二'는 모두 납란명주가 상객으로 받들어 모신 여성들이다. 보채寶釵는 고담인高澹人이 투영되었고, 묘옥妙玉은 서명선생西溟先生이 투영되었다.[151]

> 청나라 주이존의 『정지거시화靜志居詩話』에는 다음과 같은 말이 있다. 조채희趙彩姬는 자가 금연今燕인데, 북리北里 최고의 미녀이다. 당시 유행가 가수로 유劉·동董·나羅·갈葛·단段·조趙·하何·장蔣·왕王·양楊·마馬·저褚 등 12명의 여자가 이름을 날렸는데, 십이채十二釵라 칭했다. 이것으로 볼 때 지금의 소설 속에서 말하는 12채 또한 근원이 없는 게 아니다.[152]

> 『홍루몽』에는 임사낭林四娘의 일을 묘사한 것이 있는데, 이 또한 실존 인물이다.[153]

---

150 備記風月繁華之盛, 明我齋讀而羨之.

151 小說『紅樓夢』一書, 卽記故相明珠家事, 金釵十二, 皆納蘭侍御所奉爲上客者也. 寶釵影高澹人, 妙玉卽影西溟先生. (陳康祺, 「郎潛紀聞二筆」)

152 國朝朱彝尊『靜志居詩話』云 : 趙彩姬字今燕, 名冠北里. 時曲中有劉·董·羅·葛·段·趙·何·蔣·王·楊·馬·褚, 先后齊名, 所稱十二釵也. 按此, 則今小說中所說十二釵, 亦非無本. (俞樾, 『茶香室三鈔』)

> 『홍루몽』이 다루고 있는 내용은 지극히 많아서 그 큰 뜻을 살필 수 있는 자가 없을 것이다. 내가 생각하건대 『홍루몽』에 감추어진 내용은 반드시 국가의 대사와 관계되니, 단지 사가私家의 이야기만 기재한 것이 아니다. 납란명주가의 일이라고 말하는 것도 매우 좁은 견해일 따름이다. 가정賈政의 아버지 이름을 보면 대선代善인데, 대선은 사실 예열친왕禮烈親王의 이름이니, 확실히 납란명주임을 알 수 있다. 임대옥과 설보채가 가보옥을 차지하려고 다툼을 벌이는 것은 강희 말년에 윤진胤禛을 비롯한 여러 왕자들이 태자 자리를 놓고 다투는 것으로 봐야 한다. 보옥은 사람이 아니라 옥새임을 넌지시 기탁하였다. 대옥黛玉의 이름은 대代자 아래 있는 흑黑자와 옥玉자를 합하고, 아래 네 개의 점을 제거하면 대리代理 두 글자가 된다. 대리라는 것은 친왕親王을 대리한다는 뜻을 나타내는 명사이다.[154]

위의 문장은 당시 『홍루몽』을 논한 여러 글이 그 큰 뜻을 살필 수 없었음을 비판한 것이지만, 오히려 억지로 끌어다 붙이는 방법으로 『홍루몽』의 역사적 내용을 해석하여 수수께끼 같은 뜻만 부가시켰다는 것을 보여준다.

신해혁명을 전후하여 협소한 종족혁명 관점을 지닌 일부 사람들은 『홍루몽』에 대해 더욱 견강부회하여 그것을 종족주의로 간주하였다. 노신 선생이 지적한 것처럼 그들은 단지 『홍루몽』을 만주족을 배척하

153 『紅樓夢』小說, 有詠林四娘事, 此亦實有其人.(俞樾, 『壺東漫錄』)

154 『紅樓夢』一書, 說者極多, 要無能窺其宏旨者. 吾疑此書所隱, 必系國朝第一大事, 而非徒紀載私家故實, 謂必明珠家事者, 此一孔之見耳. 觀賈政之父名代善, 而代善實禮烈親王名, 可以知其確作明珠矣. …… 林·薛二人之爭寶玉, 當是康熙末, 允禩諸人奪嫡事, 寶玉非人, 寓言玉璽爾, …… 黛玉之名, 取黛字下半之黑字, 與玉字相合而去四點, 明明代理兩字, 代理者, 代理親王之名詞也.(孫靜庵, 『棲霞閣野乘』)

는 것으로만 보았다. 예컨대 다음과 같은 것이 그러하다.

『홍루몽』은 정치소설로서 책 전체가 강희康熙 연간의 만주족과 한족의 이야기로 구성되어 있다. 책 속 인물인 보옥의 말에 의할 것 같으면 남자는 흙으로 만들고 여자는 물로 만들었다고 하는데, 여기에서 정치적 성향을 알 수 있다. 한족漢族의 한漢은 물수 변으로 이루어져 있으므로 책 속에 등장하는 여자는 모두 한족을 가리킨다. 명말 청초에는 만주족을 대부분 달달達達이라 칭하였는데, 달達자의 처음 필획이 토土로 이루어져 있으므로, 책 속에 등장하는 모든 남자는 만주족을 가리킨다. 이런 식으로 책을 분석하면 아주 명쾌하게 풀린다.[155]

만주에 어느 큰 인물이 가경嘉慶 연간에 강서학정江西學政이 되었는데, 상인들이 『홍루몽』을 판매하는 것을 엄금했고, 어기는 자는 벌을 주었다고 한다. 또 사람들에게 『홍루몽』은 우리 만주족을 풍자하는 것이 극도에 이르렀기에 한이 뼛속까지 맺혔다고 하였다. 이것으로 보아 이 책의 종지가 무엇인지 알 수 있을 것이다.[156]

이는 이러한 방면의 전형적인 예이다.

또 다음과 같이 『홍루몽』에 대해 견강부회한 것도 있다.

155 『紅樓夢』爲政治小說, 全書所記, 皆康熙年間滿漢之結構. …… 按之本書寶玉所云男人是土做的, 女人是水做的, 便可見也. 蓋漢字之偏旁爲水, 故知書中之女人皆指漢人, 而明季及國初, 人多稱滿人爲達達, 達之起筆爲土, 故知書中男人皆指滿人. 由此分析, 全書皆迎刃而解, 如土委地矣. (『乘光舍筆記』)

156 聞滿洲某巨公, 當嘉慶間, 其爲江西學政也, 嘗嚴禁賈人不得售是書, 犯者罰無赦. 又語人曰: 『紅樓夢』一書, 譏刺吾滿人, 至於極地, 吾恨之刺骨. 則此書之宗旨可知. (王鍾麒, 「中國三代小說家論贊」, 『月月小說』 第14號)

> 『석두기』는 청나라 강희 연간의 정치소설이다. 작자는 지극히 간절하게 민족주의를 수호하였다. 책 가운데 중심적인 스토리는 명나라의 멸망을 애도하고 청나라의 실책을 파헤친 것인데, 그중에서도 한족의 명사로서 청나라에서 벼슬하는 자에 대해 애통해하는 뜻을 기탁하였다. 책 속의 홍紅 자는 대부분 주朱 자가 투영되었는데, 주朱는 명나라이며 한족을 의미한다. 『석두기』의 스토리는 명나라가 망하는 데서부터 시작된다. 제1회에는 이런 말이 있다. "이날 삼월 오일은" 갑신년 삼월이니, 명나라 민제愍帝가 순국하고 북경이 함락된 일을 가리킨다. 책 가운데 등장하는 여자는 대부분 한족을 가리키고 남자는 대부분 만주족을 가리키는데, '한漢'·'만滿'과 관계가 있다.[157]

이런 류의 견강부회는 당시에 적지 않았는데, 미언대의微言大義를 다투어 드러내어 밝혔다고 할 수 있다. 연구자들 역시 스스로 대단하다고 여기면서 자신의 견해야말로 『홍루몽』의 진수를 확실하게 파악하였다고 생각하였는데, 그야말로 황당하고 가소롭다.

이러한 류의 비평이 황당하고 잘못된 까닭은 그들이 『홍루몽』에 표현된 거대한 역사 내용과 그 의의를 전혀 이해하지 못했고, 또 조설근이 창조한 생동적인 예술전형이 그 시대에서 나오기는 하였으나 실제 생활의 기록도 아니며, 어느 한 인물의 이야기를 기재한 것도 아님을 이해하지 못한 데서 기인한다. 은미한 것을 드러내고 부회하는 방법으로 『홍루몽』의 사회적 사상과 내용을 연구한 것은 왜곡이다. 한편 『홍

157 『石頭記』者, 淸康熙朝政治小說也. 作者持民族主義甚摯, 書中本事, 在弔明亡, 揭淸之失, 而尤於漢族名士仕淸者寓痛惜之意. …… 書中紅字多影朱字. 朱者明也, 漢也. ……『石頭記』敍事自明亡始. 第一回所云 : "這一日三月五日 …… ." 卽指甲申三月間明愍帝殉國·北京失守之事也. …… 書中女子多指漢人, 男子多指滿人, …… 與漢字滿字有關也. (蔡元培, 「石頭記索隱」, 1916年 『小說月報』 第7卷 1~6期)

루몽』이 종족주의를 위해 쓰였다고 억지를 부리는 것 역시 황당하긴 마찬가지이다. 이렇듯 견강부회의 특징을 지닌 색은索隱 방법으로 『홍루몽』의 사상 내용을 논증하는 것을 후인들은 구홍학舊紅學이라 칭하였다. 이러한 입장과 관점과 방법은 상당히 긴 시간 동안 유행하여 『홍루몽』 연구에 부정적인 영향을 끼쳤다.

청나라 말 민국 초기에 이르러 개량주의자들이 소설을 제창함에 따라 소설을 연구하고 평론한 글도 갈수록 많아졌고, 『홍루몽』에 대한 연구와 평론 역시 많아졌다. 일부 평론은 색은파의 관점을 계속 퍼뜨렸지만, 이를 받아들이지 않고 비교적 진보적인 민주주의 관점으로 『홍루몽』의 사상적 의의를 분석하여 드러내거나 예술적 측면에서 『홍루몽』의 성취를 제기한 사람도 나타났다.

3) 왕국유王國維와 왕종기王鍾麒 등의 『홍루몽』 평론

구 민주주의 혁명 시기(1840년 아편전쟁부터 1919년 5·4 운동 이전까지)에, 『홍루몽』이라는 이 위대한 현실주의 거작에 대해 매우 높은 평가를 내린 사람으로는 협인俠人·왕국유·왕종기(즉 무생無生·천육생天僇生) 등이 있다.

① 협인

협인은 『소설총화』에서 아래와 같이 말했다.

> 중국소설 중에는 『홍루몽』보다 특출난 것이 없다. 『홍루몽』은 정치소설이라고도 할 수 있고, 윤리소설이라고도 할 수 있으며, 사회소설이라고도 할 수 있다. 왜 정치소설이라고 하는가? 원비(가원춘賈元春)가 부

모님을 만나는 부분에서 "예전에 사람 그림자도 볼 수 없는 거처로 나를 보냈었지."라고 말했다. 그런데 귀성歸省 1회의 제목을 '천륜락天倫樂'이라고 붙였다. 독자들은 그것을 읽고 쓸쓸함을 느껴, 마치 차가운 비바람이 종이에서 이는 듯한 느낌을 받으니, '천륜락'이라는 세 글자의 표제와 정반대를 이룬다. 황제의 집안이라고 언급조차 하지 않았지만, 은연중에 전제군주의 위엄이 글 밖에 가득하여 독자들이 저절로 알 수 있게 한다. 이것이 정치와 관계있다는 증거이다. 그리고 소설 속에서 삼강오륜에 대해 두 번 언급하였는데, 한 번은 보채의 입에서 나왔고 한 번은 탐춘의 입에서 나왔다. 삼강오륜에 대해 매우 회의적이라는 뜻이 언외에 들어있다. 수천 년 동안 중국의 가족제도는 종교와 밀착되어 있었는데, 이 불완전한 윤리는 환한 대낮에 귀신과 물여우가 되어 날마다 혹독하게 괴롭혀도 말 한마디 할 수 없었다. 이 책에서는 중국 사대부들이 날마다 그 신비한 부름에 온 힘을 다 쏟으면서도, 종신토록 자신을 다른 사회 속에 놓아두고, 명예를 생명으로 여기는 중국사회의 여러 가지 금지된 법령으로부터 멀리 떨어지고 싶지만, 감히 말할 수도 없고 또 그런 사상을 절대로 가질 수도 없는 것에 대해 진술하고 있다. 그러나 『홍루몽』의 저자는 홀로 그것을 의연히 말하였으니, 이것이 윤리학과 관계되는 이유이다.[158]

158 吾國之小說, 莫奇於『紅樓夢』, 可謂之政治小說, 可謂之倫理小說, 可謂之社會小說. …… 何謂之政治小說? 於其敍元妃歸省也, 則曰: "當初旣把我送到那見不得人的去處." …… 而其歸省一回, 題曰 "天倫樂", 使人讀之, 蕭然颯然, 若凄風苦雨, 起於紙上, 適與其標名三字反對. 絕不及皇家一語, 而隱然有一專制君主之威, 在其言外, 使人讀之而自喻. …… 此其關係於政治上者也. …… 而書中兩陳綱常大義, 一出於寶釵之口, 一出於探春之口, 言外皆有老大不然在. 中國數千年來家族之制, 與宗教密切相附, 而一種不完全之倫理, 乃爲鬼爲蜮於靑天白日之間, 日受其酷毒而莫敢道. 凡此所陳, 皆吾國士大夫所日受其神祕的刺衝, 雖終身引而置之一他社會中, 遠離吾國社會種種名譽生命之禁網, 而萬萬不敢道, 且萬萬無此思想者也. 而著者獨毅然而道之, 此其關於倫理學上者也.

이어서 협인은 봉건 윤리강상과 도덕관념의 속박을 적나라하게 파헤친 『홍루몽』에 대해 최고의 찬사를 보내고 평가하였다.

> 도덕이란 백성을 이롭게 하려고 존재하는 것이다. 그런데 지금은 인성을 해치는 일을 하고 있으니 옳고 그름은 가리지 않아도 알 것이다. 이렇듯 첨예하고 엄격한 윤리는 실로 도덕학 최후의 후원자요 가장 굳건한 보루이지만, 한 방에 날려버리고 뒤집어엎어 위로는 벽락까지 아래로는 황천까지 어느 곳에도 발붙일 수 없게 해야 한다. 그러나 이천년 동안 감히 어느 하나 이것을 고치자고 하는 사람이 없었는데, 조설근은 홀로 조금도 의심하지 않고 굳건하게 말하였다. 이것은 나를 완전히 승복시켜 더이상 할 말을 잃게 하였다. 이는 실로 대철학자의 식견으로 구도덕을 깨끗이 쓸어버린 가장 위대한 공이거늘, 세상 사람들은 군중을 돌아보며 "음서야! 음서"라고 하니 오호 녹색 안경을 쓴 자는 모든 물건이 녹색으로 보이는 법이다. 모든 물건이 과연 녹색이란 말인가![159]

아울러 협인은 공자진과 조설근이 근 백년 이래로 가장 위대한 사상가라고 하였다. 평론 가운데 고인을 현대화하려는 경향이 명확하게 나타나 있지만, 협인은 『홍루몽』의 반봉건적 의의와 작가 조설근에 대해 높은 평가를 내렸다. 이것은 그다지 취할 만한 것이 못 된다. 그러나 현실주의 대작을 음서로 간주하여 보편적으로 배척하는 당시의 상황에

---

159 且道德者, 所以利民也. 今乃至戕賊人性以爲之, 爲是乎, 爲非乎? 不待辨而明矣. 此等精銳嚴格之倫理, 實擧道德學最後之奧援, 最堅決之壁壘, 一擧捶碎之, 一脚踢翻之, 使上窮碧落下黃泉, 而更無餘地以自處者也. …… 奈何中國二千年, 竟無一人焉敢昌言修改之哉! 而曹雪芹獨毅然言之而不疑, 此眞使我五體投地, 更無言思擬議之可云者也. 此實其以大哲學家之眼識, 摧陷廓淸舊道德之功之尤偉者也. 而世之人, 顧群然日: "淫書·淫書." 嗚呼! 戴綠眼鏡者, 所見物一切皆綠 ; …… 一切物果綠乎哉!

서, 이러한 반봉건적 급진적 민주주의 사상은 참으로 소중하다. 그가 제기한 일부 논단 역시 결론적으로 말하면, 색은파의 각종 견해와는 비교할 수 없을 정도로 뛰어나다.

② 왕국유

여기서 역점을 두어 다시 강조하고 싶은 것은 『홍루몽』에 대한 왕국유의 평론이다. 왕국유의 『홍루몽평론』은 모두 5장으로 일만 삼천여 자이다. 제1장은 인생과 예술의 개관, 제2장은 『홍루몽』의 정신, 제3장은 『홍루몽』의 미학적 가치, 제4장은 『홍루몽』의 윤리학적 가치, 제5장은 여론餘論이다. 이는 철학과 윤리학, 미학을 종합해서 연구한 책이다. 왕국유는 제5장에서 색은파의 연구방법을 비판하였다. 그는 『홍루몽』의 독자라면 작자의 성명과 책을 쓴 시기를 마땅히 알아야 할 것이며, 이는 주인공의 이름을 아는 것보다 더 중요하다고 하였다. 그러나 그것을 고증한 사람은 하나도 없는 반면에, 연구가들은 오히려 그 주인공이 현실의 누구를 묘사한 것인지, 즉 타인의 일을 기술한 것인지 아니면 작자 자신의 생애를 묘사한 것인지를 고증하는 데 더 관심을 쏟았다면서, 이는 본말이 전도된 것이라고 하였다.

> 『홍루몽』이 중국 문학예술사상 유일한 거작이 되기 위해서는 작자의 성명과 창작 시기에 대해 고증하는 것이 당연하다. 그러나 중국인이 논쟁하는 것은 여기에 있지 않으니, 사람들의 흥미가 어디에 있는지 알 수 있다.[160]

160 『紅樓夢』之足爲我國美術上之唯一大著述, 則其作者之姓名, 與其著書之年月, 固

따라서 왕국유는 이러한 연구풍토를 바꾸고자 하였는데, 이는 당시 어떤 인식보다 훨씬 탁월하다.

다음으로 왕국유는 문학예술의 전형 창조라는 관점에 입각하여, 『홍루몽』의 주인공이 누구인지를 밝히려는 잘못된 연구방법을 비판하였다. 물론 예술전형에 관한 왕국유의 견해는 쇼펜하우어의 '실념實念'과 '종류의 형식'에서 출발한 추상적이며 초역사적인 것으로, 예술전형은 인류 전체의 성질을 묘사한 것이라고 보았다. 쇼펜하우어의 생활경험에서도 선험론적 경향이 존재한다.[161] 이러한 것들이 모두 왕국유의 유심주의적 철학과 역사관 및 예술 사상을 결정하였다. 그의 견해는 또한 합리성을 내포하고 있기에, 그 시대의 일반적인 수준을 훨씬 뛰어넘는다. 예컨대 고증과 '색은'의 관점으로 『홍루몽』을 연구한 구홍학舊紅學에 대해 아래와 같이 비판하였다.

> 우리 왕조에 고증학이 성행한 이후부터 소설을 읽는 자들은 고증학의 안목으로 읽는다. 그리하여 『홍루몽』을 평론하는 자들은 대부분 이 책의 주인공이 누구인지를 탐구하였는데, 참으로 이해할 수 없다. 문학예술에서 묘사한 것은 개인의 성질이 아니라 인류 전체의 성질이다. 문학예술은 구체적인 것을 숭상하지 추상적인 것을 중시하지 않는다. 그리하여 인류전체의 성질을 개인의 이름 아래 두는 것이다. 예컨대 부묵副墨(시문이나 문자)의 아들이니 낙송洛誦(반복해서 읽다)의 손자니 하는 것 역시 우리들이 좋아하는 바를 따라 이름을 붙였을 따름이다. 사물을 잘

當爲唯一考證之題目. 而我國人之所聚訟者, 乃不在此而在彼, 此足以見吾國人之對此書之興味之所在, 自在彼而不在此也. (『紅樓夢評論』 第5章)

161 예컨대 쇼펜하우어의 유심론의 명저인 『의지와 표상으로서의 세계』에 나오는 '선천적으로 알고 있는 것'을 논거로 삼았다.

> 관찰하는 자는 개인적인 것에서 인류 전체의 성질을 발견하는 데 능하지만, 지금 구홍학을 하는 이들은 인류 전체에 대해 고정적인 관념을 가지고 특정한 개인을 통해 실증하려고 하니, 사람의 능력이 미칠 수 있는 것이 아니다. 그러므로 『홍루몽』의 주인공을 가보옥이라 해도 되고, 가공의 인물이라고 해도 될 것이다.[162]

위의 문장에서 인류 전체의 성질 운운하는 것은 인성론적 관점이다. 그러나 구체적 형상을 통해 사회를 보고 개별을 통해 일반적인 것을 반영해야 한다고 하는 것은 전형화의 가장 기본적인 원칙이다. 현실 속 특정한 개인에 집착하여 예술전형을 이해해야 한다는 주장에 반대한 것은 상당히 뛰어난 견해로, 구홍학에 비해 훨씬 수준이 높다.

왕국유는 『홍루몽』이 위대한 걸작이자 우주에서 가장 위대한 저술이라면서, 괴테의 『파우스트』와 견줄 만하다고 하였다.[163] 『홍루몽』을 이렇듯 높이 평가한 것 역시 구홍학가들의 인식수준을 훨씬 넘어선다. 그러나 왕국유의 평론은 세상일에 관심을 두지 않는 퇴폐적인 사상으로 가득하다. 그는 『홍루몽』 평론에서 사람의 욕망은 선천적으로 존재하는 것이며, 인생은 이러한 욕망을 발현하는 데 지나지 않는다고 하였다.[164] 생활의 본질은 선험적으로 존재하는 욕망이며, 욕망이 충족되지

162 自我朝考證之學盛行, 而讀小說者, 亦以考證之眼讀之, 於是評『紅樓夢』者, 紛然索此書之主人公爲誰. 此又甚不可解者也. 夫美術之所寫者, 非個人之性質, 而人類全體之性質也. 惟美術之性質, 貴具體而不貴抽象, 於是擧人類全體之性質置諸個人之名字之下, 譬諸副墨之子, 洛誦之孫, 亦隨吾人之所好, 名之而已. 善於觀物者, 能就個人之事實而發見人類全體之性質, 今對人類之全體, 而必規規焉, 求個人以實之, 人之知力相越豈不遠哉? 故『紅樓夢』之主人公謂之賈寶玉可, 謂之子虛烏有先生可.

163 『紅樓夢評論』 第2章.

않으면 고통뿐이라는 것이다. 그러므로 인생이라는 것은 시계의 추처럼 고통과 권태 사이를 오가는 것이라 하였다. 권태 역시 고통의 일종이다.[165] 즉 인생은 영원히 고통으로 가득하다는 것이다. 왕국유는 『홍루몽』을 찬양하면서, 오히려 그 자체에 내재되어 있는 비주류적 현실도피 사상을 포착하여 자신의 이론을 입증하였다. 왕국유는 해탈의 길은 현실을 떠나는 데 있지, 자살에 있지 않다고 하였다. 현실을 떠난다는 것은 일체의 욕망을 물리치는 것이다. 그뿐만 아니라 문학예술의 근본 목적은 고통과 해탈의 길을 묘사하여 생을 탐하는 사람들이 이 질곡의 세계에서 욕망의 투쟁으로부터 벗어나 잠시나마 평화를 얻게 하는 데 있다고 하였다. 다시 말해서 모든 예술의 목적은 사람들이 해탈할 수 있도록 도와주는 데 있다는 것이다. 이러한 정치와 예술의 관점에 입각해서 왕국유는 『홍루몽』의 소극적 요소를 적극적으로 찬양하였는데, 다음과 같은 예가 그러하다.

> 보옥이를 묘사할 때는 가장 깊숙한 곳으로 얽어매어 빠트렸고, 이미 해탈의 씨앗을 묻어두었다. 그러므로 「기생초寄生草」 가락을 듣고는 어떤 입장을 취할지 깨달았으며, 『장자·거협胠篋』편을 읽고는 아름다운 여자를 버려야겠다는 생각을 하게 된다. 대옥이가 죽음에 이르게 되자 그 뜻이 점점 확고해졌고, 마침내 원하는 바를 얻는다. 그 해탈하고 정진하는 과정이 얼마나 명료하고 정확한지! 이 책을 읽는 우리가 얼마나 만족해하고 감사해하는지 밝혀야 한다.[166]

164 先人生而存在的, 而人生不過是此欲之發現罷了.

165 『紅樓夢評論』 第1章.

166 『紅樓夢』之寫寶玉, …… 彼於纏陷最深之中, 而已伏解脫之種子, 故聽「寄生草」之曲, 而悟立足之境, 讀「胠篋」之篇, 而作焚花散麝之想, …… 至黛玉死, 而志漸決,

이러한 관점은 왕국유의 『홍루몽평론』을 관통하고 있다. 왕국유가 『홍루몽』을 가장 위대한 저서로 인정하지만, 근본적으로 정확한 이해를 하지 못한다는 것을 파악하는 건 어렵지 않다.

③ 왕종기

민주혁명자 가운데 비교적 급진적인 견해를 지닌 왕종기는 『홍루몽』을 평론한 문장을 적지 않게 썼다. 그는 지극히 훌륭한 소설은 오직 시내암·왕감주王弇州·조설근이 지은 소설뿐이라고 하였다. 여기에서 왕감주는 왕세정을 지칭하는데, 왕종기는 『금병매』를 왕세정이 지었다고 생각하였기 때문이다. 왕종기는 비극으로 유명한 뒤마Alexandre Dumas와 셸리Percy Bysshe Shelley, 위고Victor Hugo 등의 작품은 단순하지 않은 서두와 편폭의 크기, 문장의 아름다움으로 볼 때 『홍루몽』에 미치지 못한다고 하였다. 조설근은 재능이 매우 뛰어나고 그가 지은 『홍루몽』은 천추의 명저라면서, 그와 필적할 만한 옛 작품으로는 『춘추』가 있을 뿐이라고 하였다. 『홍루몽』을 유가들이 신성시하는 경전인 『춘추』에 비견하고, 조자건曹子建(조식曹植) 이래로 조설근과 짝할 만한 사람이 없으며, 이천년 이래 그것과 필적할 만한 거작이 없다면서 보기 드문 걸작이라고 하였다. 그뿐만 아니라 『홍루몽』은 사회소설이자 종족種族소설이자 애정哀情소설이라 하였다. 조설근은 남에게 알릴 수 없는 지극한 아픔과 슬픔이 있었기에 이 책을 썼으며, 지극한 슬픔과 고통으로 흘린 피가 원고지를 흥건히 적셔 이 책을 완성한 것이라 하였

……

…… 終獲最後之勝利. …… 其解脫之行程·精進之歷史, 明瞭精切何如哉? …… 我輩之讀此書者, 宜如何表滿足感謝之意哉! (『紅樓夢評論』 第2章)

다. 『홍루몽』을 사회소설로 본 것은 맞지만, 종족소설로 본 것은 종족주의 관점을 부회한 잘못을 드러냈다. 당시의 관점으로 고인에게 부회하는 이러한 수법은 왕종기 평론에서만 우연히 보이는 것은 아니다. 왕종기는 또 조설근이 『홍루몽』을 쓴 이유를 연줄에 의거하여 이익을 탐하는 당시 귀족계급에 대한 분노 때문으로 보았다. 이른바 "본 왕조가 건립되자, 품행이 좋지 않은 자들이 왕왕 귀족의 신분을 빌어 연줄로써 이익을 취하고, 불법으로 재물을 취하는 자가 헤아릴 수 없이 많았다. 조설근은 정신적인 충격을 받았으며, 감히 말할 수도 없고, 말할 가치도 없고, 그렇다고 또 말 한마디 안 할 수도 없었다"[167]는 말이 이를 증명한다. 이러한 판단은 합리적이다. 이는 『홍루몽』에 묘사된 사건과 인물을 부회하는 방법으로 연구한 색은파보다 훨씬 훌륭할 뿐 아니라, 왕국유의 해탈설에 비해 더 뛰어나다.

『홍루몽』에 대하여 하나 더 언급해야 할 것은 『홍루몽』이 희곡으로 개편된 후에, 유요범俞遙帆이 시름을 달래는 작품이지만 봉건 예교를 해치지 않았으며, 분풀이를 위해 쓴 것임을 인식하였다는 점이다. 아울러 『홍루몽』은 예술적으로 매우 높은 수준에 도달하였다면서 다음과 같이 말했다.

> 『홍루몽』의 작가는 자신의 가슴속에 품은 억울한 마음을 드러낼 듯 말 듯하면서 귀공자와 숙녀의 마음속 깊이 숨어있는 감정을 통해 말하고, 또 부드럽고 그윽한 마음으로 드러내어 진정성을 잃지 않았다. 즉

167 時本朝甫定鼎, 其不肖者, 往往憑藉貴族, 因緣以奸利, 貪侈之端, 乃不可樓指數. 曹氏心傷之, 有所不敢言, 不屑言, 而又不忍不一言者. (「中國三大小說家論贊」, 『小說月報』 第14號)

> 인정과 세태 및 자질구레한 일들까지 모두 선명하게 묘사하였기에 아름다워 볼 만하다.[168]

이러한 정황은 현실주의 거작 『홍루몽』이 이런저런 비방을 받았을 뿐만 아니라, 그것을 칭송하고 찬양하는 사람들에게도 각종 곡해를 받았으며, 진보적인 지식인 심지어 민주 혁명가들조차 여기에 나타난 거대한 역사적 내용과 의의를 인식하지 못했음을 보여준다.

168 玆『紅樓夢』說部, 作者眞有一種抑鬱不獲已之意, 若隱若躍, 以道佳公子淑女之幽懷, 復出以貞靜幽嫻, 而不失其情之正. 卽寫人情世態, 以及瑣碎諸事, 均能刻畫模擬, …… 小說中亹然可觀者.

제5장
왕국유, 장병린章炳麟, 유아자柳亞子 등

제1절 왕국유

1) 문예사상

왕국유(1877~1927년)는 자가 정안靜安, 호는 관당觀堂이며, 절강浙江 해녕海寧 사람이다. 청나라 말기 제생諸生[1]이다. 일본에서 유학했으며 일어와 영어를 배운 적이 있다. 학부도서관學部圖書館 편역編譯과 명사관名詞館의 협운協韻을 지내고, 민국 시기 청화대학淸華大學 교수로 재직했으며, 마지막 황제 부의溥儀의 '학부총무사행주學部總務司行走'를 지냈다.

왕국유는 지주이자 상인 집안 출신이다. 1898년 황준헌黃遵憲·양계초梁啓超가 상해에서 간행한 『시무보時務報』에 취직하여 서기와 교정

1 [역자주] 명청 시기 생원.

업무를 맡았다. 사상적으로 신학과 서학의 영향을 많이 받았다. 날로 격해지는 부르주아 혁명에 반대했던 그는 개량주의 사상을 버리고 봉건적 전제주의를 변호했다. 대혁명 시기였던 1927년 곤명호에 투신하여 50세의 나이로 생을 마감하였다. 『영해왕정안선생유서寧海王靜安先生遺書』는 총 43종, 104권이다. 『청사고淸史稿』 권510에 그의 전傳이 있다. 문예에 관한 논저로는 『쇼펜하우어의 철학과 교육학설叔本華之哲學及其敎育學說』·『홍루몽평론紅樓夢評論』·『인간사화人間詞話』·「굴원의 문학정신屈子之文學精神」·『문학소언文學小言』 및 『송원희곡고宋元戲曲考』 등이 있다. 갑골문·원곡元曲 등의 연구 방면에 중대한 성과가 있고, 중국 근대의 가장 저명한 학자 중 한 사람이자, 중국 미학 교육의 최초 제창자이다.

국학에 정통했던 왕국유는 근대사회 격동의 시기에 서양을 학습할 것을 적극적으로 주장한 인물이다. 학문에는 신구新舊의 구분이 없고 국내와 국외의 구별도 없기에, 편견을 타파해야 할 뿐만 아니라, 훗날 중국 학술을 밝게 빛낼 자는 반드시 세계 학술의 모든 것을 겸비해야지 우물 안 좁은 식견을 지녀서는 안 된다면서, 낡은 것에 얽매여 눈과 귀를 막아버리는 것에 반대했다.

이러한 생각을 지녔던 그는 연구영역을 새롭게 개척했을 뿐만 아니라, 연구방법에서도 근대 서양의 비교적 과학적인 방법을 수용하였다. 이른바 "서양인의 특징은 사변적이면서도 과학적이다. 추상적인 것에 뛰어나지만 분류에도 뛰어나다. 세계의 모든 유·무형의 사물에 대해 종합과 분석 방법을 사용하지 않은 것이 없다"[2]면서, 수많은 새로운 방

2 西洋人之特質, 思辯的也, 科學的也. 長於抽象, 而精於分類. 對世界一切有形無形

법론을 시도했다.

왕국유는 봉건사회가 철저히 붕괴되는 역사적 전환기에 살았다. 한편 '신학新學'의 끊임없는 충격 속에서 봉건 전통에 대해 불만을 갖게 되었고, 심지어 중국에는 순수한 철학이 없으며 오직 도덕철학과 정치철학만이 완벽함을 갖추었다면서 개량을 시도하였다. 또 당시 진행 중이던 부르주아 혁명을 이해할 수 없었던 그는 사상적으로는 봉건 전통과 깊은 연계를 유지하면서, 부르주아 민주혁명에 대해 갈피를 잡지 못하고 삶의 끝자락 같은 절망감을 느꼈다.

> 오는 날 도도하게 흘러오고,
> 가는 날 도도히 흘러가네.
> 그대는 어디에서 왔으며
> 또 어디로 가는가?
>
> 인생은 일장춘몽,
> 언제 깨어날지 모르네.
> 만나는 이 모두 꿈속의 사람,
> 누가 나의 의혹 풀어주려나.[3]

그는 비록 근대 서양 철학과 미학 사상을 번역하고 수용하였지만, 부정적인 요소들이 적지 않다. 조잡하고 쓸데없는 것을 문학사상에 많이 수용하여 후세에 부정적인 영향을 끼쳤다. 그러나 서구 부르주아로

之事物, 無往而不用綜括及分析之二法. (「論新學語輸入」, 『靜庵文集』)

3 來日滔滔來, 去日滔滔去. …… 爾從何處來, 行將徂何處? / 人生一大夢, 未審覺何時. 相逢夢中人, 誰爲析余疑. (『靜庵文集·靜庵詩稿·來日二首』)

부터 비교적 진보적인 관점과 방법을 받아들였고, 엄격한 학문연구 태도 덕분에 문학예술의 법칙에 대해 뛰어난 견해를 갖게 되었다.

왕국유의 철학과 문학사상은 몰락하고 퇴폐적인 염세주의 사상이 근본을 이룬다. 쇼펜하우어의 염세철학은 그에게 큰 영향을 미쳤다. 광서光緖 31년(1905년)에 쓴 『정암문집靜庵文集·자서自序』에서 그는 다음과 같이 말했다.

> 내가 철학을 연구한 것은 신축辛丑(1901)·임인壬寅년(1902) 여름부터이다. 계묘癸卯년(1903) 봄에 칸트의 『순수이성비판』을 읽었는데, 도통 이해가 안 되어 몇 년 읽다가 치워버렸다. 이어서 쇼펜하우어의 책을 읽었는데 매우 재미있었다. 계묘癸卯년(1903) 여름부터 갑진甲辰년(1904) 겨울까지는 온통 쇼펜하우어의 책과 함께하였다. 특히 맘에 들었던 것은 쇼펜하우어의 지식론인데, 이를 통해 칸트의 이론을 살필 수 있게 되었다. 그의 인생철학에 대한 뛰어난 관찰력과 예리한 의론 또한 나의 마음을 탁 트이고 정신을 유쾌하게 해주었다.[4]

쇼펜하우어의 철학은 서구 부르주아 계급이 일정한 단계로 발전한 후에 나타난 역사적 산물이다. 쇼펜하우어는 칸트 철학의 '물자체物自體'라는 유물론적 요소를 완전히 주관적인 '의지'로 대체했으며, 이 '의지'를 세상의 모든 것으로 간주했다. 버클리George Berkeley는 이 사상을 최초로 말한 사람으로서 철학을 위해 불멸의 공헌을 했다. 그러나

4 余之研究哲學, 始於辛壬之間, 癸卯春始讀汗德之『純理批評』, 苦其不可解, 讀幾年而輟. 嗣讀叔本華之書而大好之. 自癸卯之夏, 以至甲辰之冬, 皆與叔本華之書爲伴侶之時代也. 其所尤愜心者, 則在叔本華之知識論, 汗德之說, 得因之以上窺. 然於其人生哲學觀, 其觀察之精銳與議論之犀利, 亦未嘗不心怡神釋也.

칸트는 이 명제를 소홀히 한 단점이 있다고 쇼펜하우어는 말했다. 즉 이런 철학에 바탕을 둔 인생관과 역사관은 객관적 세계와 그 발전을 철저히 부정하고, 어떤 '의지'든 스스로 분투하는 것으로 표현되지만 영원히 만족하지 못하기에 끝없는 고통이 수반되며, 이런 고통은 예술 감상에 빠져들 때 비로소 잠시나마 벗어날 수 있다는 것이다. 이것이 쇼펜하우어의 철학·예술사상의 핵심이다. 쇼펜하우어는 『의지와 표상으로서의 세계意志及觀念之世界』 등의 저서에서 불교경전의 원적圓寂·열반涅槃 등을 인용하여 자신의 유심주의와 비관주의 사상을 선전하였다. 왕국유는 쇼펜하우어와 니체를 19세기 독일 철학계의 양대 산맥이라고 칭하며, 쇼펜하우어의 이러한 사상을 매우 높게 평가했다.

> 삶의 본질은 무엇인가? 욕망일 따름이다. 욕망의 본질은 싫증 내지 않는 것이고, 원래 만족하지 못하는 데서 생겨난다. 만족하지 못하는 상태는 고통이다. 하나의 욕망이 실현되면 이 욕망은 끝을 맺는다. 그러나 실현되는 욕망은 하나지만 실현되지 못하는 것은 수백 개이다. 하나의 욕망이 실현되면 다른 욕망이 뒤따른다. 그러므로 인생이라는 것은 시계추처럼 고통과 권태 사이를 오가는데, 권태는 고통의 일종으로 간주한다.[5]

또 왕국유는 인간의 고통은 문화 발전에 따라 증가한다고 하였다. 이른바 문화가 발전할수록 지식은 더욱 넓어지고, 욕망은 더욱 많아지

5 生活之本質何？欲而已矣. 欲之爲性無厭, 而其原生於不足. 不足之狀態, 苦痛是也. 旣償一欲, 則此欲一終. 然欲之被償也一, 而不償者什佰. 一欲旣終, 他欲隨之. …… 故人生者, 如鍾表之擺, 實往復於痛苦與厭倦之間者也, 夫厭倦固可視爲痛苦之一種. (『紅樓夢評論』 第1章, 『靜庵文集』)

며, 느끼는 고통도 더욱 심해진다는 것이다. 그렇다면 인생이 욕망하는 바는 삶을 넘어설 수도 없거니와 삶의 성질 또한 고통에 지나지 않기 때문에, 욕망과 삶과 고통 이 세 가지는 같은 것이라는 것이다. 이것은 사실 복고로 퇴행하는 몽매주의夢昧主義이며, 쇼펜하우어와 왕국유의 현실에 대한 비관적이고 절망적인 사상을 반영하고 있다.

쇼펜하우어의 『의지와 표상으로서의 세계意志及觀念之世界』라는 저서의 명제에서 드러났듯이, 그는 사상·의지 등 관념의 범주인 제2성第二性을 세계의 제1성第一性으로 삼아 물질적 세계보다 먼저 존재한다고 여겼다. 또 세계가 나의 표상이라는 진리는 살아 인식하는 어떠한 생물에게나 유효하고, 세계는 나의 의지라고 하면서 유심주의적 생명의지론과 비이성주의적이고 비관적인 염세 사상을 결합하여 철저한 해탈을 부르짖었다. 그는 인간이 가끔은 어쩔 수 없이 이성을 빌릴 때도 있지만, 이성을 활용하지 않으면 오히려 잘 해낼 수 있는 일도 많다고 했다. 이성을 내세운 헤겔을 정신상의 캘리번[6]이라 공격하고, 삶의 본질은 고통이며, 단식하여 죽어야만 고요 속의 극락을 구할 수 있다고 하였다. 왕국유는 쇼펜하우어의 관점을 계승하여 삶의 욕망은 사람이 태어나기 전에 존재한다고 했을 뿐만 아니라, 다음과 같이 철저한 해탈을 주장했다.

> 세계의 인류가 모두 해탈의 영역으로 들어가면, 이른바 우주에는 아무것도 없다는 게 아닌가? 그러나 그 유무의 문제는 단언하기 힘들다.[7]

---

6 精神上的珈利本.(『作爲意志和表象的世界』, 13쪽)
[역자주] 캘리번은 세익스피어 희극 『폭풍우暴風雨』 중의 괴물이다.

7 然則舉世界之人類, 而盡入於解脫之域, 則所謂宇宙者, 不誠無物也歟? 然有無之說

이는 쇼펜하우어의 의지론이나 '주의론主意論'을 공개적으로 제창한 것이다. 인간의 주관적인 '의지意志'·'욕망欲'은 모두 '사람이 태어나기 전에 존재'하고, '의지意志'·'욕망欲' 등 주관적 관념 외의 객관적 세계에는 물질이 존재하는지 아닌지 단언하기 힘들다는 것이다. 쇼펜하우어는 의지가 없으면 표상도 없고 세계도 없으며, 의지를 철저히 제거한 후 남은 것은 바로 무라고 하였다.[8] 이른바 세계의 인류가 모두 해탈의 영역에 들어간다고 운운한 것은 유심주의적 인식론과 왕국유의 비관적 염세 정서가 결합한 것이다.

왕국유의 문예관도 바로 이러한 정치철학 관점 위에 세워졌다.

① 예술과 해탈

왕국유는 세계가 고통으로 가득 차 있는 만큼, 관념형태인 문예의 근본적 임무는 망망한 고해를 뛰어넘을 수 있도록 돕는 데 있다고 보았다.

> 오호! 우주에서의 삶은 욕망일 뿐이다. 생활의 욕망이 만들어 내는 죄는 생활의 고통으로 벌하는 것이 바로 우주의 영원한 정의이다. 문예의 임무는 인생의 고통과 그 해탈의 방법을 묘사하는 데 있으며, 우리처럼 삶을 탐하는 무리에게 질곡의 세계와 욕망의 투쟁에서 벗어나 잠시나마 평화를 주는 데 있다.[9]

言, 蓋難言之矣. (『紅樓夢評論』 第4章)

8 沒有意志, 沒有表象, 沒有世界. 在徹底取消意志之後所剩下來的, …… 也就是無. (『作爲意志和表象的世界』, 562~564쪽)

9 嗚呼! 宇宙一生活之欲而已. 而此生活之欲之罪過, 卽以生活之苦痛罰之. 此卽宇宙永遠之正義也. …… 美術(卽文藝)之務, 在描寫人生之苦痛與其解脫之道, 而使吾儕

> 우리는 이 질곡의 세상 속에서 끝내 잠시나마 구제를 얻지 못하는가라고 묻고, "아니요, 오직 미美만이 구제할 수 있습니다."라고 대답했다.[10]

무엇 때문에 예술이 해탈의 역할을 할 수 있을까? 이에 대해 왕국유는 이렇게 대답했다.

> 미美는 우리와 이해관계가 없습니다. 그리고 우리는 미를 볼 때 자신과 이해관계가 있다는 것을 알지 못합니다.[11]

> 우리의 지식과 실천의 두 가지 측면은 삶의 욕망과 관련이 없는 것이 없습니다. 즉 고통과 관련이 있습니다.
> 단지 예술만이 나를 이해관계에서 초연하게 하고, 사물과 나의 관계를 망각하게 합니다.[12]

즉 예술은 초현실적이고, 초공리적이라는 것이다. 여기에는 작가와 독자 두 가지 문제가 관련되어 있다. 창작의 주체인 작자는 반드시 현실의 이해관계에서 벗어나야 하고, 감상자와 독자 역시 그래야 한다는 것이다. 예컨대 만약 우리가 사물과 나의 관계를 잊은 채 사물을 본다

憑生之徒, 於此桎梏之世界中, 離此生活之欲之爭鬥, 而得其暫時之平和. 此一切美術之目的也. (『紅樓夢評論』 第2章)

10 吾人於此桎梏之世界中, 竟不獲一時之救濟歟? 曰: 有. 唯美之爲物. (「叔本華之哲學及教育學說」, 『靜庵文集』)

11 美之爲物, 不與吾人之利害相關係, 而吾人觀美時, 亦不知有一己之利害. (「叔本華之哲學及教育學說」, 『靜庵文集』)

12 吾人之知識與實踐之二方面, 無往而不與生活之欲相關係, 卽與苦痛相關係. / 使吾人超然於利害之外, 而忘物與我之關係. (『紅樓夢評論』 第1章)

면, 아름답고 수려한 산수와 새가 날고 꽃이 지는 경물은 참으로 어디를 가도 화서華胥의 나라요, 극락의 땅이 아닌 곳이 없다는 것이다. 또 문예란 욕망이 있는 자는 보지 않고 보는 자는 욕망이 없지만, 예술의 아름다움이 자연의 아름다움보다 뛰어난 것은 사물과 나의 관계를 쉽게 잊게 하는 데 있다는 것이 바로 왕국유가 말하는 예술의 사회적 역할이다. 사실 초공리주의 미학은 칸트로부터 배운 것이다. 칸트는 『판단력 비판判斷力之判斷』에서 다음과 같이 말하였다.

> 심미적 판단은 조금이라도 이해관계가 섞여 들어가면 편파적이기에, 순수한 심미적 판단이 될 수 없다. 사람들은 대상에 대해 냉정한 태도를 취해야만 미적 취향에서 심판자가 될 수 있다.[13]

> 심미적 취향은 어떤 이익도 따지지 않고 쾌감이나 불쾌감만으로 대상이나 이미지 구현 방식을 판단하는 능력이다. 이런 쾌감의 대상이 바로 미이다.[14]

이 문제에 있어 왕국유와 칸트의 관점이 완전히 일치하는 것을 알 수 있다.

하지만 왕국유의 이 같은 예술적 관점에는 쇼펜하우어의 철학과 예술사상도 영향을 미쳤다. 『쇼펜하우어의 철학과 교육학설叔本華之哲學

13 一個審美判斷, 只要是摻雜了絲毫的利害計較, 就會是很偏私的, 而不是單純的審美判斷. 人們必須對於對象的存在持冷漠的態度, 才能在審美趣味中做裁判人. (朱光潛, 『西方美學史』下卷 재인용)

14 審美趣味是一種不憑任何利益計較而單憑快感或不快感來對一個對象或一種形象顯現方式進行判斷的能力. 這樣一種快感的對象就是美. (朱光潛, 『西方美學史』下卷 재인용)

及其教育學說』에서 왕국유는 예술이 어떻게 사람을 해탈하게 하는지에 대해 다음과 같이 대답한 적이 있다.

> 미의 대상은 특별한 사물이 아니라, 사물 종류의 형식을 가리킨다. 또 그것을 바라보는 나는 특별한 내가 아니라, 순수하고 욕망이 없는 나이다. 시공간이라는 것은 나의 직관적인 형식이며, 사물이 공간에 드러나면 모두 병립되어 있고, 시간에 드러나면 모두 서로 연속되어 있기 때문에, 시공간에 드러나는 것은 모두 특별한 사물이다. 이미 특별한 것으로 여기기에, 이 사물은 나와 이해관계가 마음속에서 생겨날 수밖에 없다. 만약 이 사물이 나와 이해관계가 있는 것으로 보지 않는다면 단지 그 사물만 보게 될 것이니, 그렇다면 이것은 이미 특별한 것이 아니고 그 사물의 전체를 대표한다. 쇼펜하우어는 이것을 '실념實念'이라고 하였다. 그러므로 미의 지식은 실념의 지식이다.[15]

쇼펜하우어는 철학적으로 칸트를 계승했을 뿐만 아니라, 고대 그리스의 유심주의 철학자 플라톤도 숭상했다. 쇼펜하우어의 실념론에 따르면 예술심리학에서 심미의 대상인 예술은 보편적 종류의 형식이어야지 특별한 사물이 아니라는 것이다. 또는 왕국유가 『홍루몽평론』 제5장에서 말한 것처럼 문예가 묘사한 것은 개인의 성질이 아니라 인류 전체의 성질이라는 것이다. 심미의 주체인 독자로 말할 것 같으면, 특

15 美之對象, 非特別之物, 而此物之種類之形式, 又觀之之我, 非特別之我, 而純粹無欲之我也. 夫空間·時間者, 旣爲吾人直觀之形式, 物之現於空間皆並立, 現於時間者皆相續, 故現於空間·時間者, 皆特別之物也. 旣視爲特別之物矣, 則此物與我利害之關係, 欲其不生於心, 不可得也. 若不視此物爲與我有利害之關係, 而但觀其物, 則此物已非特別之物, 而代表其物之全種, 叔氏謂之'實念'. 故美之知識, 實念之知識也.

별한 나 즉 구체적인 내가 아니라, 이해관계를 초월한 나인 것이다. 예술이 보편성을 갖는다고 생각하는 것은 물론 일리가 있다. 그러나 왕국유가 이를 강조한 것은 예술의 심미적 활동에서 이해利害나 공리적 사고를 대상과 주체 양쪽에서 배제하여, 초공리적이며 심리적인 거리를 유지하려고 한 것일 뿐이다. '심리거리설心理距離說'은 1912년 영국의 심리학자 벌로우Edward Bullough의 『예술에서의 요소와 일종의 미학적 원리로서의 심리적 거리作爲藝術中的因素和一種美學原理的心理距離』에서 정식으로 제기됐지만, 앞서 쇼펜하우어의 미학 사상에서 실제적으로 이 문제를 이미 다루었었다. 윤리학적으로 최고의 선善은 자신의 생활 욕망을 끊어버리고, 또 모든 생물이 이러한 욕망을 끊게 하여, 함께 열반의 경지에 들어가는 것이며, 예술만이 이러한 역할을 하기 때문에 공리와 욕망을 해탈하려는 요구는 예술에서 찾을 수밖에 없다는 것이다.

여기에서 왕국유가 쇼펜하우어의 철학에서 욕망이 인류를 발전하게 하는 힘을 보았으며, 그러한 이론을 수용했음을 알 수 있다. 이는 합리적인 측면이 있지만, 쇼펜하우어와 마찬가지로 인간과 동물을 구분하지 않고 삶에 대한 동물적 의지를 사회인의 유일한 목적과 필수 조건으로 보고 있다. 동물성을 지닌 개체의 요구는 어느 사회에서도 실현될 수 없다. 삶의 본질은 욕망이자 고통이기에, 예술은 당연히 해탈의 방법이어야 한다는 일련의 논리는 이에 상응하여 제기된 것이다.

② 예술과 진리

왕국유는 극심한 비관주의 사상을 지니고 있었기에, 사회생활 속 인간을 끊임없이 생존 경쟁하는 동물적 존재로 격하함으로써, 자신에게 무거운 정신적 족쇄를 채웠다. 그러나 한편으로는 학식이 깊고 자신만의 사상을 가진 사회적·구체적·역사적인 인간으로서, 결국 자신의 사회적 이상을 추구하고자 했다.

그는 '참문학眞文學'을 추구하였기에 화려하게 수식한 어휘나 늘어놓는 문학에 반대하였다. 독립적 가치가 있는 순수 문학예술을 제창하였을 뿐만 아니라, 굴원의 정신을 제창하고 예술의 보편적 이념에 입각하여 예술은 진리를 추구해야 한다고 주장하였다.

> 철학과 예술이 지향하는 것은 진리이다. 진리는 천하만세天下萬世의 진리이지 일시적인 진리가 아니다. 이 진리를 밝혀내거나(철학자) 기호로 표현하는 것(예술)은 천하만세의 공적功績이지 한 시대의 공적이 아니다. 천하만세의 진리이기 때문에 한 나라 한 시대의 이익에 부합할 수도 없고 용납될 수도 없는데, 이는 신성함이 존재하기 때문이다.[16]

여기에는 왕국유의 사상적 모순이 반영되어 있다. 이 모순은 그가 처한 계급적 지위와 시대, 그리고 그가 수용한 국내외 문화교양을 종합적으로 고찰해보면 충분히 이해할 수 있다. 그의 극심한 비관사상도 이와 같으며, 그가 지향하는 추상적이고 시공을 초월한 진리관도 마찬가지다.

왕국유의 이러한 초공리적 예술관, 그리고 그가 실제로 제기한 '거리설距離說'은 비판적으로 흡수할 만한 요소가 있다. 그러나 이 이론의

16 夫哲學與美術之所志者, 眞理也. 眞理者, 天下萬世之眞理, 而非一時之眞理也. 其有發明此眞理(哲學家)或以記號表之(美術)者, 天下萬世之功績, 而非一時之功績也. 唯其爲天下萬世之眞理, 故不能盡與一時一國之利益合, 且有時不能相容, 此卽其神聖之所存也. (「論哲學家及美術家之天職」, 『靜庵文集』)

실체는 치열한 계급투쟁의 사회 현실 속에서 현실적이고 구체적인 계급적 이해관계와 진리를 잊고, 역사를 초월한 이른바 천하만세의 진리를 추구할 것을 요구한다. 예술의 창작과 심미 관계에서도 사물과 나의 관계를 잊게 하는 것이 바로 왕국유의 예술에 관한 근본적 견해이다.

③ 예술의 특징과 정치와의 관계

왕국유는 초공리적 미학이론에 입각하여, 예술이 정치를 벗어나야 한다고 반복적으로 주장했다.

> 몇 년간의 문학을 보면 문학 자체의 가치를 중시하지 않고 오직 정치 교육의 수단으로 삼았으니, 철학도 다르지 않다. 이처럼 철학과 문학의 신성함을 모독한 죄는 면할 수 없으니, 그 학설에서 가치를 구한다고 해도 무엇을 얻을 수 있겠는가?[17]

> 철학·예술의 신성함을 잊고 도덕·정치의 수단으로 삼는다면, 그 저작을 가치 없게 만들 것이다.[18]

왕국유는 문학의 특성에 대해서 비교적 명확히 인식하였다. 그는 과학·역사학·문학의 차이를 구별할 때 다음과 같이 말했다.

17 觀近數年之文學, 亦不重文學自己之價値, 而唯視爲政治教育之手段, 與哲學無異. 如此者, 其褻瀆哲學與文學之神聖之罪, 固不可逭, 欲求其學說之有價値, 安可得也？(「論近年之學術界」, 『靜庵文集』)

18 若夫忘哲學·美術之神聖, 而以爲道德·政治之手段者, 正使其著作無價値者也. (「論哲學家及美術家之天職」, 『靜庵文集』)

> 모든 사물은 그 참됨을 다하고 도리는 반드시 그 올바름을 추구하는데, 이것이 과학에서 하는 일이다. 지식의 참됨과 도리의 올바름을 추구하는 자는 사물의 도리가 존재하는 이유와 변천하는 까닭을 알아야 하는데, 이것이 역사학에서 하는 일이다. 의론으로는 표현할 수 없고 다만 감정으로 표현할 수 있는 지식과 도리는 실제에서 구할 수는 없어도 상상에서는 구할 수 있으니, 이것이 문학이 하는 일이다.[19]

그래서 그는 문학의 특성과 규율, 예술이 예술인 이유, 예술 그 자체의 가치를 중요시하지 않고, 문학을 단순히 정치교육의 수단이나 도구로 간주하는 것에 반대했다. 예술작품에서 예술성이라는 것은 그것이 예술이라고 불리는 전제와 토대라고 할 수 있는데, 예술성을 없애버린 결과 정치와 예술이 같아질 수밖에 없다는 것이다. 그런 면에서 왕국유의 의견은 합리적이며 본받을 만하다. 특히 근대에 개량주의자들이 문학의 사회정치적 효용을 중시하고 예술의 특성과 규율을 홀시하는 상황에서, 이런 의견은 당시 사회의 병폐를 지적하고 바로잡는 의미가 있다. 그러나 그의 초공리적 사상은 근본적으로 예술사의 실제에 반한다.

④ 예술과 천부적 자질

작가와 예술가는 정치적 투쟁과 이해충돌 속에서 생활하는데, 어떻게 해야 여기서 벗어나 초연한 작품을 창작할 수 있을 것인가? 왕국유는 이에 대해 다음과 같이 말했다.

---

19 凡事物必盡其眞, 而道理必求其是, 此科學之所有事也. 而欲求知識之眞與道理之是者, 不可不知事物道理之所以存在之由, 與其變遷之故, 此史學之所有事也. 若夫知識道理之不能表以議論·而但可表以情感者, 與夫不能求諸實地, 而但可求諸想像者, 此則文學之所有事. (「國學叢刊序」)

> 언어와 동작, 슬픔과 기쁨, 눈물과 웃음, 어느 것이 미美의 대상이 아니겠는가? 그러나 이것들은 이미 우리와 이해관계가 있기에 억지로 이해관계를 떠나서 보려 하지만, 천재가 아니면 어찌 쉽게 이에 미칠 수 있겠는가? 이에 천재가 나와서 자신이 자연과 인생에서 본 것을 다시 예술로 드러내어, 중간 이하의 재주를 가진 사람들로 하여금 그 사물이 자기와 관계가 없으므로 이해관계에 초연하게 해준다.[20]
>
> 그러므로 미란 사실 천재가 만든 특수한 산물이라 할 수 있다.[21]

천재는 존재하고, 사람은 선천적으로 차이가 있다. 그러나 후천적인 사회 실천 역시 천재를 형성하는 중요한 조건이다. 작가와 예술가는 천재성이 필요하지만, 어떠한 천재라도 현실과 사회를 벗어나 존재할 수 없다. 그들의 천재성은 현실에 대한 깊이 있는 예술 묘사와 창작에 표현되는 것이지, 왕국유의 말처럼 천재가 예술적인 처리를 통해 이해관계가 충만한 현실 생활을 아무런 흔적 없이 표현하고, 그렇게 함으로써 중간 이하의 지혜를 가진 사람이 그 이해관계에서 초연할 수 있게 하는 것이 아니다.

왕국유는 일찍이 시란 인생을 묘사하는 것을 주요 업무로 삼고, 인생은 고립된 생활이 아니라 가족과 국가 및 사회 속에서의 생활이라고 말한 적이 있다. 또 문학이 사회를 개조하는 이상을 표현해야 한다고

---

20 人類之言語動作, 悲歡啼笑, 孰非美之對象乎? 然此物旣與吾人有利害之關係, 而吾人欲強離其關係而觀之, 自非天才, 豈易及此? 於是天才者出, 以其所觀於自然人生中者複現之於美術中, 而使中智以下之人, 亦因其物之與己無關係, 而超然於利害之外. (『紅樓夢評論』 第1章)

21 故美者, 實可謂天才之特殊物也. (「叔本華之哲學及其教育學說」)

주장했는데, 이는 분명 취할 만한 견해이다. 그는 『시경』「절남산節南山」의 "사방을 둘러보니, 마음은 다급한데 갈 곳이 없구나"[22]라는 구절을 인생에 대한 근심을 노래한 것이라고 찬미했고, 도연명「음주」제20수 중 "온종일 수레 몰아 달려보아도, 길을 물을 곳이 보이지 않네"[23]라는 구절을 세상에 대한 근심을 노래한 것이라고 찬미했는데, 이 역시 분명 긍정적인 의미가 있다. 그러나 애석한 점은 현실에 참여하려는 적극적인 사상이 왕국유의 작품에는 거의 보이지 않는다는 것이다.

⑤ 예술의 근원은 선천적인 자질에서 나온다

유물주의 관점에서 볼 때, 현실 생활을 기초로 하지 않으면 작가가 면벽 9년 하고 열 섬의 피를 토해낸다 할지라도 훌륭한 작품을 써낼 수 없다. 유심주의 문학 관점에서 보면 이것과 완전히 상반된다. 예술의 근원이 선천적인 자질에서 나오느냐 경험에서 나오느냐 하는 것은 서양 미학에서 가장 큰 관심사라고 했는데, 사실 이는 서양 미학만의 문제가 아니라 세계문학사에 일찍부터 보편적으로 존재해왔다. 왕국유는 이 문제에 관해서 쇼펜하우어의 견해가 가장 훌륭하다고 생각하여, 아래와 같은 결론을 내렸다.

> 그러므로 미에 대한 지식은 절대 경험에서 얻어지는 것이 아니다. 즉 후천적이 아니라 언제나 선천적이다. 그렇지 않으면 반드시 그 일부분이라도 선천적이다. 그러므로 그리스의 천재들은 인류에게 있는 미의

22 我瞻四方, 蹙蹙靡所騁.

23 終日馳車走, 不見所問津.

> 형식을 발견하여 영원히 후세 조각가의 모범이 될 수 있었다. 미술가는 선천적으로 미를 예상하는 능력이 있다. 크세노폰이 소크라테스의 말을 기술하면서 "그리스인들이 인류의 미에 대한 이상을 발견한 것은 경험에서 비롯되었다"라고 한 것은 대단히 잘못되었다. 불행히도 이 말은 시가 창작에도 널리 퍼져있다.[24]

이는 결국 예술의 근원은 선험적인 것이지 사회생활과 경험에서 나온 것이 아니라는 말이다. 물론 왕국유는 예술적 허구의 중요성을 매우 중시했다. 예컨대 책 안의 갖가지 경계와 인물이 당사자가 아니면 말할 수 없다면, 『수호전』의 작가는 반드시 대도여야 하고, 『삼국연의』의 작가는 반드시 병법가여야 한다고 하였는데, 이는 매우 정확하고 나무랄 데 없는 견해이다. 소설뿐만 아니라 어떤 예술도 상상을 벗어날 수 없고, 상상에서 벗어나면 예술이 있을 수 없다. 예술작품에 묘사된 인물과 사건은 반드시 작가가 직접 경험해야만 하는 것은 아니다. 이어李漁가 『한정우기閑情偶寄』에서 어떤 사람을 대신해 말하고자 하면, 먼저 그 사람의 마음이 되어야 한다고 한 것은 바로 이 문제를 지적한 것이다. "단정한 사람의 마음을 표현할 경우 그 사람의 입장이 되어 단정한 생각을 해야 하고, 사악한 사람의 마음을 표현할 경우는 나 또한 변통하여 잠시 사악한 생각을 해야 한다."[25]라고 한 것은 예술적인 상상을

---

24 故美之知識, 斷非自經驗得之, 卽非後天的, 而常爲先天的, 卽不然, 亦必其一部分常爲先天的也. …… 故希臘之天才, 能發見人類之美之形式, 而永爲萬世雕刻家之模範. …… 美術家先天中有美之預想, …… 芝諾芬述蘇格拉底之言曰："希臘人之發見人類之美之理想也, 由於經驗." 此大謬之說也. 不幸而此說蔓延於詩歌中. (『紅樓夢評論』 第5章)
[역자주] 크세노폰Xenophon(B.C.431~B.C.350) : 희랍의 역사학자이자 수필가, 교육자였고, 소크라테스와 가까이 지낸 적이 있다.

말한 것이지 작가가 그 일을 직접 경험해야 한다는 것은 아니다. 이치李治는 다음과 같은 말을 한 적이 있다.

> 내가 조趙 땅에 있을 때, 섭부사攝府事 이군李君과 함께 있었는데, 그 자리에 있던 사람들이 시에 대해 말하였다. 어떤 이가 "반드시 이 경지를 거쳐야만 비로소 이 말을 할 수 있다"라고 하였는데, 나는 "그렇지 않습니다. 이는 재주가 중등이나 하등인 사람에게 해당하는 말이고, 재주가 뛰어난 자는 이와 다릅니다. 한 걸음 떼지 않아도 천하 밖까지 이르지 않는 곳이 없고, 곁눈질 한 번 안 해도 털끝처럼 미세한 것까지 다 볼 수 있는 것을 재주라고 합니다. 만약 반드시 이 경지를 거쳐야 이 말을 할 수 있다면, 그 재주야말로 별것이 아닙니다. 두보는 「영마詠馬」 시에서 '향하는 곳이 넓다할 수 없으니, 진정 이 말에 생사를 맡길만하네'라고 했지만, 두보가 반드시 이 말을 타고 달려본 것은 아닙니다. 이하李賀는 「장이빙공후狀李憑箜篌」에서 '여와女媧가 돌 다듬어 하늘 메운 곳에'라고 하였는데, 이하가 어찌 직접 그곳까지 갔겠습니까?" 그러자 자리에 있던 사람들이 아무 말도 하지 못했다.[26]

여기서 말하는 '재주'는 바로 예술적 상상력을 말한다. 예술작품에서 묘사한 정감과 일은 정리情理에 부합해야 하지만, 반드시 직접 경험할

25 無論立心端正者, 我當設身處地, 代生端正之想, 卽遇立心邪辟者, 我亦當舍經從權, 暫爲邪辟之思. (「語求肖似」, 『閑情偶寄』 卷4)

26 予寓趙, 在攝府事李君坐, 坐客談詩. 或曰 : 必經此境, 則始能道此語. 余曰: 不然. 此自其中下言之, 彼其能者則異於是. 不一舉武, 六合之外無不至到, 不一捩眼, 秋毫之末, 無不照了, 是以謂之才也. …… 使必經此境, 能道此語, 則其爲才也狹矣. 子美「詠馬」則云 : "所向無空闊, 眞堪託死生." 子美未必曾跨此馬也, 長吉「狀李憑箜篌」則云 : "女媧煉石補天處" …… 長吉豈果親造其處乎? …… 一坐爲之嘿然.(『敬齋古今黈·拾遺』)

필요는 없으니 중요한 것은 예술적 상상력이다. 그러나 예술적 상상력은 반드시 경험이 기초가 되어야 한다. 경험이 풍부할수록 상상력 또한 광활한 천지를 향해 달릴 수 있다. 경험에서 완전히 벗어나거나 아예 아무런 경험이 없다면, 예술적 상상 능력을 갖출 수 없다. 이러한 의미에서 볼 때, 상상력은 선천적 요소라 할지라도 결코 완전히 선천적인 것은 아니다. 예술 창작이 경험에서 완전히 벗어날 수 있다고 보는 것은 크게 잘못된 생각이다. 그러나 왕국유는 때론 경험에서 완전히 벗어날 수 있다고 보았다. 경험이 모든 작가에게 다 중요한 것은 아니기에, 주관을 가진 시인들은 세상 경험이 많을 필요도 없고 경험이 적을수록 성정이 진실하다고 하였다.[27]

2) 경계설境界說

왕국유의 문예관은 당시 상당한 영향을 미쳤는데, 그중에는 부정적인 면도 적지 않지만 깊이 있고 예리한 견해도 있다.

① 경계설

왕국유는 시와 사에 대해 논할 때 의경意境 혹은 경계를 가장 중시하였다.

> 사는 경계를 최고로 삼는다. 경계가 있으면 절로 격이 높아지고, 명구名句가 있게 된다.[28]

27 主觀之詩人. / 不必多閱世, 閱世愈淺則性情愈眞. (『人間詞話』 卷上)

28 詞以境界爲最上. 有境界則自成高格, 自有名句. (『人間詞話』 卷上)

> 문학이 하는 일 중에서 안으로 자신을 표현하고 밖으로 사람을 감동하게 할 수 있는 것은, 의와 경 두 가지일 따름이다. 가장 훌륭한 것은 의와 경이 함께 있는 것이고, 그다음은 경이 뛰어나거나 의가 뛰어난 것이다. 탁월한 문학이냐 아니냐는 의경의 유무와 깊이에 달렸다.[29]

> 기질을 말하고 신운을 말하는 것은 경계를 말하는 것보다 못하다. 경계는 근본이고, 기질과 신운은 말단이다. 경계가 있으면 이 두 가지는 저절로 따라온다.[30]

시와 사를 논할 때 경계와 의경을 표방한 것은 분명 엄우嚴羽의 흥취설興趣說과 왕사정王士禎의 신운설神韻說보다 훨씬 뛰어나다. 이른바 "내가 경계 두 글자를 끄집어내서 그 근본을 탐색한 것만 못하다"[31]라고 한 왕국유의 말이 그러한데, 이는 사실에 부합한다. 의경에 대한 문제는 오랜 역사를 걸쳐 논의되어 왔기에, 결코 왕국유에서 시작된 것이 아니다. 위진남북조 문학이론에서 소개한 적이 있듯이, '경계'라는 말은 불교 경전에서 왔고, 육조 시기의 서법과 회화 이론에서 이미 나타나기 시작했다. 당나라에 이르러 『문경비부론文境秘府論』에서 경境과 의意를 겸비해야 좋다고 하였고, 왕창령王昌齡은 「시격詩格」에서 시의 "삼경三境"중의 하나가 '의경'이라며 이렇게 말했다.

---

29 文學之事, 其內足以攄己, 而外足以感人者, 意與境二者而已. 上焉者意與境渾, 其次或以境勝, 或以意勝 …… 文學之工不工, 亦視其意境之有無與其深淺而已. (「補遺」, 『人間詞話』 卷上)

30 言氣質, 言神韻, 不如言境界. 有境界, 本也. 氣質·神韻, 末也. 有境界而二者隨之矣. (『人間詞話』 卷下)

31 不若鄙人拈出境界二字爲探其本也. (『人間詞話』 卷上)

> 시에는 삼경이 있다. 첫 번째는 물경物境이다. 산수시를 지으려면 냇물과 돌, 구름과 산봉우리의 경치를 드러내어, 그 빼어나게 아름다운 모습에 마음을 집중하고 몸을 그 경지에 두어 마음으로 보면, 붓을 들었을 때 이미 손바닥 안의 일처럼 모든 것을 파악하게 된다. 그러고 나서 구상을 하면 경상境象이 명확히 드러나고, 형사形似를 얻게 된다. 두 번째는 정경情境이다. 기쁨과 즐거움, 슬픔과 원망을 모두 뜻에 드러내고 몸을 그 경지에 둔 다음 정신을 집중하면, 그 정情을 얻을 수 있다. 세 번째는 의경意境이다. 역시 뜻을 펼쳐 마음으로 생각하면, 그 참뜻을 얻게 된다.[32]

교연皎然은 '취경取境'과 시의 형상과 의경을 합한 '경상境象'에 대한 문제를 제기하며, 정情과 경境이 모두 참되고 경에 정이 내포되어 있어야 한다고 주장했다. 사공도司空圖의 『시품詩品』은 사실 이 이론을 발전시킨 것으로, 그가 논한 시의 스물네 개의 풍격은 사실상 스물네 개의 의경 혹은 경계이며, '사思와 경境'이 조화를 이루어야 함을 피력한 것이다. 북송의 이지의李之儀는 더욱 명확하게 시의 경계에 대한 문제를 제기하면서, 도연명의 시를 읽으면 정취가 느껴지는데, 이러한 경계는 들어가기 어렵다고 하였다.[33] 송나라 사람 이도李塗 역시 세속과 다른 문장을 지으려면 반드시 경계를 바꾸어야 한다고 하였다.[34] 시가에서만 경계를 중시한 것이 아니라, 후일 사론詞論·곡론曲論·화론畵論·

32 詩有三境, 一日物境. 欲爲山水詩, 則張泉石雲峯之境, 極麗絕秀者, 神之於心, 處身於境, 視境於心, 瑩然掌中, 然後用思, 瞭然境象, 故得形似. 二日情境, 娛樂愁怨, 皆張於意而處於身, 然後馳思, 深得其情. 三日意境. 亦張之於意而思之於心, 則得其眞矣.

33 讀陶淵明詩有味, …… 此境界難入. (「與孫肖之」, 『姑溪文集』 卷29)

34 作世外文字, 須換過境界. (『文章精義』)

소설론 등에서도 중시하였는데, 예컨대 왕기덕王驥德은 탕현조湯顯祖의 작품 특색을 칭송하여 신神과 경境이 함께 이르러 교묘하게 융합하였다고 하였다.[35] 또한 청대의 김성탄金聖嘆은 『서상기西廂記』를 평점하면서 '경계'라는 말을 수십 번 사용하였고, 공상임孔尙任은 『도화선桃花扇·범례凡例』에서 이야기를 전개하는 데 기복과 전환이 있으니, 모두 독특한 경계를 열었다고 하였다.[36]

시부詩賦에 대해 경계를 논한 예는 다음과 같다.

> 왕발王勃의 부賦는 무슨 경계인가?[37]
> — 왕세정王世貞, 『사부고四部稿·위완여편委宛餘編』

> 시의 묘미는 의경의 융합에 있다.[38]
> — 주승작朱承爵, 『존여당시화存餘堂詩話』

> 그러나 이것이 허혼許渾 시의 경계이다.
> 천만 번 변화해도 그 경계를 넘어설 수 없다.[39]
> — 왕세정, 『예원치언藝苑巵言』

> 각각 의경을 바꿔야 한다.[40]
> — 심덕잠沈德潛, 『설시수어說詩晬語』

35 神與境來, 巧湊妙合. (『曲律』)
36 排場有起伏轉折, 俱獨辟境界. (『桃花扇·凡例』)
37 若勃賦, …… 是何境界.
38 作詩之妙, 全在意境融徹.
39 然是許渾境界. / 千變萬化, 不能出其境界.
40 亦宜各換意境.

이런 경계는 쉬운 것 같지만 사실 얻기 어렵다.[41]

— 원매袁枚, 「여정즙원서與程蕺園書」

이러한 경계를 알아야 한다.

격률이 엄격해진 이래 경계가 협소해졌다.[42]

— 원매, 『수원시화隨園詩話』

문장은 각기 경계가 있다.[43]

— 반덕여潘德輿, 『양일재시화養一齋詩話』 권2

사詞의 경계에는 시에서는 이를 수 없는 것이 있으니, 이는 체재의 제한을 받기 때문이다.[44]

— 유체인劉體仁, 『칠송당사역七頌堂詞繹』

의경이 평범한 듯하다.[45]

— 왕사한汪師韓, 『시학찬문詩學纂聞』

그 의경에서 거의 이백과 두보의 흔적을 찾을 수 없다.[46]

— 강유위康有爲, 「숙원(귀위헌)과 시를 논하고 아울러 임공(양계초), 유박(맥맹화), 만선(맥중화)에게 부치다與菽園論詩兼寄任公, 孺博, 曼宣」

공도公度 황준헌黃遵憲의 시는 독자적인 의경을 열었다.[47]

---

41 此種境界, 似易實難.

42 不可不知此種境界. (『隨園詩話』 卷8) / 自格律嚴而境界狹. (『隨園詩話』 卷16)

43 文章各有境界.

44 詞中境界, 有非詩之所能至者, 體限之也.

45 意境似平.

46 意境幾於無李·杜.

— 양계초, 『음빙실시화飮冰室詩話』

새로운 의경, 시의 경계, 유럽 시의 의경[48]
— 양계초, 「하와이 여행기夏威夷遊記」

이 외에 육사옹陸士雍도 『시경詩鏡』에서 여러 차례 경계로 시를 논하였다.

사詞에 대해 경계를 논한 예는 다음과 같다.

사 역시 이러한 경계를 얻는 것을 가장 탁월한 것으로 여긴다.[49]
— 유희재劉熙載, 『예개藝概』

의경이 깊지 않고, 그 언어 역시 평이하다.[50]
— 진정작陳廷焯, 『백우재사화白雨齋詞話』 중 납란성덕納蘭性德의 사에 대한 평가

의경이 높지 않다.[51]
— 진정작, 『백우재사화』 중 유영柳永의 사에 대한 평가

소설에 관한 것을 보면 양계초는 「소설과 사회통치의 관계」에서 '경계'라는 두 글자를 여러 차례 사용하였고, 임서林紓는 번역소설의 서문

47 公度之詩, 獨辟意境.
48 新意境 …… 詩之境界 …… 歐洲之意境語句.
49 詞亦得此境爲超詣.
50 意境不深, 措辭亦淺顯.
51 意境不高.

과 발문에서 '경계'에 대한 문제를 제기하며, 경계와 의법은 모두 후세 사람을 이끌어 옛것으로 나아가게 할 수 있다고 하였다. 왕보심王葆心이 1906년에 출판한 『고문사통의古文辭通義』에서도 '경계'라는 말을 곳곳에서 볼 수 있다.

경계를 거론한 예는 헤아릴 수 없을 정도로 많은데, 이는 '경계' 혹은 '의경'이라는 개념이 왕국유가 가장 먼저 제기한 것이 아님을 말해준다. 그러나 왕국유는 의경과 경계에 관한 전통적인 견해를 계승하여 발전시켰는데, 특별히 왕부지王夫之『강재시화姜齋詩話』중의 정情과 경景, 정어情語·경어景語·대경大景·소경小景 등의 견해를 계승하고, 이를 상세히 설명하였다.

왕국유가 제기한 경계설은 옛사람 모방을 잘하는 청대 사단詞壇과 진실한 감정이 결핍된 거짓 문학을 겨냥한 것이다.

> 건륭乾隆과 가경嘉慶 연간 이래, 체제·격국·운율을 아는 자는 더욱 적어지고, 문장의 의미가 자구字句 표면에 충분히 드러나는 작품은 더욱 줄어드니, 이는 문자에만 구애되어 의경을 추구하지 않은 잘못이다![52]

따라서 왕국유는 찬미하고 풍자하며, 사교를 위해 서로 주고받는 시와 사, 전고를 많이 사용한 구절, 수식이 지나친 글 등에 반대하면서, 진지한 감정이 있는 작품을 지어야 한다고 주장하였다. 그는 『인간사화』에서 예술은 자연스러워야 하고, 본색本色을 갖추어야 하며, 진지

52 自乾嘉以降, 審乎體格韻律之間者愈微, 而意味之溢於字句之表者愈淺, 豈非拘泥文字而不求諸意境之失歟.(『人間詞話·補遺』)

하고 진실해야 함을 반복적으로 말하였는데, 예컨대 원곡元曲을 평한 것이 그러하였다.

> 원곡의 뛰어난 점은 어디에 있는가? 한마디로 말하면 자연스러움이다. 고금의 훌륭한 문장은 자연스럽지 않은 것이 없으나, 원곡보다 뛰어난 것은 없다. 원곡은 중국에서 가장 자연스러운 문학이다.[53]

이 점은 왕국유의 경계설에도 잘 나타나 있다. 또 그는 경계가 있는 작품은 반드시 다음과 같아야 한다고 하였다.

> 정을 말하면 반드시 심장과 비장에 깊이 스며들고, 경을 묘사하면 반드시 눈과 귀를 번쩍 뜨이게 한다. 입에서 자연스럽게 흘러나와 억지로 꾸민 흔적이 전혀 없으니, 훌륭한 시와 사가 모두 그러하다. 이를 가지고 고금의 작가를 평가하면 큰 잘못이 없을 것이다.[54]

> 경이란 단지 경물만을 말하는 것이 아니다. 희로애락 역시 마음속에 있는 하나의 경계이다. 그러므로 참 경물과 참 감정을 잘 묘사한 것은 경계가 있다 하고, 그렇지 않은 것은 경계가 없다고 하는 것이다.[55]

> 원 잡극의 가장 뛰어난 점은 사상과 결구에 있는 것이 아니라, 문장에 있다. 문장의 묘미를 한마디로 말하면 의경이 있다는 것이다. 무엇을

53 元曲之佳處何在? 一言以蔽之, 曰自然而已矣. 古今之大文學, 無不以自然勝, 而莫著於元曲. …… 元曲爲中國最自然之文學. (「元劇之文章」, 『宋元戲曲考』)

54 其言情也必沁人心脾, 其寫景也必豁人耳目. 其辭脫口而出, 無矯揉妝束之態. …… 詩詞皆然. 持此以衡古今之作者, 可無大誤矣. (『人間詞話』 卷上)

55 境非獨謂景物也. 喜怒哀樂亦人心中之一境界. 故能寫眞景物眞感情者, 謂之有境界, 否則謂之無境界. (『人間詞話』 卷上)

의경이 있다고 하는가? 감정을 표현하면 심장과 비장에 깊이 스며들고, 경을 묘사하면 직접 귀로 듣고 눈으로 보는 것 같으며, 일을 서술하면 입에서 절로 흘러나온 것 같은 것을 말한다.[56]

② 경계설의 내함內涵

위와 같은 왕국유의 논술을 통해 볼 때 그의 경계설에는 다음과 같은 의미가 들어있다.

첫째, 정을 묘사하여 경계가 있는 작품이 되려면 사람의 심금을 깊이 울리는 참된 감정이 있어야 한다. 둘째, 서사와 사경에 속하는 것은 생동감 있게 표현하여 사람이 직접 귀로 듣고 눈으로 보는 것 같아야 한다. 이 두 가지는 모두 자연스레 이루어져 억지로 꾸민 흔적이 없어야 한다. 단지 '경境'만 뛰어나거나 '의意'만 뛰어난 것은 예술적으로 성공한 작품이 아니다. 가장 훌륭한 작품은 의와 경이 어우러진 것이다. 즉 경물은 선명하고 생동감 있고 자연스럽고 핍진하면서도, 강렬하고 진실한 감정을 담고 있어야 한다. 셋째, 경계의 또 다른 의미는 바로 인물의 성격화로, 생동감 있게 표현하여 마치 그 입에서 직접 나온 듯 서술한다.

왕국유는 의경이나 경계의 유무를 문학 작품의 예술성을 평가하는 중요한 기준으로 삼았음을 알 수 있다. 주관적인 '의'와 객관적인 '경'으로 말하자면 정경情景이 조화되고 의意와 경境이 어우러져야 하는데, 왕국유는 이를 예술적으로 가장 뛰어난 '불격不隔'[57]의 작품이라고 하

56 元劇最佳之處, 不在其思想結構, 而在其文章. 其文章之妙, 亦一言以蔽之, 曰: 有意境而已矣. 何以謂之有意境? 曰: 寫情則沁人心脾, 寫景則在人耳目, 述事則如其口出是也. (「元劇之文章」, 『宋元戲曲考』)

였다. 쇼펜하우어는 생명과 사물의 본래 모습은 주관과 객관이 우연히 교묘하게 만나 몽롱한 안개 속에 있으므로 직접 식별해낼 수 없지만, 예술은 이러한 몽롱한 안개를 소멸시킨다고 말한 적이 있다. 왕국유가 예술의 '불격'을 강조한 것은 쇼펜하우어의 영향을 받았을 것이다. '격隔'은 정情과 경境 중 한 가지에만 뛰어난 것으로, 주로 경景에만 뛰어나거나 전고典故를 사용하여 경치를 묘사한다. 정情과 경景이 어우러져 조화를 이루어야 한다는 견해는 이전 사람들에게서도 많이 볼 수 있지만, 문학 작품의 인물묘사가 개성화되었는지의 여부를 논한 점은 왕국유가 전통적인 경계설을 새로운 방향으로 발전시킨 것이다.

'경계'와 '의경', '격'과 '불격'과 직접 연관된 것으로는 '유아지경有我之境'과 '무아지경無我之境'에 대한 견해가 있다.

> 유아지경은 내가 사물을 보기에, 사물에 나의 색채가 드러난다. 무아지경은 사물로써 사물을 보기에, 어느 것이 나이고 어느 것이 사물인지 알지 못한다.[58]

사실 관념 형태의 모든 문학과 예술은 일반적으로 작가의 사상과 정서를 표현하지 않을 수 없기에, '무아지경'이란 근본적으로 존재하지 않는다. 이는 옛사람들이 시와 사를 논할 때 경어景語와 정어情語를 구분한 것은 모든 경어가 사실 정어라는 것을 몰랐던 것이라고 말한 그의 주장과 모순된다. 이뿐만 아니라 '무아지경'이 존재하고, '무아지경은

57 [역자주] 불격不隔은 의意와 경境이 혼연일체를 이룬 것을 말한다.

58 有我之境, 以我觀物, 故物著我之色彩. 無我之境, 以物觀物, 故不知何者爲我, 何者爲物. (『人間詞話』 卷上)

오직 고요함 속에서 얻을 수 있으며',[59] 사물로써 사물을 볼 것을 요구한 왕국유의 주장은 물론 외부 사물에 구애되지 않는다는 점에서 합리적인 요소를 포함하고 있다. 하지만 결국 이는 주관적인 시인은 많은 세상 경험이 필요 없고 세상 경험이 적을수록 성정이 진실하다고 한 그의 주관적인 유심주의 예술관의 표현이며, 그의 '해탈설解脫說'과도 완전히 일치한다. 이른바 물아物我의 관계를 잊고 사물을 볼 수 있다면 어디를 가든 화서華胥의 나라[60]라고 한 것 역시 유심주의 예술관이다. 왕국유는 특히 이후주李後主를 높이 평가하였는데, 이는 그가 예술적으로 성취를 이룬 것 외에도 다른 사람의 술잔을 빌려 자신의 울분을 쏟아냈기 때문이다.

왕국유는 이후주를 예로 들어 시인은 많은 세상 경험이 필요 없고 세상 경험이 적을수록 성정이 진실하다는 것을 설명하려 했으나, 사실 이는 잘못 이해한 것이다. 이후주의 뛰어난 작품은 그가 겪은 망국의 한과 불가분의 관계에 있다. 이러한 경험이 없었다면, 이러한 명작은 나올 수 없었을 것이다. 그러나 왕국유는 예술 창작에서의 '유아지경'과 '무아지경'을 '장미壯美'·'우미優美'[61]와 연계시켰는데, 이는 전통적

59 無我之境, 人惟於靜中得之.(『人間詞話』 卷上)

60 無往而非華胥之國.
[역자주] 화서지몽華胥之夢 : 『열자列子·황제黃帝』편에서 나온 말이다. 황제가 화서씨의 나라에 놀러 가는 꿈을 꿨는데, 깨어난 후 크게 깨닫는 바가 있었다고 하여 좋은 꿈을 화서지몽이라 하고, 또 꿈을 꾸는 것을 화서의 나라에 놀러 간다고 한다.

61 [역자주] 『인간사화人間詞話』 제4조에는 "무아지경은 사람이 오직 고요한 가운데 얻는다. 유아지경은 흔들림에서 고요함으로 갈 때 얻는다. 그러므로 무아지경은 우미優美이고, 유아지경은 숭고崇高이다."라는 말이 있다. 우미와 숭고는 서양 미학의 중요한 두 범주이다. 왕국유는 기본적으로 버크와 칸트의 개념을 받아들여 쇼펜하우어의 철학과 미학에 근거하여 해석하였다. 즉 왕국유는 우미란 처음부터 끝까지 주관과 객관에

인 경계설을 새로운 단계로 발전시킨 것이다.

그다음으로 사경寫境과 조경造境, 사실주의와 이상주의 창작방법에 대한 문제이다. 왕국유는 조경과 사경이 있으니, 이상주의와 사실주의 두 파는 이로 인해 나누어진다고 보았다. 그러나 이 두 가지는 구분하기가 매우 어려운데 대시인이 만든 경境은 반드시 자연과 부합하고, 묘사한 경境 역시 반드시 이상에 가깝기 때문이라는 것이다.[62] 그의 사경과 조경 및 현실주의와 낭만주의에 대한 분석은 기본적으로 합리적일 뿐만 아니라, 유물주의적인 요소도 포함되어 있다. 그는 대시인이 만든 경境은 반드시 자연과 부합한다고 했는데, 이는 어떠한 창조든 현실 생활에 뿌리를 두지 않을 수 없음을 말한 것이다. 이 점은 다른 곳에서 더욱 명백하게 드러난다.

> 자연 속의 사물은 연관되어 있고 서로 제한한다. 그러나 문학과 예술로 묘사할 때는 반드시 그 관계와 제약을 버려야 한다. 그러므로 사실주의자라고 해도 이상주의자인 것이다. 어떤 허구의 경境이든 반드시 그 재료는 자연에서 구해야 하고, 그 구조 또한 자연의 법칙을 따라야 한다. 그러므로 이상주의자라고 해도 사실주의자인 것이다.[63]

아무런 이해관계가 발생하지 않는 미를 말하며, 숭고는 처음에는 그 대상의 형식이 무한정하여 주관과 객관에 이해관계가 발생하지만 주체가 지력의 작용을 받아 이해관념을 초월하게 되는 미라고 보았다. (유창교, 『세상의 노래비평, 인간사화』 참조)

62 有造境, 有寫境, 此理想與寫實二派之所分由. 然二者頗難分別. 因大詩人所造之境, 必合乎自然. 所寫之境, 亦必隣於理想故也. (『人間詞話』 卷上)

63 自然中之物互相關係, 互相限制. 然其寫之於文學及美術中也, 必遺其關係限制之處. 故雖寫實家亦理想家也. 又雖如何虛構之境, 其材料必求之於自然, 而其構造亦必從自然之法律. 故雖理想家亦寫實家也. (『人間詞話』 卷上)

왕국유의 현실주의와 낭만주의에 대한 이러한 분석은 정밀하고 훌륭하다. 현실주의 문학창작은 현실 생활에서의 관계와 제약 등을 하나도 빠짐없이 다 표현해낼 수 없기에 언제나 선택하고 정련해야 한다. 따라서 어느 의미에서 보면 현실주의에는 이상적인 요소가 내포되어 있다. 마찬가지로 낭만주의가 만들어낸 어떤 허구적인 경境도, 근원은 여전히 현실에 있고, 재료는 반드시 자연에서 구해야 한다. 또 자연의 법칙을 따라야 하므로, 아무리 적극적인 낭만주의라고 할지라도 근본적으로 사실을 쓰지 않을 수 없다. 이러한 관점에서 출발하여 왕국유는 "시인은 우주와 인생에 대해 반드시 그 안으로 들어가고 그 밖으로 나올 수 있어야 한다. 그 안으로 들어가기 때문에 쓸 수 있고, 그 밖으로 나오기 때문에 볼 수 있다. 그 안으로 들어가기 때문에 생기가 있고, 그 밖으로 나오기 때문에 높은 경지에 이를 수 있다."[64]라고 하였다. 이른바 우주와 인생에 깊이 들어가 체험하면 그것을 써낼 수 있고, 그것에 구애받지 않고 밖으로 나오면 더 높은 각도에서 관찰할 수 있다는 것이다. 이러한 견해는 분명 대단히 치밀한 것이어서 주목하고 참고할 부분이 있다. 객관적 시인은 세상 경험이 많아야 하며, 경험이 많을수록 재료가 풍부해지고 변화도 있다는 견해 역시 상당히 훌륭하다. 그는 이러한 각도에서 의경을 논하여 전통적인 의경설을 새롭게 발전시키는 공헌을 하였다.

64 詩人對宇宙人生, 須入乎其內, 又須出乎其外. 入乎其內, 故能寫之, 出乎其外, 故能觀之. 入乎內, 故有生氣, 出乎外, 故有高致. (『人間詞話』 卷上)

3) 형식미와 희곡

중국 고대문학 이론비평사에서 예술형식에 대해 산발적으로 언급한 것은 적지 않지만, 체계적으로 형식미에 대하여 논술한 문장은 예전에 없었다. 왕국유의 「미학에서 고아의 위치古雅之在美學上之位置」[65]는 중국 문학이론 비평사에서 체계적으로 예술의 형식미를 논술한 첫 번째 글이다.

이 글은 칸트의 형식미에 대한 관점을 받아들였는데, 그 요점은 아래와 같다.

첫째, '고아古雅'에 대해 그는 다음과 같이 정의를 내리고 설명하였다.

> 내가 고아라고 한 것은 두 번째 형식이다. 그러므로 고아란 형식미 중의 형식미라고 할 수 있다.[66]

위의 글에서 왕국유는 미의 원래 그대로의 존재 형식 혹은 일반 형식을 제1형식이라 하고, 예술가의 가공 혹은 재창조를 거친 예술형식을 제2형식이라 하였다. 제2형식은 바로 형식미 중의 형식미로, 이것은 이름 붙일 수 없지만 이름을 붙이자면 '고아'라고 할 수 있다는 것이다. 그가 말한 '고아'란 예술의 형식미임을 알 수 있다.

왕국유는 제2형식의 미가 제1형식 즉 자연 형태의 형식미를 훨씬 능가하며 또한 독립적인 가치를 지닌다고 여겼다. 즉 우아미와 숭고미의

65 王國維, 『靜庵文集續編』.

66 而吾人之所謂古雅, 卽此第二種之形式. …… 故古雅者, 可謂形式美之形式美也. (王國維, 「古雅之在美學上之位置」, 『靜庵文集續編』)

속성이 없는 형식 역시 제2형식으로 인하여 독립적 가치를 얻게 된다는 것이다. 최고의 고아는 예술에 존재하고 '자연'에는 존재하지 않기 때문에 '자연'은 제1형식을 거치고, 예술은 자연 가운데 원래 존재하는 어떤 형식 혹은 스스로 창조한 신형식을 가지고 반드시 제2형식으로 드러내는 것이라고 여겼다. 아울러 다음과 같이 말했다.

> 원래 아름답지 않은 제1형식도 제2형식의 아름다움을 통해 독립적인 가치를 얻게 된다. 초가지붕과 흙 계단, 그리고 자연 가운데 평범하고 사소한 경물은 육안으로 보면 우아미라고 말할 것이 없지만, 예술가의 손을 거치면 말로 표현할 수 없는 맛을 느끼게 된다. 이 맛은 제1형식에서 얻어지는 것이 아니라, 제2형식에서 얻어지는 것이 분명하다.[67]

왕국유는 예술적 형식미가 자연 형태의 형식미보다 뛰어나고, 독립적인 가치가 있다고 강조했는데, 이는 정벽한 견해임이 분명하다. 이러한 문제 제기는 중국 문학이론 비평사에서 선구적인 의의를 지닌다.

왕국유는 또한 모든 미는 형식의 미라고 하면서 다음과 같이 말했다.

> 모든 미는 형식의 미이다. 미 자체에 대해서 말하면 모든 우미優美는 대칭, 변화, 조화와 같은 형식미에 존재한다.[68]

67 雖第一形式之本不美者，得由其第二形式之美(雅)而得一種獨立的價値．茅茨土階與夫自然中尋常瑣屑之景物，以吾人之肉眼觀之，擧無足與於優美若宏壯之數，然一經藝術家(繪畫若詩歌)之手，而遂覺有不可言之趣味，此等趣味不自第一形式得之，而自第二形式得之無疑也．(王國維，「古雅之在美學上之位置」，『靜庵文集續編』)

68 一切之美皆形式之美也．就美之自身言之，則一切優美皆存於形式之對稱·變化及調和．(王國維，「古雅之在美學上之位置」，『靜庵文集續編』)

모든 미가 형식미라고 인식한 왕국유의 관점은 칸트를 모방한 것으로, 칸트는 심미주체의 판단을 순전히 형식적 합목적성[69]이라고 간주하여 내용미를 무시하거나 배척하였다. 이 문제에 대한 칸트의 주장은 미학 발전에서 긍정적인 의의를 지니며, 서양 형식주의 문론과 미학에 깊은 영향을 주기도 했지만, 편면적인 것도 사실이다. 왕국유가 이 문제를 제기하여 예술의 형식미에 대해 높은 관심을 불러일으킨 점은 긍정적인 의미를 지니지만, 역시 편면성을 면치 못한다.

왕국유는 '고아'와 '우아미', '숭고미'의 관계 및 '천부적 재능'과 '우아미'·'숭고미' 등 미학적 문제를 언급하였는데, 이에 대해서는 『중국미학사상사中國美學思想史』에서 상세하게 논하고자 한다.

왕국유의 『송원희곡고宋元戲曲考』는 중국 고전희곡의 발전과정과 역사적 원류 등에 대해 총괄적으로 논하였는데, 식견이 풍부하고 중요한 가치가 있는 학술서이다. 희곡은 줄곧 봉건 사대부들에게 경시 받았다. 이른바 삼백년 동안 학자와 문인들은 대부분 원극을 방치하고 보지 않았다는 말이 이를 입증한다. 왕국유는 이 책의 서문과 「원극지문장元劇之文章」에서 원곡에 대해 높이 평가하며 '한 시대를 대표하는 문학'·'한 시대를 대표하는 걸작'으로 추존하여 초사·한부·당시·송시와 비견할 만하다고 하였다. 희곡은 당시 정치와 사회적 정황을 써내어 역사가들에게 세상을 논하는 자료로 제공될 만한 것이 적지 않다고 하였는데, 이는 원곡이 인정할 만한 가치를 지니고 있음을 말한 것이

69 [역자주] 합목적성 : 미적인 것은 형식적 합목적성合目的性, 즉 목적이 없는 합목적성, 다시 말해 개념적으로 미리 규정된 목적이 없는 합목적성이며, 따라서 개념에 의해서만 인식되는 것이 아니다. 이런 의미에서 미와 선은 서로 구분된다. 더욱 정확하게 미는 선이나 완전성이 아니다. (칸트, 『판단력비판判斷力批判』 제15절)

다. 또 원곡이 원대에 지녔던 지위와 영향력은 당시와 송사가 당송대에 지녔던 지위와 영향력을 초월한다고 하였다.[70] 이러한 견해는 매우 탁월하다.

희곡창작에 대한 문제에서 왕국유는 진부함을 드러내기도 하였다. 예를 들면 쇼펜하우어의 견해에 근거하여 비극을 모든 문학 형식의 최고 전범으로 삼아 원곡의 비극적 의의를 탐구할 때, 험난한 역경에 뛰어드는 주인공의 의지를 지나치게 강조한 것이 그러하다. 그러나 왕국유가 고금의 대문학은 자연스러움이 뛰어나지 않은 것이 없어도 원곡을 뛰어넘은 것이 없다면서, 동작·언어·노래 세 가지가 합쳐져 이루어진 원 잡극의 탄생은 중국의 '진정한 희곡'이 형성된 것을 상징한다고 주장하였다. 또한 원곡의 결구·서사와 서정·의경에 관한 분석도 모두 뛰어난데, 이는 예술에 대한 그의 깊은 소양을 잘 보여준다. 특히 제기할 만한 것은 도종의陶宗儀의 『철경록輟耕錄』·하정지夏庭芝의 『청루집靑樓集』 이래의 전통적인 희곡 분석 방법을 타파하고, 중국 문학이론 비평에 비극과 희극의 개념을 정식으로 도입한 점이다. 아울러 관한경關漢卿의 『두아원竇娥冤』·기군상紀君祥의 『조씨고아趙氏孤兒』는 세계 비극 가운데 놓고 보아도 손색이 없다고 하였다.[71] 이밖에 민간의 속어를 대량으로 사용한 원곡을 대단히 중시하며 다음과 같이 말했다.

70 이상의 내용은 모두 제20장 「元劇之文章」에 보인다.

71 關漢卿之『竇娥冤』·紀君祥之『趙氏孤兒』, …… 卽列之於世界大悲劇中, 亦無愧色也. (王國維, 「元劇之文章」, 『宋元戲曲考』)

> 고대 문학은 사물을 형용할 때 대부분 고어를 사용하지 속어를 쓰는 경우가 절대 없었다. 사용한 글자 역시 그렇게 많지 않은데, 원곡에서만 '츤자襯字'[72]를 허용하였기에 속어나 자연스러운 소리로 형용할 수 있었다. 예로부터 속어와 자연스러운 소리가 문학에 사용된 적은 없었다.[73]

> 원 잡극은 신문체에서 자유롭게 신조어를 사용하여 중국문학 가운데 『초사楚辭』·불경과 더불어 3대 신문체가 되었다. 경치와 감정·사건의 아름다움을 묘사하는 데 신문체를 사용한 것이 실로 적지 않다.[74]

이러한 견해는 분명 사실에 부합하고, 충분히 긍정할 만하다.

총괄적으로 볼 때 왕국유의 기본 문예사상 체계는 퇴폐주의 사상이 농후하고, 유심주의의 진부함을 지니고 있기에 비판받아야 한다. 그러나 창작문제에 대한 구체적인 논술, 즉 전형·경계·창작방법 등은 비판적으로 수용할 만한 것이 적지 않고, 심지어 상당히 치밀하다. 봉건시대의 문학이론에 비하면 새로운 발전과 공헌을 한 부분도 있고, 일부 견해들은 오늘날에도 여전히 참고할 만한 가치가 있다.

---

72 [역자주] 츤자襯字 : 곡패曲牌에서 규정한 격식 외에 덧붙이는 글자이다.

73 古代文學之形容事物也, 率用古語, 其用俗語者絕無. 又所用之字數亦不甚多, 獨元曲以許用襯字故, 故輒以許多俗語或以自然之聲音形容之, 此自古文學上所未有也. (王國維, 「元劇之文章」, 『宋元戲曲考』)

74 元劇實於新文體中自由使用新語言, 在我國文學中, 於『楚辭』·內典外, 得此而三. …… 其寫景抒情敍事之美, 所負於此者, 實不少也. (王國維, 「元劇之文章」, 『宋元戲曲考』)

제2절 장병린

장병린章炳麟(1869~1936)은 자가 매숙枚叔이고 훗날 이름을 강絳으로 바꿨다. 호는 태염太炎으로 절강성浙江省 여항餘杭 사람이다. 신해혁명 전에 영향력이 컸던 자산계급 민주주의 이론가이다. 일찍이 유신변법 운동에 참가했다. 무술변법 운동이 실패한 후 손중산(손문孫文)을 대표로 하는 자산계급 민주주의 혁명 운동이 발전함에 따라, 개량파와 결별하고 자산계급 민주혁명에 적극적으로 투신한 적이 있다. 후에 사상적으로 큰 변화가 생겨, 이전에 적대시했던 진영으로 눈을 돌렸다.[75] 장병린은 청말 민국 초기에 유명한 실학파이자 고문 경학가이다. 저서에는 『장씨총서章氏叢書』 초편初編 13종과 속편 7종, 『자정연보自訂年譜』 등이 있다.

75 [역자주] 장병린은 외조부 주유건朱有虔으로부터 경서를 배우고, 민족주의 사상의 영향을 받았다. 23세 때 항주杭州의 고경정사詁經精舍에서 공부하며, 유월俞樾에게 경학을 배우고 국학의 기초를 닦았다. 상해에 가서 『시무보時務報』 찬술撰述을 담당했고, 『경세보經世報』·『창언보昌言報』에서도 일을 했다. 무술정변 이후 일본으로 도망가 손중산 등과 연합하여 혁명에 가담하였다. 1901년 저명한 혁명저작인 『구서訄書』를 발표하고, 반청혁명反淸革命을 알려 사회적으로 큰 반향을 일으켰다. 1902년 채원배蔡元培 등과 혁명단체 '애국학사學社'를 조직했고, 1903년 추용鄒容의 『혁명군』에 서언을 쓰며 추용을 극력 추앙하여 추용과 함께 체포되어 3년간 감금되었다. 1906년 출소 후 일본으로 건너가 손중산이 이끈 동맹회에 가담하여, 동맹회 기관보인 『민보民報』를 주편하였다. 1910년 광복회 회장을 맡아 기관보 『교육금어잡지教育今語雜志』를 주편하였다. 신해혁명이 일어나자 중국으로 돌아와 중화민국연합회를 조직하여 회장을 맡고 『대공화일보大共和日報』를 주편하였다. 다시 손중산의 요청으로 총통부 추밀樞密 고문을 맡았다. 후에 원세개袁世凱의 복벽제제復辟帝制를 반대하다가 북경에 구금되었다. 1917년 손중산이 이끈 '호법護法' 운동에 참여하여, 대지주이자 대자산계급인 복벽세력들과 함께 투쟁하였다. 신민주주의 혁명시기가 도래하자, 그는 인민과 혁명을 버리고 시대의 조류와는 거리가 먼 심각한 사상적 낙후성을 드러내며 만년에 문화와 정치적으로 보수적인 인물이 되었다.

학술과 사상면에서 장병린의 이론은 두 가지 측면으로 제기할 만하다. 그는 중국 최초로 니체 사상을 소개한 학자로, 문집에서 니체를 여러 차례 언급하였다. 심지어 니체의 '초인超人'설만이 생과 사를 초월하고 다른 사람의 눈치를 보지 않게 하여, 중국의 미래에 유익할 것이라고 하였다. 그러므로 사회를 위해 개인을 억압한다는 주장에 반대하고, 동시에 선과 악이 함께 진화한다는 '구분진화론俱分進化論'[76]의 관점을 주장한 적이 있다. 또 전통문화와 학술 방면에 아주 중요한 역사적 공헌을 하였는데, 위로 경학가 전대흔錢大昕의 견해를 계승하여 '오조학五朝學'[77]을 제창하고 '오조'의 법률·문화·학술에 대해 높은 평가를 하였다. 그는 '오조'의 학술과 문화는 '허虛'를 따르고, '실實'을 잘

76 「俱分進化論」, 『章氏叢書·別錄』 卷2.
[역자주] 구분진화론俱分進化論 : 사물은 모순되는 쌍방이 진화하는 과정에서 진보하고 발전한다. 불교의 유식종唯識宗 관념으로, 근대의 과학진화론을 해석한 것이다. 진화가 될 수있는 것은 한쪽만 발전하는 것이 아니라, 반드시 쌍방이 함께 진화해야 한다는 뜻이다.

77 [역자주] '五朝(동진東晉·송宋·제齊·량梁·진陳)'는 동진으로부터 진나라가 멸망하기까지 300년 동안, 과거의 악습이 날마다 씻기고 순수한 미가 변하지 않았다. 당나라 사람들은 전에 없이 황음하였는데, 이는 모두 기록되어 있으니 속일 수 없다. 또 다투어 권세를 흠모한 것은 남조시대에도 없었던 일이다. 남조는 결점이 오로지 황실에만 있었는데, 당나라는 사대부와 일반 백성들까지 이르렀다. 세상 사람들은 동한이 남조보다 낫다고 하는데, 실상은 그렇지 않다. 당나라를 떠받들고 오조를 천시하는 것은 단지 국가의 성세로써 민덕을 논한 것으로, 시비가 전도되었다. 세상 사람들은 오조 제왕의 재위기간이 날로 짧아지고 나라 또한 쇠약해졌으므로 그 학술과 의를 행함은 빠트리고 논하지 않았다. 오조가 다투지 않은 까닭은 대대로 귀족에게 맡겨두고 또 언행과 용모로써 사람을 등용하였기 때문인데, 세족은 한나라에 근본을 둔다. 오조의 사대부는 효도하고 우애 있고 순박하여, 은거하여도 관용수레로 자기를 초빙해 줄 것을 구하지 않고, 벼슬하여도 명망세족들과 힘을 보태어 붕당을 이루지 않았다. 이 점이 후한보다 훌륭한 점이다. 당나라, 송나라, 명나라를 뛰어넘은 것은 논의의 여지가 없다. (章炳麟, 「五朝學」, 『章氏叢書·文錄』 卷1 참조)

통제한다고 인식하는 등 훌륭한 견해가 적지 않다. 아울러 『장씨총서·장자해고莊子解故』에서는 장자를 높이 평가하여 공자와 묵자를 뛰어넘는다고 하였다.

> 세상에 이름을 떨친 철학자 가운데 장자를 따를 자가 없는데, 공자와 묵자를 먼지처럼 여겼다. 하물며 육구연陸九淵과 왕수인王守仁처럼 하나의 이치를 끌어다가 만물을 주관하려 한 사람들에 있어서랴.[78]

이러한 사상은 노신의 초기 사상에 직접적인 영향을 끼쳤다. 장병린의 저서 가운데 문학에 관한 전문적인 논술들이 있는데, 그의 중요한 관점은 아래 몇 가지로 개괄할 수 있다.

1) 혁명문학과 문학의 경계

① 문학의 혁명성을 제창

장병린은 자산계급 혁명가 추용鄒容이 쓴 『혁명군革命軍』의 서문에서 자산계급 혁명을 고취해야 한다는 목적에서 출발하여, 혁명문학은 독자가 깜짝 놀랄 만큼 마음속의 생각을 자유롭게 말해야 한다고 강조하였다. 또 천둥 같은 울림으로 독자를 감동시켜야 한다면서 사실성을 떨어뜨릴 수 있는 '공언空言'에 단호히 반대하였다. 그는 공언을 일삼는 세력들이 사상과 문화 영역에서 타파할 수 없을 정도로 매우 굳건하다고 하였다. 따라서 새로운 역사적 국면 앞에서 함축적으로 문장을

78 命世哲人, 莫若莊氏, …… 以視孔·墨, 猶塵垢也. 又況九淵, 守仁之流, 牽一理以宰萬類者哉. (『章氏叢書·莊子解故』)

쓰고 완곡하게 풍자하고 질책하면 안 된다면서, 반드시 큰 소리로 울부짖어야 자산계급 혁명의 요구에 부합할 수 있다고 하였다. 그는 태평천국 혁명군의 실패는 계획이 잘못되어서가 아니라, '공언空言'으로 인해 성공할 수 없었을 뿐이라고 하였다. 그러므로 선전문학은 자산계급의 혁명성·전투성·선동성을 갖추어 천둥 같은 울림으로 감동시켜야 혁명군의 길잡이가 된다고 하였다. 이는 당시 자산계급 혁명의 정치적 요구에 부합하는 진보적 주장이다. 그는 당시 저명한 소설가 황소배黃小配(세중世仲)의 『홍수전연의洪秀全演義』(1908년) 서문에서도 같은 사상을 드러내어, 홍수전의 농민혁명은 성공하지 못했지만 명나라 태조와 어깨를 나란히 한다고 하였고, 이 책을 읽고 나면 홍수전을 왕으로 존경하는 사람은 제갈량과 악비岳飛를 존경하고 그리워하는 것과 같을 것이라고 하였다. 태평천국혁명은 실패했지만, 미래에는 반드시 제2의 홍수전과 같은 인물이 나올 것이라고 하였다.

그런데 장병린이 『혁명군』에 쓴 서문으로 인해 투옥된 적이 있다 할지라도, 이 서문 역시 만주족을 배척하는 그의 편파적 관점의 영향을 받을 수밖에 없었다. 홍수전이 주장한 혁명은 세속의 입장에서 말하면 혁명이지만, 장병린의 주관에서 말하자면 명 왕조를 회복하자는 것이다. 그가 쓴 『홍수전연의』 서문에도 동일한 사상적 한계를 드러내는데, 이는 손중산을 대표로 하는 혁명파 사상과는 결코 같지 않음을 분명하게 보여준다.

② 바탕을 보존하는 것을 근간으로 삼다

장병린은 내용과 형식의 관계에 대해 문학이 짓밟히고 시끄럽게 사람들을 선동하는 상황에서 반드시 본연 그대로의 바탕을 회복하고 보존하는 것을 근간으로 삼아, 형식과 내용이 모두 빛나고 형식과 내용이 서로 어우러져 도움이 되는 수준에 도달해야 한다고 주장하였다. 반면 아름다운 말로 화려하기만 하여 근본에 충실하지 못하고, 형식이 지나쳐 본질에서 멀어지는 것에 반대하였다. 형식이 지나쳐 본질에서 멀어지면 표상表象도 많고 병폐도 더욱 심해진다는 것이다. 또 정론문政論文은 과학적 설득력을 지녀야 한다면서, 논리적 글쓰기는 풍자하고 의론하며 사람을 평가하는 데 그 어려움이 있는 게 아니라, 논리를 가지고 예제禮制를 논하는 것이 가장 어렵다고 하였다. 풍자하고 의론하며 사람을 평가하는 것은 문인이 잘하지만, 논리를 가지고 예제를 논의하는 것은 학문에 뛰어나지 않으면 도달할 수 없다고 하였다. 그는 당나라 때 논리적인 글을 잘 쓴 자로는 유우석과 유종원이 있다고 하였다. 다시 말해 천리天理를 논한 유우석과 유종원의 문장이야말로 논리를 갖춘 문장의 표준이라는 것이다.

③ 문학의 구분과 정의定義에 대하여

장병린의 모든 문학이론에 대한 기본 정신은 한족의 빛나는 문화와 문학 전통을 널리 알려, 청 왕조의 억압에 대한 원한과 불만을 온갖 방법으로 격발하는 데 있다. 그의 민주주의 혁명정신은 종족 혁명론이라는 큰 편파성을 지니고 있다. 그의 이러한 관점은 지금보다 옛것이 낫다는 복고주의의 주장과 원칙적으로 차이가 있지만, 종족 혁명론의 편협성은 그의 민주주의 수준을 크게 제한하였다. 유구한 한족의 문화와 문학 전통을 선전하려고 노력했던 것은 '반청反清'과 '만주족 배척'이라는 정치적 목적 때문이다. 그러나 이렇게 한 결과 민족 전통과 복고주의를 혼동하게 되었고, 심지어 국수주의國粹主義를 주창하게 되었는데, 이른바 근본으로 돌아가 나라의 고유한 것을 표현해야 한다는 것이다. 그 결과 '소학小學' 즉 '고문자학'을 문학의 기초로 삼는 데 이르렀다.

> 문자를 죽백竹帛에 쓴 것은 문이라 하고, 법식을 논한 것은 문학이라 한다.[79]

> 소학小學이 쇠퇴해지자, 겨우 남아있는 글도 내용이 부실해졌다.[80]

> 소학이 사라지자 부賦는 지어지지 않았다.[81]

> 그러므로 문학에 대해 논하자면, 문자를 표준으로 삼아야지 화려하게 수식하고 꾸미는 것으로 기준을 삼아서는 안 된다.[82]

> 『이아爾雅』에서는 옛것을 살피고 교묘한 말을 취하지 않는 것을 문학이라 하였다.[83]

장병린은 고문자학이 모든 문학의 기초라면서, 세상에는 소학에 능숙해도 문사文辭에 서툰 사람은 있지만, 소학을 모르면서 문에 대해 말할 수 있는 사람은 없다고 하였다. 또 문학을 언어와 대립시켜 문학은

79 文學者, 以有文字著於竹帛, 故謂之文, 論其法式, 謂之文學. (「文學總略」, 『國故論衡』)

80 小學旣廢, 則單篇摦落. (「論式」, 『國故論衡』)

81 小學亡而賦不作. (「辨詩」, 『國故論衡』 中卷)

82 故榷論文學, 以文字爲準, 不以彣彰爲準. (「文學總略」, 『國故論衡』)

83 爾雅以觀於古, 無取小辯, 謂之文學. (「文學說例」, 『國故論衡』)

언어에서 시작되었고, 문자가 만들어지고 난 후 차츰 법식이 생기면서 두 가지가 다르게 발전하였다고 하였다. 그뿐만 아니라 문자는 고대 전적에서 취해야 하고 정확한 해석을 근본으로 삼아야 한다고 했다. 역대 작가에 대한 그의 평론에는 훌륭한 견해도 적지 않지만, 전체적으로 보면 갈수록 수준이 떨어진다는 느낌이 든다. 문학의 성취는 천감天監 시대에 극치에 달했고 그 후 갈수록 못해졌다면서, 소설의 경우 남조南朝가 당대唐代보다 훨씬 뛰어나다고 하였는데, 이는 분명 실제에 부합하지 않는다.

문학의 구분에 대한 논술에서 장병린은 아름다운 말로 수식하는 것을 '문文'이라 하고 그와 반대되는 것을 '필筆'이라고 하는 완원阮元의 주장에 반대하였다. 완원은 변려체를 제창하였는데, 그 논리적 근거가 매우 단편적이다. 장병린은 그의 주장을 반박하였는데, 위진魏晉 이전에는 문과 필을 구분하지 않아서, 완원처럼 소통蕭統의 견해에 근거하여 아름다운 문사만을 고집하지 않았다고 하였다. 또 진晉나라 이후 처음으로 문과 필을 구분하였지만, 사실 이 두 가지는 모두 중시되었다고 하였다. 아울러 여러 사실에 근거하여 아름다운 문사로 이루어진 글을 문이라고 피력한 완원의 편파적인 주장을 반박하였다. 완원의 우려설偶儷說을 비판하는 동시에, 학설은 사람의 생각을 계도하고 문사는 사람의 감성을 길러준다는 서구문학이론도 비판하면서, 사람을 감동시킬 수 있느냐의 여부로 문학과 학술을 나누는 견해에 반대했다.

> 문사의 본질과 편집에 광의와 협의가 다르다는 것을 알면, 그 경계를 확대하고 느슨하게 하여도 함께 분명하게 드러나 서로 방해되지 않을 것이다.[84]

이 내용은 장병린이 문학에 광의와 협의의 두 가지 관점이 병존하는 것을 인정하고, 광의의 관점을 주장했음을 알려준다. 그는 문의 기원을 탐색할 때, 문언문에는 산문과 변려문의 구분이 있는데, 사람을 감동시킬 수 있는 글은 문사이고 그렇지 않은 것은 학설이라고 해서는 안 된다고 했다. 운이 있는 글이라도 사람을 감동시키지 못하는 경우가 많기 때문이다. 유가의 부賦는 간언하고 경계하는 데 뜻을 두었는데, 순경荀卿의 부 「성상成相」에 사람을 감동시키는 부분이 어디에 있느냐고 하였고, 사마상여의 「자허子虛」와 양웅揚雄의 「감천甘泉」·「우렵羽獵」·「장양長楊」·「하동河東」 등은 부 가운데 최고의 작품인데, 이러한 작품 역시 사람들을 기쁘게 하거나 슬프게 하였냐고 반문하였다. 또 순경의 「잠부蠶賦」와 「잠부箴賦」는 하나의 사물만 묘사하였고, 왕연수王延壽의 「왕손부王孫賦」는 사물의 모습 그대로 적절하게 묘사하고 완곡하게 형상을 그려냈지만, 과부와 서자도 읽고 나서 눈물 흘리지 않고 갑옷을 입고 투구를 쓴 병사들도 읊조리고 나서 분발하지 않는다면서, 한 면만 가지고 부에 대해 단정할 수 없다고 하였다. 슬픔을 함축적으로 완곡하게 표현하는 것이 부賦의 기능이므로, 설사 운이 없는 글이라도 모두 동일시해서는 안 된다면서, 논리적인 글은 명가名家에 근본을 두는데, 시비를 분명하게 드러내고 자신의 뜻을 말로 정확하게 표현해도 사람을 감동시키지 못하지만, 반면에 「과진론過秦論」 같은 글은 실제에 부합하지 않는 찬사가 많지만 오히려 사람을 깊이 감동시킨다고 하였다. 따라서 사람을 감동시키는지의 여부로 문학을 구분하는 것에

84 若知文辭之體, 鈔選之業, 廣狹異塗, 庶幾張之弛之, 並明而不相害. (「文學總略」, 『國故論衡』)

반대하였다.

문학과 철학 그리고 정치이론은 사유방식과 표현 특징상 질적인 차이가 있지만, 모두 사상을 표현하고 인식하고 교육하는 역할을 한다는 공통점을 지닌다. 서구 자산계급 문학이론에서 학술은 사람의 사고를 계도하고 문학은 사람의 감성을 길러준다면서 문학예술의 감성적 특징을 강조했는데, 모두 실제에 부합한다. 그러나 서구 자산계급 문학이론은 종종 문학의 감성적 특징을 강조하면서 문학 사상·교육적 기능을 배척했는데, 이는 잘못된 것이다. 이에 대한 장병린의 비판은 정확한 부분도 있지만, 모든 문사를 문학으로 간주하였기 때문에 핵심을 찌르지 못했다. 이 점에서 그의 인식은 낙후되었다.

2) 시론

① 시는 성정을 중시한다

장병린은 고문자학에서 출발하여, 문자는 본디 말을 대신하는 것으로 그 쓰임이 독보적이며, 구두가 없는 문장은 모두 문자로만 이루어진 것으로 문자를 중시하기 때문에, 문학을 논하는 자는 흥회興會와 신지神旨를 최상으로 삼아서는 안 된다고 하였다. 그러면서, 조비曹丕가 제창한 문기설文氣說과 왕충王充이 『논형論衡·일문佚文』에서 제창한 문덕설文德說에 반대했다. 기氣든 덕德이든 말단에 불과할 따름이라며, 문자를 문기文氣·문덕文德·흥회신지興會神旨보다 더 중요하게 여겼다. 이는 문학이 고문자를 기초로 한다는 낙후된 견해를 또 한 차례 보여준 것이다.

장병린은 흥회신지를 최상으로 삼는 것에 반대하였지만, 오히려 성정설性情說을 적극 제창하여 작가의 감정을 드러내는 것이 중요하다고 하였다.

> "마음에 있으면 뜻이 되고, 말로 표현하면 시가 된다." 감정을 읊은 것은 옛날과 지금이 같지만, 성률 배치는 다르다.[85]

장병린은 시가 창작은 성정을 중시해야 하며 성정을 읊어야 한다고 반복적으로 강조하였다. 아울러 성정을 근본으로 하고 문사를 제한하면 시가 흥성하지만, 성정을 멀리하고 잡다하게 쓰는 것을 좋아하면 시가 쇠퇴한다고 하였다. 당나라 이후 시가 쇠퇴한 것은 성정에 근본을 두지 않은 결과라며 다음과 같이 말하였다.

> 당나라 이후 천년 동안 칠언시가 만 수 이상 창작되었지만, 그중 읊조릴 만한 것이 얼마나 되는가? 또 근체시가 무분별하게 창작되어 시편이 쌓였는데, 역사 속 전고를 마구 사용하고 성정에 근본을 두지 않았다.[86]

『시품』에서 문장은 거의 책을 베끼는 것과 같았다고 말한 것처럼, 대량으로 전고와 경전을 인용하는 것에 반대하여, 창작은 진실한 감정을 지녀야 한다고 강조하였다. 이는 정확한 견해로, 장병린 같은 고문자 학자가 이러한 것을 인식할 수 있었다는 것은 정말 대단한 일이다. 그는 다음과 같이 말하였다.

85 "在心爲志, 發言爲詩." 此吟詠情性, 古今所同, 而聲律調度異也.

86 自爾千年, 七言之數以萬, 其可諷誦者幾何? 重以近體昌狂, 篇句塡委, 淩雜史傳, 不本情性.

> 한나라에서는 성정을 중시하였다. 「대풍가大風歌」와 「해하가垓下歌」를 지은 한고조와 항우는 문예를 배운 적이 없지만, 그 언어는 문사文士들이 쓸 수 없는 것이었다. 소무蘇武와 이릉李陵 같은 사람들은 성인식을 치르고 관리 또는 기병이 되어서도 시 쓰는 습관을 바꾸지 않아, 그들의 오언시는 또 천하의 근원이 되었다. 육기陸機와 포조鮑照·강엄江淹 같은 이들이 소무와 이릉을 법식으로 삼아 본받고자 했지만, 끝내 그들의 경지에 도달하지 못하였다. 이로 볼 때 성정의 쓰임은 뛰어나고 학문의 도움은 보잘것없음을 알 수 있다.[87]

> 그렇기 때문에 역사에 기록된 사람 중에서 문사의 기세가 힘차고 기백이 뛰어났던 자, 예를 들면 형가荊軻·항우項羽·이릉李陵·위무제魏武帝 조조曹操·유곤劉琨 같은 이들은 뛰어난 재능을 지닌 검객이거나 세상에 이름을 떨친 장수였다.[88]

장병린은 위에서 언급한 예를 통해 시는 누군가의 전유물이 결코 아니라고 하였다. 즉 현실 생활에서 깊은 생활 체험과 강렬한 예술적 감수성을 지닌 사람들은 일정한 조건이 갖춰지면 진지하면서도 강렬한 감정을 지닌 좋은 시를 쓸 수 있다는 것이다. 그리고 이러한 시는 높은 예술적 소양을 갖추었더라도 감수성이 결여된 사람은 결코 쓸 수 없다는 것이다.

장병린은 때로는 의기意氣가 발휘되고 문사가 뛰어나고 기세가 다

87 漢則主情性. 往者「大風」之歌·「拔山」之曲, 高祖·項王, 未嘗習藝文也, 然其言爲文儒所不能擧. 蘇·李之徒, 結髮爲諸吏騎士, 未更諷誦, 詩亦爲天下宗. 及陸機·鮑照·江淹之倫, 擬以爲式, 終莫能至. 由是言之, 情性之用長, 而問學之助薄也. (「辨詩」, 『國故論衡』)

88 是故史傳所記, 文辭陵厲, 精爽不沬者, 若荊軻·項羽·李陵·魏武·劉琨之倫, 非奇材劍客, 則命世之將帥也. (「辨詩」, 『國故論衡』)

하지 않은 시풍을 제창하면서, 문학의 비판과 폭로 기능에 반대하는 것을 강하게 반박하였다. 이른바 외상이 있는 사람은 거울을 싫어하고 곱사등이는 먹줄을 혐오한다는 말은 그의 전투적 민주주의 요구와 일치한다. 이러한 관점에서 출발하여, 장병린은 특히 위진 시대의 시가를 추앙하여, "왕찬王粲·조식曹植·완적阮籍·좌사左思·유곤劉琨·곽박郭璞 등은 기상은 하늘에 떠 있는 구름보다 높고 진심은 금석보다 굳건하여, 시종일관 위로는 국정을 근심하고 아래로는 보잘것없는 자신의 처지를 슬퍼하였다."[89]라고 하였다. 그러나 여전히 아담雅淡과 아순雅馴, 아정雅正의 풍격 등을 더 많이 제창하였는데, 그의 시문론 중에는 이러한 예가 적지 않게 보인다. 신해혁명 후 국가國歌를 널리 모집하였을 때, 그는 한나라 「교사가郊祀歌」 중의 한 작품인 「일출입日出入」을 국가로 대체하자고 제안하였다.

> 우렁찬 가락은 슬프나 지나치지 않고 문사는 선계를 노니는 듯하니, 이것을 국가로 삼으면 직접 작사하는 것보다 훨씬 좋으리라.[90]

위의 글은 장병린이 봉건 정통관념에서 영향을 받았으며, 그 사상에 한계가 있음을 잘 보여준다. 5·4 운동 이후 그가 백화문을 반대하는 운동에 참가한 것은 결코 우연이 아니며, 소학을 문학의 근본으로 삼고 문학과 언어를 대립시킨 것은 이러한 관점과 불가분의 관계에 있다.

89 王粲·曹植·阮籍·左思·劉琨·郭璞諸家, 其氣可以抗浮雲, 其誠可以比金石, 終之上念國政, 下悲小己. (「辨詩」, 『國故論衡』)

90 其聲熙熙, 悲而不傷, 詞若遊仙, …… 以是爲國歌, 賢於自作遠矣. (「辨詩」, 『國故論衡』)

② 작가 품평에 드러난 한계성

장병린은 편협한 종족 혁명론과 복고주의적 경향 및 고문 경학파에 대한 종파적 정서 등으로 인해 사물에 대해 정확하게 이해하고 평가할 수 없었다. 예를 들면 「교문사校文士」라는 글에서 당시의 문인들을 평가할 때, 증국번에 대해 행적을 잘 서술하여 비문碑文과 전기傳記·행장行狀에 능통하고, 시사詩詞는 감정이 심오하여 반고와 한유에 근접했다고 긍정적으로 평가했다. 또 왕중汪中 등의 청대 고증학자들에 대해서도 문질文質이 조화를 이루었다고 하였다. 반대로 초기 개량주의자들 즉 변법을 고취해서 훗날 변법운동의 선구자가 된 위원魏源과 공자진龔自珍 등 금문경학파에 대해서는 폄하하고 공격하였다. 위원에 대해서는 당시 사회의 병폐를 정확하게 겨냥하기도 했지만, 학문에 정진하지 않고 만주 이야기만 하였으며 소학小學(문자학)은 더욱 허점과 오류가 많다고 공격했다. 공자진에 대해서는 문사가 아름다움에 치우쳐 경박하여 기백이 없고 문장은 지나치게 화려해서 세상에서 공자진의 문장을 중시한 후부터 문학은 완전히 땅에 떨어졌으니, 중국을 멸망시킬 요괴가 아니겠느냐고 공격하였다. 「여인논문서與人論文書」에서는 공자진의 경박함이 다른 사람들과 함께 거론할 수 없을 정도라고 하였다. 이는 공자진·위원의 작품이 지닌 거대한 진보적 의의를 근본적으로 이해하지 못했음을 설명해준다. 또 그의 편협한 종족 혁명론과 복고주의 경향 및 고문경학가에 대한 종파 정서가 사상에 해가 되었음을 설명해준다.

이외에 장병린은 편파성과 낙후성으로 인해 신화와 소설 등을 정확하게 이해하고 평가하지 못하여, 신화는 가장 병폐가 많고 참으로 쓸모없는 것이라고 했다. 또 우언의 역할에 대해서도 이해하지 못하여, 「모영전毛穎傳」과 「검려黔驢」 같은 글들을 아주 황당무계하다고 했다.

청말 소설도 일률적으로 배척하여, 위로는 군주를 설득하고 아래로는 백성들을 가르치며 황로黃老사상과 비슷한 의의를 지닌 전국시기 송견宋銒의 작품만 못하다고 하였다. 포송령의 『요재지이』도 근본적으로 소설로 볼 수 없다고 하였는데, 이러한 견해는 모두 낙후되고 황당무계하다.

3) 전북호田北湖와 황소배黃小配

① 전북호, 김일

이 시기에 등실鄧實이 편집을 주관한 『국수학보國粹學報』에서 노신魯迅은 학술을 말하면서 혁명도 언급해야 한다고 하였다. 등실은 자신이 쓴 「사고우희발집후서謝皐羽晞髮集後序」와 「황리주행조록후서黃梨洲行朝錄後序」·「투필집발投筆集跋」 등에서 반청혁명의 여론을 만들어 낸 당시 애국지사들을 높이 평가하였다. 『국수학보』의 주요 필자는 장병린과 유사배劉師培이다. 이 잡지에 발표한 전북호의 「논문장원류論文章源流」는 상고시기를 민중 역사의 시대로 간주해, 노예제가 생겨난 후 임금은 위에서 존중받고 백성은 아래에서 복종하여 국사에 참여할 수 없는 것이 오늘날의 전제 정치와 유사하다면서, 존왕에 순종하는 유가사상에 대해 첨예한 비판을 진행하는 동시에 왕충王充과 이지李贄의 비도통非道統 정신을 높이 평가하였다. 「여모생논한문서與某生論韓文書」에서 그는 이러한 관점에서 출발하여 한유와 그 문장에 이의를 제기하여 문장도 경시하고 사람도 경시하였다. 또 「상재상서上宰相書」 세 편[91]에서 비굴한 언사로 구걸하며, 곤궁을 견디지 못하고 총애를 바

91 [역자주] 「상재상서上宰相書」, 「후십구일복상재상서後十九日復上宰相書」, 「후입구일

란 한유를 경멸하였다. 맹목적으로 한유를 존경하는 것에 반대하여, 남들이 칭찬하면 자신도 칭찬하고 남들이 비난하면 자신도 비난하는 맹종에 반대하였다. 그는 한유의 산문 성취에 대해 제대로 평가하지 못하여, 논지가 산만하고 어기가 촉박하며 자가당착에 빠져 돌아갈 줄 모른다고 하였다. 이는 사실과 부합하지 않지만, 맹종에 반대하는 것은 취할 만하다.

김일金一[92]은 문학이 신기원을 창조해야 한다고 주장하였다. 사회를 개혁하는 것은 호걸이 할 수 있는 일이고 고인을 변화시키는 것은 문학가가 해야 할 일이라면서, 자산계급 민주혁명의 요구에 호응하여 사회와 문학은 모두 변해야 한다고 하였다. 그는 옛것을 빌어 현실을 비유하였는데, 이른바 세상의 변화를 관찰하고 후왕後王을 본받는 경세가의 혁신 정신을 상당 부분 긍정하여, 전체는 개혁할 수 없어도 일부는 개혁해야 한다고 요구하였다. 「심성心聲」에서 그는 또 적극적으로 자산계급 민주혁명을 큰소리로 외쳤다. 새벽을 알리는 선비는 가위에 눌려 꼼짝달싹 못하는 사람을 일깨워서 극도로 처참한 신세를 펼쳐 드러

복상재상서後廿九日復上宰相書」를 말한다. 한유는 3세에 아버지를 여의고 14세에는 형을 잃자, 형수가 길렀다. 문장에 재능을 보여 18세부터 과거에 응시했으나, 문벌도 배경도 없었기에 세 번이나 낙방한 후 진사시에 합격할 수 있었다. 이부吏部의 박학굉사과博學宏詞科 시험에 응시해서도 세 번이나 낙방하여 실의에 빠져 있다가, 재상에게 「상재상서」를 올리고, 회신을 받지 않은 상태에서 다시 19일 후 「후십구일복상재상서」를, 또 29일 후 「후입구일복상재상서」를 올렸다. 한유는 이 글로 인해 천거의 기회를 잡을 수 있었다.

92 [역자주] 김일金一(1874~1947) : 중국 근대시인 무기懋基의 필명. 김천핵金天翮이라는 이름도 썼고, 자는 송잠松岑이다. 기린麒麟·애자유자愛自由者·천방루주인天放樓主人 등의 필명도 사용했다. 1902년 4월 상해에서 공화제共和制 혁명 이념을 고취하기 위해 채원배와 함께 중국교육회를 창립하는 등 한평생 공화 혁명에 종사하였다. 『강소江蘇』 잡지의 요청에 응해 『얼해화孽海花』를 구상하여 6회까지 창작하였다.

내고 오랫동안 머금었던 분노를 큰소리로 외쳐대어, 한 사람의 외침에 많은 사람이 호응하게 해야 한다고 하였다. 이 소리는 모든 침묵에 호소하고 모든 귀먹음을 트이게 해주고, 관악기와 현악기의 음탕한 소리를 씻어주어 종鐘과 경磬의 전아한 음악을 펼친다고 하였고, 또 이 소리는 천지를 진동시키고 바닷물을 넘치게 한다고 하였는데, 이는 자산계급 지식인과 문예 작품이 혁명 여론을 조성해야 한다고 호소한 것이다. 그러나 그들의 혁명은 철저하지 못하였으니, 그 가운데는 늘 봉건주의적 요소가 섞여 있었다.

② 황소배

당시의 혁명문학 이론을 논할 때 황소배(1873~1913)도 언급할 만하다. 신해혁명에 참가하여 광동 혁명군 부단장을 역임하고 후에 진형명陳炯明에게 살해당한 그는 『홍수전연의洪秀全演義』를 지어 태평천국혁명을 열정적으로 찬양했을 뿐만 아니라, 「자서自序」(1908년 7월)에서 선명한 자산계급 민주혁명의 관점을 드러내어, 하·은·주 삼대 이후의 역사서는 임금의 비위를 맞추는 문장일 뿐, 사관史官의 필법으로 쓰인 전기라 할 수 없다고 평했다. 또한 「진섭세가陳涉世家」와 「항우본기項羽本紀」 같은 것은 거의 보기 어렵다고 하면서, 이러한 것은 역사서의 벼리요 거울이요 목표이기에, 단지 한 왕조 군주 집안의 족보에 불과한 것을 역사서라고 말할 수 있겠냐고 하였다. 이렇듯 대담한 비판 정신은 의심할 바 없이 아주 귀중하며, 전체적으로 사실에 부합한다. 그는 특히 성공하면 왕이요 실패하면 도적이라는 장자莊子의 황당한 견해와 분노가 쌓여 역사서를 쓴다는 사마천의 말에 반대하였고, 봉건 통치자들에 의해 도적이라고 모함받는 태평천국혁명을 칭송하였다. 아울러 자산계급 입헌 통치의 관점에서 태평천국혁명을 높이 찬양하면서, 수도인 금릉金陵에서 행해진 모든 문명의 조치가 서양 문명의 통치 형태와 비교해도 결코 뒤지지 않는다고 하였다. 혁명 민주주의적 성향이 뚜렷한 이러한 관점은 의심할 바 없이 귀중하다. 이러한 이유로 그의 작품은 혁명 민주주의자인 장병린의 열정적인 지지를 받았다. 장병린은 『홍수전연의』 서문에서 국가와 종족의 일은 듣는 사람이 많을수록 떨치고 일어나는 자도 많아진다고 했다. 그러나 황소배의 『홍수전연의』 서문에는 자산계급 민주혁명의 한계도 분명하게 드러나 있다.

제3절 유아자와 남사南社

자산계급혁명파 및 황제와 수구세력을 보위하는 조직으로 타락한 개량파가 격렬하게 대토론을 벌인 후 자산계급 민주혁명이 최고조에 달했을 때, 남사는 1909년 11월 소주蘇州에서 정식으로 성립을 선포하였다. 남사는 문학이 자산계급 민주혁명을 위해 복무할 것을 요구하고, 혁명을 요구하고, 개량에 반대하고, 청나라 왕조의 종족압박에 반대해야 한다고 큰소리로 부르짖었다.

남사는 근대 문학사상 상당히 규모가 큰 문학단체로 신해혁명 전 참가인원이 200여 명이었는데, 구성원 대부분이 혁명을 따르는 자산계급과 소자산계급 지식인들이었다. 신해혁명 후에는 참가인원이 천여 명으로 증가하였고, 구성원들의 성향은 한층 더 복잡해졌다. 남사가 성립되기 전에 이미 적지 않은 사람들이 당시의 간행물들을 통해 혁명문학 선전활동을 전개하였다. 남사가 성립된 후에 매년 2, 3기의 『남사총간南社叢刊』을 출판하였고, 그 후 전문적으로 『남사소설집南社小說集』을 출간하였다. 남사의 주요 구성원은 진거병陳去病·고욱高旭·유아자·영조원寧調元·마군무馬君武·소만수蘇曼殊 등인데, 유아자가 대표적인 인물이다.

유아자(1887~1958)는 원명이 위고慰高, 자는 인권人權, 호는 아려亞廬이다. 기질棄疾로 개명하면서, 자는 가헌稼軒, 호는 아자亞子라고 하였다. 강소江蘇 오강吳江 출신이고, 남사를 조직하여 이끌었다. 자각적으로 진보적인 문학주장을 하였는데, 낙후된 동광체와 문단의 패권을 다투면서 만청문단의 괴물이 되었다. 신해혁명 전후로 유아자는 봉건윤리 강상과 유가의 명교名教에 큰소리로 반대하였다. 예를 들면 「애여계哀女界」에서 봉건윤리강상에 억압받는 여인들의 비참한 운명에 격렬하게 항의하였다. 또 유가의 거짓된 학문이 횡행해 여인들을 꼭두각시로 여겨 우리 안에 가두어 놓았으니, 흑인노예들과 다를 바 없다며 분개하고 질책하였다. 그는 2천년 넘게 사람들을 속박하고 혹사한 예법과 학설·풍습·종교, 다시 말해 유가의 명교와 강상에 대하여 머리를 풀어헤치고 목구멍이 찢어질 정도로 큰 소리로 반대하고 타파해야 한다면서 용감하게 공격하였다. 그를 수장으로 삼은 남사는 이러한 사상적 지도하에 투쟁하였다. 그는 장병린의 영향을 크게 받아, 자산계급 민주혁명을 찬양하는 적지 않은 시가를 열정적으로 써냈다. 1906년 동맹회同盟會와 광복회光復會에 가입했다. 『마검실시집磨劍室詩集』과 『마검실문집磨劍室文集』·『마검실사집磨劍室詞集』 등의 다양한 저서가 있는데, 모두 간행되지 않았다. 1959년 인민 문학출판사에서 『유아자시사선柳亞子詩詞選』이 출간되었다.

1) 남사의 희극 혁명과 당음唐音 제창

① 희극 혁명 제창

유아자를 대표로 하는 남사는 당시에 비교적 큰 영향력을 갖춘 혁명 문학 사단이었을 뿐만 아니라, 그 시대의 청년 가수들이 상당수 모여 있었다. 그들은 자산계급 민주혁명을 고취하기 위해, 희곡과 소설·시가 등을 적극적으로 제창하였다. 그들이 희곡 제창에 끼친 공헌은 개량파의 소설 제창과 비견할 만하다. 중요한 대표작으로는 유아자의 『이십세기 대무대二十世紀大舞臺』 발간사와 진거병陳去病의 「희극의 유익함을 논함論戲劇之有益」 등이 있다. 이러한 문장에서 민족과 민주혁명에 대해 강렬한 정치적 격정을 드러내고, 이원혁명군梨園革命軍의 손으로 자산계급 혁명의 깃발을 들어 올려, 조국의 혼을 소환하려고 하였다. 그들은 공화를 숭배하고 개혁을 환영하며, 소리와 형태의 묘사를 통해 열사烈士와 유민遺民의 충성을 표현하여 사회를 움직이고 풍조를 고취하려는 대방침을 세우고, 독립의 누각을 지어 자유의 종을 울릴 것을 요구하였다. 또 생생한 유신의 역사를 희극으로 공연하여, 세상을 바꾸는 목적을 이루어야 한다고 주장하였다. 외부적 재앙이 점점 더 심각해지는 상황에서, 옛일을 말하여 지금의 걱정을 써내고, 옆 사람을 통해 자신의 고통을 큰소리로 외치고 눈물로 호소하여, 자산계급의 희극이 사회에 보급되어 사회를 바꾸는 역량이 되기를 요구하였다. 그들은 희극이 보급하기 가장 쉬운 특징을 지녔기 때문에, 혁명 희극을 공연하는 것이 『혁명군革命軍』과 「강유위의 혁명론을 논박함駁康有爲論革命書」을 쓰는 것보다 효과가 더 크다고 하였다. 이러한 주장 안에는 강렬한 시대정신이 드러나 있다. 그러나 그들은 혁명에 중대한 영향을 끼친 추용鄒容의 『혁명군』과 장병린의 「강유위의 혁명론을 논박함 駁康有爲論革命書」 같은 글이 희극만큼 중요하지 않다고 생각했다. 이는 의심할 바 없는 편파적인 견해로, 소설의 사회적 효용을 지나치게 평가한 개량주의자들과 동일한 폐단을 범하였다. 동시에 그들은 또 종족주의 혁명의 편협성을 드러내었다.

② 당음과 '평민의 시' 제창에 관하여

유아자의 『호기진시胡寄塵詩』 서문에는 남사의 시가에 관한 혁명적인 요구와 관점이 집중적으로 드러나 있다. 청대에는 정진鄭珍(1806~1864)과 막우지莫友芝(1811~1871)를 대표로 하는 송시파가 봉건통치 계급 내부의 유한계급 문인들의 감정을 대변하였는데, 격렬하게 동요하고 변화하는 시대 앞에서 현실도피와 장중하고 고요한 시경詩境을 추구하였다. 그들에 대하여 유아자는 다음과 같이 격렬하게 비판하였다.

> 전에 외려노인畏廬老人(임서林紓)의 『임선생술암유시林先生述庵遺詩』 서문에서 다음과 같은 내용을 본 적이 있다. "근 십년 동안 당시唐詩가 계승되었는데, 한두 명의 거물급만 소식과 황정견을 제창하였을 뿐, 대부분 송시를 입에 올리지 않았다. 생각해 보니 임인년에 북경에서 어떤 사람과 시를 논하였는데, 뜻밖에도 두보가 당시를 파괴시켰다고 신랄하게 비난하였다. 나는 말문이 막혔다." 오늘날 시도詩道가 피폐해진 근본 원인은 여기에 있지 않다. 그 사람도 송시를 제창하면 명성이 높아지는 것을 알았을 텐데, 과연 송시 제창은 누구에게서 시작되었는가? 아마도 한두 명의 파직당한 관리들이 몸은 쫓겨나도 녹봉은 가슴에 품고 잊지 못하여, 기왕에 뜻을 이루지 못한 이상 글귀를 수식하고, 풍아風雅에 빌붙어 어렵고 심오하게 써내어, 천박하고 비루한 신세를 꾸몄을 것이다. 그의 명성과 권세는 한 세대만 치달았을 뿐인데, 줏대 없고 무식

> 한 선비들은 툭하면 좇아서 부화뇌동하였다. 많은 사람들이 떠들면 멋모르는 사람들은 기이하게 생각하였으니, 후에 태어난 젊은이들은 눈으로는 앞 시대의 현인을 보지 못하고, 귀로는 대아의 주요 내용을 듣지 못하게 되었다. 우둔한 사람들은 기이하고 특별난 것만 좋아하게 되어, 동광체 시파가 천하에 두루 퍼지게 되었다.[93]

이는 송시파를 성토하는 한 편의 격문을 방불케 한다. 1917년 이전에 유아자는 「논시육절구論詩六絕句」, 「논시오절답원추論詩五絕答鵷雛」, 「후논시오절시소의後論詩五絕示昭懿」, 「망인류논시파, 서차절지妄人謬論詩派, 書此折之」 등을 썼는데, 송시파 및 당시 문단의 각종 유파에 대하여 첨예한 비판을 하였다.

> 왕개운王闓運은 젊어서는 곡필로 「상군지湘軍志」를 써 이름이 났고,
> 늙어서는 태사공이라는 허명을 얻었네.
> 고색 찬란하여도 참뜻은 적으니,
> 내가 우선 본받지 않으려는 사람이 왕개운이네.
>
> 정효서鄭孝胥와 진삼립陳三立은 메말라서 생기가 없고,
> 번증상樊增祥과 역순정易順鼎은 음란해서 정성正聲을 어지럽히네.

93 曩見畏廬老人序林先生述庵(松祁)詩曰: '近十年來, 唐詩祧矣, 一二鉅子, 尙倡爲蘇·黃之派, …… 衆咸勿齒. 憶壬寅都下, 與某公論詩, 竟嚴斥少陵爲頹唐. 余至噤不能聲. …… 雖然今日詩道之弊, 其本原尙不在此. 論者亦知倡宋詩以爲名高, 果作俑於誰氏乎? 蓋自一二罷官廢吏, 身見放逐, 利祿之懷, 耿耿勿忘. 旣不得逞, 則塗飾章句, 附庸風雅, 造爲艱深, 以文淺陋. 彼其聲氣權勢, 猶足奔走一世之士, 士之誇毗無識者, 輒從而和之, 衆呴漂山, 群盲詫日. 後生小子, 目不見先正之典型, 耳不聞大雅之緒論. 氓之蚩蚩, 惟捫盤逐臭者是聽, 而黃茅白葦之詩派, 遂遍天下矣. (「胡寄塵詩序」, 『南社』 5集)

나도 비웃노라 완적阮籍처럼,
지금은 영재가 없어 풋내기가 이름을 얻는 것을![94]

앞의 시는 정치로부터 예술에 이르기까지 왕개운을 전면적으로 비판한 것으로, 젊어서 증국번에게 빌붙은 행적과 의고주의 사상이 그의 작품을 골동품처럼 고색 찬란하게 만들었지만, 진실한 느낌이 결핍되었다고 하였다. 뒤의 시는 진삼립, 정효서와 번증상, 역정순 등에 이르기까지 동광체同光體를 대표하는 시인들을 비판하였는데, 그들이 '마시魔詩'로써 중국 진보문학의 전통적 시풍을 파괴하였다고 지적하였다.

또한 강서시파江西詩派와 혁명과 대립하는 길로 들어선 양계초를 다음과 같이 비판하였다.

강서시파를 어찌 입에 올릴 수 있으랴?
형편없는 시를 가지고 함부로 아름다운 시문을 비방하네.
양계초는 자기만의 특색과 판단을 가지고,
다른 사람의 의견 묻지 않았네.[95]

빌붙어 세력을 얻는 것은 참으로 가련하니,

94 少聞曲筆「湘軍志」, 老負虛名太史公. 古色斑斕真意少, 吾先無取是王翁.
鄭陳枯寂無生趣, 樊易淫哇亂正聲. 一笑嗣宗廣武語, 而今竪子盡成名. (「論詩六絕句」)
[역자주] 「상군지湘軍志」 : 왕개운이 지은 군사사軍事史. 완적阮籍이 광무산廣武山에 올라 초나라와 한나라가 싸우던 곳을 바라보고 탄식하며 "이 시대에 영재가 없으니, 풋내기가 이름을 얻는구나!(時無英才, 使竪子成名乎!)"라고 하였다.

95 詩派江西寧足道? 妄持燕石詆瓊琚. 平生自有千秋在, 不向群兒問毀譽. (「妄人謬論詩派, 書此折之」, 1917)
[역자주] 연석燕石 : 연 땅에서 나는 옥 같은 돌. / 경거瓊琚 : 좋은 시문을 비유.

회남왕의 닭과 개도 승천하여 신선이 되었다네.
강호에는 도리어 위대한 문장 많건만,
물고기 실컷 먹어 귀한 줄 모르네.[96]

유아자는 문장을 바꾸려면 먼저 풍속을 바꾼다는 고전 문론을 계승하여, “나쁜 점은 오늘날의 문장에 있는 게 아니라 인심과 풍속에 있다. 인심과 풍속이 나빠지면 아름다운 시가 무슨 소용이 있겠는가?”[97]라고 하였다. 영조원寧調元은 「남사집서南社集序」에서 유사한 관점을 드러내어 고시와 근대시를 선택할 때 송나라와 명나라의 시는 수록하지 않았다고 하였다. 송나라와 그 후의 시는 섬세하고 아름다움이 지나치기 때문에 한·위의 시를 배웠지만 도리어 당시와 유사하고, 송·명의 시를 배워 비슷하게 썼지만 도리어 멸시당하였다고 하였다. 남사의 시집에는 다음과 같은 말이 나온다.

슬픔과 기쁨을 마음에 느끼면 읊조리고 탄식하여 소리로 나온다. 이 시집은 어떤 노래이며, 그 세상은 어떤 세상인가? 국내의 사대부들은 거의 환히 알기에, 같은 소리로 분개한 것이다.[98]

이 역시 ‘지나치게 아름다운’ 송시파를 비판한 것이다.

---

96 逐臭呑膻事可憐, 淮南鷄犬早成仙. 荒江却有鴻文在, 飽死鱏魚不値錢. (「題飲冰室集」, 『柳亞子詩詞選』, 1916)
[역자주] 황강荒江 : 통찰유미洞察幽微를 비유.

97 今日之文字, 壞不在文字, 其壞在於人心風俗. 夫人心風俗之旣壞, 卽工詩何益?

98 哀樂感夫心, 而詠歎發於聲, 斯編何音, 斯世何世? 海內士大夫庶幾曉然喩之, 而同聲一慨也夫. (『南社叢選』·「文選」 卷1)

그러나 유아자 등이 제창한 당음唐音은 송시파 이전 시단의 맹주 왕사정王士禛·심덕잠沈德潛이 표방한 당음과 근본적으로 성질이 다르다. 왕사정·심덕잠은 청 왕조의 '융성한 시대'를 위하여 태평성세를 고취한 것이지만, 남사가 계승한 것은 공자진龔自珍과 담사동譚嗣同이 고취한 변혁과 진보의 전통이었다. 유아자의 시사詩詞 중에는 공자진의 시를 칭송한 게 적지 않을 뿐만 아니라, 그의 시를 환골탈태한 것도 많다. 그 예로 다음과 같은 시가 있다.

> 이만 리 강산에 폭풍우 몰아치니, 문단의 잘못된 풍토 몰래 슬퍼하네. 나는 중당과 만당을 포용하노니, 하나의 격식에 구애되어 인재를 폄하하지 않네.[99]

유아자는 또 평민 시를 쓰자는 구호를 다음과 같이 제기하였다.

> 내가 동지들과 남사를 창도할 때, 당음을 진흥하고 초 땅의 노래를 배척하며, 평민의 시를 더욱 중시하였는데, 왕후王侯를 섬기지 않아 그 뜻이 고상하다. 하여 고기나 먹는 고위 관료들이 감히 바라볼 수 있는 바가 아니라고 생각한다.[100]

99 眼前二萬里風雷, 狼藉丹黃竊自哀, 我論文章恕中晩, 不拘一格降人材. (『送黃季剛北上, 集定公句』)
[역자주] 단황丹黃 : 옛날에 서적의 교정을 볼 때 붉은 붓으로 글씨를 썼는데, 오자를 만나면 자황雌黃으로 다듬었다. 교정보는 문자의 붉은 모래와 자황을 단황이라 한다.
[역자주] 환골탈태 : 공자진의 시 「삼별호시三別好詩」 "狼籍丹黃竊自哀, 高吟肺腑走風雷. 不容明月沈天去, 卻有江濤動地來."에서 "狼籍丹黃竊自哀"를 가져오고, 「기해잡시己亥雜詩」 "九州生氣恃風雷, 萬馬齊喑究可哀. 我勸天公重抖擻, 不拘一格降人材."에서 "不拘一格降人材"를 가져와 점화點化하였는데, 환골탈태하였다고 평해진다.

이렇듯 그는 봉건관료의 매판 시에 대항하였다. 아울러 시가는 흐리멍덩한 사람을 자극하여 맑게 일깨워줘야 한다고 주장하였다. 기타 남사의 작가들도 시가는 통곡하는 마음을 펼치고, 울부짖는 뜻을 떨쳐야 하며, 끊임없이 격동하는 역사의 흐름 속에서 기탁하는 바가 있어야 하다고 하였다. 또 한 사람은 한 사람의 시가 있어야 하고, 한 시대는 한 시대의 시가 있어야 하며, 한 경계는 한 경계의 시가 있어야 하고, 참 성정이 흘러나와야 참 사실을 증명할 수 있다고 하였다.[101] 결론적으로 자산계급의 혁명 시가로써 부패하고 낙후한 시가를 반대한 것이다.

종족 혁명을 고취하기 위하여 남사의 많은 사람들은 송나라와 명나라 말기 충신 절사節士를 노래한 작품을 크게 선양하였고, 유아자는 『남명사南明史』를 쓰려고 계획한 적이 있다. 아울러 「반절사력전선생유시서潘節士力田先生遺詩序」 등에서 명말 일부 시인들을 열렬하게 칭송하여 그들의 공통된 관점을 드러내고, 옛것을 이용하여 종족혁명의 뜨거운 열정을 불러일으켰다.

2) 왕종기와 황인黃人의 소설이론

남사는 소설이론에 관하여 비교적 훌륭한 견해를 가지고 있었지만, 개량주의자들만큼 영향과 공헌이 크지 않다. 왕종기와 황인의 소설이론은 한 번 언급할 만하다.

100 余與同人倡南社, 思振唐音, 以斥傖楚, 而尤重布衣之詩, 以爲不事王侯, 高尙其志, 非肉食者所敢望. (「胡寄塵詩序」, 『南社叢選』 卷2)

101 潮流之搏激. 有爲而寄托. 一人有一人之詩, 一時有一時之詩, 一境有一境之詩. 有眞性情之流露, 斯有眞事實之證明. (蔡寅, 「變雅樓三十年詩征序」, 『南社』 第14集)

① 왕종기

왕종기(1880~1914)는 자가 육인毓仁, 또는 욱인郁仁, 호는 무생無生, 별호는 천륙생天僇生, 육민僇民 등이고, 안휘安徽 흡현歙縣 사람이다. 『신주일보神州日報』와 『민우보民吁報』 등에서 편집을 맡은 적이 있다. 그는 남사에 참가하기 전에 비교적 영향력이 큰 소설이론을 발표한 적이 있다. 그 당시 비록 남사에 참가하지는 않았지만 정치적으로는 민주혁명가였다. 그의 소설이론 중 언급할 만한 것으로는 다음 몇 가지가 있다.

첫째, 소설은 국가 대사에 관한 제재를 선택하여 번역하고 저술해야 한다면서 다음과 같이 말했다.

> 주지를 확정해야 한다. 국사와 관계있는 사실을 선택하여 번역하고 저술해야 한다. 지나치게 외설적이고 경박한 말은 제거하고 일절 쓰지 않는다. 자질구레하고 괴탄한 말은 제거하고 일절 쓰지 않는다. 쓸데없이 눈을 피곤하게 하거나 주지와 무관한 말은 제거하고 일절 쓰지 않는다. 이 몇 가지를 알고 난 후 소설을 쓰면 된다.[102]

게다가 시대적 풍조에 영합하고, 포상받기 위하여 사회에 무익한 창작을 하는 것에 반대하였다. 사국협약四國協約[103] 후에는 국가의 존망

102 宜确定宗旨 …… 宜選擇事實之於國事有關者, 而譯之, 著之. 凡一切淫冶佻巧之言黜不庯, 一切支離怪誕之言黜不庯, 一切毫費目力·無關宏旨之言黜不庯. 知是數者, 然後可以作小說. (1907年『月月小說』第1卷 第7期「論小說與改良社會之關係」)

103 [역자주] 사국협약四國協約 : 영국, 미국, 일본, 프랑스가 워싱턴에서 1921년 12월 13일 체결한 「관어태평양도서속지화영지적조약關於太平洋島嶼屬地和領地的條約」의 약칭이다.

에 관계되는 제재를 열심히 써야 한다고 하였다. 이러한 견해는 당시의 역사적 조건에서 의심할 바 없이 적극적이고 진보적인 의의를 지니며, 당시 유사한 의견 중에서 가장 대표성을 지닌다.

둘째, 양계초로 대표되는 일부 개량주의자들이 우수한 중국 전통소설에 대해 허무주의 태도를 보인 것에 반대하였는데, 예컨대 「중국삼대가소설론찬中國三大家小說論贊」,[104] 「소설과 사회통치와의 관계論小說與改良社會之關係」에서 『수호전水滸傳』을 높이 평가한 것이 그러하다. 왕종기는 『수호전』이 중국의 매우 많은 소설 중 가장 훌륭한 작품이라 여겼을 뿐만 아니라, 또 다음과 같이 인식하였다.

> 백성이 생긴 이래로 108명으로 정부를 조직한 것은 오직 『수호전』이니, 시내암이 서양에서 태어났더라면 플라톤·바쿠닌·톨스토이·디킨스 등과 대적할 만했을 것이다. 모든 계급을 평등하다고 보고 재산을 균등하게 나누어야 한다는 것으로 보아, 사회주의 소설이다. 원수를 갚고 탐관오리를 죽이니, 무정부주의 소설이다. 모든 조직이 완비되지 않음이 없으니, 정치소설이다.[105]

이러한 평론 속에는 의심할 바 없이 고인을 현대화하는 정황이 있을 뿐만 아니라, 아울러 『수호전』에 대한 평가를 통하여 개량적 혹은 민주주의적 정치 관점과 요구를 주입한 것이 분명하다. 그러나 맹목적으

104 1908年『月月小說』第2卷 第3期.

105 生民以來, 未有以一百八人組織政府者, 有之惟『水滸傳』, 使施耐庵而生於歐美也, 則其人的著作, 當與柏拉圖·巴枯寧·托爾斯泰·迭蓋司諸人相抗衡. 觀其平等級, 均財産, 則社會主義之小說也. 其復仇怨, 賊汚吏, 則虛無黨之小說也. 其一切組織無不完備, 則政治小說也. (「中國三大家小說論贊」)

로 서양을 숭배하고 중국 고전소설을 폄하하는 의견에 반대하였으니, 의심할 바 없이 긍정적 의의가 있다. 그뿐만 아니라 『수호전』을 도적질을 가르치는 작품이라고 여기는 잘못된 관점에 대해 강력하게 반박하였다.

왕종기를 비중 있게 언급할 만한 분야는 중국소설사 연구이다. 중국소설 연구가 날로 깊어짐에 따라 그는 중국소설 원류 즉 소설사의 연구로까지 그 범위를 확대하였는데, 『중국역대소설사론中國歷代小說史論』이 대표적이다.

왕종기의 『중국역대소설사론』은 견강부회와 사이비 관점이 많다. 예컨대 황제黃帝가 소유산小酉山에 책을 감추어 둔 것이 소설의 기원이 되었다[106]는 설에서부터 희곡과 탄사彈詞[107] 등을 모두 소설의 범주로 포함하는 것 등이 그러하다. 그러나 사실과 부합하는 의견도 많다.

> 기사체記事體는 당나라에서 흥성하였다. 기사체란 역사서의 지류로 『목천자전穆天子傳』·『한무제내전漢武帝內傳』·『장황후외전張皇后外傳』 등에서 나왔고, 당나라 이후에 크게 성행하였다. 잡기체雜記體는 송나

106 自黃帝藏書小酉之山, 是爲小說之起點.
[역자주] 소유산小酉山 : 유양산酉陽山. 또 다른 이름으로 오속산烏速山이 있다. 호남성 원릉현沅陵縣 서북 이십 리에 있다. 『태평어람太平御覽』 권49에서 성홍盛弘의 『형주기荊州記』에는 "소유산 위 굴속에 천권의 책이 있는데, 진나라 사람들이 여기서 공부하고 머물렀다. 그래서 양나라 상동왕이 유양산에 숨겨진 책을 찾으러 갔다."는 말이 인용되어 있다.

107 [역자주] 탄사彈詞 : 오래된 일종의 전통 곡예曲藝. 중국 남방에서 유행하였고, 비파琵琶와 삼현三弦으로 반주하여 말하고 노래하는 문학의 형식이다. 송나라의 도진陶真과 원나라·명나라의 사화詞話에서 기원하여 명나라 중엽에 출현하였고, 청나라에서 유행하였다.

> 라에서 흥성하였다. 송인이 쓴 잡기소설은 늦게 태어난 나도 이백여 종 넘게 보았는데, 내용이 두서가 없다. 『청사자青史子』가 그 남상이고, 옛날에 지은 것으로는 『십주기十州記』·『습유기拾遺記』·『동명기洞冥記』 및 진晉나라의 『수신기搜神記』 같은 것이 있는데, 다 송나라 잡기소설의 기원이 되었다. 장회체章回體 소설은 명나라와 청나라에서 유행하였는데, 시내암의 『수호전』이 최초이다. 수백 년 동안 이 장회체가 크게 흥성하였는데, 『홍루몽』·『천우화天雨花』 두 책이 대표작이다. 그 나머지 작가는 무려 수백여 명이나 되고, 명저라 할 만한 것도 많다.[108]

비록 그의 견해가 모두 정확하다고 할 수 없지만, 대체로 사실에 부합한다. 중국소설 발전사에 간단한 윤곽과 실마리를 제공하고, 중국소설 연구의 징표가 되었으며, 이에 대한 연구를 진일보 발전시켰다.

동시에 왕종기는 또 중국의 소설가는 다 현인과 군자이고, 궁핍하고 신분이 낮기 때문에 말할 수 없고 감히 말하지 못하는 게 있지만, 차마 말하지 않을 수 없는 게 있으면 완곡하게 표현하였다고 하였다. 이는 중국의 고전소설이 모두 의도를 가지고 지은 것으로 일정한 사회정치적 목적성을 체현하였다는 말이다. 이러한 견해는 총체적으로는 사실에 부합한다. 그러나 작가를 모두 현인과 군자로 간주하고, 모든 작품을 궁핍하고 신분이 낮기 때문에 말할 수 없고 감히 말하지 못하는 게

108 記事之體(早期的短篇)盛於唐, 記事體者, 爲史家之支流, 其源出於『穆天子傳』·『漢武帝內傳』·『張皇后外傳』等書, 至唐以後大盛. 雜記之體興於宋, 宋人所著雜記小說, 予生也晚, 所及見者, 已不下二百餘種, 其言皆錯綜無倫序, 其源出於『靑史子』, 於古有作者, 則有若『十州記』·『拾遺記』·『洞冥記』及晉之『搜神記』, 皆宋人之濫觴也. 章回(長篇小說) …… 之體行於明淸, 章回體以施耐庵之『水滸傳』爲先聲. …… 數百年來, 闕體大盛, 以『紅樓夢』·『天雨花』二書爲代表. 其餘作者, 無慮數百家, 亦頗有名著云.

있지만 차마 말하지 않을 수 없어서 썼다고 한 것은 완전히 사실에 부합하지는 않는다. 왕종기는 중국 고전소설의 창작 목적을 세 가지로 개괄하였다. 첫째, 정치적 압제에 분노한 것으로 『수호전』이 그렇다고 하였다. 둘째, 사회의 혼탁을 통탄하여 독설로 그려냈는데, 예컨대 음란을 그려낸 『금병매金瓶梅』, 방종함을 그려낸 『홍루몽』, 비열함을 그려낸 『유림외사儒林外事』와 『도올한평檮杌閑評』이 그러하다고 하였다. 이러한 소설을 읽은 독자가 혹시 고인이 음란함과 경박함으로 세상을 이끈다고 헐뜯는다면, 소설을 쓸 당시 작가가 모두 깊이 애통해하고 피가 종이를 흥건히 적셔 이루어진 것임을 몰라서 하는 말이라고 하였다. 셋째, 이른바 혼인의 부자유를 슬퍼한 것으로, 오로지 부모의 명령과 중매인의 말에 기대어 사람을 얽어매어 억지로 결합하게 하는 봉건 혼인제도에 대하여 항의하고 비판한 것이라고 하였다. 이는 완전히 정확하다고 볼 수만은 없고 예시한 것도 반드시 타당하지는 않지만, 결론적으로 봉건사회의 암흑과 부패, 불합리한 봉건 혼인제도에 대한 항의를 소설에 반영하였다는 것을 인식한 것으로 식견이 탁월하고, 사실에 부합한다.

② 황인

황인(1869~1914)의 본명은 진원振元, 훗날 인소人昭로 개명하고, 중년에 또 황인黃人으로 개명하였다. 자는 모한慕韓 또는 마서摩西, 몽암夢闇이고 강소성 상숙常熟 출신이다. 동오東吳 대학 교수를 지낸 적이 있으며, 『소설림小說林』을 편집하였다. 현존하는 책으로 『마서사摩西詞』·『중국문학사中國文學史』가 있으며, 번역소설로 『은산여왕銀山女王』[109] 등이 있다.

황인은 개량주의자들이 소설의 역할을 지나치게 과대평가하는 것에 대해 비판하면서 『소설림』 발간사에서 아래와 같이 말한 적이 있다.

> 옛날에는 소설을 지나치게 경시하더니 지금은 또 지나치게 중시한다. 옛날에는 소설을 도박이나 광대로 보기도 하였고, 심지어 독주나 사악한 것으로 치부하기도 하였다. 그리하여 사대부들은 소설을 입에 올리지도 않았고, 소설은 중국 고대도서 분류법인 사부四部의 반열에 들어가지도 못하였다. 그러나 지금은 정반대이다. 소설 하나가 나오면 반드시 국민을 발전시키는 공을 담당할 것이라고 하고, 또 소설 하나를 평하면 반드시 풍속을 개량하는 역할을 할 것이라고 대대적으로 선전한다. 마치 국가의 법전이나 종교의 경전, 학교의 교과서, 가정사회의 표준방식처럼 소설이 그 역할을 다할 것처럼 말이다. 과연 그럴까? 어찌 그러할까?[110]

황인은 또 소설의 역할을 지나치게 강조한 결과 오늘날 중국의 문명을 소설의 문명이라 해도 된다면, 훗날 중국의 정계, 학계, 교육계, 실업계의 문명도 소설의 문명이라 해도 안 될 게 없다고 하였다. 전자는 봉건 정통문인의 논조이고, 후자는 양계초 등 개량주의자의 논조이다. 이러한 두 견해는 모두 잘못되었다. 그는 이러한 논조에 모두 동의하지

---

109 『은산여왕銀山女王』 : 일본 메이지 시대의 모험소설가 오시카와 순로押川春浪(1876~1914)가 1901년에 발표한 작품이다.

110 昔之視小說也太輕, 而今之視小說又太重也. 昔之於小說也, 博奕視之, 俳優視之, 甚且鴆毒視之, 妖孼視之, 言不齒於縉紳, 名不列於四部. …… 今也反是. 出一小說, 必自尸國民進化之功, 評一小說, 必大倡謠俗改良之恉, …… 一若國家之法典, 宗教之聖經, 學校之課本, 家庭社會之標準方式, 無一不傷於小說者. 其然, 豈其然乎? [역자주] 사부四部 : 중국 고대도서를 분류하는 명칭. 모든 서적을 경經·사史·자子·집集으로 나누었다.

않았기에 합리적이다. 이와 같은 논조에서 출발하여, 그는 소설의 예술적 특징을 중시해야 한다고 강조하였다. 소설 속에는 철학도 있고 과학 전문서도 있으며, 법률도 있고 경서도 있다고 하였다. 만약 소설의 예술적 특징을 무시하면 철학, 과학, 경서 등 의식형태의 저서를 소설과 동등하게 만들 것이며, 그렇게 되면 예술 자체를 없애버려 예술적 가치가 없는 강의나 규칙 없는 격언이 될 뿐이라고 하였다. 그러므로 그는 다음과 같이 말했다.

> 소설이란 심미에 치우친 문학의 일종이다. 보채寶釵와 나대羅帶는 은자의 말투가 아니며, 벽운碧雲과 황하黃花가 어찌 천하의 즐거움을 가장 나중에 누리는 흉금을 나타내는 말이겠는가! 소설은 두말할 필요도 없고 추종할 만한 높은 품격을 지닌 문학은 한결같이 심미적 정취에 속하니, 참된 도리를 추구하고 예법에 맞는 말을 택할 겨를이 없다.[111]

특히 언급할 만한 것은 황인은 소설을 심미적 산물이라면서도 결코 사회적 효용을 배척하지 않았다는 점이다. 이른바 "소생의 뜻은 소설가가 단지 화려한 말만 써내고 절절한 사랑만 묘사할 뿐, 사리에 어긋나고 교화가 훼멸되도록 방치하자는 것이 아닙니다"[112]라고 한 말이 이를 증명한다.

예술미를 떠나서 성실함만 앞세우고, 선함을 밝히는 취지만 가지고

111 小說者, 文學之傾於美的方面的一種也. 寶釵羅帶, 非高蹈之口吻, 碧雲黃花, 豈後樂之襟期? 微論小說, 文學之有高格可循者, 一屬於審美之情操, 尙不暇求眞際而擇法語也. (『小說林』發刊詞)

112 不佞之意, 亦非敢謂小說作者, 但當極藻繪之工, 盡纏綿之致, 一任事理之乖僢, 風敎之滅裂也.

소설을 쓰는 것에 반대하였으며, 예술의 사회적 역할을 떠나 심미만 논하는 것도 주장하지 않았다. 이러한 의견은 참으로 탁월하며, 오늘날 사회주의문학 이론에 여전히 적극적인 교훈을 준다.

황인의 소설이론에는 비교적 좋은 견해도 있는데, 예컨대 그 당시 소설 속에 설리적인 풍조가 유행하는 상황을 겨냥하여, 소설 속의 사상은 스토리를 통해 자연스럽게 흘러나오게 해야 한다고 하였다.

> 소설의 인물 묘사는 거울 속에서 그림자를 취하듯 아름답고 추한 것을 독자 스스로 알게 해야지, 작가가 끼어들어 추론하거나 판단해서는 안 된다. 예컨대 무대에 나온 극 중의 인물에 대해 멋대로 배경 지식을 덧붙여 누구는 어떻게 착하고 누구는 어떻게 비열한지 미리 이야기해도, 그 인물은 실제 예언한 대로 똑같이 닮지는 않는다. 설령 앞뒤가 절대로 모순되지 않다고 해도, 이미 중복된 느낌이 들어 곱씹고 생각할 여지를 남겨주지 않는다. 그러므로 소설은 비록 소도小道이지만, 한 개인의 의견을 덧붙이는 것을 용납하지 않는다. 예컨대 협객을 묘사한 『수호전』, 음란함을 묘사한 『금병매』, 사회의 다양한 인물을 묘사한 『유림외사』는 결코 인물의 배경 지식을 미리 말하지 않아도, 소설 속 인물의 성질과 신분의 좋고 나쁨에 대해 부녀자와 아이라 할지라도 판단할 수 있다. 마치 거울을 마주한 사람의 모습이 거울 속에 다 드러나듯이 말이다. 거울에는 작가인 내가 없다.[113]

113 小說之描寫人物, 當如鏡中取影, 妍媸好醜令觀者自知, 最忌攙入作者論斷. 或如戲劇中一脚色出場, 橫加一段定場白, 預言某某若何之善, 某某若何之劣, 而其人之實事, 未必盡肖其言. 卽先後絕不矛盾, 已覺疊床架屋, 毫無餘味. 故小說雖小道, 亦不容着一我之見. 如『水滸傳』之寫俠, 『金瓶梅』之寫淫, 『儒林外史』之寫社會中種種人物, 並不下一前提語, 而其人之性質身分, 若優若劣, 雖婦孺亦能辨之, 眞如對鏡者之無遁形也. 夫鏡, 無我者也.

이른바 내가 없다느니 한 개인의 의견을 덧붙이는 것을 용납하지 않는다느니 하는 말은 작자가 직접 끼어들어 판단하지 말고 사실과 스토리 자체로 말하라는 것이다. 이러한 견해는 새롭지는 않지만, 당시의 보편적인 창작의 폐단을 겨냥하여 다시 한 번 이 점을 강조하였다는 점에서 긍정적인 의미를 지닌다.

황인은 소설 속의 이상적인 인물이 시대의 병폐를 지적하고 고쳐야 한다는 의견을 지니고 있어 취할 만하다. 그는 다음과 같이 말했다.

> 예부터 진정으로 완벽한 인격은 없다. 소설은 이상에 속하지만 정도껏 해야 한다. 만약 지나치게 완벽함을 추구하면 졸필이 될 것이다. 『수호전』의 송강은 인격이 깨끗하지 않지만, 독자가 절로 숭배하는 마음이 들도록 한다. 『야수폭언野叟曝言』에 나오는 문소신文素臣은 거의 전지전능하지만, 독자에게 아무런 느낌을 주지 못한다.[114]

이상을 주장하였으나 이상화로 인해 실제 생활에서 이탈하는 것을 반대하였으니, 이러한 견해는 매우 탁월하다. 그런데 이러한 병폐는 사회주의 신문학 발전사 가운데 일찍이 또 한 번 출현한 적이 있다.

이 밖에 소설가는 해박한 사회지식이 필요하며 시문時文(청대의 고문)의 작가처럼 아무것도 몰라서는 안 된다고 하였는데, 이 또한 취할 만하다. 황인은 다음과 같이 말했다.

114 古來無眞正完全之人格. 小說雖屬理想, 亦自有分際, 若過求完善, 便屬拙筆. 『水滸傳』之宋江, 人格雖不純, 自能生觀者崇拜之心. 若『野叟曝言』之文素臣, 幾欲全知全能, 正令觀者味同嚼蠟.

> 소설은 현재 유행하는 고문과 반비례한다. 고문을 중시하는 사람은 서적을 봐서도 안 되고 일체의 세속적인 일에 참여하는 것도 용납하지 않는다. 그들은 소설을 마치 사갈이나 마귀처럼 가까이해서는 안 되는 것으로 본다. 그러나 소설에서는 고문을 거절하지 않을 뿐 아니라, 비속한 속요·규방 여인들의 욕지거리·나무꾼과 목동의 노래라 할지라도 모든 유교경전, 모든 불교경전, 기타 거작·심오한 전적 등과 함께 수록하여, 글쓰기의 참고 자료로 삼으며 우주 만물을 단련하고 연마하는 데 운용한다. (원주原註 : 시내암은 「수호전자서水滸傳自序」에서 『수호전』을 소설가의 표준으로 삼을 수 있다고 하였는데, 이는 더 논할 필요가 없다.) 그러므로 고문을 쓰고 배우는 자들은 거의 아는 게 없고, 소설을 쓰고 읽는 자들은 거의 모르는 게 없으니, 양자의 차이가 이와 같다.[115]

고문을 중시하고 소설을 경시하는 관점에 대해 이렇듯 실사구시에 입각하여 설명하고 또 매우 설득력 있게 반박하였다.

황인의 『중국문학사』는 「명인장회소설明人章回小說」을 한 절節로 다루었을 뿐 아니라, 「총론總論」과 「약론略論」에서 중국 전통소설에 대해 매우 높이 평가하였다. 「총론」에서 그는 소설을 통해 사회 현상을 탐구할 수 있다고 하였고, 『산해경』 등은 중국 고대의 기이하고 아름다운 문학의 일종이라 하였다. 그는 또 「약론」에서 지금 『원인백종곡元人百種曲』 및 『서상기西廂記』·『비파기琵琶記』 등의 대본을 보면, 문

115 小說與時文爲反比例. 講究時文者, 一切書籍皆不得觀覽, 一切世務皆不容預聞. 至其目小說也, 一若蛇蝎魔鬼之不可邇. 而小說中非但不拒時文, 卽一切謠俗之猥瑣, 閨房之詬誶, 樵夫牧豎之歌諺, 亦與四部·三藏鴻文祕典同收筆端, 以供撰著之資料. 而宇宙萬有之運用於爐錘者 (原注 : 施耐庵『水滸傳』自序, 可謂作小說者之標準, 更無論矣.) 故作時文與學時文者幾於一無所知, 而作小說與讀小說者幾乎無一不知, 不同也如此.

학계에 굴기한 훌륭한 작품이라 아니 할 수 없다고 하였다. 소설은 정교하고 명료한 각본이고, 각본은 채색하고 압운한 소설이라는 것이다. 소설은 한나라와 위나라 이후의 모든 악부를 쓸어버렸으며, 극본과 소설의 장점을 합하면 호메로스나 셰익스피어의 작품보다 더 훌륭하다고 하였다. 「명인장회소설」 1절에서 황인은 광범위하고 복잡한 사회생활을 반영한 명대 소설은 명사明史보다 훨씬 가치가 있다고 하였다. 이러한 견해는 모두 합리적인 요소를 지닌다.

근대 중국과 서양의 소설을 비교한 황인의 연구 가운데는 매우 특징 있는 견해가 많다. 『소설소화小說小話』에서 인류의 진화는 대등하기 때문에 중국과 서양소설은 기본적인 원칙에 있어서 모두 같다고 했다. 우선 중국과 서양소설 모두 사실을 환상으로 묘사한 글이며, 동서 간의 습속이 다르다 할지라도 반드시 합일점이 있기 마련이라고 했다. 예컨대 그리스신화와 『아라비안나이트』는 중국의 각종 신괴소설과 발상이 같다고 했다.[116] 다음으로 중국과 서양소설은 모두 허구에 속하지만, 그 마지막 근거는 모두 사회생활이라고 하였다. 황인은 사람의 마음은 지극히 환상적이지만 감관 기관을 통하지 않고서는 별도로 생각을 구상할 수 없으며, 단지 외계에 축적된 재료를 취하여 형식과 질량을 바꾸어 다시 안배하여 사람들의 이목을 새롭게 할 뿐이라고 하였는데, 이러한 견해는 모두 취할 만하다. 이상의 상황으로 볼 때 이 시기의 소설이론은 왕종기와 황인의 이론이 대표적이며, 비교적 높은 수준에 도달하였음은 의심할 여지가 없다.

116 以理想整治實事之文字, 雖東西國俗攸殊, 而必有相合之點. 如希臘神話, 阿拉伯夜談之不經, 與吾國各種神怪小說設想正同.

남사에 속한 기타 인물 가운데 비교적 훌륭한 소설 이론을 지닌 자도 있다. 예컨대 요석균姚錫鈞은 「춘성자서春聲自序」에서 조설근 등에 대해 높이 평가하여 이렇게 말하였다.

> 소설은 시대마다 흥성하여 대대로 창작되었고, 수많은 하천이 범람하여 강하를 이루었다. 조설근은 마침내 시대의 숭상을 받아, 비로소 옛 문장과 구별되어 소설의 대종大宗이 되었다.[117]

그러나 요석균의 이론은 매우 적고 체계적이지 못하여, 높이 평가할 만한 것이 적다. 남사의 소설이론 중에는 한계도 있고 가치가 없는 것도 있다. 예컨대 김송잠金松岑과 인반생寅半生은 이상적인 인물을 창조하여 독자를 교육하고, 하루빨리 혐오스러운 구사회에서 벗어나 아름답고 평화로운 신사회로 들어가게 해야 한다고 주장하였다. 이러한 이론은 당연히 훌륭하다. 그러나 그들은 정치사상적으로 봉건주의와 천만 가닥으로 연계되어 있으므로, 그들의 이론은 봉건적인 요소가 다분하다. 김송잠은 동일한 글에서 '선조의 가르침'과 '남녀의 중요한 구분'을 포함한 우수한 전통을 보호해야 할 것을 적극적으로 제창하였다. 인반생은 『가인소전迦茵小傳』[118]의 두 번역본을 읽고 난 후, 번역가는 『가인소전』을 모두 번역하지는 말아야 했다고 꾸짖으면서, 가인의 혼전임신까지 번역한 것은 그녀의 추행을 폭로한 것으로, 독자들이 모두

117 平話時昌, 代有述作, 百川泛濫, 時見江河, …… 雪芹遂爲一代所尙, 始別於章句, 蔚爲大宗.

118 [역자주] 『가인소전迦茵小傳』 : 영국의 소설가인 헨리 라이더 해거드H. Rider Haggard (1856~1925)의 작품으로, 원제는 『Joan Haste』이다.

가인을 업신여기고 염치없는 사람이라고 배척하게 했다고 하였다. 노신 선생은 「상해문예지일별上海文藝誌一瞥」에서 이러한 논조에 대해 날카롭게 비판한 적이 있다.

3) 남사의 기타 문학견해

① 남사의 사론詞論

남사에 소속된 많은 사람들은 소설을 제창하는 동시에 적지 않은 사론도 남겼지만, 의의 있는 문제를 제기하지는 못했다. 그러나 그들은 혁명을 요구하였기에, 신기질 사를 계승할 것을 강조하였다. 유아자 같은 사람은 다음과 같이 말했다.

> 당시 우리는 망국의 아픔을 안고 있었기에, 문장으로 마음속 응어리를 풀고자 하였다. 나는 얼큰하게 술에 취하면 마음속으로부터 슬픔이 복받쳐 목 놓아 엉엉 울었고, 나를 완적阮籍과 사고謝翺에 비견하였다. 방수백龐樹柏(자는 벽자檗子)은 남송의 사만 사가의 정종이라 칭하였으나, 나는 거리낌 없이 큰소리로 말했다. 사는 남당南唐에서 흥성하여 북송에 이르렀고, 주방언에서부터 쇠퇴하기 시작하여 오문영에 이르러 극에 달하였는데, 신기질이 우뚝 일어나 잘못된 흐름을 되돌리고자 하였다고 말이다.[119]

위의 문장으로부터 유아자가 신기질의 사를 열렬히 고취한 것은 강

119 時 …… 吾輩咸抱亡國之痛, 私欲借文字以抒蘊結. 余旣酒酣耳熱, 悲從中來, 則放聲大哭, 自比於嗣宗·皐羽. …… 檗子固墨守南宋門戶, 稱詞家正宗, 而余獨猖狂好爲大言, 妄謂詞盛於南唐, 逶迤以及北宋, 至美成而始衰, 至夢窓而流極. 稼軒崛起, 欲挽狂瀾而東之. (「龐檗子遺集序」, 『南社叢選』 卷2)

렬한 민주주의 정서를 품었기 때문임을 알 수 있다. 진거병陳去病은 「입택사징자서笠澤詞徵自序」에서 사는 비흥을 목적으로 한다고 주장하였고, 사를 외설스럽거나 국가의 대사와 상관없는 문학으로 여기는 것에 반대하였다. 그리고 좋은 사는 사람을 강렬히 고무시키는 역할을 한다고 하였다. 「만강홍滿江紅」[120]을 읽으면 웅지를 품었으나 뜻을 이루지 못한 지사를 슬퍼하게 만들고, "거대한 장강은 흘러가고"[121]를 노래하면 소동파의 왕성한 기세가 막힌 것을 개탄하게 만든다고 하였다. 사는 새로운 역사에 직면해서 마땅히 해야 할 역할을 해야 한다는 것이다. 결론적으로 말해 남사에 소속된 작가들은 사를 창작하긴 했지만, 성취는 크지 못하다.

② 남사의 해체

남사에 속한 대다수의 사람들은 결국 일반 백성들과 괴리된 자산계급 지식인이었다. 그들은 일반 군중의 역량을 보지 못했으며, 심지어 농민 의거를 멸시하였다. 예컨대 진거병은 태평천국혁명과 제국주의 침략을 함께 거론하여 비판하였다. 혁명이 고조에 달하기 전에 그들은 조바심을 내며 비관하였고, 자신만을 유일하게 고난 받는 자이자 혁명적 역량을 가진 자로 간주하여, 혁명이 성공하면 기분이 날아갈듯 할 것이라고도 하였다. 남사에 참가했던 사람들은 원래 좌파, 중도파, 우파 세 개 세력의 대표가 있었는데, 일부는 그 당시에도 공자를 존경하고 경전 읽기를 주장하였으니 호온옥胡蘊玉 같은 사람이 그러하다. 그

120 [역자주] 「만강홍滿江紅」 : 악비岳飛의 사를 말한다.
121 [역자주] "大江東去"로, 소동파의 사 「念奴嬌·赤壁懷古」의 첫 구절이다.

는 유가의 온유돈후한 시교를 제창하였을 뿐 아니라 문장은 풍아風雅의 뜻을 내포해야 할 것을 주장하면서, 삼덕육예三德六藝[122]에 근본을 두지 않은 문장은 근본이 없는 글이라 하였다. 그뿐만 아니라 주공과 공자를 무시한 위진 시대의 서적을 공격하였고, 개량파의 창시자인 공자진과 위원의 문장을 배척하여, 세상사에 관여하지 않고 제멋대로 떠들어대면서 국가를 다스리는 담론을 하는 것처럼 행세하였는데, 사실상 겉모습만 그러할 뿐 풍아의 정신은 망각하고 편벽한 논리로 흘러 문학의 쇠퇴가 극한 상황에 이르렀다고 하였다. 따라서 그들은 당시에도 사상적으로 통일되지 않았고, 혁명이 본격적으로 진행됨에 따라 점차 분화되어 서로 다른 길을 걷게 되었다. 예컨대 유아자 같은 사람은 혁명이 발전함에 따라 끊임없이 진보하였지만, 어떤 사람들은 노신 선생이 말한 것처럼 훗날 새로운 운동을 반대하는 자가 되기도 하였다. 신해혁명 이후 어떤 자는 나라를 훔친 원세개에 빌붙었고, 어떤 자는 단기서段祺瑞의 안복계安福系[123]에 가입하였다.

남사는 원세개에 반대한 후 차츰 활동이 정체되었고, 결국 해체의 길로 들어섰다. 유아자는 1923년에 쓴 『남사총선南社叢選』 서문에서

122 [역자주] 삼덕三德 : 세 가지 품덕으로 『상서尚書·홍범洪範』에서는 정직正直, 강극剛克, 유극柔克을 삼덕이라 하였다. 『주례周禮·지관地官·사씨師氏』에서는 지덕至德, 민덕敏德, 효덕孝德을 삼덕이라 하였다. 『예기禮記·중용中庸』에서는 지智, 인仁, 용勇을 삼덕이라 하였다.
※ 육예六藝 : 『예기禮記』, 『악기樂記』, 『서경書經』, 『시경詩經』, 『주역易經』, 『춘추春秋』를 가리킨다. 또 주나라 귀족 자제를 교육하는 여섯 개의 기능인 예禮·악樂·사射·어御·서書·수數를 지칭하기도 한다.

123 [역자주] 안복계安福系 : 중국 북양군벌北洋軍閥 시기 환계군벌皖系軍閥에 빌붙었던 관료정객집단을 지칭하는데, 성립지점과 활동 근거지가 북경 선무문宣武門 안에 있는 골목인 안복安福이므로 안복계라 함.

남사 흥망성쇠의 역사를 아래와 같이 대략 서술하였다.

중화민국이 성립하기 3년 전에 나는 진소남陳巢南 등과 함께 남사를 창립하였는데, 이제 15년이 되었다. 그간의 역사를 요약하면 세 시기로 나눌 수 있다. 1908년부터 1911년까지가 제1기이다. 이때는 오랑캐(청 왕조) 세력이 바야흐로 흥성하였기에, 애국지사들의 기세가 더욱 진작되었다. 사람들은 어사대에서 통곡하였던 사고우謝皐羽의 시를 구가하고, 굳건한 민족정기와 충군의 뜻을 기록하여 철함 속에 넣은 후 우물 속에 감추어 후세에 전한 정사초鄭思肖의 문집[124]을 집집마다 갖고 있었다. 일시에 못가에서 울분을 읊조리고 산속에서 검을 쥐고 비분강개하는 선비들이 적지 않았으나, 최고조에 이르지는 못했다. 제2기는 1912년부터 1916년까지이다. 새로운 나라가 막 건립되었으나, 원세개가 나라를 훔친 후 자기 편을 들지 않는 자를 죽이고 제거하였다. 영태일寧太一과 같은 군자들은 목이 잘리고 피를 흘릴지라도, 늙어 죽을 때까지 뜻을 함께하고자 하였다. 이들은 거의 다 우리 남사의 인재들이지만 죽임을 당하였으니, 이때를 파괴 시기라 한다. 1917년부터 1923년까지를 제3기라 한다. 이때는 원세개가 칭제하고 연호를 홍헌洪憲이라 하자, 남쪽에 있던 혁명지지파가 이에 반대하여 호국전쟁을 발동하였다. 원

124 [역자주] 鄭思肖(1241~1318) : 송나라 말기 시인이자 화가로 연강連江(복건성福建省 복주시福州市 연강현連江縣)사람이다. 원명은 지인之因. 송나라가 망한 후 사초思肖로 개명하였다. 초肖는 송나라 황제의 성 조趙의 오른쪽 부분을 취하였다. 자는 억옹億翁으로 송나라를 잊지 못한다는 뜻을 나타낸다. 호는 소남所南으로 앉거나 누울 때 늘 남쪽을 향하였기 때문인데, 이 역시 송나라를 잊지 못한다는 뜻을 나타낸다. 원나라 군대가 남침하였을 때 원군을 물리칠 계책을 조정에 바쳤으나 받아들여지지 않았다고 한다. 『심사心史』는 정사초가 창작한 작품집인데, 경정景定 원년(1260)에서 함순咸淳 5年(1269)년 사이에 지었다고 한다. 이 책은 정사초의 우국충군의 마음과 곧은 절개를 읊어낸 역작으로, 철함에 넣어 봉한 후 소주 승천사 안에 있는 우물 속에 깊숙이 묻어두었다고 해서 『철함심사鐵函心史』 혹은 『정중심사井中心史』라고도 한다. 우물 속에 350년간 묻혀 있다가 명나라 숭정崇禎 11년에 발견되었다고 한다.

세개는 북양군벌에 속한 단기서를 총독에 임명하여 이들 세력을 저지하려 하였는데, 이때부터 혁명파와 수구파가 뒤섞여 싸웠다. 원세개가 천벌을 받아 죽자 여러 군벌세력이 번성하였는데, 안복계와 정학계政學系[125]는 우리 남사 출신의 변절자들이 차지했다. 그 외에 안면을 몰수하고 도적놈을 섬기며 군벌세력에 달려간 자들은 포함하지 않는다. 이 시기를 타락 시기라 한다.[126]

타락 시기란 많은 사람이 배신하고 타락하였음을 가리키는 동시에, 남사가 철저히 해체되었음을 의미한다.

4) 원앙호접파鴛鴦蝴蝶派의 문학주장

청말민국 초기에 간단하게나마 거론할 만한 문학이론으로는 원앙호접파의 문학주장이 있다.

125 [역자주] 정학계政學系 : 중화민국시기의 정치계파. 정학계는 북양군벌北洋軍閥 시기의 정학계政學系와 제1차 국내혁명전쟁시기의 신정학계新政學系를 포함한다. 1914년 손중산孫中山은 국민당을 개편하여 중화혁명당을 건립하였는데, 중화혁명당은 지장을 찍고 손중산에게 절대 복종할 것을 다짐하였다. 일부 국민당원은 이에 불만을 품고 중화혁명당에 가입하지 않았다. 그들은 손문의 절친인 황흥黃興과 가까이 하였으며, 구사연구회歐事研究會를 조직하였다. 원세개가 죽은 후, 장요증張耀曾·곡종수穀種秀·이근원李根源 등은 정치노선이 비슷한 사람들과 정학계를 조직하였다.

126 中華民國紀元前三年, 余與陳巢南諸子, 始創南社, 迄今十五載矣. …… 約而言之, 可分爲三期焉. 自己酉至辛亥(1908~1911)爲第一期. 時則胡焰方張, 士氣彌奮. 西臺慟哭, 人謳皋羽之歌, 眢井浸書, 家抱所南之史, 一時澤畔行吟, 山陬仗劍, 不少慷慨義俠之士, …… 不啻全盛矣. 自壬子至丙辰(1912~1916)爲第二期. 新邦初建, 賊凱竊國, 誅鋤異己, …… 而寧太一 …… 諸君子, 并斷頭瀝血, 白首同歸, 幾幾乎擧吾社之良而殲之, 是日摧殘時期. …… 自丁巳至癸亥(1917~1923)爲第三期. 洪憲附逆, 涇渭始淆, 元兇天戳, 小醜繁孳, 安福政學, 靡不有吾社之敗類, …… 而其他反顏事賊, 奔走僞庭者, 猶不與焉. …… 時日墮落時期.

원앙호접파는 광서 선통 연간에 처음 생겼으며, 1918년 전후 자산계급 민주혁명파의 활동이 쇠퇴하면서 한때 흥성하였다. 원앙호접파의 흥기는 객관적으로 중국이 날로 반半식민지화하고 반半봉건화하던 당시의 형세와 밀접한 관계가 있다. 어떤 의미에서 원앙호접파는 몰락한 봉건 문화와 자본주의 문화의 혼혈아라 할 수 있다. 신해혁명 이후 일부 봉건시대의 노인들은 과거의 사치스러운 생활에서 정신적인 안식을 찾았다. 제국주의 문화에 깊이 물든 자산계급 문인은 또다시 아름답고 기이한 문구를 찾고, 욕정을 불러일으키는 저질 작품을 추구하였다. 그들은 청나라 말기 유행하였던 대량의 애정소설 혹은 색정色情소설을 이어받아 이러한 유형의 작품을 대량으로 써내었고, 상호 의존하면서 하나의 유파를 형성하였다. 그 근거지는 상해에 있고 많은 간행물을 속속 출간하였는데, 『소설월보小說月報』와 『예배륙禮拜六』의 영향이 가장 크고 수명도 길었다. 이러한 간행물에 실린 작품은 사상 경향 및 격조가 매우 다르므로 구별해서 취급해야겠지만, 총체적으로는 공통적인 예술 관점을 보인다.

원앙호접파나 예배륙파의 공통적인 문학 주장은 문학이 사회를 개조하는 도구에서 여가를 즐기는 유희작품으로 변화할 것을 요구한 것이다. 즉 문언이든 속어든 모두 흥미를 중시해야 한다느니, 창작한 소설은 모두 흥미 있는 작품이어야 한다느니 한 것이 그러하다.

> 꽃 앞에서 나비를 잡는 것은 봄날에 어울리고, 난간에서 바람을 쐬는 것은 여름에 어울리며, 창가에 기대어 달을 바라보는 것은 가을에 어울리고, 화로에 둘러앉아 차를 음미하는 것은 겨울에 어울린다. 규방의 아가씨가 일하다가 한가한 틈을 타서, 곱게 치장한 여인들을 모아놓고 즐길

줄 아는 것 역시 남을 잘 이해하는 것이다. 그러나 야외놀이, 바람 쐬기, 달구경, 설경을 쓸쓸히 홀로 대하면서 함께할 사람이 없어서는 안 된다. 본사에서 재원들의 작품을 모아 이 잡지를 편찬한 것 역시 풍류를 아는 인사들의 꽃놀이 달 놀이에 좋은 동반자가 되기를 바라서이다.[127]

웃음을 사면 돈이 축나고, 술에 취하면 건강을 해치고, 희곡을 즐기면 소음이 괴로우니, 돈도 아끼고 편안하게 즐기는 소설을 읽는 것만 못하다. 게다가 웃음을 사고 술에 취하고 희곡을 즐기는 것은 그 즐거움이 순식간에 사라져 다음날까지 이어지지 못한다. 은전 한 닢이면 신기한 소설 수십 편과 맞바꿀 수 있다. 놀다가 지쳐 집으로 돌아와 등잔 심지 돋우고 책을 펼쳐 친한 벗과 더불어 격의 없이 즐겁게 논평하거나, 사랑하는 아내와 어깨를 나란히 하고 번갈아 읽다가 흥이 시들해지면 나머지는 다음날 다시 읽는다. 맑은 햇살 창을 비추고 꽃향기 방안에 들어오는데 손안에 소설 한 권 들고 있으면, 온갖 걱정 잊고 일주일 동안의 피곤함이 사라져 편안하고 한가로우니 즐겁지 아니한가! 웃음을 사고 술에 취하고 희곡을 즐기는 것을 좋아하지 않는 사람은 있어도, 소설 읽는 것을 좋아하지 않는 사람은 없다. 간편하게 휴대하여 재미있게 읽을 수 있는 소설로는 『예배륙』만 한 것이 없다.[128]

---

127 花前撲蝶宜於春, 檻畔招凉宜於夏, 依帷望月宜於秋, 圍爐品茗宜於冬. 璇閨姊妹以職業之暇, 聚釵光鬢影能及時行樂者, 亦解人也. 然而踏青納凉賞月話雪, 寂寂相對, 是亦不可以無伴, 本社乃集多數才媛, 輯此雜志. …… 亦雅人韻士花前月下之良伴也. (『眉語』第1卷 第1號 1914年版)

128 買笑耗金錢, 覓醉碍衛生, 顧曲苦喧囂, 不若讀小說之省儉而安樂也. 且買笑·覓醉·顧曲, 其爲樂轉瞬卽逝, 不能繼續以至明日也. 讀小說則以小銀元一枚, 換得新奇小說數十篇, 遊倦歸齋, 挑燈展卷, 或與良友抵掌評論, 或伴愛妻并肩互讀, 意興稍闌, 則以其餘留於明日讀之. 晴曦照窓, 花香入坐, 一篇在手, 萬慮都忘, 勞瘁一週, 安閑此日, 不亦快哉! 故人有不愛買笑, 不愛覓醉, 不愛顧曲而未有不愛讀小說者. 況小說之輕便有趣如『禮拜六』者乎. (「禮拜六出版贅言」, 『禮拜六』第1期)

> 『홍잡지紅雜志』의 주된 목적은 즐겁게 시간을 보내는 데 있다.[129]

요컨대 즐겁게 놀며 시간 보내는 것을 적극적으로 선전하고 색정적인 저질 흥미를 추구하는 것을 목적으로 삼은 결과, 객관적으로 백성들의 투지를 썩어 문드러지게 하고 마비시켰다. 노신 선생은 훗날 이렇게 말한 적이 있다.

> 이때 새로운 재자가인 소설이 또 유행하기 시작하였다. 그러나 가인은 미모의 여성이 아닌 양갓집 규수로서, 준수한 용모와 재덕을 겸비한 남자를 그리워하고 사랑하여 떨어질 수 없는 사이가 되었는데, 버드나무 그늘, 꽃 아래서 노니는 한 쌍의 나비와 원앙 같았다. 그러나 때로는 엄친으로 인해 혹은 운명이 기구하여 끝내 비극적 결말을 맞아 더는 자유로운 신선이 될 수 없었다.[130]

혁명이 심화하고 발전하였지만 원앙호접파는 여전히 혁명문예를 강하게 반대하였는데, 1929년 『홍매괴紅玫瑰』에 발표한 팽학해彭學海의 「문단만화文壇漫話」가 바로 그 일례이다. 5·4 운동 이후 원앙호접파는 진보작가들의 비판을 받았다.

원앙호접파와 동시에 흥기한 것으로 흑막소설黑幕小說이라는 것도 있다. 이는 사실상 견책소설譴責小說이 타락한 것이다.[131]

---

129 夫『紅雜志』主旨厥在消遣. (「紅雜志說」, 『紅雜志』 第1卷 第1期)

130 這時新的才子佳人小說便又流行起來, 但佳人已是良家女子了, 和才子相悅相戀, 分拆不開, 柳陰花下, 像一對蝴蝶一雙鴛鴦一樣, 但有時因爲嚴親, 或者因爲薄命, 也竟至於偶見悲劇的結局, 不再都成神仙了. (「上海文藝誌一瞥」, 『二心集』)

131 魯迅, 『中國小說史略』.

제6장
결 론

기나긴 봉건 착취의 사회 속에서 중화민족은 찬란한 문화와 문학을 창조했으며, 중국 문학이 발전함에 따라 누적된 풍부하고도 민족적 특색을 지닌 예술경험으로서의 문학이론 비평 역시 높은 성과를 거두었다. 이전의 문학 창작과 관련된 각 방면의 문제들은 과거의 시문 이론 속에서 언급되고 깊이 있게 탐구되지 않은 적이 없었다. 오랜 역사발전 과정에서 중국의 문학이론 비평은 높은 수준에 이르면서, 수많은 저서뿐 아니라 불후의 명작들이 나오게 되었다.

그러나 중국의 문학이론 비평은 풍부한 예술적 경험을 축적해 왔지만, 봉건사회가 장기간 지속되면서 사상적으로 통치적 지위를 차지한 봉건통치계급의 지배와 제약을 받지 않을 수 없었다. 따라서 구민주주의 혁명 단계로 접어든 후, 당시 문학과 문학이론 비평이 당면한 절박한 역사적 임무는 바로 전통적 봉건관념과 문예사상을 비판하는 일이었다. 근대 초기에 진보적 역량으로서의 개량주의는 봉건 구문학을 비판하고 자산주의 신문학을 제창하는 데 역사적 공헌을 했다. 그러나 중국의 특수한 역사적 조건에 의해 결정된 자산계급의 나약함과 봉건주의와의 깊은 사상적 연관 때문에, 이 투쟁을 끝까지 끌고 갈 수는 없었다. 자산주의 혁명이 깊이 있게 진행되면서 초기의 장병린章炳麟과 남사南社 등은 나름대로 이 방면에 기여했지만, 구민주주의 혁명 시기 내내 기치가 가장 선명하고 태도가 단호하며 비판이 철저했던 사람은 급진적인 혁명민주주의자이자 계몽자로 등장한 노신魯迅이다.

1918년 이전 노신의 중요한 저역서로는 『문화편지론文化偏至論』(1907년), 『마라시력설摩羅詩力說』(1907년), 『파악성론破惡聲論』·『역외소설집域外小說集』(1909년), 「광인일기狂人日記」·「나의 절열관我的節烈觀」·『수감록삼십오지삼십팔隨感錄三十五至三十八』(1918년) 등이 있다. 그가 이 기간 동안 쓴 작품과 논문, 잡문은 수량적으로도 1918년 이후처럼 많지 않고, 언급한 문제도 깊이 있고 광범하지 않다. 하지만 이러한 글은 중국 근대사상사 전반에 걸쳐 중요한 위치를 차지하고 있을 뿐 아니라, 『마라시력설』과 같은 작품은 혁명민주주의 문학이론의 정점에 도달했다. 청년 노신의 사상 중 가장 빛나는 부분은 혁명을 견지하고 개량을 반대한 것으로, 그의 강렬한 애국주의와 전투적 민주주의 사상은 장병린·유아자柳亞子를 훨씬 뛰어넘어 그 시대의 걸출한 대표가 되었다.

노신은 장기적인 봉건통치가 중국을 빈곤하게 하고 낙후시켰을 뿐만 아니라 국민의 정신을 마비시켰다고 하면서, "비옥한 중국의 땅덩어리, 황량한 벌판처럼 처량하네. 황제黃帝가 탄식하였네, 천성이 방종함을. 마음의 소리와 통찰력 둘 다 기대할 수 없네."[1]라고 하였다. 위대한 계몽주의자인 노신은 사람의 정신을 개조하는 것이 매우 중요하다고 하

1 膴膴華土, 淒如荒原, 黃神嘯吟, 種性放失, 心聲內曜, 兩不可期. (『破惡聲論』)

면서, 사람을 일으켜 세우는 것이 가장 우선이고, 사람이 일어선 후에야 모든 일을 할 수 있다고 하였다. 또 모든 사람이 진정으로 각성해야, 우레와 번개처럼 초봄을 열어 온갖 풀이 싹트고, 서광이 동쪽에서 비춰서 깊은 밤이 지나가리라고 하였다. 따라서 그의 초기 문예활동이 외국문학, 특히 혁명적 민주주의 정신과 애국주의 정서가 농후한 외국문학 소개에 집중되었던 것은 결코 우연이 아니다. 그는 불행을 슬퍼하고 투쟁하지 않는 것에 분노하는 강렬한 혁명적 책임감을 가지고, 특별히 다른 나라에서 새로운 소리를 구해야 한다면서 처음으로 서유럽과 러시아의 진보적인 시인과 작가들을 『마라시력설』에 소개하였다. 바이런Byron · 셸리Shelley · 푸시킨Pushkin · 레르몬토프Lermontov · 페퇴피Petöfi Sándor · 미츠키에비치Mickiewicz · 입센Ibsen 등이다. 당시 임서林紓 등이 탐정소설·애정소설을 번역한 것과 달리, 노신이 큰소리로 외치며 이런 작가를 소개한 이유는 중국 인민들에게 저항하고 실천하는 정신계의 전사戰士들을 소개함으로써 국민의 정신을 일깨우고 생기 잃은 중국에 활력을 불어넣고자 한 것이었다. 이것은 외침과 반항의 문예가 아니면 안 된다는 것이다. 노신이 불같은 언어로 이러한 작가를 중점적으로 소개한 목적은 생기 잃은 중국에 활력을 불어넣고자 한 것이었다. 즉 가만히 엎드려 진취적이길 거부하는 위선적이고 진부한 습관을 일소하고, 규범으로 옭죄는 봉건전제사상의 속박을 없애버려, 사람들을 일으켜 세워 투쟁시키기 위한 것이었다. 글의 말미에서 노신은 "지금 중국 전체를 뒤져본들 정신계의 전사라고 할 만한 이들이 어디에 있느냐?", "그렇다면 우리는 심사숙고하고 또 심사숙고해야 한다!"라고 하면서, '정신계의 전사'를 만들기 위해서는 바람과 우레처럼 거대한 힘을 불러와야 한다고 하였다. 이는 중국 문학이론 비평사에서 가장 찬란한 사상을 지닌 글이다.

사람을 일으켜 세워 정신계의 전사를 만들기 위해서는 반드시 전통적 봉건문예 관념을 단호하게 비판해야 한다는 것이다. 노신은 역대 봉건통치자들이 영원히 옛 상태를 보전하려는 정치적 목적에 입각하여, 일체의 항쟁을 말살하고자 한다고 하였다. 오직 시가만은 끝내 소멸시킬 수 없었기에 규범을 세워 옭아맸다고 하면서, 예로부터 시교詩教로 추앙받던 공자의 사무사思無邪를 감옥으로 여겼다. 그는 "시 삼백의 종지는 무사無邪에 가려졌다. 뜻을 말한다고 했는데 무슨 뜻을 지녔단 말인가? 억지로 무사를 강요하면 사람의 뜻이 아니다"[2]라고 하였다. 아울러 유가의 시교와 예교 관념 및 전통에 대해 단호하게 비판하고 투쟁해야 한다고 부르짖었다.

부르주아 혁명 문화가 흥기함에 따라, 죽음에 직면한 봉건 문화는 공자와 경전을 존중하고 전통문화를 보호하는 것으로 대항하려 하였다. 당시의 북양군벌과 강유위, 임서 및 영학파靈學派,[3] 그리고 명나라의 복권을 꿈꾸는 모든 사람들이 그랬다. 노신은 시대에 역행하는 이러한 복고의 흐름을 겨냥하여 견결한 투쟁을 진행하였다. 『열풍熱風·수감록삼십팔隨感錄三十八』에서 노신은 복고주의자들이 국수國粹를 지나치게 높이 추켜세우고 찬미한 결과, 복고와 존왕尊王을 초래하였다고 정곡을 찔렀다. 『열풍·수감록삼십오隨感錄三十五』에서는 국수파를 더

2 『三百』之旨, 無邪所蔽. 夫既言志矣, 何持之云? 強以無邪, 即非人志. (『摩羅詩力說』)

3 [역자주] 영학파靈學派 : 유복俞復과 육비규陸費逵 등이 1917년 10월 상해에서 영학회靈學會를 조직하고, 『영학총지靈學叢志』를 간행했는데, 이 학회에서 활동했던 이들을 영학파라고 한다. 이들은 맹자와 같은 죽은 귀신을 불러 전통문화를 보호하고자 하였다.

욱 신랄하게 질책하고 비판했다. 노신이 봉건문화사상을 비판하고 사람을 일으켜 세워 정신계 전사로 만들려 하는 것은 동전의 양면과 같다.

노신은 '국수를 보호하자'라는 구호에 단호히 반대하면서도, 결코 중국의 풍부한 유산 계승의 중요성을 부정하지 않았다. 중요한 것은 계승과 교훈인데, 이는 옛날을 그리워하기 위함이 아니라 새롭게 창조하기 위함이다. 끊임없이 혁신해야 계승할 수 있고 살아남을 수 있다는 것이다. 반대로 낡은 관습을 고수하며 변통할 줄 모르면, 반드시 멸망에 이른다면서 이렇게 말했다.

> 그러나 옛것을 중시하면 사리가 분명해져 마치 밝은 거울을 보는 듯하다. 그리하여 늘 과거에서 증거를 찾고, 늘 되돌아보며, 늘 광명의 길로 나아가, 늘 휘황찬란한 옛 유산을 생각하기 때문에, 새로운 것은 나날이 새로워지고 옛것 역시 사라지지 않는다. 만약 그러한 까닭을 모르고 지나치게 과시하는 것으로 기쁨을 삼는다면, 긴 밤은 바로 여기에서 시작될 것이다.[4]

과거에서 교훈을 삼는 것은 늘 과거에서 증거를 찾고 늘 광명의 길로 나아가기 위함이요, 새로운 것은 나날이 새로워지게 하기 위해서이다. 복고적이고 보수적인 사람들은 늘 '문명 고국古國'이라는 말을 입에 달고 살지만, 실제로는 조소의 말이 되었으며 아Q의 정신이 되었다. 노신은 또 이렇게 말했다.

4 然其懷也, 思理朗然, 如鑒明鏡, 時時上徵, 時時反顧, 時時進光明之長途, 時時念輝煌之舊有, 故其新者日新, 而其古亦不死. 若不知所以然, 漫夸耀以自悅, 則長夜之始, 卽在今時.(『摩羅詩力說』)

> 몰락한 집안의 후손들은 가세도 몰락했을 것이다. 그런데도 그 조상이 살아계셨을 때 그 지혜와 위엄이 어떠했으며, 높고 으리으리한 집과 보물과 개와 말이 가득하여, 일반인보다 지위와 명성이 뛰어났다고 다른 사람들에게 주절댄다. 그 말을 듣고 누가 웃지 않겠는가?[5]

이것이 바로 당시 복고주의자와 '중국의 학문을 체體로 삼고 서양의 학문은 용用으로 삼는다'는 양무파洋務派와 보황당保皇黨으로 타락한 개량주의자들의 공통적인 태도다. 이런 사조에 대한 노신의 비판은 당시로서는 긍정적이고 전투적인 의의를 지닌다.

물론 청년기 노신의 구시대에 대한 비판은 여전히 진화론을 무기로 삼았으며, 일부 문제에 대한 견해는 유심주의가 아닐 수 없다. 하지만 인민 대중을 두려워하고 적대시한 개량주의자와 양무파들과 다른 점은 대중의 중요성을 충분히 인식하였다는 것이다. 그는 당시 아래의 맹렬한 불길이 언젠가는 땅 위로 솟구쳐 나와 만물을 모두 죽일 것임을 보았던 것이다. 나폴레옹을 패배하게 한 것은 국가도 아니요, 황제도 아니요, 무기도 아닌, 국민일 뿐이라는 말은 바로 이러한 사상의 집약된 표현이다. 노신은 급진적인 민주주의 관점을 가지고 대중의 역할을 상당히 인식할 수 있었기에, 시대의 발전에 따라 끊임없이 개조하고 전진하여 마침내 중국 문화혁명의 핵심인물이 될 수 있었다. 시대가 격렬하게 변화함에 따라 근대문학이론 비평사에서 진보와 혁명을 대변하는 세력이 요구했던 것은 문학의 사상방면의 변화였다. 이것은 사회 경제 기반의 변화가 이데올로기 분야 중 하나인 문학이론 비판에 반영된 것

5 中落之胄, 故家荒矣, 則喋喋語人, 謂厥祖在時, 其爲智慧武怒者何似, 嘗有閎宇崇樓, 珠玉犬馬, 尊顯勝於凡人. 有聞其言, 孰不騰笑?(『摩羅詩力說』)

이다. 그러나 엥겔스가 『프란츠 메링에게致弗·梅林』[6]라는 편지에서 말한 대로, 역사상 영향을 끼친 각종 사상은 결국 독립적 역사발전 즉 상대적인 독립성을 가지고 있었으니, 문학과 문학이론 비평도 예외가 아니다. 문학이론 비평은 창작경험을 개괄한 것으로서, 그것이 총결하고 개괄한 것은 예술규율의 객관적 특징이지, 사회경제적 기초의 변동에 따라 변동하거나 완전히 근본적으로 변동하는 것이 아니다. 그것은 반드시 이미 장기간의 역사발전 가운데 축적된 정·반 두 방면의 경험을 충분히 흡수해야 한다. 개량주의 문학이론 방면에서 우리는 이러한 점을 볼 수 있는데, 예컨대 양계초가 강조한 예술의 감화작용과 훈熏·침浸·자刺·제提의 특징이 그러하며, 또 황준헌이 시의 미美·자刺·비比·흥興의 작용을 발휘하고 유산을 계승하여 진부한 것을 새롭게 변화시켜 신시를 창조할 것을 강조한 것이 그러하다. 청년 노신에게서 우리는 또 진보와 혁명을 가로막았던 각종 봉건적 낡은 사상에 대해 단호하고 용감하게 비판한 동시에, 기존 문학의 이론적 비판 속에 축적된 합리적 요소를 계승하려고 노력했음을 볼 수 있다. 1918년 이전의 노신이 이 방면에 이바지한 공헌은 비록 그 이후, 특히 그가 마르크스주의자가 된 이후 기여한 공헌과는 비교할 수 없지만, 그의 1918년 이전 저서 가운데 포함된 고대 시가 탄생에 관한 내용,[7] 시가와 소설의 발전과 사회사조의 관계에 관한 내용,[8] 생활미와 예술미의 관계,[9] 예술

6 [역자주] 프란츠 메링Franz Erdmann Mehring(1846~1919) : 독일 수필가, 정치가, 역사가. 『역사적 유물론에 관하여Sur le matérialisme historique』(1893), 『독일 사회민주당의 역사Histoire de la Social-démocratie allemande』(1897~1898), 『칼 마르크스Karl Marx: Histoire de sa vie』(1918) 등의 저서가 있다.

7 『摩羅詩力說』.

과 과학의 같은 점과 다른 점[10] 등은 모두 견해가 탁월하다. 1918년 이전 청년기의 노신은 걸출한 혁명민주주의 전사였을 뿐 아니라, 문학예술의 특성과 규율 등에 대해서도 조예가 깊었음을 알 수 있다. 러시아 10월 혁명 이후 마르크스주의가 중국에 전파됨에 따라 노신은 드디어 후발 신문화혁명의 주역이 되어, 근대부터 시작된 문학이론의 변혁을 새로운 경지로 끌어올렸으니, 이는 결코 우연이 아니다.

8 『文化偏至論』.

9 『集外集拾遺·擬播美術意見書』.

10 『摩羅詩力說』.

찾아보기

ㄱ

가도 170
『가인소전迦茵小傳』 412
갈립방葛立方 206
「감천甘泉」 383
강기姜夔 94, 201, 204
강서시파江西詩派 221, 397
강엄江淹 386
강오 선생 124 → 요범姚範
강유위康有爲 165, 166, 227~231, 233, 238, 246, 250, 257, 259, 260, 263, 269, 362, 424
「강유위의 혁명론을 논박함駁康有爲論革命書」 394, 395
『강재시화姜齋詩話』 199, 364
『강촌총서彊村叢書』 218
거리설距離說 351
『걸리버 여행기』 311
「검려黔驢」 388
격률 362
격조설格調說 126
견책소설譴責小說 420
결박結拍 195
『결수호전結水滸傳』 51
경계境界 200, 359, 361~364
경계설 101, 358, 364~366
경릉시파竟陵詩派 183
경릉파竟陵派 171
『경사백가잡초經史百家雜鈔』 138
경상境象 360
「경의개經義槪」 85
경제어經濟語 120
경차 47
『고공기考工記』 93
『고동서옥속각삼종古桐書屋續刻三種』 85
『고문사류찬古文辭類纂』 61, 80, 123, 138, 145
『고문사통의古文辭通義』 364
『고문상서古文尚書』 31
『고미당시문집古微堂詩文集』 44
『고미당시초古微堂詩抄』 57

「고아행孤兒行」 279
고악부 110
『고요언古謠諺』 111, 112, 115
고욱高旭 393
고제顧題 127
「고취사鼓吹詞」 174
공상임孔尙任 361
공안파 256
공자 134, 244, 246
공자진龔自珍 24, 25, 30~35, 37~39, 41~44, 75, 76, 80, 81, 123, 129, 199, 221, 225, 227, 332, 388, 399, 415
『공자진전집』 30
「과진론過秦論」 383
「과학발달이 구소설의 황당하고 잘못된 사상을 제거할 수 있음을 논함論科學之發達可以辟舊小說之荒謬思想」 281
곽린郭麐 195
곽박郭璞 387
곽숭도郭嵩燾 48
관각체館閣體 127
관동管同 28, 116, 128, 129
『관장현형기官場現形記』 282, 288, 292
관중 75
관한경關漢卿 374
『광릉집廣陵集』 176
「광완씨문언설廣阮氏文言說」 81
「광인일기狂人日記」 422
괴테 335
「교문사校文士」 388
「교사가郊祀歌」 387
교수경喬守敬 195
교수단喬樹枬 281
교연皎然 101, 360
『구당서』 239
구봉갑丘逢甲 227
구비문학 113
구세우邱世友 194
「구양생문집서歐陽生文集序」 134
구양수歐陽脩 78, 94, 124, 125, 128, 144, 204
구위훤邱煒萲 231, 301
구정량裘廷梁 257
구홍학舊紅學 330, 334
『국고논형國故論衡·문학총략文學總略』 75
『국문보國聞報』 237, 238
『국수학보國粹學報』 389
『국어國語』 84, 104, 173
『국조변체정종國朝騈體正宗』 60
군옥群玉 146
굴원屈原 43, 90, 92, 95, 99, 119, 121, 146, 351
『굴원연구』 26
「굴원의 문학정신屈子之文學精神」 341
권점圈點 139, 145, 148
귀유광歸有光 61, 76, 84, 85, 130,

144, 148, 149
귀희보歸熙甫 123 → 귀유광歸有光
『근대시초近代詩鈔』 152, 166, 172
금남琴南 146
『금루자金樓子 · 입언立言』 72
『금병매金瓶梅』 405, 408
『금옥연金玉緣』 325
「급취장急就章」 174
기군상紀君祥 374
기리설肌理說 57, 151
「기생초寄生草」 336
『기해잡시己亥雜詩』 31
기휴조祁嶲藻 151, 167
김농金農 170
김성탄金聖嘆 51, 300, 301, 321, 361
김송잠金松岑 412
김응규金應圭 206
김일金一 389, 390

ㄴ

나관중羅貫中 238
나대경羅大經 92
나역당那繹堂 323
「나의 소설관余之小說觀」 294
「나의 절열관我的節烈觀」 422
나폴레옹 297, 426
『남명사南明史』 400
남사南社 184, 290, 392~395, 398~401, 412, 414~417, 422
『남사소설집南社小說集』 393
「남사집서南社集序」 398
『남사총간南社叢刊』 392
『남사총선南社叢選』 415
납란성덕納蘭性德 363
「낭도사浪淘沙 · 자제경자추사후自題庚子秋詞後」 217
낭만주의 108, 271, 369, 370
냉홍생冷紅生 146
노동盧同 175
노신魯迅 27, 108, 322, 327, 378, 389, 413, 420, 422~428
노자 92, 121
『노잔유기』 293
「논문우기論文偶記」 136
「논문장원류論文章源流」 389
「논문체論文體」 190
「논상주사파論常州詞派」 218
「논시오절답원추論詩五絕答鵷雛」 396
「논시육절구論詩六絕句」 396
『논형論衡』 89, 256
『논형論衡 · 일문佚文』 384
능정감凌廷堪 80
니체 29, 377

ㄷ

단기서段祺瑞 260, 415, 417
단옥재段玉裁 30
「단편지어單篇識語」 309
담사동譚嗣同 227, 228, 233~237, 256, 263, 399

『담사동전집』 233
담원춘譚元春 171, 183
담헌 184, 190~196, 198, 199, 215
「답담태학자찬견이사십오운答談太學子粲見詒四十五韻」 223
「답엄기도答嚴幾道」 145
「답주단목서答朱丹木書」 118
당송팔대가 131
당순지唐順之 84, 85
당음唐音 394, 395, 399
당회영黨懷英 213
『대대예기大戴禮記』 173
대숙륜戴叔倫 208
대진戴震 76
「대풍가大風歌」 386
『데이비드 커퍼필드』 313
『도덕경』 102
도어道語 120
도연명 102, 237, 252, 355, 360
도영涂瀛 320
『도올한평檮杌閑評』 405
도잠 42, 43 → 도연명
도접倒接 127
도종의陶宗儀 374
도증우陶曾佑 282, 283, 295
『도화선桃花扇 · 범례凡例』 361
돈좌 209
동광체同光體 28, 151, 164, 166, 169, 172, 174, 184, 393, 396, 397
『동명기洞冥記』 404
『동성월간同聲月刊』 218
동성파桐城派 28, 46, 48~50, 59, 61, 63, 64, 67, 75~80, 89, 116, 117, 119~123, 125, 128~138, 142~146, 148, 149, 151, 234, 261
동주東洲 153
『동주초당시문집東洲草堂詩文集』 153
『동주초당시집』 154
동중서 219
두문란杜文瀾 111
두보杜甫 51, 92, 94, 110, 120, 153, 163, 167, 170, 179, 206, 229, 252, 263, 277, 278, 357, 362, 395
두소릉 93 → 두보杜甫
『두아원竇娥寃』 374
뒤마Alexandre Dumas 337
등실鄧實 389
디킨스 313~315, 402

ㄹ

레르몬토프Lermontov 423
루소 297
리프스 105

ㅁ

『마검실문집磨劍室文集』 393
『마검실사집磨劍室詞集』 393
『마검실시집磨劍室詩集』 393
마군무馬君武 393

『마라시력설摩羅詩力說』 422, 423
마르크스 24
『마서사摩西詞』 405
막우지莫友芝 150, 152, 167, 169, 172, 395
「만강홍滿江紅」 414
만수曼殊 308
말대종사末代宗師 142
망계望溪 123, 129 → 방포方苞
「망인류논시파, 서차절지妄人謬論詩派, 書此折之」 396
『망창창재시莽蒼蒼齋詩』 234
매승 47
매요신 172
매증량梅曾亮 28, 80, 116~118, 120, 128~130, 133
맹가孟軻 248
맹교 175
맹자 134
면장綿莊 60 → 정정조程廷祚
명도明道 96
「명인장회소설明人章回小說」 410, 411
모곤茅坤 65
모기령毛奇令 150
『모시毛詩』 31
「모영전毛穎傳」 388
『목천자전穆天子傳』 403
몽테스키외 297
무아지경無我之境 367, 368
『무중인霧中人』 310
「문개文概」 85
『문경비부론文境秘府論』 359
「문공問孔」 89
문기설文氣說 384
「문단만화文壇漫話」 420
문덕설文德說 384
「문부」 97, 99
『문사통의』 148
『문선文選』 47, 48, 60, 72
「문선서」 73
『문선주文選注』 47
『문심조룡』 73
『문심조룡·총술總術』 71
「문언」 74, 75
「문언설文言說」 69
문이재도文以載道설 128
문필상우文必尙偶 72
『문학소언文學小言』 341
「문학에서 소설의 위치를 논함論文學上小說之位置」 307
『문화편지론文化偏至論』 422
물경物境 360
『미리집味梨集』 230
미언대의微言大義 329
미외미味外味 100, 101, 200
미외지미味外之味 207
미츠키에비치Mickiewicz 423
「미학에서 고아의 위치古雅之在美學上之位置」 371
민간 가요 113

ㅂ

바이런Byron 423
바쿠닌 402
반고 70, 73, 75, 84, 91, 113, 144
반덕여潘德輿 151, 198, 362
반사농潘四農 58 → 반덕여潘德輿
「반절사력전선생유시서潘節士力田先生遺詩序」 400
방동수方東樹 28, 116, 120~123, 125~128
방망계方望溪 130 → 방포方苞
방수백龐樹柏 413
방종성方宗誠 120, 128, 129, 131, 132
방준이方濬頤 55
방포方苞 61, 64, 65, 121, 125, 129, 131, 136, 143, 144, 221
「배 안에서 도잠의 시 세 편을 읽고舟中讀陶潛詩三首」 42
백가白葭 286
백거이 87, 94, 109, 188
『백우재사화白雨齋詞話』 196, 199, 204, 205, 208, 209, 211, 363
백함伯涵 132
백향산 93 → 백거이
『백호통의白虎通義』 219
「백화는 유신의 근본이 됨을 논하다論白話爲維新之本」 257
백화문白話文 운동 148
『백화총서白話叢書』 257
버클리George Berkeley 343
「번역본 정치소설 서문譯印政治小說序」 231
번종사樊宗師 175
번증상樊增祥 80, 179, 396
벌로우Edward Bullough 350
『범문정공문집』 202
범엽范曄 70
범중엄范仲淹 202
벤담 298
「변도론辯道論」 128
「변문독본서騈文讀本序」 81
「변소辨騷」 91
『변체문초騈體文鈔』 61
『변체문초·서문』 62, 63
「병매관기病梅館記」 37
『보천충분집普天忠憤集』 58
「봉산각석峰山刻石」 61
부賦 90, 94, 95, 99, 102, 137, 144
「부개賦槪」 85
불격不隔 366, 367
비스마르크 235
『비파기琵琶記』 410

ㅅ

사詞 96, 99, 100, 106
사고謝翶 413
사고우謝皐羽 416 → 사고謝翶
「사고우희발집후서謝皐羽晞髮集後序」 389
「사곡개詞曲槪」 85

사공도司空圖 47, 100, 101, 360
『사기史記』 84, 85, 87, 108, 148, 149, 251, 252, 317
사달조史達祖 204
사령운 102, 252
사마상여 47, 108, 383
사마장경 108 → 사마상여
사마천 75, 84, 108, 144, 146, 189, 190, 317, 391
사무謝楙 214
사방경史邦卿 109 → 사달조史達祖
『사변詞辨』 193
사부 91
『사부고四部稿·위완여편委宛餘編』 361
사사정查嗣庭 297
『사선詞選』 203, 204
사실주의 369
사안詞眼 110
『사음정절四音定切』 85
『사응루시화射鷹樓詩話』 55, 57~59
「사자상문집서謝子湘文集序」 139
사장詞章 135
사조謝朓 126
『사칙詞則』 199
『사통史通』 256
『산해경』 410
「삼가 우리 문인들에게 고함敬告我同業諸君」 268
『삼국연의』 356
『삼국지』 238
『삼국지연의』 238
「상군지湘軍志」 396
「상기루논문湘綺樓論文」 185
「상명황서上明皇書」 206
『상서尙書』 173, 176
상이설尙異說 83, 84
「상재상서上宰相書」 389
상주사파常州詞派 28, 100, 199, 219
상주파常州派 101, 190, 198, 200
「상해문예지일별上海文藝誌一瞥」 413
색은파索隱派 330, 326
『서』 136
「서개書概」 85, 86
『서경』 47, 254
서념자徐念慈 27, 289, 294, 304
서릉 47
『서상기西廂記』 321, 361, 410
『서상西廂·장정長亭』 202
서영徐穎 65 → 서계아
서제序題 127
서학위용西學爲用 220
석가 298
『석두기石頭記』 258, 313, 314, 317, 322, 329
『석유실시문집石遺室詩文集』 166
『석유실시화石遺室詩話』 152, 166, 172, 174, 180
석포惜抱 122 → 요내姚鼐
설복성薛福成 142
『설시수어說詩晬語』 126, 361

「섭강涉江」 146
섭섭葉燮 89, 93
성령설 158
「성상成相」 383
『성세인연醒世姻緣』 258
성정설性情說 384
성지誠之 305, 306
셸리Shelley 423
소동파 92, 101, 103, 202, 204, 414
소만수蘇曼殊 393
『소매첨언昭昧詹言』 120~123, 126, 127
소명 48
소명태자 47, 73
소무蘇武 386
소사小謝 126 → 사조謝朓
「소설가에게 고함告小說家」 266
「소설과 군중의 관계를 논함論小說與群衆的關係」 26
「소설과 사회통치의 관계論小說與群治之關係」 240, 264,266, 294, 363, 402
『소설림小說林』 405, 406
「소설림연기小說林緣起」 304
『소설소화小說小話』 411
『소설월보小說月報』 287, 418
『소설총화小說叢話』 238, 273, 290, 303, 305, 308, 330
소식蘇軾 73, 74, 94, 101, 153, 163, 167, 177, 252, 395
소역蕭繹 72
소크라테스 356
소통蕭統 47, 382
소하蕭何 78
『속고문사류찬續古文辭類纂』 80
손광헌孫光憲 210
손무 75
손성연孫星衍 60
손작孫綽 102
손정신孫鼎臣 56
손중산 376, 379 → 손문孫文
송頌 137
송견宋鈃 389
『송사宋史』 239
송시운동宋詩運動 28, 150, 153, 166, 169
송시파宋詩派 89, 150, 158, 221, 398
송옥 47, 121
『송원희곡고宋元戲曲考』 341, 373
쇼펜하우어 29, 334, 343~346, 349, 350, 355, 367, 374
『쇼펜하우어의 철학과 교육학설叔本華之哲學及其教育學說』 341, 348
『수감록삼십오지삼십팔隨感錄三十五至三十八』 422
「수룡음」 103
『수신기搜神記』 404
『수원시화隨園詩話』 325, 362
『수증중백편수酬贈重伯編修』 243
『수호전水滸傳』 239, 258, 266, 283,

284, 297~301, 313, 315, 321, 356, 402~405, 408~410
「숙원(귀위헌)과 시를 논하고 아울러 임공(양계초), 유박(맥맹화), 만선(맥중화)에게 부치다與菽園論詩兼寄任公, 孺博, 曼宣」 362
순경荀卿 99, 383
『순수이성비판』 343
셸리Percy Bysshe Shelley 337
『습유기拾遺記』 404
『시』 136
「시개詩概」 85
「시격詩格」 359
『시경詩鏡』 47, 71, 99, 108, 112, 113, 153, 155, 163, 173, 205, 254, 355, 363
시계혁명詩界革命 227, 228, 235, 237, 243, 263
시교詩教 115, 151, 153
시내암施耐庵 239, 297, 301, 337, 402, 404, 410
『시무보時務報』 237, 340
「시서詩序」 99
시첩시試帖詩 127
『시품詩品』 102, 360, 385
「시품」 47, 48
신가헌辛稼軒 109 → 신기질辛棄疾
신경神境 131
신기질辛棄疾 90, 101, 197, 199, 202, 204, 413
『신당서』 239
「신민설新民說」 268
신사神似 102, 108
『신소설新小說』 269
『신역 홍루몽』 321
신운설神韻說 59, 172, 359
「신의헌문집서愼宜軒文集序」 148
『신중국미래기新中國未來記』 268
신지神旨 384
신체시 234
『신평수상홍루몽전서新評繡像紅樓夢全書』 318
「신평 수호전 삼제新評水滸傳三題」 296
심경유沈慶瑜 177
심덕잠沈德潛 126, 150, 167, 361, 399
심리거리설心理距離說 350
심미완약深微婉約 203, 204
「심성心聲」 390
심약 72
심증식沈曾植 165, 175, 179
심후 106
『십오소호걸十五小豪傑』 286
『십주기十州記』 404

ㅇ

「아雅」 188
『아녀영웅전평화兒女英雄傳評話』 325
아담雅淡 387
『아라비안나이트』 411

아리스토텔레스 298
아송雅頌 91
아순雅馴 387
『아이반호撒克遜劫後英雄略』 310
아정雅正 387
악비岳飛 379
안기도安幾道 195
안수晏殊 204
『안오사종安吳四種』 82
「애여계哀女界」 393
「애육조哀六朝」 220
『야수폭언野叟曝言』 409
양계초梁啓超 26, 66, 142, 149, 179, 227, 232, 235, 237, 240, 241, 243, 256, 257, 259~273, 275, 277~280, 283, 284, 293, 294, 296, 340, 363, 397, 402, 406, 427
「양계초에게與梁啓超」 257
「양도부서」 73
「양보음」 42
양웅揚雄 76, 89, 189, 190, 234, 383
『양일재문집養一齋文集』 59
『양일재시화養一齋詩話』 362
「양주만揚州慢」 201
「양진연의서兩晉演義序」 305
「어가행御街行」 202
언지言志 96
엄복嚴復 28, 138, 142, 149, 165, 227, 237, 238
엄우嚴羽 47, 48, 100, 101, 206, 359
엥겔스 24, 427
「여모생논한문서與某生論韓文書」 389
여서창黎庶昌 142
「여섭생서與葉生書」 198
「여왕국사논시與汪菊士論詩」 154
「여요숙절서與姚叔節書」 148
여원홍黎元洪 260
「여인논문서與人論文書」 388
「여인행麗人行」 179
여작거사蠡勺居士 293
「여정즙원서與程葺園書」 362
『여체문집儷體文集』 60
여희余戲 164
『역』 136
『역·계사』 104
역순정易順鼎 396
『역외소설집域外小說集』 422
「역인정치소설서譯印政治小說序」 266
『연경실揅經室』 69
『연경실속집揅經室續集』 69
『연경실시집揅經室詩集』 69
『연경실외집揅經室外集』 69
연남상생燕南尙生 296, 301, 302
『열풍·수감록삼십오隨感錄三十五』 424
『열풍·수감록삼십팔隨感錄三十八』 424
영가사령永嘉四靈 184
「영마詠馬」 357

영조원寧調元 393, 398
영태일寧太一 416
영학파靈學派 424
『영해왕정안선생유서寧海王靜安先生遺書』 341
『영효자화산보구록英孝子火山報仇錄』 311
『예개藝概』 85, 87, 88, 95, 104, 107, 110, 111, 363
『예개·문개』 104
『예배륙禮拜六』 418, 419
예수 298
『예술에서의 요소와 일종의 미학적 원리로서의 심리적 거리作爲藝術中的因素和一種美學原理的心理距離』 350
『예원치언藝苑卮言』 361
『예위禮緯』 219
오견인吳趼人 288, 291
오기吳綺 60
오문영吳文英 197, 413
오민수吳敏樹 133
오여륜吳汝綸 28, 138, 142, 145
오옥요吳沃堯 291, 292, 298, 299, 304, 305 → 오견인吳趼人
오육吳育 65
온유돈후 230
온정균 101, 204, 205, 209, 210
옹방강翁方綱 57, 150, 151
「완사계浣沙溪」 201
완원阮元 28, 68~73, 75, 77, 80, 81, 185, 382
완적阮籍 387, 397, 413
왕감주王弇州 337
왕개운王闓運 28, 184, 185, 187, 189, 190, 396, 397
왕국유王國維 29, 41, 101, 213, 330, 333~337, 340, 342~346, 348~356, 358, 364~375
왕기덕王驥德 361
왕기손王沂孫 197, 204
왕도王韜 50
왕령王令 176
왕보심王葆心 364
왕부지王夫之 93, 101, 199, 364
왕붕운王鵬運 191, 193, 197, 219
왕사정王士禎 59, 131, 151, 167, 172, 181, 359, 399
왕세정王世貞 361
「왕손부王孫賦」 383
왕수인王守仁 378
왕수창王壽昌 308
왕양명王陽明 123
왕연수王延壽 383
왕종기王鍾麒 27, 285, 298, 302, 330, 337, 400~405, 411
왕중汪中 60, 388
왕찬王粲 387
왕창령王昌齡 359
왕충王充 89, 256, 384, 389

왕통 222
왕희렴王希廉 316, 318, 320
외려畏廬 146, 395 → 임서林紓
「요가십팔곡鐃歌十八曲」 175
요강오姚薑塢 122 → 요범姚範
요내姚鼐 28, 61, 80, 81, 121, 123, 129, 133~136, 138, 144, 145, 168, 221
요문사제자姚門四弟子 116
요범姚範 135
요석균姚錫鈞 412
요섭姚燮 316
요언謠諺 112~114
요영姚瑩 28, 116, 128, 129, 131
『요재지이』 321, 322, 389
요접遙接 127
요희전 123
욕혈생浴血生 290, 302, 303
용목훈龍沐勛 218
「용산회龍山會」 208
『용언庸言』 179
용의用意 119
『용천사龍川詞』 209
우미優美 368
「우렵羽獵」 383
우언 108
우임금 291
운경惲敬 80
『운어양추韻語陽秋』 206
운외지치韻外之致 207
운필법 125
워싱턴 297
원결元結 94
「원극지문장元劇之文章」 373
원매袁枚 60, 151, 158, 325, 362
원세개 260, 415~417
원수蝯叟 153
원앙호접파鴛鴦蝴蝶派 417, 418, 420
『원인백종곡元人百種曲』 410
원종도袁宗道 256
원차산 93 → 원결元結
「월상해당용전인운月上海棠用前人韻」 213
『월월소설月月小說』 287, 288
위고Victor Hugo 337
위원魏源 24, 25, 30, 43~46, 48, 56, 57, 75, 76, 80, 81, 129, 388, 415
위이魏易 308
위장韋庄 101, 204, 205, 209, 210
위희魏禧 88
유곤劉琨 386, 387
유대괴劉大櫆 121, 135, 136
유량庾亮 102
『유림儒林』 85, 112
『유림외사儒林外事』 291, 405, 408
유만춘俞萬春 51
유물주의 93
유사배劉師培 75, 81, 138, 389
『유씨육종劉氏六種』 85
유아자柳亞子 27, 290, 340, 392~

396, 398~400, 413, 415, 422
『유아자시사선柳亞子詩詞選』 393
유아지경有我之境 367, 368
유악劉鶚 293
유영柳永 363
유요범俞遙帆 338
유우석 380
유육숭劉毓嵩 28, 82, 111~113, 115
유종원 65, 108, 172, 274, 380
유지기劉知幾 256
유직경劉直卿 65
유체인劉體仁 362
「유치원상학가幼稚園上學歌」 258
유해봉劉海峰 122 → 유대괴劉大櫆
유협 45, 71, 73, 91
유후柔厚 215
유후설柔厚說 194
『유희세계遊戲世界』 293
유희재劉熙載 28, 81, 82, 85, 87~91, 93~96, 98, 100, 101~108, 110, 363
육계로陸繼輅 130
육구연陸九淵 378
육기陸機 386
육사옹陸士雍 363
육소명陸紹明 296
육유陸游 57
율시 111
『은산여왕銀山女王』 405
『음빙실시화飮冰室詩話』 262, 263, 363
『음빙실합집飮冰室合集』 260
「음주」 355
의경意境 358~360, 362, 363
『의례儀禮』 136, 173
의리설義理說 135
『의위헌문집儀衛軒文集』 120, 123
『의지와 표상으로서의 세계意志及觀念之世界』 344, 345
의취意趣 131
이도李塗 360
이릉李陵 386
이몽양李夢陽 187
이문위시以文爲詩 152
이백 42, 43, 91, 229, 252, 362
이백원李伯元 288
이상주의 369
이선 47
「이소離騷」 42, 47, 71, 91, 108, 163, 188, 205
『이솝우화伊索寓話』 309
이시입시以詩入詩 150
『이십년목도지괴현상二十年目睹之怪現狀』 291
『이십사시품』 47
『이십세기 대무대二十世紀大舞臺』 394
『이씨합간오종李氏合刊五種』 59
『이아爾雅』 381
이어李漁 356
이어理語 101

이욱李煜 199
이자명李慈銘 79, 80
이정자二程子 134 → 정이, 정호
이조락李兆洛 59, 61~63, 65, 67, 68
이지李贄 147, 389
「이지영선생시집후발李芝靈先生詩集後跋」 118
이지의李之儀 360
이청조李淸照 215
이취理趣 101
이치李治 357
이하李賀 357
이학理學 132
이후주李後主 368
『인간사화人間詞話』 41, 213, 341, 364
『인경려시초人境廬詩草』 166, 230, 243, 251
인반생寅半生 293, 412
『일례逸禮』 31
『일본잡사시日本雜事詩』 230, 243
『일주서逸周書』 173
「일출입日出入」 387
임경백林庚白 184
임서林紓 28, 138, 146~149, 179, 294, 295, 308, 315, 363, 423, 424
『임선생술암유시林先生逋庵遺詩』 395
임욱林旭 165
임창이林昌彝 55~58
임측서林則徐 56
임포 170
입센Ibsen 423
「입택사징자서笠澤詞徵自序」 414

ㅈ

「자경부봉선현영회오백자自京赴奉先縣詠懷五百字」 120
「자맹刺孟」 89
자사子思 248
자운子雲 76
자정子貞 153
『자정연보自訂年譜』 376
「자허子虛」 383
『작비집昨非集』 85
『잔선예성록殘蟬曳聲錄』 312
「잠부箴賦」 383
「잠부蠶賦」 383
「장단언자서長短言自序」 36
장리張履 222
장미壯美 368
장법章法 110, 125
장법신축지묘章法伸縮之妙 127
장법일선내위통章法一線乃爲通 127
장병린章炳麟 27, 75, 340, 376~389, 392, 393, 395, 422
장상남蔣湘南 75~77, 79
『장생전전기長生殿傳奇』 239
장식張式 41
장신지張新之 316, 321
『장씨총서章氏叢書』 376, 378

「장양長楊」 383
장역莊棫 195
장염張炎 94, 106, 204
「장위생에게 다시 답함復莊衛生書」 48
장유병張維屛 56
장유소張裕釗 142
「장이빙공후狀李憑箜篌」 357
장자張子 134 → 장재張載
장자莊子 43, 107, 121
『장자』 107, 108
『장자·거협胠篋』 336
장재張載 129, 282
장지동張之洞 29, 165, 176, 179, 190, 219, 221, 301
장지유 263
장태염章太炎 66
장학성章學誠 148
장혜언張惠言 101, 191, 194, 198, 203, 204, 219
『장황후외전張皇后外傳』 403
적평자狄平子 307
전겸익錢謙益 183
『전국책』 84
전대흔錢大昕 377
전북호田北湖 389
전중설典重說 215
전형화 102
전후칠자 150
「절남산節南山」 355
절사파浙詞派 89, 106
절파浙派 101, 198
「점강순點絳脣」 195
점제點題 127
『정관재시초집靜觀齋詩初集』 222
「정성 두보情聖杜甫」 26
『정암문집定盦文集』 38
『정암문집靜庵文集』 343
정·주이학 122, 128
정경情境 360
정문작鄭文焯 191, 193, 198
정사초鄭思肖 416
정우생丁雨生 324
정운情韻 131
「정운停雲」 42
정은택程恩澤 151, 167
정이程頤 129, 248, 282
정일定一 298
『정지거금취靜志居琴趣』 203
『정지거시화靜志居詩話』 326
정진鄭珍 27, 150, 152, 156, 158, 161, 167, 395
정현鄭玄 251
정호程顥 129, 282
정효서鄭孝胥 164, 165, 176, 179, 183, 396, 397
제갈량 42, 379
제련 317
제법題法 127
조맹부 303
조비曹丕 384

조설근 324, 332, 337, 412
조식曹植 252, 387
『조씨고아趙氏孤兒』 374
조이부趙以夫 208
조자건曹子建 337 → 조식曹植
조조曹操 127, 386
조참曹參 78
조희趙熙 178
「존사尊史」 39
『존여당시화存餘堂詩話』 361
종성鍾惺 171, 183
종영 47, 48, 102
종횡가縱橫家 91
좌구명 78, 317
좌사左思 387
『좌씨춘추전左氏春秋傳』 84, 173
『좌전左傳』 113, 251, 252, 317
『주관周官』 173
주기朱琦 56
주돈이周敦頤 129, 282
주문한朱文翰 60
주미성周美成 109 → 주방언周邦彦
주방언周邦彦 197, 199, 204, 210, 413
「주상재시집서朱尙齋詩集敘」 117
주승작朱承爵 361
「주신보유서서朱愼甫遺書序」 134
『주역』 322
주이존朱彝尊 150, 183, 203, 326
주자朱子 104, 248
주자周子 134 → 주돈이周敦頤
『주자어록』 104
주제周濟 41, 101, 106, 191, 193~195, 199, 203, 219
주조모朱祖謀 191, 197, 218, 219
주차기朱次琦 222, 223
주희朱熹 128, 129, 134, 282
죽타竹垞 118 → 주이존朱彝尊
「중각명가문편서重刻茗柯文編序」 134
『중국문학사中國文學史』 405, 410
「중국문학개관中國文學之概觀」 282
『중국미학사상사中國美學思想史』 373
「중국삼대가소설론찬中國三大家小說論贊」 402
「중국소설 대가 시내암전中國小說大家施耐庵傳」 281
『중국역대소설사론中國歷代小說史論』 403
『중국중고문학사中國中古文學史』 81
『중화소설계中華小說界』 264, 305
증국번曾國藩 28, 48, 50, 80, 132~138, 140~142, 144, 145, 163, 164, 167~169, 221, 388, 397
증문사제자曾門四弟子 142, 144, 145
『지가옹사知稼翁詞』 201
지신주인知新主人 307
지연재脂硏齋 316
진거병陳去病 393, 394, 414
진관秦觀 204, 210
진례陳澧 196, 222
진보침陳寶琛 179

진사도 172
진삼립陳三立 165, 174, 175, 177, 183, 396, 397
진선陳善 41
진섭陳涉 262
진수陳壽 238
진연陳衍 152, 164~177, 179, 180, 183
진유숭陳維崧 60, 214
진자룡陳子龍 199
진정작陳廷焯 193, 196, 199, 200, 203~206, 215, 363
진형명陳炯明 391
질실質實 58, 106
『직여쇄술織餘瑣述』 214
「진섭세가陳涉世家」 391
「진천사기평점발명震川史記評點發明」 149

ㅊ

『창랑시화滄浪詩話』 47, 48, 206
척생滌生 132
『천우화天雨花』 404
『철경록輟耕錄』 374
청공淸空 106
『청루집青樓集』 374
『청사고淸史稿』 85, 112, 341
『청사자靑史子』 404
「청석한담소서聽夕閑談小序」 293
『초사楚辭』 375
초사회선법草蛇灰線法 127
「초월루고문서론初月樓古文緖論」 143
「초주자소학서후鈔朱子小學書後」 134
『촉견제전기蜀鵑啼傳奇』 312
『최록 이백집最錄李白集』 43
추용鄒容 378, 395
「춘성자서春聲自序」 412
『춘추春秋』 136, 155, 191, 251, 252, 337
『춘추곡량전春秋穀梁傳』 173
『춘추공양전春秋公羊傳』 173
『춘추좌씨전春秋左氏傳』 31
「출군가出軍歌」 258
충담沖淡 131
취경取境 360
츤자襯字 375
침울沈鬱 203, 209, 215
침울돈좌 206
침울설沈鬱說 205
『칠송당사역七頌堂詞繹』 362

ㅋ

칸트 29, 343, 344, 348, 349, 371, 373
크세노폰 356
키르히만Kirchmann 305

ㅌ

탄사彈詞 403
『탕구지蕩寇志』 51

탕현조湯顯祖 361
태백 92 → 이백
태사공 108 → 사마천
「태산각석泰山刻石」 61
『태현太玄』 89
톨스토이 402
「투필집발投筆集跋」 389

ㅍ
『파악성론破惡聲論』 422
『파역지破逆志』 56
『파우스트』 335
『판단력 비판判斷力之判斷』 348
팔고문 77, 84, 85, 87, 126, 127, 249
패청교貝青喬 56
팽학해彭學海 420
페퇴피Petőfi Sándor 423
『평이십육책平夷十六策』 56
평점評點 138, 139
평점학 140
포세신包世臣 28, 81~84, 168
포송령 389
포조鮑照 252, 386
푸시킨Pushkin 423
풍계분馮桂芬 48, 50
풍아風雅 112, 131, 114, 147
풍아비흥風雅比興 187
풍연사馮延巳 101, 210
풍화설風化說 115 → 교화설
『프란츠 메링에게致弗·梅林』 427
플라톤 402
플로티노스 105
피히테 37
핍입제逼入題 127

ㅎ
「하동河東」 383
하소기何紹基 27, 150, 152, 153, 156~161, 167, 172
하심여何心與 171
「하와이 여행기夏威夷遊記」 363
하정지夏庭芝 374
하증우夏曾佑 227, 235~240, 257, 263
학문시 150
「학술學術」 220
한·송학파 152
한고조 386
한기 219
한무제 282
『한무제내전漢武帝內傳』 403
『한서·오행지五行志』 113
한유韓愈 51, 64, 65, 67, 73, 74, 77, 78, 83, 84, 94, 103, 108, 118, 124, 128, 144, 151, 153, 163, 167, 175, 188, 190, 252, 274, 389, 390
『한정우기閑情偶寄』 356
합사보哈斯寶 316, 320, 321

항우 386
「항우본기項羽本紀」 391
『해국도지海國圖志』 44
해봉海峰 123 → 유대괴劉大櫆
『해천금사록海天琴思錄』 55, 57
해탈설解脫說 368
「해하가垓下歌」 386
「행화천杏花天」 214
향공중접向空中接 127
허순許詢 102
허신許愼 251
허실호장虛實互藏 106
헐박歇拍 214
헤겔 304, 345
현실주의 271, 369, 370
『혁명군革命軍』 378, 394, 379, 395
협인俠人 272, 290, 298, 302, 307, 330, 332
『협중사篋中詞』 193, 195
형가荊軻 42, 386
형사形似 103
혜강嵇康 92
『혜풍사화蕙風詞話』 199, 211
『호기진시胡寄塵詩』 395
호온옥胡蘊玉 414
호적胡適 92, 149
홍도백련생鴻都百煉生 293
홍량길洪亮吉 60
『홍루몽』 266, 296, 298, 302, 315~317, 319~327, 329, 330, 332~339, 404, 405 → 『석두기』
『홍루몽 논찬紅樓夢論贊』 320
『홍루몽총평』 320
「홍루몽찬紅樓夢贊」 320
『홍루몽평론紅樓夢評論』 333, 337, 341, 349
『홍루평몽紅樓評夢』 316
『홍매괴紅玫瑰』 420
홍수전 379
『홍수전연의洪秀全演義』 379, 391, 392
홍승洪昇 239
『홍잡지紅雜志』 420
『홍초화장록紅礁畵槳錄』 312
『화암사선花庵詞選』 214
환온桓溫 102
환제면還題面 127
황공도黃公度 201
「황리주행조록후서黃梨洲行朝錄後序」 389
황소배黃小配 379, 389, 391, 392 → 세중世仲
황식삼黃式三 222
황인黃人 27, 290, 298, 307, 400, 405~411
황정견黃庭堅 94, 151~153, 162, 163, 167, 174, 177, 395
황제黃帝 92
황종희黃宗羲 173, 297
황주이況周頤 191, 193, 199, 211~213, 215~217

황준헌黃遵憲 165, 166, 227, 230, 237, 243~245, 248~251, 253, 254, 256~259, 262, 340, 362, 427
「황향철시서黃香鐵詩序」 117
회남왕 398
『효녀내아전孝女耐兒傳』 312
『효우경孝友鏡』 312
「후논시오절시소의後論詩五絕示昭懿」 396
『후위벽헌시後葦碧軒詩』 173
후쿠자와 유키치 268
『흑노유천록黑奴籲天錄』 309
흑막소설黑幕小說 420
『흑태자남정록黑太子南征錄』 310
흥상興象 119, 126, 131
흥취설興趣說 359
흥회興會 384
「희극의 유익함을 논함論戲劇之有益」 394

기타

5·4 신문학운동 147

역자 약력

유병례

성신여자대학교 중국어문화학과 명예교수

저서

『서리 맞은 단풍잎 봄꽃보다 붉어라』, 뿌리와 이파리, 2017.

『톡톡시경본색』, 문 출판사, 2011.

남정희

대전대학교 혜화리버럴아츠칼리지 교수

주요논문

「북한의 『조선문학사』에 서술된 서사문학의 환상성에 대하여」, 2022.

「이육사의 현대중국 탐구와 탈식민 인식」, 2019.

윤현숙

한국교통대학교 중국어전공 교수

역서

『전목의 중국문학사』, 전목 저, 유병례·윤현숙 역, 뿌리와 이파리, 2018.

『중국문학이론비평사』 선진~청대 총 7권(공역), 성신여자대학교출판부.

저서

『원곡, 불우한 이들의 통곡』, 천지인, 2010.

강선화

성신여자대학교 교양교육대학 교수

역서

『중국문학이론비평사』 선진~청대 총 7권(공역), 성신여자대학교출판부.

노은정

고려대학교, 방송통신대학교, 덕성여자대학교, 숭의여자대학교, 성신여자대학교 출강

역서

『용재수필』 1~5, 홍승직·노은정·안예선, 학고방, 2016.

『이백시전집』 1~6(공역), 지만지, 2018~2022.

『중국문학이론비평사』 선진~청대 총 7권(공역), 성신여자대학교출판부.

김화진

성신여자대학교, 고려대학교, 동국대학교, 순천향대학교 등 출강

주요논문

「만청 해외죽지사의 타자에 대한 소통과 대립」, 2022.

「근대언론을 통해 본 청말 해외유람기의 상업화와 정론화」, 2021.

「청말 해외 견문록에 나타난 중국 食문화에 대한 타자의 문화적 상상」, 2018.

중국 근대문학이론 비평사

2022년 11월 17일 초판 1쇄 펴냄

지은이 민택
옮긴이 유병례·남정희·윤현숙·강선화·노은정·김화진
펴낸이 김흥국
펴낸곳 보고사

책임편집 이소희
표지디자인 김규범

등록 1990년 12월 13일 제6-0429호
주소 경기도 파주시 회동길 337-15 보고사
전화 031-955-9797(대표), 02-922-5120~1(편집), 02-922-2246(영업)
팩스 02-922-6990
메일 kanapub3@naver.com / bogosabooks@naver.com
http://www.bogosabooks.co.kr

ISBN 979-11-6587-372-1 93820

정가 30,000원